KB161652

Jim Knopf und Lukas der Lokomotivführer
Jim Knopf und die Wilde 13

짐 크노프/기관차 대모험

미하엘 엔데/김현욱·신동집 옮김/이혜리 그림

동서문화사

Jim Knopf und Lukas der Lokomotiveführer
Jim Knopf und die Wilde 13

짐 크노프/기관차 대모험

차례

짐 크노프

기관차 대모험

Jim Knopf und Lukas der Lokomotiveführer

짐 크노프

미하엘 엔데/김현욱 옮김

이야기의 시작

기관사 루카스는 햇빛섬이라고 불리는 아주 조그만 나라에 살고 있었다. 햇빛섬 나라는 독일이나 아프리카나 중국 등과 비교하면 너무나 작아서 상대가 되지 않는다. 우리가 살고 있는 집을 몇 채쯤 합쳐 놓은 넓이정도나 될까? 햇빛섬에는 나라의 대부분에 걸쳐 산이 하나 우뚝 솟아 있는데, 그 산에는 높은 것과 조금 낮은 것 두 개의 산봉우리가 있다.

산을 빙 둘러 길이 나 있고 그 길에는 작은 다리가 놓여 있거나 샛길이 뚫려 있다. 그 위에 구불구불하게 철로도 놓여 있다. 철로는 산 중턱과 두 개의 산봉우리 여기저기에 있는 다섯 개의 터널을 지났다.

햇빛섬에는 물론 집도 있다. 평범한 집이 한 채 있고 가게가 하나, 그리고 산기슭에 조그만 역이 하나 있는데, 그곳에 기관사 루카스가 살고 있다. 또한 두 개의 산봉우리 사이에는 햇빛섬 임금의 성이 있다.

그로 인해 빈터가 별로 없는 햇빛섬은 누가 보아도 너무나 비좁았다. 이곳에 살고 있는 사람들은 국경을 넘어가지 않도록 늘 조심해야 했다. 햇빛섬은 섬나라이기 때문에 자칫 잘못해서 국경을 넘었다가는 금방 물에 빠져 다리가 흠뻑 젖곤 했던 것이다.

이 섬은 끝없이 넓디넓은 바다 한가운데에 자리하고 있어서 큰 파도 작은 파도가 국경을 향해 밤낮으로 밀려왔다. 그러나 파도가 가라앉아 바다가 거울처럼 투명해질 무렵이면 밤에는 달빛이, 낮에는 햇빛이 바다에 수를 놓았다. 그것은 언제 보아도 너무나 아름답고 장엄한 풍경이어서, 기관사 루카스는 종종 바닷가에 앉아 홀린 듯이 바라보곤 했다.

그런데 그 섬이 '햇빛섬'이라고 불리게 된 까닭은 아무도 알지 못했다.

이 햇빛섬에 기관사 루카스가 기관차와 함께 살고 있었다. 엠마라는 이름의 이 구식 탱크 기관차는 보일러가 붙은 몸체에 탄수차가 함께 있는 것으로 낡고 땅딸막했지만 아주 멋진 기관차였다.

여러분은 그런 조그만 섬에 기관차가 무슨 필요가 있을까 고개를 갸웃하겠지만 그럴 만한 이유가 있었다. 기관사에게는 기관차가 있어야 했던 것이다. 기관차가 없다면 기관사는 무엇을 운전할 수 있을까? 엘리베이터를? 하지만 그렇게 되면 그건 기관사가 아니고 엘리베이터 운전사가 되어 버릴 것이다. 기관사에게 필요한 건 기관차였고 더구나 햇빛섬에는 엘리베이터가 없었다.

기관사 루카스는 키가 작고 땅땅한 체격으로, 사람들이 기관차를 필요로 하든 말든 그런 것에는 전혀 신경을 쓰지 않는 사람이었다. 그는 차양이 달린 모자를 쓰고 작업복을 입고 있었다.

눈은 맑게 갠 날의 햇빛섬 하늘처럼 푸른빛이었지만 얼굴과 손은 기름과 석탄 가루로 새까맣게 물들어 마치 검둥이 같았다. 매일 기관사용 특제 비누로 힘껏 문질러 보아도, 벌써 몇 년 동안이나 그렇게 일을 해 왔기 때문에 석탄 가루는 피부 속까지 스며들어 지워지지 않았다.

새까만 루카스가 웃을 때마다 딱딱한 호두알도 깨뜨릴 수 있는 새하 얀 이가 유난히 반짝거렸다. 왼쪽 귓불에는 작은 황금 귀걸이를 달았고 입에는 굵고 짧은 파이프를 물고 있었다.

루카스는 덩치가 크지 않은데도 엄청나게 힘이 셌다. 생각만 있다면 철봉을 구부려 쇠막대로 만들어 버릴 수도 있었다.

그렇지만 그의 힘이 어느 정도인지는 아무도 몰랐다. 루카스는 한가 로이 평화롭게 사는 것을 좋아했기 때문에, 쓸데없이 아무데서나 힘을 과시하지 않았던 것이다.

루카스는 곡예도 할 줄 알았다. 침을 뱉는 곡예였는데, 3. 5미터나 떨 어진 곳에서도 불타고 있는 성냥개비에 정확히 침을 내뱉어 불을 끌 수가 있었다.

뿐만 아니라 공중회전형 침뱉기도 할 수 있었다. 이 기술이야말로 세 계 어느 누구도 흉내 낼 수 없는 곡예로, 내뱉은 침을 공중에서 빙그르 르 한 바퀴 회전시키는 것이었다.

루카스는 날마다 기관차를 운전했다. 다섯 개의 터널을 빠져나가 구 불구불한 철로를 따라 섬의 끝에서 끝까지 갔다가는 되돌아오고 다시 갔다가는 되돌아오는 것으로 특별히 들려줄 만한 일은 전혀 일어나지 않았다.

기관차 엠마는 칙칙폭폭! 칙칙폭폭! 소리를 내며 달리다가 신이 나 면 삐익삐익! 기적을 울렸다. 루카스도 이따금 휘파람을 불었다. 휘파 람과 기적 소리는 마치 이중창같이 들렸다. 너무나 즐거운 울림이었다.

특히 터널에 들어가면 메아리처럼 소리가 울려 퍼져 엠마와 루카스는 더욱 신바람이 났다.

루카스와 엠마 이외에도 햇빛섬에는 몇 사람이 더 살고 있다. 두 개의 산봉우리 사이에 있는 성에는 햇빛섬을 다스리는 임금님이 살고 있다. 그는 12시 15분 전에 태어났다고 해서 '12시 15분 전 알퐁스 임금님'이라고 불렸다. 그는 매우 훌륭한 임금님이었다. 적어도 임금님을 나쁘게 말하는 사람은 한 사람도 없었으니까. 사실 나쁘게 말할 것이 아무것도 없었기 때문이다.

성 안에서 임금님은 대개 붉은 벨벳 가운에 창살 무늬의 슬리퍼 차림으로 왕관을 쓰고 앉아서 전화를 걸곤 했다. 임금님은 커다란 황금 전화기를 갖고 있었다.

'12시 15분 전 알퐁스 임금'에게는 신하가 두 사람 있다. 기관사 루카스는 물론 신하가 아니었다. 두 사람의 신하 가운데 '옷소매'라는 이름의 신하가 있는데, 그는 언제나 중절모자를 쓰고 접은 우산을 옆구리에 끼고 산책을 했다. 대개 집에서 지내며 별로 하는 일 없이 산책이나 하면서 그냥저냥 살고 있었다. 임금님이 다스리는 나라의 신하라는 것, 그 이름을 가진 것만이 주된 일이었다. 우산을 펼 때도 있었지만 그것은 비가 내릴 때뿐이었다. 옷소매 씨에 대해서는 더 이상 설명할 것이 없다.

또 한 사람의 신하는 매우 마음씨 좋은 할머니였다. 기관차 엠마 정도는 아니지만, 통통한 몸집에 언제나 뺨이 사과처럼 붉게 물들어 있었다. 그녀의 이름은 '뭐요'였다. '뭐야?'가 아니라 '뭐요'이다.

뭐요 할머니는 가게가 딸린 집에서 살고 있다. 필요한 것은 무엇이든 팔고 있는 가게로 껌, 신문, 구두끈, 우유, 구두 깔창, 버터, 시금치, 실톱, 설탕, 소금, 전지, 연필깎이, 가죽 지갑, 케이크에 얹는 색이 든

크림, 선물 상자, 만능 접착제 등 없는 게 없다. 그 가운데 선물 상자만은 좀처럼 팔리지 않았다. 햇빛섬에는 여행객이 오지 않았기 때문이다. 잊어버릴 만하면 옷소매 씨가 하나씩 사가곤 했지만, 그것은 필요해서가 아니라 값이 싸기도 하고 팔리지 않는 선물 상자가 딱하게 생각되어 팔아 주는 것이었다. 그리고 뭐요 할머니와 잡담을 나누는 걸 아주 좋아했기 때문이기도 했다.

임금님은 늘 나랏일이 바빴기 때문에 휴일이 아니면 모습을 볼 수 없었다. 그래도 휴일에는 어김없이 12시 15분 전에 창가에 서서 인자한 표정으로 손을 흔들었다. 그러면 신하들은 환호하며 모자를 하늘 높이 집어던졌고, 루카스는 엠마에게 기쁨의 기적을 울리게 했다. 그런 다음 모두에겐 바닐라 아이스크림이 하사되었다. 특별한 축제에는 딸기 아이스크림이 내려졌다.

아이스크림은 임금님이 뭐요 할머니의 가게에서 주문한 것이었다. 뭐요 할머니는 아이스크림 만드는 데 뛰어난 솜씨가 있었다.

햇빛섬에서는 이렇게 평화로운 나날이 계속되고 있었다. 그런데 어느 날……

드디어 이야기는 여기서부터 시작된다.

주인 없는 소포

어느 맑게 갠 날이었다. 햇빛섬의 해안에 우편선이 도착했다. 옆구리에 커다란 소포뭉치를 낀 우체부가 껑충 뛰어내렸다.

"여기에 어금니 부인이라는 이름을 가진 분이 살고 있습니까?"

우체부가 진지한 표정으로 물었다. 다른 때는 볼 수 없었던 표정이었다.

루카스는 엠마를 쳐다보았다. 엠마는 두 사람의 신하를 바라보았다. 두 신하는 서로 얼굴을 마주 보았다. 휴일도 아니고 12시 15분 전도 아닌데, 임금님까지도 창문에서 얼굴을 내밀었다.

"여보게, 우체부."

임금님은 조금 나무라는 투로 말했다.

"당신은 벌써 몇 년 동안이나 우리나라에 우편물을 배달하고 있지 않은가? 나도, 나의 신하들도 모두 알고 있을 텐데, 어째서 갑자기 어금니 부인인가 뭔가 하는 사람이 살고 있느냐고 묻는 건가?"

"그렇다면 임금님, 임금님께서 직접 읽어 보세요!"

그렇게 말하고 우체부는 재빨리 산으로 뛰어 올라가서 창문 너머로 임금님께 소포를 건네주었다. 소포에는 다음과 같은 주소가 알아보기 어려운 글씨체로 쓰여 있었다.

햇ㅂ섬 바다
옛날 거리 133번지
4층 왼쪽
어금니 부인 앞.

임금님은 주소를 읽어 보았다. 그러고는 안경을 꺼내 끼고 다시 한 번 읽었다. 하지만 잘못 본 게 아니었다. 임금님은 어떻게 해야 할지 몰라 고개를 흔들며 신하들에게 말했다.

"아니, 정말로 못 알아보겠군. 그러나 뭐라고 쓰여 있는 것만은 틀림없다."

"뭐라고 쓰여 있습니까?"

루카스가 물어 보았다.

난처해진 임금님은 겨우 마음을 가다듬고 다시 안경을 쓰고는 이렇게 말했다.

"잘 들어라, 신하들아. 받는 사람의 주소는 말이다."

그러고는 큰 소리로 읽어 주었다.

"참으로 괴상한 주소로군요!"

임금님이 읽기를 끝내자 옷소매 씨가 소리쳤다.

"내 말이 맞죠?"

우체부가 씩씩거리며 말했다.

"엉터리 글씨에 틀린 곳 투성이라서 도저히 읽을 수가 없습니다. 이런 건 우리 우체부들에게 큰 골칫거리라고요. 이걸 쓴 녀석이 누군지 알아낼 수 있다면 좋을 텐데!"

임금님은 소포를 뒤집어서 보낸 사람의 이름을 확인해 보았다.

"커다란 글씨로 '13'이라고만 써 있군."

그렇게 말하고 어찌할 바를 모르겠다는 얼굴로 우체부를 보더니 눈길을 돌려 신하들을 둘러보았다.

"괴상망측하군요."

옷소매 씨가 다시 끼어들었다.

"하지만……."

임금님은 무엇인가 결심한 듯이 말했다.

"괴상망측하든 말든 소포에 적힌 '햇ㅂ섬 바다'는 우리 햇빛섬 나라를 가리키는 말로 생각된다. 그렇다면 우리 가운데 누군가 어금니 부인인가 뭐가 하는 이름을 가지고 있다는 이야기가 되는군."

말을 끝내자 임금님은 뿌듯한 얼굴로 안경을 벗고 비단 손수건으로 이마의 땀을 눌러 닦았다.

"그렇지만 임금님."

뭐요 할머니가 말했다.

"우리 섬에는 아무리 둘러보아도 4층 높이의 건물이란 없습니다."

"흠, 그것도 그렇군."

임금님이 말했다.

"더구나 옛날 거리라는 곳도 없습니다."

옷소매 씨도 한마디 거들었다.

"유감이지만 그 말이 맞다."

임금님은 낙담한 듯 한숨을 내쉬었다.

"어디에도 133번지라는 곳은 없습니다."

루카스가 덧붙여 말하고 차양이 달린 모자를 뒤로 젖혔다.

"날마다 섬 안을 빙글빙글 돌아다니고 있으니까 그런 번지가 있다면 누구보다도 제가 먼저 알고 있을 것입니다."

"괴상한 일이로군!"

임금님은 머리를 흔들면서 골똘히 생각에 잠겼다. 신하들도 모두 머리를 흔들면서 중얼거렸다.

"괴상한 일이로군!"

"뭔가 잘못된 것이 아닐까요?"

한참 있다가 루카스가 말을 했으나 임금님은 이렇게 대답했다.

"잘못되었는지도 모르지. 그러나 잘못되지 않았는지도 몰라. 그렇다면 내게는 또 한 사람의 신하가 있다는 이야기가 되는군!"

그러고는 전화기가 있는 곳으로 달려가더니 잔뜩 흥분한 임금님은 세 시간 동안이나 쉬지 않고 떠들어댔다. 임금님이 전화통화를 하고 있는 동안 신하들과 우체부는 루카스와 함께 다시 한 번 섬 구석구석을 찾아보기로 했다.

모두 기관차 엠마를 타고 출발했다. 엠마는 정거장마다 멈춰 서서 큰 기적소리를 울렸고, 승객들은 내려 여기저기에서 소리쳤다.

"이봐요, 어금니 부인! 소포가 왔어요!"

아무런 대답이 없었다.

"그럼, 하는 수 없군."

우체부가 말했다.

"더 이상 여기서 지체하고 있을 수는 없어요. 오늘 안에 꼭 배달해야 하는 우편물이 아직 산더미처럼 남아 있으니까요. 이 소포는 다음 주까지 이곳에 놓아두겠습니다. 어쩌다가 어금닌가 뭔가 하는 이름을 가진 사람이 나타날지도 모르니까요. 그때까지 나타나지 않으면 다시 가져가겠어요."

우체부는 서둘러 말을 마치고 우편선에 올라타 햇빛섬을 떠났다.

그렇다면 이 소포를 어떻게 하면 좋을까?

신하들과 루카스는 한참동안 이리저리 궁리를 했다. 그러는 사이 임금님의 모습이 다시 창문에 나타났다. 임금님은 골똘히 고민하며 긴 전화통화를 끝낸 결과, 다음과 같이 결정했다고 말했다.

"어금니 부인인가 뭔가 하는 사람은 분명 여성이다. 그런데 내가 알고 있는 한 햇빛섬에 여성이라곤 단 한 사람, 뭐요 할머니밖에 없다. 그렇다면 이 소포는 아마도 뭐요 할머니에게 보낸 것일 게다. 어쨌든 임금의 이름으로 뭐요 할머니가 이 소포를 열어 보는 것을 허가한다. 열어 보면 어떻게 된 일인지 알 수 있겠지."

신하들은 하나같이 '과연 임금님은 달라' '정말 현명한 결정이야' 하며 감탄했다. 뭐요 할머니는 사람들에게 둘러싸여 소포를 뜯기 시작했다.

먼저 끈을 풀고 포장지를 벗겨냈다. 그러자 커다란 상자가 나왔다. 상자에는 곤충을 넣을 때처럼 작은 구멍들이 빙 둘러 뚫려 있었다. 뭐요 할머니는 뚜껑을 열었고 그 안에는 또 하나의 작은 상자가 들어있었다. 그 상자에도 역시 여기저기 공기구멍이 뚫려 있었다. 상자 안에는 지푸라기와 톱밥을 잔뜩 채워 놓았다. 무엇인가 깨지기 쉬운 물건이 들어 있는 게 틀림없었다.

유리로 만든 물건일까? 아니면 라디오? 하지만 그런 것이라면 왜 구멍이 뚫려 있을까? 뭐요 할머니는 재빨리 상자의 뚜껑을 열어 보았다. 그러자…… 거기엔 공기구멍이 뚫린 상자가 또 들어있었다. 구두 상자만 한 크기였다. 뭐요 할머니는 조심스레 뚜껑을 열었다. 상자 안을 보자마자 모두 깜짝 놀라고 말았다. 상자 안에…… 검둥이 갓난아기가 들어있는 게 아닌가! 아기는 반짝반짝 빛나는 커다란 눈을 뜨고 즐거운 듯 사람들을 쳐다보며 웃고 있었다. 답답하던 상자 뚜껑이 열린 게 기뻤던 모양이다.

"갓난아기다!"

모두 놀라서 소리 질렀다.

"검둥이 갓난아기야!"

"아마도 이 아이는 흑인인 것 같군요."

"정말 그렇군."

임금님은 중얼거리며 안경을 썼다.

"놀라운 일이야! 정말 놀랄 일인걸?"

그러고는 다시 안경을 벗었다.

줄곧 침묵을 지키고 있던 루카스는, 갑자기 험악한 얼굴이 되어 고함을 질렀다.

"이렇게 소름끼치는 일은 내 평생 처음이야. 어떻게 이 조그만 갓난아기를 상자에 집어넣을 수 있지? 만약 소포를 열지 않고 그대로 두었다면 정말이지 끔찍한 일이 벌어졌을 거야! 이것 참! 두고 보라고! 이런 몹쓸 짓을 한 녀석을 꼭 붙잡아서 혼쭐을 내줄 테니까. 그 녀석이 평생 잊지 못할 정도로 호되게 말이지! 기관사 루카스의 이름을 걸고 맹세하겠어!"

갓난아기는 화가 난 루카스의 쩌렁쩌렁한 목소리에 울음을 터뜨렸다. 게다가 루카스의 커다랗고 시커먼 얼굴에 깜짝 놀란 모양이었다. 물론 아기는 자기 얼굴도 시커멓다는 것을 아직 모르고 있었다.

뭐요 할머니는 재빨리 갓난아기를 안아 올려 얼러 주었다. 루카스는 난처한 얼굴로 옆에 우두커니 서 있었다. 갓난아기를 놀라게 할 생각은 조금도 없었던 것이다.

어찌됐든 뭐요 할머니는 너무너무 기뻤다. 아주 오래 전부터 할머니는 아이가 있다면 얼마나 좋을까, 밤이 되면 날마다 예쁜 천을 오려다가 조그만 웃옷이나 바지를 만들어 줄 텐데 하고 떠올리곤 했던 것이다.

할머니는 바느질하는 것이 무엇보다 즐거웠다. 갓난아기의 피부가 검은 것도 할머니를 기쁘게 했다. 분홍색 천이 아주 잘 어울릴 것이기 때문이었다. 할머니는 분홍색을 가장 좋아했다.

"어떤 이름이 어울릴까?"

임금님이 갑자기 물었다.

"아이에게 이름이 필요할 테니까."

그 말이 떨어지자마자 모두 열심히 궁리를 하기 시작했다. 드디어 루카스가 입을 열었다.

"짐이라고 하면 어떨까요? 이 녀석은 사내니까요."

루카스는 갓난아기가 놀라지 않도록 이번에는 한껏 부드러운 목소리로 말했다.

"이봐 짐, 어떠냐? 우리 친구가 되지 않을래, 응?"

그러자 갓난아기는 루카스를 향해 조그맣고 검은 손을 뻗었다. 손바닥은 엷은 분홍색이었다. 루카스는 거칠고 시커먼 손으로 살며시 아기의 손을 잡았다. 그러고는 이렇게 말했다.

"안녕, 짐!"

짐이 방긋 웃었다.

그때부터 두 사람은 친구가 되었던 것이다.

일주일 뒤, 우편선이 다시 찾아왔다. 뭐요 할머니는 바닷가까지 내려가서 아직 멀리 있는 배를 향해 목청껏 외쳤다.

"부두까지 올 것 없어요! 다 잘 해결됐거든요! 글씨가 험해서 잘 알아볼 수 없었지만 틀림없이 내 앞으로 온 게 맞아요! 그러니 그만 안심하고 돌아가요!"

소리를 치면서도 할머니의 가슴은 두근대고 있었다. 그것은 물론 거짓말이었기 때문이다. 뭐요 할머니는 혹여나 우체부가 아이를 다시 빼앗아가지 않을까 무척 걱정이 되었다. 짐에게 벌써 흠뻑 정이 든 할머니는 무슨 일이 있어도 아기를 돌려보내고 싶지 않았던 것이다.

"그렇다면 잘 됐군요. 그럼 다시 만나요, 뭐요 할머니."

우체부는 이렇게 외치고는 뱃머리를 돌렸다.

뭐요 할머니는 저절로 한숨이 새어나왔다.

서둘러 집으로 달려간 할머니는 짐을 안고 춤을 추듯 방안을 빙글빙글 돌아다녔다. 그러다가 문득 마음이 무거워지는 걸 느꼈다.

'아무리 그래도 짐은 사실 내 자식이 아니잖아. 내가 너무나 몹쓸 짓을 한 건 아닐까?'

뭐요 할머니는 순간 몹시 슬퍼졌다.

짐이 자라고 나서도 뭐요 할머니는 이따금 슬픈 표정이 되었다. 그럴 때면 어김없이 두 손을 무릎 위에 올려놓은 채 뚫어지게 짐을 들여다보곤 했다.

'짐의 진짜 엄마는 누구일까?'

뭐요 할머니의 머릿속엔 이런 생각으로 가득 차 있었다.

"하루 빨리 저 아이에게 사실대로 이야기를 해 줘야 할 텐데……."

뭐요 할머니는 가끔씩 임금님이나 옷소매 씨나 루카스 앞에서 한숨을 내쉬며 고민스럽게 이야기했고, 그때마다 모두 심각한 얼굴로 고개를 끄덕이며 그 말에 동의했다. 하지만 할머니는 그 일을 하루하루 미루었다.

그날이, 짐이 모든 진실을 알게 되는 그날이 가까웠다는 것을 할머니는 상상도 할 수 없었다. 짐은 뭐요 할머니를 통해서가 아닌 전혀 다른, 아주 기묘한 사건으로 그것을 알게 된 것이다…….

이렇게 하여, 햇빛섬에는 이제 임금님과 기관사와 기관차 그리고 신하 두 사람과 4분의 1 몫의 신하가 살게 되었다. '4분의 1 몫'이라고 한 것은 짐이 아직 너무나 어려서 신하 한 사람으로 치는 것은 무리였기 때문이다.

시간이 지나고 짐은 어엿한 소년으로 자라났다. 사내아이들이 대개 그러하듯이, 싸움을 하거나, 옷소매 씨에게 짓궂은 장난을 치거나, 목욕하기를 싫어하면서 말이다. 무엇보다 목욕하는 것이 짐에게는 쓸데없는 일처럼 느껴졌다.

살결이 검은 짐은 더러운지 깨끗한지 쉽게 알아볼 수가 없었다. 그러나 뭐요 할머니는 내버려두지 않았고, 짐은 늘 마지못해 목욕탕에 들어가곤 했다.

뭐요 할머니는 짐을 아주 자랑스럽게 생각했다. 하지만 이런저런 일들에 늘 신경이 쓰였다. 어머니란 모두 그럴 수밖에 없는 모양이다. 뭐요 할머니는 아무 일 없이도 짐을 걱정했고 대수롭지 않은 아주 작은 문제에도 염려가 끊이지 않았다.

예를 들면, 짐은 치약을 이를 닦는 데 쓰는 것보다 먹기를 더 좋아했다. 민트향이 나는 치약이 맛있었기 때문이다. 하지만 그것도 뭐요 할머니에게는 커다란 걱정거리였다.

짐은 이따금 심부름도 했다. 할머니가 다른 일을 하고 있을 때 임금님이나 루카스나 옷소매 씨가 물건을 사러 오면, 짐이 대신 가게에 나갔다.

짐의 가장 친한 친구는 기관사 루카스였다. 서로 많은 말을 나누지 않아도 두 사람에게는 통하는 게 있었다. 더군다나 햇빛섬에서는 그 둘만이 새까만 피부였고, 그것만으로도 짐과 루카스는 서로 공감하는 게 많았다.

루카스는 짐을 자주 엠마에 태워 주었다. 여기저기를 데리고 다니면서 이야기를 들려주었고, 옆에서 지켜보며 조금씩 운전을 가르치기도 했다.

짐의 가장 큰 소망은 기관사가 되는 것이었다. 그 일이 까만 피부 색깔에 꼭 알맞았기 때문이다. 하지만 기관사가 되려면 루카스처럼 전용 기관차가 있어야 하는데, 그건 누구나 알다시피 대단히 어려운 일이었다. 햇빛섬에서는 더욱 그랬다.

이것으로 짐에 대해 중요한 일은 거의 밝혔다. 마지막 한 가지, '크노프'라는 짐의 성이 어떻게 해서 정해졌느냐 하는 것인데, 그것은 다음과 같은 이유에서이다.

짐의 바지에는 늘 구멍이 나 있었다. 신기하게도 언제나 똑같은 자리였다. 뭐요 할머니가 벌써 백 번은 더 꿰매 주었는데도, 두세 시간만 지나고 나면 또다시 구멍이 나 있었다. 짐은 나름대로 아주 조심했지만 급하게 나무에 기어오르거나 높은 곳에서 미끄러져 내려올 때면 어김없이 그 자리에 찌익 하고 구멍이 나는 것이었다.

어느 날 뭐요 할머니에게 좋은 방법이 떠올랐다. 구멍 언저리를 꿰맨 다음에 커다란 단추 한 개를 그 자리에 달아 주는 것이다. 그렇게 하면 장난을 칠 때는 단추를 벗기고 나중에 다시 단추를 채우면 되니까. 그 날부터 짐은 섬사람 모두에게 짐 크노프(단추)라고 불리게 되었다.

심각한 인구문제

몇 년이 지나자 짐은 반 사람 몫의 신하가 되었다. 다른 나라에서라면 벌써 학교에 다니며 국어나 산수를 공부해야 할 나이였다. 하지만 햇빛섬에는 학교가 없었기 때문에 아무도 그걸 깨닫지 못했다. 짐 자신도 물론 그런 일은 조금도 생각지 않았고 그저 매일매일 즐거운 시간을 보내고 있었다.

뭐요 할머니는 매달 한 번씩 짐의 키를 쟀다. 조그만 부엌 문기둥에 등을 기대고 맨발로 서게 한 다음 머리 위에 책을 한 권 얹어서 기둥에 연필로 금을 그었다. 그럼 짐의 키가 얼마나 자랐는지를 알 수 있었다. 언제나 금은 그 전보다 조금씩 위로 올라가 그어졌다.

점점 커가는 짐이 뭐요 할머니에게는 큰 기쁨이었다. 그러나 다른 어떤 사람에게는 그야말로 커다란 걱정거리가 아닐 수 없었다. 그는 다름 아닌 임금님이었다. 훌륭한 임금님이라면 모든 신하들이 저마다 행복하게 살 수 있도록 나라를 다스려야 했다.

어느 날 저녁, 임금님은 두 개의 산봉우리 사이에 있는 성으로 기관사 루카스를 불러들였다. 루카스는 성 안으로 들어가 모자를 벗고 입에 물고 있던 파이프를 내리며 예의바르게 인사했다.

"안녕하십니까, 임금님?"

"잘 있었는가, 기관사 루카스!"

황금 전화기 옆에 앉은 임금님은 그렇게 대답하고, 비어 있는 의자를 가리키며 말했다.

"우선 앉게나."

루카스는 의자에 앉았다.

"그런데 말일세."

임금님은 말을 꺼내 놓고는 에헴 어흠 하고 헛기침을 했다.

"루카스, 이 문제를 어떻게 해야 좋을지 정말 모르겠네. 하지만 나는 자네가 이해할 것이라고 희망을 걸고 있다네."

루카스는 아무 말도 하지 않았다. 몹시 난처해하고 있는 임금님의 모습에 어리둥절했던 것이다. 임금님은 다시 한 번 헛기침을 하고 나서 어쩔 줄 몰라 하는 눈길로 루카스를 바라보았다. 그리고 말을 이었다.

"루카스, 자네는 늘 이해심이 많은 사람이었네. 그러니 내 말을 천천히 들어주게."

"무슨 문제가 생긴 건가요?"

루카스는 조심조심 물어 보았다.

임금님은 왕관을 벗어 한숨을 후! 몰아쉬었다. 그리고 가운 소매로 왕관을 문지르기 시작했다. 하려는 말을 꺼내기가 어려워 시간을 끌려는 것이었다.

그렇게 한참 뜸을 들이던 임금님은 드디어 결심을 했는지 왕관을 재빨리 쓰고는 다시 한 번 헛기침을 했다. 그리고 입을 열었다.

"루카스, 나는 오랫동안 생각해 보았네. 그리고 이것 말고는 다른 방법이 없다는 결론을 내렸네. 무슨 일이 있더라도 이대로 해야 한다네."

"무엇을 어떻게 하라는 말씀입니까, 임금님?"

임금님은 실망한 듯 우물우물 말했다.

"내가 방금 이야기했을 텐데……."

"네? 아닙니다."

루카스는 사실대로 말했다.

"무엇인가 이대로 해야 한다고만 말씀하셨습니다."

임금님은 멍하니 루카스를 바라보고 있다가 고개를 갸웃거리며 이렇게 말했다.

"이상하군. 나이 먹은 엠마를 처분해야 한다고 분명 말을 했는데? 내기를 해도 좋네! 난 분명코 이야기했으니까."

루카스는 자기 귀를 의심했다. 잘못 들은 것이라고 생각했다.

"엠마를 어떻게 해야 한다고요?"

"처분해야겠네."

임금님은 진지한 표정으로 고개를 끄덕이며 되풀이했다.

"물론 지금 당장에 처분하라는 것은 아닐세. 그러나 될 수 있는 대로 빨리 해야 하네. 엠마와 헤어지는 것이 우리 모두에게 매우 괴로운 일이라는 건 알고 있네. 그러나 그렇게 해야만 한다네."

"처분할 수 없습니다, 임금님."

루카스가 딱 잘라 말했다.

"도대체 어떤 이유에서입니까?"

"잘 듣게나."

임금님이 타이르듯 말했다.

"햇빛섬은 아주 작은 나라일세. 다른 나라, 그러니까 독일이나 아프리카나 중국 등과 비교하면 도무지 상대도 안 되네. 임금이 한 사람, 기관차가 한 대, 기관사가 한 사람, 신하가 두 사람. 그것으로 완전히 만원일세. 그런데 이곳에 신하가 또 한 사람 늘어나게 되면……."

"한 사람이 아니라 아직 반 사람밖에 되지 않습니다."

루카스가 말을 가로막았다.

"알고 있네. 알고 있다마다."

임금님은 괴로운 듯이 대답했다.

"그것이 언제까지겠나? 그 아이는 날로 자라나고 있다네. 나는 나라의 앞날을 생각해야 한다네. 그러기 위해 임금이 있는 것이니까. 짐 크노프가 한 사람 몫의 신하가 되는 것은 그리 먼 훗날의 일이 아닐세. 그렇게 되면 짐에게도 자기 집이 필요할 걸세. 하지만 도대체 어디에 집을 지어야 한단 말인가? 비어 있는 곳은 어디나 철로가 깔려 있어서 마땅한 장소가 없지 않은가? 괴롭더라도 어쩔 수가 없다네."

"무슨 말씀이십니까!"

루카스는 내뱉듯이 말하고 머리를 긁적였다.

"자네가 이해를 해줘야겠네."

임금님은 말을 계속했다.

"지금 우리나라의 인구과잉 문제는 정말로 심각하다네. 대부분의 나라가 같은 문제로 고민하고 있네만, 햇빛섬의 경우와는 비교할 수도 없지. 나는 그 걱정으로 미칠 지경이네. 어떻게 하면 좋겠는가?"

"글쎄요, 그건 저도 모르겠습니다."

루카스가 대답했다.

"기관차 엠마를 처분하든가, 짐 크노프가 한 사람 몫의 신하 노릇을 하자마자 우리 가운데 한 사람이 이 나라를 떠나든가…… 방법은 이것뿐일세. 루카스, 자네는 짐의 친구일세. 짐이 어른이 되자마자 햇빛섬에서 떠나야 한다고 생각하지는 않을 걸세."

"물론입니다. 그런 일은 생각조차 할 수 없습니다. 하지만……."

루카스는 슬픈 듯이 대답했다.

잠시 뜸을 들이다가 다시 말을 이었다.

"엠마와 헤어지는 것도 저로서는 할 수가 없습니다. 기관차가 없어지면 기관사는 무얼 합니까?"

"이보게 루카스, 신중히 생각해야 하네."

임금님이 말했다.

"자네는 이해심이 많은 사람이라고 믿고 있네. 바로 결단을 내리지 않아도 되네, 그러나 너무 늦지 않게 결정을 내려 줘야 하네."

그렇게 말하고 임금님은 할 말을 다했다는 표시로 루카스에게 손을 내밀어 악수를 청했다.

루카스는 일어나서 모자를 쓰고 터덜터덜 걸어 성을 나갔다. 임금님은 깊은 한숨을 내쉬며 안락의자에 몸을 파묻고 비단 손수건으로 이마에 맺힌 땀을 훔쳤다. 그 이야기를 꺼내느라 지쳐 버린 것이다.

루카스는 기관차 엠마가 기다리고 있는 작은 역으로 천천히 내려갔다. 그러고는 엠마의 땅딸한 몸체를 툭툭 두드리고 기름칠을 해 주었다. 엠마는 기름을 무척 좋아했다.

그러고 나서 국경선 가까이에 앉아 두 손으로 턱을 괬다. 저녁때는 바다가 잔잔해서 거울처럼 매끈해지곤 하는데, 오늘도 그런 날이었다. 해는 끝없는 바다에 천천히 가라앉으며 빛을 반사하고 수평선 저편에서 루카스의 발치까지 황금색으로 번쩍이는 길을 만들고 있었다.

루카스는 그 길을 바라보았다. 멀고 먼 곳, 미지의 나라, 낯선 땅으로 이어져 있는 길, 어디로 이어져 있는지 아무도 모르는 저 길. 루카스가 지켜보고 있는 동안에 해는 천천히 가라앉았고 빛의 길도 가늘어져서 마침내는 사라져 버렸다.

루카스는 괴로운 듯이 고개를 끄덕이며 낮은 소리로 말했다.

"그래, 가자. 너와 나 함께 말이야."

바닷바람이 몰아치자 조금 추위가 느껴졌다. 루카스는 자리에서 일어나 엠마가 있는 곳으로 다가갔다. 그러고는 물끄러미 엠마를 바라보았다.

엠마는, 무슨 일이 일어났구나 하고 느낀 것 같았다. 같은 자리를 맴돌거나 한 자리에 머물러 있는 기관차는 그다지 많은 일을 알 수가 없었다. 그래서 언제나 기관사가 있어야 하는 것이다. 하지만 엠마는 매우 예민한 감정을 지니고 있었다. 그래서 루카스가 슬픈 듯이 '아아, 나의 소중하고 귀여운 엠마!' 하고 중얼거리는 소리에도, 엠마는 참을 수 없이 숨이 헐떡여졌다.

"엠마……."

루카스가 다른 때와는 전혀 다른 나직한 목소리로 말을 꺼냈다.

"너하고 헤어져서는 도저히 견딜 수가 없어. 그러니 앞으로도 함께 지내자. 이 땅 위에서든 천국에서든……, 글쎄 우리가 갈 수 있다면 말이다. 어쨌든 우리 둘은 어디서나 지금처럼 함께 지내는 거야."

엠마는 루카스의 말뜻을 알아들을 수 없었다. 하지만 루카스를 좋아하는 엠마는 그의 슬픈 표정을 보자 가슴이 찢어져 나갈 듯 마음이 아파왔다. 엠마는 거칠게 기적을 울렸다.

루카스는 가까스로 엠마를 달래고 가라앉혔다.

"짐 크노프의 일이란다. 짐작하겠니?"

루카스는 상냥하게 말을 계속했다.

"짐은 이제 곧 한 사람 몫의 신하가 되거든. 그렇게 되면 이곳은 한 사람이 더 늘어나는 셈이 되지. 나라를 위해서는 신하 한 사람이 땅딸하고 볼록한 기관차 한 대보다 더 소중하단 말이야. 그래서 임금님은 너를 어딘가로 보내려고 결정했어. 그러나 네가 떠나야 한다면 나도 떠날 거야. 아무렴, 너 없이 내가 무얼 어떻게 한단 말이니……."

엠마가 깊이 숨을 들이쉬고 다시 기적을 울리려고 하는 순간, 갑자기 무슨 소리가 들려왔다.

"무슨 일이지?"

짐 크노프였다. 탄수차에 들어가서 루카스를 기다리고 있는 동안에 그만 잠이 들어 버린 것이다. 그리고 루카스가 엠마에게 이야기하는 소리에 잠이 깨서 뜻하지 않게 이야기를 모두 엿듣게 되고 말았다.

"아니, 너 여기 있었구나, 짐!"

루카스는 깜짝 놀랐다.

"너한테 들려 줄 생각은 없었는데. 그렇지만 굳이 감출 필요도 없지. 짐! 엠마와 나는 이곳을 떠나기로 했단다. 떠나지 않으면 안 돼. 다른 방법이 없거든."

"나 때문인가요?"

짐이 당황해서 물었다.

"잘 생각해 보니 임금님이 그렇게 말하는 것도 무리는 아니더구나. 햇빛섬은 우리 모두가 살기에는 너무 비좁거든."

"그, 그럼 언제 떠나려는 거죠?"

짐이 더듬거리며 물었다.

"떠나기로 마음을 정했으니 빨리 가는 게 좋겠지. 오늘밤 떠날 생각이야."

루카스가 엄숙하게 대답했다.

짐은 한참 동안 생각에 잠겨 있다가 결심한 듯 말했다.

"나도 가겠어요!"

"짐, 그건 안 돼."

루카스는 깜짝 놀라 커다란 목소리로 말했다.

"절대로 안 된다. 뭐요 할머니가 뭐라고 하시겠니? 절대로 허락해 주지 않으실 거야."

"모르게 떠나면 되잖아요."

짐은 고집스럽게 말했다.

"편지를 써서 부엌의 식탁 위에 놓아두겠어요. 모든 것을 자세하게 써서 말이에요. 루카스와 함께 간 것을 알면 뭐요 할머니도 그다지 걱정하시지는 않을 거예요."

"너는 글씨를 쓸 줄 모르지 않니?"

"그림으로 그릴 수 있어요."

짐은 생각을 굽히지 않았다. 하지만 루카스는 진지한 표정으로 고개를 가로저었다.

"안 돼, 짐. 너를 데리고 갈 수는 없어. 네가 그렇게 말해 준 것은 정말 기쁘단다. 될 수 있으면 나도 너를 데려가고 싶어. 하지만 그것은 안 될 말이야. 누가 뭐래도 너는 아직 조그만 꼬마란다. 틀림없이 우리에게 방해가……."

잠시 고개를 들어 짐을 바라본 루카스는 흠칫 놀라 말을 끊었다. 짐이 원망스런 눈초리로 자신을 매섭게 쏘아보고 있었기 때문이다. 그의 얼굴에는 굳은 결심과 불만이 가득 차 있었다.

"루카스!"

짐이 낮은 목소리로 말했다.

"어째서 그렇게 장담하는 거죠? 두고 보세요. 내가 얼마나 큰 도움이 될지!"

"응, 그야……."

루카스는 우물쭈물 대답했다.

"물론 너는 아직 꼬마지만, 도움이 될 수도 있겠지. 응, 그리고 몸이 작은 덕택에 오히려 잘 되는 일도 있을 거야. 그렇지만 그건 말이다……."

루카스는 파이프에 불을 붙이고 잠자코 담배를 피우기 시작했다. 그러는 동안에 차츰 마음이 바뀌어 갔다. 짐과 함께 길을 떠나도 되리라고 말이다.

하지만 다시 한 번 짐의 결심을 확인해 보려고 이렇게 말했다.

"짐! 엠마가 떠나야만 하는 이유는 네가 앞으로 지낼 장소를 만들어 주기 위해서야. 그런데 네가 떠나겠다면, 엠마는 굳이 이곳을 떠나지 않아도 될 거다. 나 역시도 말이야."

"그건 안 돼요!"

짐이 입을 삐죽하고 말했다.

"친구를 내버리고 나 혼자 갈 수는 없어요. 우리 셋 모두 이곳에 머물든가 모두 함께 떠나든가 둘 중에 하나여야만 해요. 하지만 이곳에 함께 있을 수는 없다니 떠날 수밖에 없어요. 모두 함께!"

"좋아, 그런 마음이라면 충분해! 사랑스런 짐."

그렇게 말하고 친구의 어깨에 손을 얹었다.

"하지만 임금님의 실망이 크겠는걸. 이렇게 되리라고는 꿈에도 생각지 않았을 테니까."

"그런 건 내게 아무 상관없어요."

짐은 큰소리로 말했다.

"누가 뭐라든 무슨 일이 생기든 난 함께 갈 테니까요."

루카스는 또다시 파이프 담배를 입에 물었다. 그들의 둘레가 연기 장막으로 둘러쳐졌다. 그는 벅찬 마음을 언제나 그렇게 표현했던 것이다. 그런 루카스를 짐도 잘 알고 있었다.

"좋아!"

연기 장막 속에서 드디어 루카스의 목소리가 들려 왔다.

"오늘밤 12시, 여기서 만나도록 하자."

"좋아요."

두 사람은 손을 마주 맞잡았다. 그리고 루카스는 일어나서 가려는 짐을 다시 한 번 불러 세웠다.

"짐 크노프!"

그의 목소리는 근엄했다.

"너는 내가 지금까지 만난 사람 가운데 가장 멋진 녀석이야."

그렇게 말하고는 등을 돌려서 빠른 걸음으로 멀어져 갔다.

짐은 가슴이 뿌듯하게 벅차올라 그의 뒷모습을 바라보고 있다가 집으로 뛰어갔다. 루카스의 말이 귓가에서 여전히 울리고 있었다. 동시에 짐은 자기를 세상 누구보다 사랑해 주는 뭐요 할머니를 떠올렸다. 기쁨과 슬픔이 한꺼번에 밀려와 짐의 마음을 어지럽혔다.

안녕, 햇빛섬

저녁식사를 마치자 짐은 몹시 졸린 듯이 하품을 해대며 일찍 잠자리에 들겠다고 말했다. 뭐요 할머니는 어리둥절했다. 다른 때 같으면 좀처럼 자지 않으려고 해서 타이르느라 한참이나 애를 먹어야 했기 때문이다. 그러나 짐도 이제는 철이 든 모양이라고 생각했다.

짐은 침대에 꼼짝 않고 누워 있었다. 그러자 할머니는 언제나처럼 방으로 들어와 이불을 덮어 주며 잘 자라는 입맞춤을 한 다음, 전등을 끄고 나갔다. 뭐요 할머니는 짐의 스웨터를 마저 뜨다가 자려고 부엌으로 돌아갔다.

짐은 침대에 누워 시간이 흐르기만을 기다렸다. 창문으로 달빛이 비쳐드는 조용한 밤이었다.

바닷가로 밀려드는 단조로운 파도 소리와 이따금 부엌에서 뜨개질바늘이 스치는 소리가 들려올 뿐이었다.

문득 짐은 지금 뭐요 할머니가 뜨고 있는 스웨터를 입어 볼 수 없다는 것을 깨달았다. 그 사실을 알게 된다면 뭐요 할머니의 마음은 어떠하실까?

그런 생각을 하자 짐은 가슴이 미어져 큰 소리로 엉엉 울고 싶어졌다. 그리고 부엌으로 달려가서 모든 일을 털어놓고 싶었다.

그러나 곧 루카스가 헤어질 때 한 말이 떠올랐다. 짐은 다시 한 번 함께 떠나야 한다고 다짐했다. 하지만 그것은 힘든 일이었다. 이제 겨우 반쪽 사람 몫밖에 되지 않는 짐에게는 너무나 벅찬 일이었다.

또 다른 견디기 힘든 일이 벌어졌다. 예상조차 하지 못했던 일이었다. 그건 자꾸만 몰려드는 졸음이었다. 이토록 늦게까지 깨어 있었던 적은 한 번도 없었기 때문이다.

더 이상 눈을 뜨고 있을 수가 없었다. 일어나서 이리저리 움직이거나 장난을 치거나 한다면 몰라도, 따뜻한 침대에 가만히 누워 있으려니 자꾸만 눈꺼풀이 무겁게 내려앉았다.

'이대로 잠들어 버려도 괜찮다면 얼마나 좋을까!'

짐은 몇 번이나 이런 유혹에 빠져들었다. 그리고 그때마다 깨어 있으려고 눈을 비비고 살갗을 꼬집으며 졸음과 싸웠다. 하지만 짐은 어느새 잠이 들고 말았다.

짐은 국경에 서 있는 것 같았다. 밤바다 저 너머를 기관차 엠마가 달렸다. 마치 바닷물이 딱딱하게 굳어버린 것처럼 바퀴가 굴러 가고 있었다.

석탄불에 비친 루카스가 기관실에서 빨간색 커다란 손수건을 흔들며 소리쳤다.

"왜 나오지 않았어? 잘 있거라, 짐! 잘 있거라, 짐!"

그 목소리는 낯선 사람의 것처럼 밤바다에서 울려왔다. 그러자 갑자기 번갯불이 번쩍이고 천둥소리가 들렸다. 얼음같이 차가운 바람이 바다로부터 불어왔다. 그 바람 소리에 실려 루카스의 목소리가 다시금 들려 왔다.

"왜 나오지 않았어? 짐, 잘 있거라!"

기관차는 점점 더 멀어져 가고 번쩍하는 번갯불에 다시 한 번 모습을 보였는가 싶더니 어두운 수평선 너머로 사라져 버렸다.

짐은 바다 위를 달려 뒤쫓아 가려고 했지만, 다리가 땅바닥에 달라붙어 좀처럼 떨어지지 않았다. 온 힘을 다해 움직여 보려고 애쓰다가 잠에서 깨어났다. 짐은 깜짝 놀라 벌떡 일어났다.

방 안은 달빛으로 하얗게 떠올라 있었다. 몇 시일까? 뮈요 할머니는 잠이 들었을까? 벌써 밤 12시가 지나서 방금 꿈속에서처럼 되어 버리는 건 아닐까?

그때 성탑 위의 알람시계가 12시를 쳤다.

짐은 재빨리 옷을 추슬러 입고 나서려다가 문득 편지 생각이 났다.

뮈요 할머니에게 보내는 편지는 무슨 일이 있어도 빠트릴 수 없었다. 그것마저 없다면 할머니는 얼마나 걱정을 하실까?

'안 돼. 걱정을 끼쳐드려서는 안 돼!'

짐은 떨리는 손으로 공책을 한 장 뜯어내 다음과 같은 그림을 그렸다.

‘나는 기관사 루카스와 함께 엠마를 타고 이곳을 떠납니다.’ 이런 뜻
이었다.

그러고 나서 서둘러 또 한 장의 그림을 그렸다.

‘걱정하지 말고 몸 건강히 지내세요.’

마지막으로 종이 한 장을 더 급하게 뜯어냈다.

‘할머니께 입맞춤을 보냅니다.’

그 그림편지를 베개 위에 올려놓고 서둘러서, 그러나 살그머니 창문
을 통해 밖으로 빠져나갔다.

짐이 약속 장소에 도착했을 때, 기관차 엠마는 이미 그곳에 없었다.
루카스의 모습도 보이지 않았다.

짐은 서둘러 국경으로 뛰어 내려갔다. 엠마가 바다 위에 떠 있는 게
아닌가! 루카스는 엠마 위에 말을 타듯이 걸터앉아 있었다.

루카스는 돛을 올리려고 하는 참이었다. 돛대는 기관실에 매여 있었

다.

"루카스!"

짐은 숨을 헐떡이며 외쳤다.

"기다려요, 내가 왔어요!"

루카스는 뒤를 돌아보았다. 커다란 얼굴에 환한 미소가 번졌다.

"역시 짐 크노프구나. 나는 오지 않는 줄 알았다. 12시가 훌쩍 지나
버렸으니까."

"네, 알고 있어요."

그렇게 대답하고 짐은 풍덩 물속으로 들어가 루카스의 손을 잡고 엠
마 위로 올라갔다.

"사실은 편지 쓰는 것을 깜빡 잊을 뻔했어요. 그래서 다시 돌아가야
만 했어요."

"잠들어 버린 줄 알고 걱정하고 있었단다."

루카스는 파이프 연기를 뿜어냈다.

"잠이요? 내가 잠을 자다니요!"

짐은 힘주어 말했다. 이것은 거짓말이었지만, 친구에게 믿을 수 없는
녀석이라는 인상을 심어 주고 싶지는 않았다.

"나를 그냥 버려두고 갈 생각이었어요?"

"음, 그야 물론 잠시 기다려 볼 생각은 했었지. 하지만…… 네 생각
이 바뀌었을 수도 있으니까 말이야."

"우린 약속을 했잖아요!"

짐이 뾰로통해서 말했다.

"응, 그렇지. 네가 약속을 지켜줘서 정말 기쁘구나. 믿을 수 있는 녀
석이라는 걸 이제 확실히 알았다. 그건 그렇고 이 배 어떠냐?"

"굉장해요!"

짐이 소리쳤다.

"기관차는 모두 물에 가라앉는 줄만 알았어요."

루카스는 빙긋이 웃었다.

"보일러의 물을 빼내고 탄수차를 텅 비게 한 다음, 문을 나무껍질 부스러기와 타르를 섞어 틀어막았단다. 그렇게 하면 가라앉지 않거든."

루카스는 이렇게 설명하고 파이프를 빨았다. 조그맣게 연기가 피어올랐다.

"이런 걸 할 줄 아는 사람은 그리 많지 않단다."

"문을 어떻게 한다고요?"

처음 듣는 말에 짐은 다시 물어 보았다.

"나무껍질과 타르를 섞어서 막았단다."

루카스가 다시 한 번 설명했다.

"틈새마다 그것으로 확 틀어막아서 물이 한 방울도 스며들지 못하게 하는 거야. 그것은 아주 중요한 일이야. 물에 가라앉지 않는 기관실, 텅 빈 보일러, 텅 빈 탄수차, 이 세 가지가 합쳐지면 엠마는 가라앉지 않아. 게다가 비가 내려도 새지 않는 선실까지 있단다."

"문을 움직일 수 없게 해 놓았는데 어떻게 들어가죠?"

"탄수차로 들어갈 수가 있지. 어떠냐? 머리를 쓰면 이렇게 기관차도 개구리처럼 멋지게 헤엄칠 수가 있단다."

"아아, 그래요!"

짐은 감탄하는 소리를 냈다.

"하지만 엠마는 모두 쇠로 만들어져 있잖아요?"

"문제없단다."

루카스는 자못 유쾌한 듯이 바다를 향해 공중 회전형 침뱉기를 해보였다.

"쇠로 만든 배도 많단다. 쇠로 만든 드럼통도 마찬가지야. 속이 텅 비어 있으면 가라앉지 않아. 물이 새어 들어가지 않는 한은 말이다."

"그래요?"

짐은 알겠다는 표정으로 고개를 끄덕였다.

그리고 이런 생각이 들었다.

'루카스는 정말 굉장해! 이런 친구와 함께라면 그리 위험한 일은 겪지 않을 거야. 약속을 지키길 잘 했어. 함께 떠나기로 한 건 정말 잘 생각한 거야!'

"어떠냐? 슬슬 출발해 볼까?"

"좋아요!"

두 사람은 엠마를 매두었던 밧줄을 풀었다. 돛이 바람을 머금어 부풀고 돛대가 조금 삐걱거렸다. 그러자 이상하게 생긴 배는 천천히 움직이기 시작했다.

바람 소리와 엠마의 뱃머리가 일으키는 조그만 파도 소리밖에는 아무 것도 들리지 않았다.

루카스는 짐의 어깨에 손을 얹고 있었다. 두 사람은 멀어져 가는 뭐요 할머니의 집, 옷소매 씨의 집, 작은 역, 높고 낮은 두 산 봉우리 사이에 있는 임금님의 성이 달빛 속에 멀어져 가는 것을 잠자코 지켜보았다. 짐의 검은 뺨 위로 커다란 눈물방울이 또르르 흘러내렸다.

"슬프니?"

루카스가 살며시 짐에게 물었다.

루카스의 눈가도 반짝이며 빛나는 것 같았다. 짐은 훌쩍거리며 콧물을 들이마시고 손등으로 눈물을 닦아냈다. 그리고 밝게 웃어 보였다.

"이제 괜찮아요."

"그래, 이제 햇빛섬은 그만 보자."

루카스는 짐의 어깨를 툭툭 다독이며 말했다. 두 사람은 몸을 돌려 저 멀리 앞을 바라보았다.

　　루카스는 파이프에 담뱃잎을 담아 불을 붙이고는 도넛 모양의 연기를 두세 개 만들어 보였다. 그리고 조금 뒤 두 사람은 이런저런 이야기를 주고받으며 유쾌하게 웃고 있었다.

　　햇빛섬을 떠난 두 사람은 달빛을 받아 반짝이는 바다를 천천히 미끄러져 나아갔다.

바다 여행

다행스럽게도 여행은 순조로웠다. 계속 날씨가 좋았고, 잔잔한 바람이 쉴 새 없이 돛을 부풀려 엠마를 앞으로 나아가게 해주었다.

"우린 지금 어디로 가고 있는 걸까요?"

이따금 짐이 걱정스러운 듯 중얼거렸다.

"전혀 짐작도 못하겠구나. 어디에든 도착하겠지. 우리 즐거운 마음으로 기다려 보자꾸나."

루카스는 별일 아니라는 듯이 대꾸했다.

며칠 동안은 날치 떼가 줄곧 따라와서 두 사람을 기쁘게 해준 적도 있었다.

날치란 매우 신기한 물고기였다. 짐의 머리 위를 스쳐 날면서 숨바꼭질을 하자고 조르는 듯했다. 그러나 눈이 핑핑 돌 정도로 빠르게 날아다니기 때문에 짐은 한 마리도 잡을 수가 없었다. 아니, 잡기는커녕 오히려 정신없이 쫓아다니다가 풍덩 하고 바다에 떨어진 적도 몇 번이나 있었다.

다행히 짐은 어릴 때부터 햇빛섬 바닷가에서 살아왔기 때문에 헤엄을 썩 잘 쳤다. 루카스의 도움을 받아 흠뻑 젖은 몸으로 기관실 지붕에 서 있으면 날치들은 물 위에 머리를 내놓고 비웃듯이 입을 크게 벌렸다.

물론 웃음소리는 들리지 않았다. 누구나 다 알다시피 물고기는 말을 할 줄 모르니까 말이다. 배가 고프면 두 사람은 산호나무에서 바다배나 바다참외를 따먹었다. 산호나무는 해저에서 해면에 다다를 정도로 크게 자라나는데, 그것에 열리는 열매는 영양가가 많고, 비타민도 충분히 들어있으며 수분이 꽤 많았다. 바닷물은 짜서 마실 수가 없었지만 루카스와 짐은 이 열매 더분에 목이 말라 고생하는 일이 없었다.

낮에는 이야기를 하거나 휘파람을 불거나 게임을 하며 놀았다. 루카스는 아주 긴 여행이 되리라 예상하고 게임 도구를 상자 가득히 준비한 것이다.

밤에는 바닷물이 새어들지 않도록 닫아 둔 탄수차의 뚜껑을 열고 석탄 구멍을 통해 기관실로 내려갔다. 루카스는 탄수차의 뚜껑을 안에서 조심스럽게 꽉 잠갔다. 그리고 두 사람은 따뜻한 담요에 몸을 감싸고 팔다리를 쭉 뻗었다. 선실은 비좁았지만 꽤 편했다.

그러던 어느 날 아침, 정확하게 말하면 여행을 떠난 지 4주일하고 세 번째 되는 날에 짐은 일찌감치 잠에서 깼다. 쾅 하고 몸에 충격을 받은 것 같았기 때문이다.

'뭐지?'

짐은 고개를 갸웃했다.

'엠마가 일부러 멈춘 것 같은데, 무슨 일일까?'

루카스는 깊이 잠들어 있었다. 짐은 친구가 깨지 않도록 살며시 일어나 창밖을 내다보았다.

장밋빛 새벽하늘 아래 뭐라 설명할 수 없이 아름답고 평화로운 풍경이 펼쳐져 있었다. 이토록 멋진 풍경은 지금까지 그림에서조차도 본 적이 없었다.

"말도 안 돼. 내가 헛것을 보고 있는 거야, 틀림없이."

짐은 고개를 흔들며 혼잣말로 중얼거렸다.

"이건 꿈속이야. 난 그저 꿈을 꾸고 있는 거야."

짐은 재빨리 다시 담요 안으로 들어가서 눈을 감았다. 계속 꿈을 꿀 생각에서였다. 하지만 눈을 감으면 아무것도 보이지 않았다. 역시 그건 꿈이 아니었다.

짐은 다시 일어나 창밖을 내다보았다. 풍경은 여전히 똑같았다.

울창한 나무들과 신비로운 빛깔의 화려한 꽃들이 만발해 있었다. 게다가 이상하게도 그것들은 하나같이 투명해 보였다. 여러 가지 색깔의 유리처럼 투명했다.

그곳엔 엄청나게 커다란 나무도 있었다. 장정 세 명이 손을 길게 맞이어도 안을 수 없을 만큼 커 보였다. 그 나무 역시 투명해서 뒤에 있는 것들이 훤히 보였다. 마치 수족관 유리 너머로 보는 것 같은 느낌이었다. 그 나무는 짙은 자줏빛이어서 그 뒤에 보이는 모습들도 모두 짙은 자줏빛에 덮여졌다.

초원에는 안개가 자욱이 끼어 있고 몇 줄기의 강이 흐르고 있었다. 강 여기저기에는 도기로 만든 좁고 아름다운 다리가 놓여 있었다. 조그만 은방울이 빼곡히 매달린 이상한 지붕도 아침 햇살에 반짝이고 있었다. 나무나 꽃들 중에도 그와 같은 은방울을 매단 것들이 많았다.

산들바람이 불면 도저히 이 세상 것이라고는 믿어지지 않는 영롱한 방울 소리가 여기저기서 입을 모아 울려 퍼졌다. 커다란 나비 몇 마리가 날개를 번쩍이면서 꽃에서 꽃으로 옮겨 다니고, 아주 작은 새가 구부러진 기다란 주둥이로 꽃에서 꿀과 이슬을 빨아먹고 있었다.

저 멀리에는 거대한 산들이 산꼭대기에 눈을 얹고 우뚝 솟아 있었다. 산들은 빨간색과 흰색의 무늬를 이루고 있어서 마치 꼬마 거인이 공책에 그린 낙서처럼 보이기도 했다.

짐은 입을 딱 벌린 채 정신없이 쳐다보고 있었다.

"무슨 일이냐, 짐?"

루카스의 목소리가 짐을 놀라게 했다.

"그다지 기분 좋은 얼굴은 아니구나. 그건 그렇고 잘 잤니?"

루카스는 크게 하품을 했다.

"아, 루카스, 저기 밖에…… 모두가…… 저렇게…… 투명하게 보이고…… 또…… 또…… 그리고……."

짐은 여전히 시선을 창밖에 던져둔 채로 더듬거리며 설명했다.

"투명해 보인다고?"

루카스는 그렇게 대답하며 다시 한 번 하품을 했다.

"바닷물은 언제나 투명하지. 물만 보고 있으니까 슬슬 싫증이 나기 시작하는걸. 빨리 어디든 뭍에 닿았으면 좋겠구나."

"바닷물이라니요!"

짐은 흥분한 나머지 고함치듯이 큰 소리로 말했다.

"나는 나무 이야기를 하고 있는 거라고요!"

"나무?"

루카스는 이렇게 물으면서 이번에는 기지개를 켰다. 온몸에서 뚝뚝 소리가 났다.

"아직도 꿈을 꾸고 있는 거냐, 짐? 바다 한가운데에 나무가 있을 리가 있나. 더구나 투명한 나무라니 말도 안 된다."

"바다가 아니라니까요!"

짐이 답답하다는 듯이 소리쳤다.

"육지예요! 나무와 꽃과 다리와 산들이……."

짐은 더 이상 참을 수가 없어서 루카스의 손을 잡아 일으켰다.

"어, 어!"

일어서며 루카스는 소리를 질렀다. 그리고 창틀을 붙잡고 꿈결 같은 풍경을 뚫어질 듯 바라보았다. 둘은 한동안 아무 말도 못했다.

"정말 놀라운걸!"

루카스의 입에서 겨우 그 한마디가 흘러나왔다. 그러고는 다시 아무 말도 하지 않았다. 그곳의 풍경에 압도되어 버린 것이다.

"여기가 어딜까요?"

짐이 간신히 침묵을 깨고 입을 열었다.

"이 이상한 나무들은……."

루카스는 생각에 잠기면서 대답했다.

"은방울이 하나 가득…… 도기로 만든 좁다란 다리…… 이곳은……?"

그리고 갑자기 큰 소리로 말했다.

"그래, 만다라야! 만다라가 아니고 이곳이 어디겠니! 기관사 루카스의 이름을 걸고 맹세한다! 자, 짐, 도와 줘. 엠마를 바닷가에다 밀어붙여야겠다."

두 사람은 석탄 구멍을 통해 밖으로 나와서 엠마를 육지로 밀어 올렸다. 그렇게 해놓고는 육지에 앉아 우선 천천히 아침식사를 했다. 마지막 남은 바다참외였다. 식사가 끝나자 루카스는 파이프에 불을 붙였다.

"이제 어디로 가죠?"

짐이 물었다.

"우선 핀으로 가는 게 좋겠다."

루카스가 잠시 생각을 하고 나서 대답했다.

"핀은 만다라의 수도란다. 틀림없이 맞을 거야. 어쩌면 임금님을 만날 수 있을지도 몰라."

"임금님을 만나 어쩌시려는 거죠?"

짐은 깜짝 놀라 물었다.

"기관차 한 대와 기관사 두 사람을 고용해 줄 수 없느냐고 물어 볼 생각이야. 어쩌면 그런 사람들을 찾고 있는지도 모르잖아. 그렇다면 우리는 이곳에서 살 수 있게 되지. 안 그래? 이곳에서 사는 건 나쁘지 않을 거야."

그래서 곧 두 사람은 엠마를 육지용으로 다시 바꾸는 작업을 시작했다. 먼저 돛대를 내리고 틈 사이에 끼워 놓았던 나무껍질과 타르를 조심스럽게 떼어내고 문을 열었다.

끝으로 엠마의 보일러에 물을 넣고 탄수차에 마른 나뭇가지를 채웠다. 나뭇가지는 주위에 얼마든지 있었다. 일이 모두 끝나자 두 사람은 보일러에 불을 땠다. 투명한 나뭇가지는 석탄처럼 활활 잘 타올랐다. 보일러의 물이 끓기를 기다렸다가 두 사람은 기관차에 시동을 걸었다.

엠마는 너무 좋아서 어쩔 줄을 몰랐다. 아무래도 엠마는 물과는 친해질 수 없는 모양이었다.

얼마 가지 않아 넓은 길이 나타났다. 그 길이라면 속력을 낼 수가 있었다. 물론 좁은 도기 다리는 피해서 갔다. 도기는 깨지기 쉬워 그 위를 기관차로 달리는 건 무리라고 여겨졌다.

오른쪽으로도 왼쪽으로도 구부러지지 않고 죽 뻗은 길에 들어선 것은 행운이었다. 왜냐하면 그 길이야말로 만다라의 수도 핀을 향해 똑바로 나 있었기 때문이다.

두 사람은 지평선을 향해 줄곧 달렸다. 지평선 저 너머에는 빨갛고 하얀 무늬의 산들이 우뚝 솟아 있었다.

거의 5시간 반을 달렸을 무렵, 기관차 위에 올라가 망을 보고 있던 짐의 시야에 커다란 텐트 같은 것이 무수히 보였다.

텐트는 햇빛을 받아 금속처럼 반짝였다.

짐이 아래쪽에 있는 루카스에게 큰 소리로 본 것을 알리자, 루카스의 대답이 되돌아왔다.

"핀의 황금 지붕이야. 길을 제대로 들어섰구나."

30분 뒤 이윽고 두 사람은 수도에 도착했다.

신기한 나라 만다라

펀 시가지는 사람들로 붐비고 있었다. 모두가 만다라 사람이었다. 짐은 이렇게 많은 사람들을 보는 것이 처음이라 왠지 마음이 진정되지 않았다. 눈은 아몬드 모양, 머리칼은 한 가닥으로 땋아 내렸고, 머리에는 커다랗고 둥근 모자를 쓰고 있었다.

만다라 사람은 거의 다 자기보다 조금 작은 만다라 사람과 손을 잡고 있었는데, 그 사람은 다시 자기보다 작은 사람과 손을 잡고, 그 사람은 또다시…… 하는 식으로 손을 잡고 있었다.

마지막 사람은 완두콩만 한 크기밖에 안 되었다. 그 사람이 다시 더 작은 사람과 손을 잡고 있는지 어떤지는 확대경이 없어 볼 수가 없었다.

만다라 사람들은 엄청난 수의 자식과 그 자식의 자식을 두고 있었는데, 그들이 자기 자식과 그 자식의 자식을 데리고 걷고 있는 모습이었다.

그 많은 사람들이 몸짓 손짓을 섞어가며 시끄럽게 떠들면서 이리 갔다 저리 갔다 하는 통에 짐은 머리가 핑핑 돌 지경이었다.

거리에는 집이 수천 채나 세워져 있었다.

집은 거의 다 몇 층이나 되는 높은 건물로, 우산같이 튀어나온 지붕이 달려 있었고 지붕은 황금으로 되어 있었다.

어느 창문에나 작은 깃발과 초롱이 달려 있었다. 뒷골목에는 집과 집 사이에 여러 개의 줄이 이어져 있었는데 그 위에는 빨래가 잔뜩 널려 있었다.

만다라 사람들은 깨끗한 것을 아주 좋아해서 옷에 조금만 때가 묻어도 절대로 입지 않았다. 완두콩 크기만 한 사람도 날마다 속옷을 빨아서 실처럼 가는 빨랫줄에 널어 말렸다.

엠마는 붐비는 사람들 사이를 잘 살피며 나아갔다. 자칫 잘못해 누구든 치어 버리면 큰일이다 싶었다. 몹시 긴장한 모습으로 헉헉 가쁜 숨을 몰아쉬었다. 쉴 새 없이 기적을 울려 아이들이나 그 아이의 아이들을 비켜나게 해야 했다. 어느새 숨이 턱에까지 차올랐다.

가까스로 궁전 앞 광장에 다다랐다. 루카스가 레버를 잡아당기자 엠마는 달리기를 멈추고 이제 살았다는 듯이 후우! 크게 숨을 토해 냈다.

만다라 사람들은 놀라서 정신없이 이리 저리 흩어져 도망갔다. 기관차라는 것을 처음 보았던 것이다.

그렇기 때문에 엠마를, 뜨거운 입김을 뿜어내며 자기들을 아침식사로 먹어치우는 무시무시한 괴물쯤으로 생각한 것이다.

루카스는 천천히 파이프에 불을 붙이면서 짐에게 말했다.

"그럼, 슬슬 가 볼까, 짐? 만다라 나라에 임금님이 있는지 없는지 알아보자!"

두 사람은 기관차에서 내려 궁전으로 발길을 돌렸다. 먼저 99계단을 올라가야만 문에 다다를 수 있었다. 문은 높이가 10미터, 폭이 6.5미터나 되고 전체가 흑단나무로 훌륭하게 조각되어 있었다. 흑단이라는 것은 칠흑나무를 말하는 것인데, 세계의 흑단을 모두 합쳐도 50톤하고 10.7킬로그램밖에 안 되는 귀중한 나무였다. 그 절반 이상이 그 당당한 문에 쓰인 것이다.

문 옆에 상아 문패가 박혀 있고, 그곳에 황금 글씨로 다음과 같이 쓰여 있었다.

만다라 임금

그리고 그 밑에 큼직한 다이아몬드 초인종이 달려 있었다.

"정말 굉장하군."

기관사 루카스가 중얼거렸다. 짐도 눈이 휘둥그레졌다.

루카스가 초인종을 눌렀다. 그러자 흑단의 거대한 문에 달려 있는 작은 창문이 열리고 커다랗고 노란 머리가 쑥 나왔다. 노란 머리는 두 사람을 보고 씨익 웃었다. 물론 그 머리 아래는 역시 커다란 몸체가 붙어 있겠지만 문에 가려 루카스에게는 보이지 않았다.

커다랗고 노란 머리가 꾸며낸 듯 높은 목소리로 물었다.

"고귀하신 분들께서 무슨 볼일로 오셨나요?"

"우리는 먼 나라에서 온 기관사들입니다."

루카스가 대답했다.

"만다라의 임금님을 뵙고 싶습니다."

"무슨 볼일로 우리 임금님을 만나려고 하십니까?"

"직접 뵙고 말씀드리는 편이 좋을 듯합니다."

"죄송하지만 그렇게는 안 됩니다. 우리 임금님께 직접 말씀드린다는 것은 말도 안 되는 소리입니다. 혹시 초대장이라도 갖고 계십니까?"

"아니요."

루카스는 어리둥절해하면서 대답했다.

"그렇지만 어째서 만나 볼 수 없다는 겁니까?"

창문으로 내민 노란 머리가 대답했다.

"바퀴벌레같이 비천한 제가 말씀드리는 것은 실례지만, 아무튼 이 문을 열어 드릴 수가 없습니다. 임금님께서는 그럴 시간이 없으시니까 요."

"그러나 오후라든가 저녁 때 잠깐 우리를 만나 줄 시간 정도는 있으실 테지요."

루카스가 우겨댔다.

"참으로 유감입니다만, 임금님께서는 시간이 전혀 없으십니다."

노란 머리가 상냥하게 미소를 지으며 말했다.

"그럼, 먼저 실례하겠습니다."

그렇게 말하고는 창문을 쾅! 닫아버렸다.

"쳇, 뭐가 저래!"

루카스는 못마땅하다는 듯이 투덜거렸다.

99개의 은계단을 내려오면서 짐이 말했다.

"틀림없이 임금님은 우리와 만날 시간이 있을 거예요. 저 노랑머리 녀석이 일부러 못 만나게 하는 게 아닐까요?"

"맞았어, 네 말대로야."

루카스도 화를 냈다.

"이제 뭘 하죠?"

"먼저 거리 구경이나 해 보자꾸나."

루카스는 금세 즐거운 듯이 말했다. 그는 화를 내도 결코 오래가지 않았다.

두 사람은 많은 사람들로 와자지껄한 광장을 가로질러 갔다. 만다라 사람들은 겁에 질려 얼마쯤 떨어진 곳에서 기관차를 바라보고 있었다. 난처해진 엠마는 헤드라이트 눈을 부끄러운 듯이 내리깔았다. 루카스가 가까이 다가가 그를 두드려 주자 안도의 숨을 내쉬었다.

"이봐 엠마, 내 말 잘 들어라."

루카스가 말했다.

"짐과 나는 잠시 거리 구경을 하고 올 테니까 얌전하게 기다리고 있어야 한다."

엠마는 순순히 후 하고 숨을 내쉬었다.

"너무 늦게 오지는 않을 테니까 염려 마."

짐이 달래 주었다.

루카스와 짐은 골목길이나 번화한 큰 거리를 몇 시간이나 어슬렁어슬렁 돌아다녔다. 보는 것도 듣는 것도 모두가 신기하고 진기한 것뿐이었고, 모든 게 놀라운 것들로 가득했다.

예를 들자면 귀닦이가 있다. 귀닦이의 일하는 방식은 구두닦이와 비슷했다. 길가에 편안한 의자를 마련해 두고 그곳에 손님을 앉혀 놓고는 귀를 청소해 주는 것이다. 그렇다고 해서 수건 같은 것으로 간단히 끝내는 것이 아니었다. 한참이나 복잡하고 예술적이라고까지 할 수 있는 방법으로 귀닦이가 진행되었다. 귀닦이는 은판을 얹은 작은 탁자를 갖고 있으며 그 위에 조그만 귀이개와 못, 가느다란 나무개비, 털이개솜, 접시 등을 헤아릴 수 없이 가득 늘어놓고 있었다. 그것들을 모두 사용해서 귀청소를 하는 것이다.

만다라 사람은 귀청소하는 것을 무척 좋아했다. 물론, 첫째는 깨끗한 것을 좋아해서였지만 두 번째로는 기분이 좋아지기 때문이었다. 귀닦이가 부드럽게 손을 놀리면 간지러운 듯하기도 하고 온몸이 짜릿짜릿한 것 같기도 한, 뭐라고 표현하기 어려운 오묘하고 야릇한 기분이 느껴졌다. 만다라 사람은 그것을 즐겼다.

그리고 머리카락을 헤아려 주는 장사꾼도 있었다. 머리카락이 몇 개인가를 헤아리는 것이다. 만다라 사람들은 그 수를 아는 것을 중요한 일로 여겼다. 그들은 머리카락 하나하나를 손쉽게 집을 수 있는 끝이 넓적한 황금 핀셋으로 백 개씩 헤아려 리본으로 묶었다. 그렇게 해서 머리가 리본투성이가 되면 그것을 옆에 있는 조수가 다시 헤아렸다. 헤아리는 데 몇 시간이 걸리는 건 흔히 있는 일이었다. 하지만 눈 깜짝할 사이에 끝나는 경우도 있었다. 만다라에도 머리카락이 두세 가닥밖에 남아 있지 않은 사람이 있었기 때문이다.

그 밖에도 여러 가지 신기한 것이 많았다. 예를 들면 거리 이곳저곳에는 마술사들이 있었다. 어떤 마술사는 손바닥에 올려놓은 한 알의 씨앗에서 나무를 키워내기도 했다. 나뭇가지에는 정말로 콩알만 한 작은 새가 앉아서 지저귀고 있었다. 가지에는 조그만 색사탕 같은 열매가 매달렸고, 마술사는 그것을 따서 먹어 보라고도 했다. 혓바닥이 녹아내릴 듯 달콤한 열매였다.

광대들도 있었다. 완두콩만 한 어린아이를 공기삼아 공기놀이를 했다. 더구나 어린아이들은 공중에 떠 있을 동안 나팔을 불며 유쾌한 음악을 들려주었다.

팔고 있는 물건도 가지각색으로 여러 가지가 있었다. 만다라에 가 보지 못한 사람은 누구라도 곧이듣지 않을 것이다. 여러 종류의 과일, 화려한 옷감, 접시나 항아리, 장난감, 그 밖에 여러 가지 도구 등을 하나하나 여기에 모두 적기에는 너무 벅차다. 그렇게 하다가는 이 책이 열 배나 두꺼워질 테니 말이다.

상아 세공사도 있었다. 그것은 믿을 수 없을 정도로 훌륭한 작업이었다. 상아 세공사 가운데는 일생에 걸쳐 하나의 조각품을 꾸준히 깎다가 100살을 넘긴 사람도 몇이나 있었다. 그러나 그런 작품은 값이 너무나 비싸서 온 세계를 찾아보아도 살 수 있는 사람이 한 사람도 없었다. 결국 세공사들은 누군가 자신의 작품과 어울린다고 생각되는 이에게 선물을 했다.

그런 세공사 중에 하나가 축구공만 한 크기의 옥을 조각하였는데, 그것은 표면 전체에 몇 겹으로 아름다운 그림이 조각되어 있었다. 가느다란 선이 겹쳐져 마치 레이스처럼 보였는데 그런 것을 딱딱한 상아로도 만들어 냈다.

그 레이스와 같은 옥을 자세히 들여다보면 안쪽에 또 옥이 있는 것을 알 수가 있다. 그 옥은 바깥의 것과 떨어져 있고 훌륭하게 조각되어 있었다. 더욱이 그 두 번째 옥 안쪽에 다시 또 하나의 옥, 그 안쪽에 또 하나의 옥…… 이런 식으로 몇 개의 옥이 겹쳐 있었다.

더구나, 그 훌륭한 작품을 세공사들은 한 개의 덩어리로 만드는 것이니 놀라지 않을 수 없다. 밖의 옥을 깎아내고 안쪽의 옥을 조각하는 것이 아니라 레이스 같은 조그만 구멍으로 가느다란 칼이나 끌을 집어넣어 조각을 하였다.

까마득히 먼 오랜 옛날, 아직 완두콩만 했던 어린아이 때부터 일을 시작해서 일을 끝마쳤을 때는 백발의 노인이 되었다고 했다. 그러니까 중심을 향해 겹쳐 있는 몇 개의 옥에는 세공사들의 온 생애가 마치 비밀로 가득 찬 그림책처럼 그려 넣어진 것이었다.

모든 만다라 사람들은 상아 세공사들을 대단히 우러러보았으며 그들을 '상아 대사'라고 불렀다.

꼬마 친구 핑 퐁

루카스와 짐은 하루 종일 돌아다녔다. 정신을 차려 보니 해가 지평선 가까이까지 가라앉아 황금 지붕이 저녁놀에 반짝이고 있었다. 이미 저녁놀이 진 골목길에서는 사람들이 초롱에 불을 켜든 채 걷고 있었다. 여러 가지 색깔의 초롱이 기다란 낚싯대 끝에 매달려 길을 비추었다. 몸집이 큰 사람은 큰 초롱을, 작은 사람은 작은 것을, 가장 작은 것은 꼭 반딧불만 했다. 그날 하루는 온종일 놀라운 일뿐이었다.

아침에 바다참외를 조금 먹었을 뿐 아무것도 먹지 못했다는 것을 두 사람은 그때 비로소 깨달았다.

"정말 잊고 있었네!"

루카스가 웃으면서 말했다.

"안 되겠군. 먼저 식당에 가서 맛있는 것으로 허기를 달래야겠어."

"좋아요."

짐도 찬성했다.

"그런데 만다라의 돈을 갖고 있어요?"

"아, 참 그렇구나."

루카스는 머리를 긁적였다.

"그건 미처 생각 못했구나. 하지만 돈이 있건 없건 사람은 무엇이든 먹어야 하거든. 어떻게 해야 할지 생각 좀 해 보자."

루카스는 골똘히 생각했다. 짐은 잠자코 루카스에게 어떤 수가 떠오르길 기다렸다.

갑자기 루카스가 큰 소리로 말했다.

"그렇지! 돈이 없으면 벌면 되는 거야!"

"그렇지만 지금 당장 어떻게 돈을 벌죠?"

"그거야 누워서 떡먹기지. 엠마한테로 돌아가서 10원을 내는 사람은 엠마에 올라타 광장 한 바퀴를 돌 수 있게 해주겠다고 말하는 거야."

두 사람은 서둘러 궁전 앞 광장으로 돌아왔다. 광장에는 아직도 많은 사람들이 겁먹은 듯 호기심어린 눈으로 엠마를 둘러싸고 있었다. 모두가 초롱을 들고 있는 것만이 한낮의 풍경과 달랐을 뿐이었다.

루카스와 짐은 사람들을 비집고 엠마에게로 다가가 기관차 위에 올라탔다. 기대에 찬 웅성거림이 사람들 사이에서 일어났다.

"여러분!"

루카스가 목소리를 높였다.

"내 말을 잘 들으십시오! 우리는 이 기관차를 타고 멀고 먼 나라에서 이곳까지 찾아왔습니다. 그리고 얼마 있다가는 또 다른 곳으로 갈 예정입니다. 일생에 한 번뿐인 기회를 놓치지 마시고 우리와 함께 이 기관차를 한번 타 보시지 않겠습니까? 요금은 특별 서비스로 단돈 10

원! 이 광장을 한 바퀴 도는 데 단돈 10원입니다."

사람들의 수군거림이 들려왔지만 모두 꼼짝 않고 서 있기만 했다.

루카스가 다시 한 번 소리쳤다.

"어서 가까이 다가와 구경하세요! 여러분, 기관차만큼 안전한 것은 없습니다! 무서워할 것 없어요. 자, 손님 여러분, 사양하지 마시고 어서 오십시오!"

사람들은 루카스와 짐의 행동을 유심히 지켜보고 있었지만 한 사람도 앞으로 나서지 않았다.

"아무도 타려고 하지 않는군. 이번에는 네가 한번 해 보거라."

짐은 크게 숨을 들이쉬고 힘껏 소리쳤다.

"애들아! 어린아이들, 그리고 그 아이들의 아이들아! 나와 함께 타 보자고! 이런 근사한 기계는 세계 어디를 가도 없단다! 회전목마보다 훨씬 더 재미있어! 자, 빨리 빨리 와! 곧 출발할 거야! 오늘은 특별 요금인 단돈 10원이야!"

여전히 누구 한 사람 꼼짝하지 않았다.

"한 사람도 오지 않는군."

짐이 실망해서 중얼거렸다.

"우리 두 사람이 먼저 한 바퀴 돌아볼까? 그렇게 하면 타고 싶은 마음이 생길지도 모르니까."

루카스가 말했다.

두 사람은 기관실로 들어가 시동을 걸었다. 엠마는 뿌우! 기적소리를 울렸다. 그런데 기대와는 정반대로 사람들은 겁에 질려 도망치기 시작했다. 이윽고 광장에는 사람의 모습이라곤 찾아볼 수가 없게 되었다.

"안 되겠군요."

기관차를 세우고 짐이 말했다.

"좀 더 그럴 듯한 방법을 생각해 내야겠군."

루카스도 보통 실망한 게 아니었다. 두 사람은 기관차에서 내려와 골똘히 생각했다. 그러나 뱃속에서 자꾸만 꾸룩꾸룩 소리가 났기 때문에 생각조차 제대로 할 수가 없었다. 참다못해 짐이 서글픈 표정으로 말했다.

"아무리 생각해도 뾰족한 방법이 떠오르지 않아요. 이곳 사람과 친구가 될 수 있다면 좋을 텐데……. 만다라 사람이라면 분명 좋은 방법을 알고 있을 거예요."

그때 갑자기 높고 가느다란 목소리가 들려 왔다.

"혹시 제가 도울 일이 있을까요?"

루카스와 짐이 깜짝 놀라 내려다보니 두 사람 발밑에 손바닥만 한 크기의 만다라 사람이 서 있었다. 어린아이의 아이가 틀림없었다.

그 조그만 만다라 사람은 탁구공 정도밖에 안 되는 머리에서 둥글고 작은 모자를 벗고는 깊숙이 머리를 숙여 정중하게 인사했다. 묶은 머리가 뒤에서 깡총 뛰어올랐다.

"낯선 나라에서 오신 손님들, 내 이름은 핑 퐁입니다. 기꺼이 손님들을 위해 돕겠습니다."

루카스는 입에 물고 있던 파이프를 빼들고 공손한 태도로 똑같이 인사했다.

"나는 루카스라는 기관사라오."

짐도 뒤따라 인사했다.

"나는 짐 크노프입니다."

그러자 핑 퐁은 다시 인사를 하고 노래하듯이 말했다.

"나는 손님들의 배가 꾸룩꾸룩 합창하는 소리를 들었습니다. 부탁이니 제가 대접할 수 있는 기회를 주세요. 잠깐 여기서 기다리시면 됩니다!"

그렇게 말하고 핑 퐁은 종종걸음으로 궁전을 향해 달려갔다. 마치 발바닥에 바퀴가 매달린 것처럼 빠른 속도였다.

이미 꽤 어두워진 저녁 어스름 속으로 핑 퐁의 모습이 사라져 버리자 루카스와 짐은 얼빠진 표정으로 서로의 얼굴을 쳐다보았다.

"어떻게 될까, 궁금한데요?"

짐이 말했다.

"어쨌든 기다려 보자."

루카스는 그렇게 말하고 파이프의 재를 툭툭 떨어버렸다. 핑 퐁은 무엇인가를 머리에 이고 간신히 몸의 균형을 잡으며 그들 곁으로 돌아왔다. 그것은 접시만 한 조그만 식탁이었다.

그 식탁을 기관차 옆에 내려놓고 주위에 우표만 한 방석을 몇 장 깔더니 한쪽 손을 내밀며 말했다.

"자리에 앉으시죠!"

두 사람은 간신히 그 방석 위에 앉았다. 보통 어려운 일이 아니었지만 실례가 되어서는 안 된다고 생각했기 때문이다.

핑 퐁은 다시 한 번 종종걸음으로 달려가서 이번에는 조그만 초롱을 들고 왔다. 핑 퐁은 초롱의 손잡이를 기관차 바퀴에 꽂았다. 식탁에 멋진 조명이 만들어졌다.

어느새 해는 완전히 지고 달은 아직 떠오르지 않고 있었다.

"자!"

핑 퐁은 그 광경을 만족스럽게 바라보면서 높은 목소리로 말했다.

"어떤 음식을 원하십니까, 낯선 나라에서 오신 손님들?"

"글쎄."

루카스는 난처한 듯이 대답했다.

"도대체 어떤 음식들이 있지?"

손님을 앞에 두고 핑 퐁은 열심히 음식 이름을 늘어놓았다.

"연한 다람쥐 귀 샐러드에다 백 년 된 달걀은 어떻습니까? 아니면 지렁이 설탕 잼에 시큼한 크림을 곁들인 것도 있답니다. 나무껍질 젤리에 말발굽 후레이크를 곁들인 것도 맛있습니다. 아니면 소금물로 끓인 벌집에 뱀가죽 프렌치소스 절임도 군침 돌죠. 개미 경단을 맛있는 달팽이 국에 띄운 것은 어떨까요? 아니면……."

"이봐, 핑 퐁!"

루카스는 실망한 눈으로 힐끗 짐을 쳐다본 다음 말했다.

"지금까지 말한 음식은 모두 맛있고 훌륭한 요리겠지만, 우리는 만다라 나라에 온 지 얼마 되지 않아 이 나라 요리에는 아직 익숙지 못해. 좀 간단한 것은 없을까?"

"물론 있지요!"

핑 퐁은 재빨리 대답했다.

"가령 말똥 프라이에 코끼리 크림을 곁들인 것은 어떨까요?"

"아니, 그런 것 말고 평범한 음식으로 말이야."

핑 퐁은 어리둥절한 표정을 짓다가 두 눈을 반짝이며 대답했다.

"아, 알겠습니다! 쥐꼬리라든가, 개구리알 푸딩 말이지요? 그런 것은 너무 흔해 빠져서요."

"그런 게 아니라 버터 바른 커다란 빵이라든가……."

"뭐라고요?"

핑 퐁이 되물었다.

"버터 바른 빵."

짐이 되풀이했다.

"그런 음식은 모르겠는데요."

핑 퐁은 난처한 표정을 지었다.

"그게 없다면 감자 으깬 것에 달걀 프라이도 괜찮겠지."

루카스가 다른 제안을 했다.

"그런 것은 들어 본 적도 없어요."

"스위스 치즈도 괜찮은데."

루카스가 다시 말했다.

입 안에는 자꾸만 침이 고였다.

그런데 이번에는 핑 퐁이 겁먹은 눈으로 둘을 바라보며 몸을 덜덜 떨었다.

"미, 미안합니다. 하지만 손님들, 치, 치, 치즈라는 것은 우유 썩은 걸 말하는 게 아닙니까? 그런 것을 정말로 먹는단 말입니까?"

"물론이지!"

두 사람은 입을 모아 대답했다.

"먹고말고!"

세 사람은 한참 동안 이것저것 생각해 보았다. 문득 기관사 루카스가 탁 하고 손가락을 튕기며 말했다.

"아참! 이곳 만다라에도 쌀이 있을 텐데?"

"쌀이요?"

핑 퐁이 물었다.

"쌀이라니 보통 쌀을 말하는 건가요?"

"그래요."

짐이 말했다.

"물론 있습니다! 아아, 이제야 해결이 되었군요!"

핑 퐁이 기쁜 듯이 외쳤다.

"임금님이 좋아하는 쌀 요리를 가져오지요. 금방 가져오겠습니다."

핑 퐁은 당장 뛰어갈 기세로 말했다. 그때 루카스는 핑 퐁의 조그만 소매를 붙잡으며 말했다.

"핑 퐁, 제발 풍뎅이라든가 구두끈을 기름에 튀긴 것은 가져오지 말아줘."

핑 퐁은 고개를 끄덕이고 어둠 속으로 사라졌다. 그리고 조금 뒤 손가락만 한 그릇을 몇 개 들고 돌아왔다. 핑 퐁은 그것을 식탁 위에 올려놓았다.

루카스와 짐은 얼굴을 마주 보았다. 굶주린 기관사 두 사람에게는 너무 적다는 생각이 들었던 것이다. 그러자 핑 퐁은 곧 다시 달려가서 그릇을 몇 개 더 가져왔다. 그리고 또다시 달려갔다. 드디어 식탁은 그릇들로 가득 찼다.

이것저것 할 것 없이 모두 맛있는 냄새가 나는 음식들이었다. 루카스와 짐 앞에는 가는 연필자루 같은 막대기가 놓여 있었다.

"이 막대기는 무엇에 쓰는 걸까?"

짐이 중얼거렸다. 그 말을 알아듣고 핑 퐁이 설명했다.

"단추를 달고 있는 손님, 그 막대기는 젓가락입니다. 그것으로 먹는 것입니다."

"네?"

짐이 조그맣게 소리를 질렀다. 어떻게 해야 할지 모르겠다는 눈치였다.

"좋아, 한번 해보자!"

루카스가 결심한 듯 말했다. 두 사람은 젓가락을 사용해 보았다. 그러나 쌀은 겨우 한 알씩 젓가락에 올라갈 뿐이었고, 그것마저도 입으로 가져가려 하면 자꾸만 떨어져 버렸다. 배는 점점 더 고파왔고 맛있는 냄새는 더욱 식욕을 돋우어 두 사람은 미칠 지경이 되었다.

예의바른 핑 퐁은 두 사람의 어설픈 동작을 비웃거나 하지는 않았다. 그런데 루카스와 짐이 마침내 웃음을 터트리자 핑 퐁도 함께 웃고 말았다.

"실례지만, 핑 퐁."

루카스가 말했다.

"젓가락 없이 그냥 먹는 게 낫겠어. 그렇지 않으면 굶어죽고 말겠는걸."

그렇게 말하고 두 사람은 그릇을 통째로 입에 가져가서 털어 넣었다.

그릇이라야 티스푼 정도의 크기밖에 되지 않았다. 모든 그릇에는 저마다 다른 요리법으로 조리된 쌀밥이 담겨 있었는데, 그 맛은 너무나 독특하고 향기로웠다.

빨간 쌀, 푸른 쌀, 검은 쌀, 달콤한 쌀, 톡 쏘는 쌀, 고기 맛이 나는 쌀…… 두 사람은 정신없이 먹이치웠다.

"이봐, 핑 퐁."

한참 뒤에 루카스가 물었다.

"이리 와서 좀 먹지 않겠어?"

"전 아직 먹을 수가 없습니다!"

핑 퐁이 진지한 얼굴로 대답했다.

"그런 음식은 우리 나이의 어린아이에게는 맞지 않습니다. 전 묽게 만든 음식을 먹습니다."

"흐음, 지금 몇 살이지?"

짐이 물었다.

"나는 오늘로서 368일이 되었습니다. 그러나 벌써 이가 네 개나 났습니다."

핑 퐁이 자랑스럽게 대답했다. 핑 퐁이 태어난 지 겨우 일 년하고 사흘밖에 되지 않았다는 것은 도저히 믿을 수 없는 일이었다! 하지만 거기에는 이런 까닭이 있었다.

만다라 사람들은 매우 슬기로운 민족으로 지구상에서 가장 슬기롭다고 해도 좋을 것이다. 그들은 다른 민족이 탄생되기 훨씬 이전부터 존재했던 대단히 역사가 긴 민족이었다. 콩알만큼 조그만 어린아이 때부터 자기 손으로 속옷을 빨 수 있는 것도 그 때문이다.

한 살이면 자유롭게 걸어 다니는 건 물론이고 이미 어른처럼 이야기를 할 수도 있었다. 두 살이면 읽고 쓰기를 할 수가 있고, 세 살이 되면 다른 나라에서는 대학교수가 겨우 풀 수 있을 정도의 어려운 수학 문제를 척척 풀었다. 만다라에서는 어느 아이나 그렇기 때문에 신기한 일도 아니었다.

갓난아기와 같은 핑 퐁이 이미 어른스러운 말로 대화를 할 수 있고 자기 자신의 일을 스스로 척척 해낼 수 있는 것도 그런 이유에서였다.

그 밖에는, 다른 나라의 그 나이 또래 아이들과 마찬가지로 역시 갓난아기였다. 예를 들면 팬티가 아니라 아직 기저귀를 차고 있었고, 그 끝을 엉덩이 근처에서 나비모양으로 붙들어 매고 있었다. 두뇌의 움직임만이 어른처럼 성장해 있었던 것이다.

수수께끼로 가득 찬 시

어느새 보름달이 떠올라 핀 시가지의 거리와 광장은 은빛으로 둘러싸여 있었다. 궁전의 탑에 달린 종이 울려 퍼졌다. 나직하나 그윽한 그울림은 한 번 크게 울리고는 이내 사라져 갔다.

"야우의 시각. 귀뚜라미의 시간입니다."

핑 퐁이 말했다.

"만다라의 갓난아기들이 모두 잠자리에 들기 전 젖을 마실 시간입니다. 잠깐 실례하고, 내 것을 타러 다녀와도 괜찮을까요?"

"물론이지!"

루카스가 대답했다. 핑 퐁은 달려가더니 얼마 뒤 젖꼭지가 달린 젖병을 안고 돌아왔다. 너무나 작아서 마치 인형 놀이를 할 때 가지고 노는 장난감 같았다. 핑 퐁은 방석 위에 눕고는 말했다.

"도마뱀 젖은 내가 가장 좋아하는 거예요. 나와 같은 갓난아기에게는 없어서는 안 되는 것이죠. 특별히 맛이 있는 건 아니지만 영양가가 꽤 높거든요."

그러고는 고무로 된 젖꼭지를 입에 물고 열심히 빨기 시작했다.

"이봐, 핑 퐁."

한참 있다가 루카스가 물었다.

"조금 전에 우리가 먹은 음식말이야. 도대체 어디서 그렇게 빨리 가져다 준 거지?"

핑 퐁은 젖병 빠는 것을 잠깐 멈추고 단숨에 대답했다.

"궁전의 주방에서 가져왔습니다. 저기, 저쪽 은계단 옆에 문이 보이지요?"

낮에는 루카스도 짐도 보지 못했는데 달빛 아래서는 그 문이 뚜렷이 떠올라 보였다. 짐은 놀라서 물어 보았다.

"보이기는 하는데 너는 그곳에 들어가도 괜찮은 거니?"

핑 퐁은 어깨를 흠칫해 보이면서 또다시 진지한 표정을 지었다.

"나는 이래 봬도 궁정 주방장 슈 프 루 피 풀의 32번째 손자인 걸요."

"아무리 그렇다고 해도 마음대로 음식을 가져와도 괜찮은 거니?"

루카스가 걱정스러운 듯이 물었다.

"내 말은 말이지, 그 음식은 누군가를 위해 준비해 둔 것이 아니냐 하는 거야."

"그것은 임금님의 저녁식사였어요."

핑 퐁은 한 손을 들어 걱정할 것 없다는 손짓을 해보이면서 말했다.

"뭐?"

"아니, 그러니까 임금님이 그것을 드시지 않았다는 거예요."

"어째서? 무척 맛이 있었는데."

두 사람은 영문을 알 수가 없었다.

"그럼 손님들은 임금님에 관한 얘길 아직 모르고 있습니까? 모두가 알고 있는데요."

"전혀 몰라. 도대체 무슨 일이지?"

핑 퐁은 갑자기 진지한 얼굴이 되었다.

"제 식사가 끝나면 보여드리죠. 잠시만 기다려 주세요."

그러고는 조그만 젖병을 들고 꿀꺽꿀꺽 마셨다.

루카스와 짐은 의아한 눈길로 서로 시선을 주고받으며 어쩌면 핑 퐁이 임금님에게 데려다 줄지도 모르겠다고 생각했다.

기다리고 있는 동안에 루카스는 놀라는 표정으로 젓가락을 한 짝 들어서 자세히 살펴보았다. 그리고 또 한 짝을 들어 살펴보고는 더 이상 참지 못하고 말했다.

"여기에 무엇인가 쓰여 있는데?"

"뭐라고 쓰여 있죠?"

짐은 아직 글을 읽을 줄 몰랐다.

루카스는 그것을 읽는 데 한참 걸렸다. 그것은 만다라의 문자였고 가로로 쓴 것이 아니라 세로로 쓰여 있었다. 한 짝에는 이런 내용이 쓰여 있었다.

'달을 보면 내 눈동자 눈물에 흐려지고……'

또 한 짝은 이러했다.

'희미한 그 그림자는 사랑하는 자식의 모습으로 보이네.'

"대단히 슬픈 시로군요."

루카스가 읽어주자 짐이 말했다.

"응, 누군가가 자기 자식을 그리워하며 슬퍼하고 있는 것 같군."

루카스가 대답했다.

"죽었을까? 병에 걸렸을까? 어딘가 아주 먼 곳으로 떠나가서 만나지 못해 안타까워하고 있는지도 모르겠군. 가령 납치를 당했다든가."

"그래요, 납치를 당한 거예요!"

짐은 고개를 끄덕이며 생각에 잠겼다.

"그럴지도 모르지."

"누가 지은 시인지를 알면 짐작할 수 있을 텐데."

루카스는 그렇게 말하고 파이프에 불을 붙였다. 두 사람의 이야기를 듣고 있던 핑 퐁이 젖을 다 먹고 나서 말했다.

"낯선 나라에서 오신 손님들, 그 시는 임금님이 지은 것입니다. 임금님께서는 나라에서 쓰는 모든 젓가락에 그 시를 적어 넣도록 명령했습니다. 모두가 늘 그 일을 기억하도록 말입니다."

"무슨 일을?"

짐과 루카스가 동시에 물었다.

"잠깐만 기다려 주세요!"

핑 퐁은 그렇게 말하고 서둘러 식기를 챙겨 궁전으로 가져갔다. 그리고 초롱을 벗겨 들었다.

"손님들, 이리로 오세요."

핑 퐁은 조금 격식을 차리는 몸짓으로 두 사람을 재촉하고는 앞장섰다. 그런데 몇 발짝 못 가서 갑자기 멈춰서더니 루카스 쪽을 돌아다보고 수줍은 듯이 미소를 지으면서 말했다.

"저어, 부탁이 있습니다만, 기관차를 꼭 한 번 타보고 싶습니다. 안될까요?"

"물론 되고말고!"

루카스가 대답했다.

"어디로 가는지 말만 하라고!"

짐이 조그만 핑 퐁을 안고 루카스와 함께 엠마에 올라탔다. 그리고 출발했다.

핑 퐁은 실례가 되지 않도록 웃는 얼굴을 보이려 애썼지만 역시 겁을 내고 있었다.

"와, 이건 너무 빠르다!"

핑 퐁이 큰 소리로 외쳤다.

"그 길을 왼쪽으로요…… 나는……."

그렇게 말하면서 근심스러운 듯이 통통한 배를 자꾸만 두드렸다.

"이번에는 오른쪽으로…… 나는, 나는, 틀림없이…… 아, 거기서 똑바로 가 주세요…… 나는 젖을 너무나 급하게 먹은 것 같습니다…… 아…… 그 다리를 건너 주십시오…… 나 같은 어린아이에게는…… 이제 똑바로 가 주세요…… 속이 좋지 않은 모양입니다…… 우와, 너무 빠르다."

몇 분 뒤 그들은 둥근 광장에 다다랐다.

광장 한가운데 굉장히 커다랗고 긴 초롱이 달려 있었다. 광고탑과 같은 크기로 검붉은 빛을 내뿜고 있었다. 은회색 달빛에 비친 커다랗고 텅 빈 광장의 한가운데 달려 있는 초롱, 그것은 꽤나 기묘하고 조금은 을씨년스러운 풍경이었다.

"멈춰요!"

가냘픈 목소리로 핑 퐁이 말했다.

"다 왔습니다. 이곳이 만다라의 한가운데입니다. 그리고 저 커다란 초롱이 있는 곳이 세계의 중심점입니다. 만다라의 지혜로운 사람들이 계산해서 얻은 지점이죠. 그래서 이 광장을 '한가운데'라고 부릅니다."

루카스 일행은 엠마를 세우고 내렸다.

커다란 초롱에 가까이 다가가 보니 무엇인가 글자가 쓰여 있었다. 역시 만다라 문자였고 세로로 적혀 있었다.

　나, 만다라 임금 풍 깅은
　여기에 엄숙하게 선언하노라.
　나의 딸 리시 공주를
　용의 거리에서 구해 오는 자에게
　나는 공주를
　아내로 삼도록 하겠노라.

그것을 다 읽고 난 뒤에 루카스는 획 휘파람을 불었다. 놀랐던 것이다.

"뭐라고 쓰여 있죠?"

짐이 궁금해하며 물었다.

루카스가 다시 소리 내어 읽었다.

그러는 동안에 핑 퐁은 왠지 불안한 표정으로 변해 갔다.

"나는 젖을 너무 서둘러 먹은 것 같아요, 틀림없이."

걱정스러운 듯이 몇 번이나 그렇게 중얼거리더니 갑자기 큰 소리로 외쳤다.

"앗! 어쩌지!"

"무슨 일이니?"

짐이 엉겁결에 몸을 굽히고 물었다.

"아닙니다, 손님들."

핑 퐁은 우물쭈물하면서 대답했다.

"나와 같은 갓난아기가 흥분해 버리면 어떻게 되는지 알고 계시죠?

그리고 시간이 너무 늦었어요, 그만 실수를 했어요. 기저귀를 갈아 차야겠습니다."

그들은 서둘러 궁전으로 되돌아갔다. 그곳에서 핑 퐁은 급하게 작별 인사를 했다.

"나 같은 젖먹이는 이제 자야 합니다. 그럼 내일 아침에 다시 만나요! 안녕히 주무세요. 손님들! 만나서 정말 기뻐요."

핑 퐁은 꾸벅 인사를 한 뒤 궁전 그늘로 사라져 갔다. 궁전의 주방문이 열리고 다시 닫히더니 이윽고 주위는 쥐죽은 듯이 조용해졌다. 미소를 지으며 핑 퐁의 뒷모습을 지켜보던 짐이 생각난 듯 말했다.

"급하게 먹어서가 아니라 달리는 엠마를 처음 타봤기 때문일 거예요."

"그럴지도 모르지."

루카스가 말했다.

"아무래도 그렇게 빠른 건 처음일 테니까. 게다가 너무 어리기도 하고. 자, 짐, 우리도 그만 자자. 오늘은 너무 고단한 하루였어."

두 사람은 기관실로 들어가 몸을 편히 하고 누웠다. 바다 여행으로 좁은 기관실의 잠자리는 몸에 배어 있었다.

"루카스, 우리가 공주를 구할 수 없을까요?"

짐이 담요를 끌어당기면서 나직이 말했다.

"우리 한번 해봐요, 네?"

"나도 그 생각을 하고 있었다. 우리가 그렇게만 한다면 임금님은 틀림없이 이 만다라에 철도를 놓도록 허가해 줄 거야. 짐, 그러면 우리의 귀여운 엠마는 다시 철로 위를 달릴 수 있게 될 거야. 그리고 우리도 이곳에 머물러 살 수 있게 될 거다."

짐은 솔직히 말해서 이곳에 계속 머물고 싶은 생각은 없었다. 물론 만다라는 멋진 나라였다. 그렇지만 좀 더 사람이 적은 곳, 한 사람 한 사람을 구별할 수 있는 곳에서 살고 싶었다. 예를 들면 햇빛섬 같은 나라…… 햇빛섬은 정말 좋은 나라였다. 하지만 그런 말을 입 밖에 내어 말하지는 않았다. 루카스는 분명 향수병에 걸렸다며 염려할 것이기 때문이었다.

그래서 이렇게 말했다.

"하지만 용에 대해서 뭔가 알고 있나요, 루카스? 공주를 구해내는 것은 굉장히 어려운 일일 거예요. 나는 그렇게 생각해요."

루카스는 명랑하게 대답했다.

"아직 한 번도 본 적이 없단다. 동물원에서도 말이야. 그러나 엠마라면 어떤 괴물과도 싸워줄 거야."

"글쎄요, 상대가 한 마리라면 틀림없이 싸우겠지요. 하지만 거기에는 용의 거리라고 적혀있었어요."

그렇게 말하는 짐의 목소리는 어딘지 풀이 죽어 있었다.

"좀 더 두고 보기로 하자."

루카스가 대답했다.

"우선 잠이나 자자. 잘 자라, 짐. 걱정할 것은 없어."

그로부터 한참 동안 짐은 뭐요 할머니가 어떻게 지내고 계실까 떠올려 보았다. 그리고 하느님께 기도했다.

'만일 뭐요 할머니가 슬퍼하고 있다면 위로해 주세요, 제발 저의 일을 모두 얘기해 주세요.'

그리고 나서 짐은 깊이 잠든 엠마의 편안한 숨소리를 가만히 듣고 있었다. 그러는 사이에 짐도 잠이 들었다.

햇빛섬 서커스단

이튿날 아침 두 사람이 잠에서 깨어났을 때 해는 이미 높이 떠올라 있었다. 어제와 마찬가지로 사람들의 무리가 또다시 기관차를 멀리 에워싸고 모여 있었다. 루카스와 짐은 아침 인사를 나누고 밖으로 나가 마음껏 기지개를 켰다.

"오늘은 날씨가 기막히게 좋구나!"

루카스가 말했다.

"임금님을 찾아가 공주님을 구출해내겠다고 말하기에 꼭 알맞은 날씨야."

"먼저 아침을 먹어야죠?"

"임금님이 대접해 줄 거야."

두 사람은 다시 99개의 은계단을 올라가 다이아몬드 초인종을 눌렀다. 흑단나무의 조그만 창문이 열리고 커다랗고 노란 머리가 쑥 나왔다.

"아아, 고귀하신 분들, 무슨 일이신가요?"

사나이는 어제와 마찬가지로 가식적인 목소리와 미소로 루카스와 짐을 맞았다.

"만다라 임금님을 만나고 싶소."

루카스가 대답했다.

"유감이지만 임금님께서는 오늘도 시간이 없으십니다."

노란 머리는 그렇게만 대답하고 창문을 닫으려고 했다.

"기다려줘요!"

루카스가 소리쳤다.

"두 사람이 공주님을 용의 거리에서 구해내기 위해 임금님을 뵈러 왔다고 전해 주시오."

"아아, 그렇습니까?"

노란 머리는 큰 소리로 외쳤다.

"그렇다면 이야기가 다릅니다. 잠시 기다려 주십시오!"

그렇게 말하고는 창문을 닫았다.

두 사람은 문 앞에 서서 기다렸다.

더 기다렸다.

조금 더 기다렸다.

노란 머리가 말한 '잠시'는 이미 훌쩍 지나버렸다. '잠시'는커녕 벌써 오랜 시간이 지나있었다. 그런데도 여전히 노란 머리는 창문에 나타나지 않았다.

꽤나 한참동안을 기다린 뒤 견디다 못해 루카스가 신음하듯 말했다.

"네 말이 옳았어, 짐. 먼저 아침식사부터 하는 것이 좋을 뻔했다. 틀림없이 점심식사는 임금님의 궁전에서 먹게 될 거야."

짐은 핑 퐁을 찾기 위해 주위를 두리번거렸다. 그러자 루카스가 말했다.

"그건 안 돼, 짐. 갓난아기에게 몇 번씩이나 얻어먹을 수는 없어. 자기 일은 스스로 처리해야지 비웃음 당하지 않는단다."

"그럼 다시 엠마로 장사를 하자는 건가요?"

짐이 조심스럽게 물었다.

루카스는 파이프의 연기를 뽑아내고 대답했다.

"좀 더 좋은 것을 생각해 냈다, 짐."

그러고는 공중회전형 침뱉기를 해보였다. 그렇지만 짐만 볼 수 있는 아주 작은 동그라미였다.

"알겠니, 짐?"

루카스가 한쪽 눈을 찡긋해 보였다.

"아니요, 모르겠는걸요."

짐이 어리둥절한 얼굴로 대답했다.

"어제 곡예하는 걸 보았지? 그걸 내가 하겠다는 말이야. 나도 몇 가지는 할 수 있지. 그러니까 우리 둘이 서커스를 하자는 거다."

"서커스요? 우와, 신난다!"

짐은 마음이 들떠 소리를 질렀다. 그러나 금세 자신은 할 줄 아는 곡예가 없다는 걸 깨달았다. 조금 실망스런 눈빛으로 물었다.

"나는 무엇을 하지요?"

"어릿광대 노릇을 해서 나를 도와주면 돼."

루카스가 대답했다.

"자, 곡예를 할 수 있다는 것이 얼마나 도움이 되는지 두고 봐라, 짐."

두 사람은 엠마 위로 기어 올라갔다. 그리고 어제 했던 것처럼 번갈아 가며 목소리를 높여 외쳐댔다.

"여러분! 우리는 멀리 햇빛섬에서 찾아온 서커스단입니다. 지금부터 여러분은 그 어떤 나라에 가서도 볼 수 없는 환상적인 묘기를 보게 될 것입니다. 자, 어서 오십시오. 곧 시작됩니다!"

사람들은 호기심에 이끌려 조금씩 다가왔다. 루카스는 먼저 '세계에서 가장 팔 힘이 센 사나이'라고 외치며 맨손으로 철봉을 구부리는 곡예를 하겠다고 했다. 기관차에서 꺼내 온 굵고 긴 철봉을 들고 루카스가 나타났다.

만다라 사람들은 서커스라면 맥을 못 추었다.

모두가 바짝 다가왔다.

관중의 웅성이는 소리가 높아지는 가운데 루카스는 철봉을 구부려 매듭을 지어 보였다. 그러자 커다란 박수가 터져 나왔다.

다음은 짐이 불붙은 성냥개비를 높이 치켜들었다. '침뱉기 명수' 루카스가 3.5미터나 떨어진 곳에서 보기 좋게 그 불을 껐다. 어릿광대 노릇을 하는 짐은 바보스럽게 자기에게 침이 떨어지지 않을까 겁이 나는 듯한 몸짓을 해댔다.

침뱉기 묘기가 끝나고 나서 루카스는 기관차 엠마의 기적 소리에 휘파람으로 화음을 넣으며 흥겨운 음악을 들려주었다. 정말로 만다라에서는 아무도 본 적도 들은 적도 없는 곡예뿐이었다. 박수와 환호소리가 오랫동안 울려 퍼졌다.

짐은 마지막 곡예가 시작되기 전에, 이것은 온 세계 어디를 가도 볼 수 없는 곡예이니 제발 조용히 관람해 달라고 관중에게 부탁했다.

많은 사람들이 숨을 죽이고 지켜보는 가운데 루카스는 커다랗게 공중을 회전하는 침뱉기를 멋들어지게 해 보였다. 짐조차도 아직 본 적이 없는 커다란 원이었다.

폭포 같은 박수가 터져 나왔다. 만다라 사람들은 다시 한 번 곡예를 보여 달라며 환호했다. 짐은 곡예가 시작하기 전부터 돈을 모으고 다녔다. 광장에는 점점 더 많은 구경꾼이 몰려들었고 역시나 많은 돈을 벌 수 있었다.

만다라 동전은 아주 작았고 가운데에는 구멍이 뚫려 있었다. 짐은 그 구멍에 끈을 끼워 한 뭉치씩 묶어 놓았다. 보관하기가 굉장히 편리한 돈이었다. 만약 그렇게 할 수 없었다면 많은 돈을 어떻게 챙겨야 할지 곤란했을 것이다.

그렇게 해서 한 시간이 지나고 두 시간이 지났다. 그때까지도 노란 머리는 창문에 나타나지 않았다.

거기에는 그럴 만한 이유가 있었다.

커다란 흑단문 너머에는 궁전의 관청이 있었다. 관청이라는 곳은 무엇이든 엄청나게 시간을 잡아먹는 곳으로, 맨 먼저 수위는 수위계장에게 용건을 전달하고 수위계장은 수위장에게, 수위장은 서기에게, 서기는 관방서기에게, 관방서기는 관방서기장에게, 관방서기장은 대법원 참사관에게…… 이런 식으로 차례차례 한 단계씩 위의 관리에게 전달해야만 했다. 이런 차례를 알고 있다면 용건이 본즈에게까지 도달하는 데 얼마나 오랜 시간이 걸릴지 쉽게 상상할 수 있을 것이다.

본즈란 만다라의 장관을 말한다. 국무총리는 '대본즈'라고 불렸는데 지금의 대본즈는 '피 파 포'라는 사람이었다.

피 파 포 씨에 대해서는 유감스럽지만 조금 좋지 않은 이야기를 꺼낼 수밖에 없다. 피 파 포 씨는 대단한 야심가로서 자기 이외의 누군가가 어떤 훌륭한 일을 해내는 걸 참지 못하는 사람이었다.

그렇기 때문에 리시 공주를 구해내겠다는 외국인의 전갈을 듣고 난 뒤 그의 가슴에 흉악한 질투의 불꽃이 활활 타올랐다.

"이 세상에서 공주를 아내로 맞이할 가치가 있는 사람은 나밖에 없다."

국무총리는 혼잣말로 중얼거렸다.

그렇다고 국무총리가 공주를 좋아하는 것도 아니었다. 다만 질투를 느낀 것뿐이었다. 물론 스스로 용의 거리로 나가 공주를 구해낼 용기는 털끝만큼도 없었다. 그런 일은 무서워서 생각조차 못했다. 하지만 대본즈인 자신도 그런 용기를 갖지 못했는데 누군가 다른 사람이 그 영광스러운 모험에 나선다고 하는 것은 도저히 참을 수 없는 일이었다. 피파 포 씨는 어떻게든 손을 써야겠다고 생각했다.

"좋다, 그 외국 놈들을 혼내줘야겠다. 간첩으로 몰아 감옥에 집어넣어야지. 임금님 모르게 쓱싹 해치워야 해. 자칫 잘못하면 내 목이 위태로울 테니까."

국무총리는 궁전 경비대 대장을 불렀다.

대장은 국무총리 앞에 서서 차렷 자세로 커다란 칼을 들어 경례했다.

험상궂은 얼굴에 흉터투성이인 그 힘센 사나이는 겉으로 보기엔 우람했지만 사실 매우 단순한 사람이었다. 할 수 있는 일이라고는 단 한 가지, 명령에 따르는 것뿐이었다. 본즈에게서 일단 명령이 떨어지면 그것이 어떤 명령이든, 옳고 그른 것에 상관없이 실행할 뿐이었다.

"대장, 궁전 입구에서 기다리고 있는 외국인 두 명을 나에게로 끌고 오너라. 단, 이 일은 아무에게도 말해서는 안 된다, 알겠느냐?"

"네!"

대장은 우렁차게 대답하고 다시 경례를 한 다음 서둘러 경비병을 불렀다.

위험한 순간

햇빛섬 서커스단의 공연이 끝나자 또다시 관객의 박수가 광장에 울려 퍼졌다.

"자, 이제는 아침식사를 해야겠다."

루카스가 짐에게 말했다.

"돈도 넉넉하니까 천천히 맛있는 것을 먹어보도록 하자."

그리고 관객들에게 알렸다.

"잠깐 휴식을 취하겠습니다!"

그때 궁전의 흑단문이 활짝 열리더니 제복을 입은 병사 30명쯤이 발걸음을 맞춰 계단에서 내려왔다. 끝이 뽀족한 투구를 쓰고 커다란 칼을 차고 있었다. 사람들은 숨을 죽이고 겁먹은 듯 일제히 길옆으로 물러났다. 30명의 병사는 짐과 루카스 쪽으로 걸어오더니 눈 깜짝할 사이에 두 사람을 에워쌌다. 대장이 루카스 앞에 나서서 말했다.

"고귀하신 손님들, 송구스럽지만 나를 따라 지금 궁전으로 들어가 주셔야겠습니다."

대장은 명령하는 듯 무뚝뚝하게 말했다.

루카스는 대장을 머리꼭대기에서 발끝까지 느긋이 훑어본 다음 주머니에서 파이프를 꺼내 천천히 담뱃잎을 담은 뒤 불을 붙였다. 담뱃잎에 불이 붙기 시작하자 루카스는 대장 쪽으로 얼굴을 돌리고 천천히 말했다.

"안 되겠는걸. 지금은 가기가 곤란하단 말씀이야. 우린 아침식사를 하러 가는 길일세. 너무 오랫동안 기다렸으니 이번에는 그쪽에서 기다릴 차례야."

대장은 칼자국투성이의 얼굴로 싱긋 웃어보였다. 의식적인 웃음이 얼굴을 더욱 험상궂게 만들었다.

"나는 최고 명령을 받들어 이곳에 왔습니다. 나는 명령받은 대로 실행해야 합니다. 명령에 따르는 것이 나의 의무입니다."

"하지만 내 의무는 아니지."

루카스가 그렇게 말하고 퍽퍽 연기를 뿜어댔다.

"당신은 도대체 누구요?"

"나는 궁전 경비대 대장입니다."

대장은 큰 소리로 대답하고 칼을 들어 경례했다.

"만다라의 임금님께서 보냈소?"

"그렇지는 않습니다. 국무총리 피 파 포 씨의 명령입니다."

대장은 말했다.

"어떻게 할까, 짐?"

루카스가 친구에게 물었다.

"먼저 아침식사를 할까? 아니면 국무총리를 먼저 만나 볼까요?"

"나도 모르겠어요."

짐은 어쩐지 일이 심상치 않게 느껴졌다.

"그렇다면 좋아."

루카스가 결단을 내렸다.

"저쪽에서 어떻게 대접하든 이쪽은 실례가 되지 않도록 하자꾸나. 자 가자, 짐."

경비대는 두 사람을 가운데 세우고 발걸음을 맞춰 99개의 계단을 올라가 문을 지나 궁전으로 들어갔다.

높은 천정의 복도는 말할 수 없이 화려했다. 녹색 비취로 된 굵은 기둥이 사이사이에 세워져 있었는데, 그것들은 은은한 빛깔의 진조개가 장식된 천정을 떠받치고 있었다. 여기저기에는 빨간 벨벳과 아름다운 꽃무늬의 비단 커튼이 걸려 있었다.

복도는 오른쪽 왼쪽 여러 갈래로 나뉘어 있었다. 그리고 5미터 간격으로 문이 있었고, 여러 갈래의 복도는 또다시 갈라지고 갈라졌다. 복도는 하나같이 끝이 보이지 않을 만큼 길었고 문도 헤아릴 수 없이 많았다.

"이곳은 궁전 관청입니다."

대장이 낮은 목소리로 설명했다.

"이제부터 나를 따라와 주십시오. 국무총리 피 파 포 각하에게로 안내하겠습니다."

"우리는 말이오."

루카스가 불쾌한 듯이 말했다.

"국무총리가 아니라 임금님을 만나 뵈러 왔소."

"국무총리 각하가 임금님께 데려다 줄 것입니다."

그들은 계속 걸어갔다. 그리고 오른쪽 왼쪽 복도를 몇 번이나 꺾어진 끝에 겨우 어떤 문 앞에 도착해 섰다.

"여깁니다."

대장이 옷차림을 단정히 추스르며 나직한 목소리로 다 왔음을 알려 주었다.

루카스는 문을 두드린 뒤 짐과 함께 안으로 들어갔다. 병사들은 복도에 남아 있었다.

방 안에는 매우 뚱뚱한 본즈 세 사람이 비단 부채를 하나씩 들고 높은 의자에 앉아 있었다. 가운데 있는 본즈는 보다 높은 의자에 앉아 있고 황금색의 헐렁한 옷을 입고 있었다. 피 파 포 씨였다. 본즈들 앞에는 각각 서기가 한 사람씩 붓과 먹과 종이를 가지고 앉아 있었다. 만다라에서는 붓으로 글씨를 썼던 것이다.

"여러분 안녕하십니까!"

루카스가 모자에 손을 가져가며 명랑한 목소리로 인사했다.

"당신이 국무총리인 피 파 포 씨입니까? 우리는 임금님을 만나고 싶습니다."

"안녕하십니까!"

국무총리가 웃음을 띠고 인사했다.

"임금님께는 나중에 가도 됩니다."

"그게 좋겠소."

두 번째 본즈가 덧붙이고는 곁눈으로 국무총리를 흘끗 보았다.

"가지 못할 것도 없소."

세 번째 본즈가 말했다. 그리고 세 사람이 마주 보고 고개를 끄덕이자 서기들은 웃으며 종이 위에 웅크려 본즈들의 깊은 뜻이 담긴 말을 후세에 전하기 위해 기록했다.

"먼저 몇 가지 질문을 해야겠소."

국무총리가 말했다.

"그대들은 도대체 누구요?"

"대체 어디서 온 사람들이오?"

두 번째 본즈가 말했다.

"그래 무슨 볼일로?"

세 번째 본즈가 말했다.

"나는 기관사 루카스요, 이쪽은 나의 친구 짐 크노프."

루카스는 아무런 적대심 없이 말을 이었다.

"우리는 햇빛섬에서 왔습니다. 만다라의 임금님을 만나 공주님을 용의 거리에서 구출하겠다고 말씀드릴 생각입니다."

"훌륭한 생각이십니다!"

국무총리가 빙글빙글 웃으면서 말했다.

"말로는 누군들 못하겠습니까."

"증명해 보일 서류라도 가지고 있소?"

두 번째 본즈가 말했다.

"아니면 허가증이라도?"

세 번째 본즈가 말했다.

"대체 무슨 일입니까, 본즈님들?"

이렇게 말하고 루카스는 모자를 뒤로 젖히며 입에서 파이프를 빼냈다.

"왜들 이러십니까? 왜들 그렇게 비아냥대지요? 당신들이 이곳에서 그렇게 잘난 체하고 있는 것을 임금님께서 알게 된다면 틀림없이 화를 내실 텐데요."

"임금님께는 절대로 알려지지 않소."

국무총리가 웃으면서 말했다.

"다른 나라에서 온 손님이 우리 모르게 임금님을 만날 수는 없소."

두 번째 본즈가 재미있다는 듯이 말했다.

"우리가 먼저 용건을 알아보기 전에는 임금님을 만날 수 없도록 되어 있소."

세 번째 본즈가 결론을 내렸다.

"그렇다면 좋습니다."

루카스는 한숨을 쉬며 말했다.

"하지만 서둘러 조사해 주십시오. 우리는 아직 아침식사를 못했으니까요."

"그렇다면 루카스 씨, 신분증명서는 가지고 있습니까?"

국무총리가 먼저 묻기 시작했다.

"없습니다."

루카스는 대답했다.

본즈들은 미간을 찌푸리며 뭔가 의미 있는 눈길을 나누었다.

"신분증명서가 없다면 그대가 존재한다는 것조차 증명할 수 없는 것이다."

두 번째 본즈가 말했다.

"신분증명서가 없다면 그대는 처음부터 존재하지도 않은 인물이다. 관청의 입장으로는 그렇소!"

세 번째 본즈가 말했다.

"따라서 임금님을 만날 수 없소. 존재하지 않는 사람은 어디에도 갈 수 없기 때문이오. 논리적이지 않소?"

그러고 나서 본즈들은 서로 고개를 끄덕이고, 서기들은 그들의 말을 후세에 남기기 위해 열심히 적어 넣었다.

"하지만 우리는 이곳에 이렇게 서 있지 않습니까?"

참다못해 짐이 끼어들었다.

"그러니까 존재한다고요."

"있는 거야 쉽지."

국무총리가 웃으며 말했다.

"말만 가지고는 증명이 되지 않소."

두 번째 본즈가 말했다.

"어쨌든 관청의 입장으로는 그렇소."

세 번째 본즈가 말했다.

"임시 신분증명서를 발행해 줄 수도 있기는 하오."

국무총리가 뽐내며 말했다.

"그러나 그것이 우리가 해줄 수 있는 전부요."

"그렇다면 다행이군요. 그 증명서가 있으면 임금님을 만나 뵐 수 있겠죠?"

"아니, 안 됩니다. 그것으로도 임금님을 만날 수는 없소."

두 번째 본즈가 말했다.

"그럼 그것으로 무엇을 할 수 있습니까?"

루카스가 물었다.

"아무것도 할 수 없소."

세 번째 본즈가 대답했다.

그리고 또다시 세 명의 본즈는 부채를 흔들며 고개를 끄덕이고, 서기들은 히쭉 웃으며 상관의 그럴 듯한 말을 적어 넣었다.

"본즈님들, 내 말을 잘 들으시오."

루카스가 느릿느릿 입을 열었다.

"지금 당장 임금님께 안내해 주지 않으면 우리가 과연 존재하는지 어떤지 당신들 앞에서 확인시켜 드리겠소. 여기 관청에서 말이오!"

그렇게 말하면서 루카스는 커다랗고 검은 주먹을 휘둘러 보였다.

짐도 조그만 주먹을 휘둘렀다.

"말조심하는 것이 좋을걸!"

국무총리가 야비한 웃음을 띠고 엄포를 놓았다.

"지금 한 발언은 본즈에 대한 모욕이다! 따라서 그대들을 당장 감옥에 집어넣을 수도 있다."

"뭐라고? 웃기지 마라!"

루카스가 고함을 쳤다. 더 이상 봐줄 수가 없었다.

"당신들은 처음부터 우리를 임금님에게 안내할 생각조차 없었어, 그렇지?"

"그렇다."

국무총리가 대답했다.

"어째서지?"

"그대들은 간첩이니까."

국무총리는 그렇게 말하고 승리라도 한 듯이 싱긋 웃었다.

"그대들을 체포한다!"

"그래!"

루카스는 차가울 정도로 침착하게 대꾸했다.

"우리를 바보로 보는군, 그렇지? 이 뚱보에다 멍청이 같은 본즈 녀석들. 하지만 당신들, 상대를 잘못 골랐어!"

말이 떨어지자마자 루카스는 먼저 서기들에게 덤벼들어 들고 있던 붓을 차례차례 빼앗고 그것으로 귀를 찰싹 때렸다. 서기들은 뒤로 벌렁 넘어져 엉엉 울기 시작했다.

그 다음 루카스는 입에 파이프를 문 채 피 파 포 씨의 두 손을 붙잡아 높이 들어올렸다. 그리고 공중에서 뒤집어 그대로 머리를 쓰레기통에 밀어 넣었다. 화가 난 국무총리는 큰 소리로 비명을 지르며 두 다리를 버둥거렸지만 빠져나오지 못했다.

다음은 나머지 두 본즈의 차례였다. 루카스는 두 손에 한 사람씩 목덜미를 낚아챘다. 그런 다음 발로 창문을 열어 한꺼번에 밖으로 내뻗었다.

본즈들은 애처로운 비명을 질렀으나 다리를 버둥거릴 용기도 없었다. 루카스가 손을 놓을까 두려워 벌벌 떨고 있을 뿐이었다. 그곳은 굉장히 높은 곳이었다.

"맛이 어떠냐?"

루카스는 파이프를 문 채 웅얼거리듯이 말했다.

"또 한 번 으스대보시지?"

그러면서 두 사람을 흔들었다.

"자, 지금 당장 임금님께로 안내를 하겠느냐?"

"하, 하겠습니다. 다, 당장에 하겠습니다."

겁에 질린 두 본즈는 흐느끼며 대답했다.

루카스는 두 사람을 다시 방안으로 끌어들여 마루에 내려놓았다.

그때 문이 열리고 경비대가 밀려 들어왔다. 국무총리의 비명소리가 위급을 알린 것이다. 30명의 경비대는 방에 들어오자마자 칼을 휘두르며 루카스와 짐을 덮쳤다.

두 사람은 날쌔게 몸을 날려 구석으로 피했다. 등 뒤에서 날아오는 공격을 피하기 위해서였다. 루카스는 서기의 책상을 방패삼아 날아오는 칼을 막았다. 루카스 뒤에 숨어있던 짐은 책상과 의자가 토막이 나자 곧 다른 책상과 의자를 루카스에게 건네주었다.

그러나 오랫동안 지탱하지 못할 것은 분명했다. 책상도 의자도 세 개

씩밖에는 없었던 것이다⋯⋯.

루카스도 짐도 방어하는 데 정신이 팔려 열린 문으로 나타난 깜짝 놀란 얼굴을 보지 못했다. 얼굴은 마루에서 한 뼘 정도 높이의 문 그늘에 잠깐 보였다가 곧 사라졌다.

핑 퐁이었다!

핑 퐁은 어젯밤 너무나 늦게 잠이 들었기 때문에 점심 무렵인 지금에서야 일어난 것이다. 기관차가 있는 곳엘 갔었지만 친구가 된 두 사람은 이미 그곳에 없었다. 경비대가 와서 데려갔다는 말을 사람들에게서 들은 핑 퐁은 무서운 예감에 휩싸여 궁전의 관청 복도를 여기저기 뛰어다녔다. 그러다 멀리서 싸우는 소리를 듣고 그곳까지 찾아왔던 것이다.

한눈에 친구들이 처한 위기를 알아차렸다. 그들을 구할 수 있는 것은 단 한 사람, 임금님뿐이었다. 핑 퐁은 마치 족제비처럼 힘껏 달렸다. 복도를 곧장 달리고 계단을 오르고 홀과 작은 방을 가로질러 달렸다. 두 명씩 짝지어진 경비병이 양쪽에서 창을 엇갈려 막으려 한 적도 몇 번 있었지만 핑 퐁은 그 밑을 살짝 빠져나갔다. 모퉁이에서 굴러 넘어지고 대리석 바닥에서 미끄러져 귀중한 시간을 몇 초 낭비하기도 했다.

그러나 다시 힘을 내서 먼지바람을 흩날리며 있는 힘을 다해 달렸다. 넓은 대리석 계단을 날듯이 달려 올라가 길게 뻗은 융단 위를 뛰었다.

옥좌가 있는 방까지는 대기실이 두 개, 이제 한 개⋯⋯ 드디어 옥좌가 있는 방의 커다란 문에 도착했다. 아얏, 하지만 이럴 수가! 신하 두 사람이 천천히 문을 닫고 있는 게 아닌가! 핑 퐁은 마지막 순간에 비좁은 틈 사이로 간신히 빠져 들어갔다.

옥좌가 있는 방은 굉장히 넓은 홀로, 한쪽 끝이 은과 다이아몬드로 장식된 옥좌에 임금님이 앉아 있었다. 임금님의 머리 위에는 하늘색 비단막이 늘어져 있었다. 옥좌 옆 작은 탁자 위에는 다이아몬드를 박은 전화기가 놓여 있었다.

방의 앞쪽에는 만다라의 유력자들, 그러니까 영주, 고관, 시종, 귀족, 현자, 점성가, 위대한 화가와 시인 등이 커다란 반달모양으로 모여 있었다.

나라를 다스리는 데 중요한 일이 생기면 임금님은 그들을 소집해서 의견을 듣곤 했다. 악사들도 와 있었다. 유리로 된 바이올린, 은피리, 앞에 진주를 박은 만다라의 피아노도 한 대 놓여 있었다.

마침 악사들이 연주를 시작한 참이어서 사람들은 홀 안에 흐르는 엄숙한 가락에 조용히 귀를 기울이고 있었다. 그러나 핑 퐁은 도저히 연주가 끝날 때까지 기다릴 수가 없었다. 만다라의 음악회는 어느 나라의 음악회보다도 길었던 것이다.

핑 퐁은 고관들을 헤치고 들어가 옥좌 20미터쯤 앞에 엎드렸다…….. 그것은 임금님께 예의를 갖추는 만다라의 인사법이었다.

고관들 사이에서 술렁임이 일어났고 악사들도 악기에서 손을 떼었다.

만다라의 임금님이 놀라서 고개를 들었다. 임금님은 몸집이 크고 나이가 굉장히 많았으며 마루까지 닿는, 눈처럼 흰 턱수염을 기르고 있었다. 임금님은 놀라기는 했지만 성난 기색 없이 발밑에 엎드린 핑 퐁에게 차분히 물었다.

"무슨 일이냐, 꼬마 친구? 어째서 나의 음악회에 끼어들었느냐?"

낮은 목소리였다. 그러나 그 목소리는 넓은 방 구석구석까지 퍼져 나갔다. 핑 퐁은 입술을 뻐끔거렸다.

"루카…… 기관…… 위험…… 합니다!"

"차분히 이야기하려무나, 꼬마 친구야. 무슨 일이냐?"

임금님이 타이르듯이 말했다.

"리시 공주님을 구하러 가는 사람들입니다!"

임금님은 깜짝 놀랐다.

"누구냐? 어디에 있느냐?"

"관청에 붙잡혀 있습니다."

핑 퐁이 큰 소리로 말했다.

"피 파 포 씨 사무실에 있습니다……. 빨리, 경비대가……!"

"경비대가 어쨌느냐?"

"죽이려고…… 핑 퐁은 숨을 헐떡이며 말했다.

큰 소동이 벌어졌다. 모두가 문을 박차고 뛰어나갔다. 악사들까지 악기를 팽개치고 달려갔다. 임금님은 맨 앞에서 달렸다. 공주를 구할 수 있을지도 모른다는 희망이 날개가 되어 마치 날아가는 듯한 속력으로 내달렸다.

고관들이 우르르 임금님의 뒤를 따르고 그 한가운데에 조그만 핑 퐁이 끼어 있었다. 모두 흥분해서 이미 핑 퐁의 존재는 전혀 아랑곳하지 않았기 때문에 핑 퐁은 깔려 죽지 않으려고 온 힘을 다해 달려야만 했다.

한편 루카스와 짐은 최악의 상태에 이르러 있었다. 책상도 의자도 모두 경비대의 칼에 맞아 부서지고 지금 두 사람은 방어할 무기도 없이 맨손으로 병사들과 맞서고 있었다. 30개의 칼이 두 사람을 위협하고 있었다.

"쇠사슬로 묶어라!"

쓰레기통을 뒤집어 쓴 국무총리가 명령했다. 그는 겨우 몸을 일으켜 일어서기는 했으나 머리의 쓰레기통만은 도무지 벗을 수가 없었던 것이다.

두 명의 본즈와 서기들이 합세하여 소리쳤다.

"저놈들을 쇠사슬로 꽁꽁 묶어 놓아라! 위험한 간첩들이다!"

루카스와 짐은 팔과 다리가 무거운 쇠사슬로 꽁꽁 묶인 채 내팽개쳐졌다.

"어떠냐? 우릴 우습게 본 지금 심경은?"

국무총리가 쓰레기통 틈 사이로 날카롭게 다그쳤다.

"그대들의 고귀한 머리를 당장 싹둑 해줄까?"

루카스는 아무 말도 하지 않았다. 온 힘을 다해 쇠사슬을 끊어 보려 했지만 소용없는 일이었다. 만다라의 강철로 만들어진 쇠사슬은 코끼리를 붙들어 맬 수 있을 만큼 굵은 것이었다.

"짐, 나의 사랑하는 짐."

루카스는 갈라진 목소리로 더듬더듬 친구에게 말했다. 그의 눈에는 이미 서기도 본즈도 보이지 않았다.

"짧은 여행이었구나. 나와 운명을 함께 하게 되다니 정말 미안하다."

짐은 꿀꺽 침을 삼켰다.

"우린 친구잖아요."

침착한 목소리로 그렇게 대답하고 아랫입술을 지그시 깨물었다.

서기들은 신이 나서 웃어댔다.

"짐 크노프, 너는 내가 지금까지 만난 친구 가운데 가장 좋은 녀석이야!"

루카스가 말했다.

"형장으로 끌고 가라!"

국무총리가 명령을 내렸다. 경비병이 두 사람을 끌고 가려고 루카스와 짐에게 손을 댔다.

"기다려라!"

갑자기 고함 소리가 들려 왔다. 크지는 않지만 깊숙이 스며드는 위엄 있는 목소리였다. 모두 뒤를 돌아다보았다.

문턱에 만다라의 임금님이 서 있고 그 뒤에 고관들이 줄지어 서 있었다.

"칼을 거두어라!"

임금님의 명령이 떨어졌다.

대장의 얼굴이 새파랗게 질렸다. 그는 재빨리 칼을 내려놓았다. 병사들도 대장을 따라했다.

"손님들의 쇠사슬을 풀어 드려라!"

임금님의 무서운 명령이 떨어졌다.

"그리고 그 쇠사슬로 피 파 포 일당을 모두 묶어라!"

모든 일이 임금님의 명령대로 거행되었다. 자유의 몸이 된 루카스는 먼저 불이 꺼진 파이프에 불을 붙였다.

"자, 짐!"

두 사람은 만다라의 임금님 앞으로 걸어나갔다.

루카스는 모자를 벗고 입에서 파이프를 빼냈다.

"안녕하십니까, 임금님! 만나 뵙게 되어 반갑습니다."

세 사람은 굳은 악수를 나누었다.

새로운 비밀

　고관들을 뒤에 거느리고 임금님과 루카스와 짐은 궁전의 복도를 천천히 걸어 옥좌가 있는 방으로 들어갔다.

　"정말 알맞은 때에 와 주셨습니다, 임금님!"

　넓은 대리석 계단을 올라가면서 루카스가 임금님에게 말했다.

　"어처구니없게 목숨을 잃을 뻔했습니다. 어떻게 저희의 일을 아셨습니까?"

　"갑자기 어디선가 뛰어들어온 꼬마에게서 들었소."

　임금님이 대답했다.

　"몸집이 작고 똑똑하게 생긴 아이더군."

　"핑 퐁이다!"

　루카스와 짐이 동시에 대답했다.

"궁정 주방장의 손자입니다."

짐이 설명했다.

"그런데 핑 퐁은 어디 있습니까?"

어디에 있는지 아무도 알 수 없었다. 모두가 핑 퐁을 찾기 시작했다. 가까스로 핑 퐁을 찾아냈는데, 핑 퐁은 커튼 자락에 싸여 잠을 자고 있었다. 핑 퐁처럼 어린 젖먹이에게 그 구출 소동은 너무나 긴장되는 사건이어서 루카스와 짐이 구조된 것을 확인한 뒤에는 안도의 숨을 내쉬고 그대로 잠이 들어 버린 것이다.

임금님은 친히 몸을 굽혀 핑 퐁을 안고 조용히 거실로 데리고 갔다. 그리고 자기 침대에 눕혔다. 루카스와 짐은 귀뚜라미 울음소리 같이 가볍게 코를 골고 있는, 조그만 생명의 은인을 지켜보며 깊이 감사했다.

"핑 퐁에게는 임금의 이름으로 치하를 하겠다."

임금님이 조용히 입을 열었다.

"또한 국무총리 피 파 포에 대해서는 안심해도 좋다. 그와 그의 일당은 처벌을 받을 것이니라."

루카스와 짐에 대한 대우가 굉장해진 것은 말할 것도 없다.

두 사람을 만나는 만다라 사람은 하나같이 머리가 땅에 닿도록 깊숙이 절을 했다.

그날 아침 궁정 도서관은 한바탕 난리가 벌어졌다. 만다라의 학자들이 총동원되어 궁정 도서관에 있는 738만 9,502권의 장서를 모두 조사 중이었던 것이다.

왜냐하면 섬나라 햇빛섬 주민이 점심 식사 때 가장 즐겨 먹는 음식과 요리법을 재빨리 조사하라는 명령이 내려졌기 때문이다.

학자들은 간신히 그것을 찾아내 궁정 주방장과 31명의 자식과 그 자식의 자식들에게 알렸다. 차례차례로 작아져 가는 31명의 아이들도 모두 요리사였다.

그날은 주방장인 슈 프 루 피 풀 씨가 직접 솜씨를 발휘해서 음식을 만들었다. 주방장의 대가족 모두는 이미 사건을 죄다 들어 알고 있었다. 그들은 자기네 가족 가운데 가장 꼬마인 핑 퐁의 공로가 자랑스러워 잔뜩 흥분한 나머지 벌집을 쑤셔놓은 듯한 소동을 벌였다.

음식이 완성되자 주방장은 몸소 그것을 궁전 식당으로 들고 갔다.

그 맛이라니! 루카스도 짐도 세상에 태어나 먹어 본 음식 중 최고의 맛이었다. 뭐요 할머니의 딸기 아이스크림을 빼놓는다면 말이다. 두 사람은 주방장의 솜씨에 대해 온갖 감탄사를 연발하며 칭찬하였다. 궁정 주방장은 커다란 얼굴을 붉히며 기뻐했다. 또한 나무젓가락 대신 포크와 나이프, 스푼이 준비되어 있었는데 이것은 학자들의 조사에 따라 궁정 은세공사에게 특별 주문하여 급하게 만들어진 것이었다.

식사가 끝나자 임금님은 두 사람을 넓은 테라스로 안내했다. 그곳에서는 황금 지붕이 늘어선 수도의 전경이 한눈에 내려다보였다.

세 사람은 커다란 양산 밑에 앉아서 한동안 이런저런 잡담을 나누었다. 그러다가 짐이 기관차로 가서 게임 상자를 가져왔다. 둘은 임금님에게 규칙을 가르쳐 주었고 한동안 게임을 즐겼다. 임금님은 열심히 했으나 계속 지기만 했다. 임금님은 오히려 그것을 기쁘게 생각했다. 손님들에게 이 정도의 행운이 따르고 있다면 자신의 딸 리시 공주를 구출해 올 수 있을지도 모른다고 생각했기 때문이다.

얼마 있다가 겨우 잠에서 깨어난 핑 퐁이 그곳으로 왔다. 때마침 햇빛섬의 요리법으로 만든 코코아와 케이크가 나왔다. 핑 퐁과 임금님은 처음 먹어 보는 음식이었는데, 그 부드럽고 달콤한 맛과 향긋함에 취해 눈물이 핑 돌 것만 같았다.

"손님들, 언제 용의 거리로 떠나시렵니까?"

차를 마시고 나자 임금님이 물었다.

"가능한 한 빨리 떠날 생각입니다."

루카스가 대답했다.

"다만 그 용의 거리라는 곳이 어떤 곳인지, 어디에 있는지, 어떻게 가야 하는지, 그 밖에도 여러 가지 조사해 보아야지요."

임금님은 고개를 끄덕였다.

"오늘 밤 용의 거리에 관해서 우리가 알고 있는 것들을 남김없이 들려주겠소."

임금님은 약속했다.

그런 뒤 밤까지의 시간 동안 임금님과 핑 퐁은 루카스와 짐을 궁전의 정원으로 안내하여 여러 가지 진귀한 것을 보여주었다.

예를 들면, 신나게 장난을 치듯 흐르는 개울물이나 보기 좋게 뿜어 올리는 분수, 녹색과 자주색의 빛나는 날개를 펼치고 으스대며 걸어다니는 공작, 은뿔이 달린 푸른 사슴, 달빛처럼 은은하게 빛나는 털을 가진 만다라산 유니콘도 있었다.

네 사람은 테라스에서 저녁식사를 함께 하고 어둠이 깊어질 무렵에서야 옥좌가 있는 방으로 돌아갔다. 옥좌가 있는 방은 어느새 모든 준비가 완벽하게 갖춰져 있었다. 여러 빛깔의 보석으로 된 램프 불빛에 밝게 빛나는 넓은 홀, 그곳에 만다라 최고의 학자 21명이 모여 짐과 루카스를 기다리고 있었다. 학자들은 용의 거리에 관해서 알고 있는 것을 모두 기록한 두루마리와 책을 지니고 있었다.

작은 어린아이조차 놀랄 만큼 영리한 이 나라에서 최고의 학자라고 인정을 받았다면 그 21명이 얼마나 뛰어난 사람들일지 조금만 생각해 보아도 곧 알 수 있을 것이다.

그 학자들에게는 어떤 일을 물어도 명확한 답이 돌아왔다. 예를 들어, 바다에는 '몇 방울의 물이 있느냐'라든가 '달까지의 거리가 얼마나 되느냐'라든가 '다음 일식은 언제냐'라든가 하는, 어떤 것을 물어 보든 책을 살필 것도 없이 척척 대답했다.

그들은 '학식의 꽃'이라는 칭호를 가지고 있었다. 그러나 그들의 겉모습은 꽃과는 인연이 멀어 보였다. 학업에만 너무 매달린 탓에 쭈글쭈글한 이마가 넓게 벗어진 사람, 오랜 시간 앉아서 책을 읽느라 허리가 굽고 몸이 뚱뚱해지고 엉덩이가 퍼지고 납작해진 사람, 서가의 높은 곳을 보기 위해 발돋움만 하다가 빗자루처럼 기다랗게 된 사람…… 어떤 모습을 했건 모두 커다란 황금 안경을 쓰고 있었다.

21명의 학자가 먼저 임금님에게, 잇따라 루카스와 짐에게 마룻바닥에 넙적 엎드려 절을 했다. 잠시 뒤 루카스의 질문이 시작되었다.

"무엇보다 먼저 내가 알고 싶은 것은……."

루카스는 그렇게 말하고 파이프에 불을 붙였다.

"공주님이 용의 거리에 있다는 것을 처음 어떻게 알게 되었느냐 하는 것입니다."

그러자 빗자루 같은 학자가 앞으로 나와 안경을 살짝 들어 올리며 말했다.

"고귀한 손님들, 그것은 다음과 같은 사연입니다. 일 년 전, 아침이슬하고나 견줄 아름다운 리시 공주님은 해변에서 휴가를 보내고 있었습니다. 그런데 어느 날 홀연히 자취를 감추어 행방불명이 되었던 것입니다. 도대체 무슨 일이 일어난 것인지 아무도 몰랐고, 아무런 소식도 모르는 채 불안한 나날이 흘러갔습니다. 그런데 2주일 전 어떤 어부가 분홍빛 강에서 떠내려오던 편지가 든 병을 발견했습니다. 분홍빛 강은 빨간색과 흰색이 무늬를 이루고 있는 산맥에서 흘러내려 우리의 시가지 성문 밖을 흐르고 있습니다. 발견된 병은 귀여운 갓난아기용 젖병으로 어린 여자아이들이 소꿉놀이를 할 때 쓰는 물건이었습니다. 그 병 안에 우리 공주님의 필적으로 쓴 편지가 들어 있었던 것입니다."

"그 편지를 보여줄 수 있습니까?"

루카스가 말했다. 학자는 가지고 온 서류 속에서 조그맣게 접은 종이를 찾아내 루카스에게 건네주었다. 루카스는 그것을 펼쳐 소리 내어 읽었다.

"누구든 이 편지를 발견하신 분은 서둘러 나의 아버지, 만다라의 임금님께 전해 주십시오. '13'이 나를 납치해 어금니 부인에게 팔았습니다. 이곳에는 그 밖에도 많은 아이들이 있습니다. 모두 갇혀서 고생을 하고 있습니다. 부탁입니다. 우리를 도와주세요. 어금니 부인은 용입니다. 내가 지금 있는 곳의 주소는 다음과 같습니다."

불바다 나라
옛날 거리 133번지
4층 왼쪽
어금니 부인 방
리시 공주

루카스는 종이쪽지를 든 손을 내리고 어느 한 곳을 바라보며 생각했다.

"어금니……?"

루카스가 중얼거렸다.

"어금니라고? …… 불바다 나라? …… 어디서 들어 본 적이 있는걸."

"불바다란 용의 거리 이름입니다."

학자가 설명했다.

"아주 옛날 책에 나와 있는 것을 우리가 발견했습니다."

갑자기 루카스가 입에서 파이프를 떼었다. 그리고 놀란 모습으로 휘파람을 크게 휙! 불고는 혼잣말을 했다.

"야, 일이 재미있게 되어 가는걸!"

"무슨 말이죠?"

짐이 놀라서 물었다.

"내 말 잘 들어라, 짐 크노프."

루카스가 진지한 표정으로 말했다.

"지금이야말로 네가 중대한 비밀을 알 때인 것 같구나. 너는 햇빛섬에서 태어난 게 아니란다. 넌 갓난아기일 적에 소포로 포장되어 햇빛섬에 배달되어 왔었지."

그리고 루카스는 그때 햇빛섬에서 무슨 일이 일어났었는지를 짐에게 이야기해 주었다. 이야기를 듣는 동안 짐은 놀란 눈을 점점 더 크게 떴다. 마지막으로 루카스는 그 소포에 적혀 있던 주소를 종이에 써 보였다.

"반대쪽에는 보낸 사람의 이름이 '13'이라고 크게 쓰어 있었어."

임금님도 핑 퐁도 학자들도 귀를 기울이고 있었다. 그리고 루카스가 쓴 주소와 공주의 편지에 적힌 주소를 비교해 보았다.

"이것은 더 이상 의심할 여지가 없습니다."

학자 한 사람이 잘라 말했다.

"이 두 개가 같은 주소임은 틀림없습니다. 다만 리시 공주님 것은 제대로 쓴 것이고 짐의 소포는 어떤 무식한 사람이 썼을 것입니다."

"그럼 뭐요 할머니는 나의 진짜 어머니가 아니군요!"

갑자기 짐이 큰 소리로 말했다.

"그렇단다."

루카스가 대답했다.

"뭐요 할머니는 그것이 섭섭해서 참을 수가 없었지."

짐은 한동안 잠자코 있다가 이윽고 근심스러운 듯이 물었다.

"그렇다면 나의 어머니는 누구일까요? 어쩌면 어금니 부인이 아닐까요? 어떻게 생각하세요?"

루카스가 고개를 가로저으며 말했다.

"그렇지는 않을 거야. 어금니 부인은 용이야. 리시 공주의 편지에 그렇게 적혀 있으니까. '13'이란 대체 누구일까? 일단 그걸 조사해 보아야겠어. '13'이 너를 소포로 보낸 사람이니까."

그렇지만 '13'이라는 것이 누구인지는 학자들조차 짐작하지 못했다.

짐은 완전히 기운이 빠져버렸다. 아무런 예고도 없이 갑자기 자신의 과거에 대해 중대한 사실을 알게 되었으니 그것도 무리가 아니었다. 얼마나 괴로웠을까.

"어쨌든……."

루카스가 계속 말했다.

"이제 우리는 또 다른 이유 때문에라도 용의 거리에 가야만 합니다. 리시 공주를 구출할 뿐만 아니라 짐 크노프의 출생의 비밀을 풀기 위해서라도 가야만 합니다."

루카스는 생각에 잠긴 심각한 얼굴로 파이프 담배를 몇 모금 피우다가 다시 말했다.

"정말로 신기한 일이군! 만약 만다라에 오지 않았다면 이런 단서는 절대로 잡을 수 없었을 거야."

"흠, 이 일에는 틀림없이 뭔가 중대한 비밀이 숨겨져 있을 것이다."

임금님이 말했다.

"짐 크노프와 내가 반드시 그 비밀을 캐내고야 말겠습니다."

루카스가 결의에 찬 표정으로 굳게 말했다.

"그런데 용의 거리 불바다는 어디에 있습니까?"

이번에는 머리가 벗겨진 학자 한 사람이 앞으로 나섰다. 그는 궁정의 지리학자로서 온 세계의 지도를 암기하고 있었다.

"고귀한 손님들."

학자는 슬퍼 보이는 얼굴로 입을 열었다.

"용의 거리가 어디 있는지는 유감스럽게도 우리 인간에게는 알려져 있지 않습니다."

"그렇겠지요."

루카스가 말했다.

"그걸 알고 있었다면 우체부가 소포를 잘못 배달하지는 않았을 테니까."

"그렇기도 하지만……."

학자는 계속했다.

"우리는 빨간색과 흰색 무늬의 산맥 너머에 있으리라고 추측하고 있습니다. 공주님의 편지가 담긴 병이 분홍빛 강의 흐름을 타고 흘러왔으니까 용의 거리는 아마도 그 상류에 있을 것입니다. 그러나 우리는 분홍빛 강의 상류에 대해서는 빨간색과 흰색 무늬가 있는 산맥까지밖에 모르고 있습니다. 물이 그곳의 깊은 동굴에서 흘러나오고 있지만 근원이 어딘지는 모릅니다."

루카스는 오랫동안 생각에 잠겨 있었다. 그가 내뿜는 연기로 옥좌 위의 천정에 커다란 구름이 생겼다.

"그 깊은 동굴에는 들어갈 수 없습니까?"

루카스가 불쑥 질문했다.

"안 됩니다."

학자가 대답했다.

"절대로 불가능합니다. 물살이 워낙 세차서요."

"어떻든 강물은 어딘가에서 시작되어 흘러나올 것이 아닙니까!"

루카스가 말했다.

"자, 그럼 산맥 저쪽을 살펴보려면 어디로 가면 됩니까?"

"이것이 만다라의 지도입니다. 국경은 여기에 똑똑히 보이는 것같이 바다에 붙어 있는 부분을 빼고는 모두가 세계적으로 유명한 만다라의 성벽으로 빙 둘러쳐져 있습니다. 성벽에는 문이 다섯 개 있습니다. 북쪽을 향한 문, 서북쪽을 향한 문, 서쪽으로 향한 문, 남서쪽을 향한 문, 그리고 남쪽을 향한 문입니다. 먼저 서쪽을 향한 문 밖은 '놀라운 숲'으로 그곳을 지나면 빨간 색과 흰색이 무늬를 이룬 산맥에 이르게 됩니다. 산맥은 '세계의 정상'이라고 불리며 애석하게도 산꼭대기에는 절대 오르지 못합니다. 그렇지만 이곳에서 조금 남쪽에 '황혼의 골짜기'가 있습니다. 이 골짜기가 산맥을 꿰뚫고 저쪽으로 나갈 수 있는 단 하나의 길입니다. 그렇기는 하지만 그것을 시도해 본 사람은 아무도 없습니다. '황혼의 골짜기'는 기분 나쁜 소리와 산울림으로 가득 차 있어 너무나 무섭기 때문이지요. 이 골짜기의 끝 어딘가에 거대한 사막이 펼쳐져 있는 듯합니다. 우리는 그곳을 '세계의 끝'이라 부르고 있습니다. 아쉽게도 더는 드릴 말씀이 없습니다. 그곳보다 더 멀리까지는 아직 전혀 조사되지 않았으니까요."

루카스는 지도를 훑어보고 곰곰이 생각한 다음 말했다.

"'황혼의 골짜기'를 지나 산맥의 저쪽으로 나가 계속 북쪽으로 가면 어딘가에서 분홍빛 강을 만나게 되겠군요. 그리고 강을 따라 상류로 계속 거슬러 올라가면 용의 거리에 다다르게 될 것이 틀림없습니다. 용의 거리가 분홍빛 강가에 있다고 하면……."

"솔직히 자신할 수는 없습니다. 우리도 그럴 것이라고 추측할 뿐이지요."

학자는 조심스럽게 말했다.

"자아, 아무튼 부딪쳐 보겠습니다."

루카스가 말했다.

"이 지도는 제가 가지고 가야겠습니다. 짐, 뭔가 물어볼 말이 있니?"

"용은 어떻게 생겼나요?"

이번에는 둥그런 엉덩이를 한 땅딸막한 학자가 나서서 설명했다.

"저는 궁정의 동물학 교수로서 온 세계의 동물에 관해 자세한 지식을 갖고 있습니다. 그렇지만 용의 종족에 관한 연구는 유감스럽게도 아직 어둠 속을 헤매고 있을 뿐임을 인정하지 않을 수 없습니다. 제가 찾아낸 자료는 모두 대단히 부정확하여 이해하기 힘들 정도로 모순에 차 있습니다. 여기 몇몇 그림이 있습니다만, 어디까지가 사실일지는 애석하지만 저로서도 알 수가 없습니다."

그런 뒤 루카스와 짐 앞에 그림 한 장을 펼쳐 보였다. 거기에는 대단히 이상야릇한, 실물 같지 않은 몇 종류의 생물이 그려져 있었다.

"그것 참."

루카스는 곡예를 하듯 담배 연기를 내뿜으며 말했다.

"우리가 돌아오면 용이 어떻게 생겼는지 자세히 알려드리지요. 자, 이제 필요한 것은 모두 들었다고 생각합니다. '학식의 꽃' 여러분, 대단히 고마웠습니다."

만다라 학자 21명은 루카스와 짐, 그리고 임금님 앞에 공손히 엎드려 절을 한 다음 자료를 정리해 방을 나갔다.

"자, 나의 친구인 손님들, 언제 출발할 작정이오?"

임금님이 물었다.

"이른 새벽이 좋으리라고 생각됩니다. 긴 여정이므로 한시라도 빨리 출발하고 싶습니다."

루카스는 그렇게 말하고 나서 핑 퐁에게로 고개를 돌렸다.

"미안하지만 종이 한 장과 봉투와 우표를 좀 가져다주겠니? 연필은 있단다. 용의 거리로 출발하기 전에 햇빛섬에 편지를 보내고 싶어. 만약을 위해서 말이야. 무슨 일이 생길지 모르니까."

핑 퐁이 부탁한 것을 가져오자 루카스와 짐은 함께 긴 사연의 편지를 썼다. 두 사람은 뭐요 할머니와 12시 15분 전 알퐁스 임금님에게 왜 햇빛섬을 떠나게 되었는지에 대해, 그리고 왜 짐이 용의 거리에 가야만 하는지에 대해 그 이유를 설명했다. 끝으로 안녕히 계시라는 안부 인사와 옷소매 씨에게도 안녕이란 인사말을 쓴 다음 루카스는 자기 이름을 적었고, 짐은 자신의 까만 얼굴을 그려 넣었다.

그런 뒤 그 편지를 우표가 붙어 있는 봉투에 넣고 보낼 주소를 적었다. 그런 다음 네 사람 모두 궁전의 앞뜰 광장으로 내려가 그곳에 있는 우체통에 넣었다.

엠마는 달빛 아래 혼자 서 있었다.

"아참! 깜빡 잊을 뻔 했습니다."

루카스가 그렇게 말하며 임금님과 핑 퐁을 돌아보았다.

"엠마에게는 새로운 물이 필요합니다. 탄수차에 석탄도 가득 채워야 합니다. 미지의 세계에 알맞은 연료가 있을지 알 수 없으니까요."

마침 그때 주방문이 열리고 궁정 주방장인 슈 프 루 피 풀 씨가 나왔다. 달빛을 보려고 나왔다가 손님들이 임금님과 핑 퐁과 함께 기관차 곁에 있는 것을 보고는 예를 갖추어 저녁 인사를 했다.

"오오, 슈 프 루 피 풀!"

임금님이 말했다.

"그대는 손님들에게 주방에서 물과 석탄을 날라다 드릴 수 있겠느냐?"

궁정 주방장은 기꺼이 승낙했고 사람들은 곧 일을 시작했다. 루카스, 짐, 궁정 주방장, 그리고 임금님도 몸소 양동이를 가지고 물과 석탄을 날랐다. 핑 퐁도 그저 팔짱을 끼고 구경만 하고 싶지는 않았다. 골무만큼 작디작은 양동이였지만 열심히 일을 도왔다. 드디어 탄수차는 석탄으로 꽉 차고, 엠마의 보일러에는 물이 가득 차게 되었다.

"자, 이젠 됐어!"

루카스가 안심한 듯이 말했다.

"정말 고맙습니다. 그럼 저희는 자러 가겠습니다."

"궁전 안에서 자지 않겠단 말이오?"

임금님이 놀라 물었다.

그렇지만 루카스와 짐은 기관차 안에서 자겠다고 말한 뒤, 이젠 그곳에 익숙해져 그 어떤 잠자리보다 편하다고 덧붙였다.

그들은 서로 밤인사를 나누었다. 임금님과 궁정 주방장, 그리고 핑 퐁은 이튿날 아침 일찍 전송하러 나올 것을 약속했다. 그런 뒤 모두 헤어졌다. 루카스와 짐은 기관차의 기관실로, 핑 퐁과 궁정 주방장은 주방으로, 임금님은 궁전으로 흩어져 갔다.

그리고 모두 잠이 들었다.

미지의 나라로

"이봐 짐, 일어나!"

짐은 눈을 비비며 일어나 잠이 덜 깬 목소리로 물었다.

"왜요?"

"떠나야지."

루카스가 말했다.

"시간이 됐어."

순간 짐은 정신이 번쩍 들었다. 기관실 창에서 밖을 내다보니 광장에는 아무도 없었다. 아직 어둑어둑한 새벽이었다.

그때, 주방문이 열리고 슈 프 루 피 풀 씨가 나왔다. 커다란 자루를 들고 엠마 쪽으로 다가왔다. 뒤따라 작은 핑 퐁이 작디작은 얼굴에 초조한 표정을 띠고 따라왔다.

자세를 흐트러뜨리지 않으려 애쓰고 있음을 알 수 있었다.

"이것을 받아 주십시오."

궁정 주방장이 말했다.

"고귀하신 손님들이 여행 중에 잡수실 샌드위치를 만들었지요. 햇빛섬이 만드는 식으로 해 보았는데 입맛에 맞을는지 모르겠군요."

"정말 고맙습니다."

루카스가 감사의 말을 했다.

"친절을 베풀어 주셔서 참으로 고맙습니다!"

느닷없이 핑 퐁이 엉엉 소리 내어 울기 시작했다. 슬픔을 더는 참을 수가 없었던 것이다.

"엉, 엉…… 존경하는 기관사님들."

핑 퐁은 훌쩍이며 말했다.

"울음을 터뜨린 것을 용서해 주세요. 하지만 저 같은 나이로는…… 엉엉…… 무슨 까닭인지 모르겠지만요, 때때로 울음보가 터져 버려요 …… 엉엉……."

루카스와 짐은 핑 퐁의 마음에 감격하여 미소를 지었다. 그리고 작은 손을 살며시 잡았다.

"알겠어, 다 알고 있어."

루카스가 말했다.

"씩씩하게 지내요. 우리의 목숨을 구해 준 은인이자 친구인 핑 퐁!"

임금님도 나와 주었다.

보통 때보다 창백한 얼굴로 몹시 긴장해 있는 것 같았다.

"친구들이여."

임금님이 말했다.

"하나님이 나의 사랑하는 딸과 그대들을 지켜주시기를! 이제부터 나의 마음은 리시뿐만 아니라 그대들을 위해서도 기도하게 될 것이오. 그대들은 나의 진정한 친구니까."

루카스는 감격했을 때 그러듯 파이프에서 연기를 길게 뿜어 올렸다. 그는 조용히 말했다.

"다 잘 될 것입니다, 임금님."

"여기 따뜻한 차가 들어 있소."

임금님은 루카스에게 황금 보온병을 건네주었다.

"여행길에는 무엇보다도 따뜻한 차가 제일이오."

루카스와 짐은 감사의 말을 전하고 기관차에 올라탄 뒤 기관실 문을 닫았다. 짐이 창문을 열고 소리쳤다.

"안녕!"

"안녕! 안녕!"

전송 나온 사람들도 크게 외쳤다.

엠마가 서서히 움직이고 모두 서로 보이지 않을 때까지 열심히 손을 흔들었다. 드디어 용의 거리를 향한 여행이 시작되었다.

인적이 없는 거리를 얼마쯤 지나 핀 시의 황금 지붕을 뒤로 하고 평야로 나섰다.

해가 떠올랐다. 탐험 여행자들에게는 더없이 좋은 화창한 날씨였다.

그들은 그날 잠시도 쉬지 않고 수수께끼에 가득 찬 '황혼의 골짜기'를 향해 만다라의 대륙을 가로질러 달렸다.

이튿날, 엠마는 넓은 과수원과 밭을 스치며 지나갔다. 이윽고 기적을 울리며 몇몇 마을을 지나게 되었는데 만다라의 농부들과 아낙네들, 그리고 아들들, 또 그의 아들의 아들들이 손을 흔들어 주었다. 엠마를 무서워하는 사람은 이제 한 사람도 없었다. 기관차에 탄 외국인 두 사람이, 리시 공주를 구출하러 떠났다는 소식은 이미 타오르는 불길처럼 빠르게 온 나라에 퍼져 있었다.

사흘째 되는 날, 흰 대리석으로 된 만다라의 성이 눈에 띄었다. 그 성은 여러 개의 우아한 기둥에 떠받쳐져 호수 한가운데 떠 있었다. 그 곳에 사는 젊은 만다라 귀부인 몇이 비단 부채를 펴들고 인사를 보냈 다. 루카스와 짐은 손수건을 흔들어 답례했다.

어디서든 멈추어 쉬게 되면 사람들은 어김없이 커다란 바구니 가득 히 여러 가지 과일과 과자를 들고 왔고, 엠마에게는 물과 석탄을 가져 다주었다.

출발해서 7일째 되던 날, 두 사람은 드디어 만다라의 성벽 서쪽 문 에 이르렀다. 궁전의 경비병과 똑같은 경비병 12명이 엄청나게 큰 열 쇠를 들고 나왔다. 장정 셋이 달려들어야 겨우 들어올릴 수 있을 정도 로 커다란 열쇠였다. 경비병들이 그것을 열쇠 구멍에 꽂아넣고 있는 힘 을 다해 돌리자 커다란 서쪽 성문이 굉장한 소리를 내며 열렸다. 만다 라가 생긴 이래 처음 있는 일이었다.

엠마가 수증기를 뿜어내며 경비병들을 지나 성문을 통과하자 그들은 경례를 하며 큰 소리로 외쳤다.

"햇빛섬의 영웅 만세! 만세!"

조금 뒤 엠마는 이미 '놀라운 숲'에 접어들고 있었다.

이 숲속에서 기관차가 지나갈 수 있는 길을 찾아내는 건 여간 힘든 일이 아니었다. 루카스만큼 능숙한 기관사가 아니라면 금세 고장이 나 서 오도 가도 못했을 것이다. '놀라운 숲'은 갖가지 색깔의 나무와 덩 굴, 그리고 신비로운 모양의 꽃들이 가득 들어차 있는 정글이었다. 그 모든 것들이 투명하여 이곳에 살고 있는 진기한 온갖 동물들이 훤히 들여다보였다.

양산만큼이나 큰 나비가 있는가 하면 알록달록한 앵무새가 나뭇가지에서 재주를 부리고 있었고, 영리해 보이는 얼굴에 긴 턱수염을 기른 커다란 거북이가 꽃나무 사이를 엉금엉금 기어다니기도 했다. 나뭇잎에는 빨갛고 푸른 달팽이가 몇 층이나 되는 집을 등에 업고 기어다니고 있었다. 달팽이의 집은 크기만 다를 뿐 황금 지붕의 핀 시에 있는 집들과 똑같았다.

때로는 귀여운 줄무늬 다람쥐도 보였다. 이 다람쥐의 귀는 굉장히 컸는데, 낮에는 그 귀로 바람을 가르며 날아다닐 수 있었고 밤에는 몸을 감싸는 따뜻한 이불이 되어 주었다.

구릿빛으로 반짝이는 커다란 뱀이 굵은 나무줄기에 감겨 있는 모습도 보였다. 양쪽 끝에 하나씩 머리가 달려 있는 이 뱀은 전혀 위험해 보이지 않았다. 어느 쪽으로 기어갈 것인지 한 번도 의견일치가 된 적이 없었기 때문이다. 그래서 동물을 잡아먹는 사냥은 꿈도 꾸지 못했다. 이 뱀들은 다만 가만히 있는 식물을 뜯어먹으며 목숨을 이어갈 뿐이었다.

짐과 루카스는, 수줍음이 많아 좀처럼 모습을 드러내지 않는 분홍빛 사슴 떼가 숲의 빈터에서 춤을 추고 있는 것도 보았다.

무엇이든 모두 재미있는 것들이어서 짐은 기관차에서 내려 이 '놀라운 숲'을 잠시 거닐어 보고 싶었다. 그렇지만 루카스는 머리를 내저으며 말했다.

"지금은 시간이 없어, 짐. 가능한 한 빨리 달려가 공주님을 구출해야만 해. 우물쭈물하고 있을 시간이 없단다. 짐, 언젠가 우리 다시 한 번 꼭 이곳에 들르자꾸나."

이 정글을 가로질러 가는 데는 꼬박 3일이 걸렸다.

3일째 되는 날, 마치 여러 가지 색깔의 커튼을 잘라 놓은 듯한 풀숲이 펼쳐지는가 했더니 순간 빨간색과 흰색이 무늬를 이룬 높은 산이 바로 눈앞에 우뚝 서 있었다. '세계의 정상'이라는 이름의 산맥이었다. 짐과 루카스가 몇 백 마일이나 떨어져 있는 바닷가에서부터 이미 이 산맥을 바라볼 수 있었던 것을 생각해 보면 이 산의 거대한 높이를 짐작할 수 있었다.

두 사람은 웅장한 그 모습에 넋을 잃었다.

산들은 서로 경쟁이나 하듯 줄지어 나란히 서 있었고 그 사이를 빠져나간다는 것은 엄두조차 낼 수가 없었다. 첫 번째 산맥 뒤에는 두 번째 산줄기가, 두 번째 산줄기 뒤에는 세 번째 것이, 그 뒤에는 또 그 다음 것이…… 이런 식으로 구름에 뒤덮인 산봉우리가 북에서 남으로 잇따라 끝없이 이어져 있었다.

하나하나의 산에는 빨간색과 흰색 무늬가 아로새겨져 있었다. 가로 무늬, 빗살무늬, 물결무늬, 지그재그무늬, 체크무늬로 되어 있는 것과 그림이 그려진 듯한 산도 있었다. 루카스와 짐은 제각기 자기 마음에 드는 산을 꽤나 오랫동안 정신없이 쳐다보았다. 이윽고 루카스가 지도를 꺼내 펼쳤다.

"자아 '황혼의 골짜기'의 위치를 알아보자."

루카스가 말했다.

루카스는 단번에 그 지점을 찾아냈다. 하지만 짐에게는 갖가지 색깔의 선과 점들이 어지러이 흐트러져 있는 것으로만 보였다. 짐은 루카스에게 감탄했다.

"자 봐, 여기야."

루카스는 그렇게 말하며 지도를 가리켰다.

"우리가 있는 곳은 여기고, '황혼의 골짜기'는 이곳이야. 우리가 숲을 나선 지점은 북쪽으로 조금 치우쳐 있어. 그러니까 조금 남쪽으로 내려가야 해."

“네, 그래요, 루카스.”

짐은 깊이 신뢰하는 마음으로 말했다.

두 사람은 산맥을 따라 남쪽으로 나아갔다. 얼마 가지 않아 높은 산봉우리 사이에 가느다란 골짜기가 보였다. 루카스와 짐은 그곳으로 방향을 정해 계속 나아갔다.

황혼의 골짜기

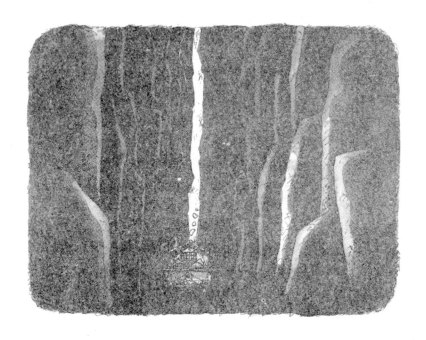

'황혼의 골짜기'는 기관차가 겨우 지나갈 만큼의 폭밖에 되지 않는 어두컴컴하고 음산한 골짜기였다. 햇빛도 비치지 않았다. 바닥에는 핏빛 바위가 늘어서 있었는데 마치 아스팔트를 깐 것처럼 매끈했다. 양쪽의 뾰족한 바위들은 하늘까지 높게 치솟아 있었으며 저 멀리 계곡 끝에는 둥그런 저녁놀이 날카로운 암벽들을 붉게 물들이고 있었다.

루카스는 골짜기 입구에서 기관차를 멈춰 세웠다. 학자들이 말하던 그 기분 나쁜 소리가 어떤 것인지 짐과 함께 들어보려던 것이다. 그들은 시험 삼아 걸어서 골짜기에 들어가 보았다.

하지만 조용한 적막만이 주위에 가득 차 있을 뿐 아무 소리도 들려오지 않았다. 짐은 마음이 들떠 자신도 모르게 루카스의 손을 꽉 쥐었다. 두 사람은 잠시 그렇게 서 있었다. 드디어 짐이 입을 열었다.

"아무 소리도 들리지 않는군요!"

루카스가 고개를 끄덕이며 뭐라고 대꾸하려 하자 갑자기 오른쪽 암벽에서 또렷하게 짐의 목소리가 들려 왔다.

'아무 소리도 들리지 않는군요!'

그러자 이번에는 왼쪽 위에서 소리가 들려왔다.

'아무 소리도 들리지 않는군요!'

그리고 오른쪽에서, 또 왼쪽에서 번갈아가며 목소리가 메아리쳐 여기저기로 퍼져 나갔다.

'아무 소리도 들리지 않는군요…… 아무 소리도 들리지 않는군요……!'

"이게 뭐지?"

짐은 깜짝 놀라 루카스의 팔에 매달렸다.

'이게 뭐지? …… 이게 뭐지? …… 이게 뭐지?'

나지막한 소리가 암벽을 따라 흘러갔다.

"두려워할 것 없어."

루카스가 짐을 안심시키려고 말했다.

"이건 메아리일 뿐이야!"

'이건 메아리일 뿐이야…… 이건 메아리일 뿐이야…… 이건 메아리일 뿐이야……!'

골짜기를 따라 소리가 메아리치며 퍼져 나갔다. 두 사람은 엠마가 있는 곳으로 되돌아왔다. 기관차에 타려다가 짐이 갑자기 작은 목소리로 말했다.

"루카스! 조용히 들어 봐요!"

루카스는 귀를 기울였다. 골짜기 저쪽 끝에서 메아리가 되돌아오는 것이었다. 처음에는 아주 희미하게 그러다가 차츰 크게, 점점 더 크게 부풀어 올랐다.

'아무 소리도 들리지 않는군요…… 아무 소리도 들리지 않는군요…… 아무 소리도 들리지 않는군요…… !'

이번에는 한 사람이 아니라 몇 백 명이나 되는 짐이 떠들고 있는 것처럼 들렸다.

그 소리는 아까보다 훨씬 더 큰 메아리가 되어 있었다. 메아리는 이쪽 끝에 이르게 되면 다시 방향을 바꾸어 골짜기를 울리며 멀어져 갔다.

"이거 놀라운걸!"

루카스는 작은 목소리로 말했다.

"메아리가 큰 소리가 되어 되돌아오는 것 같아."

그때 두 번째 메아리가 멀리서 왼쪽, 오른쪽, 왼쪽, 오른쪽으로 메아리치며 돌아왔다.

'이게 뭐지…… 이게 뭐지…… ?'

바위에서 또 소리가 들려왔다. 그 소리는 수많은 짐이 모인 큰 무리가 내는 함성 같았다. 그리고 두 번째 메아리도 다시 방향을 바꾸어 멀어져 갔다.

'이거 참 재미있어지겠는걸.'

루카스가 속삭였다.

"뭐가요?"

짐은 겁에 질려 속삭이듯 물었다. 짐의 목소리는 여전히 골짜기 안에서 유령처럼 떠돌아다녔고 많은 사람들의 함성처럼 부풀어올라 커져갔다.

"생각해 봐."

루카스가 목소리를 낮추어 말했다.

"엠마가 이 골짜기를 달려 나가기 시작하면 어떻게 되겠니? 커다란 중앙역에서 나는 소리같이 될 거야."

그때 세 번째 메아리가 되돌아오는 소리가 들렸다. 골짜기를 지그재그로 누비며 메아리쳐 다가왔다.

'이건 메아리일 뿐이야······ 이건 메아리일 뿐이야······ 이건 메아리일 뿐이야······!'

몇 천 명의 루카스가 암벽에서 소리를 지르고 있는 듯했다.

이윽고 소리는 빙그르르 돌아서 골짜기 저쪽 끝으로 흘러나갔다.

"어째서 저렇게 되는 거죠?"

짐이 작은 목소리로 물었다.

"글쎄 어려운 질문이로구나. 우리 자세히 한번 알아보자."

루카스가 대답했다.

"가만히 있어 봐요!"

짐이 속삭였다.

"또 왔어요!"

저 멀리로부터 첫 번째 메아리가 되돌아왔다. 그 소리는 놀랄 만큼 커다란 소리로 부풀어 있었다.

'아무 소리도 들리지 않는군요······ 아무 소리도 들리지 않는군요······ 아무 소리도 들리지 않는군요······!'

1만 명이나 되는 짐의 목소리가 두 사람의 귀를 윙윙 울릴 만큼 큰 굉음으로 되돌아왔다.

그것이 사라져 가자 짐이 목소리를 낮추어 말했다.

"어떻게 하면 좋죠, 루카스? 점점 더 심해지는데요!"

루카스도 속삭이는 듯한 목소리로 대답했다.

"방법이 없구나. 가능한 한 속력을 내어 저쪽까지 달려 보는 수밖에."

다시 저쪽 끝에서 메아리가 되돌아왔다.

'이게 뭐지?'라는 짐의 물음이 이번에는 10만 명이나 되는 짐의 목소리로 들려 왔다. 지진이 인 것처럼 바닥이 흔들려 짐과 루카스는 자신도 모르게 귀를 막았다.

그 메아리가 지나가자 루카스는 서둘러 레버 옆에 달린 서랍에서 양초를 하나 꺼냈다. 보일러의 열로 인해 누그러진 양초를 재빨리 심지에서 훑어내 작은 구슬을 만들어 짐에게 건넸다.

"이것을 귀에 틀어막아! 고막이 터지면 큰일이니까! 그리고 잊지 말고 입을 벌리고 있어야 해!"

짐은 서둘러 양초를 귀에 끼웠다. 루카스도 그것을 자기 귀에 끼우고는 몸짓 손짓으로 또 무슨 소리가 들리느냐고 짐에게 물었다. 두 사람은 귀를 기울여 보았지만 굉음을 내며 다가와 다시 사라져 가는 세 번째 메아리는 아주 희미하게 들릴 뿐이었다.

루카스는 만족스러운 듯이 끄덕이며 짐에게 찡긋 윙크해 보였다. 그런 다음 삽으로 두세 번 석탄을 화구에 퍼 넣고 엠마를 출발시켰다. 기관차는 증기를 가득 토하며 으스스한 골짜기로 들어섰다. 바닥은 판판하고 매끄러웠다. 엠마는 최고 속력을 내며 달렸다. 엠마가 내는 소리도 크게 지축을 울리는 굉음이 되었다.

여기서 '황혼의 골짜기'가 어떤 골짜기인지 알아두지 않으면 머지않아 루카스와 짐을 기다리고 있는 일들이 왜 일어났는지 이해할 수 없을 것이다.

즉, 메아리의 원인은 암벽이 서 있는 형태 때문이었다. 골짜기의 소리는 지그재그로 반사되어 좁은 골짜기를 빠져나가지 못하게 되었다. 메아리는 한쪽 끝에서 다른 한쪽 끝으로 이르게 되면 밖으로 빠져나가지 못하고 되돌아가게 된다. 그리고 먼젓번 소리의 끝이 되돌아오게 되면 거기서 다시 되돌아 다른 끝쪽으로 가게 되는 것이다.

그러니까 언제까지나 한쪽 끝에서 다른 한쪽 끝으로 계속 왔다 갔다 하며 메아리는 또 메아리를 부르고 그 새로운 메아리가 또다시 메아리를 불러일으켰다. 소리는 그때마다 부풀어 올라 커져갔다. 이제 지금까지와는 다른 기관차의 요란한 굉음이 골짜기에 울려 퍼질 것이다.

그렇다면 어째서 루카스와 짐이 처음 이 골짜기에 발을 들여놓았을 때는 그렇게도 조용했던 것일까?

아무리 작은 소리라도 그 이전에 이곳 골짜기에 들렸던 소리는 언제까지나 계속 울려 퍼져 놀랄 만큼 커다란 소리로 부풀어 올라 있어야 할 것이다.

영리한 사람이라면, 자연에 맞서 싸우는 참다운 연구인이라면 그런 의문이 드는 건 당연할 것이다.

사실 루카스와 짐이 이틀만 더 일찍 이 골짜기에 도착했더라면 그들은 귀를 꿰뚫을 정도의 굉음을 경험했을 것이다. 그 소리는 본디 아주 희미한 소리에 지나지 않았지만 시간이 지남에 따라 무서운 굉음으로 변한 것이다.

예를 들어 작은 고양이의 야옹 소리가 110만 배나 커졌으며 참새의 짹짹 소리가 100만 배씩이나 커지고, 작은 돌멩이 하나가 굴러 떨어진 소리가 7억 배나 커졌다고 하면 어떤 굉음이 될지 대강 상상할 수 있을 것이다.

그러면 그 굉음은 어디로 사라진 것일까?

수수께끼의 비밀을 폭로하자면…… 비가 내렸던 것이다! 비가 내리면 물방울 하나하나가 이 메아리를 빨아들여 버린다.

'황혼의 골짜기'의 소음은 언제나 이렇게 지워지곤 했다. 루카스와 짐과 엠마가 닿기 전날 마침 많은 비가 내렸고, 그 뒤 골짜기에는 아무런 소리도 없이 정적만 흐르고 있었다.

엠마는 증기를 잔뜩 뿜어대며 골짜기를 통과했다.

루카스의 예상보다 길은 훨씬 길게 이어져 있었다. 골짜기의 거의 중간에 이르렀을 때 짐이 무심코 뒤를 돌아다보았다. 그때 짐이 본 것은 아무리 대담한 사람이라도 등골이 오싹해질 광경이었다!

만약 두 사람이 아직 골짜기 입구에 있었더라면 상상도 할 수 없을 정도로 엄청나게 많은 암석더미에 파묻히고 말았을 것이다. 양쪽 암벽이 산사태처럼 무너져 내렸고, 하늘을 찌를 듯한 산봉우리도 뒤흔들리며 와르르 무너져 내려 '황혼의 골짜기'에 낙엽이 쌓이듯 바위 조각이 내려쌓였다. 그리고 그 산사태는 바람같이 빠른 속도로 기관차의 뒤를 쫓아오고 있었다.

짐은 비명을 지르며 루카스의 소맷자락을 잡아당겼다. 뒤를 돌아보자마자 루카스는 눈앞에 위험이 다가오고 있음을 깨달았다.

루카스는 한순간의 망설임도 없이 작은 빨간 레버를 획 잡아당겼다.

비상용 레버! 위급할 때만 사용할 것!

그 레버는 몇 년 동안 한 번도 써 본 적이 없어 나이 많은 엠마가 이런 중노동을 견뎌낼 수 있을지는 자신이 없었다. 하지만 달리 방법이 없었다.

엠마가 신호를 느꼈는지 날카로운 기적 소리를 냈다. '알겠습니다!'라는 의미였다. 계기판의 바늘이 올라가기 시작했다. 계속해서 쭉쭉 올라가, '최고 속도'라고 적힌 빨간 줄을 넘어섰다. 그리고 나서도 눈금이 없는 곳까지 자꾸만 올라가더니 속도계는 결국 산산조각이 나고 말았다.

어쨌든 두 사람은 산사태에서 벗어날 수가 있었다. 나중에 생각해 보니 짐과 루카스도 알 수 없을 만큼 이상한 일이었다.

대포의 포탄이 날아가듯 기관차가 골짜기에서 빠져나왔을 때, 바로 그 순간 두 사람의 머리 위에 솟아 있던 마지막 산봉우리가 허물어져 내렸다.

루카스는 빨간 레버를 처음 위치로 되돌렸다. 엠마는 속도를 떨어뜨렸고 갑자기 꽈당 하고 심하게 흔들렸다. 기관차는 푸시식 증기를 뿜어 댔으며 끝내는 멈추고 말았다. 살아 있는 표시는 아무것도 없었다.

루카스와 짐은 기관차에서 내려 귀에 틀어막은 양초를 끄집어내고 뒤를 돌아다보았다.

두 사람의 등 뒤에 '세계의 정상'이 버티고 있었고, 막 빠져나온 골짜기에는 붉은 흙먼지가 엄청나게 높이 솟아오르고 있었다.

그곳에 바로 전까지 '황혼의 골짜기'가 있었던 것이다.

짐이 없었더라면

"큰일 날 뻔했어!"

루카스가 신음하듯 모자를 뒤로 젖히며 이마의 땀을 닦았다.

"'황혼의 골짜기'는 이제 끝장이군요."

짐이 말했다. 짐은 아직 두려움이 가시지 않아 몸을 떨고 있었다.

"음, '황혼의 골짜기'는 이미 사라졌어."

루카스는 천천히 말했다.

그러고 나서 파이프에 담뱃잎을 담아 불을 붙이고는 두세 번 연기를 내뿜더니 천천히 말을 이었다.

"안된 일이지만 돌아갈 길이 없어진 셈이야."

짐은 아직 그런 것까지는 생각이 미치지 않았다.

"그럼 어떻게 하죠?"

짐은 깜짝 놀라 소리쳤다.

"우리는 다시 돌아가야 하잖아요!"

"그래, 물론이지. 다른 길을 찾아내야겠지."

"우린 지금 어디에 있는 거죠?"

짐이 겁먹은 목소리로 물었다.

"사막이야."

루카스가 말했다.

"'세계의 끝'인 것 같아."

해는 이미 서산으로 사라져 갔지만 남아 있는 저녁놀 빛으로 두 사람은 자신들이 서 있는 곳이 끝없이 펼쳐진 평지, 마치 책상 위의 표면처럼 평평한 곳임을 알 수가 있었다. 주위는 온통 모래와 돌과 작은 바위로 되어 있을 뿐이었다. 저 멀리 보이는 지평선에 나무만큼이나 큰 선인장 한 그루가 어스름한 하늘에 선서를 하고 있는 손처럼 서 있었다. 두 사람은 빨간색과 흰색이 무늬를 이룬 산맥을 뒤돌아보았다. 흙먼지가 조금 엷어지고, 바위에 묻혀 버린 '황혼의 골짜기'가 희미하게 보였다.

"어째서 그렇게 되었을까?"

짐이 머리를 갸우뚱하며 중얼거렸다.

"아무래도 엠마의 바퀴소리가 요란스럽게 불어나는 바람에 바위가 흔들려 허물어진 것 같아."

루카스는 엠마의 땅딸막한 동체를 두드리며 상냥하게 말했다.

"굉장한 일을 해냈구나, 엠마, 이 바보 녀석!"

녹초가 되어서일까? 엠마는 아무 대꾸도 없었다. 살아 있다는 표시는 아무것도 없었다. 루카스는 그제야 이상하다 여기고 깜짝 놀라 소리쳤다.

"엠마! 나의 불쌍한 땅딸보 엠마! 어떻게 된 일이냐?"

하지만 기관차 엠마는 움직이지 않았다. 희미한 숨결조차 들리지 않았다.

루카스와 짐은 깜짝 놀라 서로 얼굴을 쳐다보았다.

"어쩌지요?"

짐이 괴로운 듯이 말했다.

"만일 지금 엠마가……."

마지막까지 말할 용기는 없었다.

루카스는 모자를 뒤로 푹 눌러쓰고 울부짖듯이 말했다.

"큰일 났구나!"

그들은 허겁지겁 서둘러 페달 밑에서 도구 상자를 꺼냈다. 그 상자에는 여러 종류의 스패너, 해머, 펜치, 드라이버, 줄 등 고장 난 기관차를 수리하는 데 필요한 온갖 도구가 들어 있었다. 루카스는 나이 많은 엠마의 모든 차바퀴, 나사못을 꼼꼼히 하나하나 두드려 보고 열심히 귀를 기울였다. 그 작업이 진행되는 동안 꽤 오랜 침묵이 흘렀다. 짐은 말을 걸 엄두조차 내지 못하고 걱정스러운 눈길로 가만히 지켜보고 있을 뿐이었다.

루카스는 열심히 엠마를 살펴 나갔다. 파이프의 불도 꺼져 있었다. 좋은 징조는 아니었다. 드디어 일어선 루카스는 코를 킁킁대며 투덜거렸다.

"젠장, 야단났군!"

"상태가 나쁜가요?"

짐이 물었다.

루카스는 천천히 끄덕이고 나서 담담한 목소리로 말했다.

"박자 피스톤이 부러진 것 같아. 다행히 예비 부품이 있긴 하지만 말이야."

그리고 가죽 조각에 싸인 강철 피스톤을 꺼내 보였다. 그것은 짐의 약손가락만큼이나 작았다.

"이거야."

루카스는 그렇게 말하며 손가락으로 집어들어 보였다.

"작지만 아주 중요하지! 이것에 박자를 맞추어 엠마가 숨을 쉬게 되니까."

"그게 있으면 고칠 수 있나요?"

짐이 조심스럽게 물었다.

"어쨌든 해 봐야지. 우물쭈물하고 있을 수가 없어. 엠마가 어려운 수리를 이겨낼지 어떨지…… 괜찮을지도 몰라. 하지만 안 그럴지도 모르지…… 어떤 작은 실수도 저지르면 안 돼. 만약 실수를 하게 되면…… 좀 도와주겠니, 짐…… 나 혼자서는 도저히 할 수가 없단다."

"좋아요."

짐은 분명하게 대답했다.

루카스가 농담으로 이런 말을 할 리 없다는 것을 짐은 알고 있었기 때문에 그 이상 묻지 않았다. 루카스도 별로 말하고 싶은 기분이 아닌 것 같았다.

두 사람은 말없이 일을 시작했다.

어느덧 날이 어두워졌다. 짐이 손전등을 들고 비춰 주었다. 루카스도 짐도 나이 든 불쌍한 엠마의 목숨을 살려내기 위해 이를 악 물고 힘을 냈다. 1시간, 2시간…… 시간은 자꾸만 흘러갔다. 박자 피스톤은 가장 안쪽에 있기 때문에 뜯어내서 분해하지 않으면 고칠 수가 없었다. 신경을 곤두세워야 하는, 참으로 어려운 작업이었다.

12시가 훨씬 지난 것 같았다. 달이 떠올랐지만 두터운 구름에 가려 거의 아무것도 보이지 않았고, 희미하고 푸른 어둠이 '세계의 끝' 사막에 내려 덮이고 있었다.

"펜치!"

루카스가 나지막한 목소리로 말했다. 루카스는 기관차 밑에 기어들어가 작업을 하고 있었다.

짐은 펜치를 꺼내 건네주었다. 그때 갑자기 공중에서 기묘하게 웅성대는 소리가 들렸다. 뒤이어 꺅꺅거리는 기분 나쁜 소리가 들렸다. 뭘까?

짐은 어둠 속을 꿰뚫어보려고 애썼다. 그러자 땅바닥에 웅크리고 반짝반짝 눈을 빛내며 이쪽을 노려보고 있는 수많은 검은 덩어리들이 희미하게 보였다.

그때 다시 공중에서 요란스러운 소리가 들려 왔다. 사납고 커다란 새한 마리가 기관실 지붕 위에 날개를 퍼덕이며 내려앉더니 파랗게 빛나는 눈으로 짐을 노려보았다.

짐은 무서워 소리를 지를 뻔했지만 꾹 참았다. 그러고는 그 거대한 새로부터 눈을 떼지 않은 채 속삭였다.

"루카스! 루카스!"

"무슨 일이야?"

루카스가 기관차 밑에서 물었다.

"커다란 새가 갑자기……."

짐은 소리를 낮추어 말했다.

"잔뜩 날아왔어요. 우리 언저리에 내려앉아 뭔가 노리고 있는 것 같아요."

"어떤 새인데?"

루카스가 물었.

"굉장히 기분 나쁜 새예요. 머리에 털이 없고 부리는 구부러져 있고 눈은 파래요. 벌써 지붕에 한 마리가 내려앉아서 나를 뚫어지게 노려보고 있어요."

"아아, 그건 독수리라는 거야."

루카스가 말했다.

"앗!"

짐은 놀라 비명을 질렀다.

그리고 한참 뒤에 말했다.

"루, 루카스. 독수리는 사람에게 달려들잖아요!"

"산 것에는 덤벼들지 않아. 그 녀석들은 죽을 때까지 기다리고 있지."

루카스가 말했다.

"그래요?"

짐이 말했다.

이삼 분쯤 지나 또 물었다.

"정말 괜찮은 거예요?"

"괜찮다니? 뭐가?"

루카스가 기관차 아래서 물었다.

"새까만 사내아이만은 예외로 하지 않을까요? 혹시 까만 사내아이는 산 채로 먹고 싶어 한다든가 말이에요."

"겁내지 마라."

루카스가 대답했다.

"걱정하지 않아도 돼. 독수리는 시체에만 덤벼드니까. 그래서 '사막의 무덤 청소부'라고 하지."

"아아, 그래요! 됐어요."

짐은 작은 목소리로 말했다.

하지만 사실은 괜찮지 않았다. 지붕 위에 앉은 독수리의 부리 언저리에서 날름거리던 혀를 본 것만 같아 짐은 역시 새까만 사내아이는 예외로 하는 게 아닌가 하는 불안에서 벗어날 수가 없었다. 만약 엠마를 고칠 수 없다면……? 그렇다면 이 '세계의 끝' 사막에서 꼼짝 없이 죽게 될 것이다. 무서운 무덤 청소부가 벌써부터 기다리고 있는 이 사막에서! 마을로부터 이렇게 멀리 떨어져 있는 곳에서는 누구에게도 도움을 청할 수가 없었다. 더구나 햇빛섬으로 돌아가는 것은 도저히 불가능한 일이다.

'두 번 다시 돌아가지 못할 거야!'

그렇게 생각하자 짐은 문득 견딜 수 없이 쓸쓸해졌다. 그리고 너무나 슬퍼 북받쳐 오르는 흐느낌을 도저히 누를 길이 없었다. 마침 그때 루카스가 엠마 밑에서 기어나와 헝겊으로 손을 닦았다.

"무슨 일이야, 짐?"

그렇게 물었으나 루카스는 눈치 빠르게 곧 고개를 돌렸다.

"아무 일도 아니에요."

짐은 대답했다.

"그냥…… 딸꾹질이 나왔을 뿐이에요."

"아아, 그래."

루카스가 말했다.

"저어 루카스, 솔직히 말해 줘요."

짐이 나지막한 목소리로 말했다.

"할 수 있을까요?"

루카스는 먼 곳을 바라보며 생각에 잠겨 있었다. 이윽고 그는 진지한 표정으로 짐의 눈을 똑바로 바라보며 말했다.

"이봐 짐 크노프! 너는 내 친구야. 그러니 사실대로 말해 주어야겠지. 온갖 방법을 다 써 보았어. 그런데 마지막 나사못이 뽑히지 않아. 안쪽에서 풀지 않으면 빼낼 수가 없어. 보일러 안으로 들어가면 될지 모르지만 그건 무리야. 내 몸집으로는 들어갈 수가 없거든. 정말 곤란하게 되었어."

짐은 지붕 위의 독수리를 쳐다보고, 자꾸만 다가오고 있는 주변의 독수리도 한번 쳐다보았다. 그것들은 신기하다는 듯이 맨질맨질한 대머리를 쭉 내밀고 있었다. 짐은 결심한 듯 입을 열었다.

"내가 들어가 볼게요."

루카스는 무거운 표정을 지으며 고개를 끄덕였다.

"그것이 마지막 방법인 것은 사실이야. 하지만 꽤 위험해. 왜냐하면 보일러 안에서는 물에 잠수한 채로 작업을 해야 하거든. 여긴 사막이라서 다시 채워 넣을 물이 없으니 물을 빼낼 수도 없단다. 그것뿐만이 아니야. 물속에서는 손전등도 켤 수 없어. 너는 완전히 컴컴한 어둠 속에서 손으로 더듬어가며 일할 수밖에 없지. 그래도 해 보겠니? 잘 생각해 봐라. 네가 못 하겠다고 해도 나는 이해할 수 있어. 얼마든지 이해할 수 있고말고."

짐은 곰곰이 생각해 보았다. 수영과 잠수는 얼마든지 할 수 있었다. 그리고 루카스가 말한 대로 이것이 마지막 방법이라면, 다른 방법은 전혀 없는 셈이었다.

"해 보겠어요."

짐은 말했다.

"좋아!"

루카스는 짐에게 자세히 설명해 주었다.

"이 스패너를 갖고 들어가렴. 이것이 맞을 거야. 나사못은 대충 이쯤에 있을 거야."

루카스는 바깥쪽에서 보일러의 바닥을 가리켰다. 짐은 그곳을 정확히 짐작하려고 애쓰며 보일러 위로 기어 올라갔다. 지붕 위의 독수리가 놀라 짐을 쳐다보았다. 짙은 구름 속에 가려져 있던 달이 드러나 아까보다 어둠이 엷어졌다. 기관차의 굴뚝 뒤에는 조금 작은 제2의 굴뚝처럼 둥근 지붕이 있었다. 이 둥근 지붕은 열 수 있었으며, 보일러로 내려가는 둥근 통로와 바로 연결되어 있었다.

짐은 구두를 벗어 루카스에게 던지고는 둥근 지붕을 열고 안으로 내려갔다. 통로는 굉장히 좁았다. 짐은 가슴이 두근거리기 시작했다.

그렇지만 이를 악물고 조금씩 발을 내려 짚으며 안으로 들어갔다. 몸이 모두 들어가고 머리만 남았을 때 다시 한 번 루카스에게 고개를 끄덕여 보였다. 이윽고 발이 물에 닿았다. 물은 아직도 꽤 따뜻했다.

짐은 크게 숨을 들이마시고 물속으로 잠수해 들어갔다.

루카스는 기관차 옆에 서서 기다리고 있었다. 그의 얼굴은 창백했다. 연통의 그을음과 기름으로 얼굴이 까맣게 되었는데도 창백해진 얼굴빛이 역력하게 드러났다. 짐에게 만약 사고라도 생긴다면 어떻게 한담? 루카스는 보일러 안으로 들어갈 수 없으니, 팔짱을 끼고 기다리는 수밖에 도리가 없었다. 루카스는 이마에 맺힌 식은땀을 닦았다. 그때 보일러 안에서 달그락거리는 소리가 들려 왔다. 다시 한 번 소리가 나더니 갑자기 뭔가가 딸깍 소리를 내며 바닥에 떨어졌다.

"나사가 뽑혔어!"

루카스가 소리쳤다.

"짐 올라와!"

그런데 짐은 도무지 모습을 나타내지 않았다. 1초가 지나고 2초가 되자 루카스는 작은 친구의 일이 걱정되어 도저히 가만히 있을 수가 없었다. 서둘러 기관차로 기어 올라가 열려 있는 둥근 지붕에 대고 큰 소리로 외쳤다.

"짐! 짐! 올라와! 어디 있니?"

겨우 자그마한 검은 얼굴이 나타났다. 흠뻑 젖은 입을 뻐끔거렸다. 이어서 손이 하나 올라왔다. 루카스는 그 손을 잡고 친구를 끌어올렸다. 그리고 짐을 팔에 안고 기관차에서 미끄러져 내려왔다.

"짐!"

루카스는 자꾸만 자꾸만 불렀다.

"나의 소중한 짐!"

짐은 숨을 헐떡였지만 축 늘어진 채 미소를 짓고 있었다. 그리고 물을 조금 내뱉으며 겨우 들릴락 말락 한 소리로 말했다.

"나를 데려오기 잘했죠?"

루카스가 말했다.

"너는 정말 대단한 꼬마야! 네가 없었더라면 벌써 끝장나고 말았을 거야."

"내가 어떤 기분이었는지 모를걸요."

짐은 크게 숨을 들이쉬며 말했다.

"처음에는 아주 일이 잘 됐어요. 나사못을 금방 찾아 가볍게 돌려 뽑아낼 수가 있었어요. 그런데 나오려고 하는데 그만 나가는 구멍이 어딘지 찾을 수가 없겠더라고요. 그러다가 겨우겨우 찾아냈죠."

루카스는 짐의 젖은 옷을 벗기고 따스한 담요로 감싸 주었다. 그리고 임금님이 준 황금 보온병에서 따뜻한 차를 따라 건넸다.

"마시렴!"

루카스가 말했다.

"이제 푹 쉬어라! 나머지 일은 나 혼자도 할 수 있으니까."

그 순간 루카스는 손으로 이마를 탁 치며 소리쳤다.

"내 정신 좀 봐! 나사 구멍으로 물이 새고 있잖아!"

과연 그랬다. 하지만 다행히도 흘러나온 물은 반 리터 정도밖에 되지 않았다.

루카스는 재빨리 부러진 박자 피스톨을 갈아 끼우고 나사못을 채운 다음 단단하게 죄었다. 잠그는 것은 밖에서도 할 수 있었다. 해묵은 귀여운 엠마의 부품을 하나하나 정성껏 죄었다. 마지막 나사못을 단단히 죄고 나서 루카스가 말했다.

"이봐, 짐. 어때?"

"뭐가요?"

"자, 들어 봐!"

루카스가 신이 나서 외쳤다.

짐은 귀를 기울이고 들어 보았다. 엠마가 다시 숨을 쉬고 있었다. 겨우 들을 수 있을 만큼 아주 희미한 소리였지만 틀림없이 엠마는 숨을 쉬고 있었다.

"루카스!"

짐은 너무나 기뻐 큰 소리로 말했다.

"엠마가 살아났어! 우린 이제 살았어!"

두 사람은 힘껏 서로를 껴안았다.

독수리들은 실망한 것 같았다. 하지만 아직 희망을 버리지는 않았는지 그저 사막으로 조금씩 뒷걸음칠 뿐이었다.

"자, 이젠 됐어."

안도의 숨을 내쉬며 루카스가 말했다.

"우선 엠마를 푹 쉬게 해야겠다. 얼마쯤 지나면 다시 기운을 되찾게 될 거야. 우리도 그렇게 하는 편이 좋겠지."

두 사람은 기관실로 들어가 문을 꼭 닫았다. 그리고 음식 바구니에서 과일과 과자를 몇 개 꺼내 먹고 황금 보온병에서 차를 조금 따라 마셨다. 그런 다음 루카스는 담배를 꺼내 물었다.

그때 짐은 이미 잠에 곯아떨어져 있었다. 목숨을 걸고 고장 난 기관차를 구해낸 자만이 가질 수 있는 자랑스러운 미소를 머금고. 루카스는 담요를 잘 덮어 주고 아직 축축이 젖어 있는 짐의 까만 고수머리를 어루만져 주었다.

"짐! 위대한 꼬마!"

루카스는 다정하게 속삭였다.

그리고 파이프의 재를 떨어버리고 창밖을 내다보았다.

독수리들이 기관차에서 조금 떨어져 둥글게 모여 있는 것이 달빛에 한결 또렷하게 비쳤다. 머리를 쏙 내밀고 무리지어 마치 의논이라도 하고 있는 것처럼 보였다.

"너희 생각처럼 되지는 않을 거다!"

루카스는 중얼거리듯이 말했다.

"우리를 먹이로 삼으려 하다니 어림없지!"

루카스는 드러누워 몇 번 심호흡을 하더니 크게 하품을 하고 어느새 잠이 들었다.

신기루의 거울방

짐과 루카스는 다음날 아침 늦게야 겨우 잠에서 깨어날 수 있었다. 자정이 훨씬 지나서 잠들었으니 무리도 아니었다. 해는 이미 중천에 떠 있었고 타는 듯한 더위가 기승을 부렸다. 나무 한 그루, 그늘 한 점 없는 사막에서는 눈 깜짝할 사이에 대기의 온도가 올라가, 찌는 가마솥 속처럼 후끈후끈했다.

두 사람은 서둘러 아침식사를 하고 곧 출발했다. 그리고 기분 좋게 증기를 토해 내며 북으로 북으로 나아갔다. 나침반을 갖고 있지 않았기 때문에 단 하나 '세계의 정상'을 방향표로 삼았다. 두 사람은 이 산맥을 언제나 오른쪽으로 보며 나아가기로 했던 것이다. 그렇게 하면 북쪽 어딘가에서 다시 분홍빛 강과 만나게 될 것이며 강을 거슬러 올라가면 용의 거리에 닿을 것이라고 생각했다.

그들은 이제 순조롭게 북쪽을 향해 나아갔다.

엠마는 기운을 되찾았다. 큰 수리를 겪고 나서 이제 완전히 회복되었던 것이다. 늙고 땅딸한 몸집이었지만 대단한 성능을 가진 강한 기관차였다.

해는 점점 높이 솟아오르고 모래 위의 공기가 뜨거운 열로 흔들리기 시작했다. 루카스와 짐은 창문을 꼭 닫았다. 좁은 기관실 안은 석탄이 타는 열기로 무척 더웠지만 그래도 바깥 열기에 비하면 견딜 만했다.

이따금 길옆에 반쯤 파묻힌 하얀 동물의 뼈가 보였다. 두 사람은 형용할 수 없는 기분으로 그것들을 바라보며 지나갔다.

정오쯤 되었을까, 갑자기 루카스가 소리쳤다.

"저것 봐!"

"무슨 일이에요?"

짐이 깜짝 놀라 뛰어오르면서 물었다. 너무나 더워 졸고 있었던 것이다.

"방향을 잃어버린 것 같아."

루카스가 신음하듯이 말했다.

"왜요?"

"오른쪽 창문을 내다봐! 지금까지는 줄곧 그쪽에 산이 있었는데 반대쪽으로 바뀌어 있어."

과연 루카스가 말한 대로였다. 오른쪽 창문에는 사막만이 펼쳐져 있었다.

그것만으로도 굉장히 이상한 일이었지만, 산들의 모습은 더욱 이상했다. 땅에 붙어 있지 않고 조금 떠서 흔들리고 있는 것 같았다.

"어떻게 된 일일까요?"

짐이 불안하게 물었다.

"나도 모르겠어."

루카스는 말했다.

"어쨌든 되돌아가야겠다."

그런데 루카스의 말이 떨어지자마자 산맥의 모습은 흔적도 없이 자취를 감추었다. 오른쪽, 왼쪽 어느 곳에도 보이지 않았다. 그 대신 조금 앞에 갑자기 바다가 나타났다. 바닷가에는 야자나무가 바람에 흔들리고 있었다.

"이게 어떻게 된 일일까?"

루카스는 멍하니 바라보며 중얼거렸다.

"응? 대체 이게 무슨 일이지?"

"나도 모르겠어요."

짐은 어리둥절해서 대답했다.

"괴상한 곳으로 온 것 같아."

짐은 뒤를 돌아다보았다. 그런데 이건 또 무슨 일인가. 빨간색과 흰색 무늬가 있는 산맥이 갑자기 그곳에 나타났던 것이다. 그것도 거꾸로 하늘에 매달려 있었다.

"이것 참 이상한데!"

루카스가 파이프를 문 채 말했다.

"어떻게 하면 좋죠?"

짐이 겁먹은 얼굴로 물었다.

"이런 일만 계속되면 도저히 방향을 알 수 없을 텐데."

"이 이상야릇한 곳을 빠져나갈 때까지 어쨌든 곧장 나아가는 것이 가장 현명한 방법일 거야."

루카스가 말했다.

두 사람은 그대로 앞으로 나아갔다. 하지만 그곳을 빠져나가기는커녕 점점 더 이상한 일만 계속되었다. 갑자기 커다란 빙산이 하늘에 떠 있는 것이 보였다. 이 더위에 빙산이 있다니 정말 이상하고 야릇한 일이었다.

이번에는 느닷없이 앞쪽에 에펠탑이 나타났다. 분명히 파리에 있는 탑인데 어떻게 '세계의 끝'인 이곳 사막에 있는 것일까. 그렇게 생각한 순간 왼쪽에 인디언 텐트가 보였다. 그 한가운데에는 화톳불이 타오르고 머리에 깃털을 꽂고 얼굴에 분칠을 한 전사들이 몹시 격렬한 춤을 추고 있었다. 오른쪽에 보이는 것은 틀림없이 황금빛 지붕이 늘어서 있는 핀 시였다. 그리고 처음 나타났던 때와 같이 모든 것이 수수께끼처럼 사라지고 다시 끝없이 아무것도 없는 사막으로 바뀌었다. 그런데 얼마 되지 않아 다시 다른 것들이 아른거리며 공중에 나타나는 것이었다.

루카스는 저녁에 해가 기울기 시작하면 어디가 북쪽인지 방향을 알 수 있게 되리라 생각했다. 하지만 그것마저도 불가능하다는 것을 곧 깨달았다. 해마저도 오른쪽에서 빛나고 있는가 생각하면 왼쪽으로 옮겨가고 때로는 양쪽에서 동시에 빛나고 있었다. 어느새 해가 두 개가 되어 있기도 했다. 한 마디로 모든 것이 뒤죽박죽 엉망으로 돌아가고 있었다.

마침내는 여러 형상들이 층층으로 뒤섞여 나타나기 시작했다. 예컨대 뾰족한 교회 탑이 갑자기 풍향기를 땅 쪽을 향하고 나타나는가 하면 그 위 공중에는 바다가 있고 바다 위에는 소가 풀을 뜯고 있는 장면이 나타나는 것이었다.

"이렇게 신나는 일은 처음인데!"

루카스가 사뭇 재미있다는 듯이 중얼거렸다. 그런데 이번에는 커다란 풍차가 코끼리를 두 마리나 올려놓고 나타났다.

"일이 이 지경에 놓이지 않았더라면, 이 혼란이 아주 재미있었을 거야."

루카스가 그렇게 말한 순간 공중에서 어마어마하게 큰 돛단배가 폭포수를 내리쏟으며 달려갔다.

"나는 싫어요, 이런 일은."

짐이 불안한 듯 머리를 흔들며 말했다.

"무시무시해⋯⋯. 나는 여기서 어서 빨리 빠져나갔으면 좋겠어요."

두 사람의 눈앞에 카니발에서나 볼 수 있는 엄청나게 큰 하늘 관람차가 반쪽이 되어 나타났다. 그것은 마치 나머지 반쪽을 찾기라도 하듯이 커다란 포물선을 그리며 껑충껑충 뛰어다니고 있었다. 하지만 나머지 반쪽은 아무 데도 없었다.

"나도 그랬으면 좋겠어."

루카스도 그렇게 말하며 귓등을 긁었다.

"언젠가는 이 이상야릇하고 꿈같은 곳을 빠져나갈 수 있겠지. 내 짐작으로 오늘 100마일은 넘게 달렸어⋯⋯. 그나저나 나침반 가져 오는 걸 잊다니, 정말 바보였어."

한동안 두 사람은 입을 다문 채 여러 가지 이상한 풍경이 나타나고 사라지는 것을 쳐다보며 달렸다. 루카스가 한꺼번에 세 개씩이나 여기저기 떠오른 해를 짐에게도 알려주려 했을 때였다. 짐이 갑자기 기쁜 듯이 소리쳤다.

"루카스! 저쪽, 저쪽을 봐요! 이런 일이 정말 있을 수가 있을까요? 하지만 저기 저것은 햇빛섬이야!"

그것은 정말 햇빛섬이었다. 파란 바다에 둘러싸인 햇빛섬이 또렷하게 보였다. 커다란 산봉우리와 작은 산봉우리가 솟아 있고 그 사이에 12시 15분 전 알퐁스 임금님의 성이 보였다. 꼬불꼬불한 선로가 반짝였고 다섯 개의 터널과 옷소매 씨의 집, 그리고 작은 역, 뭐요 할머니의 가게도 보였다. 바다에는 우편선이 떠 있었다.

"빨리!"

짐이 소리쳤다.

"빨리 루카스, 저쪽으로 가요!"

엠마는 이미 햇빛섬으로 향하고 있었다. 엠마도 고향 섬을 발견했던 것이다. 짐의 일행이 점점 더 가까이 가자 임금님이 창문에 얼굴을 내미는 것이 보였다. 앞에 뭐요 할머니가 편지를 들고 서 있었다. 우체부와 옷소매 씨도 함께 있었다. 네 사람 모두 대단히 슬픈 표정이었고 뭐요 할머니는 앞치마로 눈물을 훔치고 있었다.

"뭐요 할머니!"

짐이 소리치며 창문을 열었다. 이글거리는 열기가 밀어닥쳤지만 상관하지 않고 몸을 내밀었다.

"뭐요 할머니! 저예요! 보여요? 뭐요 할머니! 저라니까요! 짐 크노프예요! 기다리세요. 지금 갈 테니까요!"

짐은 그렇게 소리치면서 정신없이 창문으로 몸을 내밀고 손을 흔들었다. 자칫 잘못했으면 떨어질 뻔했지만 루카스가 엉덩이의 단추를 붙들어 다행히 떨어지지는 않았다.

햇빛섬까지 이제 10미터 남짓한 곳에 다다랐을 때였다. 갑자기 모든 것이 홀연히 사라지고 말았다. 이제까지 모든 것이 그랬듯, 마치 여우에게 홀리기라도 한 듯이 주위는 다시 햇볕이 내리쬐는 사막만이 끝없이 펼쳐져 있었다.

짐은 한동안 햇빛섬의 모습이 사라진 게 믿어지지 않았다. 하지만 그건 사실이었다. 햇빛섬은 이미 없었다. 커다란 눈물방울이 까만 뺨 위로 흘러내렸다. 짐은 눈물을 참을 수가 없었다.

루카스의 눈도 반짝 빛난 것 같았다. 루카스는 파이프의 연기를 뭉게

뭉게 피워 올렸다.

두 사람은 말없이 계속 달렸다. 하지만 더욱 더 놀라운 일이 벌어졌다.

갑자기 엠마와 꼭 닮은 기관차가 한 대 나타난 것이다. 그것은 100미터쯤 떨어진 곳에서 엠마와 같은 속도로 나란히 달리고 있었다.

루카스는 자기 눈을 의심해 창문으로 몸을 내밀어 보았다. 저쪽에서도 기관사가 몸을 내밀었다. 루카스가 손을 흔들자 저쪽에서도 손을 흔들어 보였다.

"아무래도 정신이 이상해진 것 같아!"

루카스가 말했다.

"꿈을 꾸고 있는 건 아니겠지?"

"아니에요."

짐은 또렷이 말했다.

"좋아. 가까이 가서 알아보자."

루카스는 또 한 대의 기관차 쪽으로 방향을 틀었다. 그러자 저쪽에서도 동시에 방향을 틀어 이쪽으로 향했다. 두 대의 기관차가 마주보며 돌진하기 시작했다.

루카스는 재빨리 엠마를 멈춰 세웠다. 저쪽 기관차도 멈추었다. 루카스와 짐이 내렸다. 동시에 저쪽에서도 기관사와 까만 소년이 기관차에서 내렸다.

"음! 이건……."

루카스는 어이가 없었다.

두 사람은 다가갔다. 루카스는 또 하나의 루카스 쪽으로, 짐은 다른 또 하나의 짐 쪽으로. 두 사람의 루카스와 두 사람의 짐이 악수하려고 할 때 잔잔한 바람이 불어와 그곳을 지나갔다. 또 하나의 루카스와 또 하나의 짐과 또 하나의 엠마가 비쳐 보이더니 스르르 사라져 버렸다.

짐은 벌린 입을 다물지 못했다. 눈을 동그랗게 뜨고 지금까지 또 한 사람의 짐이 서 있던 곳을 물끄러미 쳐다보고 있을 뿐이었다. 그러자 획! 루카스의 휘파람 소리가 들렸다.

"알았어, 이제 겨우 알 것 같아! 그거로구나!"

"그게 뭔데요?"

짐이 물었다.

"신기루의 거울방이란 것을 들어 본 적 있니?"

"아뇨."

짐은 대답했다.

"신기로라니요?"

"신기로가 아니라 신기루야! 자, 엠마에게로 돌아가자. 돌아가서 설명해 주마. 여긴 너무 뜨거워서 마치 프라이팬 위에 얹혀 있는 것 같구나."

두 사람은 다시 기관실로 들어갔다. 그리고 기관차를 달리게 하면서 루카스는 짐에게 신기루에 대해 자세히 이야기해 주었다.

"거울방이란 것은 카니발에 가면 가끔씩 볼 수 있는 거야. 그건 주위가 온통 거울로 된 방인데 그곳에 들어가면 그야말로 이상한 생각이 들지. 어느 것이 거울에 비쳐진 것이고 어떤 것이 진짜인지 분간할 수 없게 되거든. 물론 카니발에서라면 재미있지. 비상시에는 밖으로 데려다 줄 사람이 있으니까 얼마든지 안심하고 즐길 수 있어. 하지만 사막 한가운데서는 문제가 다르단다. 신기루는 물론 거울로 되어 있는 것은 아니야, 사막에 갑자기 거울이 모여들 리가 없거든. 그렇지? 다만 그와 비슷한 경우니까 신기루의 거울방이라고 말할 뿐이란다. 신기루는 말하자면 자연현상이야. 해가 자꾸만 모래를 데우면 공기가 굉장히 뜨겁게 되지. 그리고 그대로 온도가 계속 올라가면 나중에는 열로 공기가 흔들리기 시작해. 온도가 더 올라가 타오르듯 뜨거워지면 공기는 별안간 욕실에 있는 거울처럼 되어 뭔가를 비춰 주기 시작하지. 그런데 이 거울이란 것은 가까이에 있는 것만을 비춰 주는 것이 아니야. 가까운 것보다는 오히려 훨씬 먼 곳에 있는 것을 옮겨 오기를 더 좋아한단다. 그래서 몇 마일씩이나 떨어진 곳의 형상이 갑자기 나타나는 거야. 예를 들어 사막을 걷고 있는 사람의 눈에 갑자기 식당이 보이거나 하는 것이지. 그리고 간판에 '즉석 레모네이드 한 잔에 1페니'라고 써 있다고 하자. 마침 몹시 목이 말랐던 사람은 그것을 보고 그쪽으로 걸어가게 돼. 하지만 홀연히 어디론가 사라져 버리는 거야. 그런 일을 되풀이하다 보면 방향을 잃게 되고 길을 잃게 되는 거란다. 멀리 있는 것이 비치어 사막까지 전해지는 동안 도중에 몇 개의 영상, 즉 거울에 비춰진 그림들이 뒤섞여질 때가 흔히 있게 되지. 그러면 지금 우리가 본 것처럼 이상야릇한 것이 나타나는 거야. 그리고 나중에는 자기 자신의 영상까지 볼 수가 있게 돼. 아까 바람이 조금 불었지? 그 바람 때문에 공기의 온도가 조금 떨어졌을 거야. 그래서 공기가 거울의 역할을 할 수 없게 된 거란다."

루카스는 그렇게 말하며 설명을 끝마쳤다.

짐은 잠시 생각에 잠겨 있더니 이윽고 감탄한 목소리로 말했다.

"루카스는 정말 모르는 게 없어요!"

"그렇지 않아."

루카스는 그렇게 말하며 웃었다.

"모르는 것이 더 많지. 예를 들면 말이야, 저기 있는 것이 무엇인지 나는 몰라."

두 사람은 허리를 펴고 앞을 보았다.

"모래에 나 있는 어떤 자국 같은데요."

짐이 말했다.

"틀림없어요. 차바퀴 자국 같아요."

"저게 신기루가 아니라면 좋을 텐데."

루카스가 걱정스럽게 말했다.

"이런 사막에서는 자연현상인지 아닌지 잘 알 수가 없거든."

두 사람은 엠마를 타고 좀 더 가까이 다가갔다. 하지만 그 자국은 지워지지 않았다. 그것은 영상이 아니고 모래에 나 있는 분명한 바퀴 자국이었다.

"우리보다 먼저 이곳을 차로 달려간 사람이 있는 것 같아요."

짐이 말했다. 루카스는 엠마를 멈추고 내려가서 모래에 나 있는 자국을 살펴보았다.

"이런 일이!"

루카스는 뒤통수를 긁적였다.

"틀림없어. 우리보다 먼저 누군가 이곳을 달려갔어. 누구일 것 같니?"

"모르겠어요, 누굴까요?"

"이건 아마 엠마의 바퀴 자국이야. 커다랗게 동그라미를 그리며 달려서 우리가 지나간 곳으로 되돌아온 것 같구나."

"뭐라고요?"

짐이 낙심한 듯이 소리쳤다.

"이런 기분 나쁜 사막을 빨리 빠져나가지 않으면 큰일 나겠어요!"

"그렇고말고!"

루카스도 말했다.

"어떻게 빠져나갈 것인가 그것이 문제야!"

루카스는 어찌할 바를 몰라 주위를 둘러보았다. 오른쪽에는 증기선이 하늘을 달리고 있는 것이 보였다. 굴뚝에서 갖가지 색깔의 커다란 비눗방울을 내뿜고 있었다. 왼쪽에는 낡은 등대가 나타났는데 그 꼭대기에 있는 회랑에서는 고래가 물구나무서기를 하고 있었다. 루카스는 뒤쪽을 돌아보았다. 거기엔 훌륭한 백화점이 있었는데 창문에서 나무가 돋아나 있었다. 앞쪽에는 전주가 늘어서 있는 것이 보였고 그 전깃줄 위로 하마 가족이 산책을 하고 있었다.

루카스는 하늘을 올려다보았다. 해가 셋씩이나 여기저기에 떠 있었다. 어떤 게 진짜이고 어떤 게 영상인지 도저히 구별할 수 없었다.

루카스는 고개를 설레설레 흔들었다.

"이거 안 되겠군. 신기루가 사라질 때까지 기다릴 수밖에 없겠어. 그렇게 하지 않으면 이곳에서 빠져나갈 수가 없어. 이대로 달려 보았자 석탄과 물만 낭비할 뿐이야. 지금 남아 있는 것으로도 과연 어디까지 갈 수 있을지 모르겠으니 말이다."

"이 신기루가 언제쯤 사라질까요?"

짐이 쓸쓸히 물었다.

"글쎄다. 밤이 되어 열기가 가시면 사라지지 않겠니?"

루카스가 대답했다.

그래서 두 사람은 기관실로 돌아가 해가 질 때까지 기다리며 쉬기로 했다. 심한 더위에 지친 두 사람은 편히 앉았다. 루카스가 막 졸기 시작했을 때 짐이 불쑥 물었다.

"왜 그런 슬픈 표정들이었을까요?"

"누가?"

루카스는 하품을 하면서 물었다.

"모두들……."

짐이 나지막한 목소리로 대답했다.

"햇빛섬이 보였을 때 말이에요."

"마침 우리의 편지가 닿았기 때문일 거야."

루카스가 차분하게 말했다.

짐은 깊이 한숨을 내쉰 다음 슬픈 듯이 말했다.

"루카스, 우리 다시 햇빛섬으로 돌아갈 수 있을까요?"

루카스는 짐의 어깨에 손을 돌려 안았다. 그리고 상냥하게 친구를 격려해주며 말했다.

"내게는 느낌 같은 게 있단다. 언젠가 반드시 우리 모두, 너와 엠마와 내가 햇빛섬으로 돌아갈 멋진 날이 찾아올 거라는 느낌말이야."

짐은 둥그렇게 뜬 눈으로 살짝 고개를 들었다.

"정말? 정말 그렇게 생각해요?"

"그래, 약속해도 좋아."

루카스가 말했다. 짐은 단번에 기분이 가벼워지는 것 같았다. 너무나 기뻐 마치 집 앞의 길을 걷고 있는 것처럼 마음이 설렜다. 루카스는 정말로 확실한 느낌을 가졌을 때가 아니면 쉽게 약속하지 않는다는 것을 짐은 알고 있었다.

"곧 가게 될 거라고 생각해요?"

짐은 또 물었다.

"그럴지도 모르지만 그렇지 않을지도 몰라."

루카스는 대답했다.

"그것은 모른다는 느낌이 들기 때문이야."

그리고 한참 뒤 다시 말했다.

"짐, 그보다도 지금은 잠을 자두는 게 좋을 거야. 오늘밤은 밤새도록 달려야 할지 모르니까."

"좋아요!"

짐은 그렇게 말하고 나서 바로 잠이 들었다.

그렇지만 루카스는 잠을 이루지 못하고 생각에 잠겨 있었다. 역시 몹시 걱정이 되었던 것이다. 파이프에 담배를 채우며 불타오르는 오후의 햇볕에 이글거리는 사막으로 눈을 돌렸다. 밖에는 다시 독수리들이 모여들고 있었다. 커다란 동그라미를 그리듯 엠마를 둘러싸고 끈질기게 기다리고 있었다. 이 두 사람이 끔찍하고 무서운 사막으로부터 절대로 무사히 빠져나갈 수는 없으리라 여기고 있는 것 같았다.

사막의 외돌토리 투르 투르

사막을 여행해 본 적이 있는 사람이라면 해가 질 때의 찬란한 아름다움을 기억할 것이다. 저녁놀이 지는 하늘은 타오르는 듯한 오렌지 빛에서 연한 장밋빛이 되기도 하고 연둣빛이 되고, 연보랏빛이 되어 갖가지 빛깔로 빛난다.

루카스와 짐은 기관차의 지붕에 앉아 발을 흔들며 식량 바구니에 남아 있던 마지막 음식을 먹고 황금 보온병에 남아 있는 마지막 차를 마셨다.

"이제 뭔가를 발견할 때까지는 먹을 것이라곤 하나도 없군."

루카스가 걱정스럽게 말했다.

더위는 웬만큼 수그러졌다. 희미하게 바람이 일어 두 사람의 머리 위를 산들거리며 지나갔다. 신기루도 고집스럽게 남아있는 단 하나를 빼고 모두 사라졌다. 반만 남은 자전거 위에 한 마리의 고슴도치가 올라타고 있는 자그마한 영상이 15분 정도 사막을 정처 없이 방황하고 있었지만 이윽고 그것마저 사라졌다.

그렇다면 지금 지평선 저쪽에 가라앉고 있는 해는 진짜일 것이다. 해는 어김없이 서쪽으로 지기 마련이니까. 이제 루카스도 북쪽이 어느 쪽이며 어떻게 가야 하는지 쉽게 알 수 있었다. 저녁 해를 왼쪽 창문으로 쳐다보며 나아가면 된다. 두 사람은 안도의 숨을 쉬며 출발했다.

한참 뒤 해가 지평선 저쪽으로 막 모습을 감추려는 순간, 짐은 문득 이상한 일이 벌어지고 있다는 것을 깨달았다. 이제까지 두 사람의 바로 위를 날며 따라오던 독수리들이 갑자기 한 마리도 남김없이 방향을 돌려 날아가 버린 것이다.

그것도 급히 서둘러 날아간 것 같았다. 짐은 자기가 본 광경을 루카스에게 알려주었다.

"이제 포기한 모양이지."

루카스가 만족스러워하며 중얼거렸다. 그런데 갑자기 엠마가 놀란 듯이 요란스럽게 기적을 울리더니 제 스스로 빙그르르 돌아서 내빼기 시작했다.

루카스는 당황하여 브레이크를 당겨 엠마를 멈춰 세웠다. 엠마는 부들부들 떨면서 숨을 몰아쉬고 있었다.

"무슨 일이야, 엠마!"

루카스가 큰 소리로 말했다.

"이런 법이 어디 있어?"

뭔가 더 말하려다가 짐은 무심코 뒤를 돌아다보았다. 그 순간, 말문이 막혀 입을 열 수가 없었다.

"저쪽!"

겨우 그 한마디만 내뱉었다.

루카스도 돌아보았다. 그곳에는 이제껏 단 한 번도 본 적이 없는 굉장한 것이 있었다.

지평선에, 엄청나게 커다란 사나이가 버티고 있었던 것이다. 그 하늘까지 닿을 것 같은 '세계의 정상'도 이 거인에 비하면 성냥갑 정도밖에 안 되어 보였다.

그 거인은 하얀 턱수염이 무릎까지 길게 늘어져 아주 늙어 보였다. 재미있는 것은 그 턱수염을 세 가닥으로 땋고 있는 것이었다. 그렇게 해 두면 손질하기가 쉽기 때문일 것이다. 그렇지 않다면 울창하게 자란 저 수풀과 같은 턱수염을 매일 빗어야 할 텐데 그건 엄청난 일일 것이다. 머리에는 낡은 밀짚모자를 쓰고 있었는데 그것보다 더 큰 모자가 세계 어디에 또 있을까? 거대한 몸에는 낡아빠진 기다란 셔츠를 걸치고 있었다. 그 셔츠는 세계에서 가장 큰 범선의 돛보다도 더 클 것처럼 보였다.

"와아!"

짐이 소리쳤다.

"저건 신기루가 아녜요! 빨리 도망가요, 루카스! 아직 우리를 못 본 것 같아요."

"침착해라 짐!"

루카스는 그렇게 말하고 파이프를 빨며 찬찬히 거인을 관찰했다. 그리고 말했다.

"큰 덩치만큼이나 착한 사나이가 아닐까?"

"네에……?"

짐은 놀라서 말문이 막혔다.

"그럴지 몰라."

루카스는 침착하게 말했다.

"덩치가 크다고 해서 괴물이라고 단정 지을 수는 없어."

"그건 그래요. 하지만……."

짐은 말을 더듬었다.

"그렇지만 역시 괴물이라면?"

그때 거인은 사람이 그리운 듯이 한쪽 손을 내밀었으나 곧 힘없이 내려뜨렸다. 크게 한숨을 쉬는 듯 가슴이 부풀어 올랐다. 그 밖에는 아무 일도 일어나지 않았다.

"우리에게 무슨 짓을 하려고 했으면 벌써 했을 거야."

루카스가 파이프를 문 채 말했다.

"좋은 친구가 될 것 같아. 그런데 어째서 다가오지 않는 걸까? 혹시 우리를 두려워하고 있는 건 아닐까?"

"아아, 루카스!"

짐이 신음소리를 냈다. 너무나 무서워 이를 부딪치고 있었다.

"이제 우린 끝장이에요."

"나는 그렇게 생각하지 않아."

루카스는 차분하게 말했다.

"어쩌면 이 저주스러운 사막으로부터 빠져나갈 방법을 가르쳐 줄지도 몰라."

짐은 말문이 막혔다. 도대체 어떻게 생각해야 좋을지 갈피를 잡을 수가 없었다. 갑자기 거인이 두 손을 들어 합장하더니 가냘프고 가련한 목소리로 말했다.

"제발 부탁입니다. 부탁해요. 나그네 친구들, 도망치지 마세요! 나는 아무런 나쁜 짓도 하지 않아요!"

몸집이 큰 것에 비해 목소리는 그리 크지 않았다. 어떻게 된 일일까?

"저 거인은 전혀 나쁜 사람이 아닌 것 같은데."

루카스가 말했다.

"오히려 겁이 많은 친구 같아. 목소리가 어딘지 이상하긴 하지만 말이야."

"틀림없이 일부러 꾸미고 있는 거예요!"

짐은 잔뜩 겁먹은 목소리로 말했다.

"우리를 붙잡아서 삶아먹을 거예요. 그런 거인 이야기를 들은 적이 있어요. 틀림없어요, 루카스!"

"너는 저 엄청난 덩치에 겁부터 먹었지만 말이야."

루카스가 말을 이었다.

"그러나 그것은 도망칠 이유가 될 수 없어. 몸이 너무 커서 저 친구 자신도 주체할 수 없는 걸 거야."

거인은 지평선에 꿇어앉아 손을 모으고 애원했다.

"제발 부탁합니다. 아무쪼록 나를 믿어 주세요! 아무런 나쁜 짓도 하지 않을 겁니다. 당신들과 말을 좀 하고 싶을 뿐입니다. 나는 외돌토리라 너무 쓸쓸해서 견딜 수가 없어요!"

이상할 정도로 가련하고 가냘픈 목소리였다.

"저런, 불쌍하게도."

루카스는 가엽다는 듯이 말했다.

"손을 흔들어 주자. 그렇게 하면 이쪽에서도 나쁜 생각을 가지고 있지 않다는 것을 알겠지."

루카스는 창문에서 몸을 내밀어 예의 바르게 모자를 벗고 손수건을 꺼내 흔들었다. 짐은 어이가 없어서 루카스를 쳐다보기만 했다. 짐은 이제 곧 끔찍한 일이 벌어지고 말 거라는 생각이 들었다.

거인은 슬며시 일어섰다.

"저어……."

작고 떨리는 목소리로 물었다.

"다가가도 괜찮을까요?"

"그렇소!"

루카스는 두 손을 나팔모양으로 입에 대고 소리쳤다. 그리고 상냥하게 손수건을 흔들었다.

거인은 조심스럽게 한 발짝 앞으로 내디뎠다. 그리고 다시 멈춰 섰다.

"우리를 믿지 않는군."

루카스는 흐응 콧소리를 냈다.

그리고 단단히 결심한 듯이 기관차에서 내려 손을 흔들며 거인 쪽으로 걸어갔다.

짐은 너무나 무서워 눈앞이 어찔어찔했다. 루카스는 더위 때문에 머리가 이상해진 게 분명했다. 어쨌든 친구인 루카스를 혼자 위험한 곳으로 보낼 수는 없었다. 짐은 자신도 기관차에서 내려 떨리는 다리로 루카스의 뒤를 쫓아 달렸다.

"기다려요, 루카스!"

짐은 숨을 헐떡이며 소리쳤다.

"나도 갈게요!"

"좋아!"

루카스는 기쁜 듯이 짐의 어깨를 토닥였다.

"두려워하면 안 돼. 두렵다고 생각하면 진실보다 훨씬 더 나쁘게 보이는 거야."

거인은 한 사나이가 소년과 함께 기관차에서 내려 손을 흔들며 자기 쪽으로 걸어오는 것을 보고 얼굴이 환하게 밝아졌다.

"아아, 친구가 되어 주는 거군요. 그럼 나도 그리로 가겠습니다!"

가냘픈 소리로 말하고는 짐과 루카스를 향해 걷기 시작했다. 그런데 이게 어쩐된 일인가! 너무나 어이가 없어 짐은 입과 콧구멍을 크게 벌리고, 루카스는 파이프를 피우는 것조차 잊은 채 멍하니 서 있었다.

거인은 한 발 한 발 다가옴에 따라서 조금씩 작아지고 있었다. 100미터쯤 떨어진 곳에 이르렀을 때는 이미 교회의 높은 탑 정도가 되었고, 50미터쯤 되자 집만 한 높이가 되었으며, 드디어 엠마 곁에 도착했을 때는 기관사 루카스와 같은 크기가 되었다. 아니, 루카스보다 머리 절반 정도는 작아져 있었다. 어리둥절해 있는 두 사람 앞에는 상냥하고 온화한 표정의 여윈 노인이 서 있을 뿐이었다.

"안녕!"

사나이는 밀짚모자를 벗고 인사했다.

"아아, 나를 두려워하여 도망치지 않다니 얼마나 고마운지 모르겠습니다. 단 한 번이라도 좋으니 그런 용기를 가진 사람이 나타나 주기를 나는 벌써 몇 년 동안이나 기다려 왔답니다. 하지만 지금까지 누구 한 사람 나에게 다가오는 사람이 없었습니다. 나는 멀리서 볼 때만 놀라울 만큼 크게 보일 뿐입니다. 아아, 참 그렇군요. 제 소개를 잊었습니다. 제 이름은 투르 투르입니다. 성도 투르, 이름도 투르입니다."

"안녕, 투르 투르 씨."

루카스는 예의 바르게 모자를 벗으며 인사를 했다.

"저는 기관사 루카스입니다."

루카스는 이 별난 사람과 만나게 된 것이 아무렇지 않다는 듯 태연하게 행동했다. 루카스는 이런 경우에 어떻게 행동해야 하는지를 터득하고 있었던 것이다. 멍청히 입을 크게 벌리고 투르 투르 씨를 쳐다보고 있던 짐도 겨우 자세를 고치며 말했다.

"저는 짐 크노프입니다."

"이렇게 기쁜 일은 없을 겁니다."

이번에는 투르 투르 씨가 짐 쪽을 향해 말했다.

"특히 당신과 같은 어린 분이 이렇게나 큰 용기를 갖고 있다니! 정말 고마운 일입니다."

"네…… 아뇨…… 저어…… 저는……."

짐은 더듬거렸다. 그의 까만 얼굴은 어느새 귀 언저리까지 새빨개져 있었다. 사실 용기 같은 건 손톱만큼도 없었으므로 칭찬하는 말을 듣자 부끄러웠던 것이다. 그리고 이제부터는 사람이건 물건이건 가까이 다가가 살펴보지도 않고 겁부터 내지는 말아야겠다고 마음속으로 단단히 다짐했다.

"이제 아시겠지요."

투르 투르 씨는 다시 루카스를 향해 말했다.

"저는 사실 거인이 아닙니다. 겉보기 거인일 뿐입니다. 아주 불행한 일이죠. 그래서 저는 안타깝게도 이렇게 외돌토리가 되었답니다."

"좀 더 자세히 설명해 주시겠습니까? 투르 투르 씨."

루카스가 말했다.

"당신은 우리가 처음 만난 겉보기 거인입니다. 때문에 그……."

"기꺼이 말씀드리죠, 내가 아는 한 말입니다."

투르 투르 씨는 쾌히 승낙했다.

"오두막이지만 저희 집으로 가 주시지 않겠습니까?"

"이 사막에 사신다는 말씀인가요?"

루카스는 놀라 물었다.

"이 사막 한가운데에?"

"네, '세계의 끝' 한복판에 살고 있습니다."

투르 투르 씨는 빙그레 웃으며 말했다.

"말하자면 오아시스에 살고 있죠."

"오아시스가 뭐죠?"

짐이 눈을 동그랗게 뜨고 물었다. 또 뭔가 무시무시한 것이 아닐까 생각했던 것이다.

"오아시스라는 것은 사막에서 샘이나 물이 있는 곳을 말합니다."

투르 투르 씨가 설명했다.

"안내해 드리죠."

하지만 루카스는 엠마를 타고 가자고 했다. 그렇게 하면 엠마에게 물을 넣어 줄 수도 있기 때문이다. 하지만 겉보기 거인은 두려워했다. 그래서 기관차에 타는 것이 조금도 위험하지 않다는 것을 이해시키는 데는 꽤 노력이 필요했다. 겨우 세 사람은 엠마에 올라타고 출발했다.

겉보기 거인

투르 투르 씨가 살고 있는 오아시스는 맑은 물이 넘쳐흐르는 작은 연못으로 그 한가운데서 물이 분수처럼 솟아나오고 있었다. 주위에는 숲이 우거지고 많은 야자나무와 과일나무가 하늘 높이 가지를 뻗고 있었다.

그 나무들 사이에 야트막한 추녀의 아담한 하얀 집이 세워져 있었고, 현관 앞 작은 뜰에는 겉보기 거인이 가꾸는 꽃과 야채들이 자라나 있었다.

루카스와 짐과 투르 투르 씨는 거실의 둥근 나무 식탁에 앉아 저녁 식사를 했다. 여러 가지 맛있는 야채 요리에 디저트는 산뜻한 과일 샐러드였다.

투르 투르 씨는 채식주의자였다. 그는 동물을 몹시 사랑했기 때문에 잡아먹지 않았다. 그런데도 동물들은 겉보기 거인을 보기만 하면 놀라 도망쳐 버리곤 한다는 것이었다. 세 사람이 즐겁게 식탁을 둘러싸고 있는 동안 나이 많은 엠마는 바깥 샘터에 있었다. 루카스가 엠마의 둥근 지붕을 열어놓아서 차가운 샘물이 탱크 안으로 뚝뚝 떨어졌다. 엠마는 매우 기분 좋아했다. 하루 종일 그 무더운 사막에 있었으므로 엠마의 물탱크는 텅텅 비어 있었던 것이다.

식사가 끝나자 루카스는 파이프에 불을 붙이고 등을 뒤로 기대며 말했다.

"맛있게 잘 먹었습니다, 투르 투르 씨. 이제부터 당신 이야기를 듣고 싶습니다. 기대가 되는군요."

"저도요."

짐도 몸을 앞으로 내밀며 말했다.

"어서 말씀해 주세요!"

"이야기할 만한 것도 못됩니다만."

투르 투르 씨는 말했다.

"왠지 모르게 유별난 데가 있는 사람들은 많이 있죠. 예를 들어 짐 크노프 씨는 까만 피부를 하고 있습니다. 그것은 타고난 것일 뿐 이상한 것은 전혀 아닙니다, 그렇죠? 까맣다고 해서 나쁠 건 없습니다. 그런데 대부분의 사람들은 그렇게 생각하지 않습니다. 자기가 흰색이면 그 색깔만이 옳다고 여깁니다. 그래서 까만 사람에게 반감 같은 것을 갖지요. 사람은 어째서 이렇게 어리석은지 알 수가 없습니다."

"까만 살갗이 아주 편리할 때도 많은데 말이에요."

짐이 말했다.

"예를 들면 기관사 일을 하는 데는 아주 좋거든요."

투르 투르 씨는 진지하게 고개를 끄덕이고 나서 말했다.

"당신들 가운데 한 사람이 지금 일어나 저쪽으로 간다면 자꾸만 작아져 지평선에 닿을 무렵엔 작은 점이 되고 말 것입니다. 그리고 다시 이쪽으로 돌아오면 조금씩 커져서 본래 크기대로 보이게 됩니다. 그렇지만 사실 그 사람은 언제나 같은 크기라는 것은 말할 필요도 없지요. 다만 점점 작아지고 점점 커지는 것처럼 보일 뿐입니다."

"옳은 말씀입니다!"

루카스가 말했다.

"바로 그겁니다."

투르 투르 씨는 말했다.

"저의 경우는 반대로 나타날 뿐입니다. 나는 멀리 갈수록 크게 보이고 가까워질수록 본디 크기로 돌아오는 것뿐입니다."

루카스가 물었다.

"그렇다면 당신은 다가올수록 몸이 작아지는 게 아니라는 겁니까? 그러니까 멀리 있을 때도 사실은 그런 굉장한 거인이 아니고 단지 그렇게 보일 뿐이라는 거군요?"

"네, 그렇지요."

투르 투르 씨는 대답했다.

"그래서 겉보기 거인이라고 하는 겁니다. 보통 사람을 겉보기 소인이라고 부를 수 있는 것처럼요. 사실은 그렇지 않은데도 멀어질수록 작아져 보이니까요."

"이건 정말 흥미로운 사실이군요."

루카스는 중얼대며 멋진 도넛 모양의 동그라미를 두서너 개 뿜어댔다.

"그런데 투르 투르 씨, 어째서 그렇게 되었습니까? 어렸을 적부터 그랬나요?"

"태어날 때부터 그랬습니다."

투르 투르 씨는 슬픈 듯이 말했다.

"나로서도 어찌할 도리가 없는 것입니다. 어렸을 적에는 그리 심하지 않아 멀리 가도 지금의 절반 정도의 크기로 보였습니다. 그때도 모두 저를 겁내고 아무도 함께 놀아 주지 않았지요. 얼마나 외로웠는지 짐작조차 할 수 없을 겁니다. 나는 얌전하고 붙임성 있는 아이였지만 내가 나타나기만 하면 모두 깜짝 놀라 도망쳐 버리고 말았답니다."

"그런데 어쩌다가 이런 '세계의 끝' 사막 한가운데서 살게 된 것인가요?"

짐이 물었다. 상냥한 이 노인이 가엾어서 견딜 수가 없었다.

"그것은 이렇습니다."

투르 투르 씨는 설명하기 시작했다.

"나는 라리푸르에서 태어났습니다. 푸에고 섬 북쪽에 있는 커다란 섬이죠. 나를 두려워하지 않은 사람은 아버지와 어머니 두 분뿐입니다. 나의 부모님은 참으로 좋은 분들이셨습니다. 두 분이 돌아가시고 나서 나는 집을 떠나기로 마음먹었습니다. 나를 두려워하지 않는 사람들이 사는 곳을 찾으려고 했던 거죠. 온 세계를 두루 돌아다녔습니다. 그렇지만 어디를 가든 똑같았습니다. 결국엔 아무도 두려워하는 사람이 없는 사막까지 오게 된 거지요. 당신 두 사람은 아버지와 어머니가 돌아가신 뒤 처음 발견한 나를 두려워하지 않은 사람들입니다. 죽기 전까지 다시 한 번 누군가와 이야기하고 싶었습니다. 내가 그것을 얼마나 바라고 있었는지는 말로 다 표현할 수가 없습니다. 그 소원을 풀어 주셨습니다. 이제부터는 쓸쓸해질 때마다 당신들을 생각하겠습니다. 이 세상 어딘가에 나의 친구가 있다고 생각하는 것만으로도 큰 위안이 될 테니까요. 이 고마움에 보답하고 싶습니다. 혹시 제가 도와드릴 게 있을까요? 무슨 일이든 기꺼이 돕겠습니다."

루카스는 묵묵히 그의 말을 듣고 있었다. 짐도 차분히 생각에 잠겨 있었다. 투르 투르 씨에게 무슨 말이든 해 주고 싶었지만 뭐라고 해야 좋을지 몰랐다.

드디어 루카스가 입을 열었다.

"투르 투르 씨, 그렇다면 소원이 있습니다."

루카스는 자신들이 어디서 왔는지를 모조리 들려주었다. 이어서 리시 공주를 구해내고 짐 크노프에 관한 비밀을 알아내기 위해 용의 거리로 가는 길이라는 것을 말했다. 루카스가 말을 마치자 투르 투르 씨는 완전히 감탄하여 두 친구를 우러러보며 말했다.

"당신들은 정말로 용감한 분들이군요. 틀림없이 공주님을 구해낼 수 있을 것입니다. 용의 거리에 쳐들어가는 것은 아주 위험한 일이지만 반드시 성공하리라 믿습니다."

"그곳으로 가는 길을 가르쳐 주실 수 있겠습니까?"

루카스가 물었다.

"가르쳐 드리기만 해서는 잘 모르실 겁니다. 이 사막을 빠져나가려면 나와 동행하는 방법밖에 없을 것 같습니다."

투르 투르 씨가 말했다.

"하지만 같이 가는 것은 '검은 바위' 땅으로 접어드는 바로 그 앞까지입니다. 그곳에서부터는 두 분만 가셔야 합니다."

그리고 잠시 생각에 잠긴 뒤 말을 이었다.

"또 하나 어려운 일이 있습니다. 이곳에서 오랫동안 살아왔기 때문에 사막은 내 주머니 속같이 잘 알고 있습니다만, 나 역시 낮에는 길을 잃고 헤맬 때가 많습니다. 신기루가 최근 몇 해 동안에 무척 심해졌답니다."

"그렇습니까. 그럼 당신과 만난 것은 굉장한 행운이었군요, 투르 투르 씨."

루카스가 말했다.

"그렇고말고요!"

투르 투르 씨는 진지한 얼굴로 이마에 주름살을 만들며 대답했다.

"나를 만나지 못했더라면 이 사막에서 절대로 빠져나갈 수 없었을 겁니다. 내일이나 늦어도 모레쯤에는 틀림없이 독수리 먹이가 되었을 겁니다."

짐은 등골이 오싹해졌다.

"그럼 곧 출발합시다."

루카스가 제안했다.

"벌써 달도 떠올랐으니까."

투르 투르 씨는 서둘러 도시락을 싸고 만다라 임금님의 황금 보온병에 차를 가득 채웠다. 그리고 세 사람은 밖으로 나와 기관차가 있는 곳으로 향했다.

출발하기 전에 짐은 투르 투르 씨에게 다시 한 번 겉보기 거인의 모습을 보여 달라고 부탁했다. 투르 투르 씨는 흔쾌히 승낙했다.

달빛은 너무나 밝아 대낮같이 주위를 비추었다. 짐과 루카스가 엠마 옆에 서자 투르 투르 씨는 사막을 조금 앞서 걸어갔다. 두 사람은 투르 투르 씨가 한 발 한 발 멀어질수록 점점 크게 보이는 것을 확인할 수 있었다. 그리고 되돌아오기 시작하자 조금씩 작아져 두 사람 앞에 섰을 때는 다시 보통 사람의 크기가 되었다.

다음에 루카스가 혼자 남고 짐과 투르 투르 씨가 함께 걸어가 보았다. 정말 겉보기 거인만 커지는 것인지 확인해 보고 싶었던 것이다. 루카스로부터 꽤 떨어진 곳에서 짐과 투르 투르 씨는 돌아섰다. 그러자 짐이 큰 소리로 물었다.

"어떻게 보여요, 루카스?"

"너는 내 새끼손가락 정도밖에 안 돼. 투르 투르 씨는 전봇대만큼이나 크고."

그렇지만 지금 옆에 서 있는 투르 투르 씨는 조금도 커지지 않은 채 본디 크기임을 짐은 똑똑히 알 수 있었다.

마지막으로 짐이 엠마 옆에 남고 루카스가 투르 투르 씨와 함께 걸어가 보았다. 루카스는 점점 작아져 보이는데 투르 투르 씨는 점점 크게 보였다. 두 사람이 돌아오자 짐은 고개를 끄덕이며 말했다.

"정말이네요, 투르 투르 씨. 투르 투르 씨는 정말 겉보기 거인이군요!"

"그래 맞아."

루카스도 말했다.

"자 이제 출발해요."

세 사람은 기관차에 올라타고 출발했다. 마음씨 좋고 땅딸막한 엠마의 굴뚝에서 칙칙거리며 토해 내는 연기가 밤하늘에 높이높이 피어올랐다. 연기는 하늘 높이 은빛으로 빛나는 큰 달 언저리까지 올라가더니 이윽고 사라졌다.

검은 바위의 비밀

　사막은 어디를 보나 똑같아 보였다. 그렇지만 투르 투르 씨는 조금도 주저 없이 나아갔고 그들은 3시간도 채 안 되어 이미 '세계의 끝' 사막 북쪽에 이르렀다.

　밝은 달빛이 주위를 밝게 비춰 주고 있었지만 모든 것이 사막의 끝에서 끊어지고 말았다. 그곳에서부터 앞쪽으로는 아무것도 보이지 않았다. 멀리서 보면 먹물을 뿌린 것처럼 새까만 어둠이 사막의 끝에서 하늘 높이 솟아올라 끝없는 암흑의 장막으로 보였다.

　"이상하군!"

　루카스가 말했다.

　"어떻게 이럴 수 있죠?"

　"저것이 '검은 바위' 지대입니다."

투르 투르 씨가 말했다.

루카스는 암흑이 시작되는 한계선까지 엠마를 나아가게 하고는 멈춰 세웠다.

"용의 거리는 '천화산의 나라' 어딘가에 있습니다."

투르 투르 씨가 설명하기 시작했다.

"'천화산의 나라'라는 것은 몇 천 개의 크고 작은 활화산으로 뒤덮인 무서운 고원입니다. 그렇지만 용의 거리가 어디쯤에 있는지는 저도 모릅니다. 하지만 당신들이라면 틀림없이 발견할 수 있을 겁니다."

"잘 알겠습니다. 그런데 저 앞의 새까만 것은 뭐죠?"

루카스가 말했다.

"우리가 저 속을 빠져나가야 되는 건가요?"

짐도 물었다.

"달리 방법이 없습니다."

투르 투르 씨는 대답했다.

"지금 말씀드린 것처럼 '천화산의 나라'는 고원에 있으며 그곳은 '세계의 끝'보다 7백 미터나 높지요. 그곳에 오르는 길은 '검은 바위' 지대를 통과하는 이 길 하나밖에 없습니다."

"여기를요?"

짐이 놀라 물었다.

"하지만 길 같은 건 보이지 않는데요?"

"그렇지요."

투르 투르 씨가 엄숙한 표정으로 말했다.

"볼 수는 없습니다. 그야말로 '검은 바위'의 비밀입니다. 모든 빛을 삼켜버리는 칠흑 같은 암흑이에요. 빛이 완전히 사라지기 때문에 아무 것도 보이지 않습니다. 햇살이 특히 강한 날은 아주 조금의 빛이 남기도 하는데, 그것은 희미한 보랏빛 점으로 하늘에 떠 있습니다. 그것이 바로 해님이지요. 그런 때 말고는 이곳은 언제나 깊고 깊은 어둠뿐입니다."

"그러나 아무것도 보이지 않는다면 어떻게 길을 찾을 수 있겠습니까?

루카스가 걱정스럽게 물었다.

"길은 이곳에서부터 곧바로 오르막길입니다."

투르 투르 씨는 설명을 계속했다.

"100마일쯤 똑바로 나아가면 별일 없을 거예요. 하지만 절대로 방향을 바꾸면 안 됩니다! 길 양쪽은 모두 곧게 깎아지른 깊은 낭떠러지로 자칫하면 거꾸로 떨어져 박히고 맙니다."

"그것 참 기가 막힌 길이로군!"

루카스가 신음하듯 말하며 머리를 긁적였다. 짐은 소름이 끼쳤다. 투르 투르 씨는 계속 말을 이었다.

"꼭대기에 이르면 길은 '죽음의 입'이라고 불리는 커다란 바위문을 지나가게 됩니다. 그곳이 가장 어두운 곳으로 태양의 햇살이 강한 날에도 아주 캄캄합니다. '죽음의 입'에서는 무서운 울부짖음과 신음소리가 들리니 '죽음의 입'에 도달했음을 곧 알 수 있을 겁니다."

"그 입은 왜 그렇게 울지요?"

짐은 두려운 얼굴로 물었다.

"그 바위문에 계속 불어 닥치는 바람 때문입니다."

투르 투르 씨는 대답했다.

"기관차의 문을 꼭 닫으세요. 이 지역은 영원한 밤이 지배하고 있기 때문에 바람이 굉장히 차갑습니다. 물방울은 땅으로 떨어지는 사이에 얼음이 되어 버리죠. 기관차에서 밖으로 나가면 안 됩니다. 절대로 안 됩니다! 나가면 곧장 얼어 죽고 맙니다."

"여러 가지 중요한 충고, 정말 고맙습니다."

루카스가 말했다.

"해가 뜰 때까지 기다렸다가 그때 출발하는 게 좋겠어. 여전히 어둡겠지만 새까만 것보다는 낫겠지. 어떻게 생각하니, 짐?"

"나도 그렇게 생각해요."

짐이 대답했다.

"제가 알고 있는 건 모두 말씀드렸습니다."

투르 투르 씨가 말했다.

"이만 전 돌아가야 할 것 같습니다. 아시는 바와 같이 날이 새고 나면 신기루가 극성을 부릴 테니까요."

세 사람은 악수를 하고 작별 인사를 나누었다. 투르 투르 씨는 친구가 된 두 사람에게 언젠가 다시 이 사막, '세계의 끝'을 지나가게 되면 꼭 들러달라고 당부했다. 짐과 루카스는 그렇게 할 것을 약속했다. 겉보기 거인은 자기 집이 있는 오아시스로 떠났다.

투르 투르 씨는 한 발 한 발 멀어질 때마다 커졌고 지평선에 섰을 때는 다시 엄청나게 큰 거인이 되어 있었다.

겉보기 거인은 그곳에서 돌아다보며 두 사람에게 손을 흔들었다. 짐과 루카스도 손을 흔들어 주었다. 투르 투르 씨가 다시 걷기 시작하자 한동안 모습이 점점 커져가며 희미하게 흐려지기 시작하더니 이윽고 밤하늘에 번지듯 사라져 버렸다.

"좋은 사람이야!"

루카스는 그렇게 말하고 파이프의 담배 연기를 내뿜었다.

"정말 안 됐어."

짐도 생각에 잠겨 말했다.

"저렇게 외돌토리로 지내야 하다니 불쌍해요."

그때부터 두 사람은 '검은 바위' 지대를 통과할 힘을 모으기 위해 잠을 잤다.

다음 날 아침, 해가 강한 빛을 비추며 떠올랐다. 짐과 루카스는 아침 식사를 한 다음 기관실의 문을 닫아 단단히 자물쇠를 채우고 창문도 주의해서 꼭 닫았다. 그리고 먹물을 뿌린 것 같은 캄캄한 어둠 속으로 기관차를 몰았다.

정말 투르 투르 씨의 말대로였다. 눈부신 태양은 알아볼 수 없을 만큼 희미한 보랏빛 얼룩점으로 바뀌고 주위는 칠흑같이 어두웠다.

루카스는 스위치를 눌러 헤드라이트를 켰다. 그렇지만 그것은 아무런 도움도 되지 않았다. 검은 바위가 빛을 삼켜 버려 주위는 여전히 깜깜했다.

깊숙이 들어가면 갈수록 기온은 점점 낮아졌다. 짐과 루카스는 담요를 뒤집어썼지만 싸늘한 공기가 그대로 몸속 깊이 스며들어 왔다. 루카스가 부지런히 석탄을 때고 있었지만 창틈으로 찌르듯 스며드는 추위는 너무나 강력했다.

짐은 몸이 떨리고 이가 맞부딪쳐 달그락거렸다.

속도가 뚝 떨어져 느릿느릿 달릴 수밖에 없었다. 1시간이 지나고 2시간이 지났지만 루카스의 짐작으로는 이제 겨우 100마일의 절반밖에 못 온 것 같았다.

짐도 석탄을 퍼 넣는 작업을 도왔다. 루카스 혼자서는 도저히 당해 낼 수가 없었다. 계속 서둘러 석탄을 퍼 넣지 않으면 탱크의 물이 끓지 않고 물이 끓지 않으면 증기가 오르지 않는다. 엠마의 움직임은 시간이 갈수록 더욱 둔해지고 무거워졌다. 굴뚝에도 환기팬에도 어느새 굵은 고드름이 매달려 있었다.

루카스는 눈에 띄게 줄어드는 석탄더미를 걱정스럽게 쳐다보며 중얼거렸다.

"모자라지 않아야 할 텐데."

"이 석탄으로 얼마나 더 갈 수 있을까요?"

짐이 그렇게 물으며 언 손을 불어댔다.

"한 시간쯤."

루카스는 대답했다.

"어쩌면 그 정도까지도 못 갈지 몰라. 석탄이 이렇게 많이 드니까."

"그것으로 이 검은 바위 지대를 통과할 수 있을까요?"

짐이 추위로 이빨을 부딪치며 물었다. 빨갛던 입술은 어느새 새파래졌다.

"그동안 무슨 일만 안 생긴다면……."

루카스는 중얼거리며 얼음장 같은 손가락을 파이프에 갖다 댔다.

하늘에 희미하게 걸려 있던 보랏빛 점도 사라져 버렸다. '죽음의 입'에 가까워졌던 것이다. 그 뒤로 이삼 분 지났을 때였다.

'흐윽…… 으……!'

뭐라고 형용할 수 없는, 이제껏 들어 본 적도 없고 상상조차 해 본 적 없는 소름끼치는 소리였다. 크지는 않았지만 그 처참한 울림은 황량한 암흑 속을 무자비하게 파고들었다.

"아아!"

짐이 소리를 질렀다.

"귀를 틀어막고 싶어요."

그렇지만 양초는 추위로 돌멩이처럼 단단히 굳어 있어 둥글게 뭉칠 수가 없었다. 두 사람은 견딜 수 없는 울부짖음을 그냥 듣고 있을 수밖에 없었다.

'아아아아아······ 으으으으윽······!'

신음소리는 점점 가깝게 들려 왔다.

루카스와 짐은 이를 악물었다.

그 순간 엠마가 급하게 멈춰 서더니 절망에 찬 기적 소리를 길게 질러댔다. 잠시 일직선 코스에서 벗어나 버린 엠마는 갑자기 앞바퀴 바로 앞에 낭떠러지가 버티고 있음을 직감한 모양이었다.

"제기랄!"

루카스는 그렇게 내뱉으며 몇 개의 레버를 차례로 당겨 보았다. 그러나 엠마는 부르르 떨고 있을 뿐 앞으로 나아가려 들지 않았다.

"도대체 엠마한테 무슨 일이 일어난 거죠?"

짐이 눈을 동그랗게 뜨고 물었다. 루카스가 투덜거렸다.

"도무지 앞으로 나아가려 들지를 않는구나. 아무래도 일직선 코스에서 벗어난 모양이야."

"그럼 이제 어떻게 되는 건가요?"

짐이 숨죽여 물었다. 루카스는 대답이 없었다. 그렇지만 짐은 다급한 위험에 처했을 때 루카스가 어떤 표정을 짓곤 하는지 알고 있었다. 그럴 때면 입술이 꾹 다물어지고 광대뼈가 앞으로 튀어나오며 두 눈은 가늘어지는 것이었다.

"어쨌든 불을 꺼뜨리면 안 돼. 그렇게 되면 우린 끝장이야."

마침내 그는 입을 열었다.

"그렇지만 무턱대고 이대로 멈춰서 있을 수만은 없잖아요."

짐이 항의했다. 루카스는 다만 어깨를 으쓱해 보일 뿐이었다. 짐도 더 이상 캐묻지 않았다. 루카스마저 손쓸 도리가 없다면 아주 어려운 상태에 놓인 것이 틀림없었다.

바람은 더욱더 심술궂게 울부짖었다. 마치 '죽음의 입'이 음흉하게 비웃고 있는 것 같았다.

'후우우우우…… 호오오오오오……'

"짐, 너무 낙심하지 말거라!"

루카스가 위로했다. 그러나 그 음성은 공허하게 울릴 뿐이었다.

그들은 마냥 기다리는 수밖에 없었다. 그러면서 두 사람은 어떻게 해야 좋을지 골똘히 생각에 잠겼다. 추위 때문에 기관차에서 내릴 수도 없었다. 사실 내릴 수 있다고 해도 별 뾰족한 수는 없을 것이다. 뒤로 되돌아간다는 것 또한 어림없는 일이었다. 엠마가 전혀 꿈쩍도 하려 들지 않았기 때문이다.

이제 어쩔 도리가 없었다. 하지만 어떻게든 방법을 찾아내야 하지 않는가! 지금 헛되이 보내고 있는 일초 일초는 곧 순간을 향해 달리고 있는 것이 아닌가!

두 사람은 묵묵히 석탄을 지피며 생각하고 또 생각해 보았다. 하지만 아무것도 떠오르지 않았다. 그때, 그들 모르게 밖에서는 구원의 손길이 마련되고 있었다. 엠마의 굴뚝에서 올라가는 증기가 얼음장 같은 차가운 공기와 뒤섞여 눈이 되어 내리고 있었던 것이다. 울음소리 같은 바람이 그 눈을 몰아붙여 조금씩 기관차 주위를 덮어갔다.

하얀 눈보라가 검은 바위에 불어 닥치고 눈으로 덮인 바위가 빛을 빨아들일 수 없게 되자, 갑자기 길이 보이기 시작했다. 새까맣게, 아무것도 보이지 않던 곳에 새하얀 길이 희미하게 떠올랐다.

먼저 알아본 것은 짐이었다. 창문에 생긴 서리에 입김을 불어 밖을 내다보았던 것이다.

"앗 루카스!"

짐이 소리쳤다.

"저걸 봐요!"

루카스도 밖을 내다보았다. 그리고 등을 곧게 펴고 엄숙한 얼굴로 집을 향해 고개를 끄덕이더니 크게 숨을 들이마시며 말했다.

"살았어."

그리고 파이프에 불을 붙였다.

그러자 엠마도 곧 움직이기 시작했다. 곧은길을 다시 알아볼 수 있게 된 것이다. 엠마는 다시 먹물을 뿌린 것 같은 어둠 속을 힘차게 달리기 시작했다.

'휘……익, 휘……익……!'

바람 소리는 마치 크게 벌린 '죽음의 입' 속으로 두 사람을 빨아들이려는 것만 같았다.

'으으윽…… 하아……!'

하품 같은 울음소리가 한 번 들리는가 싶더니 두 사람은 이미 바위 문의 다른 한쪽 끝에 닿아 '죽음의 입'을 빠져나오고 있었다.

'휘……유…….'

엠마 뒤에서 다시 한 번 울부짖음이 들렸지만 으스스한 기분은 훨씬 줄어들었다. 울음소리는 차츰 저 멀리 뒤쪽으로 사라져 갔다.

석탄은 이제 삽으로 열 개분밖에 남아 있지 않았다. 그렇지만 가장 높은 곳이었던 '죽음의 입'을 지난 뒤, 길은 내리막길로 이어져 있었다. 루카스는 매번마다 삽으로 가득 석탄을 퍼서 화구에 던져 넣었다. 1번…… 2번…… 3번…… 4번…… 5번…… 6번…… 7번…… 8번…… 9번…… 10번. 마지막 한 삽을 던져 넣은 뒤 얼마 지나지 않아 기관차의 속도는 떨어져 갔다. 느릿느릿 달려 금방이라도 멈춰 설 것만 같았다.

그러자 이 마지막 순간에 얼어붙은 창문 유리를 뚫고 강한 빛이 스며들어 왔다. 커튼을 꿰뚫을 듯한 밝은 햇빛! 그리고 엠마는 그 자리에 멈췄다.

"어때, 잠시 쉴까?"

"그렇게 해요!"

짐은 깊은 숨을 휴! 몰아쉬었다.

두 사람은 자물쇠에 붙은 얼음을 간신히 떼어내고 문을 밀쳐 열었다. 따스한 공기가 흘러들었다. 짐과 루카스는 얼어붙은 손발을 햇빛에 녹이려고 기관차에서 비틀거리며 내렸다.

반룡 네포무크

루카스와 짐은 햇살 아래서 바지 주머니에 손을 찌른 채 기관차 앞에 섰다. 눈앞에는 '천화산의 나라'가 펼쳐져 있었다.

몇 천 개나 됨직한 불을 뿜고 있는 갖가지 크기의 산들이 있는가 하면, 빌딩같이 불쑥 솟아 있는 높은 산도 있었고, 두더지가 파놓은 듯 흙무더기만 한 작은 산도 있었다. 대부분의 화산이 불을 뿜어대며 기운차게 활동 중이었지만 조용히 연기만 올리는 것도 있었다. 냄비에서 죽이 끓어 넘치듯이 꼭대기의 불구멍에서 시뻘겋고 걸쭉한 용암이 넘쳐흐르는 것도 몇 개 있었다.

땅은 쉴 새 없이 흔들렸고 하늘과 땅 사이는 커졌다 작아졌다 하는 천둥소리로 가득했다. 갑자기 심한 진동이 일어나 고막을 찢을 듯한 커다란 소리와 함께 땅바닥이 깊게 꺼졌다. 그러자 주위의 화산들이 부글

부글 끓어오르며 시뻘건 용암이 흘러나와 천천히 그 꺼진 땅을 묻어 버렸다. 그러자 곧 다시 다른 곳의 꺼진 땅이 입을 벌렸다. 저 멀리엔 굉장히 큰 산이 하나 두드러지게 솟아 있었다. 1000미터도 넘어 보였다. 그 산꼭대기에서도 연기가 솟아오르고 있었다.

루카스와 짐은 눈앞에 펼쳐진 이런 광경을 한동안 아무 말 없이 바라보고 있었다.

"루카스."

드디어 짐이 입을 열었다.

"저 한가운데 있는 커다란 산이 끓어 넘치면 어떻게 될까요? 그러면 틀림없이 이 나라 전체가 끓는 용암에 뒤덮이고 말겠죠?"

"그럴지도 모르지."

그렇게 대답하긴 했지만 루카스는 전혀 다른 생각에 몰두해 있었다.

"그러니까 이 근처 어딘가에 용의 거리가 있는 것이 틀림없어."

루카스는 중얼거리듯 말했다.

"도대체 어디일까?"

"이제부터 알아봐야죠."

루카스가 말했다.

"알아낸다고 해도 어떻게 그곳으로 가야 할지 모르겠구나."

"그럼 어떻게 하죠? 이곳을 달려갈 수는 없잖아요. 그러다가는 엠마의 바퀴가 뜨거운 용암 속에서 옴짝달싹 못하게 될지도 몰라요. 그리고 꺼진 땅속으로 떨어질지도 모르고."

"달려갈 수 있더라도 더 이상 소용없어. 우리에겐 남아있는 석탄이 없으니까."

"아차! 그렇군요!"

짐은 깜짝 놀란 듯이 말했다.

"그 생각은 미처 못 했어요. 정말 곤란하게 됐네요."

"이만저만 곤란한 게 아니야."

루카스가 불만스럽게 말했다.

"이곳에는 나무도 없는 것 같아. 나무 따위는 도무지 한 그루도 찾아볼 수가 없군."

두 사람은 우선 앉아서 음식을 좀 먹었다. 버터 바른 빵을 두세 개 먹고 나서 만다라 임금님의 황금 보온병에 겉보기 거인이 담아 준 차를 마셨다. 아마 4시쯤 되었을 것이다. 그렇다면 지금은 차 마시는 시간이다. 점심도 걸렀기 때문에 두 사람은 무척 배가 고팠다.

차를 마신 뒤 루카스가 파이프에 불을 붙이고 짐이 보온병 마개를 닫았을 때, 두 사람은 문득 어떤 소리를 들은 것 같았다.

두 사람은 조용히 귀를 기울였다. 또다시 소리가 들려 왔다. 어디선가 새끼돼지가 꿀꿀대고 있는 것 같았다.

"소리가 들려요."

짐이 속삭였다.

"그래."

루카스가 말했다.

"새끼돼지 소리 같은데 아무튼 소리가 나는 곳으로 가 보도록 하자."

두 사람은 일어서서 소리 나는 쪽으로 가 보았다. 소리는 근처 화산에서 들려 왔다. 그 화산은 불을 뿜고 있지도 뜨거운 용암이 흐르지도 않았다. 연기조차 피어오르지 않는 화산이었다.

짐과 루카스는 작은 집채만 한 그 산으로 기어 올라가 분화구에서 안쪽을 들여다보았다. 이제는 울음소리가 분명히 들려왔다. 이따금 중얼거리는 말소리와 함께.

"아앙! 안 돼, 할 수 없어! 엉엉, 처량한 내 신세……."

하지만 보이는 것은 없었다. 분화구 안은 캄캄했다.

"여보세요!"

루카스가 안에다 대고 소리쳤다.

"그 안에 누가 있나요?"

그러자 갑자기 조용해졌다. 울음소리도 뚝 그쳤다.

"여보세요!"

짐이 큰 소리로 불렀다.

"거기 누구야! 방금 처량한 내 신세라고 한 게 누구지?"

처음에는 그대로 잠잠했다. 그러더니 갑자기 무시무시하게 삐걱거리는 소리가 나기 시작하더니 화산 가운데서 으르렁 쾅당 하고 요란스런 소리가 들려왔다. 루카스와 짐은 그것이 불이나 용암을 뿜어대면 큰일이다 싶어 뒷걸음질쳤다.

그런데 거기서 나온 것은 불이나 용암이 아니라 커다랗고 둥그런 눈을 가진 큰 머리였다. 하마의 먼 친척쯤 되는 머리모양에다가 노란색과 파란색 점이 나 있고 머리 아래에는 가느다란 몸뚱이가 있었으며 긴 꼬리도 달려 있었다. 아직 다 자라지 않은 악어 같은 모습이었다. 이 이상한 동물은 루카스와 짐 앞에 두 발을 벌리고 서서 보잘것없는 두 팔을 불쑥 옆으로 내밀고 한껏 위세 당당한 모습으로 소리쳤다.

"에헴! 나는 용이다!"

"정말? 이것 참 잘 됐군."

루카스가 말했다.

"안녕, 나는 기관사 루카스라네."

"나는 짐 크노프."

짐도 이어서 말했다.

용은 둥그런 눈으로 두 사람을 멍하니 쳐다보다가는 이윽고 새끼돼지처럼 꺽꺽대는 소리로 물었다.

"이봐, 너희는 내가 무섭지 않니?"

"무섭지 않아."

루카스는 말했다.

"왜 무서워해야 하지?"

그러자 용은 울음보를 터뜨렸다. 튀어나온 눈에서 굵은 눈물이 흘러내렸다.

작은 괴물은 가련한 목소리로 울부짖었다.

"나는 이제 틀렸어! 사람들까지도 나를 진짜 용으로 봐 주지 않는 거야! 오늘은 정말 불행한 날이야!"

"이봐, 그렇지 않아. 우린 너를 진짜 용이라고 생각해!"

루카스가 달래 주었다.

"만약 나에게 이 세상에서 무엇이 가장 무서우냐고 묻는다면 그것은 바로 너야. 안 그래, 짐?"

그렇게 말하고 짐에게 눈짓을 했다.

"그렇고말고요."

짐도 맞장구를 쳤다.

"다행히 넌 우리가 두려워할 만한 짓은 하지 않았어. 만약 네가 무슨 일이든 저질렀다면 우린 공포에 떨었을 거야. 숨도 못 쉴 만큼!"

용은 슬픈 듯이 훌쩍이면서 말했다.

"너희는 나를 달래 주려고 그렇게 말하는 거지?"

"아니야, 그렇지 않다니까!"

루카스가 똑똑히 말했다.

"너는 굉장히 무시무시해 보여!"

"정말이야."

짐도 말했다.

"깜짝 놀랄 만큼 부들부들 떨려."

"정말?"

용은 믿어지지 않는다는 표정으로 물었지만 커다란 얼굴은 벌써 기쁨으로 반짝이기 시작했다.

"정말이고말고."

짐이 말했다.

"널 보고 용 같지 않다고 말하는 녀석이 있니?"

"응……."

용은 다시 엉엉 슬프게 울기 시작했다.

"진짜 용들이 나를 용의 거리에 들어오지 못하게 하는 거야. 나는 반밖에 용이 아니라서 반룡이라고 해. 엄마는 하마였거든! 하지만 아빠는 진짜 용이셨지."

루카스와 짐은 의미심장하게 서로 바라보았다.

"그래서 그렇게 슬퍼하는 거로구나?"

루카스가 물었다.

"아, 아니야. 오늘은 정말 불행한 날이야. 내 화산이 꺼져 버렸어. 도무지 불이 붙지 않아. 여러 가지 방법을 써 보았지만 아무래도 안 돼."

"그런 일이라면 우리에게 맡겨 줘!"

루카스가 나섰다.

"우린 기관사야. 불을 지피는 일이라면 전문가라고."

반룡은 곧 눈물을 닦고 눈을 더욱 동그랗게 떴다.

"정말? 야아, 신난다!"

반룡은 꺽꺽대는 소리로 말했다.

"그렇게 해주면 정말 고마울 거야. 우리한테 화산이 꺼진다는 것은 가장 큰 수치거든."

"알겠어, 알만하다고."

루카스가 말했다.

"그래."

반룡은 몹시 좋아하며 재빨리 대답했다.

"참, 아직 내 소개를 하지 않았군. 내 이름은 네포무크."

"귀여운 이름이구나."

루카스가 말했다.

"하지만 그건 사람 이름인데."

짐이 끼어들었다.

"용한테 어울릴까?"

"엄마가 지어 줬어."

네포무크가 대답했다.

"엄마는 동물원에서 살고 있었기 때문에 사람들과 잘 아는 사이였거든. 그래서 그래."

"그렇구나!"

짐이 말했다.

그런 뒤 그들은 차례로 분화구를 통해 화산 속으로 내려갔다. 아래로 내려가자 루카스는 성냥개비를 하나 그어 주변을 살펴보았다. 그곳은 넓은 동굴로 한쪽에는 두둑하니 높게 쌓아올린 석탄더미, 다른 한쪽에는 커다란 불아궁이가 있었다. 불아궁이 위에는 굉장히 큰 주전자가 쇠사슬에 걸려 있었다. 그것들은 모두 그을음으로 까맣게 그을려 있었고, 유황이나 그 밖의 여러 가지 냄새로 숨이 막힐 지경이었다.

"이곳은 참 아늑한 곳이구나, 네포무크."

루카스는 인사치례로 말했다. 그러면서도 눈은 석탄더미를 주의 깊게 보고 있었다.

"하지만 너는 침대가 없잖아!"

짐이 이상하다는 듯이 말했다.

"나는 석탄 위에서 자는 게 좋아."

반룡인 네포무크가 말했다.

"그러면 몸이 알맞게 시꺼메져서 매일 아침 일부러 더럽히지 않아도 되거든."

용이란 사람과는 정반대였다. 사람들은 언제나 자기 몸을 깨끗이 하기 위해 매일 아침 몸을 씻지만 용은 언제나 충분히 시꺼메지도록 매일 아침 몸을 더럽히는 것이었다. 그건 용의 목욕법이나 마찬가지였다.

루카스는 곧 커다란 아궁이를 살펴보기 시작했다. 그리고 이삼 분 뒤 쉽사리 고장 난 데를 찾아냈다. 루카스가 말했다.

"불판이 떨어져 있고 통풍구가 막혀 있어."

"고치는 데 시간이 많이 걸릴까?"

네포무크는 금방이라도 울음을 터뜨릴 것 같은 얼굴로 물었다. 루카스는 이런 건 문제없다고 말하려고 했지만 문득 어떤 생각이 떠올라 이렇게 말했다.

"힘껏 고쳐 보긴 하겠지만 글쎄, 사실 이건 웬만해선 고칠 수 없는 곳이야. 새로운 화덕과 바꿀 수밖에 없겠는걸. 하지만 정말 애쓰다 보면 다시 쓸 수 있을지도 몰라. 너는 참 운이 좋구나. 때마침 기관사가 두 사람이나 찾아왔으니 말이야."

루카스는 무슨 꿍꿍이속이었는지 그렇게 잔뜩 허풍을 떨었다.

"짐!"

루카스는 그럴싸한 얼굴로 말했다.

"얼른 위로 올라가 기관차에서 특수 기구가 들어 있는 도구 상자를 갖다 줘! 알고 있지? 그리고 작업 램프도 말이야!"

"예!"

짐도 진지한 얼굴로 대답을 하고 올라갔다. 그는 재빨리 도구 상자와 손전등을 갖고 돌아왔다.

"네포무크."

루카스가 이마에 주름을 지으며 말했다.

"미안하지만 우리끼리만 있게 해주지 않겠나? 나와 내 조수는 누군가가 보고 있으면 작업을 잘 못하거든."

네포무크는 비밀스럽게 반짝이는 도구 상자를 두려운 듯이 쳐다보았다. 그리고 화산에서 나가 화구 옆에 앉아서 가슴을 두근거리며 기다렸다. 이윽고 아래에서 탕탕 소리가 들려 왔다. 두 명의 기관사는 대단히 훌륭하고 믿음직스러워 보였다.

그러나 사실은 이랬다! 루카스는 불판을 단번에 고치고 통풍구 청소도 금방 끝마쳤다. 그리고 나서 루카스와 짐은 느긋하게 불아궁이 곁에 앉아 주전자를 탕탕 두드리거나 긁어댔다. 마치 대장간의 작업장에서 나는 듯한 소리가 들리도록 말이다.

한참 뒤에 분화구 옆에서 네포무크가 물었다.

"잘 될 것 같아?"

"이것 참, 생각한 것보다 훨씬 힘들겠는걸!"

루카스가 위를 향해 소리쳤다.

"그렇지만 한번 노력해 볼게!"

그리고 다시 두드리거나 갈거나 했다. 짐은 어이가 없어서 가까스로 터져 나오려는 웃음을 눌렀다. 위에서는 네포무크가 분화구 옆에 앉아 작업하는 소리를 들으면서 생각했다.

'때마침 기관사가 두 명이나 찾아와 주다니, 정말 행운이야. 이렇게 고마운 일이 또 있을까!'

한참 뒤 루카스가 짐에게 작은 목소리로 소곤거렸다.

"이만하면 충분하겠어."

두 사람은 탕탕 두드리던 것을 멈추고 아궁이에 불을 지폈다. 불길이 활활 타오르고 분화구에서 연기가 뿜어져 나왔다. 모든 것이 다 잘 되었다.

연기가 피어오르는 것을 본 네포무크는 너무 기뻐서 깡충깡충 뛰었다. 크게 망가진 아궁이를 과연 두 기관사가 잘 고칠 수 있을까 하고 걱정이 태산 같았던 것이다. 네포무크는 드디어 분화구 근처까지 뛰어왔다. 그리고 새끼돼지같이 꺽꺽대는 소리를 질렀다.

"와아! 와아! 내 화산이 다시 타오른다! 만세! 타오르고 있어!"

짐과 루카스가 올라왔다.

"너무너무 고마워!"

두 사람이 앞에 서자 네포무크는 말했다.

"뭐 이런 걸 가지고!"

루카스는 정중히 말했다.

"사실은 나도 좀 부탁할 것이 있는데."

"그게 뭔데?"

반룡인 네포무크가 물었다.

"그건 말이지……."

루카스는 망설이는 듯 말했다.

"마침 석탄이 떨어졌어. 저기 산더미같이 쌓여있는 것을 우리 열차로 좀 가져가면 안 될까?"

"괜찮고말고!"

네포무크는 소리를 지르듯이 말했다. 그리고 커다란 입을 할 수 있는 한 크게 벌려 히쭉 웃었다.

"내가 곧 날라다 줄게."

짐과 루카스가 도우려고 했지만 혼자서 하겠다며 듣지 않았다.

"너희는 나 때문에 수고 많았어. 이제는 좀 쉬어야 해."

그리고 화산으로 내려가 곧 커다란 양동이에 가득 석탄을 담아 갖고 올라와 엠마가 있는 곳으로 가서 탄수차에 부었다. 그리고 다시 자기 구멍으로 돌아가 석탄을 담아 몇 번이나 되풀이하여 날랐다. 루카스와 짐은 조금 미안한 마음으로 쳐다보고 있었다. 드디어 탄수차에는 석탄이 가득 채워졌다.

반룡은 겨우 작업을 끝냈다.

"후⋯⋯."

크게 숨을 내쉬고 이마의 땀을 닦았다.

"이제 다 된 것 같아! 더는 들어가지 않아!"

"정말 고마워, 네포무크!"

루카스는 미안해진 마음으로 말했다.

"이렇게 잘해 주다니 정말 고마워. 우리와 함께 저녁식사를 하지 않겠어?"

어느새 시간이 꽤 흘러 해는 지평선으로 기울어져 있었다.

"너희가 가진 게 뭔데?"

"차와 샌드위치."

네포무크는 실망스런 얼굴이 되었다.

"그렇다면 사양할게. 그런 건 내 입맛에 맞지 않거든. 나는 한 사람 몫의 용암을 잔뜩 먹는 게 좋아."

"용암이라니, 그게 뭔데? 맛있는 거야?"

짐이 물었다.

"용암은 용이라면 누구나 좋아해."

네포무크는 자신 있는 목소리로 설명했다.

"철과 유황과 기타 여러 가지가 녹아 있는 뜨거운 죽 같은 거야. 커다란 냄비 가득 있어. 좀 먹어 볼래?"

"아니, 괜찮아?"

짐과 루카스가 입을 모아 대답했다.

그래서 짐과 루카스는 기관차에서 도시락을 가져왔고, 네포무크는 용암이 가득 든 냄비를 가져와 함께 둘러앉아 저녁식사를 했다. 사실 네포무크는 식사 친구로는 그다지 맞지 않았다. 입맛을 쩝쩝 다시고, 훌쩍훌쩍 소리 내며 뜨거운 죽을 여기저기 튀기면서 먹었다. 짐과 루카스는 얼룩과 덴 자국이 남지 않도록 끊임없이 조심해야만 했다. 네포무크는 반룡이었지만 어떻게든 진짜 용처럼 늠름해 보이려고 애썼다.

겨우 배가 부르자 네포무크는 태연히 남긴 용암을 옆에 꺼진 땅으로 흘려버렸다. 그러고 나서 입을 쓱쓱 닦고 부풀어 오른 배를 두드리더니 기세당당하게 트림을 했다. 그러자 두 귀에서 유황빛 연기가 동그라미를 그리며 하나씩 폭폭 솟아올랐다.

루카스와 짐도 음식을 남겼다. 루카스가 파이프에 불을 붙이는 사이에 짐은 남은 빵과 보온병을 기관차에 가져다 놓았다. 그들은 한참 동안 이런저런 이야기를 나누었다. 이윽고 루카스가 지나가는 말투로 물었다.

"우리는 용의 거리로 가려던 참이었어. 넌 그리로 가는 길을 알고 있겠지, 네포무크?"

"물론이지."

네포무크는 대답했다.

"하지만 거기 가서 뭐하려고?"

두 사람은 자신들의 계획을 대강 설명했다. 설명이 끝나자 네포무크는 말했다.

"사실 용끼리는 서로 단결해야 하기 때문에 아무것도 가르쳐 줄 수 없어. 하지만 불바다 나라의 용들은 우리 반쪽 용들을 무시하고 들여보내지 않고 있어. 게다가 너희는 나를 도와주기도 했으니 나도 너희를 도울게. 이번에는 참지 않겠어. 복수해 줄 거야. 저기 높은 산이 보이지?"

네포무크는 앞발로 '천화산의 나라' 한가운데 솟아 있는 커다란 화산을 가리켰다.

"저 산에 용의 거리가 있어. 맨 꼭대기에 빠끔히 커다란 입을 벌리고 있는 분화구야."

"분화구가 뭐지?"

짐이 물었다.

"분화구란…… 저…… 분화구가 분화구지 뭐야!"

네포무크는 당황해서 대답했다.

"저 산 안에 구멍이 나 있고 위가 뚫려 있는 데를 말하는 거야. 커다란 화분처럼 말이야."

"으응."

짐은 고개를 끄덕였다.

"그 분화구 밑에 용의 거리 불바다 나라가 있어."

네포무크는 설명을 계속했다.

"저곳은 엄청나게 큰 거리로 용이 몇 천 마리나 살고 있어. 온 세계가 위태로워서 더는 살 수 없게 되었을 때 모두 저곳으로 모여들었지. 지금 저곳에서 사는 용은 이웃 나라로 놀러 가는 일이 거의 없어."

"그럼 저 꼭대기에서 나오는 연기는 뭐지?"

짐은 궁금한 것들이 자꾸만 떠올랐다.

"그곳에도 너희 집 같은 아궁이가 있니?"

"물론!"

네포무크가 대답했다.

"하지만 저건 용이 스스로 내는 연기야. 용이란 연기와 불을 토해내니까."

자기가 말한 것을 증명이라도 해 보이듯 네포무크는 길게 트림을 한 다음 유황 연기와 불꽃을 코와 귀로 뿜었다. 그러나 슬며시 피어오른 불꽃은 금세 툭 꺼져버렸다.

"그래!"

짐이 말했다.

"그럼 용의 거리에는 어떻게 들어가지?"

루카스가 물었다. 그리고 네포무크처럼 파이프 연기를 토해 냈다.

"음, 그건……."

네포무크는 한숨을 쉬더니 커다란 머리를 괴고 생각에 잠겼다.

"그곳에 들어가는 건 절대로 불가능해, 나 역시 불가능하니까."

"하지만 들어가는 길은 있겠지?"

짐이 물었다.

"응, 있어."

네포무크는 대답했다.

"산의 벽을 지나 용의 거리로 들어가는 동굴이 하나 있기는 하지만 그곳에는 밤낮으로 문지기가 서 있어. 그리고 진짜 용이 아니면 절대로 들여보내 주지 않아."

"다른 길은 없어?"

루카스가 조심스럽게 캐물었다.

"아마 없을 거야."

네포무크가 말했다.

"예를 들면 용의 거리로 흘러드는 강이라든가……."

루카스는 조심스럽게 살피듯 물었다.

"모르겠는걸. 그런 건 들어본 적 없어."

네포무크가 분명하게 말했다.

"만약 그런 강이 있다면 '천화산의 나라'를 지나서 흘러가야 하니까 우리 반룡이 모르고 있을 리 없어. 그곳으로 흘러드는 강은 없을 거야. 그리고 다른 길도 없어."

"그것 참 이상하군."

루카스는 머리를 갸웃거렸다.

"우린 분홍빛 강의 원천이 용의 거리에 있을 거라고 생각했는데 말이야."

네포무크는 세차게 머리를 가로저으며 잘라 말했다.

"그럴 리가 없어!"

"진짜 용들은 어떤 모습을 하고 있니?"

짐이 골똘히 물었다.

"그건 여러 가지야."

네포무크가 대답했다.

"다른 어떤 동물과도 닮지 않았다는 사실이 중요해. 그렇지 않으면 진짜가 아니야. 나를 봐. 나는 엄마인 하마와 좀 닮았잖아. 그리고 용이란 것은 불과 연기를 토해 낼 수 있어야 돼."

얼마 뒤 짐이 말했다.

"엠마를 용으로 꾸미면 어떨까요? 엠마는 어떤 동물과도 닮지 않았잖아요. 그리고 엠마는 불과 연기를 토해 낼 수가 있어요."

"짐!"

루카스가 놀라 소리쳤다.

"놀라워! 정말 멋진 생각인걸!"

"오! 정말 그렇다!"

네포무크도 말했다.

"잘 될 거야. 나도 기관차와 꼭 닮은 용을 알고 있거든!"

"그럼 저 산에는 어떻게 가야 하지?"

루카스가 말했다.

"꺼진 땅에 떨어지거나 용암에 묻혀 움직일 수 없게 된다면 정말 곤란해."

"그런 거라면 간단해."

네포무크가 당당하게 말했다.

"내가 길안내를 해 줄게. 그럼 괜찮아. 나는 언제 어디서 땅이 꺼지는지 용암이 언제 쏟아져 내리는지 다 알고 있으니까. 그렇고말고. 우리 반룡들은 그런 것을 서로서로 분명하게 정해 놓고 있어. 아니면 큰 소동이 벌어질 테니까."

"그렇게 해 주면 정말 고맙겠다!"

루카스가 기쁜 듯이 말했다.

"그럼 곧 일을 시작하자. 마음씨 좋고 나이 많은 엠마를 용으로 둔갑시키는 거야."

네포무크는 자기 화산으로 내려가 녹을 방지하는 빨간 페인트 단지를 가져왔다. 그리고 냄비에 용암을 넣어 아궁이에 걸었다. 짐과 루카스는 가지고 있는 담요를 모조리 꺼내 기관실을 덮고 끈으로 꽁꽁 붙들어 맸다.

그것이 끝났을 때 네포무크는 걸쭉하게 녹은 용암을 가져왔다. 그는 반룡이라서 손가락에 화상도 입지 않고 죽탕처럼 된 뜨거운 용암을 만질 수 있었다. 네포무크는 용암을 저어 엠마에 찍어 바르고 착 달라붙게 했다. 그런 뒤 등에 커다란 혹을 만들고 앞에 기다랗게 보기 흉한 코를 붙였다. 그리고 옆구리에다 바늘과 비늘을 붙이자 엠마는 점점 용처럼 바뀌어 갔다. 용암은 식으면서 시멘트처럼 굳어졌다.

마지막으로 모두 함께 온몸을 가능한 한 무섭게 보이도록 빨간 페인트로 덧칠했다. 마음씨 좋고 땅땅한 엠마의 느긋한 얼굴이 소름 끼치도록 보기 흉한 용의 얼굴로 바뀌어갔다. 엠마는 얌전히 시키는 대로 잠자코 있었다. 무엇이 어떻게 돌아가는지 통 모르고 있어 얼빠진 바보 같은 눈을 하고 있었다.

해질 무렵에야 작업이 끝났다. 루카스는 기관실에 들어가 시험 삼아 엠마를 조금 달리게 해 보았다. 연기와 불꽃도 올려 보았다. 정말 용을 쏙 빼닮아 있었다.

이윽고 그들은 이튿날 아침에 떠날 것을 약속하고 네포무크는 자기의 석탄산 위로, 루카스와 짐은 기관차의 기관실로 들어가 잠을 잤다.

용의 거리로 가는 길

다음날 아침 여행자들은 일찌감치 길을 떠났다. 네포무크가 용의 거리로 가는 길이 꽤 멀다고 했기 때문이다. 그것이 허황된 충고가 아니었음은 곧 알게 되었다. 이곳저곳에서 땅이 꺼지고 용암이 흘러나왔다. 때문에 곧바로 나아갈 수가 없었고 끊임없이 먼 길을 돌아가야만 했다. 마치 미로를 헤쳐나가는 것 같았다.

네포무크는 엠마의 보일러 위에 올라탔다. 그리고 앞의 가느다란 꼬리를 오른쪽으로 흔들거나 왼쪽으로 흔들어 루카스에게 방향을 알렸다.

이따금 다른 반룡들이 구경이라도 하듯 화산에서 불쑥 머리를 내밀었다. 두더지나 메뚜기 정도로 작은 반룡에서 캥거루나 기린과 닮은 것 등 저마다 그 태생에 따라서 다르게 생긴 용들이었다. 그들은 변장한 엠마가 나타나기 무섭게 깜짝 놀라 목을 움츠렸다. 커다랗고 무서운 용이 자기들 나라에 소풍 나왔다고 생각했던 것이다. 루카스와 짐은 반룡들의 이런 반응이 아주 흐뭇하고 기분 좋았다.

용의 거리로 들어가는 동굴 가까이에 도착하자 네포무크는 멈추라는 신호를 내렸다. 루카스가 엠마를 멈춰 세우자 반룡이 내려 왔다.

"이곳에서부터는 너희끼리 갈 수 있을 거야."

네포무크는 말했다.

"나는 집으로 돌아가겠어. 진짜 용과 부딪치고 싶지 않아. 마침 기분이 안 좋을지도 모르니까 말이야."

루카스와 짐은 네포무크가 여러 가지로 도움을 준 데 대해 마음속 깊이 감사했다. 네포무크는 두 사람에게 성공을 빌어 주었다. 그리고 서로 작별 인사를 나눴다.

루카스와 짐이 엠마를 타고 출발하는 뒷모습을 보며 반용은 손을 흔들었다. 이윽고 엠마가 산모퉁이로 모습을 감추자 네포무크는 터벅터벅 걸어 자기의 작은 화산 집으로 돌아갔다.

이삼 분이 지나자 엠마는 용의 거리로 들어서는 동굴 앞에 이르렀다.

어마어마하게 큰 동굴은 그을음으로 시커멓게 뒤덮여 있고 마치 연통에서처럼 조금씩 연기가 새어 나오고 있었다. 동굴 위에는 커다란 푯말이 있었는데 이렇게 쓰여 있었다.

주의!
진짜 용 이외
출입금지
들어온 자는 사형에 처함.

"짐 준비됐니? 지금부터야!"

루카스가 말했다.

"좋아요!"

짐은 대답했다. 이윽고 두 사람은 동굴로 들어갔다. 그 안은 캄캄했다. 루카스는 엠마의 헤드라이트를 켜서 길을 비췄다.

동굴 한가운데쯤에 이르렀을 때 어둠 속에서 빨갛게 불타는 축구공만 한 눈이 두 개 나타났다. 루카스와 짐은 재빨리 창문 덮개를 닫고 가느다랗게 남긴 틈새로 내다보았다. 이제야말로 엠마의 변신이 진짜 용으로 보이는지 어떤지 알 수 있는 순간이었다. 만약 탄로 나게 되면 ……. 그렇게 되면 어떤 끔찍한 일이 기다리고 있을지 상상조차 할 수 없었다.

기관차는 빨갛게 불타는 두 개의 공처럼 생긴 눈을 향해 나아갔다. 그것은 몸의 길이나 굵기가 엠마보다 세 배쯤 큰 용의 눈이었다. 징그럽게 기다란 모가지가 나사처럼 꼬불꼬불 뒤틀려서 어깨까지 닿아 있었다. 그 위에 굉장한 크기의 옷장처럼 생긴 머리가 붙어 있었다. 괴물은 길 한가운데에 등줄기를 펴고 앉아 있어 그 옆으로 곧장 지나갈 수가 없었다. 바늘투성이의 기다란 꼬리를 어깨에 척 둘러메고 오른쪽 앞발로 누렇고 푸르스름한 기름진 배를 흉측스럽게 긁고 있었다. 배에는 커다란 배꼽이 반짝반짝 빛나고 있었다.

엠마가 그 앞에 이르러 멈춰 서자 괴물은 비틀어진 머리를 내밀고 기관차를 이리저리 두루 살펴보았다. 일어서거나 걷지 않고도 그렇게 할 수가 있었다. 용은 엠마를 자세히 살펴본 다음 얼굴 가득히 애교 있는 웃음을 띠었다. 그러자 소름이 끼칠 정도로 징그러운 얼굴이 되었다.

"후와! …… 후훗! …… 훠어!"

용이 웃었다. 그 소리는 마치 제재소에서 들려오는 소리 같았다.

"너 후와! 후홋! 후와! 정말 예쁘군! 빛나는 눈을 가졌네!"

그러고 나서 다시 '후와! 후홋!' 하고 웃어댔다.

"저 녀석 엠마가 용 아가씨인 줄 아나봐."

루카스가 속삭였다.

"잘 됐어."

용은 뭔가 주워삼키며 빨간 축구공 눈을 장난스럽게 찡끗 감아 윙크를 보냈다. 그리고 엠마의 옆구리를 슬쩍 찔러 보려고 했다. 엠마는 놀라 기적을 울렸다.

"후왓! 후우 후왓!"

용은 기름기가 흐르는 누렇고 푸르스름한 배를 들썩이며 웃었다. 배꼽이 위아래로 춤을 추듯 움직였다.

"네가 홋후, 좋아졌어. 정말 예쁜 홋후 홋후 눈을 가졌구나. 그리고 아주 좋은 연기 냄새가 나는구나!"

엠마는 부끄러워 헤드라이트 눈을 감았다. 엠마는 워낙 수줍음을 타는데다가 이 찬사를 어떻게 받아들여야 할지 도무지 영문을 몰랐던 것이다.

덮개 틈새로 밖을 내다보고 있던 짐과 루카스는 이 동굴 옆에 하나의 굴이 있음을 발견했다. 불빛으로 문지기 용과 같은 종족의 용이 두세 마리 웅크리고 있는 것도 보았다. 문지기와 교대하기 위해 미리 와서 기다리고 있는 모양이었다. 문지기 용은 엠마의 턱을 간질이며 멍청하고 음흉스런 눈길을 보냈다.

"힛히 홋후, 네 주소를 말해 줘. 나중에 찾아갈게. 나는 조금 있다 교대하니까 힛히 잠깐 힛히히 소풍이라도 가자."

엠마는 깜짝 놀라 용을 쳐다보았다.

"이거 위험하게 됐어!"

루카스가 소곤대듯 말했다.

"제발 심통이나 부리지 않았으면 좋을 텐데."

"후흥, 후흥, 훗훙흐!"

용은 기분이 상해 코를 껑껑거렸다.

"새침떼기, 싯시시, 말도 않고! 후흥! 뭐야, 이 뚱보에다가, 싯시, 그을린 소시지처럼 생겨가지고!"

짐과 루카스는 조마조마하여 서로 마주 쳐다보았다. 그런데 고맙게도 그때 바로 옆 동굴에 앉아있던 용 하나가 소리쳤다.

"이봐, 이 코흘리개 녀석아! 훗후후, 아가씨를 훗흐, 가만 놔 둬! 너와 이야기하기 싫다잖아."

"후유 다행이다!"

짐이 길게 숨을 내쉬었다.

"쿠르르!"

용은 화를 내며 으르렁거렸고 파랗고 가느다란 불꽃과 보랏빛 연기를 토해 냈다.

"그럼 지나가! 훗후후, 훗후후, 후웃!"

용은 엠마를 쏘아보며 길을 비켜섰다. 루카스는 레버를 당겼다. 엠마가 움직이기 시작했다. 그리고 맹속력으로 달려 통과했다. 루카스는 가능한 한 많은 연기를 토하고 불꽃을 뿜어냈다. 화가 나서 기분이 나쁜 것처럼 꾸미려는 것이었다. 이곳까지 와서 문지기 용에게 의심을 받게 된다면 그건 굉장히 곤란한 일이었다.

엠마는 곧 굴을 빠져나왔다. 눈앞에 용의 거리가 펼쳐졌다. 그것은 거대하게 꾸며진 도시였다. 커다란 잿빛 돌로 지어진 집들이 즐비하게 늘어서 있고 몇 백 층 높이의 고층 빌딩들도 있었다. 거리는 어두운 골짜기 같았다. 머리를 뒤로 젖혀 위를 쳐다보니 겨우 하늘 한 구석이 보일 정도였다.

하지만 그 하늘도 여기저기서 뭉게뭉게 피어오르는 연기와 가스로 완전히 뿌옇게 흐려져 있었다. 그것은 네포무크의 말대로 거리에 바글바글 들끓는 몇 천 마리의 용의 입과 코와 귀에서 뿜어져 나오는 불과 연기 때문이었다. 그것으로도 모자란지 배기가스처럼 꽁무니에서 푸르고 노란 가스를 몽실몽실 내보내는 뻔뻔스러운 용도 많았다.

거리의 소음은 정신이 아찔해질 정도였다. 용들은 끼익끼익 소리를 내는가 하면 야유하거나 울부짖기도 하고 난동을 부리기도 했다. 또 다투거나 거칠게 비명을 내지르는 용들도 보였다. 거의가 떠들어 대거나 소리치고 울거나 웃고 휘파람을 불며 법석을 떨었다. 거기에 재채기 소리, 혀를 끌끌 차는 소리, 숨 가쁘게 헐떡이며 발을 구르는 소리, 부득부득 이를 갈아대는 소리까지 그야말로 별의별 소음들이 한데 뭉쳐져 아수라장을 이루었다.

이 도시에는 온갖 종류의 용들이 다 모여 있었다. 닥스훈트(독일종 작은 개)같이 작은 것이 있는가 하면 기차만 한 크기의 용도 있었다. 커다란 용이 두꺼비처럼 엉금엉금 걸어가고 전신주 모양의 기다란 용이 흐느적거리며 기어다녔다. 또 많은 무리 중에는 송충이같이 생긴 용도 있었다. 다리가 여러 개인 용이 있는가 하면 다리 하나로 뽕뽕 뛰어다니는 용이 있었고, 발 없이 드럼통처럼 굴러다니는 용도 있었다. 귀가 멍해지도록 소란스러운 거리는 어디든 야단법석이었다.

개중에는 날개가 있는 용도 있었다. 그들은 박쥐처럼 또는 커다란 풍뎅이처럼 날아다녔다. 팔딱팔딱 붕붕, 무거운 공기를 뒤흔들며 이곳저곳 빌딩을 분주하게 날아 오르내리고 있었다.

모두들 정신없이 서두르고 있었으며 끊임없이 바쁘게 뛰어다녔다.

부딪치고 올라타고 밀치고 천연덕스럽게 머리나 손발을 밟기도 하고⋯ ⋯ 하나같이 전혀 호감가지 않는 짓들만 하고 있었다.

짐과 루카스는 건물에 난 창문으로 안을 들여다보았다. 용은 여러 가지 일을 하고 있었다. 커피를 끓이거나 팬케이크를 굽고 있는 용도 있었는데, 불은 자기 콧구멍으로 뿜어내 사용했다. 물론 용커피, 용팬케이크의 재료는 타르나 뼛가루였으며 양념은 독버섯이나 담즙, 유리조각과 녹슨 핀이었다.

그러나 아무데서도 찾아볼 수 없는 것이 딱 한 가지 있었다. 바로 어린이들이었다. 다른 동물의 새끼는 물론 용의 새끼들도 없었다. 이유는 간단했다. 진짜 용에게서는 새끼가 태어나지 않았기 때문이다. 용은 누군가에게 죽임을 당하지 않는 한 결코 죽지 않았다. 물론 자기 스스로 죽는 일도 없으며 다만 나이를 먹어갈 뿐이었다. 때문에 새끼가 없어도 곤란하지 않았다.

이곳에 아이들이 없는 것은 오히려 다행스러운 일이었다. 이곳에는 아이들에게 필요한 장소가 전혀 없었다. 거리에서 놀다가는 밟혀 죽을 게 틀림없었다. 초원 같은 곳은 찾아볼 수 없었고, 올라갈 나무 한 그루 보이지 않았다. 어디를 둘러봐도 초록빛이라고는 아예 없었다. 고약한 냄새와 소음으로 가득 찬 수없이 많은 골짜기 언저리에는 어두운 담벼락처럼 거대한 용암의 벼랑이 우뚝 서 있을 뿐이었다.

불바다의 학교

거리 이곳저곳을 언제까지 이렇게 달려야만 하는 걸까? 그러기에 거리는 너무나 위험했다. 뜻하지 않은 문제가 생길지도 모를 일이었다. 하지만 짐과 루카스는 그 거대한 도시 안에서 어떻게 '옛날 거리'로 찾아가야 할지 몰랐다. 엠마에게서 내릴 수도 없고 누군가에게 길을 물어볼 수도 없었다. 할 수 있는 것은 단 하나 무작정 달려 보는 것뿐이었다. 그것은 몇 시간이나 걸릴지 모를 일이었지만 다른 방법이 없었다. 그런데 그들은 역시 운이 좋았다. 네거리에 도착했을 무렵, 덮개 틈 사이로 밖을 내다보던 루카스는 가로 모퉁이에 세워진 바윗돌 표지판을 발견했다. 그리고 거기엔 '옛날 거리'라고 쓰여 있었다.

이제 건물마다 문 앞에 새겨져 있는 번지를 더듬어 가면 되었다. 그들은 얼마 가지 않아 133번지의 집을 찾아냈다.

"겁나니, 짐?"

루카스가 작은 목소리로 물었다.

짐은 문득 겉보기 거인의 일이 떠올랐다. 막상 부딪혀 보면 내심 겁을 내고 있던 것과는 달리 조금도 위험하지 않을지도 모른다는 생각이 들었다. 짐은 자신 있게 말했다.

"두렵지 않아요, 루카스."

그리고 덧붙여서 말했다.

"그러니까 많이 두렵지는 않단 말이에요."

"좋아. 그럼 간다!"

루카스가 말했다.

"네, 좋아요."

짐은 대답했다.

루카스는 조심스럽게 엠마를 운전하며 커다란 문을 지나갔다. 문 안은 정거장 같은 넓은 홀이었으며 한가운데에 계단이 있었다. 계단은 큰 동그라미를 그리며 나선형으로 위쪽을 향해 올라가게 되어 있었다. 계단이라고는 해도 층계로 된 것이 아니라 언덕길이 빙빙 돌아 위로 향해 나 있는 것이었다.

불바다에는 층계가 하나도 없었다. 그 이유는 조금만 생각해 보아도 곧 알 수 있었다. 높은 층계는 닥스훈트만 한 작은 용이 올라갈 수가 없고, 낮은 층계는 화물열차만 한 크기의 용에게 불편할 것이다. 층계가 없으면 모두에게 편리한 사용법 생겨난다. 마침 지금도 한 마리의 용이 굉장한 기세로 위에서 아래로 미끄러져 내려왔다. 딱딱한 등딱지 같은 가죽으로 뒤덮인 자신의 꼬리 위에 슬쩍 걸터앉아 썰매를 타듯 나선형 길을 미끄러져 내려오는 것이다.

그걸 보고 루카스와 짐는 조마조마하던 가슴을 쓸어내렸다. 층계로 연결되어 있었다면 엠마는 도저히 올라갈 수 없었을 것이다. 다행히 엠마는 비탈진 길을 빙빙 돌아 어려움 없이 4층까지 올라갔다. 그리고 왼쪽의 가장 가까운 문 앞에 우뚝 멈춰 섰다. 문은 2층 버스도 쉽게 들락거릴 수 있을 만큼의 높이와 폭으로 되어 있었다. 하지만 한 장의 돌로 만들어진 커다란 문은 닫혀 있었다. 그리고 이런 글이 새겨져 있었다.

　어금니 부인
　세 번 노크하십시오.
　단, 손님을 좋아하지 않음.

　그리고 그 밑에는 이빨 사이에 고리를 물고 있는 해골모양의 고리쇠가 달려 있었다. 아마도 그것으로 문을 두드리는 것 같았다.
　루카스가 작은 목소리로 읽었다.
　"노크를 해야 할까요?"
　짐이 걱정스럽게 물었다.
　루카스는 머리를 흔들었다. 그리고 살며시 주변에 용이 없는지 확인한 다음 살짝 뛰어내려 있는 힘을 다해 커다란 돌문을 밀었다.
　열심히 힘껏 밀었다. 이게 웬일인가! 그러자 돌문이 슬금슬금 밀리기 시작했다. 루카스는 더욱 힘껏 밀어 길을 충분히 넓히고 다시 기관실로 뛰어올라왔다.
　"엠마를 넣어 두는 편이 좋을 거야."
　루카스는 작게 말하고 기관차를 출발시켰다. 가능한 한 소리를 내지 않고 살며시 안으로 들어갔다.
　그곳에서 다시 엠마를 세우고 살짝 뛰어내려 원래대로 돌문을 닫아

두었다. 그리고 짐을 손짓해 불렀다. 짐도 살짝 기관실에서 내렸다.

"이웃집에 말도 하지 않고 기관차를 넣어놔도 괜찮을까요?"

짐이 걱정스레 물었다.

"이런 경우에는 별 도리가 없다."

루카스가 속삭이듯 대답했다.

"우선 안에서 무슨 일이 벌어지고 있는지 한번 살펴보자."

두 사람은 엠마에게 절대 소리 내지 말라고 단단히 이른 다음 발소리를 죽이며 어두운 복도를 걸어갔다.

루카스가 앞서고 짐이 뒤를 따랐다. 문마다 멈춰 서서 살며시 안을 들여다보았지만 사람이건 용이건 전혀 보이지 않았다.

방안에 있는 가구는 모두 돌로 되어 있었다. 돌책상, 돌의자, 돌소파……. 소파 위에는 돌쿠션이 놓여 있었고 벽에 걸려 있는 커다란 시계마저 돌로 된 것이었다. 똑딱거리는 시침소리에서도 으스스한 차가운 돌의 감촉이 느껴지는 듯했다.

창문 대신 벽의 높은 곳에 구멍이 하나 뚫려 있었는데, 그곳에서 희미한 빛이 새어들고 있었다.

두 사람이 발소리를 죽이며 복도의 막다른 곳까지 다다른 순간, 느닷없이 제일 안쪽 방에서 화를 내며 악을 쓰는 날카롭고 흉측한 목소리가 들려 왔다. 그러더니 다시 조용해졌다. 짐과 루카스는 숨을 죽이고 엿들었다.

그러자 거의 들리지 않을 정도로 작디작은 아이들의 목소리가 들려오는 것이었다. 그 목소리는 공포에 질려 더듬더듬 뭔가를 외고 있었다. 두 사람은 서로 눈짓을 하고 살짝 그 방문으로 다가가 안을 들여다보았다.

넓은 방에는 돌책상이 세 줄로 나란히 있고, 책상에는 스무 명 정도의 아이들이 앉아 있었다. 인디언 아이, 백인 아이, 에스키모 아이, 머리에 터번을 두른 다갈색 살갗의 아이……. 이렇게 여러 나라의 아이들이 있었다. 그 한가운데 까만 머리를 두 갈래로 나눠 땋은 귀여운 여자아이가 앉아 있었다. 만다라의 도자기 인형 같은 상냥한 얼굴이었다. 만다라 임금님의 딸 리시 공주가 틀림없었다.

모든 어린이들은 쇠사슬로 묶여 있었다. 움직일 수는 있지만 도망칠 수 없도록 묶여 있는 것이었다.

교실 안쪽 벽에는 커다란 돌로 된 흑판이 걸려 있었고, 그 옆에는 바윗덩이로 된 옷장만큼이나 큰 교탁이 놓여 있었다. 교탁에는 유별나게 흉하게 생긴 용이 서 있었다. 기관차 엠마보다 훨씬 큰 몸집이었지만 코는 훨씬 가느다랗고 깡마르고 뾰족하며 혹과 바늘 같은 털로 덮여 있었다. 번득이는 안경 속의 작은 눈에서 찌를 듯한 매서운 시선을 던지며 앞발로 쥔 대나무 회초리를 끊임없이 휘두르고 있었다.

목젖이 길고 가늘게 목을 오르내리고 있었다. 커다랗고 무서운 입에서는 긴 이빨이 하나 불쑥 앞으로 뻗쳐 자신도 모르게 얼굴을 돌리고 싶을 정도였다. 이제는 분명해졌다. 이 용이 바로 어금니 부인인 것이다.

아이들은 하나같이 등을 곧게 펴고 차렷 자세로 앉아 감히 움직일 엄두조차 내지 못하고 있었다. 책상 위에 두 손을 얹고 겁에 질린 눈빛으로 용에게 시선을 집중할 뿐이었다.

"학교 같아."

루카스가 짐의 귀에 대고 속삭였다.

"이런, 세상에!"

아직 학교라는 것을 본 적이 없는 짐이 작은 비명을 질렀다.

"학교란 이런 거예요?"

"천만에!"

루카스가 작은 목소리로 말했다.

"대부분의 학교는 굉장히 재미있단다. 물론 용이 아니고 뭐랄까, 아는 것이 많은 선생님들이 가르치지."

"풋프 조용히!"

용이 소리치며 회초리를 휘둘렀다. 휙 소리가 울렸다.

"지금 소곤댄 게 어떤 녀석이지?"

루카스와 짐은 입을 다물고 목을 움츠렸다. 교실 안은 공포에 휩싸였다.

짐의 눈길은 자꾸만 귀여운 공주님 쪽으로 향했다. 이제까지 첫눈에 이렇게 흠뻑 빠져본 적은 한 번도 없었다. 물론 루카스를 제외하고 말이다. 그렇지만 루카스를 좋아하는 것은 다른 감정이었다. 게다가 아무리 잘 봐 줘도 루카스를 예쁘다고 할 수는 없으니까.

그런데 리시 공주는 무척 예뻤다. 몹시 사랑스러웠고 또한 불면 날아갈 듯 가냘파서 어린 짐한테도 당장에 감싸 주고 싶은 충동이 일어났다. 한순간 모든 두려움이 물거품처럼 사라져 버린 것이다. 어떤 희생을 치르더라도 리시 공주를 구출하리라고 짐은 굳게 결심했다.

용이 안경알을 번뜩이면서 아이들을 노려보고 쇳소리로 깡깡댔다.

"후흐응, 소곤대며 이야기한, 훗으으, 녀석이 누군지 대답 않는군? 훗흐흐으, 좋아 기다려 봐!"

목젖이 미친 듯이 오르락내리락하더니 갑자기 괴물이 날카로운 소리로 말했다.

"7 곱하기 8은, 싯시, 얼마지? 너!"

용에게 회초리로 지명 받은 인디언 아이가 튀어오르듯 벌떡 일어났다. 아직 몹시 어린, 너덧 살쯤 되어 보이는 남자아이였다. 그 아이는 까만 머리카락에 깃털을 세 개나 꽂고 있었다. 추장의 아들이 틀림없었다.

인디언 아이는 커다란 눈을 굴리며 어금니 부인을 향해 더듬더듬 말했다.

"7 곱하기 8은…… 7 곱하기 8은…… 에에 저어……."

"에에 저어."

용은 심술궂게 흉내를 냈다.

"핏히히 답은?"

"7 곱하기 8은 20."

작은 인디언 아이는 결심한 듯이 대답했다.

"쳇! 바보 같은 것! 20? 훗흐흐……."

"아니 저, 그게 아니고……."

인디언 아이는 당황하여 더듬거리며 다시 말했다.

"15예요."

"쉿시, 그만 둬!"

용은 쇳소리를 내며 꾸짖고 안경알을 번뜩이며 노려보았다.

"모르지? 힛히히, 너 같은 바보, 게으름뱅이는 본 적이 없어. 훗흐흐, 바보와 게으름뱅이에게는 이것이 약이야!"

말이 떨어지기가 무섭게 용은 몸을 일으켜 인디언 아이한테로 다가갔다. 그러더니 그를 번쩍 들어 책상 위에 올려놓고는 미워 죽겠다는 듯이 회초리를 내리쳤다. 벌주기가 끝나자 용은 만족스러운 듯이 후우 후우 하고 교탁으로 되돌아왔다. 인디언 아이의 눈에 눈물이 가득 괴어 있었지만 울지는 않았다. 인디언은 대단히 강하다는 평판이 사실이었다.

짐은 가슴속에서 노여움이 치밀어 올라 검은 피부에도 드러날 만큼 얼굴이 붉어졌다.

"지독하군!"

이를 갈며 말했다.

루카스도 끄덕였다. 루카스는 아무 말도 하지 않았다. 주먹을 불끈 쥘 뿐이었다.

용이 다시 먹이를 노려 질문했다.

"쉿시, 7 곱하기 8은 몇이지? 리시!"

짐은 순간 심장이 멎는 것 같았다.

'저 귀여운 공주님도 회초리로 얻어맞아야 하다니 절대로 안 돼! 하지만 저런 어려운 문제의 해답을 알고 있을 리가 없어. 좋아 이제 내가 ……'

그렇지만 짐은 리시가 만다라의 아이라는 사실을 잊고 있었다. 만다라에서는 네 살이 되면 아무리 어려운 계산도 척척 할 수 있었다. 작은 공주님은 발딱 일어나더니 새가 지저귀듯이 귀엽고 아름다운 목소리로 대답했다.

"7 곱하기 8은 56입니다."

"후으응 홋!"

용은 화가 난 듯 콧방귀를 뀌었다. 대답이 틀리지 않았기 때문이다.

"그럼 13 빼기 6은?"

"13 빼기 6은 7입니다."

리시는 새가 지저귀듯이 대답했다.

"흥 흥 흥!"

용은 몹시 화가 났다.

"모두 알아맞혔다고 싯싯싯 아주 잘난 척하는군 그래? 뭐라고 훗흐흐 돼먹지 않게 훗흐흐 건방져. 그럼 어디 봐라 이번에는 힛힛히 구구단의 7단을 외워 봐. 되도록 빨리 외워. 알겠니?"

"7, 1은 7."

리시는 곧 외우기 시작했다. 그 목소리는 마치 꾀꼬리가 노래하는 것 같았다.

"7, 2는 14, 7, 3은 21……."

리시는 거침없이 7단을 줄줄 외웠다. 짐은 그 목소리에 완전히 사로잡혀 황홀하게 듣고 있었다. 구구단의 암송이 이렇게도 아름답게 들리다니, 짐 자신도 믿어지지 않았다.

용은 심술궂게 회초리를 쌩쌩 울리면서 숨을 헉헉거리며 듣고 있었다. 틀린 곳을 꼬집어 내려고 벼르는 것이었다.

그때 루카스가 속삭였다.

"짐!"

"네?"

"너 용기를 낼 수 있겠니?"

"네."

"좋아, 짐. 들어봐. 나는 어떻게 해야 할지 결정했어. 아이들을 스스로 돌려보낼 기회를 용에게 한번 주는 거야. 만약 용이 그 제의를 거절하면 그땐 힘으로 제압할 수밖에 없지."

"그럼 우리는 어떻게 해야 하죠, 루카스?"

"네가 가서 용과 담판을 벌이는 거야, 짐. 어떻게 말해야 할지는 네가 생각하거라. 너에게 모든 걸 맡기겠어. 단 엠마와 나에 대한 것은 절대로 입 밖에 내면 안 돼! 나는 엠마와 함께 여기서 기다리고 있겠어. 무슨 일이 생기면 곧장 도우러 가겠다, 알겠니?"

"알겠어요!"

짐은 굳은 목소리로 말했다.

"행운을 빈다!"

루카스는 이렇게 속삭이고는 기관차를 끌어오려고 발소리를 죽이며 물러갔다.

리시 공주는 구구단을 한 군데도 틀리지 않고 다 외웠다. 하지만 그것이 오히려 용을 더욱 화나게 했다. 용은 리시를 쥐어박으며 소리쳤다.

"뭐야, 싯시! 하나도 틀리지 않게 외어서 나를 싯시시 놀려댈 작정이야, 싯시시. 에이 건방진, 후후 우쭐대다니, 이 돼먹지 않은 계집애! 에잇! 홋후흐, 그렇지? 대답해! 싯시시, 내가 물어 보는 거야!"

공주는 잠자코 서 있었다. 무슨 말을 하더라도 용은 화를 낼 게 뻔했다.

"3 더하기 4는 힛히히, 몇이지?"

용은 무슨 꿍꿍이속이 있는지 다시 한 번 물었다.

"7!"

리시는 대답했다.

용은 독살스러운 눈으로 리시를 노려보았다.

"내가 8이라고 하면 홋후흐 어쩔 셈이냐?"

"그래도 7입니다."

공주가 말했다.

"이런, 내가 8이라니까!"

싯싯싯…… 용은 울부짖었다.

"이제부터 8이다, 싯싯싯 알겠냐?"

"아니오, 7입니다."

리시는 작은 목소리로 말했다.

"뭐라고?"

용은 혀를 차며 말했다.

"말대꾸하는 거냐? 나도 7이라는 건 알고 있어. 하지만 훗후후, 너는 내가 말하고 있는 것을 그대로 훗후후, 들어야 해! 건방지게 싯시시, 우쭐대며! 제멋대로 힛힛힛, 싯싯싯, 어서 8이라고 해!"

리시는 가만히 고개를 저었다.

용은 작은 공주를 책상 위로 올려놓으려고 했다. 그때 잔뜩 화가 난 남자아이의 커다란 목소리가 들려 왔다.

"잠깐! 어금니 부인!"

용은 깜짝 놀라 돌아보았다. 문 쪽에 까만 피부의 남자아이가 조금도 두려워하는 기색이 없이 자신을 노려보며 서 있었다.

"리시 공주에게 손대지 마세요!"

짐이 똑똑히 말했다.

"후응, 넌 뭐지? 훗후후, 깜둥이 녀석, 더러운 훗흐흐. 건방진 꼬마 녀석!"

용은 어이가 없다는 듯 소리질렀다.

"어디서 힛힛힛, 왔지? 대체 훗흐흐, 너는 누구냐?"

"나는 짐 크노프입니다."

짐은 또렷하게 대답했다.

"햇빛섬에서 리시 공주님을 구하러 왔습니다. 그리고 다른 아이들도 함께 데려갈 것입니다."

아이들이 술렁이기 시작했다. 모두 눈이 동그래져서 짐을 쳐다보았다. 특히 리시 공주는 작은 남자아이가 커다란 괴물 앞에서도 떨지 않고 침착하게 말하는 모습에 감격했다.

당황한 용은 아이들을 향해 여기저기 회초리를 휘두르며 미쳐 날뛰었다.

"싯싯싯, 입 다물어! 이게 무슨 짓이야. 싯싯, 이렇게 시끄럽게 굴다니! 할 수 없군!"

그러고 나서 다시 짐을 바라보며 자못 상냥한 척 물었다.

"힛힛, 해적 '난폭자 13'이 너를 힛힛히, 여기로 보냈니?"

"아니오."

짐은 대답했다.

"누가 보내서 온 게 아닙니다."

용의 매서운 눈에 불안한 빛이 떠올랐다.

"그건 무슨 말이냐, 싯싯싯, 대체!"

용은 이를 갈며 말했다.

"네가 멋대로 여길 왔다는 건가? 힛힛, 내가 마음에 들었니?"

"절대 그럴 리 없죠."

짐은 계속해서 대답했다.

"다만, 나는 나의 출생에 대한 의문을 풀기 위해 왔어요. 그러려면 반드시 당신에게 들어야 할 말이 있기 때문이죠."

"나한테? 홋홋홋 어째서지?"

용이 심술궂게 물었다.

"나를 상자에 넣어 햇빛섬으로 보낸 소포에 보내는 사람은 '13', 받는 사람은 어금니 부인인가 뭔가 하는 이름이 적혀 있었기 때문입니다."

"하앙!"

울퉁불퉁 혹투성이 얼굴에 천천히 심술궂은 웃음이 번졌다.

"그래, 홋홋, 너였구나. 힛힛힛 괜찮은 아이로군! 오랫동안 기다렸지!"

짐은 갑자기 등골이 오싹해졌다. 그렇지만 곧 다시 용기를 내어 정중히 물었다.

"나의 부모가 누군지 말해 주시죠?"

"찾아볼 것도 없어, 나의 소중한 아기야."

용은 힛힛 소리 내며 웃었다.

"너는 훗훗훗, 바로 내 아들이니까!"

"나도 처음에는 그렇게 생각했지요."

짐은 말했다.

"하지만 이제 알게 되었어요. 나는 당신과는 전혀 관계가 없습니다."

"아니야, 내가 너를 힛힛 '난폭자 13'으로부터 힛힛힛 샀지!"

용이 협박하듯이 말하며 교활하게 눈을 번뜩였다.

"그런 건 나와는 아무 상관없어요. 나는 햇빛섬으로 돌아갈 거예요."

"그래? 훗훗……."

용이 독살스럽게 말했다.

"내 손아귀에서 벗어나겠다고? 어이가 없구나, 훗훗, 이 철부지 꼬마야!"

"저기 공주님과 다른 아이들도 함께 데려가겠습니다."

짐이 말했다.

"하지만 내가 힛힛힛, 보내주지 않으면 어떡할래?"

용은 상냥하게 꾸민 목소리로 다시 물었다.

"보내 줄 수밖에 없을 겁니다. 어금니 부인!"

짐은 그렇게 대답하고 귀여운 공주를 바라보았다. 그러자 용이 요란스레 웃었다.

"힛힛힛힛! 이런 훗훗 바보 녀석이 다 있다니! 훗훗후! 제 정신이 아니군, 여길 혼자 오다니! 이미 넌 내 손아귀에 들어왔어. 핫핫핫!"

"그렇게 야단스럽게 웃지 않으시는 게 좋을 텐데요!"

짐은 화가 나서 더 큰 소리로 외쳤다.

"저 아이들을 얌전히 나에게 넘기시죠?"

용은 우스워 죽겠다는 듯 배를 움켜잡고 크게 웃어댔다.

"더러운 검둥이 녀석아! 내가 순순히 네가 하라는 대로 힛힛 할 줄 알았니?"

갑자기 용은 웃음을 멈추고 코에서 불꽃을 튕겨내며 짐을 조롱하듯 이 말했다.

"이 아이들은 모두 내 것이다. 싯싯싯, 나만의 것이야. 알겠니? 그 아무도 싯싯싯 이 아이들에게 권리를 내세울 수 없어. 모두 싯싯싯, 내가 '난폭자 13'으로부터 사들인 거니까. 틀림없이 난 싯싯싯 대가를 치렀단 말이야! 그러니 모두 내 것이야!"

"그렇다면 '난폭자 13'은 아이들을 어디서 데려다 당신한데 팔았나 요?"

짐은 용의 눈을 뚫어지게 쳐다보며 물었다.

"그런 건 싯싯싯 내가 알 바 아니야!"

용은 화가 나서 씩씩거렸다.

"당신도 알아야 합니다. 어금니 부인!"

짐은 용감하게 말했다.

"예를 들어, 여기 이 작은 공주님은 납치당했습니다!"

용은 화가 치밀어 올라 긴 꼬리를 바닥에 탁탁 치면서 소리질렀다.

"그런 건 훗훗, 내가 알 바 아니야! 어쨌든 싯싯 지금은 내 아이들 이야! 힛힛힛 또 너도! 너도 두 번 다시 집으로 돌아갈 생각하지 마!"

그렇게 말하면서 용은 짐 곁으로 가까이 다가왔다.

"핫, 핫, 핫!"

용의 숨결이 거칠어졌다.

"인사 대신 훗훗훗 조금 정중하게 훗훗훗 회초리 맛을 보여 줄까. 에잇 획! 그러면 훗훗 그 시끄러운 주둥이를 다물겠지."

용은 커다란 앞발로 짐을 잡으려고 했다. 그렇지만 짐은 날쌔게 몸을 비켰다. 용은 채찍을 마구 내리쳤지만 허공을 때릴 뿐이었다. 짐은 족제비처럼 잽싸게 커다란 돌교탁과 학생들의 책상 사이를 뛰어다녔다. 부지런히 뒤쫓아도 짐을 붙들 수가 없자 점점 더 화가 난 용은 붉으락푸르락하며 온몸에 혹이 돋고 가시가 돋쳤다. 눈뜨고 보기 힘겨울 만큼 흉측한 몰골로 변해갔다.

짐은 점점 숨이 찼다. 용이 계속해서 내뿜는 불과 연기로 기침이 나고 숨이 가빠졌다. 루카스는 어디 있을까? 엠마를 데리고 구해 주러 온다고 약속했는데 넓은 방은 이미 연기로 짝 차 있어 어디가 어딘지 분간할 수조차 없을 지경이었다.

그때 엠마의 기적이 높이 울렸다. 용은 깜짝 놀라 뒤돌아보았다. 무서운 괴물이 눈을 빛내며 자기 쪽으로 돌진해 왔다. 길이는 자기보다 짧아 보였지만 좀 더 뚱뚱한 것 같았다.

"넌 뭐야, 싯싯 무슨 볼일이지?"

굉장히 화가 난 용은 거친 쇳소리를 질렀다.

"누가 덤벼들어도 싯싯, 좋다고……."

그 다음 말은 잇지 못했다. 엠마가 무서운 기세로 질풍처럼 돌진해 와 들이받았던 것이다. 용은 강력한 두 앞발과 등껍질로 덮인 기다란 꼬리로 반격해 왔다. 드디어 용과 엠마의 격렬한 싸움이 벌어졌다.

용은 큰 소리로 으르렁대며 쉴 새 없이 울부짖었고 불과 연기를 내뿜으며 엠마에게 달려들었다. 싸움이 격렬해 어느 쪽에 승산이 있을지 점칠 수 없었지만 엠마는 끝까지 맞서 싸웠다.

온 힘을 다해 불꽃을 튕기고 연기를 내뿜으며 몇 번씩이나 돌진하고 부딪쳤다. 부딪칠 때마다 용의 변장이 조금씩 벗겨져 기관차의 모습이 차츰 드러났다. 책상에 쇠사슬로 묶여 도망칠 수 없었던 아이들은 괴물로 변장한 엠마를 보자 처음에는 공포에 질린 채 질끈 눈을 감고 있었다. 그런데 갑자기 뛰어든 괴물의 진짜 모습이 드러나자 환호성을 지르며 크게 기뻐하면서 엠마를 응원하기 시작했다.

"기관차야!"

모두 소리쳤다.

"와아, 기관차다! 기관차, 만세!"

드디어 엠마는 마지막 힘을 다해 용과 부딪쳤다. 용은 털썩 나자빠져 네 다리를 쭉 뻗었다. 루카스가 기관실에서 뛰어내렸다.

"빨리 묶어 짐! 정신 차리기 전에 빨리!"

"그런데 무엇으로 묶죠?"

짐은 다시 헉헉거리며 물었다.

"이걸로! 우리의 쇠사슬로!"

인디언 소년이 들뜬 목소리로 소리쳤다.

"열쇠를 빼앗아. 끈을 달아 목에 걸고 있어!"

짐이 용에게 덤벼들어 이빨로 끈을 끊었다. 그리고 재빨리 옆에 있는 아이들의 쇠사슬을 풀어 주었다. 작은 공주님 차례가 되었다. 짐은 공주가 얼굴을 붉히며 표현할 수 없을 정도의 귀여운 몸집으로 작은 머리를 뒤로 살짝 젖히는 것을 보았다.

"짐, 정신 차려!"

루카스가 소리쳤다.

"빨리! 빨리 해!"

두 사람은 불을 뿜을 수 없도록 쇠사슬로 용의 입을 칭칭 감았다. 그리고 앞발과 뒷발도 묶었다.

"됐어!"

짐이 찰카닥 자물쇠를 잠그자 루카스가 안도의 숨을 쉬며 이마에 맺힌 땀을 닦았다.

"이젠 괜찮아."

모든 아이들은 쇠사슬에서 풀려났다. 모두 크게 환성을 지르며 너무나 기뻐 어쩔 줄을 몰랐다. 웃거나 소리치며 만세를 부르는 아이도 있었다. 아주 작은 아이들은 깡총깡총 뛰면서 좋아라 손뼉을 쳤다.

그런 소란 속에서 루카스와 짐이 앉아 웃고 있었다. 아이들은 두 사람에게 달려가 안기고 수도 없이 입을 맞췄다. 엠마 곁으로 가서 땅땅한 몸체를 쓰다듬어 주기도 했다. 그뿐만 아니라 몇몇 아이들은 벌써 기관차 위로 기어올라 여기저기를 살펴 보기도 했다. 용과 싸우느라 움푹 들어간 엠마의 얼굴은 기쁨과 감격으로 얼룩져 있었다. 루카스는 복도로 나가 현관에 무거운 돌빗장을 걸어놓고 왔다.

"애들아!"

루카스는 아이들에게 말했다.

"지금은 안전해. 아무도 들어올 수가 없어. 조금 시간이 있으니까 우선 어떻게 이 흉측한 용의 거리에서 빠져나갈지 의논해 보도록 하자. 우리가 들어왔던 동굴로 도망치는 건 너무 위험해. 엠마의 변장이 벗겨진 탓도 있지만 우리 모두가 기관실에 들어가는 것도 무리야. 어쨌든 문지기용에게 들킬 게 뻔해. 그러니 다른 방법을 생각해 내야 해."

모두 골똘히 생각했다. 하지만 좋은 생각이 떠오르지 않았다. 그때 문득 짐이 이맛살을 찌푸리며 물었다.

"리시, 너는 병에 넣은 편지를 도대체 어디서 흘려보냈니?"

"이 집 뒤쪽에 샘솟고 있는 개울로 흘려보냈어."

공주는 대답했다.

짐과 루카스는 깜짝 놀란 표정으로 서로 마주 쳐다보았다. 루카스가 무릎을 탁 치며 외쳤다.

"역시 네포무크 녀석 나를 속였어."

"여기서 그 강이 보이니?"

짐이 물었다.

"이리 와봐. 보여 줄게"

공주는 복도를 사이에 둔 맞은편 방으로 루카스와 짐을 안내했다. 그곳에는 작은 돌침대가 스무 개쯤 나란히 놓여 있었다. 용이 매일 밤 아이들을 가두어 두었던 침실이었다. 침대 하나를 벽 쪽으로 몰아 그 위에 올라가 보니 위쪽 미닫이창 사이로 밖이 내다보였다. 그러자 창문 아래 묘하게 생긴 세모꼴 광장이 바로 보였다. 그 한가운데에는 엄청나게 크고 동그란 샘이 있고, 거기에선 맑은 물이 솟아오르고 있었다. 물은 돌의 우묵한 곳에서 솟아나와 넓은 개울을 이루더니 빌딩 골짜기의 어두컴컴한 바닥을 꾸불꾸불 흘러갔다.

루카스와 짐은 분홍빛 강의 원천을 내려다보며 생각에 잠겼다. 이것이 분홍빛 강의 원천이라는 것은 의심할 여지가 없었다. 어느덧 다른 아이들도 침실로 달려와 두 사람을 둘러싸고 숨죽이며 지켜보고 있었다.

"리시의 편지를 넣은 병이 이 강물을 따라 만다라까지 갔다면."

짐이 계속해서 말했다.

"우리도 갈 수 있지 않을까."

루카스가 파이프를 입에서 떼며 소리쳤다.

"굉장해, 짐! 바로 그거야! 이보다 더 완벽한 계획은 없을 거야. 이제부터 본격적인 미지의 세계로 여행을 시작하자!"

루카스는 눈을 지그시 감고 파이프의 연기를 두어 번 뿜어 올렸다.

벌써부터 가슴이 설렜다.

"저는 헤엄을 못 쳐요."

한 여자아이가 겁먹은 목소리로 말했다.

"괜찮아, 아가야. 아저씨는 좋은 배를 가지고 있거든. 저 마음씨 좋고 땅딸막한 엠마 말이야. 엠마는 백조처럼 슬렁슬렁 헤엄을 치지. 틈새에 소나무껍질을 때려 박으려면 타르와 역청이 있어야 하지만."

다행히 그것은 간단한 일이었다. 역청은 불바다 주민들의 주식이었기 때문에 저장고에는 몇 통이나 가득 보관돼 있었다.

"밤이 되면 우리의 여행이 시작될 거야. 어둠을 틈타 기관차로 강을 내려가서 용의 거리를 빠져나가자. 그럼 내일 아침쯤에는 이곳에서 꽤 멀어져 있겠지."

아이들은 이 계획에 기꺼이 찬성했다.

"좋아."

루카스는 이어 말했다.

"그렇다면 지금은 잠을 좀 자두는 게 현명한 일일 것 같구나, 그렇지?"

모두가 잘 이해했다. 짐은 만약을 위해 교실에 자물쇠를 잠가 두었다. 엠마는 쇠사슬로 묶어 놓은 용을 감시하고 있었다. 그리고 모두 돌침대에서 누워 곤하게 잠이 들었다. 루카스만은 방 한구석의 돌로 된 안락의자에 앉아 파이프를 피우며 아이들이 꿈나라로 가는 길을 안전하게 지켰다.

인디언 남자아이는 고향의 인디언 천막에 관한 꿈을 꾸었다. 새로운 깃털을 내려 주신 큰아버지이자 추장인 '편독수리'가 자신을 향해 손짓하고 있었다. 에스키모 남자아이는 둥근 얼음집 위에 펼쳐진 오로라와 뜨거운 간유를 따라 주는 백발의 우르보로 할머니 꿈을 꾸고 있었다.

네덜란드에서 끌려온 여자아이의 꿈에는 끝없이 펼쳐진 고향의 튤립 꽃밭과 엄마 아빠와 살던 하얀 집, 그리고 집 앞에 가득 널려 있는 돌절구만큼이나 큰 치즈가 보였다. 리시 공주는 꿈속에서 만다라 임금인 아버지의 손을 잡고 도기로 된 우아한 다리를 건너고 있었다.

짐 크노프는 꿈속에서 햇빛섬으로 가고 있었다. 뭐요 할머니의 좁은 부엌 창문으로 햇볕이 따뜻하게 비쳐들었다. 짐은 자기의 모험담을 열심히 이야기하고 있었고 뭐요 할머니의 곁에는 리시 공주도 함께 앉아 황홀하게 귀 기울이고 있었다.

이렇게 모든 어린이들이 제각기 고향의 꿈을 꾸고 있는 동안 주위에는 어둠이 밀려들기 시작했다. 출발 시간이 점차 가까워온 것이다.

땅밑 강물을 따라서

어느덧 캄캄해졌다. 옆방에서 돌시계가 10시를 알렸다. 떠날 시간이
된 것이다.

루카스는 아이들을 깨웠다. 모두가 역청으로 횃불을 몇 개 만들어 불
을 붙였다. 그리고 저장고에서 역청이 들어 있는 통을 하나 가져와 용
의 부엌에 있는 아궁이에 얹고 불을 지폈다. 이윽고 까만 죽처럼 된 역
청이 부글부글 끓기 시작했다. 루카스는 교실에 있던 기관차 엠마를 부
엌으로 데려와 틈새에 물이 새어들지 않게 정성들여 역청으로 두껍게
칠하는 작업에 들어갔다. 아이들은 신기한 듯 지켜보고 있었다.

"용은 어쩌죠?"

짐이 일을 하면서 물었다.

"묶어 두고 갈 건가요?"

루카스는 잠시 생각한 뒤 고개를 가로저었다.

"아니 그렇게 하면 곧 굶어죽게 될 거야. 우리는 그 녀석에게 이겼어. 저항할 힘이 없는 상대에게 혹독한 보복을 하는 건 마음이 좁은 사람들이나 하는 일이지. 물론 그만한 일을 당해 마땅한 녀석이긴 하지만 말이야."

"하지만 자유롭게 해 주면 틀림없이 난동을 부릴 거예요. 우리를 그냥 돌려보내지 않으려고 할 텐데요?"

짐이 걱정스러운 듯이 말했다.

루카스는 천천히 끄덕였다.

"응, 그럼 데려가야겠군. 나는 녀석에게 몇 가지 물어 볼 것도 있어. 그리고 녀석은 합당한 벌을 받아야 하기도 해."

"하지만 너무 무거워요!"

짐이 큰 소리로 말했다.

"엠마가 가라앉지 않겠어요? 그리고 그 녀석이 함께 타면 우리가 탈 자리가 없어요."

"그래 알고 있어."

루카스가 싱긋 웃으며 대답했다.

"그러니까 그 녀석을 우리 뒤에 매달아 헤엄쳐 오도록 만들어야 해."

"그러려면 쇠사슬을 풀어 줘야 하잖아요."

짐이 이맛살을 찌푸리며 걱정했다.

"무지무지하게 기운이 세서 다루기 어려울 거예요."

"그렇지 않아."

루카스는 그렇게 대답하며 유쾌하게 웃었다.

"잘 들어보렴, 짐. 쇠사슬의 한쪽 끝을 엠마의 꽁무니에 붙들어 맬 거야. 다른 한쪽은 하나밖에 없는 용의 이빨에 맬 거고. 그 이빨은 앞으로 불쑥 튀어나와 있어서 입을 다문 채로도 잡아맬 수 있어. 그리고 출발하기 바로 전에 앞발과 뒷발의 사슬을 풀어 주는 거지. 만약 녀석이 순순히 따라오지 않으면 자기 이빨이 우선 참을 수 없이 아플 거야. 두고 봐. 그 녀석도 별 수 없이 양처럼 순해질 테니까.”

모두가 멋진 계획이라고 했다. 나무껍질을 때려 박는 작업이 끝나자 모두 엠마를 교실로 밀고 갔다. 용은 엠마가 들어오는 것을 보자 머리를 들었다. 이미 완전히 기운을 되찾은 것 같았다. 그렇지만 쇠사슬에 단단히 묶여 있어 난동을 부릴 수는 없었다. 지금으로서는 눈에서 원망스러운 불꽃을 튕기든가 때때로 귀나 코에서 누런 연기를 토해 내는 것뿐으로 참아야 했다.

“넌 우리를 따라 뒤에서 헤엄쳐 오도록 해!”

루카스가 말했다. 그러자 용은 벌떡 뛰어올라 날뛰듯이 쇠사슬을 마구 흔들어댔다.

“그만두지 못해!”

루카스가 따끔하게 꾸짖었다.

“그래봤자 소용없다고! 얌전히 있어.”

용도 그것을 알아챘는지 이번엔 머리를 바닥에 내려뜨리며 눈을 감고 가냘픈 신음소리를 냈다. 가엽게 보이기 위한 수작인 듯했다. 그렇지만 루카스에겐 조금도 먹혀들지 않았다.

역청 횃불의 불빛을 받으며 루카스는 도구 상자에서 집게를 꺼내 책상 위에 남아 있던 나머지 쇠사슬을 모두 한 가닥으로 길게 이었다. 이렇게 해서 만들어진 긴 쇠사슬의 한쪽 끝을 용의 커다란 이빨에 잡아맸다. 혹시라도 도중에 이 사나운 용의 쇠사슬이 벗어지는 일이 없도록 특히 더 주의해서 단단히 동여매야 했다.

모든 준비가 끝난 뒤 루카스는 아이들에게 기관차 위에 올라타 저마다 적당한 곳에 자리를 잡으라고 말했다. 루카스와 짐만이 아래에 남아 있었다. 모두가 자리에 앉자 루카스는 엠마를 몰기 위해 기관차 앞쪽에 섰다. 이제는 기관실 안에 들어갈 수가 없었다. 그는 짐에게 신호를 보냈다. 짐은 용의 앞발과 뒷발을 한데 묶은 것을 풀고 서둘러 옆으로 물러섰다.

"출발하자, 엠마!"

루카스가 말했다.

기관차가 움직이자 쇠사슬이 팽팽해졌다. 용은 애처롭게 눈을 뜨고 천천히 일어났다. 하지만 발이 자유롭게 된 것을 알게 되자 곧 짐의 생각대로 온 힘을 다해 쇠사슬을 당겨 빠져나가려고 했다. 하지만 그 순간 괴로운 신음소리가 터져 나왔다. 이빨은 어금니 부인에게서 가장 민감한 곳이었다. 그런 곳을 힘껏 잡아당기자 굉장한 통증이 일어났던 것이다. 이제는 싫건 좋건 엠마의 뒤를 무작정 따라갈 수밖에 없었다. 용은 분에 못 이겨 사뭇 폭발할 것만 같았다. 작은 눈은 갖가지 빛깔로 바뀌면서 번뜩였다.

현관까지 오자 루카스는 아이들에게 소리쳤다.

"횃불을 꺼라! 불빛이 있으면 들킬지 모르니까!"

아이들의 횃불이 모두 꺼진 것을 확인한 다음 루카스는 짐과 힘을 합해 무거운 돌문을 열었다. 세상 어디에서도 찾아볼 수 없는 진기한 행렬이 캄캄한 어둠 속을 조용히, 나선형의 계단을 빙빙 돌아 바깥 통로로 내려왔다.

밤늦게 집으로 돌아오는 용 두세 마리가 길 건너편에서 쿵쿵거리며 지나갔다. 숨소리조차 낼 수 없었다. 하지만 고맙게도 엠마의 일행을 알아채지 못했다. 첫째는 캄캄했기 때문이었고 둘째는 그들의 고약한 성미 때문이었다. 용들은 언제나 무슨 일로든 잔뜩 화가 나 있곤 해서 까닭 없이 욕지거리하는 일에 넋이 나가 있었던 것이다.

루카스는 살며시 기관차를 뒤뜰로 몰았다. 그러자 곧 강에 이르렀다. 물은 희미하고 오묘한 광채를 발하고 있었다. 그 물빛으로 어둠 속에서도 빠르게 흘러가는 물살이 반짝반짝 보였다.

루카스는 엠마를 세우고 강기슭을 살펴보았다. 기슭과 수면은 비탈로 이어져 있었다. 안도의 숨을 쉬며 돌아와 아이들에게 작은 소리로 속삭였다.

"모두 조용히, 꼼짝 말고 앉아 있어야 해!"

루카스는 계속해서 말했다.

"그리고 나의 마음씨 좋은 뚱보 엠마야, 다시 한 번 배가 되어 주겠니? 잘해 낼 수 있지? 너만 믿겠어!"

그리고 나서 보일러 밑에 있는 꼭지를 틀었다. 기관차에서 물이 소리를 내며 흘러나왔다. 보일러가 텅 비게 되자 루카스는 꼭지를 잠그고, 짐과 함께 기관차가 스스로 굴러갈 수 있는 급경사가 진 기슭으로 밀고 갔다. 두 사람은 재빨리 기관차에 달라붙어 아이들이 있는 지붕 위로 기어 올라갔다.

"꼭 붙들어!"

루카스가 목소리를 낮추어 소리쳤다. 엠마는 미끄러지듯이 기슭을 내려가 두둥실 물 위에 떠올랐다. 물살은 상당히 급해 순식간에 기관차를 끌어들여 떠내려가게 했다.

물을 두려워하는 종족인 용은 어찌할 바를 몰라 기슭에 그대로 머물러 있었다. 무리도 아니었다. 물에 들어가면 자기의 불이 꺼지고 더러운 것이 모두 씻겨 나간다는 것을 잘 알고 있었으니까. 용에게는 생각할 수조차 없이 두려운 일이었다. 처음 한동안 용은 몇 번인가 자신을 끌어당기는 쇠사슬을 물리쳐 보려고 애썼다. 하지만 언덕을 지나치고 기관차에 질질 끌려 물가에 이르자 그의 안간힘도 물거품이 되고 말았다.

용은 맥없이 강아지처럼 코를 낑낑댔다. 입이 묶여 있어 소리를 낼 수가 없었던 것이다. 그러고는 운명에 맡긴 듯 허덕이며 물로 들어갔다. 처음엔 요란하게 첨벙 하는 소리가 나고 증기가 올랐다. 하지만 그 연기가 조금 가라앉자 용도 어쩔 수 없는 경우에는 웬만큼 헤엄을 칠 수 있다는 것을 알게 되었다. 이리하여 한밤중에 루카스 일행은 용의 거리를 소리도 없이 빠져나왔다.

강은 어디로 흘러가는 것일까? 네포무크는 루카스와 짐을 속인 것일까? 역시 '천화산의 나라'를 지나가는 것일까? 아니면 뭔가 반룡이 알지 못하는 비밀이 있는 것일까?

눈에 띄게 흐름이 빨라졌다. 어둠속에서 눈을 부릅뜨고 쳐다보니 거리 끝에 다다른 것 같았다. 거리 끝이란 거리를 성벽처럼 둘러싸고 있는 거대한 분화구의 벽을 말한다.

"조심해!"

갑자기 짐과 함께 보일러 앞머리에 타고 있던 루카스가 소리쳤다. 모두가 재빨리 몸을 숙였고 엠마는 전혀 앞을 분간할 수 없는 캄캄한 아치형 바위 속으로 빨려 들어갔다. 물살이 점점 급해져 화살처럼 내려갔다. 주위에는 아무것도 보이지 않았다. 둑을 터뜨린 듯 소용돌이치며 흘러 떨어지는 물소리가 귀청을 흔들며 들려올 뿐이었다.

루카스는 아이들이 걱정스러웠다. 짐과 두 사람뿐이라면 이런 위험쯤은 대수로운 것이 아니었다. 어느덧 두 사람 모두 거친 모험에 익숙해져 있었다.

그렇지만 아이들은? 이런 급류를 이겨낼 수 있을까? 아직 쪼그만 어린아이가 있는가 하면 여자아이도 있었다. 그러나 돌이킬 수는 없었다. 그리고 이런 굉음 속에서는 위로나 격려의 말조차 무리였다. 앞으로 어떤 일이 벌어질지 그저 기다릴 수밖에 도리가 없었다.

급류는 계속되어 어디론가 자꾸 흘러내려가고 있었다. 아이들은 눈을 꼭 감고, 서로 껴안은 채 기관차에 달라붙었다.

이미 아무 소리도 들리지 않았으며 아무것도 보이지 않았다. 땅속 깊은 곳으로 빠져드는 것처럼 쉴 새 없이 거칠게 떠내려가기만 했다.

겨우겨우 흐름이 조금 느려지는 것 같았다. 거세게 일던 거품도 가라앉았다. 그리고 조금 뒤에 강은 조용히 살랑살랑 흘러갔다.

그렇지만 지금 그들이 있는 곳은 깊고 깊은 땅속이었다. 모두 살며시 눈을 떠 보았다. 어둠속에서 뭔가 특별하고 멋진 마법의 빛이 여러 가지 빛깔로 떠올랐다. 그러나 또렷하게 보이지는 않았다.

루카스는 아이들 쪽을 돌아보며 소리쳤다.

"아무도 떨어진 사람 없니? 모두 괜찮아?"

아이들은 아직 멍하니 앉아 있었다. 모두 무사한지 아이들의 수를 헤아려 보는 데는 꽤나 시간이 걸렸다. 다행히 한 명도 빠지지 않았다는 보고가 루카스에게 전해졌다.

"그런데 용은 어떻게 하고 있지?"

루카스는 뒤를 향해 물었다.

"제대로 쇠사슬에 연결되어 있니? 아직 살아 있어?"

용도 별일 없었다. 물을 좀 먹은 모양이지만 특별히 걱정할 정도는 아니었다.

"여기가 도대체 어디죠?"

머리에 터번을 두른 작은 남자아이가 물었다.

"전혀 짐작할 수 없구나."

루카스가 대답했다.

"곧 밝아질 테니까 알 수 있을 거야."

루카스는 깊은 곳으로 빠르게 흘러내려갈 때 꺼진 파이프에 다시 불을 붙였다.

"하지만 핀으로 향하고 있는 것은 틀림없어!"

가장 어린 아이들 두세 명이 울음을 터뜨리자 짐이 달래 주었다.

아이들은 곧 마음을 가라앉히고 호기심에 차서 주위를 둘러보기 시작했다. 희미한 마법의 빛은 어느새 어스름한 진홍빛으로 밝아지고 있었다. 그 밝은 빛으로 인해 강이 높은 천정의 둥그런 동굴 속을 흐르고 있다는 걸 알아차렸다. 빛은 벽과 천정에서 뻗어 나온 팔뚝길이만 한 크기의 수없이 많은 붉은색 보석에서 나오고 있었다. 그것은 루비였는데 마치 손전등처럼 빛을 내뿜고 있어, 그야말로 형용할 수 없이 아름다운 광경을 이루었다.

조금 더 지나자 빛나는 푸른 보석이 반짝이고 있었다. 수없이 많은 커다란 에메랄드에서 빛이 쏟아져 나오고 있었다. 에메랄드는 고드름처럼 천정에 매달려 있어 그 긴 끝이 물에 닿을 것만 같았다. 좀 더 흘러가자 강은 나지막하고 길게 뻗어 있는 동굴로 들어갔다. 그곳은 수백만 개나 되는 작은 자수정의 결정이 동굴 벽을 이끼처럼 두르고 있어 온통 보랏빛으로 빛났다. 그곳을 지나 다시 넓은 홀로 나왔다. 눈부시도록 밝은 빛으로 가득 찬 홀에서 아이들은 자신들도 모르게 눈을 껌벅거렸다. 밝은 빛을 내는 다이아몬드의 커다란 알맹이들이 샹들리에처럼 천정에서 반짝이고 있었던 것이다.

이런 장관은 끝도 없이 계속되었다. 아이들은 한참 전부터 조용했다. 처음 한동안은 뭐라고 서로 소곤대기도 했지만 이제는 환상적인 지하 세계의 광경에 넋을 잃고 바라보고만 있었다. 때때로 물살이 기관차를 동굴벽 가까이로 밀어 붙여 어린아이들 모두가 몇 개씩의 보석을 기념으로 손에 넣을 수가 있었다.

시간이 얼마나 흘렀을까. 그것은 아무도 알 수가 없었다. 루카스는 문득 물살이 눈에 띄게 빨라졌음을 알게 되었다. 양쪽 암벽이 훨씬 가까이 다가왔으며 바위는 조금씩 붉은 기운을 띠고 있었다. 이따금 굵고 하얀 선이 지그재그로 나타면서부터 갖가지 색으로 빛나고 있던 마법의 빛이 희미해졌다. 보석은 없어진 것이다.

그러더니 지하 여행이 시작되었을 때처럼 다시 캄캄해졌다. 이따금 드문드문 붙어 있는 수정이 어둠속에서 반짝 빛났지만 그것조차 사라지고 말았다. 물소리가 콰르릉 콰르릉 한결 세어지고 물보라가 날뛰기 시작했다. 더욱 깊은 곳으로 떠내려갈 것이라는 생각에 모두 손에 땀을 쥐고 두려움에 떨었다.

하지만 이번에는 뜻밖의 반가운 일이 그들을 기다리고 있었다.

승객을 잔뜩 태우고 뒤에 용을 매단 엠마가 거품이 이는 물결을 타고 아치형 바위동굴을 빠져나온 것이다.

밤하늘의 별들이 아름답게 반짝이며 그들을 맞이해 주었다. 강이 넓어지더니 물살이 느려졌다. 양쪽 기슭에는 거대한 고목이 줄지어 서 있었고 그 나무줄기는 색유리처럼 투명했다.

나뭇가지를 흔드는 밤바람 소리, 동시에 여기저기서 수많은 작은 방울을 흔드는 소리가 들렸다. 기관차는 다리 아래를 빠져나왔다. 아름답게 반달모양을 그리며 강을 가로지르고 있는 도기로 만들어진 우아한 다리였다.

모두 멍하니 주위를 둘러보았다. 처음 입을 연 것은 작은 리시 공주였다.

"만세!"

공주가 외쳤다.

"만다라야! 여기는 나의 나라! 우리는 이제 무사해요!"

짐이 말했다.

"만다라에서 불바다까지 가는 덴 며칠이나 걸렸어! 하지만 우린 이제 겨우 몇 시간을 흘러왔을 뿐이에요."

"나도 모르겠는걸."

루카스도 멍해져서 말했다.

"잘못 본 게 아니면 좋으련만!"

짐은 좀 더 자세히 보려고 굴뚝으로 올라갔다. 그리고 주변을 둘러본 다음 뒤돌아보았다. 방금 그들이 지나친 바위의 아치문, 그 바위 동굴은 언저리 일대를 가로질러 이어져 있는 험한 산맥 기슭에 있었다. 산 꼭대기 하나하나에는 빨간색과 흰색이 무늬져 있었다. 의심할 여지가 없었다. 그 산맥은 '세계의 정상'이었다.

짐은 굴뚝에서 내려왔다. 그리고 침을 삼키며 기다리고 있는 아이들에게 천천히 또렷한 목소리로 말했다.

"진짜야. 우리는 만다라에 도착했어!"

"짐!"

리시 공주가 환성을 질렀다.

"아아, 짐, 기뻐요! 기뻐!"

그러더니 마침 옆에 서 있던 짐의 볼에 뽀뽀를 했다. 짐은 벼락에 얻어맞은 것처럼 멍하니 서 있었다. 아이들은 웃거나 소리를 지르며 야단법석을 떨었다. 그러자 엠마가 흔들흔들 흔들리기 시작했다. 루카스가 주의를 주지 않았더라면 뒤집힐 뻔했다.

겨우 엠마의 소란스러운 요동이 가라앉자 루카스가 짐에게 말했다.

"우리는 지하를 거쳐 훨씬 빠른 지름길로 왔어. 그렇게밖에 설명이 되지 않아. 어떻게 생각하니, 짐?"

"네?"

짐이 되물었다.

"뭐라고 했죠?"

정신을 차리려고 했지만 짐은 아직 꿈을 꾸고 있는 것만 같았다. 루카스는 짐을 이해할 수 있었다.

"좋아, 됐어, 짐."

루카스는 중얼거리며 속으로 웃음을 터뜨렸다. 짐이 어째서 리시 공주 이외의 일은 아무것도 눈에 보이지 않고 귀에 들리지도 않게 된 것인지, 그 까닭을 루카스는 이해할 수 있었다. 그는 아이들 한 사람 한 사람에게 자기에게 일어났던 일을 이야기해 주지 않겠느냐고 말했다.

핀 시까지는 꽤 시간이 걸릴 것이고 모두 어떻게 해서 불바다에 보내진 것인지 알고 싶었다.

아이들은 환호성을 질렀다.

루카스가 파이프에 불을 붙이자 작은 리시 공주가 맨 처음으로 이야기를 시작했다.

리시 공주 이야기

"여름방학 때였어요."

리시는 이야기를 시작했다.

"여느 해와 마찬가지로 나는 또 바다로 가게 해달라고 했지요. 아버지는 내가 지루하지 않도록 일곱 명의 친구와 함께 보내주셨어요. 그리고 우리의 안전을 위해서 나이든 시녀 세 사람이 따라왔지요. 우리는 모두 함께 하늘색 도기로 지은 작고 멋진 성에 머물게 되었어요. 성문 바로 앞까지 황금빛 모래알을 싣고 파도가 밀려오곤 했지요. 시녀들은 성 가까이에서 놀라고 하며, 무슨 일이 일어나면 큰일이니까 절대로 멀리 가서는 안 된다고 세심한 주의를 주었지요. 처음에는 그 말을 잘 들었어요. 그래서 서로 부를 수 있는 곳에서만 뛰어놀았죠. 그런데 우리가 그 규칙을 제대로 지키고 있는데도 매일 매일 똑같은 말을 되풀이

하는 바람에 문득 반항심이 생겼어요.

그래서는 안 된다고 생각했지만 거역하고 싶은 마음이 몹시 커졌어요. 그래서 어느 날 나는 멋대로 성에서 혼자 나와 바닷가를 따라 멀리까지 걸어갔어요. 한참 뒤에 시녀와 친구들이 나를 찾고 있는 것이 멀리서 보였어요. 하지만 나는 대답은커녕 갈대숲에 숨어 버리고 말았죠. 친구들과 시녀들은 계속 내 이름을 부르며 바로 가까운 곳을 지나갔어요. 모두 몹시 걱정되어 안절부절 못하고 있는 것 같았어요. 하지만 나는 그냥 숨어 있었어요. 한참 뒤 그들은 다시 모두 내가 있는 곳까지 다가왔어요. 누군가, 이렇게 멀리까지 왔을 리 없으니 이번에는 다른 곳을 찾아보자고 하는 말이 들렸어요. 나는 주먹으로 입을 막고 깔깔대며 웃었지요. 모두 가 버린 걸 확인하고 살며시 숲에서 나왔어요. 그리고 바닷가를 따라 멀리까지 걸어갔어요. 예쁜 조가비를 주워 앞치마 주머니에 넣으면서 노래를 불렀지요. 심심풀이로 내가 지은 시를 노래했어요. 노랫말을 들려줄까요?

아아 멋져라, 아아 기뻐라!
혼자 바닷가를 거닐음은.
나는 공주 리시.
찾아낼 수 없네. 숨어 버렸으니까!
토라 랄 라 라 라
토라 랄 라 라 폰!

이 노랫말은 내가 지었어요. 리시라는 이름을 가락에 맞게 넣는 것이 꽤 어려웠어요. 그렇게 노래를 부르며 걸어가다가 문득 나는 내 발밑이 아름다운 모래들이 아닌 것을 알게 되었어요. 이미 오래 전부터 바위

옆을 걷고 있었던 거예요. 바위는 절벽으로 되어 바다에 닿아 있었어요. 이제 더 이상 신나지는 않았지만 심술이 나서 그대로 계속 걸어갔어요. 그때 문득 저 먼 바다에서 돛단배가 나타나 내가 서 있는 바닷가로 곧장 다가왔어요. 핏빛처럼 빨간 돛을 달고 있었어요. 그리고 가장 큰 돛에는 까맣게 '13'이라는 숫자가 적혀 있었어요. 무척 크게."

여기까지 이야기하고 나서 리시는 몸을 떨며 잠시 입을 다물었다.

"이제부터 재미있어지겠는걸!"

루카스는 소리치며 짐과 의미 있는 시선을 주고받았다.

"자! 계속해 봐!"

"배는 내가 서 있는 바로 앞 바닷가에 와 닿았어요."

공주는 무서운 기억에 얼굴이 조금 창백해지더니 계속 말을 이었다.

"나는 깜짝 놀라 못 박힌 듯이 그 자리에 서 있었어요. 맞아요, 그 배는 굉장히 컸어요. 배의 폭이 내가 서 있던 암벽보다도 넓었어요. 배에서 키가 큰 사나이가 뛰어내려 내게로 다가왔어요. 그 사람은 말로 표현할 수 없을 정도로 무섭게 생긴 사나이예요. 해골바가지와 가로지른 뼈다귀 그림이 그려져 있는 별난 모자를 쓰고 있었지요. 그리고 색깔이 들어 있는 셔츠에 짧고 헐렁한 바지차림이었고 접히는 장화를 신고 있었어요. 벨트에는 단검과 권총 같은 것을 잔뜩 꽂고 있었어요. 커다란 매부리코 밑에 까만 수염을 기르고 있었는데 그것이 벨트가 있는 곳까지 길게 자라 있었어요. 커다란 금으로 된 귀걸이도 달고 있었지요. 눈은 작았고 눈동자가 우묵하게 안쪽으로 모여 있어 사팔뜨기처럼 보였어요. 나를 보자 '여어, 계집아이구나! 이것 참 좋은 걸 얻었군!' 이렇게 말했어요. 굉장히 낮고 거친 목소리였어요! 나는 도망치려고 했지만 머리카락을 붙들리고 말았어요. 사나이는 말의 이빨처럼 커다랗고 누런 이를 드러내 보이며 웃었어요. 그러고는 이러는 거예요. '마침 좋은 곳에 있었구나, 쪼그만 꼬마아가씨!' 나는 크게 소리를 지르며 몸부림을 쳤지요.

하지만 그때는 구해 줄 사람이 아무도 없었어요. 그 커다란 남자는 나를 번쩍 치켜들더니 휙 하고 배 위로 내던졌어요.

그렇게 공중을 날아가면서도 나는 생각했죠. '이제 다시 돌아갈 수 없게 된다면 어떡하지?' 그렇지만 끝까지 생각할 겨를도 없었죠. 바로 그 순간 갑판 위의 다른 남자가 나를 덥석 받았거든요. 그 사나이도 먼젓번 사나이와 모습이 똑같아 처음에는 같은 사람인 줄 알았지요. 하지만 그럴 리가 없잖아요. 갑판 위에 내려져 주위를 둘러보자 배에는 수많은 달걀처럼 구별이 되지 않을 정도로 닮은 사나이가 많이 있었어요.

해적들은 처음에는 나를 우리 안에 가두었어요. 새장 같은 거였는데 돛대의 튼튼한 못에 걸어 두었어요. 그렇게 되자 이제까지의 용기가 갑자기 꺾이고 나는 울기 시작했어요. 앞치마가 흠뻑 젖을 만큼 울면서 사나이들에게 집에 보내달라고 부탁했어요. 하지만 사나이들은 내 기분 따위는 아랑곳하지도 않았어요. 배는 엄청나게 빠른 속도로 달려 모래사장은 곧 멀어졌어요. 어디를 둘러보나 바다뿐이었어요.

첫째 날은 그렇게 지나갔어요. 저녁에 사나이 하나가 찾아와 바구니 틈새로 딱딱하게 굳은 빵을 두세 개 들이밀었어요. 마실 물도 항아리에 가득 넣어 주고 갔어요. 하지만 나는 아무것도 먹고 싶지 않았지요. 물은 조금 마셨어요. 뜨거운 햇볕을 쬐었고 너무 울어 몹시 목이 말랐거든요. 어두워지기 시작하자 해적들은 등불을 몇 개 켜놓았어요. 그리고 커다란 통을 갑판 한가운데에 굴려다 놓고 모두 둥글게 둘러앉았어요.

저마다 커다란 술잔을 들고 통에서 술을 따라 마시며 괴상한 노래를 고래고래 부르기 시작했어요. 그 가운데 하나는 좋아하는 노래였는지 여러 번 되풀이해 불러 지금도 기억하고 있어요.

관 위에 앉아 있는 열 세 사나이,
하, 하, 하, 그리고 술이 한 통이다.
사흘씩이나 들이마신 독한 술,
하, 하, 하, 그리고 럼주가 한 통이다.
밥보다 좋아하는 바다, 술, 금,
하, 하, 하, 그리고 럼주가 한 통이다.
악마가 맞이해 주는 날까지
하, 하, 하, 그리고 럼주가 한 통이다.

나는 사나이들을 세어 보려고 했지만 불빛이 계속 흔들리고 모두 너무 비슷해서 셀 수가 없었어요. 하지만 노래에서 부르고 있듯이 정말 13명이 있었다고 생각해요. 그래서 돛에 적힌 '13'의 의미를 알게 되었지요."

그때 짐이 공주의 이야기를 가로막았다.

"이제 알겠어. 어째서 나의 소포의 발송인이 '13'이었는지."

"소포라고? 어떤 소포인데?"

리시가 물었다.

"용에게 덤벼들 때도 그렇게 말했었지? 어떤 일인지 아까부터 궁금해하고 있었어."

"그런데⋯⋯."

이번에는 루카스가 대화에 끼어들었다.

"먼저 리시의 이야기를 끝까지 들어 봐야 줄거리를 제대로 알 수 있지 않을까? 그런 다음 짐의 이야기를 들어보기로 하자. 그렇지 않으면 뒤죽박죽이 되고 말 거야. 모두 어떻게 생각하니?"

아이들은 루카스의 말에 찬성했다. 그래서 리시가 말을 계속 이었다.

"사나이들이 함께 앉아 떠들고 있는 것을 보고 자기들끼리도 잘 구별하지 못하는 것을 알았지요. 하지만 사나이들은 그런 것은 상관하지 않는 것 같았어요. 자기가 누구인지, 정말로 자기인지 딴사람인지 알고 있는 사람은 하나도 없는 것 같았어요. 그리고 그런 건 아무래도 상관없는 것 같았어요. 어차피 아주 꼭 같았으니까요. 선장만은 금방 알아볼 수 있었지요. 모자에 빨간 별을 달아 다른 사나이와 구별하고 있었거든요. 사나이들은 선장에게 아무 불평 없이 복종하고 있었어요. 이틀째가 되자 너무 배가 고파 딱딱해진 빵을 조금 먹어치웠어요. 그 밖에는 전날과 다름없었죠. 저녁이 되어 다시 해적들이 럼주의 술통을 둘러싸고 앉았을 때 선장의 목소리가 들렸어요.

'알겠나 형제들! 내일 밤 12시에 그 약속한 장소에서 용과 만나게 돼. 그 녀석 기뻐할 거야.'

그렇게 말하면서 나를 쳐다보더니 껄껄 웃었어요.

'고마운 일이지.'

또 다른 사나이의 목소리가 들렸어요.

'그러면 또 술이 들어온다 이거로군. 때맞추어 아주 잘됐어. 이 술통도 바닥이 나고 있었는데 말이야.'

사나이들의 이야기가 어떤 것인지 몰라도 뭔가 나와 관계가 있다는 것을 곧 알 수 있었지요. 내가 어떤 기분이었는지 상상 할 수 있겠지요? 이튿날 밤에는 살을 에는 듯한 차가운 바람이 불어 시커먼 구름이 보름달 밑을 빠르게 지나갔어요. 그래서 주위는 밝아졌다 깜깜해졌다 했어요.

나는 바구니 안에서 추위에 벌벌 떨고 있었지요. 자정이 가까워질 무렵 갑자기 어둠 속에서 뭔가가 반짝 빛났어요. 배가 그 방향으로 나아갔어요. 달님이 잠깐 얼굴을 내밀었을 때 그것이 바다에서 튀어나온 두세 개의 번득이는 암초라는 것을 알았지요. 그 위에 굉장히 큰 용이 앉아 있었어요. 폭풍이 휘몰아치는 밤하늘에 시커먼 윤곽이 뚜렷하게 드러나 보였어요.

해적선이 옆으로 다가가 멈춰 서자 용은 후앗, 후앗, 후앗! 하며 웃었어요. 한쪽 콧구멍으로는 독살스러운 푸른 불꽃을, 다른 쪽 콧구멍으로는 가느다란 보랏빛 불꽃을 뿜어댔어요.

'또 훗흐흐, 뭔가 사냥감을 가져왔나? 훗흐흐, 조무래기들?'

용이 묻자 선장이 큰 소리로 말했어요.

'물론이지! 이번에는 아주 귀한 아가씨야!'

'허어 훗흐흐 정말이냐?'

용은 히죽 웃었어요.

'그래서 힛히히 대신 무엇이 필요하냐. 히히히 이 악당들아?'

'언제나 같지.'

선장은 대답했어요.

'진짜 불바다산의 럼주를 한 통 줘. 품명은 '용의 목구멍' 표. 그거야말로 나나 내 친구들한테 충분히 독한, 세상에 하나밖에 없는 술이지. 싫다면 우리는 그냥 가겠다.'

그리고 한참 동안 용과 선장은 옥신각신 흥정을 했어요. 결국 용은 자기가 깔고 앉아 있던 럼주 한 통을 건네주었어요. 그때까지 깔고 앉아 있던 건 술통이었던 거죠. 그리고 대신 해적으로부터 내가 들어 있는 바구니를 받아들었어요. 그런 뒤에 다시 언제 만날 것인지 의논하고 나서 용과 해적은 헤어졌어요. 잠시 울부짖는 바람 소리에 섞여 열세 명의 노랫소리가 들려왔지만 그러는 동안 배는 멀리 사라졌어요.

용은 내가 들어 있는 바구니를 높이 치켜들고 나를 자세히 뜯어보았어요. 이윽고 그놈이 말했어요.

'후훙, 아가씨. 인형 놀이도 훗흐흐 게으름 피우는 것도, 훗흐흐 산 책도 훗흐, 늦잠도 훗흐 쓸데없는 짓은 훗흐 모두 오늘로써 끝장이야. 이제부터는 매일 매일이 좀 힛히히 힘들 테니까 힛히 알겠니? 먼저 알 아두는 게 좋아. 힛히히!'

그리고 나를 바구니째 두툼한 천으로 둘둘 감았어요. 전혀 비치지 않 는 천이었어요. 캄캄해서 밖에서 무엇이 어떻게 되어 가고 있는지 아무 것도 보이지 않았어요. 아무런 소리도 들리지 않았어요. 한참 동안 아 무 일도 일어나지 않았던 모양이에요. 나는 어떻게 될지 가만히 기다리 고 있었지요. 그리고 생각했어요. 용은 나를 내버려두고 가버린 것일 까? 그렇다면 왜 나를 샀을까? 하고 말예요. 얼마나 그렇게 있었는지 모르겠어요. 잠들고 말았으니까요. 그런 긴박한 상황에서 어떻게 잠들 수 있었는지 이상하게 생각되겠지요. 하지만 생각해 보세요. 나는 해적 에게 붙들렸을 때부터 두려움과 차가운 바람 때문에 거의 눈을 붙이지 못했어요. 하지만 두툼한 천으로 완전히 감싸이게 되자 따뜻하고 어두 워져서 잠들고 말았던 거예요. 갑자기 요란한 소리가 들려 나는 깜짝 놀라 깨어났어요. 쿵쾅거리는 소리, 훌쩍거리는 소리, 삐걱대는 소리, 그 소란스러움이란 도무지 어떻게 표현할 수가 없어요. 게다가 내가 들 어 있는 바구니가 이리저리 흔들리고 위아래로 요동쳤어요. 마치 유원 지의 제트코스터에 타고 있는 것같이 뱃속이 울렁거렸죠.

그렇게 반시간쯤이 지났을까, 어쩐 일인지 잠시 조용해졌어요. 나중 에 바구니가 아래로 내려진 것을 알 수 있었지요. 천이 벗겨져 주위를 둘러보니…… 그 뒤의 일은 말하지 않아도 되겠지요. 모두 어금니 부 인의 집을 알고 있으니까요. 단 하나 내가 안심했던 것은 나와 똑같은 처지를 당한 아이들이 나 이외에도 많았다는 점입니다.

그래요, 이제는 더 이야기할 것이 없어요. 그로부터 매일 매일은 지

루하고 고통스러웠어요. 우리는 날마다 아침부터 밤까지 책상에 쇠사
슬로 매어진 채 국어라든가 산수, 기타 여러 가지를 공부해야만 했으니
까요. 만다라의 내 또래 아이들은 모두 그렇지만 나는 이미 읽기, 쓰기
와 산수 계산까지 할 수 있어서 다른 아이들처럼 심한 괴로움은 당하
지 않았지요. 하지만 대개는 처음 공부하는 아이가 많아서 용에게 언제
나 벌을 받았어요. 기분이 나쁠 때는…… 대개 언제나 나빴지만, 대답
이 틀리건 맞건 상관없이 심하게 야단을 치고 매를 휘둘렀어요.

 밤이 되면 용은 우리를 책상에서 풀어 채찍을 휘두르며 침실에 처넣
었죠. 저녁밥은 한 번도 먹은 적이 없었어요. 어금니 부인은 날마다 뭔
가 트집을 잡아서 벌이라며 저녁식사를 거르게 하고 재웠어요. 이야기
하는 것도 허락하지 않았지요. 속닥거리는 것도 안 되었어요. 굉장히
엄했죠. 용은 매일 밤 우리가 잠들 때까지 침실에서 감시했어요. 그렇
지만 어느 날 밤 나는 멋지게 용을 속이는 데 성공했지요. 용이 나가자
나는 일어나서 침대 끝에 올라가 구멍 난 창문으로 밖을 내다보았어요.
내 침대는 벽 쪽에 있었거든요. 대단히 높아 도망치는 것은 무리라는
걸 깨달았지요. 하지만 아래쪽에 강이 흐르고 있는 것을 발견했어요.

 나는 무슨 방법이 없을까 곰곰이 생각해 보았지요. 그리고 앞치마 주
머니에 인형의 우유병이 들어 있는 것을 생각해 냈어요. 계획은 곧 이
루어졌어요. 나는 서둘러서 다른 아이들을 깨워 내 계획을 이야기했어
요. 한 아이가 짤막한 연필을, 또 한 아이가 아무것도 적혀 있지 않은
종이쪽지를 한 장 가지고 있었어요. 나는 편지를 써서 그것을 병에 넣
고 마침 가지고 있던 양초 토막으로 꽉 봉했지요. 남자 아이 가운데 물
건 던지기를 잘하는 아이가 내 침대에 올라가 편지를 넣은 병을 바위
구멍을 통해 강물로 던졌죠.

 그날부터 우리는 누군가 친절한 사람이 병을 발견해 임금님에게 가

져다주기를 빌었어요. 우리는 날마다 손꼽아 기다렸지요……. 그리고 드디어 당신들이 와 주셨어요. 그래서 지금 여기 이렇게 있게 된 거죠."

리시 공주는 말을 마쳤다. 이어서 다른 아이들도 어떻게 해서 그곳에 붙들렸는지 차례차례 이야기했다. 다갈색 살갗의 터번을 쓴 남자아이 다섯은 코끼리를 데리고 함께 저녁 바람을 쐬며 강에서 목욕을 하다가 모두 붙들려 왔다고 했다.

인디언 남자아이는 혼자서 낚시질을 하러 카누로 바다 멀리까지 갔다가 납치를 당했고, 에스키모 남자아이는 북극에 있는 큰할머니를 찾아 빙판을 타고 가던 도중이었다. 여객선을 타고 가던 도중 바다 한가운데서 해적선의 습격을 받아 납치당한 아이도 몇몇 있었다. 해적은 돈과 귀중품과 아이를 모두 자기 배로 옮겨 실고 약탈한 여객선은 사람을 태운 채 바다에 수장해 버렸다고 했다.

이 13명의 해적들은 정말이지 양심이라고는 손톱만큼도 없는 잔인한 사람들임이 틀림없었다.

아이들이 납치당한 방법은 저마다 다르지만 저 암초까지 실려 온 다음에는 모두 리시 공주가 이야기한 것과 마찬가지였으며, 거기서 저 용의 집으로 어떻게 끌려왔는지는 아무도 몰랐다.

끝으로 어린아이들이 졸라대는 바람에, 특히 리시 공주의 요구가 끈질겨 짐이 용의 도시로 가는 길을 찾기까지 자기와 루카스가 겪은 온갖 모험을 이야기했다.

"한 가지만은 지금 아주 분명해졌어. 읽고 쓰기 같은 건 배우고 싶지 않아. 산수도 마찬가지고. 그런 건 흥미 없어."

짐은 이야기를 마치며 그렇게 말했다. 불바다에서 본 학교의 모습이 머리에서 떠나지 않았던 것이다. 리시 공주가 옆에서 짐의 얼굴을 빤히 들여다보며 눈썹을 찌푸리고 말했다.

"어머, 너는 아직 그런 걸 모른단 말이니?"

"응. 내겐 필요 없으니까"

짐은 대답했다.

"하지만 너는 나보다 한 살은 더 많을 것 같은데!"

리시 공주는 놀란 듯이 말했다. 그리고 이렇게 덧붙였다.

"너만 좋다면 내가 가르쳐줄게."

짐은 머리를 가로저었다.

"그런 건 귀찮기만 하고 아무런 도움도 되지 않는다고 생각해. 공부란 중요한 일에 방해가 돼. 나는 지금까지 읽고 쓰기를 할 줄 몰라도 제대로 일해 왔다고."

"그래, 그래요!"

인디언 남자아이가 소리쳤다.

"아냐!"

리시 공주는 힘주어 말했다.

"도움이 돼. 예를 들어 내가 글을 배우지 않았다면 편지를 쓸 수 없었을 거야. 그러면 아무도 도우러 와주지 않았을 거 아냐?"

"루카스와 내가 너희를 돕지 않았다면 병에 넣은 편지도 아무런 도움이 되지 않았을 거야."

짐이 맞받아 말했다.

"그래!"

인디언 남자아이가 맞장구쳤다.

"어머 그래?"

리시 공주는 약간 샐쭉해져서 말했다.

"너에게는 루카스 아저씨의 도움이 있었잖니. 하지만 만약 루카스

아저씨도 너처럼 글을 읽을 수 없었다면 우리 모두가 어떻게 되었을 것 같아?"

어떻게 대답하면 좋을지 짐은 생각이 나지 않았다. 리시가 말한 것이 옳은지도 모른다고 생각되자 더욱 화가 났다.

'리시 공주는 어째서 저렇게 잘난 체를 하는 거지? 내가 목숨을 걸고 자기를 구해 주었던 걸 벌써 잊어버린 거야? 내 용기와 대담함이 영리한 것보다 더 도움이 되지 않았느냐고! 어쨌든 나는 공부 따위는 하고 싶지 않아. 그렇고말고!'

짐이 몹시 기분 나쁜 얼굴을 하고 있자 루카스가 웃으면서 짐의 어깨를 탁 쳤다.

"이봐 짐, 저기를 봐!"

루카스는 저 멀리 앞쪽에 있는 동쪽 지평선을 가리켰다. 햇살이 어느 때보다 화사한 얼굴을 드러내어 강의 잔잔한 물결은 정말 보석처럼 반짝반짝 빛나고 있었다. 그리고 얼마 안 가 아득히 멀리 무엇인가 황금빛으로 번쩍이는 것이 보였다. 그것은 바로 핀 시에 있는 집들의 황금 지붕이었다.

세계에서 가장 훌륭한 기관차

얼마 뒤, 루카스와 짐은 아이들의 도움을 받아 기관차를 기슭으로 끌어올렸다. 용도 기슭으로 기어 올라와 몹시 지쳐 죽은 듯이 쓰러져 버렸다. 우선은 나쁜 짓을 할 것 같은 기미는 없어 보였다.

루카스와 짐은 반시간쯤 걸려 엠마를 다시 땅에 달릴 수 있도록 고쳤다. 나무껍질을 때려 박았던 문의 틈새에서 역청을 떼어내고, 보일러에 다시 물을 가득 채웠다. 그 아래서 타닥타닥 기분 좋은 소리를 내며 불이 타고 있었다.

모두 열심히 일에 몰두해 있어 바로 저쪽에 있는 시골길로 커다란 바퀴가 달린 자전거를 타고 지방 경찰관이 다가오는 것을 아무도 눈치채지 못했다.

경찰관은 엠마와 친구들을 발견하고 자전거를 멈추어 혹시나 어디

외국에서 온 위험한 군대가 아닌가 하고 경계하는 눈초리로 쳐다보았다. 하지만 아이들이 많다는 걸 확인하고는 의심을 풀고 다가왔다.

그런데 마지막 풀숲을 돌아들었을 때 하마터면 자전거 바퀴가 용의 꼬리를 칠 뻔했다. 경찰관은 숨이 넘어갈 만큼 놀라 재빨리 자전거를 돌렸다. 그리고 마치 악마에게 쫓기기라도 하듯이 날 살려라 도망쳤다. 도시에 이르자 그는 숨을 헐떡이며 자기가 본 것을 상관에게 보고했다.

"으음!"

상관은 큰 소리로 말했다.

"이 얼마나 기쁜 소식인가! 임금님께서는 자네를 적어도 장관자리에는 임명해 주실 것이네. 행운의 사나이로군, 자넨!"

"네? 무, 무슨 말씀이십니까?"

경찰관은 더듬더듬 물었다.

"자네가 본 것이 무엇인지 정말 모르는가?"

상관은 흥분해서 소리쳤다.

"이 답답한 친구하고는! 그것은 말일세, 훌륭한 두 명의 기관사님과 그 분들의 기관차야. 그리고 두 사람이 정말 용을 데리고 돌아왔다면 우리 리시 공주님도 구해 왔을 것이 틀림없네. 자, 어서 임금님께 보고하러 가세!"

두 경찰관은 궁전을 향해 달려갔다. 그리고 이 엄청난 소식을 사람들에게 큰 소리로 외쳐 알렸다. 이 소식은 온 거리마다 말로써 표현할 수 없을 만큼 흥분의 소용돌이를 일으키며 퍼져갔다. 입에서 입으로 들판의 불길처럼 빠르게 번져 순식간에 핀 시의 사람들은 아주 어린아이들까지 한 사람도 빠짐없이 전해 듣게 되었다.

싸움에서 이기고 돌아온 이들의 환영식을 가능한 한 훌륭하게 베풀기 위해 사람들은 어떤 일이건 나서서 하려고 했다. 기관차가 지나갈 모든 길에는 순식간에 꽃과 테이프, 크고 작은 깃발과 휘장 같은 장막이 둘러쳐졌다. 길 양쪽에는 사람들이 빽빽이 늘어서서 그들이 오기를 이제나저제나 기다리고 있었다.

드디어 그들이 나타났다. 모습이 채 보이지 않을 때부터 훨씬 앞에 있는 거리에서 많은 사람들이 외치는 만세 소리가 들려 왔다. 엠마는 천천히 나아가야 했다. 꽁무니에 매단 용이 매우 쇠약해져 간신히 한 발짝씩 몸을 끌며 걸었기 때문이다. 기관실 창문에서는 루카스와 짐이 나란히 서서 손을 흔들고 있었다. 지붕 위에는 아이들이 앉고 그 한가운데에 작은 공주님 리시가 서 있었다. 공주는 만다라 사람들이 몇 층씩이나 되는 건물 창문에서 던지는 물구름에 파묻혀 때때로 모습이 보이지 않기도 했다.

거리 양쪽을 가득 메운 사람들은 종이로 만든 작은 깃발을 흔들고 동그란 모자를 공중에다 던지면서 '만세! 와아아!' 하며 온갖 즐거운 환성을 질렀다. 그뿐만이 아니라 그날은 모든 가게에서 하루 종일 어떤 물건이든 공짜로 주었다. 이 즐거운 날 만큼은 누구도 돈을 버는 데 욕심을 내지 않았다. 누구나 서로 선물을 주고 싶어 안달이었다. 만다라 사람들은 굉장히 기쁜 날에는 언제나 그렇게 했던 것이다.

용의 뒤에는—물론 겁이 나서 조금씩 떨어져 있었지만—노래를 부르며 웃고 떠드는 만다라 사람들의 행렬이 이어졌다.

어떤 사람들은 세 가닥으로 땋은 머리를 프로펠러처럼 돌리며 춤을 추었다. 행렬은 기관차가 궁전에 다가갈수록 점점 더 길게 늘어졌다.

궁전 앞 광장은 수많은 사람들이 한꺼번에 밀어닥쳐 혼잡을 이루었다. 드디어 엠마가 99계단 앞에 멈추어 섰다. 그러자 위에 있는 커다란 흑단문이 스르르 열리고 임금님이 가운 자락을 펄럭이며 계단을 달려 내려왔다. 그 뒤에서 임금님의 가운 자락을 꼭 붙들고 핑 퐁이 따라 내려오고 있었다.

"리시!"

임금님이 소리쳤다.

"나의 사랑스런 리시!"

"아버지!"

리시는 소리치며 기관차 지붕에서 뛰어내렸다. 임금님은 리시를 두 팔로 꽉 끌어안고 정신없이 입을 맞추었다. 광장에 모여 있던 만다라 사람은 하나같이 가슴이 벅차올라 코를 훌쩍이며 눈물을 닦았다.

그러는 동안 루카스와 짐은 핑 퐁과 인사를 나누었다. 핑 퐁이 금실로 짠 앙증맞은 가운을 입고 있는 것에 두 사람이 놀라자 핑 퐁은 파직된 피 파 포 씨의 뒤를 이어 대본즈에 임명되었다고 설명했다. 두 사람은 진심으로 축하해 주었다.

임금님은 그제야 공주를 내려놓고 루카스와 짐을 끌어안았다. 너무나 기쁜 나머지 거의 입을 열지 못했다. 그리고 아이들 모두와 일일이 악수를 하며 말했다.

"자, 모두 안으로 들어가자, 그리고 성대한 아침식사를 하자꾸나. 모두 무척 배가 고프고 피곤도 하겠지. 무얼 먹고 싶은지 뭐든 말하렴. 한 사람 한 사람에게 특별한 음식을 대접하도록 하지."

임금님은 손님들을 안내하기 위해 궁전 쪽으로 몸을 돌렸다. 그때 핑 퐁이 소맷자락을 살짝 당기면서 남의 눈에 띄지 않게 집게손가락으로 엠마를 가리켰다.

"아참!"

임금님은 부끄러운 듯이 말했다.

"엠마를 잊다니, 이 얼마나 부끄러운 일인가!"

임금님이 손을 들어 흑단문 쪽으로 신호를 보내자 경비병 둘이 나왔다. 한 사람은 순금으로 된 커다란 별을 가지고 있었다. 수프접시만 한 큰 별이었다. 또 한 사람은 그 별에 붙어 있는 커다란 리본을 옷자락을 들어올리듯이 받들고 있었다.

파란 비단으로 만들어진 리본에는 은실로 이렇게 수놓아져 있었다.

'세계에서 가장 훌륭한 기관차'

그리고 별에는 다음과 같은 말이 새겨져 있었다.

'경탄과 감사를 다해'

별 뒷면에는 또 이렇게 쓰여 있었다.

'만다라 임금 풍 깅으로부터'

임금님은 짧게 연설을 했다.

"사랑스러운 엠마여! 세계가 아무리 넓다 해도 지금 이 순간의 나보다 더 행복한 사람은 없으리라. 나의 어린 공주가 다시 내 곁으로 돌아왔도다. 일그러지고 상처 난 그대의 얼굴에서 그대가 나의 공주를 위해 얼마나 큰 위험에 몸을 내맡기며 끝까지 싸워 주었는지 짐작할 수가 있다. 나의 커다란 감사에 대한 징표로서 그대에게 이 훈장을 내리노라. 이것은 그대들의 개선을 맞아 궁전의 금은세공사에게 명해 만든 것이다. 기관차가 훈장을 좋아할지는 모르겠지만 이제부터 모든 사람이 그대가 얼마나 훌륭한 기관차인지 알아주었으면 하는 것이 내 바람이다. 그러니 아무쪼록 기쁘게 받아주기 바란다!"

두 경비병이 엠마에게 별이 붙어 있는 리본을 걸어 주자 몇 천 명이나 되는 만다라 사람들의 만세 소리와 고함 소리가 크게 일었다.

핑 퐁은 감격한 나머지 잠시도 가만있지 못하고 뛰어오르거나 이곳저곳을 뛰어다녔다. 그리고 궁전 동물보호 계장에게 조수와 함께 어서 용을 데려가라고 지시했다.

훈장 수여식이 끝나기가 무섭게 궁전 동물보호 계장이 건장한 여섯 명의 젊은이와 거대한 우리를 이끌고 왔다. 바퀴가 달린 우리는 네 마리 말이 끌고 있었다. 용은 완전히 힘이 빠져 루카스가 쇠사슬을 풀자 순순히 우리 안으로 들어갔다. 바퀴 달린 우리가 움직이기 시작하자 루카스가 물었다.

"어디로 데려가지? 나는 녀석과 좀 할 이야기가 있는데."

"우선 낡은 코끼리 우리에 가두어 놓겠습니다."

핑 퐁이 진지하게 말했다.

"언제든지 가 보시면 됩니다. 훈장에 빛나는 기관차의 존경하는 기관사님."

루카스는 안심하고 짐과 다른 아이들과 더불어 임금님과 리시 공주를 따라 궁전으로 들어갔다. 그들은 옥좌가 있는 방에서 느긋이 아침 식사를 대접받았다.

엠마는 물론 같이 갈 수 없었기 때문에 광장에 남아 있었다. 그런데 이날 하루 종일 엠마는 밀어닥친 만다라 사람들에 둘러싸여 있어야 했다. 사람들은 이제 기관차를 조금도 두려워하지 않았다. 모든 사람들은 엠마에게 기름을 마시게 하거나—어떤 영리한 사람이 기관차는 기름을 좋아한다고 어느 책에선가 보았다고 말했기 때문이다—말끔히 청소를 해 주고 부드러운 헝겊으로 닦아주기도 했다. 드디어 엠마는 반짝반짝 빛나는 새 기관차처럼 되었다.

한편 임금님과 리시는 손님들과 함께 옥좌가 있는 방의 테라스에서 아침해를 받으며 식사를 하고 있었다. 임금님이 말한 대로 어느 아이들이나 자기가 가장 좋아하는 음식을 대접받았다.

예를 들어, 에스키모 남자아이는 고래 날고기를 먹은 다음 커다란 컵으로 간유를 마셨다. 인디언 소년은 옥수수 빵에 물소고기 산적을 먹었다. 그리고 어린이용인 평화의 담뱃대(인디언이 평화의 표지로 쓰는 의식용)

로 차분히 네 번, 네 방향을 향해 연기를 뿜어냈다.

저마다 고향 집에서 즐겨 먹던 음식으로, 오랫동안 그리워하며 먹고 싶어 했던 것들이었다.

짐과 루카스는 막 구워낸 꿀빵과 코코아를 받아들고 좋아했다. 임금님도 오랜만에 바쁘게 손을 움직이며 많은 음식을 먹었다.

궁정 주방장 슈 프 루 피 풀 씨가 오늘을 기념하기 위해 이불만큼이나 커다란 앞치마를 두르고 귀한 손님들에게 다가와 음식이 입맛에 맞았는지 물어 보았다. 다들 너무나 기뻐하며 그의 솜씨를 칭찬하였다.

임금님이 잠시 함께 앉아 아이들과 루카스의 이야기를 듣지 않겠느냐고 권하자 슈 프 루 피 풀 씨는 마침 조금 짬이 생겼다며 기꺼이 자리에 앉았다.

아이들은 차례대로 다시 한 번 모험담을 이야기했고 임금님은 열심히 귀를 기울였다. 이야기가 끝나고 음식도 다 깨끗이 비워지자 루카스가 말했다.

"다들 이제 잠을 좀 자는 게 좋지 않겠니? 어제는 밤을 꼬박 새웠으니까. 어쨌든 나는 잠이 와서 쓰러질 것만 같구나."

대부분의 아이들은 이미 몇 번씩이나 살며시 하품을 하고 있었고 가장 작은 아이는 벌써 쿠션 위에서 잠들어 있었다. 그래서 모두 루카스의 말을 반가워했다.

"그 전에 한 가지 제안하고 싶은 게 있는데……."

임금님이 웃으며 말을 이었다.

"모두 이삼 주일 동안 이곳에 머물며 충분히 쉬는 게 어떻겠니?"

"부탁입니다."

인디언 남자아이가 대답했다.

"저어, 저는 빨리 집에 돌아가고 싶어요. 빠르면 빠를수록 좋습니다.”

“저도!”

“저도요!”

다른 아이들도 입을 모아 말했다.

“역시 그렇겠지.”

임금님은 고개를 끄덕이며 말했다.

“나로서는 여러분이 얼마쯤이라도 머물러 주면 기쁘겠지만, 집에 돌아가고 싶다는 여러분의 기분도 잘 알겠다. 그럼 대본즈 핑 퐁에게 말해 곧 배를 준비시켜 놓도록 하지.”

“고맙습니다!”

인디언 남자 아이가 안도의 숨을 쉬며 말했다.

아이들 한명 한명에게 작은 방이 하나씩 주어졌는데 그곳에는 화려한 덮개가 달리고 푹신한 쿠션과 인형이 가득한 침대가 놓여 있었다. 오랫동안 돌침대에서 자야만 했던 아이들에게 부드러운 비단 베개의 감촉은 꿈결처럼 달콤했다.

짐과 루카스도 함께 있을 방이 준비되어 있었다. 거기엔 덮개가 달린 2단 침대가 놓여 있어 짐은 신발을 벗고 작은 사다리를 올라가 비단 이불 위에 누웠다. 그리고 손발을 쭉 펴며 기지개를 켜자마자 곧 깊은 잠에 곯아 떨어졌다.

짐과는 반대로 루카스는 침대 맡에 걸터앉아 턱을 괴고 생각에 잠겼다. 여러 가지 복잡한 문제를 생각하느라 머리가 어지러웠던 것이다.

리시 공주는 무사히 아버지인 임금님 곁으로 돌아왔다.

다른 아이들도 곧 고향집으로 돌아가게 될 것이다.

그렇지만 짐과 루카스는 이제 어떻게 해야만 할까? 햇빛섬으로 돌아갈 수는 없었다. 우선 알퐁스 임금님은 그때 명령에 따르지 않은데다가 한마디 말도 없이 섬을 떠난 일로 대단히 화가 나 있을 게 틀림없었다. 지금 두 사람이 다시 돌아간다 해도 말없이 용서해 줄 리 없었다.

또한, 만약 임금님이 화를 내지 않는다 해도 돌아갈 방법은 없었다. 햇빛섬을 떠나야만 했던 그때와 똑같은 상황이 아닌가. 그동안에 햇빛섬이 커졌을 리도 없었다. 그럼 역시 나이 많은 뚱보 엠마를 이 만다라에 놓아두고 짐과 둘이서만 돌아가야 한단 말인가? 루카스는 자신이 햇빛섬에서 엠마 없이 어떻게 살아갈 것인가를 생각해 보았다.

루카스는 머리를 세차게 흔들었다. 도저히 엠마와 헤어질 수는 없었다. 함께 헤쳐 온 수많은 모험과 언제나 충실하게 열심히 일해 준 엠마, 그런 엠마와 절대 헤어질 수 없었다.

임금님이라면 만다라에 철도를 설치하고 두 사람이 이곳에 정착하도록 인정해주지 않을까? 물론 아무리 후한 대접을 받더라도 만다라는 남의 나라일 뿐이다. 그것은 조금 서글픈 일이었다. 하지만 달리 방법이 없었다. 언제까지나 온 세계를 정처 없이 떠돌아다닐 수는 없었다.

루카스는 한숨을 쉬며 일어나 임금님에게 이야기하려고 방을 나섰다. 임금님은 옥좌가 있는 방의 테라스에서 태양빛을 받으며 책을 읽고 있었다.

"방해가 되어 죄송합니다. 임금님."

루카스는 옆으로 다가가며 말했다. 임금님은 책을 덮고 반갑게 맞아 주었다.

"오오, 루카스 씨, 우리 둘이서 이야기할 수 있게 되다니 마침 잘 되었소. 나는 어떤 중대한 일을 당신과 의논해 처리하려던 참이었다오."

"저도 그렇습니다."

루카스는 임금님과 마주 앉아 진지한 얼굴을 하고 말했다.

"임금님께서 먼저 말씀해 주십시오."

"아마 기억하고 있겠지만……."

임금님이 이야기하기 시작했다.

"나는 공주를 용의 거리에서 구해 준 사람에게 결혼시키겠다고 널리 공약했소."

"네, 그러셨지요, 임금님."

루카스가 말했다.

"그런데 당신들은 두 사람이오."

임금님은 진지하게 말했다.

"그래서 어떻게 하면 좋을지 모르겠소. 둘 중 누구에게 딸을 드려야 할지……."

"그건 어렵지 않습니다."

루카스는 가볍게 말했다.

"공주님이 진심으로 좋아하는 사람, 그리고 가장 먼저 입맞춤한 사람이 공주님의 남편이 될 것입니다."

"그게 누굽니까?"

임금님은 몸을 내밀고 물었다.

"짐 크노프입니다."

루카스는 말했다.

"제 눈이 틀림없다면 두 사람은 서로 깊이 좋아하고 있습니다."

그리고 싱글벙글 웃으면서 말을 이었다.

"지금 당장은 모든 점에서 두 사람의 생각이 완전히 맞는다고는 할 수 없습니다. 예를 들자면, 읽고 쓰기가 필요할지 어떨지 하는 것이지요. 그러나 두 사람은 서로 닮은 점이 많습니다. 게다가 리시 공주를 구해낸 것은 제가 아니라 짐입니다. 그것은 틀림없는 사실이죠. 나와 엠마는 단지 도와주었을 뿐입니다."

"오오, 그렇다면 참으로 기쁜 일이오."

임금님은 안도의 숨을 내쉬며 말했다.

"나 역시 사랑스러운 나의 딸 리시와 짐이 정말 잘 어울린다고 생각하고 있었소. 결혼하기에는 아직 좀 어리지만 우선 약혼은 생각할 수 있소."

"그건 두 사람의 생각에 맡기는 것이 좋을 겁니다."

루카스가 말했다.

"옳은 말이오."

임금님도 찬성했다.

"우리는 너무 관여하지 않는 게 좋겠소. 그러나 루카스 씨, 당신에게는 어떻게 사례해야 할지? 애석하게도 나에게는 딸이 하나밖에 없소. 그게 아니라면 기꺼이 당신에게도 공주를 아내로 드렸을 텐데. 내게 그에 맞먹을 소원을 말해주지 않겠소? 당신이 가지고 있는 가장 큰 소원을 말이오."

"저의 가장 큰 소망은 도저히 이룰 수 없는 것입니다, 임금님."

루카스는 그렇게 대답하고 천천히 머리를 가로저었다.

"그 소원이란 것은 짐도 엠마도 모두 함께 햇빛섬으로 돌아가는 겁니다. 그러나 우리가 그곳을 떠나온 이유는 임금님도 아시는 바와 같습니다. 섬은 우리 모두에게는 너무나 좁기 때문이죠. 기적이라도 일어나지 않는 한 이 소망은 이룰 수가 없습니다. 하지만 저에게는 다른 소원이 있습니다. 아무쪼록 이 만다라에 철도를 설치해 주십시오. 그렇게 하면 임금님의 나라에도 도움이 될 것이며 저의 마음씨 좋은 엠마도 다시 어엿한 철로 위를 달릴 수 있게 될 것입니다."

"나의 존경하는 손님이여!"

임금님은 눈을 빛내며 말했다.

"우리나라에 머물러 주신다니 참으로 고맙소. 이런 기쁜 일은 다시 없을 것이오. 곧 명령을 내려 세계에서 가장 훌륭하고 가장 긴 철로와 역사를 만들도록 하겠소. 그렇게 하면 당신도 고향을 차츰 덜 그리워하게 될지 모르오. 조금이라도 그에 보탬이 되기를 바라오."

"고맙습니다, 임금님."

루카스는 대답했다.

그때 작은 핑 퐁이 테라스로 찾아와 정중하게 인사를 드리고 큰 소리로 보고했다.

"임금님, 항구에 아이들이 떠날 배가 모두 준비되었습니다. 오늘 밤 해질 무렵에는 출항할 수 있습니다."

"수고했다."

임금님은 이렇게 말하고 핑 퐁에게 머리를 끄덕여 보였다.

"정말 훌륭한 대본즈로다."

루카스가 일어섰다.

"그럼 이야기가 끝난 것으로 알겠습니다, 임금님. 달리 하실 말씀이 없으시면 그만 물러가도록 하겠습니다."

임금님은 루카스에게 잘 자라고 인사했다. 루카스는 덮개 달린 2단 침대가 있는 방으로 돌아갔다. 짐은 친구가 나갔다 온 줄도 모르고 여전히 고른 숨소리를 내며 자고 있었다.

루카스는 1층 침대에 누워 생각했다.

'햇빛섬으로 돌아가지 않고 여기에 머문다는 것을 짐은 어떻게 받아들일까! 혼자서라도 집으로 돌아가겠다고 하지는 않을까? 만약 그렇게 한다고 해도 너를 이해할 수 있단다.'

그리고 어느새 루카스도 깊은 숨을 내쉬며 잠이 들었다.

어금니 부인의 작별 인사

이튿날 해가 하늘 높이 떠올랐을 때, 루카스와 짐은 세차게 문을 두드리는 소리에 놀라 잠이 깼다.

"열어 주세요! 문 좀 열어 주세요! 굉장히 중요한 일이에요!"

핑 퐁의 높고 작은 목소리가 틀림없었다.

"핑 퐁이다."

짐은 그렇게 말하고 2층 침대에서 뛰어내려 문을 열었다.

뛰어든 대본즈 핑 퐁은 숨을 헐떡이며 지저귀듯이 말했다.

"미안합니다, 나의 친구인 손님들. 이렇게 무례하게 깨워서요. 하지만 용의 전갈을 급하게 전해야만 했습니다. 용은 제발 부탁이라며 당신들에게 어서 와 달라고 합니다. 굉장히 급한 일인 모양입니다."

"뭐라고?"

루카스는 조금 기분이 상해 말했다.

"그게 무슨 말이지? 용 녀석 좀 더 기다리지 않고……."

"용이 이렇게 말했습니다."

핑 퐁은 계속 말했다.

"당신들과 작별을 고해야겠다고 합니다. 하지만 그 전에 두 분에게 알려드릴 일이 있는 것 같던데요?"

"작별?"

루카스는 깜짝 놀라 물었다.

"무슨 꿍꿍이속이지, 그 녀석?"

"뭔가 중요한 일인 것같이 생각됩니다."

핑 퐁은 걱정스러운 표정으로 말했다.

"그리고 용의 모습이 아주 이상합니다. 저어, 혹시 말입니다……."

"어서 말해봐!"

루카스는 따지듯이 캐물었다.

"똑똑히는 알 수 없지만……."

꼬마 대본즈는 결심한 듯 말했다.

"죽으려는 게 아닌가 생각됩니다."

"녀석이 죽어?"

당황한 루카스는 크게 소리치며 짐을 쳐다보았다. 어떤 일이 있더라도 그것은 두 사람이 바라는 바가 아니었다.

"그렇다면 큰일이군!"

두 사람은 허겁지겁 구두를 꿰어 신고 핑 퐁을 앞장세워 궁전의 정원으로 달려갔다. 용은 허물어져 가는 커다랗고 낡은 정자에 갇혀 있었다. 몇 년 전 임금님의 코끼리를 넣어 두는 오두막으로 쓰였던 정자였다.

용은 굵은 울타리가 쳐진 우리 안에서 머리를 앞발 위에 올려놓고 잠을 자듯 눈을 감고 있었다.

루카스와 짐은 우리 곁으로 다가갔다. 핑 퐁은 조심스럽게 뒤쪽에 물러서 있었다.

"도대체 무슨 일이냐?"

루카스가 물었다. 그럴 생각은 없었지만 그의 목소리는 상냥하게 울려나왔다.

용은 잠자코 있었다. 꼼짝도 하지 않았다. 그 대신 생각지도 못한 이상한 일이 벌어졌다. 갑자기 주둥이 끝에서부터 커다란 몸을 지나 꼬리 끝부분까지 황금 광채가 번개처럼 훑고 지난 것이다.

"보았니?"

루카스가 속삭이자 짐도 작은 소리로 대답했다.

"네, 대체 뭘까요?"

그때 용이 천천히 눈을 떴다. 예전과 같이 음흉한 눈빛은 찾아볼 수 없었고 그저 몹시 지쳐 보일 뿐이었다.

"와 주어서 고맙습니다."

용이 아주 작은 목소리로 속삭이듯이 말했다.

"더 이상 나는 크게 소리 낼 수가 없습니다. 미안합니다. 몹시 지쳐 있어요. 아주 지쳤습니다……."

"저 녀석, 이젠 싯싯 소리도 안 내는데요?"

짐이 속삭였다. 루카스는 끄덕이며 큰 소리로 물었다.

"어금니 부인, 왜 그러지? 설마 죽으려는 건 아니겠지?"

"아닙니다."

용은 대답했다. 순간 희미한 웃음이 보기 흉한 얼굴에 떠올랐다.

"괜찮습니다. 내 일은 걱정하지 말아요. 나는 그저 당신들에게 고맙다는 말을 전하고 싶었을 뿐입니다……."

"고맙다고? 뭐가 말이지?"

루카스가 놀라 물었다. 짐은 루카스가 그렇게 놀라는 것은 처음 보았다. 용의 말에 아직도 눈이 동그래져 있는 짐보다 더 심했다.

"당신들이 나를 죽이지 않고 패배시킨 데 대한 사례입니다. 용을 죽이지 않고 정복하는 것은 그 용의 변신을 돕는 일이 됩니다. 알아주세요. 누구도 나쁜 짓을 하는 걸 행복하다고 생각지 않습니다. 우리 용들이 나쁜 짓을 하는 것은 누군가에게 패배당하고 싶어서입니다. 그런데 애석하게도 우리는 대개 그때 죽임을 당하고 맙니다. 그렇지만 나와 같이 다행히 죽지 않게 되면 멋진 일이 일어납니다……."

용은 눈을 감았다. 그러자 다시 그 이상한 금빛 광채가 온몸을 타고 흘렀다. 루카스와 짐은 잠자코 기다렸다. 용은 간신히 눈을 뜨고 전보다 더 힘없는 목소리로 입을 열었다.

"우리 용들은 아는 것이 굉장히 많습니다. 그렇지만 우리가 정복되지 않는 한, 그 지식은 나쁜 짓에만 사용됩니다. 우리는 자신의 지식으로 고통을 줄 수 있는 상대를 찾아다니죠. 예를 들면, 나에게는 그 상대가 아이들이었습니다. 당신들이 보신 대로입니다. 그러나 변신을 하게 되면 '예지의 황금용'이 되어 어떤 질문에도 대답할 수 있게 됩니다. 모든 비밀을 알 수 있게 되며 모든 수수께끼를 풀 수 있게 됩니다. 그렇지만 그것은 천 년에 한 번밖에 실현되지 않습니다. 말씀드렸듯 대개는 변신하기 전에 이미 죽임을 당해 버리니까요."

용은 다시 침묵했다. 그러자 세 번째로 금빛 광채가 몸으로 흘러내렸다. 이번에는 용의 비늘에 아주 조금 금빛 광채가 남아 있는 것 같았다. 나비를 만졌을 때 손가락 끝에 묻어나는 것만큼 흐릿한 금빛 비늘이었다.

한참 뒤 용은 세 번째로 눈을 떴다. 그리고 겨우 들릴 만큼 작은 목소리로 다시 이야기했다.

"헤엄쳐 온 저 분홍빛 강물에서 나의 불은 꺼졌습니다. 지금은 죽도록 지쳐 있습니다. 다시 한 번 금빛 광채가 몸에 흐르면 깊은 잠에 떨어지게 되고 마치 죽은 것처럼 될 것입니다. 그렇지만 죽는 건 아닙니다. 열두 달 동안 전혀 움직이지 않고 누워 있게 될 뿐입니다. 아무쪼록 그동안 아무도 내 몸을 건드리지 않도록 해 주십시오. 꼭 1년 뒤에 나는 눈을 뜨고 '예지의 황금용'으로 다시 태어나게 될 것입니다. 그렇게 되면 나를 곁에 두어 주세요. 어떤 질문에도 해답을 드릴 수 있을 테니까요. 당신 두 사람은 나의 주인님이십니다. 명하는 것은 무엇이든 따르겠습니다. 하지만 고마움의 뜻으로 나는 지금 여기서 뭔가 도움이 되었으면 합니다. 미래의 예지가 이미 저에게 조금 갖추어져 있으니까요. 금빛 광채가 나의 몸에 남아 있는 것이 보일 겁니다. 그것이 예지의 능력을 부여해 줍니다. 무엇이든 알고 싶은 것이 있다면 물어 보십시오. 자, 빨리요. 시간이 얼마 없습니다."

루카스가 머리를 긁적였다. 짐이 루카스의 소매를 당기며 '햇빛섬'이라고 속삭였다.

루카스는 곧 뜻을 알아채고 물었다.

"기관차 엠마와 짐 크노프와 나 셋은 햇빛섬에서 떠나왔어. 거긴 너무 좁아서 우리 중 둘 밖에 살 장소가 없기 때문이지. 우리 두 사람과 엠마가 햇빛섬으로 돌아갈 방법을 말해줘. 햇빛섬은 아주 작은 섬나라야."

기다려도 또 기다려도 용은 입을 열지 않았다. 이미 잠든 것이 아닌가 하고 짐이 염려하기 시작했을 때 겨우 풀벌레 소리만 한 대답이 들렸다.

"내일 아침 해가 뜨는 시간에 꼭 맞게 배를 띄워 햇빛섬으로 방향을 잡아 나아가십시오. 귀국 여행길의 이틀째 되는 날 12시에 서경 321도 21분 1초, 북위 123도 23분 3초의 위치에서 표류하는 섬을 보게 될 겁니다. 늦으면 안 됩니다. 만약 늦게 되면 섬은 떠내려가 두 번 다시 찾을 수 없습니다. 게다가 이런 섬은 대단히 드물답니다. 그리고 바다 밑에서 돋아나는 산호 나뭇가지를 두세 개 꺾어 가져오세요. 그것을 햇빛섬의 옆, 즉 표류하는 섬을 붙들어 매고 싶은 지점에서 바다에 던져 넣으세요. 그 산호 가지가 나무로 자라 표류하는 섬을 아래에서 꽉 붙들어 주어 햇빛섬과 같이 견고하고 확실한 섬이 되어 줄 것입니다…… 잊지 말기를……."

"부탁합니다."

용이 눈을 감는 것을 보고 짐이 소리쳤다.

"'13'은 나를 어디서 붙들어다가 소포로 부쳤습니까?"

"나는…… 이미……."

용은 잦아드는 소리로 말했다.

"미안합니다…… 그것은…… 긴…… 이야기…… 하지만…… 지금은……."

그리고 힘없이 옆으로 쓰러졌다.

정말 죽은 것과 꼭 같았다. 금빛 광채만이 빛을 더해 갔다.

"이제는 별 도리가 없어."

루카스가 푹 가라앉은 목소리로 말했다.

"1년 뒤까지 기다릴 수밖에 없어. 그러나 이것만도 다행이야. 그 표류하는 섬의 이야기가 맞는다면 말이야."

그 사이에 무서움을 떨쳐버리고 두 사람 옆으로 다가선 핑 퐁이 말했다.

"이제껏 흉측하기만 했던 용에게 방금 일어났던 일은, 정말 너무나 괴이하고 신비하군요. 임금님께 보고하는 게 어떻습니까?"

그렇게 말하고 핑 퐁은 작은 가운의 옷자락을 걷어 올리더니 깡총깡총 뛰어갔다. 루카스도 짐도 뒤따라갔다.

"오호, 그것 참."

임금님이 겨우 입을 열었다.

"나는 한평생 많은 것을 보고 들었지만 이토록 신비스러운 일은 처음이오. 친구들이여, 용의 변신이 그 어떤 것에 의해서도 방해를 받지 않도록 주의시킵시다."

"그럼 저희는 안심하고 내일 아침 햇빛섬을 향해 출항하겠습니다. 그 표류하는 섬을 정말 만날 수 있을지 알아볼 겸 말입니다."

루카스가 그렇게 말하고 파이프를 피워 물었다. 가슴은 두근거리고 희망에 부풀어 올랐다.

"만나기만 한다면 정말 대단한 일이 될 것입니다."

"저어 루카스."

짐이 물었다.

"12시 15분 전 알퐁스 임금님은 우리가 그 섬을 햇빛섬 옆에 뿌리내리도록 허락하실까요?"

임금님이 당연하다는 듯 큰 소리로 말했다.

"틀림없이 기뻐할 걸세."

"임금님, 그게 그렇게 간단하지 않습니다."

루카스가 말했다.

"아직 말씀드리지 않았습니다만, 우리는 그때 엠마와 함께 몰래 떠나왔습니다. 말하자면 야간도주지요. 햇빛섬의 아무에게도 말하지 않고 말입니다. 임금님과 뭐요 할머니는 우리의 일을 몹시 노여워하고 계실 겁니다. '짐이 집을 나갔다. 이 모든 건 루카스가 꾸민 짓이야' 이렇게 생각하실 겁니다. 임금님으로서는 그것도 무리가 아닙니다. 혹시 우리가 돌아가는 것을 못마땅해하실지도 모릅니다."

"그렇다면 내가 함께 가도록 하지."

임금님이 제의했다.

"그리고 알퐁스 임금님에게 모든 것을 이야기하도록 하지."

그런데 바로 그때, 작은 핑 퐁이 갑자기 이마를 때리며 소리쳤다.

"앗! 이 일을 어쩌지! 어쩌지! 존경하는 기관사님, 아무쪼록 용서하십시오! 아무쪼록 용서를!"

"왜 그러지, 핑 퐁?"

짐이 물었다.

"큰일을 저질렀습니다. 어이없는 큰 실수를!"

핑 퐁은 완전히 정신이 나가 지껄여댔다.

"당신들이 돌아오고 아이들이 떠날 배를 준비하고, 그리고 용에게도 이상한 일이 생기고…… 그렇게 법석을 떠는 통에 중요하고 소중한 것을 잊었습니다. 아아, 나는 정말 쓸모없는 녀석이야! 까먹기 대장이야!"

"침착하거라, 핑 퐁!"

임금님이 준엄하게 타일렀다.

"그리고 무엇을 잊었는지 말하거라!"

"이미 사흘 전에 존경하는 기관사님들에게 편지가 한 통 와 있었습니다."

대본즈는 그렇게 말했다.

"햇빛섬에서 편지가?"

"정말이니? 어서 보여 줘!"

짐과 루카스가 입을 모아 소리쳤다.

핑 퐁은 나는 듯이 달려갔다. 그렇게 빨리 뛰어간 것은 친구인 루카스와 짐을 궁정 경비대의 손에서 구해내려고 달렸던 그 이후로 처음이었다.

"햇빛섬에서 우리가 여기 있다는 것을 대체 어떻게 알았을까요?"

짐이 안절부절못하면서 말했다.

"벌써 잊어버렸니?"

루카스가 말했다.

"용의 거리로 출발하기 전에 편지를 썼잖아. 그래서 답장을 보내온 걸 거야. 자, 우리가 어떻게 하면 좋을지 그 편지로 결정하면 되겠다. 그런데 핑 퐁은 왜 이렇게 꾸물거리고 있지?"

루카스의 말이 채 끝나기도 전에 꼬마 대본즈가 돌아와 루카스에게 편지를 건네주었다. 빨간 봉투의 편지는 꽤나 두툼했고 12시 15분 전 알퐁스 임금의 도장이 겉에 찍혀 있었다. 받는 사람의 주소는 다음과 같았다.

핀 시(만다라 수도)
궁정에 기탁
기관사 루카스와
짐 크노프 앞

그리고 뒷면에는 이렇게 쓰여 있었다.

햇빛섬
12시 15분 전 알퐁스 임금
뭐요 할머니

옷소매로부터

루카스는 편지를 뜯었다. 접혀 있는 편지를 펼치는 굵은 손가락이 떨리고 있었다. 편지지는 석 장이었고 루카스는 첫 번째 장부터 차분히 읽어갔다.

친애하는 기관사 루카스! 친애하는 짐 크노프!
그대들이 사라진 것을 알게 되었을 때, 햇빛섬의 국민 모두가 얼마나 슬퍼했는지 알아주기 바란다. 나의 슬픔도 대단했다. 우리 성의 깃발은 모두 그날 이래 까만 문장을 달고 있다. 우리의 작은 섬은 죽은 듯이 조용하고 쓸쓸해졌다. 루카스와 엠마가 소리 냈던 터널 속의 휘파람과 기적의 이중창을 들을 수도 없고, 짐 크노프처럼 커다란 산꼭대기에서 미끄러져 내리는 사람도 찾아볼 수 없다. 일요일이나 축제날 12시 15분 전에 내가 창문에 서 있어도 환호 소리는 이제 들을 수 없다. 나의 나머지 신하들이 슬픈 표정으로 서 있어서 나는 가슴이 미어질 것만 같다. 뭐요 할머니의 저 훌륭한 딸기 아이스크림조차 이제는 누구의 입에도 맛있게 생각되지 않는다. 나이 많은 뚱보 엠마를 처분하라고 명령했을 때 물론 나는 이렇게 되리라곤 짐작도 할 수 없었다. 지금은 그 조처가 우리 모두가 만족할 수 있는 해결책이 아니었다고 생각하고 있다. 그러니 아무쪼록 셋 모두 가능한 한 빨리 돌아와 주었으면 한다. 우리는 결코 너희에게 화를 내고 있지 않다. 너희도 우리의 일로 화내지 않기를, 그것만을 바랄 뿐이다. 짐 크노프가 크게 자라서 자기의 기관차, 자기의 철로가 필요하게 되면 어떻게 해야 하는가. 그것에 대해서는 지금도 여전히 좋은 생각은 없다. 그러나 우리 모두가 어떤 방법을 찾아보도록 하자. 그러니 빨리 돌아오라!

특별한 사랑을 다하여

12시 15분 전 알퐁스 임금 씀

"루카스!"

짐이 더듬거리면서 말했다. 반짝이는 눈이 아주 크게 떠져 있었다.

"그럼 이제 우리……."

"잠깐만 기다려!"

루카스가 말했다.

"아직 다 끝나지 않았어."

그리고 두 번째 장의 편지를 펼쳐 읽었다.

　나의 귀여운 짐! 친애하는 루카스!

　우리 모두는 대단히 슬퍼하고 있다. 두 사람이 없어지고 난 뒤 어떤 일에도 의욕이 생기지 않는구나. 아아, 짐, 왜 나에게 한 마디 말도 해 주지 않았니. 네가 아무래도 떠나야 했다면 나 역시 결국에는 널 이해했으리라고 생각한다. 그리고 적어도 따뜻한 옷과 손수건 두세 장 정도는 쥐어 보낼 수 있었을 텐데. 너는 곧잘 더럽히곤 하니까 말이다. 추워서 떨고 있지는 않니? 감기에라도 걸리진 않았니? 나는 걱정이 되어 견딜 수가 없단다. 그리고 용의 거리로 간다고 하는데 그곳은 위험하지 않겠니? 아무쪼록 조심해라. 무사하길 바란다. 그리고 언제나 영리하게 행동하도록, 나의 귀여운 짐. 또한 머리와 귀는 언제나 깨끗이 씻어야 한다. 용이 어떤 분인지 모르지만 어쨌든 언제나 예의 바르게 행동해야 한다. 그리고 공주님을 구출해 낸 다음에는 빨리 나에게 돌아와 다오.

추신

친애하는 루카스!

그러면 짐은 내가 진짜 어머니가 아니라는 것을 알았겠군요. 아마 그때 소포의 주인인 어금니 부인이 어머니겠지요. 내게는 대단히 슬픈 일이지만 짐이 지금이라도 진짜 어머니를 찾을 수 있다면, 그건 짐을 위해서 기쁘고 좋은 일입니다. 이제는 내가 짐을 내 곁에 두었던 것을 아무쪼록 친어머니가 오해하지 않기를 바랄 뿐입니다. 내가 그 아이와 다시 만날 수 있도록, 그 아이가 햇빛 섬으로 오는 것을 허락해 주도록 어금니 부인에게 당신이 부탁해 봐 주세요. 아니면 어금니 부인도 함께 와 달라고 하지 않겠어요? 그렇게 하면 나도 인사를 드릴 수 있어 아주 좋으리라고 생각되는데. 그리고 루카스, 짐이 위험한 일을 하지 않도록 당신이 잘 보살펴 주시겠죠. 그 아이는 참으로 변덕스러운 개구쟁이니까요. 그럼 아무쪼록 무사하기를!

뭐요 할머니로부터

루카스는 차분히 편지를 접었다. 짐의 눈에 그렁그렁 눈물이 괴어 있었다. 언제나 상냥하고 마음씨 좋은 뭐요 할머니다운 편지였다. 루카스는 세 번째 장의 편지도 마저 읽었다.

존경하는 기관사님! 사랑하는 짐 크노프

국왕 전하 및 우리 모두 존경하는 뭐요 할머니의 부탁에 나도 마음으로부터 동의하는 바이오. 싸울 상대인 짐이 없으니 나는 이곳에 사는 의미를 잃은 것만 같소. 또한 기관사님, 당신의 적절한 조언과 행동은 햇빛섬에 없어서는 안 될 것이오. 나의 집에서는 수도관이 새고 있지만 나는 고칠 줄을 모른다오. 아무쪼록 두 사람 모두 우정에 의해 곧 귀국하길 바람!

옷소매로부터

짐은 이번에는 웃어댔다. 그리고 까만 뺨을 일그러뜨리며 흘러내리는 눈물을 닦고 나서 물었다.

"내일 아침 햇빛섬으로의 출발을 더 이상 망설이지 않아도 되겠죠? 그렇죠?"

루카스는 싱긋 웃어 보이며 대답했다.

"무엇을 타고 가느냐가 문제지. 마음씨 좋은 땅딸보 엠마를 또 바다에 띄우긴 안 됐고……. 임금님, 배를 한 척 준비해 주실 수 없을까요?"

"이러면 어떻겠소? 모두가 나의 어용선을 타고 출발하는 것이?"

임금님이 대답했다.

"모두?"

루카스가 놀라 물었다.

"모두라고 말씀하셨습니까?"

"그렇소. 당신과 짐, 리시 공주, 그리고 나. 나는 뭐요 할머니를 만나 뵙고 싶소. 대단히 마음씨 좋은 훌륭한 여성이라고 생각되는군. 그뿐만이 아니오. 햇빛섬의 12시 15분 전 알퐁스 임금님도 찾아뵈어야겠고. 우리 두 나라는 아마 머지않아 외교 관계를 체결하리라고 생각되오."

그렇게 말하고 웃으며 짐을 쳐다보았다.

"야단났군!"

루카스가 웃으면서 소리쳤다.

"햇빛섬이 시끌벅적하겠군요. 우리 섬은 참으로 작답니다, 임금님."

그리고 핑 퐁에게 물었다.

"우리가 내일 아침 출항할 수 있을까?"

"지금 명령하시면 내일 아침까지 어용선을 준비하도록 하겠습니다."

"그럼 곧 그렇게 해 주게!"

핑 퐁은 깡총 뛰어오르며 달려갔다.

핑 퐁 같은 꼬마에게 대본즈란 자리는 사실 좀 벅차다고 할 수 있었다. 높은 권위는 무거운 짐을 수반한다는 만다라의 옛 격언이 말해 주듯이 말이다. 그렇지만 핑 퐁은 바야흐로 황금 가운을 입을 수 있는 만다라의 중요 인물이었다.

표류하는 섬

오후 차 시간이 되자 어린이들은 모두 임금님과 짐의 동료가 있는 테라스로 모여들었다. 그리고 모두 함께 차를 마시며 과자를 먹었다. 차를 다 마시고 나자 그들은 궁전 광장으로 내려갔다. 그곳에는 귀여운 만다라의 작은 마차 몇 대가 백마에 이끌려 긴 행렬로 기다리고 있었다. 작은 마차는 갖가지 색으로 칠이 되어 있으며 비단 포장이 쳐져 있었다.

맨 앞에 있는 특별히 훌륭하게 치장된 마차에는 임금님과 리시 공주가 탔고 아이들은 두세 명씩 뒤쪽 마차에 나뉘어 탔다. 물론 아이들에게 직접 말고삐를 잡게 했다. 루카스와 짐은 엠마를 타고 갔다.

맨 앞에는 임금님과 리시, 맨 뒤에는 루카스와 짐이 탄 엠마가 자리하여 행렬이 움직이기 시작했다. 만다라 사람들이 열렬히 만세를 부르는 가운데 일행은 시내를 나와 일직선으로 뻗은 거리를 곧장 달렸다. 짐과 루카스가 처음 만다라를 찾아왔을 때의 그 길이었다. 그리고 저녁 무렵이 되어 분홍빛 강 하구의 항구에 닿았다.

제방에는 커다란 범선 두 척이 정박해 있었다. 돛에 매달린 밧줄을 타고 올라가는 선원들과 '어기영차 어기영차!' 구령에 맞추어 밧줄을 당기고 커다란 돛을 올리는 선원들이 보였다. 그중 한 척은 이미 출범할 준비가 끝나 순풍이 불기를 기다리고 있었다.

아이들을 태우고 해질 무렵에 출범하여 저마다 고향으로 데려다 줄 배였다. 또 한 척의 배는 아직 돛을 올리지 않은 채 선원들이 바쁘게 식료품을 싣고 있었다. 이쪽 배가 다른 한 척의 배보다 훨씬 아름답고 멋있었다. 집채만큼 높은 배의 앞머리에는 커다란 황금색 외뿔 짐승이 그려져 있었다. 그 양쪽에 다음과 같은 이름이 새겨져 있었다.

풍 킹

바로 만다라 임금님의 이름이 아닌가! 그렇다면 이 배가 내일 아침 햇빛섬을 향해 출범하는 어용선일 것이다.

해가 가라앉자 잔잔한 바람이 뭍에서부터 줄기차게 불어왔다. 아이들이 타고 갈 배에서 선장이 내려와 출항할 준비가 모두 끝났다고 보고했다. 선장은 빨간 딸기코를 한 늙은 뱃사람이었다.

임금님은 꼬마 손님들을 불러 모아 말했다.

"나의 사랑스런 친구들! 섭섭하게도 헤어질 시간이 된 것 같구나. 너희와 만나게 되어 참으로 기뻤다. 좀 더 함께 지내고 싶었지만 너희는 고국으로 돌아가고 싶다고 했지. 오랫동안 집에서 떨어져 있었으니 그 마음은 충분히 헤아릴 수 있단다. 아무쪼록 부모님, 그리고 친척들,

친구들에게 내 안부도 전해 다오. 무사히 닿았다는 편지를 잊지 말아야한다, 친구들. 언제든지 다시 놀러 와도 좋단다. 이번 방학에라도 놀려오렴. 언제라도 멋지게 대접할 테니. 그리고 너희를 붙들어 간 그 열세명의 해적에 대해서는 안심해도 좋다. 녀석들에겐 마땅히 벌을 내려야한다. 내가 머잖아 군함을 내어 녀석들을 붙들어 올 것이다. 그럼 모두건강하게 지내기를!"

이어 루카스가 말했다.

"저어, 다들……."

그렇게 말하더니 루카스는 담배 연기를 푹푹 뿜어댔다.

"나는 워낙 말을 잘 못해. 헤어지게 되어 정말 섭섭하다. 그러나 이것이 마지막은 아닐 거야……."

"그래요!"

인디언 남자아이가 끼어들었다.

"짐과 나에게 그림엽서를 보내 다오. 그러면 너희가 어떤 나라에서어떻게 지내고 있는지 알 수 있을 거야. 그리고 우리와 만나고 싶으면햇빛섬으로 와 주기 바란다. 기다릴게. 그럼 몸조심해. 다시 만날 때까지 안녕!"

드디어 헤어질 시간이 되었다. 서로 악수를 나누고 한 사람씩 다시한 번 짐과 루카스, 그리고 마음씨 좋은 땅딸보 엠마에게 고마움의 인사를 전했다. 그리고 아이들은 만다라 임금님의 볼에 키스하며 친절한대접에 대한 고마움을 표시했다.

그러고 나서 하나 둘 선장을 뒤쫓아 배에 올라탔다. 모두 갑판 난간에 섰을 때, 항구에서 굉장히 큰 폭죽이 터졌다. 작은 핑 퐁이 몰래 준비해 둔 선물이었다. 쏘아올린 불꽃은 밤하늘 높이까지 솟아올라 온갖빛깔로 넓게 흩어지며 꿈결처럼 아름답게 반짝였다. 게다가 만다라 악단이 작별의 곡을 연주하고 바다의 물결이 그에 화답하듯 멋진 파도를 이루었다.

이윽고 닻이 오르고 배는 엄숙한 가운데 느릿하게 움직이기 시작했다. 모두가 '안녕!'을 외치며 손을 흔들었다. 모두 아쉬운 마음에 눈물이 글썽거렸다. 가장 큰 소리를 낸 것은 물론 엠마였다. 언제나처럼 무엇이 어떻게 돌아가는 건지 분명히 알지는 못했지만, 엠마는 몹시 여리고 상냥한 마음씨를 가졌기 때문에 무조건 함께 감격했던 것이다.

배는 밤바다를 미끄러지듯이 나아가 드디어 전송하는 사람들의 눈에서 사라졌다. 항구는 갑자기 조용해졌다.

"내 생각으로는……."

임금님이 말했다.

"오늘밤은 다들 배에서 자도록 하는 것이 어떻겠소? 내일 아침 해뜨기 전에 출항해야 하니까. 지금부터 타고 있으면 서둘러 일찍 일어나지 않아도 될 거요. 아침식사 시간이 되면 벌써 먼 바다에 나가 있을 테니까."

짐과 루카스, 그리고 작은 공주님도 그 말에 동의했다.

"그럼 대본즈 핑 퐁과는 여기서 작별을 해야겠군."

임금님이 말했다.

"그럼, 핑 퐁은 우리와 함께 가지 않나요?"

짐이 물었다.

"안 됐지만 그건 곤란하오."

임금님이 대답했다.

"내가 없을 때 누군가 대신 일을 맡아 보아야 하오. 핑 퐁은 적임자야. 아직 좀 어리기는 하지만…… 그대들도 알고 있다시피 대단히 일을 잘해 내고 있소. 그리고 내가 여행하는 동안 별다른 일은 일어나지 않을 거요. 그리고 핑 퐁은 언젠가 또 다른 기회에 햇빛섬에 가면 되지 않겠소. 이번에는 내 대신 나랏일을 맡아 보아야 해요."

그런데 그 꼬마 대본즈의 모습이 보이지 않았다. 모두가 항구의 구석구석까지 찾아보았다. 그리고 마침내 작은 마차 안에서 깊은 잠에 빠져 있는 핑 퐁을 발견했다. 낮 동안 엄청나게 무거운 집무로 쌓인 피로를 감당할 수가 없었던 것이다.

"핑 퐁."

임금님이 살며시 불렀다.

대본즈는 펄쩍 뛰어올라 눈을 비비며 입을 열었다.

"네에…… 저어…… 뭔가 잘못된 것이 있습니까?"

"아닐세, 깨워서 미안하네."

임금님은 웃는 얼굴로 말을 계속했다.

"작별 인사를 하고 싶었을 뿐이야. 내가 없는 동안 잘 부탁하네. 자네에게 안심하고 맡기고 다녀올 테니까."

핑 퐁은 임금님과 공주에게 깍듯이 고개를 숙여 인사를 드렸다. 그 순간, 아직 잠이 덜 깬 핑 퐁이 쓰러질 뻔하자 짐이 재빨리 잡아 주었다. 짐은 핑 퐁의 작디작은 손을 쥐고 말했다.

"한 번 놀러와요, 핑 퐁. 가능한 한 빨리."

"그리고 슈 프 루 피 풀 씨에게 우리가 안부 전한다고 말해 줘."

루카스가 덧붙여 말했다.

"그렇게 하겠습니다."

핑 퐁은 주섬주섬 말했다. 눈꺼풀이 여전히 축 처져 있었다.

"꼭 전하겠습니다…… 뭐든지 하겠습니다…… 나의 임무가…… 아아…… 존경하는 기관사님들…… 몸 건강히…… 정말…… 건강히…… 그리고……그리고…… 그리고…… ."

핑 퐁은 하품을 했다.

"대단히 실례…… 하지만 나와 같은 어린아이는…… 이해해 주시겠
죠…… ."

거기까지 말하고는 다시 잠이 들어 버렸다. 작은 숨소리가 귀뚜라미
의 울음소리처럼 가늘게 들렸다.

루카스와 짐은, 리시 공주와 임금님과 함께 배에 올라탔다. 배에 오
르자 루카스가 물었다.

"핑 퐁이 제대로 나랏일을 맡아 할 수 있을까요?"

임금님은 싱글벙글 웃으면서 말했다.

"내가 모두 잘 준비해 놓았소. 괜찮아요, 저 조그만 대본즈는 썩 잘
해 주니까. 또 이것은 그에게 영예로운 기회인 셈이오."

그리고 그들은 선원들이 배에 운반해 온 엠마의 상태를 살펴보러 갔
다. 엠마는 배가 파도에 시달려도 구르지 않도록 뒷갑판에 밧줄로 단단
히 고정되어 있었다. 이미 잠이 들었는지 희미하게 규칙적인 숨소리가
들렸다.

모든 것이 아무 탈 없이 잘 준비되어 있었다.

그래서 루카스와 짐은 임금님과 리시에게 편히 주무시라는 인사를
하고 자기 선실로 돌아가 자리에 누웠다.

다음날 아침, 모두 일어났을 때 배는 벌써 꽤 먼 바다까지 나와 있었
다. 햇빛이 따사롭고 하늘이 맑았다. 힘찬 바람은 줄기차게 커다란 돛
을 부풀어 오르게 했다. 이런 속도라면 햇빛섬으로의 귀국 여행은 엠마
를 타고 만다라에 왔을 때의 절반도 안 걸릴 것 같았다.

네 사람이 둘러앉아 아침을 먹고 나서 짐과 루카스는 가장 높은 갑
판 위에 올라가 선장에게 말했다.

"내일 정오에 서경 321도 21분 1초, 북위 123도 23분 3초 지점에서

표류하는 섬과 만날 예정입니다."

바닷바람과 햇볕에 낡아빠진 가죽 장갑처럼 그을린 얼굴의 선장은 어이가 없다는 듯 입을 딱 벌리고 코를 벌름거렸다.

"그런 일이 일어난다면 내가 술 취한 상어밥이 되겠소!"

선장은 투덜거렸다.

"나는 이미 반세기 동안이나 바다를 이리저리 돌아다녔지만 표류하는 섬 따위는 이제껏 본 적이 없소. 게다가 정오에 그 섬이 거기 떠 있다는 것을 당신들이 어떻게 안다는 거요?"

두 사람은 선장에게 자세히 설명했다. 그러자 선장은 눈썹을 찌푸리며 버럭 소리를 질렀다.

"당신들 나를 놀리는 거요, 뭐요?"

하지만 짐과 루카스는 진지하게 다시 한 번 설명했다.

"그럼 좋소."

선장은 할 수 없다는 듯이 머리를 긁적였다.

"두고 봅시다. 어차피 내일 정오엔 당신들이 말하는 지점을 통과하게 될 테니까. 날씨가 이대로 계속 좋으면 말이오."

두 사람은 높은 갑판에서 내려와 다시 임금님과 리시 공주를 찾아갔다. 그리고 네 사람은 앞쪽 갑판의 바람이 없는 곳에 앉아 게임을 시작했다. 리시 공주는 아직 그 게임을 모르고 있어 짐이 가르쳐 주었다. 그러자 세 번째 판에서는 리시 공주가 다른 세 사람을 계속해서 이겼다.

짐은 내심 생각했다.

'좀 지는 체해도 좋을 텐데, 그러면 내가 도와 줄 수도 있을 테니까.'

하지만 리시 공주는 오히려 짐보다도 잘해서 짐에게 좋은 수를 가르쳐 주기도 했다. 짐에게는 그다지 유쾌한 일이 아니었다.

그 뒤 점심 때 임금님이 물었다.

"그런데 짐과 리시, 너희 약혼식은 언제쯤이 좋겠느냐?"

귀여운 리시 공주는 약간 뺨을 붉히면서 작은 새가 지저귀는 듯한 목소리로 말했다.

"그건 짐이 정해야죠."

"응, 나도 모르겠어."

짐이 말했다.

"네가 좋을 때 하도록 하겠어, 리시."

"아니, 네가 정해야 해."

"그럼 말이야……."

짐은 잠시 생각한 다음 말했다.

"햇빛섬에 도착한 다음으로 하자."

모두 그 말에 찬성했다. 임금님이 말했다.

"결혼식은 어른이 된 다음에 하는 것으로 하자꾸나."

"네."

리시 공주가 말했다.

"짐이 읽고 쓰기를 익힌 다음에요."

"하지만 그런 건 배우고 싶지 않아!"

짐이 큰 소리로 말했다.

"안 돼, 제발 부탁이야, 짐!"

리시 공주는 열심히 말했다.

"읽고 쓰기와 산수를 배워야 해! 나를 위해서 배워 줘!"

"너를 위해서라니? 그 이유가 뭐지?"

짐은 알 수 없다는 듯 물었다.

"네가 잘 할 수 있잖아. 그런데 왜 나까지 배워야 한다는 거지?"

리시 공주는 조그만 머리를 숙이며 기어들어가는 목소리로 더듬듯이 말했다.

"짐, 그러면…… 저어…… 그럼 안 돼…… 나는 나의 약혼자가 나보다 용감할 뿐만 아니라 나보다 영리했으면 해. 그래야 내가 존경할 수 있게 될 거야."

"흥."

짐은 불쾌한 표정을 지었다.

"지금 이 자리에서 그런 문제로 입씨름을 하는 건 좋지 않다고 생각되는데."

루카스가 달래듯이 말했다.

"아마 언젠가는 짐도 읽고 쓰기와 산수를 배우고 싶어질 거야. 그러면 저절로 공부하게 되지. 만약 그렇게 되지 않더라도 그건 그것대로 괜찮다고 생각해. 다른 사람들이 이러니저러니 강요하는 것보다 그냥 짐 자신에게 맡기는 편이 좋지 않을까?"

그래서 이 이야기는 다시 꺼내지 않기로 했다. 그렇지만 짐은 리시 공주의 마지막 말이 마음에 걸려 생각에 잠기곤 했다.

다음날 정오가 되기 조금 전이었다. 네 사람이 마침 점심을 먹고 있을 때였는데 갑자기 선원 하나가 두 손을 메가폰처럼 하고 소리쳤다.

"육지다!"

모두 재빨리 일어나 뱃머리로 달려갔다. 돛대를 기어 올라가던 짐이 맨 먼저 발견했다.

"섬이다!"

짐은 흥분해서 소리쳤다.

"저기 굉장히 작은 섬!"

좀 더 가까이 다가가자 다른 사람들에게도 보였다. 둥실 떠 있는 작은 섬은 파도 사이에서 표류하고 있었다.

"어이!"

루카스가 선장을 향해 소리쳤다.

"저걸 보시오!"

"네, 나는 이제 감기 들린 하마가 되라고 해도 따르겠습니다!"

선장은 대답했다.

"그렇지만 이 눈으로 직접 보지 않고서는 믿을 수 없었소. 그런데 저것을 어떻게 붙들지요?"

"커다란 고기 그물이 있으면 좋을 텐데. 혹시 배에 없소?"

루카스가 물었다.

"있다마다요!"

선장이 말했다. 그리고 그물을 펴라고 선원에게 명령을 내렸다. 배가 커다란 동그라미를 그리며 섬을 한 바퀴 도는 동안 선원들은 그물을 바닷속에 던졌다. 그물 끝은 바다에 넣지 않고 갑판에 단단히 붙들어 맸다.

한 바퀴를 돌아 처음 지점으로 되돌아오면서 그물의 첫머리를 끌어 올렸다. 그러자 표류하던 섬은 올가미에 걸린 것처럼 범선의 쓰레그물에 쏙 들어왔다. 선원들은 섬의 모습을 좀 더 자세히 보려고 가까이 잡아당겼다.

이런 훌륭한 섬이 있는 곳을 알려주다니, 어금니 부인을 아무리 칭찬해 줘도 모자라겠다는 생각이 들었다. 이보다 좋은 섬은 아마 세계 어느 곳에도 없을 것 같았다.

햇빛섬보다 조금 작았지만 훨씬 아름다웠다. 여러 가지 나무가 무성한 푸른 언덕과 세 개의 산이 층계를 이루며 솟아있었다. 또한 그 나무 가운데 세 그루는 만다라에 있는 것처럼 투명하게 비치는 나무였다.

그 섬을 특히 좋아한 것은 리시 공주였다. 섬 언저리에는 어느 곳이나 수심이 얕은 모래사장이 있어 수영을 하기에 꼭 알맞았다. 가장 높은 언덕 위에서 솟아나는 시냇물이 몇 개씩이나 폭포가 되어 물소리를 내며 바다로 흘러들었다. 물론 예쁜 꽃도 가득 피어 있었고 온갖 새들이 나뭇가지에 둥지를 틀고 있었다.

"어때 이 섬? 마음에 들어, 리시?"

짐이 물었다.

"굉장해, 짐. 너무 근사해!"

리시 공주는 그 섬에 완전히 반해버린 얼굴로 말했다.

"좀 작지 않을까?"

"나는 큰 나라보다 이렇게 아담한 나라가 훨씬 좋아. 섬이라면 더욱."

"그럼 모든 게 마음에 든다는 말이지?"

짐은 기쁜 듯이 말했다.

"적당한 터널을 몇 개 뚫을 수 있을 것 같은데."

루카스가 전문가답게 말했다.

"저 세 개의 산을 가로질러서 말이야. 어떻게 생각하니, 짐? 저 섬은 네 것이 될 테니 직접 결정해 보렴."

"터널이요?"

짐은 잠시 생각에 잠겨 있다가 말했다.

"그건 멋진 일이지만 나는 아직 기관차도 없잖아요."

"너는 여전히 기관사가 되고 싶니?"

루카스가 물었다.

"물론이에요."

짐이 진지한 얼굴로 대답했다.

"달리 무얼 하겠어요?"

"흠."

루카스는 중얼대듯 말하고 한쪽 눈을 찡긋해 보였다.

"내게 짚이는 게 있어서 말이야."

"기관차에 관해서 말예요?"

짐은 가슴을 두근거리며 소리쳤다. 하지만 루카스는 짐이 아무리 졸라대도 더는 입을 열지 않았다.

"햇빛섬에 닿을 때까지 기다려 보렴."

그렇게 말할 뿐이었다.

"그런데 짐, 새로운 섬의 이름을 생각해 보았니?"

드디어 임금님이 끼어들었다.

"이름을 뭐라고 하지?"

짐은 잠깐 생각하고 나서 말했다.

"새 햇빛섬이라고 하면 어떨까요?"

모두 좋은 이름이라고 했다. 그리고 곧 그 섬의 이름을 새 햇빛섬으로 정했다.

약혼식과 뜻밖의 선물

그로부터 이삼 일이 지나고 햇살이 화창하게 빛나는 날이었다. 아침 7시가 되자 뭐요 할머니는 이제 막 열어 놓은 가게의 출입문에서 나왔다. 옷소매 씨는 오늘 외출에 우산이 필요한지 알아보려고 창문을 열고 밖을 내다보았다. 그리고 두 사람은 동시에 굉장히 멋진 배가 햇빛섬 앞바다에 떠 있는 것을 발견했다.

"어머나, 멋져라! 저렇게 화려하고 아름다운 배는 처음 보았어. 그런데 무슨 배지?"

뭐요 할머니가 물었다.

"우편선은 저보다 훨씬 더 작은데…… . 그리고 뱃머리에 붙어 있는 것은 우편 나팔이 아니라 황금 외뿔 짐승이에요. 무슨 의미일까요?"

"나도 모르겠소, 부인."

옷소매 씨가 대답했다.

"어머, 저기 보세요, 자그만 섬이 쓰레그물에 들어 있어요! 앗, 왠지 좀 이상해요! 무서운 일이 일어날 것만 같아요! 저것은 틀림없이 햇빛섬을 노리고 있는 섬 도둑일 거예요."

"글쎄요, 그럴까요?"

"그렇다면 어떡해야 할까요?"

뭐요 할머니는 반신반의하며 물었다. 그런데 옷소매 씨가 대답을 하기도 전에 짐이 배에서 환성을 지르며 힘껏 갑판의 난간을 넘고 육지로 뛰어내렸다.

"뭐요 할머니!"

짐이 소리쳤다.

"이게 누구야, 나의 짐!"

뭐요 할머니도 소리쳤다. 두 사람은 서로의 품속으로 뛰어들어 얼싸안았다. 그리고 오랫동안 떨어질 줄 몰랐다.

그동안 루카스와 리시 공주와 임금님도 배에서 내렸으며, 마지막에 엠마도 내려져 햇빛섬 선로 위로 돌아갔다. 엠마가 없는 사이에 선로에는 이끼와 풀이 돋아나 있었다. 엠마는 여전히 파란 리본이 달린 커다란 황금 훈장을 걸고 있었다. 그리고 작은 소리로 기쁜 듯이 계속 기적을 울려댔다.

옷소매 씨는 무슨 영문인지 몰라 어리둥절하며 멍하니 서 있을 뿐이었다. 이윽고 누가 돌아왔는지 알게 되자 옷소매 씨는 곧 두 산봉우리 사이에 있는 성으로 달려가 흥분에 들떠 쾅쾅 문을 두드렸다.

"알겠어, 알겠다니까, 곧 열겠어! 이게 무슨 일인가, 대체?"

잠이 덜 깬 12시 15분 전 알퐁스 임금님의 목소리가 안에서 들려 왔다.

"임금님!"

옷소매 씨가 숨을 헐떡이며 소리쳤다.

"죄송합니다. 그러나 큰 사건입니다! 기관사 루카스가 돌아왔습니다. 그리고 짐 크노프도요. 그리고 작은 여자아이와 참으로 귀한 모습의 노인 한 분이 섬을 망태기에 넣어가지고 배를……."

성문이 활짝 열리고 임금님이 뛰쳐나갔기 때문에 더는 말할 수가 없었다. 임금님은 서둘러 달려가면서 빨간 벨벳 가운을 입으려고 버둥거렸다. 왕관은 서두른 가운데도 제대로 머리에 올려 놓여 있었다.

"어디냐?"

임금님은 허둥대며 소리쳤다. 안경을 잊고 왔던 것이다.

"잠깐 기다려 주세요, 임금님!"

옷소매 씨가 소리 죽여 말했다.

"그런 모습으로 맞이하러 나가시면 안 됩니다!"

임금님에게 가운을 제대로 입힌 뒤, 두 사람은 배로 뛰어 내려갔다. 너무나 서둘러서 임금님은 창살무늬 슬리퍼 한쪽이 벗겨진 줄도 모르고 절뚝거리며 도착했다.

인사를 하고 악수를 하기도 하고 서로 껴안기도 하며 언제 끝이 날지 모를 법석이 벌어졌다. 루카스는 만다라의 임금님과 12시 15분 전 알퐁스 임금님을 서로 소개시켜 주었다. 짐은 리시 공주를 소개하고, 서로서로 저 사람이 이 사람을 이 사람이 저 사람을 하나하나 소개했다. 인사를 나누는 것이 끝나자 다들 아침식사를 하러 뭐요 할머니의 집으로 갔다. 좁은 부엌은 이미 사람으로 가득 차 누구를 돌아볼 수조차 없었다. 그렇지만 그것은 이날 아침 햇빛섬에 모인 행운의 사람들에게는 무척이나 즐거운 일이었다.

"두 사람은 어디를 다녀왔지요?"

뭐요 할머니가 커피를 컵에 따르며 큰 소리로 물었다.

"나는 빨리 듣고 싶어서 안절부절못하겠어요. 무슨 일을 했지? 어금니 부인이 누구지? 좋은 사람이었어? 왜 함께 오지 않았니? 빨리 이야기해 줘요!"

"빨리 좀 이야기해!"

옷소매 씨도 12시 15분 전 알퐁스 임금님도 다그쳤다.

"그렇게 재촉하지 마세요!"

루카스가 싱글벙글 웃으며 말했다.

"모두 이야기하려면 시간이 꽤 오래 걸려요."

"그래요!"

짐도 말했다.

"그보다 아침식사가 끝나는 대로 우리가 가지고 돌아온 섬을 보여 드리겠어요."

아침식사는 오래 걸리지 않았다. 모두 들떠 있어 별로 식욕이 당기지 않았던 것이다. 배가 있는 곳으로 가면서 뭐요 할머니는 루카스에게 살며시 말했다.

"짐이 아주 어른스러워졌더군요."

"그런가요?"

루카스는 그렇게 말하며 담배 연기를 뻐끔뻐끔 뿜어댔다.

"큰 모험을 하고 왔으니까요."

새로운 섬은 선원들의 손에 의해 닻의 쇠사슬과 굵은 철사로프로 햇빛섬에 꼭 달라붙게 매어졌다. 한 발만 건너뛰면 건너 갈 수 있게 되었다. 물론 선원들은 루카스의 지시를 잊지 않고 새 햇빛섬이 있는 곳에 산호 나뭇가지를 두세 개 가라앉혀 놓았다. 용이 가르쳐 준 대로 했던 것이다.

이삼 년 뒤 나무로 자란 산호가 물 위로 솟아오르면 새로운 섬은 햇빛섬과 똑같이 고정되어 움직이지 않는 섬이 될 것이다.

짐의 안내로 일행은 새로운 국토를 잠시 거닐었다. 넓지는 않았지만 대신 아담한 그 토지는 특별한 아름다움을 지니고 있었다.

"이제야말로 완전히 해결되었다!"

12시 15분 전 알퐁스 임금님은 되풀이해서 외쳤다.

"어떻게 이런 일이 일어날 수가 있지! 아니 그건 알 바 아니야, 이제는 걱정하지 않아도 돼! 오랜만에 두 다리를 쭉 뻗고 잘 수 있게 되었군."

짐이 이 섬을 새 햇빛섬이라고 명명한 것을 알리자, 임금님의 기쁨은 이루 말할 수가 없었다. 임금님은 자못 뽐내듯이 뺨을 붉히며 말했다.

"이제부터 나는 햇빛섬 새 햇빛섬 합중국의 임금이라 호칭하도록 하겠다!"

다시 뭐요 할머니의 집으로 돌아오는 도중 알퐁스 임금님은 만다라 임금님에게로 다가가 만다라의 수도와 햇빛섬 사이에 전화선을 연결하는 게 어떻겠느냐고 제의했다.

만다라 임금님은 그것이야말로 멋진 생각이라고 칭찬했다. 그렇게 하면 앞으로 언제든지 서로 대화를 나눌 수가 있을 테니까.

그래서 만다라 임금님은 어용선 선장한테 가서 먼저 만다라에 돌아가 바닷속에 긴 전화선을 부설하고 돌아오라고 분부했다.

배는 곧 떠났으며 만다라 임금님은 뭐요 할머니의 부엌으로 돌아왔다.

부엌에서는 모두가 짐과 루카스를 둘러싸고 두 사람의 모험담에 열심히 귀를 기울였다. 두 사람은 나무껍질을 때려 박은 엠마를 한밤중에 출발시켰던 일로부터 귀국 여행길에 오르기까지의 일을 자세하게 낱낱

이 이야기했다.

이야기가 위험한 대목이나 아슬아슬한 곳에 이르면 특히 뭐요 할머니는 새파랗게 질려 '어머!'라든가 '이런 어쩐담!' 하고 중얼댔다. 귀여운 짐에 관한 일이라면 이미 지나간 이야기인데도 걱정이 되어 견딜 수가 없었던 것이다. 짐이 건강한 모습으로 눈앞에 돌아와 있는 것만으로도 뭐요 할머니에게는 커다란 위로가 되었다.

일주일쯤 지나 만다라로 갔던 배가 돌아왔다. 선원들은 명령대로 몇천 마일이나 되는 긴 전화선을 바닷속에 내려뜨리며 돌아왔다. 한쪽 끝은 만다라 임금님의 궁전 옥좌가 있는 방의 다이아몬드를 박은 전화기에, 그리고 다른 한쪽은 이제 막 12시 15분 전 알퐁스 임금님의 황금 전화기에 연결되었다. 만다라 임금님은 시험 삼아 핑 퐁에게 전화를 걸어 만다라의 모든 일이 무사히 잘 되어 가는지 물어 보았다. 아무 일도 없었으며 모두 잘 되어 가고 있다고 했다.

리시 공주와 짐 크노프의 약혼식은 4주일 뒤에 거행하기로 했다. 뭐요 할머니는 그날까지 두 아이들을 깜짝 놀라게 해주려고 매일 밤 부지런히 정성스럽게 바느질을 했다. 바느질은 할머니가 무엇보다도 좋아하는 일이었다.

풍 킹 임금님과 리시는 그 4주일 동안 두 산봉우리 사이에 있는 성채에서 알퐁스 임금님과 함께 지냈다. 물론 좀 좁기는 했지만 얼마든지 참을 수 있었다. 햇빛섬에서의 하루하루는 참으로 재미있어서 좁은 것쯤은 아무런 문제가 되지 않았다. 공주가 늘 휴가를 보내던 하늘색 도기로 된 작은 성도 이 섬과는 비교가 안 될 정도였다.

드디어 4주일이 지나 약혼식을 거행하는 날이 되었다. 뭐요 할머니는 그동안 두 아이들을 위해 준비한 선물을 주었다.

짐은 하늘과 같은 파란색 기관사복을 선물 받았다. 크기만 조금 작을 뿐 루카스가 입고 있는 것과 똑같았다. 물론 차양이 붙어 있는 완벽한 모자도 갖추어져 있었다. 리시 공주에게는 긴 레이스로 장식되어 베일이 달린 멋진 웨딩드레스를 지어 주었다. 두 사람은 곧 새 옷으로 갈아입었다.

다음은 리시 공주가 짐에게 약혼 선물로 파이프를 주었다. 루카스가 갖고 있는 것과 같은 것으로 그다지 크지 않은 파이프였다.

짐은 리시에게 작고 귀여운 빨래판을 선물했다. 리시 공주는 굉장히 기뻐했다. 다른 만다라 사람들과 마찬가지로 리시도 세탁하는 것을 아주 좋아했지만 지금까지는 신분이 높아 빨래판 같은 것을 가지는 것이 허락되지 않았던 것이다.

마지막으로 두 사람이 서로 뽀뽀를 하자 12시 15분 전 알퐁스 임금님이 햇빛섬 새 햇빛섬 합중국의 이름으로 두 사람의 약혼이 성립되었음을 선언했다. 신하들은 모자를 벗어 공중에 던져 올렸고 풍 킹 임금님도 소리 높여 외쳤다.

"짐과 리시의 약혼 만세! 만세! 만세!"

짐과 리시가 서로 손을 맞잡고 두 섬을 천천히 거니는 동안 임금님의 어용선 선원들은 특별 제작한 폭죽에 불을 붙여 예포를 발사하고 손을 흔들며 만세를 불렀다.

축하 행사는 하루 종일 계속되었다. 오후에 핑 퐁이 전화를 걸어와 두 사람에게 약혼을 축하한다고 말했다. 모두가 흥겹게 이 날을 즐기고 있었지만 루카스만은 때때로 생각에 잠겨 있는 모습이었다.

저녁이 되어 어두워지자 햇빛섬 나라와 새 햇빛섬 나라 온 국토에 몇 백 개의 초롱이 켜졌다. 이윽고 달이 떠올랐다. 조용하고 잔잔한 밤바다에 오색 초롱빛이 비쳤다. 그것은 무엇과도 비길 수 없는 아름다운 광경이었다.

뭐요 할머니는 오늘밤을 위해 한결 더 솜씨를 발휘하여 바닐라와 딸기뿐만이 아니라 특별히 초콜릿 아이스크림까지 만들었다. 이제까지 어디서 먹어 본 것보다도 맛있는 아이스크림이라고 다들 입을 모아 칭찬했다. 온 세계를 돌아다닌 선장까지도 그렇게 말했으니 얼마나 대단한 솜씨인지 짐작할 수 있으리라.

짐은 등불 축전을 느긋하게 구경하려고 바닷가로 나갔다. 꿈같은 광경을 물끄러미 바라보고 있을 때 누군가의 손이 어깨에 와 닿는 걸 느꼈다. 루카스였다.

"잠깐 이리와 봐, 짐."

루카스는 싱글벙글 웃으면서 말했다. 뭔가 비밀애기라도 있는 것 같았다.

"무슨 일이에요, 루카스?"

짐이 물었다.

"너 기관차를 갖고 싶어 했지? 기관사복은 이미 마련됐고."

루카스는 혼자 싱긋이 웃고 있었다. 짐은 가슴이 두근거렸다.

"기관차라고요?"

짐은 되물었다. 눈은 점점 동그랗게 커졌다.

"진짜 기관차?"

루카스는 손가락 하나를 세워 입에 가져다 대며 의미심장한 눈짓을 보냈다. 그리고 짐의 손을 잡고 엠마가 있는 작은 역으로 갔다. 엠마는 흥분된 숨소리를 내고 있었다.

"무슨 소리가 들리지 않니?"

루카스가 물었다.

짐은 귀를 기울였다.

들리는 것은 엠마의 숨소리뿐이었다. 아아, 하지만…… 잘못 들은 것일까? 또 하나 좀 다른, 희미한 쉿시 하는 짧은 소리가 들리는 게 아닌가? 그때, 포옥 하고 작고 높은 기적과 같은 소리가 울렸다.

짐은 눈이 동그래져서 루카스를 쳐다보았다. 그 눈빛은 무언가를 묻고 있는 듯했다. 루카스는 웃어 보이며 고개를 끄덕였다. 그리고 짐을 엠마의 탄수차 옆으로 데려가 안을 들여다보게 해주었다.

그곳에는 아주 작은 아기 기관차가 커다랗게 뜬 귀여운 아기 눈으로 짐을 올려다보고 있었다. 열심히 숨을 쉬며 작디작은 연기를 뿜어 올리고 있었다.

굉장히 멋진 아기 기관차였다. 그 기운찬 모습은 벌써 자기의 작은 바퀴로 일어서서 짐 쪽으로 다가오려고 하는 것만 같았다. 구르기만 하고 잘 달릴 수 없는데도 조금도 거북해하지 않았다. 짐은 아기 기관차를 살며시 쓰다듬어 주었다.

"이건 엠마의 아기?"

짐이 작은 목소리로 물었다. 가슴이 벅차올랐다.

"그래."

루카스가 말했다.

"엠마에게 아기가 생긴다는 것을 나는 벌써 오래 전에 알고 있었어. 하지만 너에게는 비밀로 해 두었지. 깜짝 놀라게 해주려고 말이야."

"정말 내가 가져도 돼요?"

짐이 물었다. 너무나 기뻐 숨도 쉴 수 없을 지경이었다.

"그럼 누가 또 있겠니?"

루카스는 그렇게 대답하며 파이프의 연기를 뻐끔거렸다.

"소중하게 간수해 줘. 금방 커질 테니까. 이삼 년 지나면 엠마 정도로 될 거야. 이름을 뭐라고 붙일래?"

짐은 아기 기관차를 안아 올리며 쓰다듬어 주었다. 한참 생각하더니 말했다.

"몰리라고 하면 어떨까요?"

"그것 참 멋진 이름이구나."

루카스가 끄덕이면서 대답했다.

"하지만 지금은 내려놓으렴. 아직 얼마 동안은 엠마 곁에서 지내야 하니까."

짐은 몰리를 다시 탄수차 안에 넣어 주었다. 그리고 루카스와 함께 여러 사람에게로 돌아가 지금 받은 선물 이야기를 했다. 생각한 대로 모두 그 작은 기관차를 보고 싶어 했다.

짐이 안내해 몰리를 보여 주자 모두 환성을 질렀다. 그렇지만 작은 몰리는 아무것도 모르고 있었다. 어느덧 쌕쌕 잠들어 있었던 것이다. 그리고 이따금 젖을 빠는 것처럼 입술을 오물거렸다.

그로부터 이삼 일 뒤 퐁 깅 임금님과 리시 공주는 만다라로 돌아갔다. 리시 공주는 얼마 동안 아버지 밑에서 지내는 것이 당연했으며 다시 학교에 가고 싶었던 것이다. ……물론 용의 학교가 아니라 진짜 학교에.

햇빛섬에는 학교가 없었다. 그렇지만 이제부터는 어용선이 햇빛섬과 만다라 사이를 가끔 오가기로 되어 있어 언제든 가고 싶을 때면 짐과 리시는 서로를 방문할 수가 있었다. 그리고 12시 15분 전 알퐁스 임금님이 쓰고 있지 않을 때는 서로 전화를 거는 일도 허락되었다. 만다라 임금님과의 사이에 외교 관계가 이루어졌기 때문에 알퐁스 임금님도 자주 전화를 걸었다.

햇빛섬에는 다시 예전처럼 평화로운 생활이 찾아왔다. 옷소매 씨는 언제나처럼 예식 모자를 쓰고 겨드랑이에 우산을 끼고 산책을 즐겼다. 옷소매 씨는 신하의 임무를 수행하는 것이 주된 일이었으며 늘 임금님의 지시를 받고 있었다. 모든 것이 옛날과 다름없었다.

루카스는 엠마를 타고 커브가 많은 선로 위를 섬의 끝에서 끝까지 달렸다. 때로 두 사람이 휘파람과 기적의 이중창을 연주했는데 그 소리는 모두를 기쁘게 할 만큼 즐거운 하모니를 이루었다. 특히 터널에 들어가면 소리가 메아리쳐 더욱 재미있는 울림이 되었다.

짐은 이제 자기의 작은 기관차 몰리의 뒷바라지에 분주해져 옷소매 씨에게 장난을 치거나 언덕 꼭대기에서 미끄럼을 탈 여유는 거의 없었다. 아기 기관차는 날이 갈수록 점점 자라났다.

그렇지만 아름다운 저녁이 되면 짐과 루카스는 언제나 어깨를 나란히 하고 국경에 앉아 있었다. 석양에 지는 해가 끝없는 바다에 빛을 퍼뜨리며 수평선 저쪽부터 두 기관사의 발 근처까지 금빛으로 빛나는 길을 놓았다.

두 사람은 멀고 먼 곳, 미지의 나라, 미지의 대지로 이어진 그 길을 넋을 놓고 바라보고 있었다. 어디로 이어졌는지 아무도 모르는 그 길을 ……. 문득 두 사람 가운데 누군가가 입을 열어 이렇게 말했다.

"투르 투르 씨를 만났을 때의 일 기억나? 지금쯤 투르 투르 씨는 어떻게 지내고 있을까."

"으스스하던 '검은 바위' 지대를 지나갈 때의 일은 너무나 생생해요. '죽음의 입' 앞에서 이젠 끝장이구나 생각했었어요."

그리고 두 사람은 언젠가 또다시 미지의 나라로 대모험의 여행길에 나서게 될 것이라고 이야기했다. 풀지 않으면 안 될 수수께끼가 아직도 많이 있었던 것이다. 해적들은 아기였던 짐 크노프를 어디서 납치해 온 것일까? 언젠가 두 사람은 그것을 밝혀내야만 한다. 그렇지만 그러기 위해서는 먼저 지금도 여전히 바다를 어지럽히고 있을 13명의 난폭자들을 찾아내어 때려눕혀야 한다.

그것은 결코 쉬운 일이 아닐 것이다.

두 사람은 이런저런 앞으로의 계획을 세우면서 멀리 바다 저쪽을 바라보았다. 발 아래로 크고 작은 파도가 철썩철썩 밀려들고 있었다.

Jim Knopf und die Wilde 13

기관차 대모험

미하엘 엔데/신동집 옮김

꽝! 이것이 시작

햇빛섬은 비가 내리는 날도 있었지만 대체로 날씨가 좋았다. 비는 자주 내리지 않았지만 한번 왔다 하면 물통을 거꾸로 뒤집어 쏟아붓는 것처럼 좌악좌악 내렸다.

이 이야기는 그렇게 비가 내리는 날 시작된다.

비는 줄기차게 내리고 또 내렸다.

짐 크노프는 리시 공주와 함께 뭐요 할머니의 조그만 부엌에 있었다. 요 2주일 동안 만다라의 학교는 방학이었던 것이다. 리시 공주는 짐을 찾아올 때마다 언제나 멋진 선물을 준비해왔다. 언젠가는 만다라의 풍경이 들어 있는 유리구슬을 가져왔는데, 유리구슬을 흔들면 그 안에서는 눈이 내렸다. 예쁜 색종이로 만든 양산을 가져다주기도 했고 작은 기관차 모양의 편리한 연필깎이를 선물하기도 했다.

이번에 리시 공주가 가져온 선물은 만다라의 질 좋은 그림물감이었다. 그 그림물감으로 두 아이는 부엌의 작은 식탁에 마주 앉아 그림을 그리고 있었다. 두 아이 사이에 앉은 뭐요 할머니는 안경을 끼고 짐의 목도리를 뜨고 있었다. 그러면서 두 아이에게 두꺼운 옛날 이야기책을 읽어 주었다.

손에 땀을 쥐게 하는 흥미진진한 이야기였지만 짐은 어쩐 일인지 이따금 불안스레 창가를 힐끗힐끗 쳐다보곤 했다.

유리창에는 빗줄기가 가느다란 줄무늬를 만들며 흘러내렸다. 밖에는 두꺼운 비의 장막이 쳐져 있어서 루카스의 역까지밖에 보이지 않았다. 역에는, 삐져나온 지붕 밑에서 아기 기관차 몰리가 뚱보 늙은이 엠마의 보호를 받으며 비를 피해 쉬고 있었다.

비가 온다고 해도 우리가 사는 세상에서 흔히 그렇듯 음침하고 음울한 그런 비와는 아주 달랐다. 햇빛섬에서는 궂은 날씨조차 즐겁고 유쾌하게 느껴졌다. 비가 오는 소리는 마치 물방울 음악회가 벌어지고 있는 것만 같았다. 파드닥파드닥 노래하듯 내리는 빗물은 창틀 밑에 달린 양철을 때려 명랑하게 울려 퍼지고, 홈통은 그르륵그르륵 목젖을 울려대거나 재잘재잘 떠들고, 물웅덩이는 음악에 도취한 많은 관객들이 박수를 치는 것 같은 소리를 냈다.

짐이 창밖을 내다보고 있을 때 작은 역에서 루카스가 걸어 나왔다. 기관사 루카스는 하늘을 올려다보며 날씨를 살피더니 비가 오는데도 엠마에 올라타 기관차를 발차시켰다. 몰리는 지붕 밑에 그대로 남아 있었다. 몰리도 어느새 엠마의 절반 크기만큼 자랐다. 벌써 훌륭한 간이철도의 기관차만 해져서 짐과 같은 절반 몫의 신하라면 몰리의 기관실에 얼마든지 탈 수가 있었다.

루카스는 섬을 두세 바퀴 돌고 나서 엠마를 몰리 옆에 집어넣었다.

이것으로 햇빛섬에서는, 날씨가 나쁘면 기차가 움직이지 못한다는 험담은 누구도 할 수가 없게 되었다. 루카스는 옷깃을 세우고 모자의 차양을 앞으로 푹 내리고는 뭐요 할머니의 집을 향해 성큼성큼 걸어왔다. 짐은 달려나가 문을 열어주며 친구를 맞이했다.

"날씨가 이래서야!"

루카스는 젖은 모자를 털어내며 굵은 목소리로 말했다.

"안녕하세요, 루카스."

짐이 금세 명랑해져서 말했다.

"안녕, 동지."

루카스가 대답했다. 짐은 동지라는 말의 뜻은 정확히 몰라도 기관사들끼리 주고받는 호칭일 거라고 생각했다. 리시 공주도 그 말뜻이 궁금했는지 곁눈으로 루카스를 힐끗 보았지만 그는 전혀 신경 쓰지 않는 듯했다. 루카스는 뭐요 할머니와 리시 공주에게 인사를 하고 식탁 옆에 놓인 안락의자에 앉으며 물었다.

"럼주를 넣은 뜨거운 차를 한 잔 마실 수 있을까요?"

"그럼요, 루카스."

뭐요 할머니는 상냥하게 대답했다.

"오늘 같은 날씨에는 감기에 들기 쉬우니까 뜨거운 차가 제일이에요. 리시 공주가 만다라에서 아주 귀한 차를 한 상자 가져왔고 럼주도 좀 남아 있어요."

뭐요 할머니가 차를 끓이기 시작하자 뭐라고 말할 수 없이 좋은 향기가 부엌 안에 가득 퍼졌다. 기다리고 있는 동안 루카스는 리시 공주의 그림을 감상하며 감탄했다. 조금 뒤 식탁에 찻잔을 놓기 위해 두 사람은 그림 도구를 치웠다. 그러자 뭐요 할머니는 느닷없이 커다란 햇빛섬 모양의 케이크를 내놓아 모두를 깜짝 놀라게 했다.

황금색 케이크 위에는 가루사탕이 잔뜩 얹혀 있었다. 뭐요 할머니의 케이크는 그 누가 만든 케이크보다도 맛이 일품이었다.

조그만 부스러기까지 죄다 먹고 나서 루카스는 의자 등에 몸을 기대고 파이프에 담뱃잎을 채웠다. 짐도 귀여운 공주에게서 약혼 선물로 받은 파이프를 꺼냈다. 그렇지만 정말로 담배를 피우지는 않았다. 벌써부터 그런 걸 배우면 몸이 자라지 않는다며 삼가라고 루카스에게서 주의를 받았던 것이다.

루카스는 이미 몸이 자랄 만큼 다 자랐으니까 상관없지만 짐은 아직 절반 몫의 신하에 지나지 않았다. 물론 언제까지나 어린아이로 있고 싶지는 않았다.

밖에는 어렴풋이 황혼이 찾아들기 시작했고 빗줄기도 차츰 가늘어지기 시작했다. 부엌 안은 알맞게 따뜻했다.

"리시, 너에게 한 번 물어 보려고 생각하고 있었는데 말이야."

천천히 파이프에 불을 붙이고 나더니 루카스가 입을 열었다.

"어금니 부인은 요즘 어떻게 하고 있지?"

"아직도 계속 자고 있어요."

조그만 리시 공주는 귀여운 새가 지저귀듯 대답했다.

"그런데 가만히 보고 있으면 정말 예뻐요. 머리끝에서 꼬리까지 진짜 황금으로 만든 것처럼 번쩍번쩍 빛이 나요. 아버지는 낮이나 밤이나 경비원을 두고 마법의 잠에서 깨어나지 않도록 보초를 서게 하고 있어요. 잠에서 깨어날 기미가 보이면 지체 없이 보고하도록 명령하셨어요. 그렇게 되면 곧 아저씨에게 알려야 한다고 하시면서요."

"고마운 일이군. 잠에서 깨어날 날이 얼마 남지 않았어. 용은 일 년 뒤에 잠이 깬다고 했으니까."

"우리 만다라의 '학식의 꽃'들의 계산으로는 그 위대한 순간이 앞으로 3주일하고 하루 뒤에 온다고 해요."

"그렇게 되면 내가 가장 먼저 용에게 물을 거야."

짐이 말했다.

"13명의 해적이 어디서 나를 납치해 왔는지를. 그리고 내가 도대체 누구인지를."

"응, 그렇구나."

뭐요 할머니는 휴! 한숨을 내쉬었다. 그것이 밝혀지면 짐이 할머니의 곁을 떠나 햇빛섬에서 영영 사라져버리는 것이 아닌가 하고 걱정되었기 때문이다.

하지만 할머니는 자신의 출생의 비밀을 알아내고자 하는 짐의 마음도 물론 이해하고 있었다. 그래서 그 다음에는 아무 말도 하지 않고 다시 한 번 깊은 한숨을 지을 뿐이었다.

얼마 뒤, 짐이 게임 상자를 가지고 왔다. 네 사람은 여러 가지 게임을 즐겼다.

게임은 거의 매번 리시 공주가 이겼다. 그것은 어제 오늘만의 일이 아니었지만 짐은 왜 그런지 늘 마음이 울적했다. 짐은 리시 공주를 굉장히 좋아했지만 언제나 이렇게 영리하지는 않았으면 더 좋을 텐데 하고 생각했다. 그렇다면 이따금 공주가 지고 있을 때 자신이 도와 줄 수 있으리라는 생각에서였다.

하지만 유감스럽게도 그렇게 할 수가 없었다. 리시 공주는 언제나 자기 힘으로 충분히 이기고 있었으니까.

밖은 어느새 어둑해지고 비도 그쳤다. 그때 밖에서 문 두드리는 소리가 들렸다. 뭐요 할머니가 문을 열자 옷소매 씨가 들어왔다. 옷소매 씨는 우산을 접어 한쪽 구석에 세워 놓고 모자를 벗으며 인사했다.

"안녕하십니까, 여러분. 보아하니 재미있는 게임을 하고 계신 모양이군요. 나는 저쪽 집에서 혼자 우두커니 앉아 있다가 갑자기 외로운 생각이 들어 이렇게 찾아왔습니다. 괜찮으시다면 나도 좀 끼워 주시겠습니까?"

"네, 그렇게 하세요."

뭐요 할머니는 상냥하게 대답하며 옷소매 씨 앞에도 찻잔을 내밀고 따뜻한 차를 따라 주었다.

"어서 이리로 앉으세요, 옷소매 씨."

"고맙습니다."

옷소매 씨는 의자에 앉았다.

"사실은 얼마 전부터 좀 생각한 것이 있어서 여러분에게 의견을 물어 볼까 하는데요. 그러니까 이런 겁니다. 햇빛섬 나라의 국민은 나 말고는 모두가 저마다 어떤 역할을 맡고 있습니다. 하지만 나는 주로 산책을 하며 임금님의 다스림을 받고 있을 뿐입니다. 틀림없이 이해해 주시겠지만 늘 그런 상태이니까 아무래도 마음이 편치가 않군요."

"어머나, 그런 일로요?"

뭐요 할머니가 끼어들었다.

"우리는 당신의 지금 그대로를 좋아하고 있어요."

"고맙습니다."

옷소매 씨가 말했다.

"그렇지만 다만 존재할 뿐, 아무런 의미가 없습니다. 그런 생활은 역시 살아있다고 할 수가 없습니다. 더구나 나는, 솔직히 말해서 학문에는 뛰어나지요. 스스로도 어처구니없어 할 정도로 무엇이든지 알고 있습니다. 그런데 아무도 그것을 사용하게 해주지 않습니다."

루카스는 안락의자에 등을 기대고 잠자코 도넛모양의 연기를 천정으로 뿜어 올렸다. 그리고 한참 동안 생각에 잠겨 있다가 입을 열었다.

"옷소매 씨, 나는 언젠가 그것이 소용될 날이 있으리라고 생각합니다."

그때 밖에서 쾅 하는 커다란 소리가 들렸다. 섬에 무언가가 부딪친 것 같은 세찬 울림이었다.

"어머나!"

뭐요 할머니가 비명을 질렀다. 너무 놀라서 하마터면 찻주전자를 떨어뜨릴 뻔했다.

"이게 무슨 소리죠?"

루카스는 어느새 의자에서 일어나 모자를 쓰고 있었다.

"짐. 빨리 가 보자! 어서!"

루카스와 짐은 소리가 들려온 새 햇빛섬으로 달려갔다. 비는 그쳤지만 캄캄한 밤이라서 두 사람의 눈이 어둠에 익숙해지는 데는 얼마쯤 시간이 걸렸다. 커다란 그림자 같은 것이 어른거렸다.

"고래가 아닐까요?"

"아니야, 꼼짝도 않는걸."

"작은 배 같은데?"

"이봐요! 이봐요!"

저쪽에서 소리가 들렸다.

"아무도 없소?"

"여기 있소!"

루카스가 마주 소리쳤다.

"누구를 찾아왔습니까?"

"이곳이 햇빛섬 나라가 아닌가요?"

"새 햇빛섬 나라요. 당신은 대체 누굽니까?"

"우체부예요."

어둠 속에서 처량한 목소리가 들려 왔다.

"낮 동안 내린 비로 방향을 잃어버렸어요. 게다가 밤이 되니 도통 알 수가 있어야죠. 내 손을 코끝에 갖다 대도 보이지를 않는다니까요. 어두워서 우편선을 국경에 박아 버렸소. 정말 미안합니다."

"괜찮아요, 상한 곳은 없을 겁니다."

루카스가 어둠 속을 향해 소리쳤다.

"그건 그렇고 우체부 양반, 빨리 배에서 내려오지 않고 뭘 하는 거요!"

"나도 내려가고 싶어요. 하지만 기관사 루카스와 짐 크노프에게 보내온 편지가 보따리에 가득 있어 도저히 혼자서는 들고 내려갈 수가 없어요."

루카스와 짐은 배로 올라가 우체부와 함께 보따리를 육지에 내려놓았다. 그러고 나서 낑낑거리며 무거운 보따리를 뭐요 할머니의 부엌까지 끌고 갔다. 편지는 모양도 색깔도 다양하였고 매우 진귀한 우표를 붙인 것들로 가득했다. 인도의 벽촌, 뮌헨 언저리의 마을, 중국, 슈투트가르트, 북극, 에콰도르 등 세계 곳곳의 어린이들에게서 온 편지였다. 그들 중에는 짐처럼 아직 글씨를 쓸 줄 모르는 어린아이들의 편지도 수십 통이나 되었는데 그런 아이들은 누군가에게 부탁해서 쓰거나 글 대신 그림으로 그려 보내왔다.

모두 짐과 루카스의 모험담을 어딘가에서 듣거나 읽거나 한 아이들로 여러 가지 일을 좀 더 자세히 알고 싶어 했다. 그리고 짐과 루카스에게 제발 한 번 놀러와 달라고 부탁하는 내용들이 대부분이었다. '굉장한 모험이더군요!' 이런 감탄의 한마디만 담아온 편지도 있었다.

거기에는 짐과 루카스가 용의 거리 불바다에서 구출해 온 어린아이들의 편지도 섞여 있었다.

"한 사람 한 사람 모두에게 답장을 써야겠다, 그렇지?"

"그렇지만……."

짐이 낭패한 듯이 말했다.

"나는…… 나는 글을 쓸 줄 모르는걸요."

"참, 그렇구나."

루카스가 중얼거렸다.

"그렇지, 흐음. 그럼 내가 혼자서 다 쓸 수밖에 없겠군."

짐은 잠자코 있었다. 읽고 쓰기를 할 수 있다면 얼마나 좋을까 하는 생각이 처음으로 강하게 느껴졌다. 그 생각을 말하려고 했을 때 리시 공주가 끼어들었다.

"그것 보라고!"

그 한마디 했을 뿐이지만 짐은 무척이나 화가 났다. 그래서 방금 생각난 것을 그냥 마음속에 담아 두기로 했다.

"아무튼 오늘밤은 너무 늦었다."

루카스가 말했다.

"내일 쓰기로 하자."

"그렇다면 나는 여기서 기다리는 것이 낫겠는걸."

우체부가 말했다.

"그래야만 내일 그 편지를 가지고 돌아갈 수 있으니까요."

"그렇게 해 준다면 고맙겠소."

루카스가 말했다.

"이렇게 하면 어떻겠습니까?"

옷소매 씨가 끼어들었다.

"당신만 좋다면 우리 집에서 묵어가는 것이? 그러면 둘이서 지리에 관한 이야기를 나눌 수도 있을 테니까요. 틀림없이 당신은 그 방면의 지식을 많이 가지고 있을 테고 나는 또 지리에 상당히 관심이 있거든요"

"물론 좋습니다."

우체부는 흔쾌히 자리에서 일어났다.

"그럼 여러분, 안녕히 주무세요."

그러면서 루카스와 짐을 보고 덧붙여 말했다.

"이렇게 친구들이 많으니 언제나 즐겁겠군요."

"네, 그래요. 그렇지 않니, 짐?"

루카스가 빙긋이 웃었다.

"그 이상이지요!"

옷소매 씨가 점잔을 빼며 말했다.

"정말 축복받은 일입니다…… 그럼 안녕히 주무세요, 여러분."

그렇게 말하고 옷소매 씨는 천천히 일어나 자기 집으로 발걸음을 옮겼다. 우체부도 뒤쫓아 나가다가 한 번 뒤돌아보더니 커다란 목소리로 말했다.

"우편선이 국경에 충돌한 것은 조그만 사고이긴 하지만 내일 아침 12시 15분 전 알퐁스 임금님께 사과드리겠어요."

그러고는 옷소매 씨의 집으로 들어갔다. 루카스도 잘 자라는 말을 하고는 담배 연기를 뿜어내며 성큼성큼 걸어서 역으로 돌아갔다. 역에서는 조그만 몰리가 커다란 엠마 옆에서 새근새근 잠들어 있었다.

잠시 뒤 햇빛섬의 모든 집 창문에 불이 꺼졌다. 모두가 곤하게 잠이 들었으며, 바람은 나뭇가지를 흔들어대고, 국경에서는 크고 작은 파도가 수없이 소리를 내며 밀려들었다.

크고도 작은 등대

이튿날 아침이 되어도 하늘은 여전히 잔뜩 찌푸리고 있었다. 짐은 잠에서 깨어나 간밤에 꾼 이상한 꿈에 대해 생각해 보았다.

짐은 높은 나무 밑에 서 있었는데 그 나무는 죽어서 바짝 말라 있었다. 나뭇잎은 하나도 없고 나무껍질도 벗겨져서 메마른 속살이 고스란히 드러나 보였다. 줄기는 번개를 여러 차례나 맞은 것처럼 갈가리 찢겨 있었다.

그 높은 나무의 꼭대기 가지에 기분 나쁠 정도로 커다란 새 한 마리가 앉아 있었는데 마구 털을 뜯긴 처량한 새였다. 그 새는 웅크린 채 꼼짝하지 않고 눈에는 커다란 눈물방울이 뚝뚝 굴러 떨어지고 있었다. 짐은 달아나려고 했다. 그 눈물방울에 맞았다가는 흠뻑 젖어 버릴 것 같았기 때문이었다. 그때 커다란 새가 소리쳤다.

"짐 크노프, 제발 달아나지 마세요!"

짐은 깜짝 놀라 그 자리에 멈춰 서서 물었다.

"어떻게 내 이름을 알고 있죠?"

"당신은 내 친구잖아요."

"내가 도와 줄 일이 있나요, 크고도 불쌍한 새님?"

"부탁입니다, 이 무서운 나무에서 나를 내려주세요. 그렇지 않으면 나는 이곳에서 죽게 될 거예요. 나는 너무나 외로우니까요."

"새인데도 날 수 없나요?"

짐은 나무 위를 쳐다보며 소리쳤다.

"아아, 짐. 나를 벌써 잊었나요?"

새는 몹시 슬픈 목소리로 말했다.

"내가 어떻게 날 수 있다는 거죠?"

"오, 제발 울지 말아요."

짐이 어쩔 줄 몰라 당황하며 대답했다.

"엄청나게 큰 눈물방울이군요. 내 위에 떨어진다면 난 빠져죽을 거예요. 그러면 도와 줄 수도 없지 않겠어요?"

"아아, 내 눈물은 당신과 마찬가지예요, 잘 보세요!"

짐은 떨어져 내리는 눈물을 자세히 살펴보았다. 그러자 놀랍게도 밑으로 내려올수록 점점 작아져서 마침내 짐의 손바닥에 떨어졌을 때는 자신의 눈물방울만큼 작아졌다.

"당신은 누구죠, 커다란 새님?"

짐이 그렇게 묻자 새가 대답했다.

"아아, 나를 똑바로 보세요, 나를!"

짐은 자신의 눈이 갑자기 밝아진 것처럼 느껴졌다. 그렇게 느낀 순간 그 새는 새가 아닌 다른 것으로 보였다. 투르 투르 씨였다.

그리고 잠에서 깨 버렸다.

짐은 뭐요 할머니와 리시 공주와 함께 아침식사를 하는 내내 꿈에 대한 생각으로 가득 차 있었다.

"어제 일로 아직도 화가 나 있니?"

공주가 참다못해 물었다. 공주는 짐을 놀려댄 것을 후회하고 있었던 것이다.

"어제? 무슨 일 있었나?"

"내가 '그것 보라고!' 이렇게 말했던 거 말이야."

"아니, 그런 건 벌써 잊었어, 리시."

루카스가 찾아와서 다들 잘 잤느냐고 인사했다. 짐은 조심스레 어젯밤의 이상한 꿈 이야기를 했다.

이야기가 끝나자 루카스는 한참 동안 잠자코 담배 연기만 뿜어내더니 얼마 뒤 신중하게 입을 열었다.

"흐음, 그 겉보기 거인…… 나도 그 사람의 일이 무척 마음에 걸린단다. 그 사람이 없었다면 우리는 그때 '세계의 끝' 사막에서 오도 가도 못하고 발이 묶일 뻔했지."

"어떻게 지내고 있을까요?"

짐도 중얼거렸다.

"아마 지금도 그 오아시스에서 외롭게 살고 있겠지."

아침식사가 끝나자 뭐요 할머니는 식탁을 치우고, 공주는 옆에서 설거지를 도왔다.

한편 루카스와 짐은 산더미처럼 쌓인 편지의 답장을 쓰기 시작했다. 루카스가 쓰고 짐은 여러 가지 자질구레한 일을 맡았다. 짐은 답장 하나하나에 자신의 싸인 대신 까만 얼굴을 그려 넣었다. 그리고 편지를 접어 봉투에 넣고 우표를 붙인 다음 봉하는 작업을 했다.

일이 모두 끝난 뒤에는 남달리 팔뚝 힘이 강한 기관사 루카스도 팔이 뻐근하게 느껴졌다. 우표를 붙이고 봉투를 바르느라 짐도 완전히 녹초가 되어 털썩 의자에 기대앉았다.

"아아, 큰일을 치렀어!"

짐은 비명을 질렀다.

오후에 우체부가 옷소매 씨와 함께 찾아왔다. 알퐁스 임금님의 성에 들렀다 오는 길이라며 두 사람은 임금님께서 모두 모이라 하셨다는 전갈을 가지고 왔다. 그래서 모두 성으로 몰려갔다.

임금님은 언제나처럼 붉은 벨벳 가운에다 왕관을 쓰고 창살 무늬 슬리퍼를 신은 채 옥좌에 앉아 있었다. 옆에 놓인 특제 책상 위에는 언제나처럼 황금 전화기가 놓여 있었다.

"오오, 나의 신하들이여, 안녕하신가!"

임금님은 그렇게 말하고 상냥하게 한 사람 한 사람에게 손을 흔들었다. 그러자 옷소매 씨가 인사말을 아뢰었다.

"저희 모두 임금님께 마음속으로부터 인사를 드립니다. 여기에 햇빛섬 새 햇빛섬 나라의 모든 국민과 손님이 모였음을 보고드리는 바입니다."

"그런데⋯⋯."

임금님은 말을 시작하다가 에헴 에헴 하고 몇 번인가 헛기침을 했다. 어떻게 말을 해야 할지 생각을 가다듬기 위해서였다.

"사실 나는 괴롭소. 그러나 이야기를 할 수밖에 없소. 오늘 그대들을 모이라고 한 것은 중대한 일 때문이오. 아니 그보다는 그, 저⋯⋯ 어떤 의미에서는⋯⋯."

거기에서 알퐁스 임금님은 다시 헛기침을 하고 난처한 표정을 지으며 한 사람 한 사람의 얼굴을 둘러보았다.

"무엇인가 결정하신 것을 말씀하시려는 겁니까, 임금님?"

뭐요 할머니가 옆에서 거들었다.

"그렇소."

임금님은 대답했다.

"그러나 그렇게 간단하지는 않소. 그러니까 나는 많은 것을 결정한 셈이오. 아니, 정확하게 말하면 두 가지인데, 첫 번째 결정은 어떤 결정을 그대들에게 말하기로 한 결정이오. 그것은 지금 이야기했으니까 이것으로 첫 번째 결정은 이미 알린 것이오."

임금님은 왕관을 벗어서는 하! 한숨을 내쉬고 가운 소매로 왕관을 문지르기 시작했다. 골치 아픈 생각으로 머릿속이 복잡해지면 그것으로부터 벗어날 시간을 벌기 위해서 언제나 그렇게 하곤 했다. 임금님은 드디어 결심한 듯이 왕관을 머리에 다시 얹고는 말문을 열었다.

"나의 선량한 신하들! 어제 우편선이 일으킨 사건은 이제 이대로의 상태로는 안 된다는 것을 보여 주고 있소. 이대로는 위험이 지나치게 크오. 행정상의 용어로 말하자면 '중대한 사태'인 것이오. 그러니까 이대로는 안 되겠다는 것이오."

"그런데 무엇이 이대로는 안 된다는 말씀입니까, 임금님?"

루카스가 물었다.

"그것은 지금 이야기하지 않았는가?"

임금님은 한숨을 쉬고 비단 손수건으로 이마에 솟아난 땀을 훔쳤다. 신하를 모아놓고 말을 하는 것이 괴로워져서 피로가 밀려 든 것이다. 신하들은 잠자코 기다렸다. 알퐁스 임금님은 가까스로 정신을 차려 말을 계속했다.

"이것은 대단히 어려운 일이어서 그대들에게도 방법이 없을 것이오. 나라도 알고 있으니 다행스럽기는 하지만……. 그래서 내가 임금인 것이오. 그런데 첫 번째 결정은 이미 이야기했소. 두 번째 결정은 '어떻게 해야만 한다.' 바로 이것이요."

"무엇을 '어떻게 해야만 한다'는 말씀입니까, 임금님?"

루카스가 조심스레 물었다.

"이제 설명을 하겠소."

임금님은 말했다.

"해 새해 합이 위험한 것이요."

"해…… 뭐라고요?"

루카스가 물었다.

"해 새해 합. 그것은 약어요. 보통 행정 용어는 약어를 쓰는 법이니까. 해 새해 합이란 햇빛섬 새 햇빛섬 합중국을 가리키는 말이오."

"네, 그렇습니까."

루카스가 말했다.

"그것이 왜 위험하다는 말씀입니까?"

"어제 조그만 우편선이 '새해'의 국경에 충돌했소. 어두워서 보이지 않았기 때문이오. 이전에는 가끔씩 우편선이 찾아올 뿐이었으나 만다라와 외교 관계를 맺은 이래 선박의 왕래가 잦아졌소. 거의 매달 나의 존경하는 친구 만다라 임금 풍 깅의 커다란 어용선이 찾아오니 말이오. 만일, 그 배가 우리 국경에 충돌하는 일이 일어난다면 어떻게 되겠소. 따라서 나는 '어떻게 해야만 한다'는 결정을 내린 것이오."

"옳으신 말씀입니다."

옷소매 씨가 소리를 질렀다.

"현명하신 결정이십니다. 우리의 자애로우신 임금님 만세! 만세! 만세!"

"잠깐만요."

루카스가 고개를 갸웃거리며 말했다.

"임금님, 임금님은 어떻게 하면 좋을지는 말씀하시지 않으셨습니다."

"루카스군."

임금님은 조금 불쾌한 듯이 말했다.

"그것을 생각해 내라고 그대들을 모이게 한 것이 아니오. 나 혼자서 이것저것 모두 처리할 수는 없는 일이오. 나는 두 가지의 결정을 내리는 것만으로도 벅찼소. 그것을 이해해 주어야 하오."

루카스는 잠시 생각하다가 좋은 생각이 떠올라서 말했다.

"등대를 세우면 어떻겠습니까?"

"멋진 생각입니다!"

옷소매 씨가 소리쳤다.

"높다란 등대를 세워서 섬이 멀리서도 보이게 하면 됩니다."

"문제는 그런 높은 등대를 도대체 어디에다 세우면 좋은가 하는 것이오. 토대를 엄청나게 튼튼히 다지지 않으면 곧 넘어져 버릴 것이오. 그런데 그런 마땅한 장소가 없다오."

임금님은 난처한 듯이 말했다.

"과연 그렇군요."

루카스가 머리를 감싸고 중얼거렸다.

"그렇다면 크고 높으면서도 그것을 세우는 장소는 좁아도 되는, 그런 등대를 생각해 내야 하는 거로군요."

"그런 것이 있을 턱이 없습니다."

한참 있다가 옷소매 씨가 말했다.

"크든가, 아니면 작든가 둘 가운데 하나입니다. 그 두 가지를 합한 것은 있을 수 없습니다. 학문적으로 너무나 명백합니다."

12시 15분 전 알퐁스 임금님은 이맛살을 찌푸리며 한숨을 지었다.

"그러나 나는 '어떻게 해야만 한다'는 결정을 내렸소. 결정을 취소할 수는 없소. 임금으로서는 그럴 수 없는 것이오! 결정은 결정이니까 그것이 실행되는 것을 보아야 하오!"

"하지만 할 수가 없는 것을 어쩌지요?"

뭐요 할머니가 타협안을 찾으려고 끼어들었다.

"할 수 없는 것은 처음부터 그만두는 것이 좋지 않을까요?"

"어림도 없는 소리!"

임금님은 당황해서 말했다.

"행정 용어로 말하면 이것은 '커다란 위기'요. 위기라고 하는 것은 혁명과 같은 뜻의 용어요."

"끔찍한 말씀을!"

옷소매 씨가 얼굴이 창백해져서 재빨리 더듬거리며 말했다.

"임금님, 이 혁명에서 우리는 한 사람도 빠짐없이 임금님 쪽에 설 것을 모든 신하의 이름으로 맹세합니다."

"아닐세, 아니야."

알퐁스 임금님은 그렇게 말하고 힘없이 손을 내저었다.

"그래봤자 아무 소용도 없네, 그것으로 위기가 사라지는 것은 아니니까. 아아, 어떻게 하면 좋을까!"

"알았다!"

갑자기 짐이 소리쳤다. 모두의 시선이 짐에게 쏠리고 임금님의 이마에 잡혀 있던 주름이 한꺼번에 펴졌다. 임금님은 기대에 찬 목소리로 말했다.

"모두 들었소? 뭔가 좋은 생각이 있는 것 같군! 절반 몫의 신하 짐 크노프의 발언이오."

"그러니까 말예요, 그……."

짐은 마음이 급한 나머지 말이 뒤엉키고 말았다.

"투르 투르 씨를 햇빛섬에 데려오면 되지 않을까요? 그 사람한테 등대 노릇을 하라면 됩니다. 투르 투르 씨라면 넓은 장소를 차지하지 않아도 되니까요. 그러나 멀리서 보면 커다란 등대로 보일 겁니다. 밤에 불을 들고 높은 쪽 산꼭대기에 서 있으면 멀리서도 잘 보일 거예요. 그리고 사는 집은 새 햇빛섬에 조그맣게 한 채 지어 주면 됩니다. 그렇게 되면 혼자서 외롭지도 않을 테고요."

한순간 모두 뭐가 뭔지 모르겠다는 듯 아무 말도 하지 못하고 있었다. 겨우 루카스가 말했다.

"짐, 나의 짐, 굉장한 것을 생각해 냈구나!"

"이야! 이것은 천재적인 생각입니다."

옷소매 씨가 엄지손가락을 세우며 말했다.

"이만큼 좋은 방법은 없을 거다."

루카스는 이렇게 말하고 검고 꺼칠꺼칠한 손을 짐에게 내밀었다. 짐이 그 손을 잡았다. 두 사람은 빙긋이 웃으면서 붙잡은 손을 흔들었다. 공주는 너무나 기쁜 나머지 짐의 목을 껴안고 뽀뽀를 했다. 뭐요 할머니는 '허 참, 이 꼬마 녀석이 어디서 그런 훌륭한 생각을 얻었지!'하고 중얼거렸다. 너무나 신통해서 못 견디겠다는 표정이었다.

알퐁스 임금님이 한 손을 들어 보였다. 조용히 하라는 신호였다. 그리고 소란이 가라앉을 때까지 기다렸다가 엄숙하게 말했다.

"나라의 위기는 사라졌도다!"

옷소매 씨는 모자를 벗어 흔들며 만세를 외쳤다.

"이 문제를 결정하기 전에 좀 더 물어 보아야 할 것이 있소. 그 투르 투르 씨는 루카스와 짐의 이야기에 따르면 겉보기에만 거인이라고 했겠다."

"그렇습니다. 제가 시험해 보았습니다."

"좋소. 그래서 아무도 놀라지 않도록 하기 위해 '세계의 끝' 사막으로 피해 갔다고 했지?"

"네, 하지만 투르 투르 씨는 정말 얌전한 사람입니다."

"그 말을 나도 믿소만, 그러나 이곳에 와서 살게 되면 우리도 놀라게 되지 않을까? 물론 나는 단지 신하들의 안전을 생각해서 하는 말이오만⋯⋯."

그러자 루카스가 덧붙여 말했다.

"임금님, 그런 염려는 하실 필요 없습니다. 다행히도 햇빛섬은 워낙 작기 때문에 투르 투르 씨를 멀리서 볼 수 없습니다. 가까이에서 보면 완전히 보통 체격으로, 임금님이나 저와 마찬가지입니다. 멀리서 볼 수 있는 것은 배에서 뿐입니다. 멀리 떨어질수록 크게 보이니까 안성맞춤입니다. 특히 밤에는 더욱 좋습니다. 등대 노릇을 하게 되니까요."

"그렇다면⋯⋯."

알퐁스 임금님은 선언했다.

"투르 투르 씨를 데려오도록 하라! 알겠느냐, 짐."

루카스가 짐을 돌아보며 말했다.

"그렇게 되면 다시 시작되는 거야!"

"알았어요."

짐의 눈이 반짝이며 하얀 이를 드러내 보였다.

"어머나, 어쩌지!"

뭐요 할머니가 소리치며 머리 위에서 손뼉을 쳤다. 무슨 일인지 겨우 짐작이 간 것이다.

"설마하니 그런 위험한 모험을 다시 떠나려는 건 아니겠지요?"

"뭐요 할머니."

루카스가 웃으며 말했다.

"할 수 없잖아요, 할머니? 투르 투르 씨가 자기 발로 찾아와 줄 리는 없으니까요."

"회의를 끝마치기로 하겠소."

임금님이 선언했다. 그러고는 신하들과 일일이 악수를 나누었다. 우체부와도 악수를 했다. 모두가 성에서 물러가 혼자 남게 되자 12시 15분 전 알퐁스 임금님은 안도의 숨을 내쉬며 옥좌의 쿠션에 등을 기댔다. 많은 결정과 나라의 위기 소동으로 너무나도 지친 것이다. 그러나 낮잠을 자 기운을 되찾으려고 눈을 감은 임금님의 입가에는 만족스러운 미소가 떠올라 있었다.

새로운 모험 여행

모두 뭐요 할머니의 부엌으로 돌아오자 우체부가 말했다.

"편지의 답장을 모두 쓰셨군요. 등대 일도 해결이 되었으니 이제 그만 출발해야겠습니다."

"다음은 어느 방향으로 가시우?"

뭐요 할머니가 물었다.

"혹시 만다라로 가는 길이라면 짐과 루카스 씨와 리시를 태워다 주지 않겠수? 그렇게 되면 나도 안심이 되겠는걸."

"기꺼이 태워다 드리고 싶지만, 유감스럽게도 이번에는 만다라 근처로는 가지 않아요. 우선 카나리아 군도에 배달할 편지가 몇 통 있고 그 다음에는 카나리아의 편지를 잔뜩 받아 와야만 합니다. 하르츠 숲에 있는 친척 카나리아들에게 전해 달라고 해서요."

"그럼 우리는 그때처럼 또 엠마를 타고 가야 하나요, 루카스?"

"글쎄."

루카스는 머뭇머뭇 대답했다.

"나는 괜찮지만 리시에게 그런 여행은 좀 무리가 아닐까?"

"정말 그렇군요."

짐은 그렇게 말하고 리시 공주의 얼굴을 바라보았다. 공주는 주저했다. 나무껍질과 타르를 바른 엠마를 타고 바다 위를 떠간다……. 한번 그렇게 해보고 싶은 마음은 간절했다. 하지만 그런 생각이 드는 한편 역시 그런 여행은 두렵고 불안했다. 폭풍우에 휘말려 뱃멀미를 하게 되면 어쩌나? 아니 그보다는 커다란 고래가 다가와서 우리가 탄 엠마를 통째로 꿀꺽 삼켜 버릴지도 모른다. 아니면 엠마의 몸체에 구멍이 뚫린다면? 앞으로 일어날지도 모르는 위태위태한 일이 리시 공주의 머리에 하나씩 차례대로 떠올랐다. 그래서 공주는 대답했다.

"나는 사실 아직 만다라로 돌아가고 싶지 않아요. 개학날까지는 아직 좀 남았으니까요."

"그거 잘 됐구나!"

뭐요 할머니가 말했다.

"그럼 이곳에 좀 더 있으렴, 리시. 그렇게 되면 나도 외톨이가 되지 않아도 되고 네가 가게 일도 도울 수 있을 테니 말이다."

그러는 동안에 우체부는 편지를 모두 보따리에 챙겼다. 짐과 루카스는 보따리를 우편선까지 함께 들어다 주고 작별 인사를 했다. 우편선은 출범했다. 배가 보이지 않게 되자 두 사람은 엠마와 몰리의 상태를 보기 위해 역으로 갔다. 짐은 작은 기관차의 탱크를 다정하게 두드려 주고 나서 싱글싱글 웃고 있는 루카스를 보며 말했다.

"몰리가 그저께보다 조금 더 자란 것 같은데요. 그렇게 생각하지 않으세요, 루카스?"

"글쎄다."

루카스는 파이프를 문 채 고개를 끄덕였다.

"훌륭해진 것만은 사실이야. 하지만 어떻게 하지? 우리와 엠마가 떠나고 나면 그동안에 몰리는 어쩌지?"

"함께 데리고 가면 안 될까요?"

"네가 그렇게 하고 싶다면 그렇게 해라. 네 기관차니까. 하지만 어떤 위험이 도사리고 있을지 모르는 일이야. 몰리는 아직 어리다는 걸 잊지 말거라."

짐은 한숨을 쉬었다. 결단을 내리기가 무척 어려웠다. 드디어 주저하면서 말했다.

"그렇지만 모험에 익숙해지도록 하는 게 좋을 거예요."

"좋아, 그렇다면 데리고 가자."

"언제 출발하죠?"

루카스는 하늘을 쳐다보았다. 오후가 되자 느린 바람이 두꺼운 구름을 흩뜨리고 있었다. 여기저기에 푸른 하늘이 드문드문 드러났다.

"오늘밤은 밝은 밤이 되겠구나."

루카스가 전문가답게 말했다.

"바람이 강하지도 않고 약하지도 않고 꼭 좋아. 이 기회를 놓치지 말고 오늘밤 출발하는 게 좋겠다. 어떠냐, 괜찮겠니?"

"좋아요, 루카스!"

"좋아. 그럼 준비를 하자."

루카스가 두 대의 기관차에 타르와 나무껍질을 바를 준비를 하고 있는 동안에 짐은 뭐요 할머니에게 이야기를 했다. 할머니는 리시 공주의 도움을 받아 짐의 배낭에 들어갈 물건을 챙기면서 몇 번씩이나 한숨을 지었다. 감기에 걸리지 않도록 따뜻한 옷을 여러 벌 넣고 언제나 코를 제대로 풀 수 있도록 손수건을 10장이나 넣고 비누와 칫솔도 잊지 않았다. 하지만 오랜 여행 기간 동안 짐이 꼭 필요로 하게 될 게임 상자는 리시 공주가 말하지 않았더라면 깜빡 잊을 뻔했다.

그러는 사이에 짐은 다시 역으로 갔다. 그리고 루카스가 엠마에게 타르와 나무껍질을 입히는 걸 옆에서 곁눈질하며 몰리에게도 같은 일을 해주었다. 첫 번째 여행 때 한 것처럼 기관실의 문과 모든 틈새마다 타르와 나무껍질을 발라 물이 한 방울도 새어 들어가지 못 하게 했다.

그러고 나서 탱크의 물을 빼내 안을 비웠다. 그것으로 기관차는 빈 병처럼 바다에 둥둥 뜨게 되는 것이다. 마지막으로 루카스는 짐의 도움을 받아 엠마의 기관실에 돛대를 확실하게 고정시켰다. 그러고 나서 두 사람은 돛을 달았다. 몰리에게는 돛대를 매지 않고 밧줄로 엠마의 뒤에 매달아 끌려가게 했다. 그렇게 하는 것이 서로 헤어질 염려도 없고 좋을 것 같았다.

가까스로 모든 준비가 끝났을 때는 벌써 해가 가라앉고 있었다. 짐과 루카스는 타르를 바르느라 더러워진 손을 깨끗이 씻었다. 물론 루카스가 가지고 있는 기관사용 특제 비누를 썼다. 그리고 난 다음 뭐요 할머니의 부엌으로 갔다. 출발 전에 마지막으로 천천히 즐거운 저녁식사를 하기 위해서였다.

식사 준비가 다 될 때까지 짐은 재빨리 자기 방으로 가서 하늘색 기관사복으로 갈아입었다. 차양이 달린 모자도 썼다. 식사 도중에도 짐은 흥분으로 가만히 있을 수가 없었다. 음식도 먹히지 않았다. 뭐요 할머니는 되풀이해서 말했다.

"짐, 우리 짐은 착한 아이니까 많이 먹어야지. 음식이 식어 버리잖니?"

그러고 나서 뭐요 할머니는 걱정스러운 듯 가만히 바라보고만 있었다. 또다시 시작될 여행을 생각하니 할머니의 가슴은 불안으로 가득 찼다.

리시 공주는 처음부터 줄곧 입을 꾹 다물고 있었다. 얼굴이 점점 창백해지더니 슬픔에 찬 커다란 눈으로 짐을 바라보았다. 이따금 아랫입술이 가늘게 떨렸다.

이번을 마지막으로 두 번 다시 짐을 만나지 못하는 것이 아닐까? 만일 짐에게 어떤 끔찍한 일이라도 일어나면 어쩐담? 공주는 짐이 자기와 다른 아이들을 용의 손에서 구해 주었을 때 위험 앞에서 얼마나 대담하게 행동했는지를 떠올렸다.

저녁식사를 마친 다음 모두 함께 역으로 갔다. 거기엔 출발 준비가 끝난 두 대의 기관차가 기다리고 있었다. 엠마의 기관실 위에 매단 돛은 이미 바람을 받아 부풀어 있었다. 그 뒤에 긴 밧줄로 엄마 기관차에 연결된 아기 몰리가 붙어 있었다. 루카스는 짐의 배낭과 담요와 게임 상자 등 여러 가지 짐을 들고 엠마의 탄수차로 기어 올라가 석탄 구멍을 열고 기관실 안에 집어넣었다. 만일의 경우를 대비해 이번에는 노도 집어넣었다.

뭐요 할머니는 커다란 보따리에 삶은 달걀 등 여러 가지 식료품을 준비해 주었다. 루카스는 그것들을 모두 기관차에 실은 뒤 짐과 함께 조심스레 엠마를 해안까지 밀고 가 바다에 띄웠다. 몰리도 뒤따라 바다에 떠올랐다. 그런 뒤 두 사람은 밧줄로 엠마를 해안에 묶었다.

그곳에 12시 15분 전 알퐁스 임금님이 옷소매 씨를 데리고 나타나 루카스와 짐에게 악수를 청하며 말했다.

"나의 존경하는 신하들! 나는 더할 수 없이 감격하고 있소. 얼마나 감격하고 있는지 말로는 표현할 수가 없소. 그러니까 더 이상 뭐라고 말할 수 없을 정도로 감격하고 있다는 뜻이오. 그렇기 때문에 이것으로 말을 마치는 것을 용서해 주길 바라오. 여행을 앞두고 한마디만 더 하겠소. 햇빛섬 새 햇빛섬 합중국은 긍지를 갖고 그대들을 우러러보고 있소. 부디 우리 기대에 어긋나지 않기를 바라오!"

작별 인사를 끝내자 임금님은 안경을 벗어 비단 손수건으로 닦았다. 안경알이 흐려졌기 때문이다. 뭐요 할머니가 짐을 끌어안고 작별의 입맞춤을 했다.

"짐, 나의 사랑하는 짐. 부디 몸조심해라, 알겠니? 그리고 모든 일에 신중해야 해. 명심하지?"

그렇게 말하고는 울음을 터뜨렸다. 그러자 리시 공주도 더 이상 참을 수가 없었는지 짐의 목을 끌어안고 소리 내어 울었다.

"짐, 짐, 빨리 돌아와야 해! 걱정이 되어 못 견디겠어!"

마지막으로 옷소매 씨가 말했다.

"부인들의 부탁에 본인도 끼워 주었으면 좋겠소!"

그렇게 말하며 옷소매 씨도 손수건을 꺼내 흥 하고 코를 풀었다. 이별의 슬픔으로 가슴이 꽉 찬 것을 드러내지 않기 위해서였다. 루카스는 파이프 연기를 자욱이 뿜어 장막을 치고 신음하듯이 말했다.

"걱정할 것 없습니다, 여러분. 우리는 지난 번 같은 엄청난 모험도 잘 해냈으니까요. 자, 짐. 이제 떠나자. 늦어지겠다."

그리고 바닷물에 발을 담그며 엠마 쪽으로 걸어갔다. 짐도 뒤쫓아 가서 커다란 기관차의 지붕으로 뛰어 올라탔다. 두 사람이 밧줄을 풀자 돛이 바람을 받아 부풀어 올랐다. 조그만 기관차를 매단 괴상스러운 배는 천천히 움직이기 시작했다.

전송하는 사람들은 손수건을 흔들며 아주 멀어질 때까지 외쳤다.

"다녀오세요, 조심하세요, 무사히 돌아오세요!"

짐과 루카스도 크고 작은 두 개의 산이 있는 햇빛섬이 수평선 너머로 사라져 보이지 않을 때까지 손을 흔들었다.

앞을 바라보자 가라앉는 해가 끝없는 바다에 빛을 반사하여 서쪽 수평선에서 동쪽 끝까지 황금빛으로 빛나는 빛의 길을 놓고 있었다. 바다에 뜬 두 대의 기관차는 그 길의 한가운데로 나아갔다.

루카스는 짐의 어깨에 팔을 얹고 짐과 나란히 서서 반짝이는 빛의 길을 바라보고 있었다.

인어 공주

두 사람이 순조롭게 나아가는 엠마의 지붕에 앉아 이야기를 나누고 있는 동안 하늘에는 어느새 별이 떠올라 있었다.

"우리가 갑자기 찾아가면 투르 투르 씨가 뭐라고 할까요? 기뻐할까요?"

"그건 내기를 걸어도 좋아."

루카스는 그렇게 말하고 싱긋이 웃었다.

"다만 어떻게 그곳까지 가느냐가 문제지."

"정말, 그렇군요!"

짐은 이제야 깨달을 수 있었다.

"이제 '황혼의 골짜기'는 지나갈 수 없겠군요. 그때 완전히 무너져 내렸으니까요. 그걸 깜빡 잊고 있었어요."

"으음."

루카스는 파이프를 입에 물고 생각에 잠겼다.

"그게 문제야. 그러나 지금 걱정해 봤자 별 수 없지 않겠니? 아무튼 가는 데까지 가 보자꾸나. 어떻게 해야 할지는 그때 가서 생각해 보자. 무슨 방법이 있겠지."

"그래요. 나도 그렇게 생각해요."

짐은 정말 그렇다고 생각했다. 두 사람은 끝없이 펼쳐진 바다에 은빛을 수놓는 보름달을 물끄러미 바라보고 있었다. 부드러운 안개 베일이 파도 위를 뒤덮고 산들바람에 날려 여러 가지 무늬로 일렁였다.

"안녕!"

갑자기 부드러운 목소리가 들려 왔다. 잔잔한 파도 소리같이 여린 목소리였다.

"아니, 지금은 '안녕히 주무세요'라고 해야 하나요?"

루카스와 짐은 깜짝 놀라서 주위를 둘러보았다. 그러나 아무것도 보이지 않았다.

"누구지? 우리에게는 아무도 안 보이는걸."

"어머, 이쪽이에요."

목소리가 바로 옆에서 소리쳤다.

"여기, 여기예요. 손을 흔들고 있잖아요."

두 사람은 눈을 크게 뜨고 열심히 바다 이곳저곳을 살펴보았다. 그러자 갑자기 짐의 눈에 조그만 손이 파도 사이에서 하늘거리고 있는 것이 보였다. 짐은 루카스에게 그곳을 가리켜 주었다. 얼마 뒤 짐의 팔정도밖에 안 되는 가냘프고 조그만 아가씨의 모습이 루카스와 짐에게 똑똑히 보였다. 귀여운 얼굴이었으나 눈이 지나치게 크고 입은 옆으로 길고 조그만 코가 위로 치켜 올라가 어딘지 물고기를 닮은 얼굴이었다.

은빛 머리카락은 머리에서 풀이 돋은 듯이 꼿꼿이 서 있었다. 그리고 허리에서부터 그 아래쪽은 물고기였다. 그러나 이상하게도 그 인어는 (그것이 인어라는 것을 두 사람은 금방 알아챘다) 완전하다고 할 정도로 투명했다. 온몸이 신들의 음식이라는 초록빛만으로 되어 있었다. 그래서 바닷물에 뒤섞여 보이지 않았던 것이다.

"안녕."

루카스가 상냥하게 말했다.

"멋진 물고기 꼬리군, 아가씨."

"마음에 드나요?"

인어 공주는 기쁜 듯이 말했다.

"그야 물론이지."

루카스가 추켜세웠다.

"그렇게 예쁜 물고기 꼬리를 가진 아가씨는 처음 보는걸."

인어 공주는 철썩철썩 소리를 내며 밝은 목소리로 웃었다. 햇빛섬의 바닷가에 밀려오는 조그만 파도 소리와 꼭 같았다. 그러고는 몹시 궁금하다는 듯이 물었다.

"당신들은 어디로 가는 거죠? 혹시 배가 난파하여 가엾게도 어디론가 떠밀려가고 있는 건 아닌가요?"

"아니에요, 아가씨."

루카스가 싱글싱글 웃으면서 대답했다.

"우린 만다라로 가는 길이오. 그리고 그곳에서 훨씬 더 멀고 긴 여행을 시작할 것이라오."

"어머, 그러시군요. 하지만 이런 배는 처음 보는걸요. 이 배의 이름은 뭐지요?"

"이 배는 엠마라고 하는데 사실은 배가 아닙니다."

루카스는 이렇게 대답하고는 파이프를 피워 연기를 뿜어냈다.

"그리고 뒤에서 쫓아오는 작은 배는 몰리라고 하는데, 그것도 사실은 배가 아니에요."

짐이 덧붙였다.

"무슨 이야긴가요? 도무지 알 수가 없군요."

인어가 의아한 듯이 물었다.

"사실은 배가 아닌 배라니 그게 뭐지요? 그런 것은 본 적이 없어요."

"사실은 배가 아닌 이 배는 말이지……."

루카스는 그렇게 말하며 짐에게 눈짓을 했다.

"기관차라오."

"어머나 그래요? 기관차…… 기관차…… 네? 뭐라고 했죠?"

"기관차!"

짐이 다시 말했다.

"아아, 그래요."

인어 공주는 호기심이 인다는 듯 다가왔다.

"기관차가 뭔가요? 괜찮다면 이야기해 주세요."

"무엇이든 물어 보아도 괜찮아요, 아가씨."

루카스가 상냥하게 말했다.

"기관차라는 것은 바퀴가 달려 있어서 땅 위를 달릴 수 있지요. 불을 때서 증기를 내게 하는 거예요. 뭔지 알겠어요?"

"네, 알겠어요. 그렇다면 그것은 땅 위를 달리는 증기선 같은 것인가요?"

"그럴듯하군."

루카스가 유쾌한 듯 웃으며 담배 연기를 뿜어 올렸다.

"상당히 영리한 아가씨야."

"그럼, 사실은 배가 아닌 그 배는 역시 배의 한 종류군요."

그렇게 말하더니 손뼉을 치며 기뻐했다.

바다에 살고 있는 생물은 세계를 바라보는 관점이 조금 한쪽으로 기울어져 있어서 크고 작은 모든 것들을 바다를 중심으로 생각했다. 그렇기 때문에 바다를 중심으로 해서 떠올릴 수 없는 것은 도무지 이해할 수 없었다. 그렇지만 보통 그것도 결국은 바다로 이어진다는 사실을 알게 되면 안심하게 되었다.

"그럼 당신들은 누구죠?"

호기심이 많은 인어가 또 물었다.

"나는 기관사 루카스, 그리고 이쪽은 나의 친구 짐 크노프. 역시 기관사지요. 뒤에서 따라오는 기관차가 짐의 기관차랍니다."

"미안해요, 성가시게 자꾸 물어서요. 하지만 바다에 살고 있는 우리에게는 퍽 중요한 일이랍니다. 당신들은 혹시 전류나 자석에 관해서 알고 있나요?"

"우리 두 사람은 증기 기관차의 기관사라오. 그러나 전기에 관해서도 조금은 알고 있지요."

루카스가 대답했다.

"참 잘 됐어요!"

인어 공주는 기뻐하며 크게 환호했다.

"당장 알려야겠어요. 잠깐만 기다려 주세요. 곧 돌아올 테니까요."

그러고는 물속으로 들어가 보이지 않았다. 루카스와 짐이 대답할 틈도 없이 인어 공주는 다시 물 위로 모습을 드러내며 소리쳤다.

"놀라지들 마세요! 우리 아빠예요!"

갑자기 소름이 끼칠 듯한 콧김 소리가 들리고 커다란 물장구 소리가 나는가 싶더니 바로 옆의 바다가 산더미처럼 부풀어 올랐다. 엠마가 걱정스러울 정도로 심하게 흔들렸다. 그리고 커다란 얼굴, 마치 고래라고 생각될 정도로 엄청나게 큰 얼굴이 드러났다. 인어와 마찬가지로 초록빛으로 투명해 보이고 해초와 조개가 다닥다닥 달라붙은 대머리에는 유리관이 얹혀 있었다. 눈은 두꺼비처럼 둥글게 튀어나와 있었지만 황금색 광채가 났다. 어처구니없이 넓게 퍼진 입술 위에는 물고기에게서 흔히 볼 수 있는 기다란 수염이 늘어져 있었다. 짐은 그것을 보고 까무러칠 정도로 놀라 웃어야 할지 울어야 할지 알 수가 없었다. 그래도 루카스는 언제나처럼 태연했다.

"소개해도 될까요?"

인어가 말했다.

"아빠, 이쪽은 기관사 루카스 씨와 짐 크노프, 그리고……."

인어 공주는 짐과 루카스를 향해 말을 이었다.

"아빠 로루모랄, 바다의 임금님이에요."

루카스는 예의 바르게 모자를 벗고 인사했다.

"만나뵙게 되어 영광입니다. 로루모랄 임금님."

"아빠, 이분들은 전기나 자석에 관해 조금은 알고 있다고 해요. 두 사람 모두 기관사라고요."

"그것 잘 됐다!"

바다의 임금님이 으르렁거리는 소리로 한마디 했다.

"그렇다면 함께 바다 밑으로 가서 어디가 잘못 되었는지 보아 달라고 하자꾸나."

"죄송스럽지만 그것은 무리입니다, 임금님."

루카스가 느릿느릿 대답했다. 바다의 임금님은 이마를 찌푸렸다. 이마라고 해도 정원의 나무 울타리만큼이나 컸기 때문에 무서운 형상이 되었다.

"왜 무리라는 거요?"

임금님이 말했다. 그 소리는 마치 고래가 트림을 하는 것 같았다.

"우리는 물에 들어가면 죽어 버립니다, 임금님."

루카스가 조용히 대답했다.

"그렇게 되면 임금님을 도와 드릴 수가 없을 테니까요."

"과연 그렇군!"

바다의 임금님이 말했다.

"도대체 무엇이 고장 났습니까?"

루카스가 물었다. 그러자 인어 공주가 이야기에 끼어들었다.

"일 년 전 바다의 불이 꺼져 버렸어요. 줄곧 켜져 있었는데 분명 어디가 잘못된 모양이에요."

"그래요."

바다의 임금님이 으르렁거리며 말했다.

"참으로 난처한 일이오! 더군다나 오늘은 선조이신 그루무슈를 기리기 위해 불꽃 축제를 성대히 개최할 예정이었소. 바다의 불은 그루무슈 임금 시대에 설치된 것이었으니까."

"먼저 몇 가지 물어 보겠습니다. 바다의 불은 그때까지 무엇으로부터 켜져 있었습니까?"

"그런 쓸데없는 것은 생각해 본 적도 없소."

바다의 임금님은 못마땅하다는 듯이 대답했다.

"불은 줄곧 켜져 있었어. 그런데 갑자기 꺼져 버렸어. 그뿐이오."

또 인어 공주가 끼어들었다.

"우리 할머니의 할머니 구루구라는 그루무슈 임금님을 잘 알고 있었는데 바다의 불은 어떤 커다란 자석으로부터 나온다고 말하셨대요."

"그 자석은 어디에 있죠, 아가씨?"

루카스가 다시 캐물었다.

"'공포의 바다'에 있어요."

인어 공주는 조금 난처한 표정을 지으며 대답했다.

"우리는 그곳 이야기를 되도록 피하고 있어요. 그곳으로 헤엄쳐 가지도 않지요. 왜냐하면 '공포의 바다'는 굉장히 무시무시한 곳이거든요."

"이곳에서 아주 먼 곳에 있나요? 중요한 일이 있어서 오래 지체할 수는 없지만, 그다지 시간이 걸리지 않는다면 그 자석을 한번 보고 싶은데."

루카스가 물었다.

"그렇게 해주시겠어요?"

인어 공주는 지느러미를 파닥거리며 기쁜 듯이 말했다.

"그렇다면 내가 아끼는 듀공(몸길이가 2.7미터쯤 되고 꼬리지느러미가 고래처럼 갈라진 바다짐승) 여섯 마리를 빌려 드리겠어요. 이 바다에서는 가장 훌륭한 혈통으로 지금까지 여러 경주에서 우승을 해왔어요. 그 듀공을 당신들의 배 앞에 매면 바람과 같이 빠른 속도로 자석이 있는 곳까지 안내하고 다시 이곳으로 돌아올 수 있어요. 그리고 어디든 당신들이 바라는 곳으로 데려다 줄 거예요. 시간은 별로 걸리지 않아요. 가려는 목적지에 예상했던 것보다 오히려 더 빨리 도착할 거예요."

"그거 잘 됐군!"

루카스가 빙그레 웃으며 말했다.

"당신들을 도울 수가 있다면 '공포의 바다'에 잠깐 들렀다가 가도 상관없습니다."

"잘 됐다!"

로루모랄 임금님이 으르렁거리는 목소리로 말했다. 그러고는 한 마디 인사도 하지 않고 요란스레 바닷속으로 사라져버렸다. 엠마가 다시 걱정스러울 정도로 흔들렸다.

"미안해요."

인어 공주가 작은 목소리로 말했다.

"아빠는 이따금 저렇게 퉁명스러워져요. 지금 6만 살이시거든요. 이해하시겠지요? 게다가 요즈음 가슴앓이로 고통을 받고 계세요."

"그럴 만도 하군."

루카스가 동정어린 표정으로 대답했다.

"6만 살이라니 정말 굉장한걸."

"가슴앓이를 앓기 전에는 좋은 분이셨어요."

인어 공주는 열심히 설명했다.

"아빠만큼 훌륭한 분은 이제껏 없었어요."

"지금은 아가씨가 가장 훌륭해 보이는걸."

루카스가 칭찬했다. 인어 공주는 밝은 목소리로 웃으며 얼굴을 짙은 초록빛으로 물들였다. 그것은 사람들이 얼굴을 붉히는 것과 같은 현상인 모양이었다.

영원한 수정

조금 떨어진 한 틈새로 바다 사나이가 얼굴을 내밀었다. 그는 어딘지 모르게 멍청해 보이는 생김새였는데, 뒤에는 기다란 고삐로 여섯 마리의 듀공을 끌고 있었다. 듀공은 인어 공주를 보자 기쁜 듯이 숨을 헐떡이며 지느러미로 물을 튕겼다.

"자즈라피치 공주님, 듀공을 대령했습니다."

"고맙구나, 우첼. 이 신기한 배 앞에 매줘요."

그리고 나서 인어 공주는 루카스와 짐을 향해 말했다.

"우첼은 나의 마구간지기예요. 듀공을 관리하고 있지요."

우첼이 여섯 마리의 듀공을 기관차 앞에 매고 있는 동안 짐과 루카스는 인어 공주의 충고에 따라 돛을 모두 내리고 차곡차곡 접어 선실에 쌓아 놓았다. 모든 준비가 갖추어지자 우첼이 물었다.

"제가 몰고 갈까요, 공주님?"

"됐어요, 내가 하겠어요. 고마워요, 우첼."

"그럼 다녀오세요."

바다 사나이는 인사를 하고 바닷속으로 사라졌다. 인어 공주는 기관 차 앞에 타고 고삐를 잡았다.

"꼭 붙잡고 계세요!"

뒤쪽에 있는 루카스와 짐에게 그렇게 소리치더니 인어 공주는 두세 번 가볍게 혀를 찼다. 그러자 곧 여섯 마리의 듀공이 전속력으로 나아 가기 시작했다.

늙은 엠마는 무서운 속력으로 물 위를 미끄러져 갔다. 뱃전에 부딪치 는 흰 거품이 양쪽으로 갈라지며 높은 산처럼 부풀어 올랐다. 밧줄로 연결된 작은 기관차는 파도 위에서 춤을 추고 있는 것 같았다.

얼마 뒤에 인어 공주는 기관실 지붕에 있는 루카스와 짐에게로 와서 친근하게 둘 사이에 끼어 앉았다. 여섯 마리의 듀공은 워낙 온순하고 영리해서 마부가 없어도 방향과 속력을 스스로 알아서 지켜나갔다.

"이 넓은 바다에 바다의 불을 고치는 자가 하나도 없다는 것이 이상 하죠?"

인어 공주가 말을 꺼냈다.

"전에는 누군가 그런 전문가가 있었을 테죠?"

"네, 있었어요."

인어 공주는 한숨을 지으며 말했다.

"햇빛이 비치지 않는 깊은 바닷속에는 빛을 내뿜는 심해어라든가 빛 나는 꽃이나 바위 등을 비추는 역할을 하는 모든 것이 완전히 갖춰져 있어야만 해요. 그런데 바다의 불을 고치는 전문가 우샤우리슘이 지금 은 없어요. 혹시 그를 알고 있나요?"

"유감스럽게도 모르겠는걸."

"어머, 아주 멋진 등딱지 네크라고요!"

인어 공주는 황홀한 듯이 말했다.

"그는 내 또래로 일만 살 정도예요."

"뭐라고요, 아가씨?"

루카스가 놀라서 물었다.

"아가씨가 그렇게 나이를 먹었다고?"

"네, 어쨌든 그는 믿을 수 없을 만큼 머리가 좋아요."

"등딱지 네크가 뭐죠?"

짐이 끼어들었다.

"어머, 당신들은 그것도 모르세요?"

인어 공주는 놀라서 소리쳤다.

"등딱지 네크는 등에 거북이처럼 등딱지를 가졌어요. 네크란 우리 사이에서는 물의 요정을 가리키는 말이지요. 나와 비슷하지만 물고기 꼬리 대신 등딱지를 갖고 있어요, 이제 알겠어요?"

"그렇다면 틀림없이 멋있겠는걸."

루카스가 추켜세웠다.

"당신도 그렇게 생각하세요?"

인어 공주는 기쁜 듯이 속삭이고 방긋 웃었다.

"나도 그렇게 생각해요. 정말이지 우아해요. 그의 머리가 좋은 건 아마도 거북이의 친척이기 때문일 거예요. 거북이 중엔 매우 영리한 동물이 많거든요."

"그런데 그 친구는 도대체 지금 어디 있나요?"

"너무나 슬픈 질문이에요."

인어 공주는 풀이 죽어 한숨을 쉬고는 말했다.

"모든 것이 아빠 탓이에요. 우샤우리슘은 나의 약혼자였어요. 그런데 아빠는 그에게 문제 하나를 냈어요. 그리고 그걸 풀 수 있다면 우리 결혼을 승낙하겠다고 했죠. 하지만 그건 너무나 어려운 문제라서 온 세계를 뒤져도 풀 수 있는 사람은 없을 거예요. 나의 약혼자는 떠날 때 늦어도 200년이나 300년 뒤에는 돌아오겠다고 했어요. 그런데 그는 벌써 400년이 지나도록 편지 한 통 보내오지 않고 있어요. 어쩌면 그이는 벌써 옛날에 죽었는지도 몰라요……."

그렇게 말하고 인어 공주는 그만 울음을 터뜨렸다. 인어가 우는 것은 그저 몇 방울의 눈물만을 흘리는 것이 아니었다. 물로 가득 찬 생물이라서 그런지 인어의 눈에서는 개울물 같은 눈물이 스펀지를 짜내는 것처럼 여기저기 흩어지며 흘러나왔다. 인어 공주가 갑작스레 울음을 터트리자 루카스와 짐은 그만 당황했다. 루카스는 위로하며 말했다.

"틀림없이 돌아올 테니까 염려하지 말아요, 아가씨. 그건 그렇고 로루모랄 임금님이 낸 어려운 문제란 어떤 것이었죠?"

"그건 '영원한 수정'을 만들어 내는 거예요."

"뭘 만든다고요?"

짐이 물었다.

"영원한 수정."

인어 공주가 설명했다.

"그건 절대로 깨지지 않는 특별한 유리예요. 금속처럼 불리거나 구부릴 수는 있어도 깨뜨릴 수는 없죠. 그리고 그것은 깨끗한 물처럼 투명해요. 아빠의 머리에 얹힌 왕관을 보셨나요? 그것은 바다에 처음으로 생물이 살게 된 때부터 있던 것인데 '영원한 수정'으로 만들어졌어요. 상상도 할 수 없는 아득한 옛날에 어떤 바다의 예술가가 만든 것인데 지금까지도 흠집 하나 없는 아름다움을 그대로 간직하고 있죠."

"흐음."

짐의 눈은 놀라서 휘둥그레졌다.

"그 비밀을 알고 있는 사람은, 쇠나 납이나 은이나 그 밖의 모든 금속을 '영원한 수정'으로 바꿀 수 있다고 해요. 하지만 그 비밀을 알고 있는 사람은 언제나 단 한 명밖에 없어요. 그 사람은 죽을 때가 되어서야 비로소 후계자를 정하고 그 후계자의 귀에 수정의 제조법을 속삭여 준답니다."

루카스가 곰곰이 생각한 뒤에 말했다.

"그렇다면 우샤우리슙은 그 비밀을 가르쳐 줄 수 있는 사람을 찾아낸다고 해도 오랫동안 기다려야 하겠군요."

"그렇지는 않아요. 나의 약혼자가 바로 그 후계자니까요. 그이는 그 훌륭한 지식을 깊은 바닷속의 어느 나이 많은 스승에게서 배웠어요."

루카스와 짐은 어리둥절해서 서로 얼굴을 쳐다보았다.

"그럼 해결되지 않았소?"

루카스가 소리쳤다.

"아아! 비밀을 아는 것만으로 끝난다면야 모든 것이 해결되겠지만, 그렇지는 않아요. 비밀을 아는 사람은 옛날부터 줄곧 있어 왔어요. 하지만 지난 10만 년 동안 '영원한 수정'은 만들어진 일이 없어요. 왜냐하면 그 유리는 물의 생물만의 힘으로 만들어지는 것이 아니기 때문입니다. 또 다른 생물의 힘이 필요하죠. 그 생물은 오직 불의 생물이어야만 합니다. 한때는 우리도 불의 생물과 사이가 좋았다고 합니다. 하지만 그건 아주 먼 옛날 일이죠. 물의 나라와 불의 나라 사이에 전쟁이 일어난 게 언제였는지는 아무도 모를 정도로 까마득한 날 일입니다. 아무튼 지금은 원수 사이예요. 그때부터 '영원한 수정'이 새롭게 만들어진 적은 한 번도 없어요."

"흐음."

루카스가 생각에 잠겨 신음소리를 냈다.

"그래서 지금 우샤우리슘은 사이가 좋아질 수 있는 불의 생물을 찾고 있다는 이야기로군."

"네, 그래요."

인어 공주는 고개를 끄덕였다.

"400년 전부터예요. 아마 앞으로도 만 년은 더 찾아야겠지요. 뿌리 깊은 원수끼리 화해를 한다는 것은 무척 어려운 일이니까요."

"그렇겠지. 모두가 이미 그것에 익숙해져 있을 테니까."

그런 이야기를 하고 있는 동안 바다와 하늘의 모습이 조금씩 달라지고 있었다. 바닷물은 차츰 검어지고 을씨년스러워졌으며 거칠어진 하늘에는 두터운 구름이 몰려들었다. 달이 잠깐씩 얼굴을 내밀 뿐 별의 반짝임도 전혀 보이지 않았다. 파도가 점점 높아지면서 철썩철썩하는 소리가 무시무시하게 울려 퍼졌다.

"이곳이 '공포의 바다'예요."

인어 공주는 그렇게 말하고 몸을 부르르 떨었다.

"이제 곧 자철 바위에 닿게 됩니다."

"엠마와 몰리가 위험하지 않을까요?"

짐이 근심스러운 듯이 물었다.

"엠마도 몰리도 쇠로 되어 있으니까 커다란 자철에 끌려갈지도 모른다고요."

인어 공주는 고개를 가로저었다.

"고장이 나지 않았더라면 벌써 끌려갔을 거예요. 옛날에는 항로를 이탈한 배가 이따금 이 근처에 오곤 했는데 절대로 살아나지 못했어요. 무서운 힘에 끌려들어가 자철 바위에 부딪쳐 산산조각이 나게 되죠. 방향을 바꾸려고 하거나 도망치려고 하면 배의 못과 쇠로 만든 부분이 모두 뽑히게 되고, 그렇게 되면 배는 산산조각이 난 채로 비참하게 가라앉아 버려요. 하지만 요즈음은 뱃사람들이 모두 잘 알고 있어서 '공포의 바다'를 피해 지나다니고 있어요."

"항로를 잘못 들어서서 이 근처를 지나가는 배가 아직도 있을 테죠?"

짐이 물었다.

"글쎄요, 있을지도 몰라요. 하지만 지금은 괜찮아요. 자철 바위가 고장 났으니까요."

"그렇기는 하지만, 우리가 그걸 고치면 다시 끌어당길 텐데."

"물론이에요. 그렇게 되면 이곳을 지나는 배는 모두 살아나갈 수가 없어요."

"그렇다면 고장 난 채로 내버려두는 것이 좋지 않겠어요?"

짐이 흥분해서 외쳤다.

인어 공주가 깜짝 놀라 짐을 바라보며 중얼거렸다.

"그렇게 되면 바다 밑은 영원한 암흑이에요."

세 사람은 모두 입을 다물고 생각에 잠겼다. 어떻게 하면 좋을까? 둘 중 하나를 선택해야 한다. 그러나 어느 쪽을 선택하든 누군가가 고통을 받게 될 것이다.

루카스가 침착한 목소리로 말했다.

"어쨌든 그곳에 가 보는 게 좋겠어. 잘 살피다 보면 좋은 방법이 생길지도 모르지."

두텁게 덮인 구름 틈새로 한순간 달이 모습을 보이자 어둠 속 수평선에 무엇인가 빛나는 게 보였다. 그것은 검은 바다에 우뚝 솟은, 험한 상처투성이의 커다란 두 쇠바위였는데 그림자가 밤하늘에 무시무시하게 얼룩져 보였다.

그들은 바위 주위를 두세 번 돌고 나서야 겨우 기관차를 접근시킬 만한 평평한 곳을 찾아냈다.

루카스와 짐은 먼저 엠마와 몰리를 기슭에 끌어올렸고 인어 공주와 함께 여섯 마리의 듀공을 풀어주었다. 큰일을 해낸 듀공들에게 한동안 자유롭게 바다를 헤엄쳐 다니거나 먹이를 찾아다닐 수 있도록 해주었다.

그리고 나서 인어 공주는 바위 끝 여울에서 휴식을 취했다. 루카스는 다시 파이프에 불을 붙이고 뻑뻑 피워대며 짐에게 말했다.

"그럼 먼저 조명 장치가 어떻게 되어 있는지 자세히 살펴보도록 하자."

"알았어요, 루카스."

두 사람은 기관차에서 도구 상자와 큰 손전등을 꺼냈다. 이 두 가지는 지난번 여행에서도 요긴하게 쓰인 것들이었다.

준비가 끝나자 루카스가 인어 공주에게 말했다.

"걱정하지 말아요, 아가씨. 금방 돌아올 테니까."

그리고 두 사람은 일어섰다.

바다 임금님의 비밀

　짐과 루카스는 험준하고 울퉁불퉁한 무쇠 바위를 여러 차례 기어오르며 꽤나 오랫동안 헤매 다녔다. 무엇을 찾고 있는 건지조차 알 수 없었다. 하지만 무엇인가 단서가 될 만한 것을 발견할 수 있으리라는 희망을 품고 있었다.

　짐은 우뚝 솟은 바위의 꼭대기에 기어 올라가서 회중전등으로 언저리를 비추어 보다가 갑자기 목소리를 낮추어 말했다.

　"루카스, 무엇인가 보이는데요."

　루카스가 그곳에 기어 올라와 짐의 옆에 섰다. 회중전등 불빛을 비추어 보니 오각형의 구멍이 보였다. 무쇠 바위를 통해서 밑으로 내려가는 굴 입구 같았다. 루카스는 구멍 언저리를 주의 깊게 살펴보았다.

　"이곳에 글자가 새겨져 있구나."

그곳을 찬찬히 조사하고 나서 말했다.

"하지만 녹이 슬고 완전히 풍화되어 알아볼 수 있을지 모르겠구나."

그러고는 도구 상자에서 사포를 꺼내 조심스럽게 문질러대기 시작했다. 조금씩 조금씩 글자가 드러났다. 가장 먼저 글자의 양쪽에 번갯불 무늬가 나타났다.

"무엇인가 고압과 관계가 있는 것 같군. 아마 자기(磁氣)와 관계가 있겠지."

루카스가 중얼거렸다.

"위험할까요?"

"글쎄, 곧 알게 되겠지."

루카스는 계속해서 문질렀다. 드디어 전체 글귀가 드러났다.

경고!
주의! 주의!
나의 비밀을 탐지하기 위해
이 구멍으로 내려오려는 자는
어떤 쇠붙이든
모두 놓아두고 들어올 것.
그렇지 않으면 이 뿌리가 그대를
영원히 붙들어 둘 것이다.

"음, 그래."

루카스가 만족스러운 듯이 말했다.

"목적지에 가까워졌어."

그러고는 짐에게 소리 내어 읽어 주었다.

"도구 상자는 이곳에 놓아두는 것이 좋지 않을까요?"

짐이 불안한 듯이 물었다.

"그렇겠지. 이런 글귀를 장난삼아 쓰지는 않았을 테니까."

"하지만 도구 상자 없이 어떻게 자철을 고치죠?"

짐은 못마땅한 듯 투덜거렸다.

"어떻게든 다른 방법을 찾아봐야지."

"손전등은요?"

"그것도 놓아두고 가야겠다. 도구 상자에 양초가 두세 자루 있을 거야. 그것을 가져가자."

그런 다음 도구 상자 옆에다가 루카스는 주머니칼을, 짐은 쇠로 된 버클 장식의 허리띠를 꺼내 놓았다. 마지막으로 루카스는 부츠까지 벗어 놓아야 했다. 밑바닥에 징이 박혀 있었기 때문이다. 다행이 짐은 낡은 운동화를 신고 있어서 별 문제 없었다.

"어느 정도나 깊을까요?"

짐이 불안한 듯이 말했다.

루카스는 도구 상자에서 작은 나사못을 꺼내 구멍에 떨어뜨려 보았다. 한참 있다가 밑바닥에서 들릴 듯 말듯 희미한 소리가 났다.

"상당히 깊구나."

루카스가 파이프를 입에 물고 맥 풀린 듯이 말했다. 그는 양초 두 자루를 켜서 하나를 짐에게 건네주었다. 두 사람은 구멍 가장자리에 몸을 굽혀 구멍의 벽을 비추어 보았다. 한쪽 벽에 나사모양의 층계가 보였다. 나선형 계단이 놓여 있는 것 같았다.

"내가 먼저 내려가 볼게."

"나도 가겠어요."

"좋아. 하지만 미끄러지지 않도록 조심해야 한다, 짐. 계단이 젖어서 미끌미끌하니까."

한 손에 촛불을 들고 다른 손으로는 수직 동굴의 벽을 더듬으며 두 사람은 한 계단 한 계단 조심스럽게 발을 옮겼다.

수직 동굴은 마치 끝이 없는 듯했다. 아래에서 밀려 올라오는 공기는 탁하고 퀴퀴한 곰팡이 냄새로 가득했으며 아래로 내려갈수록 동굴 안은 따뜻해졌다. 촛불이 가늘게 흔들렸다. 꽤나 오랫동안 묵묵히 내려가기만 하던 루카스가 말했다.

"이미 바다 표면보다 훨씬 깊이 내려와 있을 거야."

그 말을 듣자, 짐은 문득 뭐라고 설명할 수 없는 기분에 구역질이 치밀었다. 순간 계단을 뛰어올라가 바깥 공기를 마시고 싶다는 욕구가 강하게 밀려왔다. 그렇지만 이를 악물고 참았다. 그리고 서 있던 계단에 주저앉아 수직 동굴의 벽에 가만히 몸을 기댔다.

"짐!"

문득 아래서 루카스가 부르는 소리가 들렸다.

"밑바닥에 다다른 것 같다."

짐은 마음을 가다듬고 루카스를 따라 내려갔다. 루카스는 동굴 밑에서서 양초로 주위의 벽을 비춰 보고 있었다. 이윽고 옆으로 뚫린 굴의 입구를 발견하자 루카스는 꺼져가는 파이프에 불을 붙여 맛있게 두세 모금 피운 다음 말했다.

"가자, 짐!"

두 사람은 옆으로 뚫린 동굴로 들어가 잠시 구불구불한 길을 따라 앞으로 나아갔다. 공기가 점점 무더워졌다.

"여기는 어째서 이렇게 더울까?"

"땅 밑은 어디나 그런 거야. 깊어질수록 불타고 있는 지구의 중심에 가까워지니까."

"그럼 우리는 바다 밑보다도 훨씬 아래쪽에 와 있는 거군요."

"그런 것 같다."

두 사람은 촛불이 꺼지지 않도록 손으로 감싸며 다시 나아갔다.

그런데 길이 갑자기 끝나버렸다. 문을 빠져나온 듯했다. 그러나 촛불의 약한 불빛으로 자세히 보니 그곳은 대단히 커다란 종유 동굴이었다. 희미하게 비춰진 기둥이나 벽 부분은 주변의 시커먼 어둠 때문에 보이지 않았다. 저쪽 끝에는 철탑이 당당한 모습으로 우뚝 솟아 있었다. 탑 위쪽은 뚫린 동굴의 둥근 천정에 어리어 잘 보이지 않았으며 아래쪽은 나무뿌리처럼 밑바닥 바위에 깊이 박혀 있었다.

두 사람은 멍청히 서서 주위를 두리번거렸다.

"저쪽의 저것은 또 하나의 바위뿌리 같구나."

루카스가 목소리를 낮추며 말했다. 자세히 살펴보니 지금 그들 앞에 나타난 것들 모두가 또 하나의 당당한 철탑뿌리였다. 긴 철근뿌리 한 가닥이 동굴 한가운데까지 뻗쳐 있었고, 저쪽 탑에서도 똑같이 하나의 뿌리가 가운데를 향해 솟아나 있었다.

짐과 루카스는 그곳으로 가 보았다. 철근 양끝은 떨어져 있었는데, 그 사이에 우묵 패인 곳이 보였다. 루카스가 생각에 잠겨 말했다.

"이 사이에 무언가 있었던 것 같아. 누군가 그걸 가져간 모양이군."

루카스는 뿌리가 잘린 곳 가까이 촛불을 가져갔다. 양쪽에 모두 글자가 새겨져 있었다. 그것 역시 거의 읽을 수가 없었으며 이번 것은 대단히 오래된 문자로 상형 문자인 듯했다.

루카스는 겨우 읽을 수 있는 문자만 골라냈지만 그것만으로는 도저히 무슨 말인지 알아낼 수가 없었다. 한참 동안 고개를 갸웃거리더니 짐에게 촛불을 들게 하고 주머니에서 메모지와 펜을 꺼내 옮겨 쓰기 시작했다. 그리고 혼잣말을 하듯 중얼거렸다.

"읽을 수 있는 문자는 별로 없지만 전체적인 윤곽은 파악할 수 있을지도 모르겠어."

짐은 존경의 눈빛으로 가만히 루카스를 쳐다보고 있었다. 루카스는 몇 번이나 파이프에 담뱃잎을 채워 넣더니 다음과 같은 글자를 메모지에 옮겨놓았다.

(첫번째 면)
이 으 ㅊ대 바ㄷ으 임금 루무ㅅ의
비미ㄹ ㄷ 차 ㅈ혀
그거으 ㅍㄴ ㅈ느 히명해ㅈ고
그거ㅇ ㅇ요ㅎㄴ ㅈㄴ히ㅇ 얻느ㄷ

(두번째 면)
낮고 바으 우ㄷ흐 ㅎ으
어오 ㅈ기ㅇ 수ㅈ 자ㄷ는ㄷ
떠ㅇㅈ 잇ㅇ며 겨ㅅ ㅈㄷ지ㅁ
어겨ㅅㅋ라 ㄹ면 ㅎㅇ ㅈ깨ㄷ

루카스가 읽을 수 있는 글자만을 주섬주섬 읽어 내렸다. 짐은 실망했다는 듯 말했다.

"그건 글자가 아닌 것 같아요. 틀림없이 그저 흠이 난 걸 거예요."

루카스는 머리를 가로저었다.

"아니 그렇지 않아, 짐. 이건 어떤 사용법을 지시한 글귀가 틀림없어. 내기를 걸어도 좋아."

"흠, 그러면 그건 무슨 뜻일까요?"

"둘째 줄의 마지막 단어는 아마 '지혜'일 거야. 그리고 그 앞의 단어는 틀림없이 '비밀로 가득 찬'일 거고. 그리고 첫째 줄 끝 부분은 조금 글자를 보충하면 '그루무슈'라고 읽을 수 있어. 그 앞 글자는 '바다의 임금'이야. 그렇다면 '초대 바다의 임금 그루무슈의 비밀로 가득 찬 지혜' 아마 그런 뜻이 되겠지."

"와아, 굉장하군요!"

짐은 목소리를 낮추어 말했다. 깜짝 놀라서 눈이 휘둥그레졌다.

"나라면 절대로 알아내지 못했을 거예요."

루카스는 계속 말했다.

"셋째 줄은 글자에 획을 조금 더해 읽어 보면 '그것을 푸는 자는 현명해지고'가 돼. 그렇게 되면 넷째 줄은 쉽지. '그것을 이용하는 자는 힘을 얻는다.'"

"루카스!"

짐은 완전히 압도되어 소리쳤다.

"루카스는 정말 무엇이든……."

"기다려!"

루카스가 가로막았다.

"역시 쉽지 않아. 다른 한쪽은 어떤 의미인지 전혀 짐작이 가지 않으니 말이야. 첫째 줄의 첫 번째는 아마 낮과 밤일 거야. 하지만 알 수 있는 것은 그것뿐이야."

루카스는 다시 파이프에 담뱃잎을 채우고 불을 붙였다. 그리고 담배를 피우면서 생각했다. 짐도 열심히 머리를 짜내 옆에서 생각나는 대로 이것저것 말해 보았다. 그러면 루카스는 그것이 맞는지 어떤지를 시험해 보곤 했다. 두 탐험가는 고심하며 끈기 있게 수수께끼를 풀어나갔다. 촛불이 반 이상이나 타 버렸을 무렵 드디어 루카스가 만족스러운 듯이 손가락을 튕기며 말했다.

"흐음, 됐어, 알아냈어."

그리고 그 내용을 짐에게 읽어 주었다.

이것은 초대 바다의 임금 그루무슈의

비밀로 가득 찬 지혜

그것을 푸는 자는 현명해지고

그것을 이용하는 자는 힘을 얻는다

낮과 밤의 위대한 힘은

여기와 저기에 숨겨져 잠드는데

떨어져 있으면 계속 잠들지만

연결시켜라! 그러면 힘이 깨어난다

수수께끼 열쇠

"어떤 뜻인지 알겠어요?"

짐은 멍청한 표정으로 물었다.

"생각을 좀 해 보자. 너 자석을 본 적은 있지?"

"네, 있어요. 뭐요 할머니의 가게에서 보았는데 마치 말발굽 같았어요."

"그래."

루카스는 고개를 끄덕였다.

"어느 자석에나 낮의 극과 밤의 극, 양극이 있어. 그리고 그것이 한 몸의 양끝에 있어서 자기(磁氣)가 생기는 거야. 하지만 여기 있는 것은 보통 자석이 아니야."

루카스는 잠깐 생각하며 담배 연기를 뿜어내더니 다시 말했다.

"그루무슈 자철은 두 극이 떨어져 있어서 힘이 모두 숨겨져 있지. 하지만 두 바위산을 잇는다면 대단한 힘이 생기게 되는 거야. 짐, 이건 굉장해. 우리는 특별한 자철을 발견했어."

"특별하다는 것은 자기를 넣거나 빼거나 할 수 있다는 것이군요."

"그래, 그렇다면 누군가가 이 양쪽에 나와 있는 뿌리 사이의 연결기를 없애버린 게 틀림없어. 우선 그것을 찾아야 해."

두 사람은 연결기를 찾기 시작했다. 하지만 그곳은 여기저기 옆으로 동굴이 뚫린 넓은 종유 동굴이었고 무엇보다도 어려운 것은 그 연결기가 어떤 모습을 하고 있는지조차 모른다는 것이었다. 두 사람은 정신없이 헤맸다. 그러는 사이 의지하고 있던 촛불은 자꾸만 작아져갔다.

"이제 더는 이곳에 있을 수 없어."

루카스는 걱정스러운 듯이 말했다.

"캄캄해지면 이곳에 갇혀버리고 말 거야."

그 말을 듣는 순간 짐은 등골이 오싹해졌다. 그곳은 돌아가야하는 처음 들어온 곳에서 꽤 멀리 떨어져 있었다. 짐과 루카스는 이 이상한 바다 밑의 끝없는 어둠 속을 두 마리의 작은 반딧불처럼 돌아다니고 있었다. 촛불이 모두 타 버리고 어둠이 동굴을 메우게 되면 돌아갈 길을 찾을 수 없을 것 같았다.

"이제 돌아가는 게 좋지 않을까요?"

짐이 말했다. 그런데 그렇게 말한 순간 무언가에 걸려 넘어지면서 촛불이 꺼져 버렸다.

"괜찮니?"

루카스가 재빨리 달려와 물었다.

짐은 금방 털고 일어나 루카스가 내민 촛불로 자기 촛불에 불을 붙였다. 그리고 두 사람은 무엇에 걸려 넘어졌는지 살펴보려고 바닥을 비쳐 보았다. 그곳에는 알 수 없는 이상한 것이 있었다.

전체가 물처럼 맑은 유리로 된 동그란 관이었다. 아령과 같은 형태로 그보다는 훨씬 큰 유리 속에 쇠로 된 봉이 이쪽 끝에서 저쪽 끝으로 이어져 있었다.

두 사람은 아무 말도 못하고 이삼 초 동안 서로 마주 쳐다보았다.

루카스가 겨우 입을 열었다.

"굉장하다, 짐! 만약 네가 이것에 걸려 넘어지지 않았다면 우리는 계속 허둥대고 있었을지 몰라! 이건 틀림없이 연결기야!"

우연한 일이었지만 짐은 자신이 연결기를 발견하게 된 것이 몹시 자랑스러웠다. 루카스는 허리를 굽혀 유리봉을 살펴보았다.

"망가지지는 않은 것 같구나."

루카스는 이것저것 조사해 보고 나서 말했다.

"누가 이런 곳에 연결기를 놓아두었을까!"

짐이 중얼거렸다. 두 사람은 짧아진 양초를 튀어나온 바위에 조심스럽게 붙여 놓았다. 그리고 무거운 연결기를 들어 올려 한 발짝씩 양쪽에서 뻗어 나온 뿌리 사이로 옮겨 갔다. 몇 번씩이나 들었다 내렸다 하며 숨을 크게 내쉬었다. 이마에서 눈으로 비오듯 땀이 흘러내렸다. 연결기를 옮기는 데 꽤 많은 시간이 걸렸다. 두 사람은 그것에 열중해 있느라고 작아진 양초에는 신경을 쓸 틈이 없었다.

1미터 앞까지 와서 다시 한 번 무거운 연결기를 내려놓았을 때 거의 다 타 버린 촛불의 불빛이 흔들리기 시작한 것을 문득 알아챘다.

"앗, 꺼지려고 해요!"

짐은 놀란 눈을 깜빡거리며 달려가려고 했다. 그때 루카스가 얼른 붙잡으며 말했다.

"이미 다 타버렸어. 어쩔 도리가 없다. 지금 달려가면 서로 길을 잃어버릴지도 몰라. 이제는 꼼짝 않고 같이 있어야 해."

촛불은 거대한 바위 동굴 한 구석에서 한순간 깜박깜박 아래위로 춤을 추며 점점 사그라지더니 마침내 꺼져 버렸다. 짐과 루카스는 숨을 깊이 들이쉬었다. 지지직 하고 촛불이 꺼지는 희미한 소리와 함께 두 사람은 끝없이 펼쳐진 바다 밑 동굴의 어둠 속에 휩싸이고 말았다.

"이게 무슨 꼴이람!"

루카스가 혀를 차며 울부짖었다. 그 목소리가 바위벽과 기둥에 부딪쳐 메아리가 되어 울려 왔다.

"어떻게 하지?"

짐은 무서워서 견딜 수가 없었다. 심장 뛰는 소리가 쿵쿵 목까지 울려 왔다.

"걱정 마, 짐. 이럴 때를 대비해서 성냥개비를 몇 개 남겨 두었다. 어떻게든 우리가 출발했던 계단까지는 돌아갈 수 있을 거야. 하지만 조심하는 것이 좋아. 우선 유리관을 맞추어 보도록 하자."

두 사람은 힘을 모아 무거운 관을 다시 한 번 들어 올려 우묵한 바닥에 넣었다.

"이젠 됐어!"

어둠 속에서 루카스의 목소리가 들렸다.

"서둘러 밖으로 나가자!"

"쉿!"

짐이 나지막하게 말했다.

"들어 봐요, 루카스. 저게 무슨 소리일까요?"

두 사람은 귀를 기울였다. 그 소리는 천천히 불어나 커다란 종의 힘찬 요동처럼 흔들리기 시작했다.

"루카스!"

짐은 소리치며 어둠 속에서 더듬더듬 친구를 찾았다.

"이리 와, 짐!"

소리는 점점 거대하게 울렸고 그 사이로 희미하게 루카스의 목소리가 들렸다. 루카스는 짐의 손을 잡아당겨 어깨를 감싸 안았다. 두 사람은 무슨 일이 일어날지 그 자리에 가만히 서서 기다리기로 했다.

귀를 찢을 듯한 굉음이 어느 결에 약해져갔다. 이윽고 유리구슬이 구르듯 맑고 아름다운 소리가 공중에 차츰 가늘게, 그리고 높게 울려 퍼졌다. 동시에 양쪽 무쇠뿌리 사이에 꽂아 놓은 유리관이 파란 빛을 내며 넓고 넓은 동굴 안이 밝은 빛으로 가득 차오르기 시작했다.

짐과 루카스는 깜짝 놀라 주변을 둘러보았다. 종유 동굴의 모든 벽과 모든 기둥이 몇 백만 개의 거울처럼 반짝반짝 빛나 마치 눈의 나라 궁전에 서 있는 것만 같았다.

커다란 무쇠뿌리에 있는 입구도 금방 알아볼 수 있었다. 두 사람은 꼬불꼬불하게 구부러진 길을 따라 나선형 계단이 있는 수직 동굴 쪽으로 서둘러 갔다. 철로 된 벽과 천정에 작고 파란 불꽃이 여러 개 파도처럼 이어지며 서로 엇갈리더니 사라져 버렸다.

짐은 처음에는 이 불꽃에 감전되지는 않을까 두려움이 앞섰다. 그렇지만 루카스의 설명을 듣고 곧 안심할 수 있었다.

"위험하지 않아, 자석의 자기에서 나는 빛이니까. 자기의 빛은 안전해. 성 엘모의 빛이라고 하는 거야."

짐과 루카스는 나선형 계단이 있는 수직 동굴로 향했다. 그곳 역시 신비한 파란 빛으로 둘러싸여 있었다. 두 사람은 우쭐한 기분으로 긴 계단을 올라갔다. 루카스가 앞서고 짐이 뒤따랐다.

묵묵히 꽤 많이 올라갔지만 성 엘모의 빛은 희미해지기는커녕 더욱 밝아졌다.

"이 자기는 굉장히 강한 것 같군."

루카스가 말했다.

"네, 바다의 불빛도 벌써 켜졌을지 몰라요."

짐이 말했다.

"그랬으면 좋을 텐데."

루카스도 말했다. 두 사람은 한 계단 한 계단 빙빙 돌며 계속해서 올라갔다. 계단을 따라 높이 올라갈수록 온도가 내려가기 시작했다. 땅속의 열이 그곳까지는 미치지 않았던 것이다.

몹시 지치기는 했지만 두 사람은 무사히 수직 동굴 밖으로 나올 수 있었다.

둘은 주위를 둘러보았다. 그들의 눈앞에 펼쳐진 광경은 너무나도 휘황찬란하여 둘은 한참 동안 입을 다문 채 그 자리에 멍하니 서 있었다.

더 이상 무시무시하고 까맣게 죽어있는 밤바다가 아니었다. 바다 밑바닥에서 올라오는 은은한 푸른빛 광채로 수평선 이 끝에서 저 끝까지 온통 환하게 빛나고 있었다. 그 푸른색은 아주 귀한 보석에서나 볼 수 있는 정말이지 신비로운 빛깔이었다. 게다가 크고 작은 파도의 꼭대기는 무수히 반짝이는 빛 구슬로 된 관을 쓰고 있는 듯 보였다. 루카스는 짐의 어깨에 손을 얹고 서 있었다.

"자 저기를 보렴, 짐."

짐은 목소리를 낮추어 말하고는 파이프 자루로 죽 수평선을 그어 보였다.

"이것이 바다의 빛이란다!"

"바다의 빛!"

짐이 감동한 듯이 되풀이했다. 자기들의 손으로 바다를 처음처럼 되돌려 놓은 것이다. 짐과 루카스는 가슴이 벅차올랐다.

아무것도 움직이지 않아

멋진 바다의 광채를 마음껏 즐기고 나서 두 사람은 바위 근처에서 기다리고 있는 인어에게 돌아가기로 했다. 성공적으로 수리를 끝낸 것에 대해 뭐라고 말할까? 루카스는 벗어 놓은 부츠를 신고 끈을 맨 뒤 일어서려고 했다. 그런데 놀랍게도 발에 뿌리가 돋은 듯이 전혀 움직이지 않았다.

짐은 도구 상자를 들어 올리려고 했다. 그런데 쇠붙이로 된 도구들이 갑자기 백 킬로그램 이상의 무게가 된 것처럼 전혀 움직이지 않았다. 벨트를 들어 올리려고 해도 이것 역시 쇠고리가 마치 무쇠바위에 못으로 고정된 것처럼 달라붙어 있었다.

순간, 두 사람은 눈이 휘둥그레져서 마주 쳐다보았다. 그러고 나서 루카스는 크게 웃어대며 말했다.

"이게 웬일이야! 이걸 생각하지 못했구나, 짐. 우리가 자철을 고쳐 놓아 다시 자력이 생긴 거야, 그렇지?"

"네, 엄청난데요!"

짐은 이렇게 말하며 벨트를 당겼다.

"그럼 어떻게 하죠? 이것들을 여기에 놓아두고 갈 수는 없어요."

"그래."

루카스는 뒤통수를 긁적였다.

"물론이지. 신을 신지 않은 채 여행을 계속하고 싶지는 않으니까."

루카스는 깜짝 놀라며 이마를 탁 쳤다.

"큰일이다! 우리 기관차!"

그리고 부츠에서 발을 빼고는 맨발로 곧장 해안을 향해 뛰어 내려갔다. 짐도 뒤를 따랐다. 엠마도 몰리도 바위와 한 덩어리가 된 것처럼 착 달라붙어 있었다. 가장 작은 바퀴조차 움직이지 않았다.

모든 것이 꼼짝도 하지 않았다. 짐과 루카스가 어찌해야 좋을지 의논하고 있을 때 근처 얕은 여울에서 인어 공주가 불쑥 얼굴을 내밀었다.

"당신들이 정말 훌륭하게 고쳐 주셨어요."

두 사람을 보자마자 인어 공주는 기쁜 듯이 손뼉을 마주치며 말했다.

"어떻게 고맙다는 인사를 드려야 할지 모르겠어요. 바다에 사는 모든 생물을 대신해 깊은 감사를 드려요. 바다의 광채를 보셨나요? 근사하죠? 나는 '공포의 바다'를 샅샅이 둘러보며 헤엄쳐 왔어요! 아아! 아빠가 얼마나 좋아하실까? 이것으로 오늘밤 초대 임금 그루무슈를 찬양하는 불꽃 제전을 올릴 수 있게 됐어요. 그런데 당신들은 뭔가 소원이 없나요? 틀림없이 아빠는 그것을 들어 주실 거예요……."

"그것이 말이오."

루카스는 작은 인어 공주의 조잘거림을 가로막고 침통하게 말했다.

"소망이 있기는 있죠. 우린 이곳에서 빠져나가고 싶어요, 아가씨."

"물론 그래야지요."

인어 공주는 다시 떠들어대기 시작했다.

"하얀 듀공을 곧 불러 드릴게요. 그러면 어디로든 데려가 줄 거예요. 지구를 세 바퀴 도는 곳이라도 문제없어요."

그리고 곧 듀공을 찾아 나서려는 것을 루카스가 불러 세웠다.

"잠깐 기다려요, 아가씨. 그게 그렇게 쉬운 일이 아니라오. 우리 기관차가 움직이지 않게 됐어요. 자철이 잡아당기고 있기 때문이지. 기관차 없이 우리는 이곳을 나갈 수가 없는 걸."

"어머나 저런! 큰일 났군요, 이 일을 어쩌지요?"

"응, 우리도 아까부터 그걸 생각하고 있어. 이 무쇠 바위를 벗어나려면 자기(磁氣)를 다시 끊어 놓아야 해."

"하지만 그럼 바다의 광채가 다시 꺼지고 말아요!"

인어 공주가 소리쳤다. 너무나 허둥대는 바람에 푸른 빛이 잠시 흩어져 버렸다.

"여기에 발을 묶이지 않으려면 그 방법 말고는 다른 수가 없어요."

루카스가 말했다.

"우리는 여기 이렇게 잡혀 있고 싶지 않아요."

짐이 덧붙였다.

"그건 그렇겠죠. 잘 알겠어요. 하지만 어떻게 하죠?"

"방법이 하나 있을 것 같기는 한데."

루카스는 파이프를 입에 가져가 한참 담배를 피우다가 겨우 그렇게 말했다.

"그게 뭐죠?"

인어 공주가 앞으로 몸을 내밀며 물었다.

"우리가 이곳을 떠나 안전한 곳까지 나간 다음 우리 대신 다시 자기(磁氣)를 넣어 줄 사람을 찾아내는 거요."

루카스가 깊이 생각한 듯 그렇게 말했다.

"그걸 내가 할 수 없을까요?"

인어 공주가 자청해 나섰다. 짐과 루카스는 쓴웃음을 지었다.

"안 될 거요. 우리가 내려갔던 이 동굴은 꽤 뜨거운 곳이오. 그 온도를 당신은 도저히 견디지 못할 거요."

"내 약혼자인 우샤우리슘이라면 틀림없이 할 수 있을 텐데."

인어 공주는 안타까운 듯이 말했다.

"그이는 별로 더위를 느끼지 않을 거예요. 거북이의 먼 친척뻘이어서."

"그럴지도 모르죠. 그렇지만 어디 있는지 모른다면서?"

"네, 그래요."

인어 공주는 꺼져가는 목소리로 말하고는 갑자기 훌쩍훌쩍 울기 시작했다.

"하지만 말이에요."

짐이 서둘러 끼어들었다.

"이렇게 넓은 바다에, 그 일을 할 만한 누군가가 하나도 없을까요? 우리가 아주 자세히 가르쳐줄 수 있어요."

"그래요, 내가 찾아나서 볼게요!"

"응, 그게 좋겠어."

"하지만 얼마나 걸릴까?"

"오래 걸리지는 않아요."

인어 공주는 자신 있게 말했다.

"기껏해야 팔십 년이나 백 년이겠죠."

"뭐라고요? 아가씨, 그건 좀 곤란해."

루카스가 말했다.

"우리는 그렇게 한가하지 않아요. 그러나 또 다른 방법이 하나 있어요. 짐과 내가 일단 자기(磁氣)를 끊고 나가는 거야. 그동안 바다에 사는 생물들이 적당한 사람을 찾아내는 거지. 그것을 찾아낼 때까지 우리는 틀림없이 집으로 돌아가 있을 테니까 그때 우리에게 알려주면 돼요. 우리가 도움이 되어 주겠어요."

"당신들은 지금 곧 자기(磁氣)를 끊으려고 하는 건가요?"

인어 공주는 당황해서 물었다.

"오늘 밤엔 불꽃 축제가 성대하게 열릴 텐데, 아빠의 궁전에서는 지금 대무도회가 한창이에요. 나도 헤엄쳐 가서 춤을 추고 싶어요. 저어, 적어도 내일까지만이라도 기다려 주지 않겠어요? 부탁이에요, 제발!"

루카스는 짐과 마주 보며 말했다.

"좋소. 그렇게 하도록 하지, 아가씨. 어차피 우리도 지쳐 있으니까 잠을 좀 자둬야 해. 그러나 내일까지예요. 정말이야. 갈 길이 바쁘니까. 아버지께 그렇게 전해 줘요."

"네, 그렇게 하겠어요."

인어 공주는 안도의 숨을 쉬며 대답했다.

"그리고 아까도 말했듯이 뭔가 소원이 있는지 생각해 두세요. 아빠는 꼭 들어주실 거예요. 그럼 정말 고마웠어요. 안녕!"

"안녕!"

짐과 루카스는 손을 흔들어 주었다. 인어 공주는 듀공을 불렀다. 여섯 마리의 흰 듀공들은 곧 모습을 나타냈다. 듀공의 고삐는 바위 위에 있었다.

"고삐는 놓아두고 가겠어요. 곧 돌아올 테니까요!"

인어 공주는 그렇게 소리치고 한 마리 듀공의 등에 올라타 혀를 찼다. 나머지 다섯 마리의 듀공은 공주의 뒤를 따라 하얀 거품을 일으키며 순식간에 멀어져 갔다.

"흠, 저 아가씨 꽤나 서두르는군. 돌아오는 길도 저렇게 서둘러 주면 좋을 텐데."

"고삐를 놓아두고 갔으니 괜찮을 거예요."

그리고 짐은 진주와 빛나는 고기비늘로 장식한 가죽 고삐를 집어 손가락에 끼워 보며 넋을 잃고 쳐다보았다.

"짐, 희망을 가져."

루카스는 엠마의 지붕에 올라가 탄수차로 들어가는 뚜껑을 열며 말했다.

"바다 사람들은 시간에 관해서는 너그러운 모양이야. 아무래도 그런 것 같아. 이런? 이게 무슨 일이지? 뚜껑도 열리지 않잖아! 그럼 밖에서 잘 수밖에 없겠군. 엠마 아래로 기어 들어가야겠어. 그렇게 하면 머리 위에 지붕이 얹히는 셈이니까."

두 사람은 엠마 밑으로 들어가 가능한 한 몸을 쭉 폈다. 짐은 루카스에게 몸을 꼭 붙이고 생각에 잠겼다.

'뭐요 할머니가 이 상황을 아신다면……'

소년 탐험가의 새로운 발견

유쾌한 밤은 아니었다. 다음날 아침, 짐과 루카스는 추위에 떨면서 기관차 아래에서 기어나왔다. 하늘은 다시 구름에 덮이고 바람에 밀린 파도는 무쇠 바위에 부딪쳐 콰르릉 부서졌다. 한낮의 '공포의 바다'는 더욱 더 으스스하여 짐은 몹시 불안해졌다.

짐과 루카스는 곧 자기(磁氣)를 끊는 작업에 들어가기로 했다. 배가 고파 아침식사를 하고 싶었지만, 뭐요 할머니가 싸준 버터 바른 빵과 달걀과 코코아 같은 음식 자루는 엠마의 기관실 안에 있었다. 바다의 광채는 한낮의 빛 속에서는 보이지 않았다. 바닷물은 이제 보통 때처럼 보였다.

두 사람은 무쇠 바위 꼭대기로 올라갔다. 오각형의 수직 동굴 입구 가까이에는 도구 상자, 손전등, 짐의 벨트와 루카스의 부츠, 호주머니

칼이 모두 어젯밤 그대로 놓여 있었다.

도구 상자 속에는 반동강이 된 양초 한 자루가 들어 있을 뿐이었다. 그것으로도 모자라지는 않을 것 같았다. 연결기가 끼워진 동안은 성 엘모의 빛이 있어 양초는 필요 없었다.

모든 것이 그대로였다. 두 사람이 수직 동굴을 내려가는 길은 파랗고 작은 불꽃이 비춰 주었다.

"정말 유감이에요. 애써 연결시켰는데 다시 자기(磁氣)를 끊어야만 하다니!"

"그렇지만 연결 방법을 알게 된 것만으로도 다행이야. 게다가 자기(磁氣)가 정말 끊기는지 어떤지 알아보는 것도 대단히 유익한 일일 거야."

"어째서요?"

"그렇게 하면 이제부터 이 바위에 누군가 파수를 세워 두면 되니까. 예를 들어, 배가 가까이 오면 그 파수꾼이 자기(磁氣)를 끊는 거야. 그러면 더 이상 끔찍한 사고는 없겠지. 그러면서도 바다에 사는 생물들이 바다의 광채를 필요로 할 때면 언제나 누릴 수 있게 될 거야."

"아, 그게 좋겠네요. 하지만 파수꾼이 될 사람이 과연 있을까요?"

"없을 리가 있겠니? 적당한 사람을 찾아낼 수 있을 거야. 하지만 바다 주인들은 이 일에 그리 적합할 것 같지는 않구나."

"나도 그렇게 생각해요. 바다 사람들이란 그저 물, 물, 물밖에 모르니까 말이에요."

두 사람은 묵묵히 계속 아래로 아래로 내려갔다. 드디어 수직 동굴의 밑바닥에 닿았다. 그리고 커다란 뿌리 속을 통과하는 꾸불꾸불한 길을 지나 겨우 반짝반짝 빛나는 밝은 해저의 종유 동굴로 나왔다. 모든 것이 어제 그대로였다. 루카스가 유리관 위에 몸을 구부렸다. 파란빛의 광채는 눈을 뜨고 있기가 힘들 정도로 찬란했다. 그것을 보고 짐이 말했다.

"그 연결기가 혹시 '영원한 수정'으로 되어 있는 건 아닐까요?"

"아마 그렇겠지. 다른 유리라면 이 정도의 힘이 가해지면 깨어지고 말 거야."

루카스는 살며시 관을 만져 보았다. 안에서 반짝이고 있는 철 막대의 열로 뜨겁지 않을까 생각했는데 유리관은 그저 미지근할 뿐이었다.

"굉장한 물질이야."

루카스는 감탄해서 소리쳤다.

"이것을 이제는 만들어 낼 수 없다니 아쉬운 일이야."

그리고는 가져온 반동강짜리 양초에 불을 붙여 바닥에 단단히 고정시켰다. 그리고 유리관을 들어올렸다. 순간 빛은 사라졌다. 이번에는 굉음이 전혀 일어나지 않았다. 동굴은 고요하게 다시 어둠에 잠기고 작은 촛불의 불꽃이 주위를 뿌옇게 비춰 줄 뿐이었다.

"짐, 이리 와. 이제 위로 올라가자."

"곧 따라갈게요."

짐은 촛불을 들고 또 하나의 바위뿌리 쪽으로 두세 발짝 다가가며 대답했다. 루카스는 짐을 따라가며 물었다.

"무엇을 찾고 있니?"

"네, 이쪽의 철은 뭐가 다른지 알아보고 싶어서요. 이쪽은 밤의 극이 많아요."

그런데 꼭 같은 철인 것 같았다. 짐은 이해가 가지 않았다. 뭔가 다른 것이 발견될 것 같았다. 자세히 알아보면 혹시나…… 하지만 그러기에는 이미 빛은 너무나 약해져 있었다. 그리고 시간도 없었다.

"저어 루카스, 덩어리를 하나 가져가면 안 될까요?"

"안 될 것 없지."

짐은 자기 머리만큼이나 큰 덩어리를 하나 들어올렸다. 그곳에 있는 것 가운데 가장 작은 덩어리였다. 루카스가 촛불을 들고 두 사람은 다시 되돌아갔다. 캄캄하고 구불구불한 길을 지나 이윽고 나선형 계단이 있는 수직 동굴에 닿았다.

그리고 끝없이 이어진 계단을 한 계단 한 계단 조심스레 올라갔다. 무거운 쇳덩어리를 안고 있는 짐의 숨소리가 점점 가빠지자 루카스는 그것을 받아 옆에 끼고 촛불을 짐에게 건네주었다. 간신히 오각형의 구멍에서 밖으로 나왔다. 루카스는 쇳덩어리를 짐에게 돌려주고 재빨리 부츠를 신어 보았다.

"응. 이제 제대로 신을 수 있군."

그리고 고개를 끄덕이며 시험 삼아 두세 발짝 걸어 보았다.

"움직여, 움직일 수 있어. 됐어."

짐은 조금 떨어진 곳에 앉아 쇳덩어리를 무릎 위에 올려놓고 살펴보았다. 도구 상자에서 꺼낸 망치로 여기저기 두드려 보았지만 별로 다른 점을 찾아볼 수 없었다. 그래서 가까이에 있던 같은 크기의 철 덩어리를 가져온 덩어리와 비교해 보려고 집어들었다. 그때 망치의 머릿쇠 부분이 마침 두 덩어리 사이에 끼여 동시에 양쪽 쇠에 닿았다!

그 순간 도구와 손전등을 상자에 넣으며 뚜껑을 닫고 있던 루카스는 자기 발이 알 수 없는 힘에 이끌려가는 듯한 느낌을 받았다. 또 한 손에 들고 있던 도구 상자도 자꾸만 짐 쪽으로 당겨지는 것이었다. 땅에 있던 짐의 벨트도 마치 뱀처럼 꾸불텅거리며 쇠고리를 앞쪽으로 하여 짐에게로 날아갔다. 루카스는 땅에 엉덩방아를 찧었으며 징을 박은 구두밑창과 도구 상자를 짐 쪽으로 향하고 질질 끌려갔다. 그런데 더욱 큰일이 벌어졌다. 루카스와 짐 사이에는 오각형의 수직 동굴 입구가 있었던 것이다! 루카스는 멈추려고 해도 멈춰지지 않아 입구 바로 앞까지 끌려갔다. 그렇지만 소리칠 사이도 없이 입구를 지나 꽝하고 짐에게 부딪치고 말았다. 소년 탐험가는 깜짝 놀라 소리를 질렀다.

"대체 어떻게 된 일이죠?"

다행히 부딪치면서 두 쇳덩어리 사이에 있던 쇠망치가 떨어졌다. 자기(磁氣)는 순식간에 사라졌다.

"아아, 미안 미안해, 짐."

루카스는 아직 어리둥절한 채 말했다.

"일부러 그런 건 아니야. 갑자기 어떤 힘이 내 발을 자꾸만 잡아당겼어."

그러고는 일어나서 아픈 엉덩이를 문질렀다.

"어떤 실험을 했지?"

루카스가 물었다.

"망치를 두 쇳덩어리 사이에 끼워 놓았을 뿐이에요. 이렇게 말이에요!"

짐은 아까처럼 쇠망치를 두 쇳덩어리 사이에 넣어 보였다. 눈깜짝할 사이에 루카스의 발이 다시 앞으로 당겨지고 징을 박은 구두 밑창이 짐의 무릎 위에 있는 두 쇳덩어리에 착 달라붙었다. 도구 상자도 짐의 벨트도 역시 마찬가지였다.

"어찌 된 일이지!"

다시 엉덩방아를 찧은 루카스가 중얼거렸다. 그제야 자기가 무슨 짓을 했는지 깨달은 짐은 곧 쇠망치를 떼어내고 어리둥절해하며 말했다.

"아, 미안해요 루카스! 나…… 나 모르고 그랬어요."

"괜찮아, 괜찮아."

루카스는 그렇게 말하고 일어섰다.

"그런데 이 두 자철 덩어리는 굉장히 강한 힘을 가졌군!"

그러더니 갑자기 손가락을 탁 튕기며 소리쳤다.

"이건 굉장한데! 짐, 네가 발견한 것이 뭔지 알아? 이 커다란 바위 전체가 자철로 작용할 뿐만 아니라 양쪽에서 취한 덩어리에서도 자기 (磁氣)를 일으킨다는 거야."

"그래요?"

짐은 놀랍다는 듯이 말했다.

"내가 그것을 발견했어요?"

"그래. 좀 더 자세히 알아봐야겠어."

멋진 발명

다음 실험을 시작하기 전에 루카스는 부츠를 벗었다. 그리고 날아가지 않도록 도구 상자와 그 밖의 것들을 엠마가 있는 곳으로 가져가 기관실 안에 넣어 두었다. 탄수차의 뚜껑은 이제 다시 손쉽게 열렸다.

엠마와 몰리는 몸을 끌어당겨 움직일 수 없게 했던 기분 나쁜 힘이 사라지자 안심하고 있는 것 같았다. 루카스는 피해가 없었는지 서둘러 조사해 보았지만 모든 것이 그대로였다.

그리고 망치 대신 부젓가락을 꺼내 짐이 있는 바위 꼭대기로 돌아갔다.

"짐, 자석의 강도를 먼저 알아보자."

짐이 하나, 루카스가 또 하나의 덩어리를 쥐었다. 그리고 부젓가락을 연결기처럼 바위 사이에 갖다 댔다.

금세 자기(磁氣)가 나타났다. 가까이에 흩어져 있던 쇠붙이가 모두 일어서 양쪽 자철로 빨려들어 매달렸다. 그렇지만 그것뿐이었다. 지금 만든 자석의 강도가 어느 정도인지는 알 수 없었다.

"좀 더 커다란 쇳덩어리가 있으면 이 자석의 강도를 시험해 볼 수 있을 텐데."

그때, 아래쪽에서 기차 바퀴가 돌아가는 소리와 뭔가 으르렁거리는 이상한 소리가 들려왔다. 두 사람은 어리둥절해 마주 쳐다보며 바위 근처로 가서 무슨 일이 일어났는지 내려다보았다.

두 탐험가는 깜짝 놀랐다. 바위 밑에서 뚱보 기관차 엠마가 차체의 앞쪽을 들어올려 뒷바퀴로 서 있는 것이 아닌가! 그뿐만이 아니었다. 작은 몰리는 두 사람 쪽을 향해 바퀴를 돌리거나 코끝으로 비벼대며 쓰러질 듯 수직으로 깎아지른 암벽을 올라오고 있었다. 억지로 오르는 바위 타기는 점점 가까워질수록 속도가 빨라졌다.

"루카스!"

짐이 놀라 소리쳤다.

"자기를 끊으세요! 몰리가 큰일 났어요!"

그러나 루카스는 순간 생각했다.

"끊으면 안 돼! 끊으면 몰리가 떨어지고 말아! 끌어올려야 해."

루카스는 파이프를 문 채 소리쳤다. 작은 기관차가 급하게 경사진 벽을 기어오르는 모습에 두 사람의 가슴은 두방망이질을 해댔다. 짐은 눈을 감았다. 더는 바라볼 수가 없었던 것이다.

"왔어! 왔어!"

루카스가 소리쳤다.

짐이 눈을 뜨자 정상에 거의 다다른 몰리는 바위 끝에서 재주넘기를 했고, 지붕은 밑으로 바퀴는 하늘을 향해 허공에 뜬 채 번개같이 빠른 속도로 미끄러져 왔다. 그때, 루카스가 자철 하나를 부젓가락에서 떼어 냈다. 자기는 곧 사라졌다.

짐은 장수풍뎅이처럼 발랑 뒤집혀진 몰리에게로 달려가 망가진 곳은 없는지 살펴보았다. 몇 군데 긁힌 상처 말고는 다행히도 별일 없었다. 단지 뜻하지 않게 암벽 등반을 시켜 몹시 놀란 것 같았다. 두 사람은 힘을 합해 몰리를 일으켜 똑바로 서 있게 했다. 루카스는 커다란 빨간 손수건으로 이마의 땀을 닦으며 말했다.

"무사해서 다행이야. 이만 한 쇳덩어리가 그처럼 엄청난 힘을 내다 니, 예상도 못했어. 이렇게 강한 자석이 있다니. 태어나 처음 봐. 이렇 게나 떨어져 있었는데도 말이야. 엠마도 앞이 들릴 정도였으니 이 바위 산에 어느 정도의 힘이 있는지 대강 짐작이 돼!"

루카스는 뒤통수를 긁적이며 계속해서 중얼거렸다.

"굉장해! 정말 굉장해!"

짐은 몰리에게 정신이 빼앗겨 루카스가 갑자기 손가락을 탁 튕기며 혼잣말로 중얼대는 것도 몰랐다.

"흠…… 그렇게 될 수 있을 거야…… 엠마가 앞머리를 들어 올릴 정도니까…… 저것을, 저렇게 하여…… 암, 그렇게 될 수밖에 없어… … 틀림없어!"

루카스는 이쪽저쪽으로 왔다 갔다 하며 서성댔다. 그리고 이마에 주 름살을 만들며 생각에 잠겨 있었다. 한참 뒤 문득 멈추어 서더니 소리 쳤다.

"그래, 그거야!"

"뭐가요?"

루카스는 수수께끼 같은 웃음을 지었다.

"이제 금방 알게 될 거야, 짐. 내 계획대로 된다면 이것은 그야말로 엄청난 발견이야. 어서 엠마가 있는 곳으로 내려가자. 실험해 볼 게 있어."

두 사람은 작은 몰리를 양쪽에서 들고 조심스럽게 바위산을 내려와 간신히 엠마에게로 왔다. 엠마는 이미 여느 때와 마찬가지로 똑바로 서 있었지만 몹시 화가 난 것 같았다. 증기가 나오지 않아 기적을 울리며 화풀이를 할 수도 없었다.

"화내지 마, 화낼 것 없어, 나의 귀여운 땅딸보야."

루카스는 그렇게 말하고 증기관을 토닥거리며 달래주었다.

"엠마, 이제부터 우린 이 자석이 너도 끌어당길 수 있을지 실험해 볼 거야."

"그건 어려울 것 같아요. 그게 가능했다면 아까 몰리와 함께 올라왔을 테니까요."

"엠마의 체중에 비해서 거리가 너무 멀었어."

루카스가 설명했다.

"자석이 2미터밖에 떨어져 있지 않다면 어떨까. 그걸 알고 싶어. 내 계산으로는 엠마는 싫든 좋든 끌려오리라고 생각해."

루카스는 다시 두 개의 쇳덩어리를 부젓가락으로 연결시켰다. 곧 자기(磁氣)가 일어나고 커다란 땅딸보 엠마는 문자 그대로 한달음에 달려와 루카스에게 부딪쳤다. 엠마에게는 뜻밖의 일로 한쪽 완충기가 루카스의 정강이를 쳤다. 물론 엠마 뒤에 있던 몰리도 끌려와 쾅 하고 엠마의 탄수차에 부딪쳤다.

"굉장해!"

루카스는 소리치며 정강이를 쓰다듬었다.

"생각보다 훨씬 강력해."

"이것이 우리의 엄청난 발견인가요?"

짐이 물었다.

"아직 또 있어."

루카스는 싱글벙글하며 대답했다.

"하지만 거의 다 되어가는 중이야."

짐은 도무지 영문을 알 수가 없었다. 루카스는 먼저 도구 상자를 꺼내고 엠마의 돛대를 없애는 등 이제까지의 장비를 바꾸는 일에 몰두했다. 못을 박고 두드리고 나사를 돌리거나 여러 가지 예비 부품 가운데서 경첩 같은 것을 찾아내어 붙이기도 했다. 그리고 마지막으로 돛대를 동그란 축받이에 꽂아 넣었다. 이것으로 돛대는 앞으로 눕히거나 뒤로 젖히거나 좌우로 눕히는 것도 마음대로 조종할 수 있게 되었다.

"잘 됐어."

루카스는 중얼거리며 껄끄러운 손을 비볐다.

"다음은 가로대야. 선실에 가 보면 돛과 함께 튼튼한 나무 막대가 하나 있을 거야. 돛천을 팽팽히 펴는 데 쓰는 것인데 좀 꺼내다 줘, 짐!"

"이것으로 뭘 하죠?"

짐은 막대기를 가져와 물었다. 그렇지만 루카스는 기다려 보라고만 할 뿐 아무 설명도 하지 않았다.

루카스는 돛대 꼭대기에 돛천의 밧줄을 통하게 하기 위해 구멍을 터 놓고, 그 구멍에 막대기를 끼워 넣었다. 돛대는 커다란 T자형이 되었다.

"이젠 됐어."

루카스는 만족스러운 듯이 말했다.

"하지만 중요한 것은 지금부터야."

루카스는 쇳덩어리를 하나 집어들어 가로대 한쪽 끝에 끈으로 단단히 고정시켰다. 그리고 또 하나의 쇳덩어리도 똑같이 가로대의 다른 쪽에 고정시켰다. 마치 커다란 자 양쪽 끝에 혹이 매달린 것 같았다.

순간, 짐은 루카스가 어떻게 하려는 것인지를 알아챘다.

"자석이 엠마를 끌어당기는 거로군요!"

짐은 놀라서 소리쳤다.

"맞았어!"

"우리는 지붕 위에서 키를 잡는 거야. 알겠지? 자석이 붙은 돛대를 앞으로 눕히면 자석은 기관차 앞에 매달려 있게 되니까 기관차를 끌어당기게 돼. 기관차는 그 뒤를 따라 달리게 되고, 커브길에 이르면 돛대를 옆으로 흔들면 되는 거야."

"와아!"

짐이 소리쳤다. 너무나 놀라서 눈이 휘둥그레졌다. 한참 뒤에 다시 소리쳤다.

"굉장해요!"

그리고 겨우 침착해진 짐이 조심스럽게 의견을 말했다.

"그렇지만 나무는 자기(磁氣)를 통하지 못하잖아요."

"그렇지, 그래서 부젓가락이 필요한 거야. 그렇지만 나는 언제라도 자기(磁氣)를 끊을 수 있도록 하려고 해. 그렇지 않으면 우리는 절대로 멈춰 서지 못하고 끝없이 달리기만 할 테니까."

아마 여러분은 루카스가 여러 가지 곡예를 부릴 줄 아는 건 물론 쇠줄을 구부려 연결시키는 재주를 가지고 있는 것도 기억할 것이다. 만다라에서 서커스를 했을 때, 이 재주로 대단한 감탄을 자아냈으니 말이다. 이번에는 그것을 실제로 도움이 되는 일에 사용했다.

루카스는 부젓가락을 크게 휘어서 양쪽 끝을 이어 교차시킨 다음 다시 벌려 멋지게 한가운데에 구멍을 만들었다. 그 구멍에 커다란 못을 끼워 돛대에 단단히 박아 넣었다. 두 자철의 한가운데에 해당하는 장소였다. 물론 부젓가락의 양쪽 끝이 작업 중에 좌우의 자철에 닿지 않도록 주의를 기울였다. 만약 자철에 닿는다면 기관차는 곧 달려 나갈 것이다.

그리고 쇠로 된 부젓가락의 양쪽 끝에 긴 끈을 동여맸다. 그것은 기관실 지붕에 앉아 조종할 때 쓰는 것이었다.

오른쪽 끈을 잡아당기면 부젓가락이 똑바로 옆을 향하게 되어 양쪽 자철에 닿아 인력이 생기게 되고, 왼쪽 끈을 당기면 부젓가락은 비스듬히 놓이게 되어 자기(磁氣)는 곧 끊기게 되었다.

하늘을 나는 영구 기관

준비가 완벽하게 끝나자 두 발명가는 나무껍질로 틀어막은 기관차를 밀어 물에 띄우고 기관실 지붕에 올라탔다.

엠마는 유유히 흔들리며 파도 속으로 밀려들어가 뱃머리가 바다 쪽을 향하도록 천천히 방향을 잡았다. 돛대는 기관실 앞쪽에 수평으로 자리 잡고 있어, 두 개의 자석이 달린 돛대 끝이 증기관 맨 앞쪽에 2미터쯤 쭉 나아가 있었다.

"우선 바다로 좀 더 저어나가야 돼. 그렇게 하지 않으면 몰리가 또다시 끌려와서 우리 뒤로 날아오를 거야. 노를 가져오길 잘했어."

이만하면 괜찮겠다고 생각되는 먼 바다까지 나오자 루카스는 양쪽 끈을 잡았다.

"짐! 이제부터가 결정적인 순간이란다!"

그렇게 말하고 오른쪽 끈을 잡아당겼다. 부젓가락이 똑바로 옆을 향하고 양쪽 자철에 닿았다. 순간, 자력이 엠마를 세차게 끌어 당겼다. 기관차는 자석 뒤에서 나아가게 되었다. 자석은 돛대에 걸려 있고 돛대는 기관차에 붙어 있었기 때문에, 기관차가 자석을 추월하는 일은 결코 없었다. 자석은 언제나 앞에 있으며 기관차는 그 꽹장한 힘에 이끌려 언제나 뒤에서 달려가는 것이다.

너무나 열중해 있던 짐은 와아! 환호성만 질렀다.

"앞으로 나아가고 있어요! 꽹장해! 와아!"

엠마의 뱃머리 양쪽으로 듀공에게 이끌려 달릴 때와 같은 격렬한 물거품이 흩어져 내렸다. 그런데도 속도는 자꾸만 자꾸만 빨라졌다.

"꽉 붙들어!"

루카스가 울려 퍼지는 파도 소리를 뚫고 소리쳤다.

"지금부터 커브를 틀 수 있는지 시험해 볼 거야!"

루카스는 돛대를 붙들고 동그란 축받이 안에서 조금 오른쪽으로 돌렸다. 그러자 곧 기관차는 커다랗게 아름다운 곡선을 그렸다.

"정말 멋있어요!"

짐이 환성을 올렸다.

"그런데 세울 수도 있나요?"

루카스는 왼쪽 끈을 잡아당겼다. 부젓가락이 비스듬히 되고 자철의 연결이 끊겼다. 속도는 떨어졌지만 기관차는 관성 때문에 한동안 혼자서 미끄러져 나아갔다.

루카스는 돛대를 뒤로 꺾으면서 동시에 오른쪽 끈을 잡아당겼다. 인력이 들어갔지만 이번에는 뒤쪽을 향했다.

기관차는 갑자기 멈춰 서고 짐은 허공으로 재주넘기를 하여 바다에 풍덩 곤두박질치고 말았다.

루카스는 곧 자석을 끊고 짐을 기관실 지붕으로 끌어올렸다.

"굉장한 힘이에요."

짐은 그렇게 말하고 물을 조금 토해냈다.

"특히 브레이크가 굉장하군요!"

"그래, 정말 그렇구나. 이 이상 더 바랄 수 없을 정도야."

"우리가 발명한 이것에 어떤 이름을 붙이죠?"

"맞아, 이름을 붙여야겠구나!"

그렇게 말하고 루카스는 파이프에 불을 붙여 연기를 몇 모금 뿜어냈다.

"이런 이름은 어떨까? '짐 기관차' 아니면 '짐 모빌'."

"안 돼요. 마치 내가 발명한 것처럼 들리잖아요."

짐이 강력하게 반대했다.

"발명했지 않니, 너도. 어쨌든 시작은 네가 한 거니까."

"하지만 정말 중요한 것은 내가 한 게 아니에요, 루카스."

짐은 물러서지 않았다.

"그보다 '루 모빌'이나 '루 기관차'쪽이 훨씬 좋겠어요."

"아니 아니야. '루'음은 캥거루를 부르는 것만 같아서 왠지 이상해. 뭔가 좀 더 제대로 된 이름을 골라야겠어. 발명품 그 자체의 특징을 표현하는 이름을 붙이기도 하던데…… 그래 알겠어! '영구 기관'이라고 이름 붙이는 것이 어떻겠니?"

"그게 무슨 뜻이죠?"

짐은 흥분으로 들떠 있었다.

"그건 석탄이라든가 석유 같은 연료의 도움 없이 스스로 움직이는 기계를 말하는 거지. 지금까지 많은 발명가들이 '영구 기관'을 만들어 내려고 머리를 짜냈지만 아무도 고안해 내지 못했어. 우리가 발명한 것에 '영구 기관'이라고 이름 붙이면 아, 그것이 만들어졌구나! 하고 누구든 알 수 있게 될 거야. 어떠니, 이 이름이?"

"그렇다면 '영구 기관'이라고 부르는 게 좋겠어요."

짐이 진지하게 말했다.

"좋아, 결정됐어."

루카스는 끄덕이며 싱긋이 웃었다.

"하지만 나는 이제부터 우리의 이 '영구 기관'으로 또 다른 특별한 실험을 할 작정이야. 전부터 무척 하고 싶었던 일이야. 알겠니? 꼭 붙잡고 있어, 짐. 간다!"

그렇게 말하고 루카스는 돛대를 똑바로 위로 세웠다. 가로막대에 매달려 있던 쇳덩어리를 기관차의 바로 위로 가져온 루카스는 오른쪽 끈을 살며시 당겼다. 그러자 아주 놀라운 일이 벌어졌다. 무거운 엠마가 처음에는 천천히, 그리고 점점 빠르게 물 위에서 떠오르더니 파도 위에서 흔들리며 1미터, 2미터, 3미터씩 마치 엘리베이터처럼 올라가기 시작한 것이다. 짐은 깜짝 놀라 루카스에게 달라붙어 눈을 부릅뜨고 바다를 내려다보았다.

루카스도 눈을 동그랗게 뜨고 이 실험이 어떻게 될지 가슴조이고 있었다. 실험은 대성공이었다. '영구 기관'은 스스로의 힘으로 달릴 수 있을 뿐만 아니라 하늘로 날아오를 수도 있었다.

"위대한 순간이야, 짐."

루카스가 차분한 목소리로 엄숙하게 말했다.

"정말 그래요."

바다에서 20미터쯤 올라갔을 때 '영구 기관'은 거센 돌풍을 받아 조금 떠밀려갔다. 이제 기관차는 단단한 땅 위에 있는 것이 아니라 공중에 자유롭게 떠 있는 상태였기 때문에, 배가 물의 흐름에 이끌려가듯 바람에 이끌려가고 있었다. 때문에 이상한 일은 아니었다.

　루카스는 돛대가 조금 오른쪽으로 기울어지도록 키를 잡아 보았다. '영구 기관'은 곧 인력에 따라 처음의 위치로 되돌아갔다. 그러나 엠마는 계속 하늘로 올라갔다. 50미터쯤 올라갔을 때, 짐은 현기증이 나서 아래를 내려다볼 용기가 나지 않았다.

　루카스는 키를 잡는 일이 손에 익자 조금 대담해졌다. 돛대를 이쪽저쪽으로 눕히며 '영구 기관'으로 공중에 커다란 8자나 곡선을 그리기 시작했다. 돛대를 쭉 내리면 곧 그쪽을 향해 무서운 속도를 냈다. 그 대신 기관차는 더 이상 올라가지 않았다. 루카스는 하늘을 달린 것과 같이 '영구 기관'을 재빨리 내려앉게 하는 데도 성공했다. 그렇지만 짐은 이 저돌적인 곡예비행 연습으로 뱃속이 이상해졌으며 엠마는 가엾게도 정신이 멍해졌다. 물속에서 헤엄치는 것은 싫건 좋건 이미 익숙해졌지만 지금은 새처럼 하늘을 날고 있는 것이다. 그것은 어엿한 기관차의 예의에 완전히 어긋나는 일이었다.

　드디어 루카스는 '영구 기관'을 다시 바닷물 위에 내려놓았다. 멋진 재주를 몇 차례 보여 준 다음 맹렬한 속도로 브레이크를 걸어 다시 물 위에 내려앉는 데 성공했다. 엠마의 뱃머리가 내는 물거품은 마치 커다란 제설기가 뿌리는 눈 같았다. 루카스는 자철 바위와 멀리 떨어진 곳에서 조심스럽게 자기(磁氣)를 끊고 노를 저어서 돌아왔다.

　"바다의 작은 공주님은 아직도 돌아오지 않았군요."

　바닷가에 닿자 짐이 말했다.

　"듀공의 고삐가 저기 그대로 있어요."

　"그럴 줄 알았어. 바다 사람들은 아무래도 시간관념이 없는 것 같아."

　루카스는 콧소리를 내며 말했다.

"하지만 우리는 백 년씩이나 기다릴 수는 없어요."

짐이 걱정스럽게 말했다.

"투르 투르 씨를 데려와야 하는걸요."

"그렇고말고!"

루카스는 끄덕였다.

"이제 그만 기다리고 오늘 안으로 출발해 투르 투르 씨가 있는 곳으로 가도록 하자. '영구 기관'으로 하늘을 날아가는 거야."

"네! 이번에는 저 '세계의 정상'도 한달음에 날아 넘는 거예요!"

짐은 이제 우쭐해져서 큰 소리로 외쳤다.

"좋아, 그러자꾸나!"

루카스는 그렇게 말하고 뻐끔뻐끔 파이프를 피웠다. 의기충천해서 가만히 있을 수가 없었다.

"그리고 훨씬 멀리도 갈 수 있지."

"이곳에 들러 자철 바위를 고친 것은 시간 낭비가 아니었어요."

짐이 말했다.

"그 반대였어. 목적지에 빨리 도착하기 위해 이보다 더 좋은 방법은 결코 없었을 거다."

"하지만 바다의 공주님이 자철 바위의 파수꾼을 찾아내 데리고 돌아올지도 몰라요. 우리가 이미 떠났다는 걸 알면 몹시 실망할 거예요."

"음……."

루카스는 깊은 생각에 잠겼다.

"그래, 네 말이 옳아. 뭔가 표지를 남겨 둬야 해."

"그리고 몰리는 어떻게 하죠? 몰리도 영구 기관으로 바꾸는 건가요?"

"그건 무리야. 하늘에서 서로 끌어당겨 충돌할지도 몰라. 너무 위험해. 몰리는 이곳에서 기다리라고 하는 게 좋을 것 같구나."

짐은 이것저것 생각해 보고 나서 말했다.

"그럼 나중에 데려가요."

루카스가 고개를 끄덕였다.

"그래, 그게 가장 좋을 것 같구나. 바람이 불지 않는 장소를 찾도록 하자. 그리고 무사히 있도록 밧줄을 연결해 두는 거야. 끈은 듀공의 고삐를 사용하면 돼. 우리가 없는 동안 공주가 돌아오면 고삐를 찾겠지. 그리고 몰리를 발견하게 될 거야. 그러면 우리가 머지않아 몰리를 데리러 틀림없이 돌아오리라는 걸 알게 되겠지."

두 사람은 작은 기관차 몰리를 바람이 불지 않는 곳으로 밀고 갔다. 그곳에는 마침 몰리가 들어갈 만한 야트막한 동굴이 있었다. 짐은 듀공의 고삐를 목걸이로 만들어 몰리를 묶고 한쪽 끝을 동굴 안 굵은 쇠고리처럼 튀어나온 곳에 걸어 일곱 번이나 더 동여맸다.

"짐, 그렇게 해 두면 지진이 일어나도 몰리가 이곳에서 내던져지지는 않을 거야. 그나저나 뭘 좀 먹어야겠어. 출발할 때까지 서둘러 단단히 배를 채워두지 않으면 곤란해. 오늘밤엔 투르 투르 씨의 집에서 그 맛있는 야채 요리를 대접받을 수 있겠지? 생각만 해도 벌써부터 마음이 들뜨는걸."

"오늘밤에 도착할 수 있을까요?"

"가능할 것 같구나. 우리의 '영구 기관'으로라면 안 될 것도 없어."

두 사람은 엠마의 기관실에서 뭐요 할머니가 마련해 준 식품 자루를 꺼내 남은 음식들을 죄다 먹었다. 위대한 발명을 한 뒤에 식욕이 왕성해지는 것은 당연한 일이었다.

일곱 개의 산맥

짐은 몰리와 작별 인사를 했다. 그리고 두 사람은 엠마의 지붕에 올라타고 다시 먼 바다까지 저어 나갔다. 그런 다음 루카스가 돛대를 세워 자철을 연결시켰다.

'영구 기관'은 소리도 내지 않고 가볍게 물 위에서 떠올라 공중으로 올라갔다. 백 미터쯤 높이 떠오르자 루카스는 돛대를 앞으로 눕혔다. 기관차는 더 이상 올라가지 않고 수평으로 날기 시작했다. 이윽고 자철 바위는 수평선에 떠 있는 작은 점이 되어 두 사람의 눈앞에서 사라졌다.

하늘은 아직 두꺼운 구름에 덮여 있었다.

"먼저 어디로 날아가야 할지 방향을 정해야 해."

조금 뒤 루카스가 말했다. 짐이 맞장구를 쳤다.

"어떻게 하려는 거죠? 바다 어디를 둘러봐도 똑같은 모습인데요."

"해의 위치로 방향을 정할 수밖에 없어."

짐이 하늘을 올려다보았지만 두터운 구름에 가려 한낮의 희미한 빛만 있을 뿐 해가 어디 있는지는 도저히 알 수 없었다.

"구름을 꿰뚫고 위로 올라가봐야 되겠어. 하지만 구름 위에서는 오래 있을 수 없단다. 아주 높은 곳에서는 공기가 엷어져 숨을 제대로 쉴 수 없으니까. 자아, 단단히 붙들어라, 짐."

루카스는 그렇게 말하고 돛대를 다시 똑바로 일으켜 세웠다. 엠마는 자꾸만 위로 올라갔다. 어마어마한 구름덩어리가 점점 가까워졌다. 짐은 조마조마한 마음으로 그것을 눈여겨보았다. 이 하늘의 덮개는 마치 위에서부터 내려와 걸린, 끝도 없는 눈 덮인 산줄기처럼 느껴졌다.

"저어, 루카스…… 과연 저 속을 뚫고 지나갈 수 있을까요?"

"괜찮아. 기껏해야 비구름을 지나갈 때 조금 젖을 뿐이야. 저런, 벌써 다가왔어."

엠마는 이미 구름의 가장 아래쪽에 이르렀다. 더욱 높이 떠오르자 짙은 안개에 휩싸여 아무것도 내다보이지 않았다. 마치 커다란 증기탕에 들어가 있는 것 같았다. 다만 그 안은 덥지 않고 추울 뿐이었다. 그리고 습기로 가득 차 있었다.

움직이고 있는지조차 확실히 알지 못한 채 기관차는 꽤 오랫동안 계속해서 날았다. 이윽고 머리 위의 안개가 갈라지며 '영구 기관'은 파랗게 빛나는 하늘로 빠져나왔다. 해는 비길 데 없이 밝고 찬란하게 빛났으며 눈부신 하얀 구름 풍경이 발아래 드넓게 펼쳐져 있었다.

짐은 깜짝 놀라 얼마동안 넋을 잃고 구름 풍경을 내려다볼 뿐이었다. 우유와 같은 호수를 구름이 감싸고 있는 것처럼 보이는가 하면, 하얀 설탕으로 만든 것 같은 성이나 탑이 솟아 있었고, 그 언저리의 뜰이나 숲에는 더없이 보드라운 하얀 깃털 나무가 있었다.

모든 것이 천천히 끊임없이 움직이며 모습을 바꾸고 있었다. 방금 전까지 거인의 베개처럼 보이던 것이 어느 결에 커다란 하얀 튤립처럼 모양을 바꾸고, 두 산봉우리에 걸려 있는 눈꽃 다리 비슷한 것이 작은 거룻배로 바뀌어 거품이 이는 바다를 미끄러져 가는 듯했다. 으스스한 동굴 같았던 곳이 뒤이어 커다란 분수가 솟아났고 그것이 곧 굳어져 얼음과 눈이 되기도 했다.

바다 위를 한참 달려갔을 때 수평선에 밝은 띠가 한 줄기 나타났다. 두꺼운 구름은 그곳에서 비로소 끊어지고 햇빛이 바다에 이어졌다. 마지막 구름조각이 떠 있는 맑은 날씨와 흐린 날씨 사이에 커다란 무지개가 엷은 빛을 발하며 파도 위에 걸려 있었다.

두 명의 승객을 태운 '영구 기관'은 여러 가지 빛깔로 된 찬란한 문을 향해 소리도 없이 당당히 다가가 바로 아래를 스쳐가듯 빠져나왔다. 짐은 무지개의 아련한 빛깔을 만져 보았다. 물론 아무 것도 느껴지지 않았다. 빛도 공기도 붙들 수가 없었다. 자신이 빛과 공기로 바뀌지 않는 한, 빛과 공기를 만져 볼 수는 없는 것이다.

두 사람은 무지개를 뒤로 하고 화창한 대기 속을 계속 날아갔다. 해가 뉘엿뉘엿 수평선으로 기울기 시작하였다. 부드러운 저녁놀의 빨간 베일에 감싸인 짐은 저 아득히 멀리 해안선을 발견했다.

이윽고, 두 사람은 그 상공에 이르렀다. 루카스는 이곳이 어딘지 알아보려고 엠마의 고도를 조금 낮추었다.

짐은 기관실의 지붕에 엎드려서 아래쪽을 내려다보았다. 그곳에 보이는 경치는 아주 낯익은 느낌이었다. 꾸불꾸불 흐르는 몇몇 작은 강, 그 위에 걸려있는 가느다란 다리, 그리고 추녀 끝이 위로 올라간 진기한 지붕이 이어져 있었다. 여기저기 서 있는 나무는 여러 종류였지만 모두 색유리처럼 투명했다. 그리고 훨씬 저쪽 지평선에 많은 산봉우리를 가진 험준한 산맥이 솟아 있는데 모두 빨간색과 흰색으로 무늬져 있었다. 이곳이 어느 나라인지는 의심할 여지가 없었다.

짐이 일어서며 소리쳤다.

"만다라예요!"

루카스가 만족스럽게 끄덕였다.

"그러리라고 생각했어. 그럼 투르 투르 씨가 사는 곳은 이 방향이겠지."

"아, 저길 보세요!"

짐이 소리치며 반짝반짝 아름답게 빛나는 곳을 가리켰다.

"핀 시의 황금 지붕이에요! 루카스! 잠시 내려가요. 임금님과 핑퐁을 만나고 가요. 안 될까요?"

루카스는 머리를 가로저었다.

"그건 포기하는 게 좋겠어, 짐. 생각해 봐. 우리가 이대로 도시에 가까이 간다면 쇠붙이로 된 온갖 것들이 자석에 끌려 날아와 붙을 거야. 이번에는 들를 수가 없어. 단념해야 해. 그것보다도 만약을 위해 좀 더 고도를 높여야겠어. 무슨 일이 일어나기라도 한다면 곤란하니까."

루카스는 자석이 붙어 있는 돛대를 일으켜 세웠다. 기관차는 곧 높이 높이 올라갔다. 만다라의 수도 핀 거리는 장난감 마을처럼 작아져 저 멀리 아래로 묻혀 버렸다. 어느새 해는 서산으로 기울어 두 사람이 '영구 기관'을 타고 거대한 산맥 '세계의 정상'에 이르렀을 때는 저녁놀이 짙게 깔리고 있었다.

"그런데, 어떻게 한담?"

마치 성벽을 향해 날아가는 모기처럼 산맥을 향해 날면서 루카스가 말했다.

"마저 저쪽까지 뛰어 넘어갈까, 아니면 일단 착륙한 뒤 내일 날이 밝은 다음에 넘을까? 이미 어두워지고 있으니 말이야."

"그렇지만, 이제 조금만 날아가면 저쪽에 닿을 수 있잖아요?"

"그래, 좋아."

루카스는 그렇게 대답하고 돛대를 세웠다. 기관차는 곧 올라가기 시작했다. 높이 높이 올라갔다. 달은 아직 솟아오르지 않았다.

루카스는 모자를 뒤로 젖히고 '세계의 정상'을 올려다보았다. 그 훨씬 위에 검은 하늘이 아치형으로 펼쳐지고 별들이 밝은 빛을 내며 반짝였다.

"와아, 잘 되면 좋을 텐데!"

루카스는 나지막한 목소리로 말했다.

"우리는 이미 구름 높이까지 올라와 있어."

기관차는 자꾸만 올라갔다. 시시각각 공기가 엷어지는 것이 느껴졌다. 귀가 멍멍해져 짐은 몇 번씩이나 침을 삼켜야 했다. 얼마나 높이 있는지 두 사람은 이미 짐작도 가지 않았다. 이윽고 그들은 산맥의 첫 번째 봉우리에 다다랐다. 루카스는 돛대를 앞으로 꺾었다. 기관차는 올라가는 것을 멈추고 앞쪽으로 나아갔다. 쥐죽은 듯한 고요함을 뚫고 엠마는, 어둠 속에서 윤곽을 잃어가고 있는 장중한 산봉우리들 위를 소리도 내지 않고 넘어갔다.

"위험해!"

짐이 느닷없이 외쳤다. 뜻밖에도 눈앞에 두 번째 산맥이 나타났던 것이다. 첫 번째 것보다 상당히 높은 산맥이었다. 루카스도 곧 충돌 위험을 알아채고 돛대를 수직으로 세웠다. 암벽에서 겨우 이삼 미터 앞에서 엠마는 화살처럼 빠른 속도로 솟아올랐다. 1초만 늦었더라도 틀림없이 암벽에 부딪쳐 산산조각이 났을 것이다!

짐은 이상하게 나른한 피로가 덮쳐오는 것을 느꼈다. 점점 심해져 손발이 떨리기 시작하고 마치 장거리 마라톤을 달린 뒤처럼 숨이 가빠왔다.

그러는 동안 두 번째 산맥을 넘어섰다. 그런데 또다시 세 번째 산맥이 별빛 속에 떠올랐다. 아까보다 더 높이 솟아 있었다. 루카스의 숨소리도 가빠졌다. 공기가 숨을 쉴 수 없을 정도로 엷어졌던 것이다.

"저어…… 선실로 들어가요. 그리고…… 문을 꼭 닫아요……."

짐이 숨 가쁘게 말했다.

"안 돼."

루카스는 입술을 꼭 다물며 대답했다.

"그렇게 할 수 없어. 나는 키를 잡아야 해. 그렇지 않으면 산에 부딪칠 거야. 하지만 너는 들어가도 좋아. 여기 일은 나 혼자서도 할 수 있어, 짐."

"싫어요. 그럼 나도 여기 있겠어요……."

세 번째 산맥을 넘자 네 번째 산맥이 나타났다. 첫 번째 산맥의 두 배는 될 듯해 보이는 높다란 산이었다. 다행히 별이 점점 더 커지고 밝아져 바위가 잘 보였다.

"루카스, 제발 돌아가요. 저건 도저히 넘을 수 없어요!"

짐은 숨을 헐떡이며 말했다.

"돌아가기에는 너무 멀리 왔어. 앞으로 계속 나아가는 수밖에 방법이 없어!"

루카스가 토해내듯 말했다.

짐의 눈앞에서 빨갛게 타오르는 동그라미와 8자형의 불꽃이 춤을 추기 시작했다. 귀는 윙윙거렸고, 머리의 피가 솟구쳤다. 루카스도 힘이 빠지는 느낌이 들기 시작했다. 팔의 힘도 어린아이처럼 연약해졌다. 손에서 돛대가 미끄러져 앞으로 쓰러졌다.

일곱 개의 산맥은 겹쳐 있었다. 그중 한가운데 있는 네 번째 산맥이 제일 높았고 다섯 번째는 그보다 조금 낮았다. 여섯 번째는 좀 더 낮았으며 일곱 번째 산맥은 첫 번째 산맥과 같은 높이였다.

하늘을 나는 기관차가 차츰 숨쉬기 편안한 곳으로 내려가자 두 사람은 조금씩 다시 기운을 차릴 수 있게 되었다.

마지막 산맥을 넘어서자 지난번의 여행길에서 보았던 사막, '세계의 끝'이 판자처럼 평평하게 펼쳐져 드러났다. 그곳에 착륙하는 것은 그리 어려운 일이 아니었다. 키를 잡는 데 꽤 익숙해진 루카스는 사막의 모래 위에 엠마를 손쉽고 안전하게 착륙시킬 수 있었다. 이윽고 기관차는 멈춰 섰다.

"어때 짐! 다 왔어."

"잘해 냈어요!"

짐은 후! 하고 안도의 숨을 내쉬었다.

"이것으로 오늘 여행길은 충분해."

루카스는 크게 기지개를 켰다. 몸의 마디마디에서 두드득 소리가 났다.

"나도 그렇게 생각해요."

두 사람은 기관실로 기어들어가 담요를 몸에 감고 크게 하품을 했다. 그리고 하품이 끝나기 무섭게 잠이 들어 버렸다. 그들은 너무나 지쳐 있었던 것이다.

겁먹은 투르 투르 씨

이튿날, 짐과 루카스는 아침 일찍 일어났다. 투르 투르 씨의 오아시스에 어서 닿고 싶었던 것이다. 그리고 기온이 오르면 엉망으로 뒤섞인 신기루의 영상에 현혹되지 않을까 염려가 되기도 했다.

짐은 지난번 여행에서 이 자연 현상 때문에 치렀던 곤혹을 잊을 수가 없었다. 그것은 기분 좋은 일이 아니었다. 그땐 사막 한가운데서 몇 시간씩이나 헤매다가 결국 자기들이 지나간 곳에 다시 돌아와 있곤 했었다. 그러므로 맹렬한 더위가 닥치기 전에 겉보기 거인의 안전한 집에 닿기를 바랐다.

"이제 더는 기다릴 수 없어."

루카스가 기관차 지붕 위에 앉아 자철의 고삐를 쥐면서 말했다.

"머뭇거릴 수가 없어. 뭐라도 좀 먹어야겠어. 모자 차양이라도 먹어

치우고 싶을 정도야."

짐은 잠에 취한 눈으로 끄덕이며 중얼거렸다.

"나는 버터를 바른 빵이 더 좋아요."

"나도 그래."

루카스는 싱긋 웃으며 대답했다.

"반 시간 뒤에는 음식들이 산더미처럼 쌓인 투르 투르 씨의 식탁에 앉아 있을 거야. 내기를 해도 좋아."

그렇게 말하며 오른쪽 끈을 당겼다. '영구 기관'은 두둥실 떠올라 저공비행으로 점점 속도를 더하며 사막으로 들어갔다.

두 사람의 눈앞에는 매끈하게 쭉 펼쳐진 평평한 지면이 나타났고 새벽빛의 하늘에 멋진 색무늬가 시시각각 화려하게 바뀌고 있었다. 하지만 루카스나 짐에겐 아름다운 하늘빛깔을 감상할 여유가 없었다. 두 사람은 열심히 투르 투르 씨의 작은 집이 있는 오아시스를 찾았다. 해가 떠올라 열이 공기를 흔들어 여기저기 온통 거울로 만들어 놓기 전에 어떻게든 찾아내야만 했다.

지난번에는 겉보기 거인이 데려 갔기 때문에 루카스는 그의 오아시스가 사막 어디에 있는지 자세히 알지 못했다. 그래서 '영구 기관'을 크게 지그재그를 그리며 가로 세로로 온 사막을 날아다녀 보았다. 그렇지만 쉽게 오아시스를 찾아낼 수는 없었다. 지붕이나 분수가 있는 연못은 고사하고 지평선 어디에도 야자수 꼭대기에 달려 있는 잎사귀 하나 보이지 않았다.

"투르 투르 씨가 어딘가 걸어다니고 있으면 틀림없이 보일 텐데."

마침 그때 해가 지평선으로부터 얼굴을 내밀고 환하게 사막을 비추었다. 햇살은 눈부시게 불타올랐다. 두 사람은 자신도 모르게 눈 위에 손을 가져다 댔다.

"짐, 서둘러야겠어. 이제 곧 신기루가 보일 거야. 그러면 오늘 하루는 허탕이야. 제대로 보일 때 될 수 있는 한 높이 올라가 보자. 높은 곳에서 보면 더 멀리까지 내다보일 테니까."

루카스는 다시 돛대를 세웠다. 하늘을 나는 기관차는 지그재그 비행을 그만두고 위로 솟구치기 시작했다. 두 사람은 열심히 지평선 저쪽을 찾아보았다.

"저기! 찾아냈어! 투르 투르 씨야!"

짐이 소리쳤다.

또렷하지는 않았지만 저 멀리 상상조차 할 수 없는 거대한 사람의 모습이 보였다. 두 사람에게 등을 돌리고 웅크린 채 앉아 있는 모습이었다. 루카스는 곧 돛대를 앞으로 눕혔다. '영구 기관'은 속력을 내어 목표물을 향해 곧장 날아갔다. 가까이 갈수록 거대한 모습은 조금씩 작아지고 또렷해졌다. 자세히 보니 투르 투르 씨는 두 팔을 무릎 위에 얹고 그 위에 얼굴을 파묻은 채로 있었다. 몹시 슬퍼하는 모습이었다.

"울고 있는 걸까요?"

짐이 놀란 듯 말했다.

"글쎄, 그런가?"

루카스가 나지막한 목소리로 말했다.

엠마는 매우 빠른 속도로 다가갔다. 가까이 가면 갈수록 투르 투르 씨의 모습은 점점 작아져 갔고 드디어 교회의 탑 정도 크기로 보였다. 그리고 집만 한 크기로, 나무만 한 크기로, 마침내 보통 사람의 크기로 보였다.

루카스는 엠마를 겉보기 거인의 뒤쪽 모래 위에 살며시 착륙시켰다. 살짝 바퀴가 모래에 박히는 소리가 났다.

순간, 투르 투르 씨는 벌에 쏘이기라도 한 듯이 펄쩍 뛰어올랐다. 마치 죽은 사람처럼 창백한 그의 얼굴은 잔뜩 일그러진 표정을 지었다. 그리고 눈앞에 서 있는 것이 무엇인지 알아보지도 않고 땅바닥에 무릎을 끓더니 떨리는 목소리로 말했다.

"오오, 왜 나를 쫓아오나요? 내가 무슨 짓을 했다는 겁니까! 나의 집과 오아시스를 빼앗아 놓고 게다가 또 이곳까지 쫓아오다니요. 정말 잔혹한 괴물이군요, 당신은!"

투르 투르 씨는 두 손을 싹싹 비비며 두려움으로 온몸을 부들부들 떨었다. 루카스와 짐은 깜짝 놀라 마주 쳐다보았다.

"안녕하세요!"

루카스는 소리치며 기관차 지붕에서 뛰어내렸다.

"어떻게 된 거예요, 투르 투르 씨? 우리는 괴물이 아니에요. 잡아먹지 않아요. 당신의 집에서 맛있는 아침을 얻어먹지 못한다면 이야기는 달라지겠지만 말이에요."

"투르 투르 씨! 우리예요. 모르겠어요? 루카스와 짐 크노프예요."

짐도 말했다.

겉보기 거인은 천천히 손을 내리고 두 친구를 멍하니 쳐다보았다. 그러다가 그는 머리를 흔들며 중얼거렸다.

"아니야, 아니야. 그럴 리가 없어. 두 사람 모두 신기루야! 나는 홀리지 않아."

루카스가 까맣고 투박한 손을 내밀며 말했다.

"악수합시다, 투르 투르 씨. 그렇게 하면 정말 우리인지 아닌지 알겠죠. 신기루라면 악수는 할 수 없으니까."

"아니 아니, 그럴 리가 없어. 세계에서 단 둘 뿐인 나의 친구들 짐 크노프와 기관사 루카스는 아주 멀리 떨어진 곳에 있어. 게다가 두 사람은 두 번 다시 올 수 없어. '황혼의 골짜기'가 무너져 사막으로 오는 길은 이제 막혔으니까."

"우리는 할 수 있어요. 하늘로 날아왔어요."

짐이 소리쳤다.

"그렇겠지. 신기루니까 하늘에서 왔겠지."

겉보기 거인은 슬픈 듯이 끄덕이며 말했다.

"허허! 어이가 없군."

루카스가 웃으면서 말했다.

"우리가 진짜인지 아닌지 악수도 해 보지 않는다면 다른 방법을 쓰는 수밖에 없지. 미안, 투르 투르 씨!"

그런 다음 루카스는 투르 투르 씨를 살짝 두 손으로 안아 올려 가느다란 두 다리로 서게 했다.

"자, 어때요? 이러면 믿을 수 있겠습니까?"

겉보기 거인은 잠시 아무 말도 못했다. 이윽고 슬픈 얼굴이 밝게 빛나기 시작했다.

"정말이야!"

투르 투르 씨는 나지막하게 외쳤다.

"정말 당신들이오?"

그렇게 말하고는 루카스와 짐의 몸을 덥석 껴안았다.

"이젠 살았다, 이젠 살았어."

"투르 투르 씨. 먼저 당신 집으로 가서 아침식사를 합시다. 우리는 너무나 배가 고파요. 신기루가 아닌 진짜 기관사의 배가 홀쭉하게 들어갔다고요. 알겠습니까?"

겉보기 거인의 얼굴이 금세 다시 어두워지더니 깊은 한숨을 내쉬었다.

"아아, 오아시스에 있는 나의 작은 집으로 당신들을 안내할 수 있다면 얼마나 기쁘겠습니까! 아주 기꺼이 이제까지 먹어 보지 못한 맛

있는 아침을 준비하겠어요! 하지만 이제 그럴 수 없어요."

"그 집이 없어지기라도 했나요?"

짐이 깜짝 놀라 물었다.

"집은 아직 그대로 있습니다. 하지만 며칠 동안 근처에도 감히 갈 수가 없었어요. 딱 한 번 밤중에 물병에 물을 담으러 간 적이 있을 뿐이에요. 목이 말라 죽을 것 같았거든요. 밤에는 그 녀석도 잠을 자니까요."

"그 녀석?"

짐이 어리둥절해 물었다.

"내 집을 점령한 괴물이에요. 나는 그 녀석한테서 도망쳐 나와 사막에서 지내고 있어요."

"어떤 괴물입니까?"

"굉장히 커다란 입에다 기다란 꼬리가 있는, 보기에도 소름이 끼치는 흉측한 녀석입니다. 입으로 연기와 불을 토해 내요. 그리고 소름끼치는 목소리로 시끄럽게 소리를 질러댑니다."

짐과 루카스가 놀라서 얼굴을 마주 쳐다보았다.

"용이 틀림없어."

"나도 그렇게 생각해요, 루카스."

"그럴지도 몰라요. 그런 괴물을 용이라고 부르겠지요. 당신들이라면 알 수 있을 겁니다. 나와 헤어진 뒤 당신들은 그런 짐승과 싸웠겠지요, 그렇죠?"

"그렇고말고요. 그런 녀석이라면 우리는 이미 경험했습니다. 자, 갑시다. 투르 투르 씨. 당신의 오아시스로 가서 그 버릇없는 손님을 좀 자세히 보도록 하죠."

"다시는 가지 않겠어요!"

겉보기 거인은 기겁을 하며 외쳤다.

"괴물 가운데서도 가장 두려운 녀석이에요. 그런 놈 가까이에는 절대로 가지 않겠어요."

짐과 루카스는 겉보기 거인이 길 안내를 해주지 않으면 오아시스나 집을 결코 찾을 수 없다는 것을 오랫동안 설명해야만 했다. 겨우 그가 고개를 끄덕일 즈음에는 조금씩 신기루가 나타나기 시작했다. 아직 그렇게 심하지는 않았지만 스케이트를 신은 낙타 한 마리가 모래 위를 지치며 지나가기도 하고, 멀리 공장의 굴뚝 두 개가 완전한 영상을 만들기 위해 머뭇거리며 이리저리 흔들리고 있었다.

이제 곧 신기루가 옮겨다 놓는 기묘한 풍경은 점점 더 심해질 테고 그렇게 되면 어디로 가야 할지 길을 찾아내는 것은 꿈도 꿀 수 없는 일이었다.

두 사람이 절대로 위험한 일을 당하지 않게 해주겠다고 여러 번 약속했다. 그러자 투르 투르 씨는 겨우 두려움을 이겨내고 함께 엠마의 지붕에 올라탔다. 루카스는 겉보기 거인이 더 이상 불안해하지 않도록 기관차를 날게 하지 않고 자석으로 방향을 조절해 보통 기관차처럼 바퀴로 달리게 했다.

그러나 투르 투르 씨는 너무나 흥분해 있는 상태여서 엠마가 증기나 불이 아닌 전혀 다른 것으로 움직이고 있음을 눈치 채지 못했다.

두 친구를 두 괴물로부터 구출

저 멀리 야자나무 숲과 작고 하얀 집이 있는 오아시스가 드러났다.
그러자 루카스는 '영구 기관'을 멈추고 투르 투르 씨에게 물었다.

"당신의 집에 뭔가 쇠붙이로 된 물건이 있습니까, 투르 투르 씨?"

"대개의 것은 나무와 돌로 내가 직접 만들었지만, 냄비라든가 칼 따
위는……."

"그렇군요."

루카스는 가로막듯이 말했다.

"그럼 안전을 위해 여기서 멈추도록 합시다. 그러지 않으면 큰일이
날 테니까요."

"왜죠?"

"그것은 나중에 설명하지요. 당신은 여기서 엠마와 함께 기다려 주

십시오. 짐과 나는 가까이 가서 저곳 상황을 좀 살펴보고 올 테니까요."

"네? 나 혼자 있으란 말입니까? 만약 괴물이 오면 어떻게 해야 하지요? 지켜 주겠다고 약속했잖아요."

겉보기 거인은 깜짝 놀라 소리쳤다.

"탄수차에 숨어 있으면 돼요."

루카스가 상냥하게 말했다. 그러자 겉보기 거인은 엠마의 탄수차로 들어가 몸을 작게 웅크리고 앉았다. 루카스와 짐은 야자나무와 과일나무의 그늘에서 누군가를 기다리는 체하며 아무 일도 없는 것처럼 잠시 서 있다가 초록색 창이 달린 하얀 집으로 걸어갔다. 먼저 한쪽 창문으로 숨어 들어가 안을 들여다보았다. 그러나 용은커녕 용 비슷한 괴물도 보이지 않았다. 두 사람은 발소리를 죽이며 집을 한 바퀴 돈 다음 다른 한쪽 창문으로 부엌을 들여다보았다. 거기에도 이상한 것은 없었다. 아니, 처음에 얼핏 보았을 때는 보이지 않았는데 짐이 자세히 보니……

"루카스!"

짐이 낮은 목소리로 속삭였다.

"저게 뭐지요?"

"어느 것?"

"저쪽 소파 밑에 뭔가 나와 있어요. 저건 꼬리잖아요?"

"그렇구나!"

"그럼 이제 어떻게 하죠?"

짐이 살며시 물었다.

"아마 틀림없이 괴물이 자고 있는 걸 거야. 잠들었을 때 불시에 습격을 가하는 것이 좋겠어."

"그렇게 해요."

작은 목소리로 그렇게 말하며 짐은 괴물이 제발 깊은 잠에 **빠져** 팔다리를 모두 묶어 놓을 때까지 눈을 뜨지 않게 해달라고 마음속으로 빌었다. 두 사람은 발소리를 죽여 집 모퉁이를 돌아 조금 열려 있는 문에 닿았다. 그리고 살며시 앞쪽 방을 지나 소리 없이 부엌으로 들어갔다. 소파 밑에서 삐져나온 꼬리 끝이 바로 앞에 보였다.

"하나, 둘, 셋 할 때 덤벼!"

루카스가 짐에게 속삭였다. 두 사람은 살며시 웅크리고 덤벼들 준비 자세를 취했다.

"자아, 시작이다! 하나, 둘, 셋!"

두 사람은 재빨리 꼬리를 붙들어 세게 잡아당겼다.

"항복해!"

루카스가 큰 소리로 무섭게 소리쳤다.

"항복하지 않으면 해치우고 말겠다!"

"살려 줘요!"

소파 밑에서 새끼돼지처럼 끽끽대는 소리가 들렸다.

"사, 살려 줘요! 불쌍한 나를 제발! 나는 어째서 이렇게 불쌍한 신세일까! 다들 왜 나를 쫓아다니는 거죠? 제발 부탁이에요, 놓아 주세요, 나를! 제발, 두려운 거인님!"

짐과 루카스는 잡아당기던 것을 멈추고 어이가 없어 서로 마주 쳐다보았다. 이 목소리는 귀에 익었다. 그때 불이 꺼진 화산 속에서 끽끽대던 목소리…… 그렇다. 반룡인 네포무크의 목소리였다.

"이봐!"

짐은 그렇게 말하고 소파 밑을 들여다보려고 몸을 구부렸다.

"누구야, 지금 자신을 불쌍한 녀석이라고 한 게 누구지?"

"이것 참 놀라운걸!"

루카스가 웃으면서 이어 말했다.

"자신을 불쌍한 녀석이라고 한 건 우리의 친구인 네포무크잖아?"

"아아!"

소파 밑에서 벌벌 떨고 있는 새끼돼지 같은 목소리가 말했다.

"어떻게 내 이름을 알고 있죠, 무섭고 두려운 거인님? 어떻게 두 사람의 목소리를 동시에 낼 수 있죠?"

"우리는 거인이 아니야."

"너의 친구 짐 크노프와 루카스야."

"정말? 아니 그럴 리가. 나를 이곳에서 꾀어내려고 거인이 꾸민 함정이 틀림없어. 나는 함정에는 걸려들지 않겠어! 내가 그럼 꾐에 빠질 줄 알고? 어서 사실대로 말해! 정말 너희야? 아니면 그럴싸하게 꾸며 대는 거야?"

"정말 우리야! 이리 나와, 네포무크!"

짐이 소리쳤다. 그러자 먼저 소파 저쪽 끝에서 꽤나 큰 머리가 쑥 나왔다. 얼굴 생김새는 하마의 먼 친척 같지만 온몸엔 노랗고 푸른 점들이 박혀 있었으며 동그란 눈이 불쑥 튀어나와 있었다. 그 눈이 짐과 루카스를 더듬듯이 힐끗힐끗 쳐다보았다. 그리고 눈앞에 서 있는 것이 정말 그 기관사 두 사람이라는 것을 알게 되자 놀라움과 기쁨으로 커다란 입을 벌리며 활짝 웃었다. 네포무크는 소파 밑에서 기어나와 두 사람 앞에 두 다리를 벌리고 서서 작은 두 팔을 옆으로 뻗치고는 끽끽 거리며 말했다.

"만세! 살았어! 그 시시한 거인 녀석 어디로 갔지? 우리 얼른 붙들어서 때려눕히자!"

"서둘지 않아도 돼! 거인은 바로 저기 있으니까."

"뭐? 살려 줘!"

네포무크가 소리치며 또다시 소파 밑으로 기어 들어가려고 했다. 그러나 루카스가 재빨리 붙들며 물었다.

"소파 밑에 들어가서 어쩌려고, 네포무크?"

"숨어야 해. 거인은 너무 커서 이 밑에는 들어오지 못할 거야. 문으로도 들어올 수 없을 정도니까 소파 밑은 절대로 안전하다고. 그러니까 나를 좀 놓아 줘!"

"그런데 말이야."

드디어 짐이 커다랗게 웃으며 말했다.

"여기가 그 사람 집인걸. 그 사람 집이라고!"

"그 사람이라니 누구 말이야?"

"투르 투르 씨야. 겉보기 거인이지."

네포무크의 얼굴색이 파랗게 질렸다. 노랗고 푸른 점들은 엷은 노랑과 엷은 파랑으로 바뀌었다.

"아아, 어떻게 한담!"

반룡은 허둥대며 소리쳤다.

"그런데 어째서…… 그럼 어째서 나를 붙잡아 내쫓지 않았지?"

"네가 굉장히 무섭대."

네포무크의 눈이 둥그레지며 반짝였다.

"무섭다고? 내가?"

믿어지지 않는다는 표정을 지으며 물었다.

"정말이야? 그렇게 커다랗고 무서운 거인이 나를 무서워했어? 내가 위험하고 나쁜 용이라고 생각했단 말이지?"

"그래."

짐이 고개를 끄덕였다.

"그 거인은 참 좋은 사람이군 그래. 그 사람에게 내가 잘 부탁한다고 말해 주지 않겠어? 그리고 말이야, 두려워하는 모습을 한 번 보여 주면 내가 무척 기뻐할 거라고도 귀띔해 줘. 지금까지 나를 보고 두려워하는 사람을 한 번도 본 적이 없어. 그건 용에게 아주 기분 나쁜 일이야."

"반룡에게는 말이지?"

짐이 바로잡았다.

"응."

네포무크는 원망스러운 듯이 그렇게 말했다.

"하지만 그 거인에게 너무 빨리 실토하진 말아 줘."

"알겠어. 그런데 말이야, 우리는 투르 투르 씨에게 네가 정말 위험하고 나쁜 용이 아니라 마음씨 착하고 친절한 반룡이란 것을 알려야만 해. 그러지 않으면 그 사람은 너한테서 도망칠 거야. 친구가 될 수 없단 말이지."

네포무크는 곤란한 듯 머리를 긁적였다.

"안 됐군 그래."

실망한 듯이 중얼거렸다.

"나는 내가 무서워서 덜덜 떨고 있는 사람과 친구가 되어 보고 싶었는데, 그런 게 바로 진정한 친구 아니겠어? 하지만 너희가 그건 안 된다고 한다면…… 좋아, 그럼 내 이야기를 해 줘도 좋아. 그러면 틀림없이 나를 아주 대수롭지 않게 여길걸."

"대수롭지 않게 여기다니, 뭘 잘못 생각하고 있군."

루카스가 말했다.

"그 말을 들으면 너를 훨씬 더 좋게 여길 거야. 그 사람 역시 사실은 거인이 아니거든. 겉보기 거인이야. 아직 몰랐나 보구나?"

"뭐라고? 정말?"

네포무크는 몸을 내밀며 말했다.

"그런데 겉보기 거인이 뭐지?"

루카스와 짐은 반룡에게 투르 투르 씨의 별난 특성을 이야기해 주었다. 그리고 셋은 함께 엠마에게로 걸어갔다. 엠마가 있는 곳에 이르러 루카스가 말했다.

"투르 투르 씨, 안심하고 탄수차에서 나오세요. 이제 두려워할 거 전혀 없어요."

"정말이오?"

겉보기 거인의 나약한 목소리가 들렸다.

"그 무섭고 위험한 괴물을 벌써 쫓아 버렸나요?"

"들었어? 나 말이야, 날더러 두려운 괴물이래."

네포무크가 뽐내듯이 속삭였다.

"쫓아 버린 게 아니에요."

"그럴 필요가 없었어요. 괴물이 아니라 우리와 사이좋은 친구예요. 네포무크라는 반룡인데 지난번에 우리가 많은 도움을 받았어요."

"그래요. 굉장히 좋은 친구예요."

짐도 거들었다. 네포무크는 눈을 내리깔고 부끄러운 듯이 몸을 비틀며 수줍어했다. 그것은 겸손해서라기보다는 나쁘지 않다는 사실이 용으로서는 부끄러웠기 때문이다.

"하지만 그렇게 좋은 반룡이라면 어째서 내 집을 빼앗고 나를 쫓아 냈나요?"

탄수차 안에서 겉보기 거인의 목소리가 들렸다.

"당신을 무서워했던 거예요, 투르 투르 씨. 그래서 숨으려고 했을 뿐이에요. 아시겠어요?"

그러자 탄수차 입구로 겉보기 거인이 얼굴을 내밀었다.

"정말인가요?"

투르 투르 씨는 몹시 염려스러운 얼굴로 쳐다보았다.

"나를 두려워했단 말이죠? 그것 참 미안한 일이로군요! 미안해요! 그 불쌍한 네포무크는 어디 있습니까? 빨리 사과해야겠어요."

"여기예요."

네포무크가 끽끽대는 목소리로 말했다. 투르 투르 씨는 간신히 탄수차에서 내려와 반룡의 앞발을 붙들고 진심으로 악수를 청했다.

"미안해요, 네포무크 씨. 무섭게 해서 미안해요!"

"괜찮아요."

네포무크는 커다란 입으로 싱긋 웃었다.

"그것보다 나를 무서워했다니 정말 고맙소, 겉보기 거인 씨. 나는 무척 기뻤어요!"

"이제 우리가 당신을 찾아 온 이유를 말해야겠군요, 투르 투르 씨. 그리고 그것보다도 먼저……."

루카스가 말했다.

"잠깐만요."

겉보기 거인이 말했다.

"모두 같이 아침식사를 합시다. 자, 나의 소중한 손님들, 아무쪼록 함께 와 주세요!"

"기꺼이!"

루카스와 짐이 입을 모아 말했다. 두 사람은 네포무크를 한가운데 두고 팔짱을 끼고 겉보기 거인 뒤를 가벼운 발걸음으로 따라갔다. 마음씨 좋은 늙은 엠마는 가엽게도 그 자리에서 기다리고 있어야 했다. 엠마는 꾹 참고 그동안 잠을 자두기로 했다.

자철 바위 파수꾼

모두가 투르 투르 씨의 집 둥근 식탁에 둘러앉았다. 겉보기 거인은 서둘러 식욕을 돋구는 갖가지 음식들을 차려 놓았다. 음식을 먹으려고 했을 때 네포무크가 말했다.

"그런데 나는 뭘 먹지?"

식탁 위의 무화과나무 차가 든 커다란 주전자에서는 김이 모락 모락 오르고 있었다. 그 곁에는 선인장 꿀과 석류쨈을 바른 바오바브 빵, 구스베리 빵이 큰 접시에 수북이 담겨 있었다. 그리고 대추 비스킷, 구운 바나나, 파인애플 과자, 겨자 케이크, 군밤, 그리고 검정 버터도 있었다. 이렇게 차려진 음식들만 살펴보아도 투르 투르 씨가 얼마나 대단한 동물 애호가인지 알 수 있을 것이다. 그는 식물성 음식밖에는 먹지 않는 채식주의자였다.

누구라도 이만한 아침식사라면 금세 군침이 절로 나올 것이다. 그런데 가엽게도 네포무크는 어쩔 줄 몰라 식탁을 두리번거리며 금세 울상이 되었다. 양동이 가득 뜨거운 용암을 마음껏 먹고 싶었던 것이다. 아니면 부글부글 끓고 있는 타르를 양동이에 가득 채워 한꺼번에 먹어치우는 것이 네포무크에게는 즐거운 일이었다. 하지만 그런 것은 투르투르 씨의 오아시스에는 전혀 없었다.

짐과 루카스는 반룡이 어떤 것을 먹는지 겉보기 거인에게 설명했다.

"이걸 어쩌지요?"

투르 투르 씨는 몹시 괴로운 듯이 말했다. 손님을 대접하고 싶은 마음은 간절했지만, 네포무크의 입에 맞는 음식을 지금 당장 구해 올 수는 없었다.

반룡은 할 수 없이 프라이팬에 가득히 사막의 모래를 볶아 먹는 것으로 만족해야 했다. 좋아하는 음식은 아니었지만 아무것도 먹지 않는 것보다는 나았다. 무척 배가 고팠던 것이다.

식사가 끝나자 네포무크는 보란 듯이 커다란 소리로 트림을 했다. 그러고는 양쪽 귀에서 분홍빛의 작은 연기를 두 줄기 뿜어냈다.

"나의 소중한 손님들, 나를 찾아주셔서 정말 기쁩니다. 어떻게 해서 저를 찾아 주셨는지 이제 그 이유를 말씀해 주시겠습니까?"

"안 돼요! 좀 기다려요!"

네포무크가 주책없이 나서며 끽끽댔다.

"내가 먼저 이야기할 거예요!"

짐과 루카스는 재미있다는 듯 얼굴을 마주 보았다. 작은 반룡은 이전과 조금도 달라진 것이 없었다. 그때도 그랬지만 어떻게든지 진짜 용처럼 난폭하고 버릇없는 행동을 하려고 애썼다.

"나는 그때……."

네포무크가 말하려고 했다. 그러자 투르 투르 씨가 두려운 얼굴로 그의 말을 가로막았다.

"네포무크 씨, 지금은 당신 친구들과 있는 것이 아니라 이곳에 손님으로 와 있으니 예의를 지켜 주십시오."

"쳇!"

네포무크는 기가 죽어 언짢은 표정을 지었다. 하지만 이내 그는 어마어마하게 큰 입을 꾹 다물었다.

"저어……."

루카스는 느긋하게 파이프를 피우며 천정으로 연기를 뿜어대기 시작했다.

"그러니까 우리가 사는 햇빛섬 나라에 등대가 필요하게 되었습니다. 그러자 내 친구 짐 크노프가 대단히 좋은 생각을 해냈어요. 그래서 당신이 우리나라에 와서 그 일을 맡아 주셨으면 하는 부탁을 드리려고 오게 되었습니다. 온 세계를 찾아다녀도 당신과 같은 능력을 지닌 사람은 없을 테니까요, 투르 투르 씨."

"그게 어떤 일이지요?"

투르 투르 씨는 놀라며 물었다.

그래서 짐과 루카스가 번갈아 가며 등대지기의 일을 설명했다. 겉보기 거인의 얼굴이 차츰 환하게 빛나기 시작했다. 그리고 두 사람이 그 섬은 누구든 먼 곳에서는 볼 수가 없어 거인으로 보일 리가 없고, 그래서 투르 투르 씨를 두려워할 사람은 한 사람도 없을 거라고 덧붙였다. 조심성이 많은 겉보기 거인도 너무나 기쁜 나머지 의자에서 뛰어오르며 소리쳤다.

"뭐라고 감사드려야 할까요! 이제야 나의 가장 큰 소망이 이루어지게 되었습니다! 나를 두려워하는 사람이 없는 곳에서 살 수 있을 뿐만 아니라 겉보기 거인의 특징으로 사람들에게 도움이 될 수 있다니! 오오, 당신들은 이 늙은이에게 말할 수 없이 커다란 기쁨을 주었습니다."

겉보기 거인의 눈에서 기쁨의 눈물이 흘러나왔다. 감동하면 언제나 그렇듯이 루카스는 파이프 연기로 자신을 둘러싸게 했다. 그리고 이렇게 말했다.

"승낙해 주시니 저희도 기쁩니다. 투르 투르 씨는 우리에게 큰 도움이 될 겁니다. 당신은 햇빛섬 나라 국민으로 꼭 적합하니까요."

"나도 그렇게 생각해요."

짐이 맞장구를 쳤다. 마음이 너무나 뿌듯했다. 겉보기 거인이 등대 역할을 하면 좋겠다고 처음 생각한 사람은 짐 자신이었던 것이다.

"그런데 나는 어떻게 되지?"

네포무크가 낄낄거리며 끼어들었다. 줄곧 뾰로통한 얼굴을 하고 있었지만 아무도 신경을 쓰지 않자 표정을 바꾸고 이야기했다.

"어떻게 되다니? 그게 무슨 말이지?"

짐이 물었다.

"나도 햇빛섬 나라에 가면 안 돼?

네포무크가 진지하게 물었다.

"저어, 내가 살 만한 작은 화산은 없어? 나 매일 지진이 일어나게 해줄 수 있어. 용암도 너희가 필요한 만큼 섬 가득히 흘려보내 주겠어. 두고 봐, 굉장할 테니까. 그럼 되겠지, 결정됐지?"

루카스와 짐은 또 서로의 얼굴을 마주 쳐다보았다. 그렇지만 이번에는 재미있어서가 아니라 난처해서였다. 이 반룡은 전에 두 사람에게 상당히 많은 도움을 주었고 지금도 나쁜 뜻으로 이야기하는 것은 아니었다.

"저어, 네포무크."

루카스가 곰곰이 생각하고 나서 말했다.

"너에게는 우리나라가 마음에 들지 않을 거야."

"그렇지 않아!"

반룡은 곧장 되받아 말하며 앞발을 휘저었다.

"스스로 살기 좋은 환경을 만들 테니 걱정하지 않아도 돼."

"하지만 우리나라에는 화산이란 것이 없어. 아주 조그만 것 하나도 없어."

짐이 재빨리 끼어들었다.

"게다가 우리나라는 굉장히 작아. 새 햇빛섬 나라를 합쳐도 투르 투르 씨가 와 주면 꽉 찰 정도야. 사실 우리는 네포무크 군을 아주 좋아해. 네게 고마운 마음을 가지고 있어. 그러나 너는 햇빛섬 나라에 맞지 않아."

루카스가 다시 천천히 말했다.

"나도 그렇게 생각해."

짐도 고개를 끄덕이며 말했다.

네포무크는 순간 두 친구를 야속하다는 듯이 쳐다보았다. 그러더니 반룡의 커다란 얼굴이 일그러졌다. 너무나 슬퍼서 견딜 수가 없는 듯한 모습이었다. 그리고 크게 숨을 들이마시더니 불쑥 튀어나온 큰 입을 크게 벌려 엄청난 소리로 울기 시작했다.

기관차 엠마도 내지 못할 것 같은 큰 소리였다. 가슴이 찢어질 듯한 울음소리와 함께 드문드문 다음과 같은 말소리가 섞였다. ……나도 햇빛섬 나라에…… 가겠어, 힝 힝 힝, 하지만 나 이미 돌아갈 수 없어. 힝힝 용들에게서 쫓겨났어. 돌아가면 잡아먹히고 말아…….

루카스와 짐, 그리고 투르 투르 씨는 울부짖는 반룡을 달래느라 진땀을 뺐다. 그에게는 그토록 슬프게 울 수밖에 없는 이유가 있었다.

어느 날, 용의 거리 불바다의 주인들은 드디어 잡혀온 아이들뿐만 아니라 어금니 부인까지 사라져 버린 사실을 알게 되었다. 그리고 누군가가 자기들의 거리에 침입해 들어와 아이들과 어금니 부인을 데리고 간 것이 틀림없다고 생각했다. 오래 계속된 조사에서 용의 문지기들이 불려가 심문을 받았다. 그러는 가운데 마침내 변신한 기관차가 있었음이 밝혀졌다. 그렇다면 불바다의 지리에 익숙한 누군가가 그 침입자의 앞잡이가 되었을 것이라는 데 생각이 미치고 용들은 '천화산의 나라' 반룡들을 하나하나 조사했다. 이윽고 조사의 손길이 네포무크에게까지 뻗쳤다. 고원 끝에 있는 작은 화산에 재앙이 닥쳐온 것이다. 배신자를 붙들어 잡아먹는 커다란 문지기 용 42마리가 찾아왔다.

다행히 네포무크는 위험을 느끼고 재빨리 도망쳤다. '검은 바위'지대의 추위와 영원한 밤을 이겨내고 살아서 지나올 수 있었던 것은 도망치기 전에 뜨거운 용암을 커다란 냄비 가득히 마셔둔 덕분이었다. 몸속에서 용암이 몸을 덥혀 주었던 것이다. 하지만 가까스로 '세계의 끝'에 도착했을 때는 거의 얼어 죽을 지경으로 몸이 식어 있었다. 게다가 이삼 일 동안은 신기루에 시달려야 했다. 모래와 자갈로 간신히 목숨을 이어가다가 어느 날 저녁 멀리서 투르 투르 씨의 모습을 보게 되었다. 깜짝 놀라 정신없이 도망치다가 사막 저쪽에 초록색 창문이 붙어 있는 작고 하얀 집을 찾을 수 있었다. 그래서 겨우 그 집에 뛰어들어 숨어 있었던 것이다.

네포무크는 말을 마치기가 무섭게 다시 한 번 큰 소리로 울어댔다. 커다란 눈물방울이 노랗고 푸른 점들로 얼룩진 뺨에 흘러내렸다.

"너희가 나를 데려가 주지 않으면 나는 아무 데도 갈 곳이 없는 처량한 신세야."

네포무크는 주섬주섬 말했다.

"이 사막에 머물 수도 없으니까…… 여긴 먹을 것도 없고 친구도 없어."

"그건 그렇군."

루카스가 말했다.

모두 잠자코 눈을 내리깔고 아래를 내려다보고만 있었다. 조금 뒤 짐이 위로하듯이 말했다.

"하지만 그렇게 걱정하지 마, 네포무크. 너는 우리를 구해 주었어. 이번에는 우리가 너를 구해 줄 차례야. 틀림없이 뭔가 좋은 방법이 있을 거야."

루카스는 입에 문 파이프를 떼고 반룡을 떠보기라도 하듯 눈을 가느다랗게 뜨고 쳐다보았다.

"글쎄, 좋은 생각이 떠오르긴 했는데."

그는 진지한 표정으로 말했다.

"워낙 책임이 막중한 일이어서 네포무크에게 적합할는지가 문제야."

"아!"

짐이 목소리를 낮추어 말했다.

"자철 바위에서……?"

"시켜 봐도 좋지 않을까?"

루카스가 대답했다.

"안 될 거라고 지레 짐작할 필요는 없어. 네포무크는 여러 가지 어려운 일을 겪어 꽤 착실해진 것 같으니까 말이야."

"그래, 나 굉장히 착실해졌어. 정말이야."

네포무크가 안절부절못하며 말했다.

"그런데 도대체 무슨 일이지?"

"대단히 중요한 일이야, 네포무크. 아주 믿을 만하지 않으면 맡길 수가 없어."

그렇게 말하고 루카스는 자철 바위의 일과 그 강력한 자기(磁氣)에 대해, 그리고 그것을 필요에 따라 넣거나 끊거나 하는 파수꾼의 역할이 왜 필요한 지에 대해 설명해 주었다.

"얼마나 책임이 무거운 일인지 알았겠지?"

루카스는 말을 마치고 파이프를 뻐끔뻐끔 피웠다.

"너는 결코 용과 같은 난폭한 짓이나 장난을 하지 않겠지? 절대로 그러지 않겠다고 우리에게 맹세해 줘. 그렇다면 우린 너를 진심으로 믿을 거야, 네포무크."

루카스가 이야기하는 동안 내내 반룡은 진지한 표정으로 귀를 기울이고 있었다. 차츰 네포무크의 둥그런 눈이 빛나기 시작했다. 네포무크는 앞발을 루카스와 짐에게 내밀고 말했다.

"나를 믿어도 좋아. 친구의 명예를 걸고 맹세하겠어. 용은 이제 나의 적이니까 다시는 용처럼 나쁜 짓은 하지 않겠어. 용을 닮는 게 싫어. 이제는 너희가 내 친구야. 나 이제부터 너희와 어울리는 친구가 되도록 열심히 노력하겠어."

"좋아. 한번 해 보자. 하지만 걱정이 되는 건 네 음식이야. 먹을 게 없다면 곤란하잖아."

"암 그렇고말고!"

네포무크는 낄낄거리며 말했다.

"하지만 너희가 그 지하는 굉장히 덥다고 했잖아. 그렇다면 바로 아래에 죽 같은 것이 불타고 있을 게 분명해. 난 우물을 파겠어. 그리고 양동이를 두 개 매달아 놓을 거야. 그럼 필요한 만큼의 용암을 퍼 올릴 수 있어. 아마 영양가도 꽤 높은 용암일 거야."

네포무크는 생각만 해도 군침이 도는지 벌써부터 입맛을 다셨다. 루카스는 자못 유쾌한 듯 짐을 쳐다보며 말했다.

"멋진 생각이야! 네포무크는 그곳에 꼭 적합해. 짐, 너는 어떻게 생각하니?"

"나도 그렇게 생각해요."

"고마워!"

네포무크는 안도의 숨을 내쉬었다. 조마조마하던 마음이 가라앉는 순간 딸꾹질이 나왔다. 그러자 초록색과 보라색의 도넛모양 연기가 코와 귀에서 피어올랐다.

"이것으로 완전히 이야기는 마무리되었어. 이제는 될 수 있는 한 빨리 '영구 기관'을 타고 자철 바위로 날아가야 해. 그곳에 우리의 작은 몰리가 혼자 있으니까. 너무 오래 기다리게 하고 싶지 않거든."

루카스가 자리에서 일어서며 말했다. 하지만 다시 일곱 개의 봉우리를 넘어 날아갈 일을 떠올리자 걱정이 되었다. 그 희박한 공기를 겉보기 거인이 견뎌낼 수가 있을까? 만약 견뎌내지 못한다면 어떻게 될 것인가? 그런 걱정을 말하려 했을 때 투르 투르 씨가 깜짝 놀란 얼굴로 물었다.

"지금 날아간다고 말했습니까, 루카스 씨?"

"그렇습니다, 투르 투르 씨."

루카스가 똑똑히 말했다.

"어쩔 수가 없습니다. '황혼의 골짜기'가 막혀 이 사막을 벗어날 방법이 달리 없으니까……."

문득 루카스는 말을 끊고 손가락을 탁 튕겼다.

"그렇지, '황혼의 골짜기'! 짐, 우린 어째서 그걸 생각하지 못했을까?"

"무엇을요?"

짐은 멍하니 물었다.

"'황혼의 골짜기'를 지나서 날아가면 되잖아!"

루카스가 설명했다.

"그곳으로 가면 돼. 그곳은 산봉우리가 허물어져 내려 그다지 높지 않을 거야. 우리가 왔던 방향보다 훨씬 편할 거야."

"좋은 생각이군요, 루카스."

겉보기 거인에게는 높은 곳이건 그리 높지 않은 곳이건 마찬가지였다. 날아오른다는 말만으로도 가슴이 뛰고 불안했다. 햇빛섬 나라에서 등대지기가 되는 즐거움을 생각해 일단 떠나기로 했지만 아무래도 두려움을 떨칠 수는 없었다.

투르 투르 씨는 점심 도시락으로 샌드위치와 향이 좋은 차를 준비했다. 커다란 자루와 바가지에 그것들을 가득 넣었다. 모든 준비가 끝난 뒤 창백해진 투르 투르 씨는 가늘게 떨리는 목소리로 말했다.

"준비가 끝났습니다, 여러분."

그들은 작은 집을 나서서 앞뒤로 길게 줄을 이어 사막을 걸어갔다. 이미 한낮이 가까워 뜨거운 열기가 공기를 뒤흔들었다. 신기루의 환상이 가장 심해질 시간이었다. 기관차가 있는 곳으로 가면서 오른쪽을 쳐다보니 커다란 기마상이 나타났다. 그 위에 도토리나무가 돋아나 가지에 많은 사람이 우산을 받쳐 들고 앉아 있었다. 엠마의 왼쪽에는 구식 목욕통 세 개가 술래잡기를 하듯 둥글게 동그라미를 그리고, 그 한가운데에 하얀 옷을 입은 교통경찰이 단 위에 서 있었다. 그러다가는 다시 곧 사라졌다.

루카스가 싱끗 웃으면서 말했다.

"자아, 모두 준비되었지?"

그리고 엠마 옆에 서서 땅딸한 몸을 쓰다듬어 주었다.

투르 투르 씨는 아쉬운 듯이 다시 한 번 자신의 오아시스와 초록색 창문이 달린 작고 하얀 집을 돌아다보았다.

"안녕, 나의 귀여운 작은 집."

속삭이듯 그렇게 말하고 잠시 손을 흔들었다.

"너는 오랫동안 나의 터전이었어. 이제 다시 만날 수 없겠지. 너는 어떻게 될까?"

마침 그때 오아시스의 하늘에 핏빛 돛을 넓게 펼친 커다란 배가 나타났다. 돛에는 커다랗게 '13'이라고 쓰여 있었다. 그리고 맹렬한 속력으로 지평선으로 사라져갔다. 루카스는 그것을 주의 깊게 바라보았다. 짐도 물끄러미 쳐다보다가 그것이 사라지자 물었다.

"저어, 저것은 '난폭자 13'의 배가 아닐까요?"

"그럴지도 모르지. 아니, 틀림없을 거야. 저 영상이 어디서 왔는지 알면 그것만으로도 여러 가지가 분명해질 텐데. 하지만 알 길이 없구나."

그리고 두 승객에게 밝은 목소리로 말했다.

"자, 손님들 오르시지요!"

투르 투르 씨는 모습을 드러내지 않도록 기관실 바닥에 앉아 있기로 했다. 만다라 사람들이 거대한 사나이가 하늘에 떠 있는 것을 보게 되면 얼마나 놀랄 것인가. 루카스는 그 일을 걱정했던 것이다. 예를 들어, 투르 투르 씨가 창문으로 밖을 내다보았을 때 머리라도 보이면 정말 큰 소동이 벌어질 것이다. 겉보기 거인은 루카스의 조심성 있는 배려에 불평 없이 따랐다. 더욱이 하늘을 날아가는 이 여행에서 밖을 내다보지 않아도 된다는 건 오히려 그에게 더할 나위 없이 고마운 일이었다.

네포무크도 살금살금 기관실로 들어갔다. 그리고 곧 가슴을 두근거

리며 창가에 자리를 잡았다. 네포무크는 보고 싶은 대로 밖을 내다볼
수 있었다. 네포무크는 하늘에 날아올라 바깥구경을 하게 될 생각에 잔
뜩 들떠 있었다.

마지막으로 루카스와 짐이 엠마의 지붕에 자리 잡았다. 루카스가 돛
대를 세워 오른쪽 끈을 잡아당기자, '영구 기관'은 천천히 소리도 내지
않고 하늘 높이 떠올랐다.

물의 생물과 불의 생물

얼마 날지 않은 듯했는데 어느새 '세계의 정상'에 다다랐다. 루카스는 의연하게 서 있는 산맥을 따라 '황혼의 골짜기'가 있던 곳까지 하늘을 나는 기관차를 날게 했다. 골짜기의 반쯤이 산사태로 허물어진 산봉우리들로 메워져 있었다. 어마어마하게 큰 바윗덩어리가 아래위로 겹쳐져 보기에도 무시무시했다. 루카스와 짐은 소리 없이 그 위를 지나가며 잠자코 바라보고 있었다.

양쪽 암벽이 허물어져 골짜기 입구의 폭은 꽤 넓어져 있었다. 하지만 아주 빠른 속도로 날아가는 엠마가 허물어져 내린 바위에 부딪치지 않도록 세심한 주의를 기울이며 솜씨 있게 운전해야만 했다.

바위에 부딪칠 뻔한 위험한 순간에 번개같이 재빨리 돛대를 돌려 여러 차례 고비를 넘겼다. 매우 위험하고 아슬아슬한 비행이었지만 산꼭대기를 넘어 상공의 엷은 공기 속을 날아가는 것보다는 훨씬 기분이 상쾌했다.

이윽고 계곡이 끝나고 바로 아래에 갖가지 예쁜 꽃들이 한창인 '놀라운 숲'이 나타났다. 그리고 언덕에 길게 뻗친 만다라의 성벽이 빨간 리본처럼 또렷이 보였다. 성벽 저쪽은 만다라였다. 밭이 있고 길이 있으며 강이 있었고 무지개다리도 있었다. 또 여기저기에 거울처럼 호수가 빛나고 있었다.

루카스는 조심스럽게 '영구 기관'의 고도를 높였다. 핀 시의 황금 지붕이 보이기 시작했던 것이다. 그러자 '영구 기관'은 화살처럼 빠르게 바다 위로 날아올랐다. 한참 날아갔을 때 루카스와 짐은 눈 아래에 파도가 훨씬 높아지고 물의 빛깔도 검푸르고 음침해진 것을 깨달았다.

"'공포의 바다'에 닿았군. 제법 빨리 날아온 셈이야."

루카스가 짐에게 말했다.

그 뒤 반 시간도 채 되지 않아 작디작은 까만 점 두 개가 나타났다. 루카스는 그쪽으로 방향을 잡았다. 두 개의 점은 점차 커졌다. 자철 바위였다! 루카스는 바위의 상공에 이르자 커다랗게 한 바퀴 돌았다. 그리고 재치 있게 자기(磁氣)를 넣었다 끊었다 하며 천천히 고도를 낮추고 거칠게 파도치는 바다 위에 거품을 일으키며 내려앉았다. 바위로부터 500미터쯤 떨어진 곳이었다.

"짐, 멋지지? 응?"

루카스는 그렇게 말하고 자랑스러운 듯 살며시 눈짓을 했다.

"어서 오세요! 이제야 돌아오셨군요!"

어디선가 부드러운 목소리가 파도 사이에서 들려 왔다. 그리고 기관차 옆에 인어 공주 자즈라피치가 나타났다.

"늦으셨군요. 어디 갔었나요? 우리는 하루 종일 기다렸어요."

"우리가 묻고 싶은 말인걸, 아가씨."

루카스가 싱글거리며 말했다.

"우리는 어제 종일 당신을 기다리다 허탕을 쳤지요. 당신이 돌아오지 않는 동안 짐과 나는 멋진 것을 발명해서 그것으로 서둘러 친구들을 데리러 갔었어요."

"어마 그래요? 그럼 됐어요. 그런데 내가 왜 늦었는지 알아요?"

"아마 우리 일을 까맣게 잊고 있었겠지?"

"아니에요!"

인어 공주가 재미있다는 듯이 소리쳤다.

"그럼 무도회에서 춤을 추고 있었겠지?"

"아니요!"

인어 공주는 깔깔댔다.

"그럼 모르겠는데?"

루카스가 말했다.

"저어, 아주 좋은 일이에요."

인어 공주는 우쭐해서 말했다.

"무도회에서 약혼자인 우샤우리슘을 보았다는 분을 만났어요. 그가 말하길 우샤우리슘이 사파이어 바다 밑에 있다는 거예요. 나는 곧 그곳으로 헤엄쳐 가서 샅샅이 찾아다녔어요. 그랬더니 파란 산호 숲에서 3마일 남쪽에 있는 진주 거품의 꽃밭 한가운데에 정말로 그가 있었어요."

"오호! 그거 눈물의 재회였겠군."

"그래서 듀공을 그이의 등딱지에 연결해 이곳으로 서둘러 돌아왔어요. 그래서 좀 늦었어요!"

인어 공주는 조잘대듯이 말했다.

"하지만 우샤우리슘은 어디 있지? 내게는 보이지 않는데요."

짐이 말했다.

"응, 어디 있소? 인사를 나눠야지."

루카스도 한마디 했다.

"곧 올라올 거예요. 등딱지 네크라서 동작이 좀 더뎌요. 당신들의 기관차가 날아오는 것을 보고 우리는 함께 숨었어요. 그래서…… 저만 먼저 올라왔어요!"

그때 수면에 이상야릇한 생물이 떠올랐다. 공주가 들뜬 목소리로 말했다.

"자아 봐요, 상당히 품위가 있죠?"

그는 얼핏 커다란 거북이처럼 보였지만 그의 등에는 멋진 청록빛 금으로 된 등딱지가 덮여 있었다. 손발의 살갗은 보랏빛을 띠었으며 손가락 사이에는 물갈퀴가 붙어 있었다. 얼굴 생김새는 보통 사람과 조금도 다르지 않았고 무척 아름다웠다. 가장 멋진 것은 커다란 금빛 안경 깊숙이 반짝이는 눈동자였다. 예쁜 자줏빛의 조용하고 진지한 그의 눈동자는 어딘가 슬픔마저 감도는 듯했다.

"처음 뵙겠습니다!"

우샤우리슘은 천천히 노래하듯이 말했다.

"당신들의 이야기는 자세히 들었습니다. 만나게 되어 참으로 기쁩니다."

"저희야말로."

루카스가 대답했다.

"돌아오게 되어 정말 잘 됐군요, 우샤우리슘 씨."

"그런데 바다의 임금이신 로루모랄이 낸 문제는 풀 수 있었나요?"

짐이 물었다.

"이제 자즈라피치 공주와 결혼할 수 있는 건가요?"

우샤우리슘은 슬픈 표정을 애써 감추며 노래를 부르듯이 대답했다.

"관심을 가져 주셔서 고맙소. 애석하게도 그 문제는 풀지 못했습니다. 우리를 적으로 대하지 않는 불의 생물을 찾아내지 못했지요. '영원한 수정'을 만드는 일은 이제 거의 가망이 없을 것 같습니다."

인어 공주는 그 말을 듣고 울음을 터뜨렸다. 우샤우리슘이 공주의 어깨에 손을 얹고 말했다.

"울지 말아요, 사랑스러운 공주. 내 목숨이 붙어 있는 한 계속 찾을 생각이오."

"그런데 자철 바위의 파수꾼은 찾아냈나요, 아가씨?"

루카스가 물었다. 우샤우리슘이 울고 있는 공주의 머리카락을 매만져 주며 우아한 목소리로 대답했다.

"당신들이 자철 바위의 일로 곤란을 겪었다는 말을 공주에게서 들었습니다. 나도 천 년 전쯤에 그 밑에 내려가 본 적이 있어서 그곳 구조를 잘 알고 있습니다. 그때는 아무런 고장도 나지 않았을 때이지요. 하지만 그 깊은 땅 밑에는 아주 짧은 시간밖에 머물 수 없었습니다. 우리는 그 열기를 견디기 어려우니까요. 그러나 다시 한 번 내려갈 생각입니다. 당신들의 진귀한 기관차가 충분히 멀리 떠나간 다음에 제가 다시 자기(磁氣)를 연결하도록 하겠습니다. 하지만 파수꾼으로서 이 바위에 내내 머무를 수는 없습니다. 나는 깊은 땅속의 그 열기 속에서는 얼마 견디지 못하고 죽을 겁니다. 더구나 바다의 임금님이 출제한 문제를 풀기 위해 온 세계를 헤매 다녀야 한답니다."

"그렇다면 우리의 친구 네포무크를 데리고 온 것이 여러분에겐 상상할 수 없을 만큼 커다란 행운이 되겠군요."

루카스가 싱긋 웃으며 말했다.

"네포무크? 그게 누구죠?"

"올라오라고 해, 짐."

짐은 탄수차의 뚜껑을 열고 석탄의 투입구에서 안쪽을 향해 소리쳤다.

"네포무크! 이봐, 네포무크! 나와!"

"곧 갈게!"

반룡의 끽끽대는 목소리가 들렸다. 이윽고 네포무크는 후으, 후, 하아 하 하며 기어나와 탄수차 위로 얼굴을 내밀었다. 그리고 인어 공주와 등딱지 네크를 보자마자 웃음을 터뜨렸다.

"헷헤헤헤! 어쩌면 이렇게도 이상야릇하게 생겼지? 푸딩인가? 엉망이군 그래!"

네포무크는 여전히 버릇없고 짓궂게 행동했다. 인어 공주와 우샤우리슘은 기겁한 얼굴로 반룡을 쳐다보았다. 인어 공주는 너무나 놀라 초록빛이 연둣빛으로 옅어졌다.

"어머나, 저, 저게 뭐죠?"

더듬거리며 외쳤다.

"나를 모른단 말이야? 바로 용이다, 에헴!"

반룡은 끽끽대며 말하고 콧구멍으로 유황빛의 가느다란 불꽃을 두 개 내뿜었다. 그 순간 인어 공주와 우샤우리슘은 물방울을 튕기며 물속으로 사라져 버렸다.

"봤지?"

네포무크는 뽐내듯이 턱을 내밀며 말했다.

"내가 두려워서 물속에 숨어 버렸어! 가엽게도 물에 빠져 죽었을 거야. 내가 그렇게 깜짝 놀랄 만큼 무섭다고 여기는 걸 보니 꽤 괜찮은 사람들 같군."

"네포무크."

루카스가 천천히 말했다.

"그런 짓을 하면 안 돼. 우리와 맹세했잖아. 용과 같은 나쁜 짓은 이제 다시는 하지 않겠다고 말이야."

반룡은 아차 하고 앞발로 주둥이를 가렸다. 그러더니 금세 풀이 꺾인 눈빛으로 말했다.

"미안해요. 나 그만 깜빡 잊고 있었어요. 하지만 다시는 안 그러겠어요, 정말이에요. 이제는 틀림없이 안 그럴게요."

"좋아. 또 한 번 잊어버리면 자철 바위의 파수꾼 노릇을 하지 못하게 할 거야. 내 말 명심해!"

루카스는 엄하게 말했다. 네포무크는 겸연쩍은 듯 커다란 머리를 아래로 떨어뜨렸다. 루카스는 인어 공주와 우샤우리슘을 불렀다. 몇 번이나 부른 뒤에야 꽤나 멀리 떨어진 곳에서 겨우 둘의 얼굴이 떠올랐다.

"좀 더 가까이 와요."

루카스가 큰 소리로 불렀다.

"두려워하지 말아요. 정말이에요."

"절대로 무섭지 않아요."

짐도 거들었다.

"네포무크는 아주 얌전한 불의 생물이에요. 당신들과 친구가 되고 싶대요."

"정말로 친구가 되고 싶어."

네포무크도 한껏 상냥하게 외쳤다.

"나 아주 어리석을 만큼 얌전한 불의 생물이야."

"불의 생물?"

우샤우리슘이 놀란 듯 이쪽을 쳐다보며 물었다.

"그런데 우리를 적으로 여기지 않는단 말입니까? 정말?"

"정말이고말고요. 나 정말 친구가 되고 싶어."

네포무크가 진지하게 말했다.

"짐과 루카스에게 맹세했으니까."

둘은 주저주저 다가왔다. 루카스는 셋을 서로 인사시키고 말했다.

"그럼 서둘러 자철 바위로 가자. 몰리가 우리를 기다리다 못해 지쳐 있을 거야."

루카스는 지난번에 상륙한 기슭으로 조심조심 능숙하게 기관차를 저어갔다. 공주와 우샤우리슘은 나란히 헤엄쳐 갔다.

모두 바닷가에 닿았을 무렵, 네포무크와 우샤우리슘은 어느새 오랜 친구처럼 서로 이야기를 주고받고 있었다. 반룡은 하마의 피를 이어받아서인지 물과 어느 정도 인연이 있었다. 우샤우리슘 역시 거북이의 친척인 탓으로 땅 위 생물들과 연관성을 느끼고 있었다. 그러니까 둘은 말하자면 땅과 바다의 어중간한 존재였는데, 그것이 둘 사이를 더욱 친밀하게 이어주며 손을 맞잡게 해준 것이다. 우샤우리슘은 바다의 임금 로루모랄의 문제를 이 불의 생물과 함께 풀 수 있을지도 모른다는 생각에 마음이 들떴다.

"투르 투르 씨는 어떻게 하고 있을까?"

짐이 말했다. 갑자기 벌어진 소동으로 얌전한 겉보기 거인을 완전히 잊고 있었다.

"응, 그 사람 처음부터 끝까지 눈을 감고 얼굴이 새파랗게 질려서 바닥 한구석에 틀어박혀 있었어. 그리고 때때로 커브를 틀 때는 '와아, 큰일났어!' '살려 줘!' 이렇게 소리치더군. 아마 틀림없이 지금도 그곳에 처박혀 있을 거야."

네포무크가 말했다. 짐은 곧 탄수차의 뚜껑을 열고 안쪽에다 대고 소리쳤다.

"투르 투르 씨, 다 왔어요. 내려도 돼요."

"아, 그렇습니까?"

투르 투르 씨의 가냘픈 목소리가 들렸다.

"아아, 나는 살아서 도착하지 못하리라고 생각했습니다."

그리고 밖으로 기어나와 주위를 살펴보았다.

"여기가 바로 내가 등대지기로 일할 작은 섬인 햇빛섬 나라입니까?"

그는 실망한 듯이 물었다.

"아닙니다!"

루카스는 웃으며 대답했다.

"이곳은 자철 바위로, 네포무크가 일할 곳입니다. 햇빛섬 나라는 좀
더 가야 돼요. 자아, 모두 서둘러요. 나는 네포무크와 우샤우리슘을 데
리고 철탑 뿌리가 있는 곳까지 내려가 둘에게 그곳을 자세히 일러 주
고 오겠어. 이번에는 손전등을 가지고 가야겠군. 금세 자기(磁氣)를
넣을 건 아니니까. 자기를 넣는 건 네포무크가 할 일이야. 우리가 충분
히 멀리까지 간 다음에 말이야. 짐, 너는 그동안 끈에 묶여 있는 몰리
를 엠마 곁으로 데려와 줘."

"좋아요, 루카스."

"나머지 사람들은 여기서 기다려요!"

그리고 루카스는 네포무크와 우샤우리슘을 데리고 바위 꼭대기로 올
라갔다. 우샤우리슘은 땅 위에 오르면 사람처럼 두 발로 서서 걸을 수
있었다.

다만 걸음걸이만은 매우 느렸다. 인어 공주는 얕은 여울에서 쉬려고
앉았다. 투르 투르 씨는 쇳덩어리를 찾아내 그 위에 걸터앉았다.

"금방 다녀올게요."

짐은 그렇게 말하고 몰리를 데리러 갔다. 짐은 이삼 분 뒤에 일어날 엄청난 일을 전혀 짐작도 못한 채 걸어가고 있었다.

사라진 몰리

　몰리를 넣어 둔 곳에 이르렀을 때 짐은 처음에는 길을 잘못 들어선 게 아닐까 생각했다. 그 작은 동굴은 틀림없었지만…… 몰리는 아무 데도 보이지 않았던 것이다!

　순간, 가슴이 심하게 두근거리기 시작했다.

　"어딘가 다른 곳에 있을 거야. 틀림없어!"

　짐은 혼잣말을 중얼거렸다.

　"틀림없이 다른 곳이야. 이곳에는 튀어나온 동굴이 많아서 잘못 찾기가 쉽다고."

　짐은 다시 샅샅이 찾아보았다. 바위를 올라가 보기도 하고 내려가 보기도 했다. 그러나 역시 처음 찾아낸 곳이 몰리를 두고 간 바로 그 자리가 틀림없다고 생각되었다.

"몰리는 동굴 깊숙이 숨어 버렸나봐. 자세히 살펴보지 않았던 거야."

짐은 처음 찾아간 곳으로 되돌아갔다. 그리고 동굴 안으로 기어 들어 갔다. 더 이상 들어갈 수 없는 동굴의 끝까지 다가갔다.

하지만 몰리는 없었다. 몰리의 그림자조차 없었다.

"몰리!"

짐은 조그만 목소리로 외쳤다. 되풀이해서 여러 번 불렀다.

손톱을 마구 깨물면서 울음이 터져 나오려는 것을 가까스로 참았다. 어지럽게 돌아가는 회전목마처럼 머릿속이 빙글빙글 돌아 어찌해야 좋을지 아무런 생각도 떠오르지 않았다.

루카스!

불현듯 그 이름이 머리에 떠올랐다.

"빨리 루카스를 불러와야 해."

짐은 조급하고 긴장된 마음으로 헐떡이며 바위 꼭대기로 기어 올라가 수직 동굴 입구에 엎드렸다. 깊고 깊은 밑바닥에 루카스의 손전등이 세모난 빛을 내고 있었다. 짐은 두 손으로 나팔모양을 만들어 입에 대고 힘껏 소리쳤다.

"루카스! 루카스! 올라와요! 빨리! 몰리가 없어졌어요! 루카스!"

그렇지만 아무런 대답도 들려오지 않았다. 바람이 소리를 모두 삼켜 버린 것이다. 동굴 입구에는 휭휭 바람 소리만 들렸다. 철썩철썩 바위에 부딪치는 파도 소리도 방해를 하고 있었다.

밑으로 내려가야겠다고 생각하고 짐은 나선형 계단으로 발을 디밀었다. 그렇지만 이삼 미터쯤 되는 곳까지 가서는 그만두지 않을 수 없었다. 빛이 들어오지 않는 어둠속에서 미끄러운 층계를 내려가는 것은 아주 위험한 일로 시간이 얼마나 걸릴지 모른다. 그때쯤이면 루카스는 벌써 돌아올지도 모르는 일이었다.

기다릴 수밖에 도리가 없었다. 그렇지만 그것은 초조하기 짝이 없는 괴로운 시간이었다. 짐은 다시 한 번 몰리를 두었던 동굴로 내려가 주위를 찬찬히 조사해 보았다. 겨우 진주를 박은 작은 토막 하나를 찾아 냈다. 그 고삐로 몰리를 매어 놓았던 것이다. 짐은 그 슬프디슬픈 흔적을 들고 엠마와 투르 투르 씨, 그리고 작은 인어가 기다리는 곳으로 돌아갔다. 그리고 말없이 옆에 주저앉았다. 짐의 까만 얼굴은 잿빛이 되어 있었다.

"저어, 실례지만 어떻게 되었습니까, 짐 크노프 씨?……혹시 당신의 작은 기관차가……."

투르 투르 씨는 거기서 그만 입을 다물었다. 짐이 허둥대며 무척이나 슬픈 눈을 하고 있어 끝까지 입 밖에 낼 수가 없었던 것이다. 인어 공주도 깜짝 놀라 눈을 둥그렇게 떴다. 짐은 멍하니 바다만 쳐다보며 아랫입술을 깨물었다. 떨리는 몸을 애써 참고 있는 것이었다. 이윽고 더듬거리며 말했다.

"응…… 몰리…… 몰리가…… 나…… 모르겠어…… 그런데 없어졌어."

셋은 꽤 오랫동안 묵묵히 앉아 있었다. 바람이 울어대고 파도가 밀려와 자철 바위에 부딪쳐 부서졌다.

"혹시 누구에게 붙들려간 것이 아닐까?"

드디어 짐이 중얼거리듯이 말했다. 인어 공주가 머리를 가로저었다.

"이곳에는 아무도 오지 않아요. 절대로 오지 않아요. 우리도 오지 않아요. 바다 생물들이 그런 짓을 할 리도 없고요."

"잘 생각해 봐요. 끈이 끊어지면서 바다 밑으로 가라앉은 게 아닐까요?"

겉보기 거인이 말했다.

짐이 얼굴을 들었다. 그의 눈에 한 가닥 희미한 희망의 빛이 떠올랐다.

"어쩌면…… 단단히 매어 놓았지만. 아니야, 나무껍질을 몸에 채워 놓았는데. 하지만……."

"내가 곧 찾아볼게요."

인어 공주가 말했다.

"잠수해서 바위 언저리를 잘 살펴볼게요."

"응, 부탁해요."

짐이 그렇게 말하자 인어 공주는 바닷속으로 사라졌다.

"저어 짐 크노프 씨, 당신의 슬픈 마음을 이해해요."

투르 투르 씨가 진지해져서 말했다. 그리고 어떻게든 위로해 주려고 갖은 애를 쓰며 이것저것 이야기했다. 가령, 무엇을 잃어버린 다음 그 것이 뜻밖에 발견되었던 일 같은 것들에 대해. 투르 투르 씨의 친절한 마음은 고마웠지만 짐의 머릿속에는 온통 몰리에 대한 걱정뿐이었다. 얼마 뒤 인어 공주가 돌아왔다.

"뭔가 찾아냈어?"

짐이 가슴을 두근거리며 물었다. 인어 공주는 머리를 저었다.

"자철 바위는 바다 저 밑까지 곧바로 깎아지른 듯이 되어 있어요. 그래서 밑이 굉장히 어두워 아무것도 보이지 않아요. 바다의 불이 켜질 때까지 기다릴 수밖에 없겠어요."

인어가 대답했다.

"하지만 불이 켜지면 몰리는 바닥에 붙어 버리고 말아요!"

짐이 슬픈 듯이 소리쳤다.

"그렇게 되면 건져 올릴 수 없어요."

"하지만 어디에 가라앉아 있는지는 알 수 있잖아요. 그리고 나중에 건져 올리기로 해요."

모두 다시 입을 다물었다. 바람이 윙윙대고 바위에 부딪치는 파도 소리만이 침묵을 깨트렸다. 조금씩 어둠이 깃들기 시작했다.

몰리에 관한 이야기는 어렴풋하게나마 엠마에게도 들렸다. 엠마는 몹시 이해가 더디며 생각할 힘도 없었다. 하지만 무슨 일이 일어났는지 알 수는 있었다. 증기가 없어서 기적소리를 내며 울부짖지는 못했지만 텅 빈 탱크가 금방이라도 터질 듯한 기분이 되었다. 그것은 어머니 기관차로서의 슬픔이었다.

루카스는 도무지 돌아오지 않았다. 느림보 거북이처럼 움직이는 우샤우리슘 때문에 늦어지는 것 같았다. 마침내 기다림에 지쳐 있는 그들 뒤에서 루카스의 밝은 목소리가 들려 왔다.

"여어, 우리가 돌아왔어. 좀 늦었지? 그렇지만 이제 모든 게 잘 해결되었어. 네포무크가 나선형 계단을 올라오는 곳까지 우리를 전송해 주었지. 손전등은 그에게 주었어. 당장 밝은 빛이 필요할 테니까. 네포무크는 일을 시작해야겠다며 곧 돌아갔어. 새로운 집이 대단히 마음에 드는 모양이야. 하나하나 자세히 설명해 주었지. 한밤중이 되면 네포무크가 바다에 불을 켤 거야. 지금은 용암을 퍼올릴 우물을 파고 있어. 우샤우리슘도 이제 곧 돌아올 거야. 그 사람은 좀 느려서 말이야."

루카스는 문득 말을 끊고 이상하다는 듯 셋의 얼굴을 번갈아 바라보았다.

"무슨 일이 있는 거야? 아참, 몰리는 어디 있지?"

짐은 더 이상 참을 수가 없었다. 이제까지 꾹 참고 있던 눈물이 왈칵 터져 나와 루카스의 가슴에 얼굴을 묻고 울기 시작했다. 루카스는 곧 무슨 영문인지 알아차렸다.

"몰리가 없어졌군 그래."

짐은 고개만 끄덕일 뿐이었다.

"어떻게 된 일일까! 이것 참 큰일이군."

루카스는 걱정스럽게 말하며 짐을 꼭 끌어안고 까만 곱슬머리를 쓰다듬어 주었다.

"짐, 나의 짐."

루카스는 짐을 껴안고 등을 토닥이며 말했다.

"짐, 잘 들어봐. 흔적도 없이 몰리가 사라져 버릴 수는 없어. 안 그래? 어딘가에 있어. 그곳이 어딘지 찾아내서 데려오도록 하자. 난 그렇게 한다면 하고 말아. 너는 믿지? 걱정 마라, 나의 짐."

"알았어요, 루카스."

짐은 희미하게 웃어 보였다. 투르 투르 씨도 끼어들었다.

"내 생각에는 작은 기관차를 묶어 놓은 끈이 풀려 버린 것 같아요. 바다에 떨어진 게 아닐까요?"

"그래요!"

인어 공주가 덧붙여 말했다.

"바다 밑을 찾아보았지만 어두워서 아무것도 볼 수 없었어요. 바다의 광채가 켜질 때까지 기다리는 수밖에……."

"하지만 벌써 몰리에게 무슨 일이 일어났을지도 몰라요!"

짐이 큰 소리로 외쳤다. 루카스는 파이프를 빨면서 생각에 잠겼다.

"좋아, 서둘러 잠수해 보도록 하지."

루카스는 결심한 듯 말했다.

"엠마를 타고 내려가 볼게. 문과 창문 틈새로 물이 들어오지 않도록 하고 탄수차의 뚜껑도 꼭 닫으면 돼. 그리고 수압이 있으니까 괜찮아. 엠마의 헤드라이트로 바다 밑을 찾아보자."

짐은 눈을 동그랗게 뜨고 루카스를 쳐다보았다.

"하지만 엠마가 가라앉지 않으면 어떻게 하죠? 나무껍질을 박아 막

앗잖아요!"

짐이 걱정스레 말했다.

"그건 문제없어."

루카스는 파이프를 피우며 생각했다.

"탱크의 밸브와 급수전을 여는 거야. 탱크에 물이 가득 차면 기관차는 가라앉지. 짐, 서둘러! 우물쭈물하고 있을 때가 아니야!"

"하지만 어떻게 바다 밑을 나아가지요?"

짐이 흥분해서 물었다.

"자석은 바깥 지붕 위에서만 운전할 수 있잖아요. 하지만 우리는 기관실 안에서 밖으로 나올 수 없어요."

"아, 그렇지! 흐음."

루카스는 뒷머리를 긁적였다.

"어떻게 하지. 저…… 아가씨, 자석의 운전을 맡아주지 않겠어요?"

인어 공주는 기꺼이 승낙했다.

모두 엠마가 있는 곳으로 가 엠마를 밀어 물에 띄웠다. 인어 공주가 돛대를 움직여 보려고 했지만 어림없었다. 공주는 몹시 몸집이 작았기 때문에 그만큼의 힘이 없었다.

마침 그때 우샤우리슘이 돌아왔다. 무슨 일이 일어났는지 알아차리고 서둘러 자석 돛대를 움직여 보았다. 힘에 부치지는 않았지만 운전을 하기엔 불편했다. 등딱지가 있어 손이 옆으로만 나올 뿐 앞으로는 내밀 수 없었기 때문이다. 한 손으로 돛대를 잡는 것은 무리였다.

"아가씨, 듀공을 연결할 수 없을까요?"

짐이 인어 공주에게 물었다. 그리고 듀공을 찾기 위해 바다로 눈을 돌렸다. 듀공은 즐거운 듯이 파도 사이를 뛰어오르며 헤엄치고 있었다.

"그건 어려워요. 듀공은 잠수를 오래 할 수가 없거든요. 언제나 수면 가까이에 있어야만 해요. 하지만 내게 좋은 생각이 있어요. 아버지의 성전 근처에서 식사하러 나온 해마들을 보았어요. 그들을 데려와 기관차에 연결하면 될 거예요."

"해마 네댓 마리로 엠마를 계속 끌 수 있다고 생각해요?"

루카스는 초조한 나머지 불평하듯 말했다.

"네댓 마리가 아니에요"

인어가 큰 소리로 말했다.

"천 마리보다도 더 많은 무리예요!"

루카스와 짐은 서둘러 자석 장치를 기관차에서 떼어 냈다. 아무래도 바다 밑에서는 방해가 될 것 같았기 때문이다. 그러는 사이 바다의 공주는 거대한 해마 무리를 찾아 나섰다. 그리고 두 사람의 준비가 거의 끝날 무렵에 돌아왔다.

인어 뒤에는 말과 비슷한 생김새의 머리에 동그란 꽁지를 매단 조그만 해마 무리가 반짝반짝 빛나며 거품을 일으키고 있었다.

자세히 귀를 기울이면 은방울을 흔들어대는 듯한 울음소리가 어렴풋이 들렸다. 해마들은 모두 금빛 재갈을 물고 있었는데 넋을 잃고 바라볼 만큼 하나같이 귀여운 모습들이었다. 지금처럼 슬픈 일을 당하지만 않았다면 짐은 굉장히 기뻐했을 것이다. 그렇지만 지금은 작은 기관차 몰리에 대한 걱정으로 다른 생각을 할 여유가 없었다. 그건 당연한 일이었다.

바닷속의 이상한 도시

　그동안 영리하고 사려 깊은 우샤우리슘은 바닷속에서 명주실 풀을 한 아름 따왔다. 그것은 실처럼 기다랗고 가느다란 해초로 매우 질겨 보였다. 해초에 관해 얼마쯤 지식을 갖고 있는 사람이라면 누구나 알 수 있듯이 '공포의 바다'는 해초가 넘쳐나는 곳이었다.

　그 기다란 명주실 풀을 다발로 엮어 한쪽 끝을 굵은 새끼로 꼬아 엠마의 앞쪽에 붙어 있는 완충기 사이에 단단히 붙들어 맸다. 그리고 인어 공주가 여러 가닥으로 된 다른 한쪽 끝에 해마를 두세 마리씩 재치 있게 연결했다.

　시간이 꽤 많이 걸렸다. 짐과 루카스는 그동안 서둘러 간단하게 식사를 했다. 두 사람 모두 입맛이 당기지 않았지만 투르 투르 씨가 침착하게 지금 단단히 먹어 두지 않으면 힘을 쓸 수 없다고 일러주었다. 두 사람은 아침밥을 먹은 뒤로 아무것도 먹지 않았던 것이다.

저녁 햇살이 수평선 저쪽으로 사라질 무렵이 되어서야 거의 모든 해마에게 고삐가 매어졌다. 드디어 바다 밑으로의 여행이 시작되려는 순간이었다. 루카스와 짐은 기관실로 들어가려고 탄수차 뚜껑을 열었다. 그러자 투르 투르 씨가 말했다.

"제발 부탁입니다, 루카스 씨. 나도 함께 데려가 주세요."

"함께요? 당신이?"

루카스가 놀라 물었다.

"투르 투르 씨, 이것은 아주 위험한 여행입니다."

"알고 있습니다. 그래서 더욱 남아 있고 싶지 않습니다. 위험을 나누고 싶습니다. 친구란 그런 거라고 생각합니다."

투르 투르 씨의 얼굴은 창백하게 긴장돼 있었지만 굳은 의지가 느껴졌다.

"그건 그렇군요. 좋아요, 함께 출발합시다!"

세 사람은 석탄 투입구를 통해 선실로 기어 들어갔다. 루카스가 안에서 탄수차의 뚜껑을 꽉 닫았다. 그것은 마치 통조림 뚜껑이 닫힌 것처럼 밀봉된 상태였다. 그리고 석탄 투입구의 철문도 내렸다. 이것으로 모든 준비는 끝났다.

루카스는 창문 밖에서 들여다보며 기다리고 있던 우샤우리슘에게 손을 들어 사인을 보냈다. 우샤우리슘은 루카스가 가르쳐 준 대로 탱크의 밸브와 급수전이 있는 곳으로 헤엄쳐 가서 양쪽을 모두 열었다.

선실의 세 사람은 가만히 귀를 기울였다.

탱크 안에서 쭈르르 졸졸 물 흐르는 소리가 작게 들렸다. 그러더니 창문으로 보이던 물이 위로 솟았다. 기관차가 가라앉기 시작한 것이다.

처음에는 천천히, 그리고 점점 빠르게 기관차는 완전히 물속에 잠겼다. 파도 소리가 들리지 않는 바닷속은 너무나 고요했다. 그리고 작은 기관실은 초록색의 희미한 빛에 둘러싸였다. 기관차의 흔들림도 조금씩 가라앉고 엘리베이터처럼 조용히 안정된 움직임으로 아래로 아래로 내려갔다.

밑으로 내려감에 따라 초록빛이 약해졌다. 앞쪽에는 해마와 그 옆에서 헤엄치고 있는 인어 공주가 보였다. 기관실 옆에는 우샤우리슘이 깊숙이 잠수해 가고 있었다.

루카스는 문 틈새와 석탄 투입구를 다시 살펴보았다. 아직까지 아무런 이상이 없었다. 물은 한 방울도 새어들지 않았다. 루카스는 만족스러운 듯 미소를 지었다.

"잘 될 거야."

그렇게 말하고 담뱃재를 털어 파이프를 주머니에 넣었다.

점점 더 캄캄해졌다. 이미 꽤 깊은 곳까지 내려온 것이 틀림없었다. 짐은 심장이 두근거렸다. 겉보기 거인은 떨리는 두 손을 단단히 깍지 끼고 있었다. 모두가 긴장된 순간이었다.

루카스는 배전판의 스위치를 눌러 엠마의 헤드라이트를 켰다. 반짝이는 삼각형의 빛줄기 두 개가 검푸른 어둠을 뚫고 뻗어나갔다. 창문 밖에는 기묘한 빛깔의 몰고기와 뭉툭한 여행 가방같이 생긴 물고기, 온몸이 가시투성이인 물고기, 커다랗고 납작한 물고기들이 하늘을 나는 융단처럼 헤엄치고 있었다. 대개는 빛나는 점들이나 무늬로 몸을 감싸고 있었다.

그뿐만 아니라 자루 끝에 밝힌 작은 초롱을 긴 머리에 달고 다니는 물고기도 있었다. 기관차의 승객들 눈에 보이는 광경은 대단히 으스스하면서도 멋졌다. 기관차는 다시 아래로 아래로 계속 가라앉았다. 마치 바닥이 없는 깊은 곳으로 내려가고 있는 듯했다. 겨우 탕 하는 진동 소리가 나면서 밑에 닿았다. 엠마의 헤드라이트로 비춰 본 바다 밑 광경은 몸서리쳐지는 것들이었다.

주위는 온통 가라앉은 배들로 어수선했다. 겹쳐 있기도 하고 대개는 배가 반쯤 삭아 뱃전의 판자가 해초나 조가비, 그리고 산호에 뒤덮여 거의 보이지 않았다. 선체는 입을 딱 벌리고 있어 안이 들여다보일 정도였다. 짐은 다시마가 돋아 있는, 거의 허물어진 기다란 선반 위에 해골이 얹혀 있는 것을 보고 깜짝 놀랐다. 선반에서는 금제 물건들이 빛을 내고 있었다.

난파선 사이를 누비듯 기관차가 나아갈 길을 찾아내는 것은 작은 인어에게는 꽤 힘든 일이었다. 무너진 배 안을 터널처럼 빠져 나가야 한 적도 여러 번 있었다. 기관차는 어디까지 널려 있는지 짐작할 수도 없는 넓디넓은 배의 묘지를 구름 같은 해마 무리에 이끌려 나아가고 있었다. 그것은 세상 어디서도 볼 수 없는 진기한 광경이었다.

"이 배들은 모두 오랜 옛날부터 오늘날까지 몇 세기 동안에 걸쳐 자철 바위에 부딪쳐 가라앉은 배들이야."

루카스가 나지막하게 말했다. 그리고 잠시 가만히 있다가 다시 말을 이었다.

"이제부터는 괜찮아. 잘 해결됐어."

"네, 지금은 네포무크가 있으니까요."

짐이 속삭였다. 기관차는 이미 자철 바위의 기슭을 한 바퀴 돌았다. 인어 공주는 해마의 방향을 잡아 주며 조금씩 동그라미를 넓혀갔고 두 바퀴째를 돌기 위해 앞으로 나아갔다. 그리고 계속 조금씩 큰 동그라미를 그리며 세 바퀴째 네 바퀴째를 돌았다. 짐과 친구들은 눈동자가 쏟아질 만큼 커다랗게 뜨고 창문을 통해 두리번 두리번 밖을 내다보았다. 어떤 조그만 흔적이라도 놓치지 않으려고 주의 깊게 살폈다. 그러나 몰리는 어느 곳에도 보이지 않았다. 아무리 찾아보아도 몇 백, 몇 천척이나 되는 난파선뿐이었다.

두세 시간이나 아무런 성과도 없이 찾아다녔다. 짐이 하품을 하며 중얼거렸다.

"몰리는 이 바다 밑에 없는 것 같아요."

"그런가보군요."

투르 투르 씨가 그렇게 말하고 예의바르게 손으로 입을 막으며 역시 하품을 했다.

"바다에 떨어진 게 아닐지도 몰라요."

"바다에 떨어졌더라도 가라앉지는 않았을 거예요. 나무껍질을 때려 막아 두었으니까. 혹시 파도에 쓸려간 건 아닐까요?"

짐은 연신 하품을 하며 힘없이 말했다.

"그럴지도 모르지. 그렇지만 그건 반가운 이야기는 아니야. 바다는 너무나 넓으니까. 아무래도 제법 시간이 걸릴 것 같구나."

루카스가 중얼댔다.

"바다 사람들이 도와주지 않을까요?"

짐이 그렇게 말하고 다시 하품을 했다.

"갑자기 졸음이 몰려와요. 당신들도 그런가요?"

조금 뒤 투르 투르 씨가 물었다.

"네, 나도."

짐은 연거푸 하품을 해댔다.

"왜 이렇게 졸리지?"

루카스도 마침내 크게 하품을 하면서 짐과 투르 투르 씨를 물끄러미 쳐다보았다.

"산소다!"

루카스가 소리쳤다.

"이건 단순히 졸음이 아니야. 산소가 떨어져 가요! 무슨 뜻인지 아시겠어요?"

"빨리 서둘러서 물 위로 떠올라요, 우리."

투르 투르 씨가 두려움에 떨며 말했다.

"물론 그래야지요."

루카스가 신음하듯 말했다. 그리고 창문을 두드려 기관차 앞에 약혼자와 나란히 있는 우샤우리슘에게 손짓을 했다. 그러자 우샤우리슘은 느릿느릿 다가와 창문 너머로 안을 들여다보았다. 루카스가 몸짓 손짓으로 서둘러 물 위로 올라가자고 전했다.

우샤우리슘은 고개를 끄덕이고 루카스의 부탁을 전하러 느릿느릿 인어 공주에게로 돌아갔다. 인어 공주는 곧 고삐를 당겨 해마들을 위로 향하게 했다. 기관차의 앞머리가 몇 번 위로 들썩이는가 싶더니 번번이 주저앉았다. 물에 가라앉은 엠마가 너무 무거웠던 것이다.

우샤우리슘이 창문 옆으로 돌아와 머리를 흔들며 어깨를 움츠려 보였다. 그리고 안에 있는 승객들의 표정에서 중대한 사태가 벌어지고 있음을 알아챘는지 손으로 침착하라는 시늉을 해 보였다. 그러고는 인어 공주와 의논하러 바삐 돌아갔다.

"탱크의 물을 뽑아 버리면 엠마 혼자 떠오를 수 있지 않을까요?"

짐이 중얼댔다. 위험이 닥쳐오는데도 눈꺼풀이 거의 덮여 있었다.

"물속에서 물을 내보낼 수는 없어. 짐, 나의 짐, 우리는 바보 같은 짓을 했어, 바보스러웠어."

"그럼 기관차에서 내려 위로 헤엄쳐 가면요?"

루카스는 머리를 흔들었다.

"물 위까지는 너무 멀어. 도중에서 숨이 멎어 버리고 말 거야."

"그럼 어떻게 하죠?"

투르 투르 씨가 떨리는 목소리로 말했다.

"기다려 봅시다. 밖에 있는 저 둘이 뭔가 좋은 방법을 생각해 낼지도 모르니까."

루카스는 탄수차에 물이 들어 있지는 않나 염려가 되어 석탄 투입구를 막고 있는 쇠판을 살며시 밀어 옮겼다. 양동이 절반만큼의 물이 뚜껑 사이에서 스며들어와 그것이 선실 바닥으로 흘러 내렸다. 그렇지만 철판을 들어올린 덕분에 그 물과 함께 탄수차에 있던 새로운 공기도 함께 흘러들어왔다.

"이것으로 얼마 동안은 괜찮을 거야."

루카스가 말했다.

"얼마쯤입니까?"

투르 투르 씨가 물었다.

"모르겠어요. 어쨌든 잠시는 괜찮아요. 이제 말을 하지 말아요. 공기를 쓸데없이 써 버리게 되니까. 저것 봐. 바깥에 있는 저들이 뭔가 결정을 내린 모양이야."

우샤우리슘은 네포무크가 한밤중에 바다의 광채를 켜기로 되어 있는 것을 생각해 냈다. 그 시간이 얼마 남지 않았던 것이다. 서둘러 기관차를 자철 바위에 닿지 않는 먼 곳까지 끌고 가야만 했다.

엠마를 바다 위까지 끌어올릴 단 하나의 방법은 해저로부터 완만하게 바닷가까지 연결된 섬으로 올라가는 것이었다. 그렇게 하면 해마들도 기관차를 끌어올릴 수 있을 것이다.

인어 공주는 그런 섬을 알고 있었다. 꽤 멀기는 하지만 가장 빠른 속도로 달린다면 아마 그 섬까지 무사히 닿을 수 있을 것 같았다. 지금은 1초도 허비할 시간이 없었다. 인어 공주는 곧 해마의 무리를 향해 신호를 보냈다. 작은 해마들은 빠른 속도로 서둘러 나아갔다.

기관차는 갑자기 맹렬한 기세로 달려 점점 자철 바위로부터 밀어졌다. 기관실에 있는 세 사람은 손에 땀을 쥐고 묵묵히 지켜보고 있었다.

"어떻게 할지 결정했나 보군요."

짐이 허둥대며 속삭이듯 말했다.

"어디로 가는 것일까?"

"조용히! 얼마나 걸릴지 모르는 일이야."

루카스가 말했다.

세 사람은 창문 너머로 속도를 더해가며 뒤로 흘러가는 바다의 풍경을 바라보았다. 처음에는 계속 모래산 사이를 누비며 나아갔다. 군데군데 커다란 게가 바위처럼 붙어 있을 뿐 다른 생물은 보이지 않았다.

한참 뒤 바다 밑을 가로질러 깊은 도랑 같은 곳으로 빠져나왔다. 인어 공주와 우샤우리슘은 해마들에게 박차를 가해 더욱 빠른 속도를 내게 하며 기관차와 더불어 도랑을 뛰어넘었다.

무사히 도랑 건너편으로 건너간 그들은 그대로 속도를 유지하며 계속 달렸다. 인어 공주의 은빛 머리카락이 뱀처럼 뒤로 흩날리고 있었다.

얼마나 달렸는지 아무도 알 수 없었다. 이윽고 한밤이 닥쳐올 것은 틀림없었다. 그렇지만 그때까지는 강한 자력이 미치지 못하는 곳까지 갈 수 있을 것이다. 기관실에 있는 세 사람은 시시각각 엄습해 오는 졸음과 싸우느라 안간힘을 다하고 있었다. 어딘지 알 수 없지만 목적지에 닿으면 구조될 것이라는 희망을 가지고 버티었다. 잘 될 수 있을까?

갑자기 해저가 조금 높아지는 것을 뚜렷이 느낄 수가 있었다. 세 사람은 이미 섬에 닿았나 하고 생각했지만 다시 지면은 평평해지고 그대로 앞으로 앞으로 나아갔다.

짐의 눈은 이미 감겨 있었다. 루카스도 마찬가지였다. 겉보기 거인은 이미 잠들어 쌕쌕거리고 있었다.

짐과 루카스의 눈에 마지막으로 비친 것은 꿈꾸는 듯이 창문 밖에 나타났다가는 사라져 가는 멋진 광경이었다. 번갈아 나타나는 산호숲과 넓은 진주 거품의 꽃밭. 저쪽에 보이는 산이나 바위는 여러 가지 색깔의 빛나는 보석으로 이뤄져 있었다. 지금은 커다랗게 살며시 솟아오른 다리를 지나가고 있는 것 같았다. 하지만 바다 밑에 다리가 있을 리가 없잖은가?

이번에는 몇 개의 궁전과 훌륭한 절이 보였다. 모두 아까 보았던 갖가지 색깔의 보석으로 만들어져 있었다. 이것은 바다에 가라앉은 저 먼 옛날의 도시가 아닐까?

마침 그때, 자기(磁氣)를 넣었는지 주변 바다가 갑자기 부드러운 초록빛으로 둘러싸였다. 허물어진 궁전이 형용할 수 없이 아름다운 무지개 색깔로 빛나기 시작했다.

이 근사한 장면이 짐이 꿈속에서 본 마지막 광경이었다. 그리고 더 이상 견디지 못하고 잠들어 버렸다. 루카스도 결국 눈을 감았다.

기관차를 끄는 해마들은 목적지를 향해 가라앉은 도시 위를 거침없이 달려가고 있었다.

잘못 배달된 편지

짐은 반듯하게 누워 있었다. 하늘에 남아 있던 별이 빛을 잃고 어스름한 새벽빛이 부옇게 밝아오고 있었다. 부드러운 모래 위에 누워있다고 생각한 순간 철썩철썩 희미한 파도 소리가 들려 왔다. 짐은 머리를 조금 들어올려 좌우를 둘러보았다. 양쪽에 루카스와 투르 투르 씨가 가로누워서 몸을 뒤척이고 있었다.

짐은 자리에서 일어섰다. 조금 어지러웠다. 발 근처의 얕은 여울물에 인어 공주가 보였다. 두 손으로 턱을 받치고 무언가를 기다리고 있는 것 같았다. 그 조금 앞쪽에는 마음씨 좋은 늙은 엠마가 기관실 문이 모두 활짝 열린 채 물에 잠겨 있었다.

짐을 보더니 인어 공주는 기쁜 듯 소리쳤다.

"아아 됐어. 겨우 정신을 차렸군요."

"여기가 어디지?"

짐이 겨우 정신을 차리고 물었다.

"작은 섬으로 데려왔어요. 이 섬은 바다 밑바닥 경사가 완만해서 해마들이 끌고 올 수 있었어요. 상당히 먼 곳이었지만 달리 당신들을 구할 방법이 없었어요."

짐은 주변을 둘러보았다. 그리고 놀란 듯 눈을 비비며 찬찬히 주위를 살펴보았다. 이런 일을 상상이나 할 수 있을까? 하지만 이건 틀림없는 사실이었다! 햇빛섬에 돌아와 있었던 것이다!

"루카스!"

짐은 소리치며 자고 있는 친구를 흔들었다.

"루카스, 일어나요! 우리의 햇빛섬으로 돌아왔어요!"

"정말? 이곳이 당신들의 나라예요? 우리는 전혀 몰랐어요."

인어 공주가 손뼉을 치며 말했다. 루카스는 천천히 몸을 일으켜 주위를 둘러보았다. 그리고 햇빛섬의 작은 역, 옷소매 씨의 집과 뭐요 할머니의 가게, 높이가 다른 두 개의 산봉우리가 있는 산, 그 사이에 있는 12시 15분 전 알퐁스 임금님의 성을 하나하나 확인하였다. 그러고는 모자를 뒤로 젖히며 짐에게 고개를 끄덕여 보였다.

"짐, 우리 두 사람은 아무래도 꽤 운이 좋은 것 같다. 그런 느낌이 들어."

"나도 그렇게 생각해요."

짐이 푸 하고 숨을 토해내며 고개를 끄덕였다.

"하지만 믿어지지 않는군."

루카스가 이번에는 인어 공주를 바라보며 말했다.

"이렇게 멀리까지 달려왔는데 그 선실 안에서 어떻게 살아남을 수가 있었을까."

"그래요, 우샤우리슘이 없었다면 어려웠을 거예요."

인어 공주가 자못 자랑스러운 듯이 대답했다.

"그분은 비밀스러운 재주를 많이 가지고 있어요. 뿐만 아니라 굉장히 훌륭한 의사예요. 가까스로 이곳에 닿아 기관차 문을 비틀어 열었을 때 당신들은 죽은 듯이 쓰러져 있었어요. 밖으로 끌어내 모래 위에 눕힌 뒤 아직 살아 있는 기미가 희미하게 남아 있는 것을 보고는 언제나 몸에 지니고 다니는 작은 병에서 비약을 꺼내 모두에게 먹였어요. 그랬더니 당신들은 다시 숨을 쉬기 시작했어요."

"그 위대한 등딱지 네크는 어디에 있지요?"

루카스가 물었다.

"목숨을 구해 준 은인에게 고맙다는 인사를 해야지."

"당신들이 살아난 것을 확인하고는 가 버렸어요. 아버지가 낸 문제를 풀기 위해 네포무크에게 간다면서요. 그리고 힘이 되어 준 당신들에게 진심으로 감사한다는 말도 꼭 전하라고 했습니다. 당신들이 아니었다면 불의 생물과 절대로 친구가 될 수 없었을 거라고요."

"그건 우리의 힘이 아니에요. 저절로 그렇게 된 거예요."

루카스가 가볍게 웃으며 말했다.

"그건 그렇고, 당신 약혼자에게 말해 줘요. 우리를 구해 준 걸 결코 잊지 않겠다고. 그리고 우샤우리슘과 결혼하면 꼭 이곳에 놀러 와요."

"네, 그렇게 하겠어요."

인어 공주는 기쁨으로 초록빛이 짙어졌다.

"아참, 저의 아빠 로루모랄 임금님께서 뭔가 소원이 있으면 말해 보라고 하셨어요."

"몰리!"

짐이 대뜸 말했다.

"바다의 생물 모두에게 알려 몰리를 찾아봐 주시겠어요? 그리고 우리에게 꼭 돌려주신다면 좋겠어요."

"좋아요, 당신의 말을 전하겠어요."

그리고 나서 인어 공주는 작별 인사를 했다.

"그럼 안녕. 잘 있어요. 나는 서둘러 우샤우리슘을 쫓아가야겠어요. 우리는 오랫동안 서로 헤어져 있었으니까요. 이해해 주시겠죠?"

"그럼, 그럼요!"

루카스는 모자 차양에 두 손가락을 갖다 대며 인사했다.

"그럼 모두에게 안부 전해 주세요. 안녕!"

"안녕!"

짐도 소리쳤다. 그리고 인어 공주는 멀리 사라져 갔다.

이윽고 투르 투르 씨도 눈을 뜨고 놀라 주위를 살펴보았다. 루카스와 짐이 여기가 바로 햇빛섬 나라라고 알려주자, 겉보기 거인은 새벽녘의 찬란한 빛에 장밋빛으로 물든 아름다운 작은 섬을 정신없이 둘러보았다. 드디어 이곳에서 등대지기로 일하며 살게 된 것이었다.

루카스와 짐은 먼저 땅딸보 엠마를 육지로 끌어올려 작은 역의 지붕 밑, 그리운 선로 위에 올려놓았다. 그리고 짐은 작은 가게로 달려가 뭐요 할머니의 침대로 뛰어들어 목에 매달렸다. 이어 리시 공주도 잠에서 깨어나 짐이 돌아온 사실을 알게 되었고 작은 집은 터질 듯한 기쁨으로 떠들썩했다.

루카스는 그동안에 옷소매 씨를 깨워 겉보기 거인을 소개했다. 그리고 세 사람은 성으로 가서 문을 쾅쾅 두드려 임금님을 깨웠다.

겨우 문이 열리고 12시 15분 전 알퐁스 임금님이 나타나자 루카스는 큰 소리로 말했다.

"임금님, 우리의 등대지기로 일하게 될 투르 투르 씨입니다."

임금님은 투르 투르 씨가 겉보기 거인이란 것이 도저히 믿어지지 않았다. 전에도 말했듯이 가까이서 보면 기관사 루카스보다도 작은 체구였기 때문이다. 그렇지만 햇빛섬에서는 투르 투르 씨를 멀리서 볼 수 없기 때문에 정말 겉보기 거인임을 임금님에게 증명해 보이는 건 무리였다. 임금님은 그대로 믿을 수밖에 없었다. 모든 사람은 뭐요 할머니의 부엌에 모여서 아침을 먹으며 짐과 루카스의 이야기를 들었다.

이야기가 끝나고 작은 기관차 몰리가 없어졌음을 깨닫자 다들 시무룩해졌다. 문득 침묵을 깨뜨리고 리시 공주가 말했다.

"나는 몰리가 어디 있는지 알 수 있을 것 같아요."

짐이 놀라 리시 공주를 쳐다보았다.

"그 자철 바위가 어떤 모양이었지? 자세히 이야기해줘."

리시 공주가 물었다. 루카스는 종이쪽지에 그려 보이며 다시 한 번 자세하게 설명하였다.

"이거라면 본 적이 있어요!"

리시가 소리쳤다.

"똑똑히 기억하고 있어요. 나를 어금니 부인에게 넘겨 줄 때의 무쇠 바위예요. 저 '13'이 몰리를 약탈해 간 것이 틀림없어요!"

루카스는 깜짝 놀라 짐을 쳐다보았다. 그리고 힘껏 주먹을 쥐고 식탁을 쾅 내리쳤다. 접시와 컵이 튀어올랐다.

"이게 무슨 일이람, 짐!"

루카스가 소리쳤다.

"그 이상야릇한 무쇠 바위를 보았을 때 어째서 곧 생각이 미치지 못했을까? 그런 것이 바다 여기저기에 있을 리는 없는데 말이야. 그래, 누가 그 자기(磁氣)를 끊었는지도 이제 알겠어. 리시를 건네받을 때 그 용이 한 짓이야. 그렇지 않으면 해적선이 부딪치지 않고 그 바위에 가까이 갈 수는 없었을 테니까."

루카스는 눈을 반쯤 내리깔고 계속 파이프 담배를 피우면서 말했다.

"용서 못해! '난폭자 13'을 도저히 가만둘 수 없겠어. 그 녀석들은 어디선가 짐을 납치해 어금니 부인에게 보낼 셈으로 갓난아이를 소포로 포장했어. 게다가 이번에는 짐의 기관차까지 훔쳤지. 좋아, 두고 봐! 녀석들을 붙들어 혼쭐을 내줄 테니! 그런데 어떻게 그들을 찾아내지? 바다는 넓고 녀석들은 남극에서 북극으로 마음대로 휘젓고 다니는데……."

루카스와 짐은 작은 기관차를 어떻게 하면 구해낼 수 있을까 골똘히 생각했다. 하지만 당장에 좋은 생각이 떠오르지는 않았다. 어디로 가야 '난폭자 13'을 찾아낼 수 있을지 전혀 알 길이 없었다. 무슨 단서가 있을 때까지 기다릴 수밖에…….

그렇게 며칠이 지나갔다.

루카스와 짐이 새 햇빛섬 나라에 초록색 창문틀이 달린 하얗고 멋진 작은 집을 세우고 있는 동안 투르 투르 씨는 옷소매 씨의 집에서 지냈다. 물론 투르 투르 씨도 부지런히 일을 도와 작업은 빠르게 진척되었다.

밤이 되면 투르 투르 씨는 예정대로 초롱을 들고 산꼭대기에 서 있었다. 아직까지 햇빛섬 나라를 찾아오는 배는 한 척도 없었지만 겉보기 거인은 새로운 일을 연습해 보고 싶었던 것이다. 그리고 겉보기 거인은 길 잃은 배가 언제 찾아올지 모르는 일이라며 하루도 거르지 않고 매일 밤 등대지기가 되었다.

짐은 이번 여행에서 돌아온 뒤로 어딘가 달라진 것 같았다. 전보다도 점잖은 분위기가 풍겼다. 리시 공주는 짐이 때때로 생각에 잠겨 묵묵히 일하고 있는 모습을 보았는데, 그때마다 짐에 대한 두려움과 존경심이 점점 더 크게 느껴졌다.

"모두가 떠나고 난 뒤 나는 네가 무척이나 걱정됐어."

어느 날 리시 공주가 말을 꺼냈다.

"루카스도 걱정이 됐지만 솔직히 난 네 생각만 가득했어."

그러자 짐이 미소지으며 말했다.

"루카스와 함께라면 절대로 걱정할 필요가 없어."

그들이 돌아온 지 1주일쯤 지났을 때였다. 어느 날 밤 느지막이 뜻하지 않게도 햇빛섬에 우편선이 도착했다.

마침 역에 있던 루카스가 우체부를 맞이했다.

"참 훌륭해요! 좋은 등대가 생겼군요. 50마일 밖에서도 잘 보여요. 저 사람이 바로 당신들이 데려오겠다고 한 겉보기 거인이 맞죠? 캄캄한 곳에서는 초롱불빛밖에 보이지 않지만."

루카스는 우체부를 산꼭대기로 데려가 투르 투르 씨에게 소개했다. 이로써 겉보기 거인은 등대지기로서의 임무를 훌륭히 해낼 수 있다는 것을 처음으로 인정받게 되었다.

루카스와 우체부는 뭐요 할머니의 집으로 향했다.

"또 이상한 편지가 왔어요."

우체부가 말했다.

"짐 크노프가 들어 있던 소포와 같은 주소입니다. 그래서 뭐요 할머니에게 배달하는 것이 좋으리라고 생각했지요."

두 사람이 할머니의 부엌으로 들어갔을 때 짐과 리시 공주는 게임을 하며 놀고 있었다. 뭐요 할머니는 정성스럽게 양말을 뜨고 있었다.

할머니는 편지를 보자마자 깜짝 놀라며 말했다.

"이런 편지는 그냥 가지고 돌아가세요. 뭐라고 적혀 있는지 나는 읽어 보기도 싫어요. 좋지 않은 일임에 틀림없어요."

"흐음, '난폭자 13'이 어금니 부인에게 보내는 편지로군."

루카스가 신음하듯 말했다.

"몰리의 일을 알 수 있을지도 모르겠어."

그렇게 말하며 편지봉투를 뜯어 편지지를 펼치자 그때처럼 제멋대로 휘갈겨 쓴 글자가 적혀 있었다.

　어금니 부인에게

　왜 이런 보잘것없는 걸 자철 바위에 놓아두었지? 작은 바퀴가 달린 증기 기관차 따위가 우리에게 도움이 되리라고 생각하는가? 술통에 가득 찬 술이라면 모를까. 우리 술통은 벌써 거의 바닥이 났어. 게다가 아직 넘겨주지 않은 술통도 하나 외상으로 남아 있어. 말해두지만 우리를 얕보면 곤란해. 하찮은 기관차 같은 건 거추장스럽기만 하니까 다음번에 돌려주겠어. 그리고 경고하는데 이번에도 당신이 와 있지 않으면 이제는 끝장이야. 앙갚음하고야 말 테니까 떨면서 기다리라고!

루카스는 편지를 든 손을 내리고 말했다.

"몰리가 녀석들에게 잡혀 있는 게 분명해졌어. 녀석들은 용이 럼주 대신 몰리를 놓아두었다고 생각하는 것 같아."

"어금니 부인이 이제는 그곳에 갈 수 없다는 걸 아직 알아채지 못한 것 같아요."

짐이 말했다.

"편지 내용으로 보아하니 녀석들 생각했던 것보다 훨씬 더 멍청해."

우체부가 한숨을 쉬며 맞장구를 쳤다.

"하지만 지독한 녀석들이야!"

"어쨌든 몰리는 아직 무사히 녀석들의 손에 있어."

루카스가 말했다.

"다음번에 용에게 돌려주겠다고 했으니까 우린 그때까지 녀석들을 찾아내야 해. 용이 와 있지 않은 것을 알게 되면 녀석들은 몰리를 가만 두지 않을 거야."

"하지만 '다음번'이란 언제를 말하는 걸까요?"

짐이 안절부절못하며 물었다. 걱정이 되어 견딜 수가 없던 것이다.

"음. 그걸 알면 좋을 텐데. 그 밖에 좀 더 여러 가지 일들도……. 좋아, 내일 아침에 계획을 짜 보자. 우선 잠을 좀 푹 자서 머리가 맑아져야 해."

모두 함께 우편선까지 우체부를 배웅했다. 그리고 중대한 단서를 가져다 준 것에 다시 한 번 고맙다는 말을 전하고 배가 멀어질 때까지 손을 흔들었다.

그런 뒤 햇빛섬 새 햇빛섬 나라의 사람들은 모두 침대에 누워 잠이 들었다. 투르 투르 씨만이 높은 산꼭대기에서 등불을 밝히며 밤새도록 서 있었다.

잠에서 깨어난 예지의 황금용

다음날, 루카스는 아침식사를 마치고 짐을 불러내 두 사람이 늘 만나는 장소인 국경의 바닷가로 갔다. 두 사람은 나란히 앉아 바다를 바라보며 13명의 해적들이 있는 장소를 어떻게 찾아낼 수 있을지 곰곰이 생각해 보았다. 그러나 아무래도 좋은 생각이 떠오르지 않았다.

두 사람이 한 시간쯤 그렇게 앉아서 생각을 짜내고 있을 때 갑자기 옷소매 씨가 총총걸음으로 다가왔다. 그리고 모자를 벗으며 말했다.

"임금님께서 두 사람을 어서 성으로 불러오라고 하셨습니다. 긴급한 외교상의 용건이라고 합니다. 만다라 임금님으로부터 전화가 걸려와 두 사람을 바꿔 달라는 부탁을 받은 겁니다."

세 사람은 서둘러 성으로 달려갔다. 이제 막 아침 식사를 마친 12시 15분 전 알퐁스 임금님은 상냥하게 전화기를 건네주었다.

"여보세요, 기관사 루카스입니다."

"안녕하오, 나의 존경하는 친구이자 딸의 은인인 루카스 씨!"

만다라 임금님의 유쾌한 목소리가 들려 왔다.

"다름 아니라 당신과 당신의 작은 친구인 짐에게 중대하고 기쁜 소식이 있소. 우리나라 '학식의 꽃'들의 계산에 따르면 용이 눈을 뜰 때가 앞으로 며칠밖에 남지 않았다고 하오. 여보세요, 들립니까? 여보세요!"

"네, 잘 들립니다."

루카스가 대답했다.

"그러니까 그 용이 눈을 뜰 날이 며칠 뒤로 다가왔소."

만다라의 임금님은 이야기를 계속했다.

"잠들어 있던 1년 동안 변신은 무사히 이루어졌소. 어제 처음 꼬리가 꿈틀하고 움직였소. 이것에 대해 궁정 동물학자들은 틀림없이 잠에서 깨어나려는 몸짓이라고 예견하고 있다오. 내 생각으로는 당신들도 그 순간에 꼭 참석했으면……."

"네! 물론입니다."

루카스가 소리쳤다.

"몹시 기다렸습니다! 그 용에게 서둘러 물어 봐야 할 일이 여러 가지 있습니다."

"그러리라고 생각되어 어용선을 이미 출발시켜 놓았소. 이삼 일 뒤에는 그곳에 닿을 거요. 서둘러 당신들을 만다라로 모셔오라고 이야기해 두었소."

"친절하신 배려, 참으로 고맙습니다, 임금님."

"그건 그렇고 내 딸 리시 공주는 어떻게 지내고 있소. 당신들의 귀여운 섬에서 충분히 휴양을 하고 있습니까?"

"네, 그런 듯합니다. 뭐요 할머니의 가게 일을 돕고 있는데 아주 믿음직스러운 모습입니다."

"그것 참 좋은 일이군."

임금님은 만족스러운 듯이 말했다.

"그렇지만 당신들과 함께 돌아오라고 말해 주시오. 방학도 이제 곧 끝나니까. 그 전에 이삼 일 동안 신학기 준비나 공주로서의 수업을 할 수 있게 말이오."

"알겠습니다. 그렇게 말하지요."

그리고 서로 작별 인사를 나누고 전화는 끊겼다.

다음날부터 루카스와 짐, 그리고 리시 공주는 만다라로의 여행 준비를 서둘렀다. 리시 공주는 트렁크를 준비물로 가득 채웠다. 트렁크는 최고급품인 만다라산 꿀벌 가죽으로 만들어진 것이었다. 잠그는 장식은 은으로 되어 있었다. 루카스는 기관실 안에 놓아두고 쓰던 물건들을 큼지막한 보자기에 모두 쌌다. 마음씨 착한 늙은 엠마를 이번 여행길에는 두고 갈 생각이었다. 혹독했던 지난번의 여독이 아직 충분히 가시지 않았고 이번 여행은 엠마가 없어도 해낼 수 있을 것 같아 편히 쉬도록 한 것이다. 무엇보다 그들은 그다지 오랫동안 떠나 있는 게 아닐 것이라 생각했으니까. 짐의 배낭은 뭐요 할머니가 잘 챙겨 주었다. 할머니는 예쁘게 다림질한 푸른색 기관사복과 모자, 파이프 등도 빠짐없이 챙겨 주었다.

이제나저제나 하고 기다리던 풍 깅 임금님의 훌륭한 어용선이 드디어 도착했다. 물론 낮이었으므로 투르 투르 씨는 다가오는 배가 놀라지 않도록 자기 집에 들어가 있었다. 짐과 루카스는 표류하는 섬을 끌고 왔을 때 알게 된 어용선의 선장과 인사를 나누었다. 그 다음 햇빛섬 나라의 주민들과 일일이 작별 인사를 나누고 공주와 함께 배에 올랐다.

그들은 곧장 서둘러 만다라를 향해 출항했다.

며칠 뒤의 눈부신 아침, 임금님의 어용선은 많은 사람들의 환성과 만다라 음악대의 영접을 받으며 제방에 닿았다. 1년 전, 바로 그 제방에서 햇빛섬 나라로 출항했던 것이다. 꼭 1년 전이었다. 잠자고 있는 용은 오늘 안으로 눈을 뜰 예정이었다.

먼저 루카스가 내렸다. 이어서 짐과 리시 공주가 나란히 팔짱을 끼고 배에서 제방으로 내려섰다. 그때 가마를 맨 네 명의 사나이가 전속력으로 달려오는 것이 보였다. 금박칠을 한 두 개의 봉 위에 놓인 커다란 가마에는 아무도 타고 있지 않은 것 같았다.

"나를 내려 줘! 내려 달라고!"

마치 새가 지저귀는 듯 조그만 소리가 들리는가 싶더니, 아주 작디작은 금빛 가운을 입은 사람이 쿠션에 파묻혀 있는 게 보였다.

"핑 퐁이다!"

루카스가 반가운 마음에 큰 소리로 불렀다.

"반갑다! 이렇게 다시 만나다니!"

짐과 루카스, 그리고 리시가 작은 대본즈의 손을 살며시 쥐고 인사를 나누었다. 핑 퐁은 1년 동안 손바닥의 2배 정도로 자라 있었다. 그는 머리가 땅에 닿도록 여러 차례 인사하며 한없이 기쁜 마음을 표시했다. 그리고 지저귀듯 말했다.

"아, 너무나 기쁜 날입니다. 훈장에 빛나는 기관차의 존경하는 기관사님들! 그리고 꽃잎에나 비길 만한 아름다운 우리 리시 공주님의 귀국, 저는 꿈을 꾸고 있는 것만 같습니다. 무사히 건강하게 돌아오시게 된 것을 어떻게 축하해야 할지 모르겠군요."

인사는 오래 계속되었다. 핑 퐁은 침착을 되찾고 더 지체하게 해서는 안 되겠다고 생각했다. 풍 킹 임금님께서는 귀여운 따님과 두 기관사를 누구보다 애타게 기다리고 있을 것이 틀림없었다.

그들은 곧 작은 대본즈와 함께 준비해 놓은 마차에 올라탔다. 여섯 마리의 백마가 이끄는 아름다운 마차는 핀 시를 향해 온통 꽃으로 수 놓인 길을 달렸다. 만다라 사람들은 길가에 늘어서서 만세를 부르며 그들을 반겼다. 궁전으로 들어서는 99개의 은계단 위에는 풍 깅 임금님이 직접 나와 모두를 맞이해 주었다.

"오오, 나의 고귀한 친구들!"

루카스와 친구들을 보자마자 임금님은 반갑게 소리치며 크게 두 팔을 벌리고 계단을 뛰어 내려왔다.

"비로소 다시 만나게 되었군. 잘 오셨소!"

그리고 리시 공주를 가슴에 안고, 건강한 모습으로 충분히 휴양하고 돌아온 것을 기뻐했다.

"자, 자, 여러분."

인사가 끝나자 풍 깅 임금님이 말했다.

"머뭇거릴 시간이 없소. 자 빨리 용이 있는 곳으로 가 보는 게 좋겠소. 내가 앞장서겠소."

흑단문을 통과했을 때 리시 공주가 짐과 루카스에게 속삭였다.

"1년 전에 용을 넣어 두었던 낡아빠진 코끼리 우리가 지금 어떻게 되어 있는지 보면 아마 무척 놀랄 거예요. 아버님이 고쳐 놓도록 하셨거든요."

과연 그랬다. 코끼리 우리를 향해 궁전 정원으로 걸어갈 때 멀리 나무 사이로 찬란한 빛이 어른거렸다. 그 눈부신 건물 앞에 이른 짐과 루카스는 들어가는 것도 잊은 채 멍하니 서서 쳐다볼 뿐이었다. 낡고 음침했던 코끼리 우리는 몇 층이나 되는 탑으로 바뀌어 있었다. 둥근 지붕의 코끼리 우리는 큰 탑을 중심으로 그 탑 주위에 수많은 첨탑에 둘러싸여 있었다. 그 하나하나가 아름답게 조각이 되어 있고, 예쁜 소리가 나는 풍경으로 장식되어 있었다.

루카스와 짐은 꿈같은 광경에서 눈을 떼고 겨우 발길을 옮겨 임금님을 따라 황금 문을 지나 안으로 들어갔다. 깊고 아늑한 정경이었다. 수없이 걸려 있는 알록달록한 초롱과 그곳에서 흘러나오는 오색영롱한 어스름 불빛에 눈이 익숙해지기까지는 잠시 시간이 걸렸다.

건물의 안벽과 천정도 찬란하게 장식되어 있어 어스름한 불빛 속에서 신비로운 빛을 내뿜고 있었다. 아치모양의 높은 천정 한가운데에 동그랗고 커다란 보석이 창문 유리처럼 박혀 있었으며, 그곳에서 한 가닥의 빛이 변신한 용의 모습을 환히 밝혀주었다.

얼핏 보았을 때, 루카스와 짐은 그것이 저 불바다 나라에서 자기들이 패배시킨 용이라고는 도저히 믿을 수가 없었다. 그렇지만 자세히 살펴보니 역시 닮은 데가 있었다. 지금은 용의 머리 전체가 사자와 닮아있었고, 몸체는 전보다 훨씬 가늘고 길어진 것 같았다. 꼬리도 역시 조금 길어져 고양이처럼 몸 전체를 한 바퀴 휘감고 있었다. 그리고 몸서리처질 정도로 보기 흉했던 비늘 돋친 살갗은 비밀스러운 표시나 무늬 같은 것에 감싸여 있었다.

거대한 동상처럼 머리를 두 앞발 위에 올려놓은 채 엎드려 있는 용의 황금빛 몸에서 화려한 빛이 반짝이고 있었다.

짐은 루카스의 손을 꼭 붙잡았다. 두 사람은 엄숙한 분위기에 압도되어 아무 말 없이 서 있었다. 이 신비롭고 멋진 용의 변신은, 짐과 루카스가 패배는 시켰으나 죽이지 않았기 때문이었다. 하지만 이 엄청난 변화 앞에서 그들은 그 사실이 도저히 믿어지지 않았다. 그렇지만 의심할 여지가 없는 분명한 사실이었다.

두 사람 뒤에는 임금님이 리시 공주와 핑 퐁을 데리고 서 있었다. 리시 공주는 한 손에 작은 대본즈 펑 퐁을 안고 다른 손으로는 아버지의 손을 잡고 있었다.

바야흐로 '예지의 황금용'이 될 용의 살갗에 광채가 더해지며 순간 이상한 소리가 공기를 뒤흔들었다. 용은 정신이 흐릿한 상태로 천천히 윗몸을 일으켜 앞발을 짚고 앉았다. 그러고는 번쩍 눈을 떴다.

에메랄드처럼 짙은 녹색 불이 타오르는 눈동자였다. 용은 그 눈으로 짐과 루카스를 돌아보았다.

짐은 자신도 모르게 루카스의 손을 꼭 쥐었다.

한순간 다시 정적이 흘렀다. 그러다 갑자기 구리로 만든 커다란 종의 울림 비슷한 소리가 모든 것에 스며들듯 강력한 힘을 가지고 '예지의 황금용' 몸속에서 퍼져 나왔다.

"와 주셨군요, 나의 주인님이신 당신들."

"네, 왔어요."

루카스가 대답했다.

"정말 잘 와 주셨습니다. 왜냐하면 당신들이 해야 할 일을 할 때가 되었기 때문입니다. 수수께끼는 풀려야 합니다."

"그럼……."

루카스는 '어금니 부인'이라고 부르려다가 멈칫했다. 이 용에게서 그 어떤 존엄한 힘을 느꼈던 것이다. 그래서 이렇게 말했다.

"'예지의 황금용'은 우리가 하려고 마음먹고 있는 일이 무엇인지 알고 있나요?"

"압니다."

용은 대답했다. 그 순간 입가에 미소가 떠올랐다.

"당신들이 무엇을 묻고 싶어 하는지 나는 모두 알 수 있습니다."

"그럼 어떤 것을 물어도 대답해 줄 수 있습니까?"

"우리가 알고 싶은 건 무엇이든?"

짐도 용기를 내어 물었다.

"무엇이든. 당신들이 지금 알아야 할 일은 무엇이든지. 하지만 당신들 스스로 탐구해야 할 일을 내가 미리 이야기해 준다면 나는 '예지의 황금용'이 아니라 수다쟁이 진흙용이 되고 말 겁니다. 나의 어린 주인님, 그러니 아무쪼록 당신의 출생에 관해서는 지금 묻지 마십시오. 당신은 머지않아 스스로의 힘과 예지로 그것을 분명히 밝혀 낼 것입니다. 아직은 때가 되지 않았습니다. 아무쪼록 참고 기다리십시오."

짐은 당황해서 잠자코 있었다. 다그쳐 물어 볼 용기가 나지 않았다. 루카스는 어떻게 하면, 그리고 어디에서 '난폭자 13'을 찾을 수 있는지 물으려고 했다. 그러나 그것을 말하기도 전에 용이 먼저 입을 열었다.

"크고 작은 무기로 무장한 배를 한 척 마련하십시오. 뱃전의 판자나 돛을 바다와 같은 푸른색으로 칠하고 배 밑에서부터 꼭대기까지도 파도 무늬를 그려 넣으세요. 그렇게 하면 파도에 섞여 배가 쉽게 발견되지 않을 겁니다. 3일 뒤 그 배로 출항하여 바람이 부는 대로 나아가도록 하세요. 바람은 당신들이 가야 할 지점으로 반드시 데려갈 겁니다. 의심해서는 안 됩니다. 만약 당신들이 초조한 나머지 한 번이라도 마음대로 키를 움직여 버리면 결코 목적하는 지점에 도달할 수가 없습니다."

용은 잠시 말을 끊었다가 다시 말을 이었다.

"햇빛처럼 빨간 돛을 단 그 배를 가까이에서 보게 될 겁니다. 새벽빛 남쪽에서 북상해 오는 그 배를."

"'난폭자 13'이다!"

짐이 자신도 모르게 소리치며 몸을 떨었다.

"그들은 자신들을 그렇게 부르고 있습니다."

용이 말했다.

"그러나 나의 어린 주인님, 당신이 그들을 그들 자신의 힘과 그들의 나약함에 의해 붙잡게 되면 당신은 그들을 그릇된 굴레에서 벗어나게 할 수 있을 겁니다."

"무슨 말이죠?"

짐이 루카스에게 속삭이듯이 물었다. 하지만 루카스가 미처 입도 열기 전에 용이 다시 말을 이었다.

"그들은 지금까지 어느 누구도 들여다본 적이 없고, 다른 어떤 배도 접근한 적이 없는 자기들만의 비밀스런 성에서 나오지요. 그 성은 아득히 멀리, 이미 천 년도 더 전에 자연이 반란을 일으키는 소용돌이 한가운데 솟아 있는, 저 소름끼치는 '있어서는 안 될 나라'에 자리 잡고 있습니다."

"그 녀석들은 어디로 가는 겁니까?"

루카스가 긴장해서 캐물었다.

"저 무쇠 바위를 향해 가고 있습니다. 용을 만나려고. 내가 변신하기 전의 용을 만나 자신들의 노획물을 바꾸어 가려는 겁니다. 그리고 당신들의 배가 있는 지점을 지나게 됩니다. 마지막 순간에 그들은 겨우 당신들을 알아챌 겁니다. 그러면 당신들은 날쌔고 용감하게 행동해야 합니다. 그들은 더없이 강하며 두려움을 모르는 잔인한 투사들이니까요. 그 누구에게 단 한 번도 진 적이 없다는 점을 명심해야 합니다."

루카스는 생각에 잠겨 듣고 있었다. 짐은 꼬마 기관차에 관한 질문이 입에서 맴돌았다. 그런데 이번에도 미처 그 말을 입 밖에 꺼내기도 전에 용이 말했다.

"당신이 잃은 것은 다시 찾게 될 겁니다. 그 찾은 것은 또다시 잃게 됩니다. 하지만 끝내는 당신의 것을 받게 되고 영원히 잃지 않을 겁니다. 그때 당신의 눈은 그것을 꿰뚫어볼 수 있게 될 겁니다."

짐은 수수께끼에 찬 이야기의 의미를 골똘히 생각해 보았지만 도무지 이해할 수가 없었다. 하지만 무엇보다도 몰리가 돌아온다니 안심이 되었다. 용은 틀림없이 돌아온다고 말한 것이다. 아니 돌아올 수 없다고 말한 것일까? 짐은 아리송한 용의 말에 얼떨떨해져서 물었다.

"저어, '난폭자 13'과의 싸움에서 우리가 이기게 될까요?"

"이기기야 하겠죠."

용은 더욱 더 수수께끼 같은 대답을 했다.

"하지만 싸움에서가 아닙니다. 왜냐하면 이긴 자가 지게 되고 진 자가 이기는 것이니까요. 그러니 나의 어린 주인님, 아무쪼록 잘 들어 주세요. 폭풍의 눈 속에서 당신은 별을 하나 보게 될 겁니다. 피처럼 빨간 그것은 다섯 가지 광선을 지니고 있죠. 그 별을 붙드세요. 그리고 당신이 주인이 되는 겁니다……. 그렇게 하면 당신은 당신의 탄생 비밀을 알게 될 겁니다."

용이 말을 마치고 조용히 눈을 감았다. 더 이상 해 줄 말이 없는 것 같았다. 잠시 뒤 에메랄드 같은 눈동자를 들어 알 수 없는 먼 곳을 물끄러미 바라보았다. 두 사람은 잠시 기다려 보았지만 더는 아무 일도 일어나지 않았다.

"이제 이야기를 다 한 것 같군."

루카스가 속삭이듯 말했다. 그리고 용에게 말했다.

"정말 고맙습니다. '예지의 황금용', 당신이 말해 준 것을 모두 이해할 수는 없지만 어쨌든 '난폭자 13'을 발견할 수 있다는 것은 알게 되었어요."

"정말 고맙습니다!"

짐도 덧붙여 말하고 자신도 모르게 꾸벅 고개를 숙였다. 용은 아무 대답도 하지 않았지만 입가에는 다시 신비로운 미소를 머금고 있었다.

두 사람은 생각에 잠긴 채 밖으로 나왔다. 임금님과 리시, 그리고 핑퐁이 뒤를 이었다.

"정말 이상했어요."

공주가 말했다.

"이제 어떻게 할까요?"

작은 대본즈가 속삭이듯 물었다.

"나의 옥좌가 있는 방으로 가서 다시 의논해 보는 것이 어떨까?"

임금님이 말했다. 모두 옥좌가 있는 방을 향해 잠자코 걸어갔다.

푸른색 어용선 밀항자

모두 옥좌가 있는 방에 자리잡고 앉자 루카스가 이야기를 시작했다.

"사실 '예지의 황금용'이 이야기해 준 것 가운데 이해할 수 있었던 것은 절반쯤밖에 안 됩니다."

"나는 4분의 1 정도."

짐이 말했다.

다른 사람들도 머리를 끄덕였다.

"그렇다면 우리가 의논할 수 있는 것은 별로 많지 않을 것 같군요."

그렇게 말하고 루카스는 파이프에 불을 붙였다.

"다만 용의 말이 진실이라는 것만은 믿어야 합니다."

"그런데 말이오."

임금님은 생각에 잠겨 말했다.

"'폭풍의 눈'이란 무엇을 의미하는 건지……. 짐 크노프가 거기서 하나의 별을 보게 된다는 그 '폭풍의 눈' 말이오."

"그리고 '있어서는 안 될 나라'는 또 무엇일까요?"

리시 공주도 그렇게 말하며 고개를 갸우뚱했다.

"이긴 자가 진 자가 된다는 것은 또 어떤 의미죠?"

핑 퐁이 말했다.

"그리고 다시 찾으면 잃는다든가 가지게 되면 그것을 꿰뚫어보게 된다고 한 말, 내가 잘못 들었나?"

"아니, 도무지 모르겠군."

임금님이 말했다. 루카스는 천천히 도넛모양의 연기를 몇 개 뿜어내며 말했다.

"때가 되면 하나씩 모두 밝혀지리라고 생각합니다. 용은 그 점부터 우리한테 납득시키지 않았습니까. 요컨대, 우리가 짐의 출생에 관한 비밀을 우리 힘으로 캐내는 게 좋다는 용의 의견에는 저도 전적으로 동감입니다."

"먼저 '난폭자 13'을 해치워야 하지 않을까요?"

짐이 끼어들었다.

"용도 그렇게 말했어."

"무슨 일이 있어도 그렇게 해야지."

루카스가 말했다.

"만약 녀석들이 우리의 손아귀를 빠져나가 먼저 저 무쇠 바위로 가버리면, 그리고 용이 없다는 걸 알아차리게 된다면 분명 몰리를 가만두지 않을 거야."

"그러면 대체 어떻게 해야 합니까, 존경하는 기관사님들?"

"무장한 배가 필요해. 온통 푸른색을 칠하고 파도 무늬를 그려 넣은 배. 돛에도 말이야."

"나의 어용선이라도 괜찮다면 쓰도록 하시오."

임금님이 말했다.

"당신들도 아는 바와 같이 속도는 대단히 빠르오. 뛰어나게 강하고 내구력도 좋다오."

"너무나도 고마우신 말씀입니다, 임금님. 그 배는 꼭 알맞다고 생각됩니다."

루카스가 말했다. 그래서 모든 사람은 필요한 준비를 하기 위해 항구로 갔다.

3일 동안 커다란 어용선은 대포와 여러 가지 무기로 무장한 전투함으로 변신해 있었다. 배 밑창에서 돛대의 꼭대기까지를 온통 푸른색으로 칠하고 하얀 파도 무늬를 그려 넣는 것은 쉽지 않은 일이었다. 하지만 풍 킹 임금님이 장인이나 전문가를 많이 동원하여 준비 작업은 제법 순조롭게 진행되었다. 짐과 루카스도 언제나 배에 달라붙어 할 수 있는 일을 도왔다. 어떻게 해야 할지 두 사람이 결정해야 할 일도 많았다.

출항 전날 밤이 되자 모든 준비가 갖추어졌다.

색칠을 한 선체는 당당해 보였다. 커다란 돛은 풍 킹 임금님의 특별 지시로 옥색 비단으로 만들어졌다.

갑판에는 대포가 10문씩 두 줄로 쭉 늘어서 있었다. 그리고 곰처럼 억센 뱃전의 선원 30명이 배치되어 있었다. 그들은 '난폭자 13'의 추악한 행위를 짓밟아 주겠다며 벌써부터 팔뚝을 걷어붙이고 있었다.

먼저 시험 삼아 항해해 보기로 했다. 짐과 루카스는 해안에 남아서 전투함에 그려넣은 그림 효과를 점검해 보기로 했다.

나무랄 데 없는 완벽한 위장이었다. 반 마일도 채 떨어지지 않았는데 배는 육안으로는 알아볼 수가 없었다. 그만큼 위장 파도 무늬가 잘 그려졌던 것이다.

작은 핑 퐁도 그 자리에 와 있었다. 전에도 놀랄 만한 일솜씨를 나타내 대본즈에 임명되어 황금 가운을 입게 되었지만, 그것에 충분히 걸맞는 인물임을 핑 퐁은 이 3일 동안에 새롭게 증명해 보였다. 존경하는 기관사 두 사람이 바라는 대로 모든 일이 진척되도록 핑 퐁은 잠시의 휴식도 없이 참으로 열심히 일했다. 그런 만큼 이제 모든 것이 제대로 알맞게 준비되었고, 이를 바라보는 짐과 루카스는 무척이나 가슴 뿌듯하고 기뻤다. 그런데 작은 마찰이 생겼다. 핑 퐁은 자신도 함께 갈 결심을 하고 있던 것이다.

"왜냐하면, '난폭자 13'과 같은 중죄인을 체포할 때는 당연히 고관이 입회해야 하거든요."

핑 퐁은 점잖은 얼굴을 하고 말했다.

"고관이 입회를 함으로써 비로소 포로로 삼을 수 있는 겁니다."

물론 루카스와 짐은 이 항해가 위험하다는 것을 알려 핑 퐁이 마음을 바꾸도록 설득했다. 하지만 핑 퐁은 기어이 함께 가겠다며 두 사람의 설득을 물리쳤다. 뭐라고 해도 핑 퐁은 대본즈였다. 결국 두 사람은 승낙할 수밖에 없었다. 그렇지만 위험이 닥쳐오면 사고가 일어나지 않도록 갑판에서 내려와 선실에 들어가 있어야 한다는 약속을 받아 놓았다.

그날 밤 궁전으로 돌아왔을 때, 짐과 루카스는 다음날 아침 시작될 원정에 아무런 불안도 느끼지 않았다. 반드시 성공할 것이라는 걸 조금도 의심치 않았기 때문이다.

저녁식사가 끝난 뒤 짐과 리시는 궁전에 있는 정원에서 잠시 산책을 하며 잘 길들여진 긴 털을 갑옷처럼 두른 들소와, 달빛처럼 광택이 나는 털빛의 만다라산 외뿔 짐승에게 먹이를 주었다.

그 두 사람은 그 즈음 어느 때보다 사이좋게 지내고 있었다. 그런데 짐이 더없이 위험한 모험길을 떠나기 전날인 오늘밤, 오랫동안 일어나지 않았던 새로운 일이 벌어졌다. 대단하진 않았지만 짐과 리시 공주가 싸움을 한 것이다. 이런 싸움은 대개 그렇듯이 나중에는 어째서 싸웠는지도 서로 모를 때가 많다.

짐이 마침 사람을 잘 따르는 비단 원숭이를 쓰다듬어 주며 별생각 없이 말했다.

"핑 퐁도 함께 가는 거 알아?"

"정말?"

리시 공주는 놀란 듯 대답했다.

"꽤 무서운 원정이 될 텐데, 걱정이야."

짐은 어깨를 움츠려 보이며 분수 옆 잔디밭으로 다가갔다. 거기엔 은빛 뿔의 파란 사슴이 풀을 뜯고 있었다. 그때 리시 공주의 머릿속에는 한 가지 생각이 스쳐 지났다.

'핑 퐁도 함께 갈 정도라면, 그리고 루카스가 있으면 그렇게 위험할 것 같지 않은데?'

리시 공주는 진짜 모험을 짐과 함께 꼭 해 보고 싶다는 마음을 늘 품고 있었다. 그래서 짐의 뒤를 따라가다가 조금 들뜬 목소리로 물었다.

"나도 데려가 주지 않겠어?"

짐은 깜짝 놀라 돌아다보았다.

"너를? 안 돼, 무서워서 어쩌려고!"

"조금도 무섭지 않아."

리시 공주는 그렇게 말하고 얼굴을 붉혔다.

"그리고 루카스도 있잖아. 루카스가 곁에 있으면 걱정 없다고 너도

늘 말했잖아."

짐은 고개를 흔들었다.

"안 돼, 리시."

짐은 상냥하게 리시 공주의 어깨에 손을 얹었다.

"이번 일은 절대 무리야. 너는 작은 여자아이고 공주님이야. 이런 일에 익숙하지 못해. 격렬한 싸움이 벌어지더라도 우리는 너를 돌봐줄 틈이 없어. 네가 참을 수 없이 두려워해도 너를 위해 배를 되돌려 돌아올 수 없어. 이해해 줘야 해, 리시."

짐은 진심으로 리시 공주를 위해 그렇게 다독였으며, 리시 공주가 그 말을 듣고 조금은 두려워져 단념하기를 바랐다.

그렇지만 짐의 말투는 마치 자신이 모든 결정권을 쥐고 있는 듯 들렸다. 적어도 리시 공주는 그렇게 느꼈던 것이다. 그리고 공주로서의 위엄이 손상되었다고 생각해 울컥 반항심이 일었다. 게다가 리시 공주는 보기 드문 고집쟁이였다.

"하지만 나는 결정했어. 함께 가겠어."

"안 돼! 이건 남자들의 일이야. 루카스도 역시 그렇게 말했어."

"어머! 그렇게 잘난 체하지 마."

리시 공주는 토라져서 소리쳤다.

"넌 언제나 루카스가 옆에 있으니 그렇게 태연스레 말하는 거야. 아직 작은 어린아이인 주제에. 넌 읽고 쓰기도 못하잖아!"

마침내 짐도 화가 났다. 그런 말을 듣자 도저히 용서할 수 없다는 생각이 들었던 것이다.

"리시, 잘 알아둬! 읽고 쓰기 같은 하찮은 일을 열심히 하는 사람이 있는가 하면 용감하게 모험을 하는 사람도 있는 거야. 어쨌든 너는 이곳에 남아서 열심히 공부나 하는 편이 훨씬 좋아. 넌 늘 그걸 뽐내야

직성에 풀리니까 말이야."

"몰라, 싫어! 나도 따라갈 거야!"

"안 돼!"

"가겠어!"

"안 돼!"

"좋아, 두고 봐!"

리시 공주는 그렇게 소리치더니 달려가 버렸다.

짐은 파란 사슴의 등에 훌쩍 뛰어올라 목덜미를 두드려 주며 투덜거렸다.

"잘난 척만 하는 고집쟁이! 건방진 공주!"

그렇지만 짐의 마음은 슬펐다. 사실 누구보다 리시 공주를 너무나 아끼고 좋아했기 때문에 싸움은 하기 싫었던 것이다.

공주는 곧장 아버지한테로 달려갔다. 임금님은 저녁놀이 비치는 궁전 테라스에서 루카스와 함께 있었다.

"무슨 일이지, 리시?"

임금님은 허둥지둥 달려오는 리시 공주에게 물었다.

"몹시 슬픈 얼굴이로구나!"

"짐이 나는 따라가면 안 된다고 하잖아요. 내게는 무리라는 거예요. 하지만 나는 가고 싶어요."

"그건 짐의 말이 백 번 옳다."

임금님은 미소 지은 얼굴로 딸의 머리를 쓰다듬으며 위로해 주었다.

"너는 내 곁에서 그들의 원정을 응원해 주는 게 훨씬 좋아."

"하지만 나는 가고 싶어요."

"내 말을 들어봐요, 공주님!"

루카스가 상냥하게 말했다.

"다른 기회에 꼭 데려갈게. 이번에는 정말 안 돼. 해적과의 싸움은 작고 얌전한 여자아이에게는 걸맞지 않거든."

"하지만 나는 갈 거예요."

리시 공주는 고집스럽게 대답했다.

"이런 모험은 말이야, 남들의 말을 들으면 굉장히 신나고 멋진 것처럼 들리지만 직접 경험해 보면 그렇게 유쾌한 것만은 아니야. 너는 그런 혹독한 일을 당해 보지 않아서 몰라."

"그래도 저는 가겠어요."

리시는 뜻을 굽히지 않았다.

"아니, 그건 안 돼요."

루카스가 진지한 얼굴로 말했다.

"아무도 공주님을 돌봐줄 수가 없어요. 이번에는 안 돼요. 절대로!"

"그래도 가고 싶어요."

리시 공주는 다시 한 번 고집했다.

"내가 허락하지 않겠다. 이 얘기는 이제 끝났다."

임금님이 엄숙한 목소리로 잘라 말했다. 실망한 리시 공주는 그곳에서 나가 자기 방으로 가서 침대에 누웠다. 그러나 반항심이 불타올라 잠을 이룰 수가 없었다. 침대 위에서 몸을 뒤척이던 리시 공주는 골똘히 생각했다.

시녀들이 모두 깊은 잠에 빠지고 궁전의 모든 불빛이 꺼진 한밤중, 리시 공주는 살그머니 일어나 옷을 갈아입고 몰래 밖으로 빠져나왔다. 흑단으로 된 궁궐문은 잠겨 있었으므로 전에 핑 퐁이 가르쳐 준 부엌 출구를 통해 나왔다.

길은 어둡고 인적도 없었다.

리시 공주는 곧장 항구로 달려갔다. 그리고 배를 지키던 병사가 갑판

저쪽으로 돌아가자 푸른색을 칠한 어용선에 숨어들어가 식료품 창고 자루 뒤에 몸을 숨겼다.

'짐이 깜짝 놀라겠지?'

리시 공주는 편안하게 드러누워 생각했다.

"나도 가는 거야!"

그러고는 의기양양한 미소를 떠올리고 마침내 잠들었다.

난폭자 13과의 싸움

다음날 아침, 루카스와 짐은 풍 깅 임금님과 함께 아침식사를 하면서 리시 공주가 보이지 않아 이상하게 생각했다. 임금님은 공주를 불러오라고 했지만 돌아온 것은 시녀들뿐이었다. 어디에 있는지 보이지 않는다고 보고했다.

"틀림없이 어제 일로 화가 난 것 같아요. 그래서 내게 잘 다녀오라는 인사도 하고 싶지 않은가 봐요."

짐은 슬픈 듯이 말했다.

"그래서는 안 되지."

임금님은 무서운 얼굴로 말했다.

"돼먹지 않은 행동이야. 그런 무례한 짓은 따끔히 꾸짖어야 하겠소."

"무슨 말씀을…… 공주님은 아직 어리십니다. 아무쪼록 저희의 안부만 전해 주세요. 모든 것을 정리한 다음 반드시 함께 푸른 바다에 나가 볼 생각입니다. 공주를 위한 특별 항해 말입니다. 그렇게 되면 마음을 가라앉히겠죠."

짐과 루카스는 더 이상 우물쭈물하며 리시 공주를 찾고 있을 수만은 없었다. 임금님은 두 사람을 항구까지 전송하고 서로 껴안으며 작별의 아쉬움을 나누었다.

"하늘이 그대들을 지켜 주시길! 이제까지 언제나 그대들과 함께 있던 행운이 아무쪼록 이번 위대한 모험에도 함께 하기를! 지금 이 순간부터 그대들이 건강하게 무사히 돌아오는 시간까지, 나나 나의 백성들한테는 햇빛이 비쳐도 밝게 느껴지지 않을 것이며, 즐거운 웃음소리도 음악도 이 땅에서는 울리지 않을 것이오!"

이 말이 딱 들어맞게 되리라는 것을 임금님 자신도 이 순간 결코 예감하지 못했으리라!

짐과 루카스는 핑 퐁이 미리 들어가 기다리고 있는 배에 올라탔다. 작별의 시간이 다가왔다. 닻이 오르고 선교가 거두어졌다.

항구에서는 많은 사람들이 임금님을 한가운데 두고 묵묵히 배가 멀어져 가는 것을 걱정스레 바라보며 전송하였다.

루카스와 짐은 갑판으로 올라갔다. 거기엔 비바람에 시달려 낡아빠진 가죽 장갑처럼 얼굴이 쭈글쭈글한, 이미 친숙해진 선장이 기다리고 있었다. 인사를 마치자 선장이 물었다.

"키잡이에게 키를 어느 쪽으로 돌리라고 지시할까요?"

"유감이지만 그건 우리도 모릅니다."

루카스는 크게 연기를 내뿜었다.

"'예지의 황금용'은 배를 그저 바람에 맡겨 조류를 따라 나아가라고 했습니다. 그렇게 하면 정확히 그 지점에 이른다고 했습니다."

선장은 깜짝 놀라 두 사람의 얼굴을 뚫어지게 쳐다보았다. 그러고는 콧소리를 섞어가며 말했다.

"당신들 꿈을 꾸고 있는 게 아닙니까, 혹시? 아니면 이번에야말로 나를 귀신에 홀리게 할 작정이십니까. 그 표류하는 섬의 경우는 참을 수 있었습니다만, 이건 정말 지나칩니다."

"아니에요."

짐이 나섰다.

"정말이에요. 그리고 용은 우리가 단 한 번이라도 키를 잡으면 엉뚱한 방향으로 가고 말 거라고 했어요!"

"그런 짓을 할 수 있다면 차라리 튀겨낸 새우에게 간지럼을 태워 보이라고 하겠소."

선장은 투덜투덜 불평했다.

"꼬마 씨, 그런 말을 하면 선원들이 나보고 기름에 절인 정어리라고 웃어댈 거요! 당신들 두 사람에게는 익숙하겠지만 그런 이상야릇한 운항 방법은 바닷사람인 나로선 한 번도 경험한 적이 없는 일이오. 그러나 어쨌든 당신들이 하자는 대로 해 봅시다."

절대 키에 손을 대지 말고 배가 저절로 흘러가도록 내버려 두라는 엄한 명령이 키잡이에게 전달되었다. 키잡이는 몹시 염려스러운 얼굴로 그저 우두커니 서서 파도가 출렁이는 대로 멋대로 돌아가는 키를 물끄러미 쳐다보고만 있었다.

기묘하고 정처 없이 지그재그를 그리며 배는 먼 바다까지 나섰다. 선원들은 아무 할 일 없이 난간에 기대어 그저 기다릴 뿐이었다. 바람은 거의 느끼지 못할 정도로 약하게 불어왔고 돛을 모두 올렸는데도 배는 천천히 나아가고 있었다. 햇볕은 갑판을 태울 정도로 따가웠다.

이렇게 하여 하루가 지나갔다.

밤이 되어 짐과 루카스는 선실로 내려가 잠시 누웠다. 그러나 너무 더워 견딜 수가 없었다. 결국 이리저리 뒤척이며 제대로 잠을 이룰 수가 없었다. 한밤중이 되자 꽤나 강한 바람이 불어 한동안 배를 한달음에 달리게 했지만 새벽녘에 바다는 다시 잠잠해졌다. 바람 한 점 없이 바다는 거울처럼 잔잔했으며 어디를 봐도 작은 파도 하나 일지 않았다.

날이 채 밝기도 전에 짐과 루카스는 갑판에 나갔다. 선원들도 대부분 나와 있었다. 그들은 난간 옆에 서서 묵묵히 무언가를 기다리고 있었다. 때때로 나른한 눈길로 바닷물 위를 바라보기도 했다.

점차 모든 사람의 마음이 고조되고 공기는 팽팽한 긴장감에 넘쳐 있었다.

이 배 안에서 단 한 사람 편안한 잠에 깊이 빠져 있는 사람이 있었다. 바로 작은 대본즈였다. 이 며칠 동안의 흥분으로 완전히 지쳐버린 핑 퐁은 배가 출항하자 곧바로 부엌으로 뛰어들어가 아주 작은 젖병 가득히 도마뱀 젖을 마셨다. 핑 퐁은 그것을 어린 아이들의 몸에 가장 좋은 것으로 여기고 있었다. 그리고 갑자기 참을 수 없을 정도로 잠이 몰려와 선선한 잠자리를 찾아냈다. 작은 나무통을 발견한 핑 퐁은 자신의 명주로 만든 꽃무늬 양산을 펴서 그곳을 덮었다. 잠자리는 어둡고 조용해졌다. 그리고 아직까지도 평안히 깊은 잠에 빠져 있었다. 작은 숨소리가 나무통 속에 갇힌 파리의 날개 소리처럼 들려 왔다.

리시 공주는 어떻게 하고 있을까?

그녀에게는 끔찍한 하룻밤이었다. 처음의 용기는 어디론가 사라져버린 것이다. 너무나 무서워져 숨어있던 자루 뒤에서 꼼짝 않고 앉아 있었다. 주위가 조용해지자 공주는 더욱 더 불안해졌다. 자기 한 사람만이 바다에 표류해 13명의 해적에게로 다가가고 있는 게 아닌가 생각했던 것이다.

동쪽 수평선이 점차 밝아왔다. 바다 위로 갑자기 강한 바람이 불어와 물 위에 반짝이는 은빛 작은 파도를 일으켰다. 남쪽에서 불어오는 바람이었다. 그 순간 돛대 위 감시탑에 있던 선원이 소리쳤다.

"배다! 남쪽에 배다……!"

모두가 눈을 부릅뜨고 남쪽 바다를 쳐다보았다. 그리고 깜짝 놀라 숨을 죽였다.

배가 보였다! 커다란 배가 갑자기 모습을 나타내고 놀랄 만큼 빠르게 곧장 이쪽으로 다가왔다.

돛의 빛깔은 온통…… 핏빛 빨강색. 그리고 한가운데 가장 큰 돛에 까만색으로 커다랗게 '13'이라고 쓰여 있는 것이 보였다.

"해적들이다!"

짐은 작은 소리로 외쳤다.

"흐음. 자아, 짐. 이제부터야. 녀석들이 우리를 알아채면 그 순간 바로 습격하는 거야. 그렇지 않으면 도망쳐 버리고 말아. 저렇게 빠른 배는 처음이야."

"전투 준비!"

선장의 힘찬 목소리가 갑판에 울려 퍼졌다.

"모두 제 위치에!"

선원들은 대포 옆에 나란히 서서 언제라도 발사할 수 있는 태세를 갖추었다. 모두 허리에 칼을 차고 있었으며 벨트에는 권총을 꽂고 있었다.

해적선은 점점 가까이 다가왔다. 모두 조용히 바라보고 있었다. 이제는 1마일밖에 떨어져 있지 않았다. 하지만 저쪽에서는 아직 푸른 칠로 위장한 어용선을 알아보지 못한 듯했다.

"짐!"

갑자기 리시 공주의 공포에 찬 비명소리가 날카롭게 울렸다. 순간, 공주가 갑판으로 달려와 짐과 루카스에게 매달리며 울부짖었다.

"부탁이에요, 그만두세요! 제발 부탁해요, 그만두세요! 빨리 도망쳐요! 나는 돌아가고 싶어요! 아아, 제발 그만두세요!"

리시 공주는 소리 높여 울부짖었다. 그리고 온몸을 부들부들 떨었다.

"대체 무슨 짓이야! 이런 상황에서! 어떻게 하란 말이야!"

루카스가 화를 내며 소리쳤다.

루카스는 한순간 어린 공주를 태운 채 '난폭자 13'과의 위험한 전투를 벌여야 할지 말아야 할지 망설였다. 짐은 너무 놀라 얼이 빠져 있었다.

"리시! 어째서 이런 짓을 했지?"

"아래로 데려가!"

루카스가 명령했다.

"선실에 가두어 둬. 아래는 안전하겠지. 여기는 이제 곧 화약 냄새에 휘말리게 돼."

"알았어요, 루카스."

짐은 그렇게 말하며 울부짖는 공주를 이끌고 갑판으로 내려갔다. 순식간에 일어난 일이었지만 루카스는 공격할 좋은 기회를 놓쳐 버렸다. 반 마일쯤 떨어진 곳에서 위장한 어용선을 알아본 '난폭자 13'은 번개처럼 빠른 속도로 방향을 동쪽으로 바꾸었다. 그리고 바람을 가르며 도망치기 시작했다.

"뒤쫓아라!"

루카스가 소리쳤다.

"추격!"

선장도 소리쳤다. 키잡이가 이제까지 손을 놓았던 키를 잡고 힘껏 돌렸다. 선원 절반이 돛을 단단히 붙들어 매는 동안 나머지 절반은 대포 곁에 달라붙어 발사할 자세를 취했다. 그러자 해적선은 다시 방향을 돌려 바람을 거슬러 남쪽으로 되돌아오기 시작했다.

짐은 이미 갑판으로 돌아와 루카스 곁에 서 있었다. 해적선이 겨우 100미터쯤 떨어져 그들을 지나쳐갔다. 갑판에 무서운 해적들의 모습이 보였다. 모두 팔짱을 끼고 가소롭다는 듯이 쳐다보고 있었다. 그리고 …… 저쪽 뒤 갑판에 몰리가 굵은 밧줄에 칭칭 동여매여 있었다.

"몰리!"

짐이 소리쳤다.

"몰리, 우리가 왔어!"

"뱃머리에 한 방 먹일까요?"

선장이 말했다.

"그러면 멈추겠지. 깨끗이 두 손 들지도 몰라."

"그렇게 쉽지는 않을 거요."

루카스가 신음하듯 말하며 파이프를 두드려 주머니에 집어넣었다.

"짐, 나의 짐. 오늘은 혹독한 일이 일어날 것만 같아."

"발사!"

선장이 소리쳤다. 굉음이 바다 가득히 울려 퍼지고 포탄은 '난폭자 13'의 뱃머리를 향해 날았다.

"핫핫핫!"

해적들이 크게 웃어대는 소리가 들렸다. 그러더니 이어서 해적들은 굵고 거친 목소리로 꽥꽥대며 노래를 불렀다.

관 위에 앉아 있는 열세 사나이

호, 호, 호, 그리고 럼주가 한 통

사흘 내내 취할 독한 술.

"좋아, 어디 한 방 먹어 봐라!"

선장이 이를 갈며 말했다.

"좌현 대포 일제 사격, 준비…… 쏴라!"

10문의 대포로부터 언저리를 위압하는 굉음이 울려 퍼졌다. 포탄 연기가 일어 갑자기 눈앞이 흐려졌다. 연기가 사라지고 앞이 트였을 때에 보니 해적선은 재빨리 피해 포탄은 모두 바다에 떨어졌다.

"방향 전환!"

선장이 '난폭자 13'을 추적하려고 소리쳤다. 그리고 루카스 쪽을 쳐다보며 말했다.

"나를 골탕 먹이다니, 저 녀석들 혼쭐을 내줄 테니 두고 보시오."

그렇지만 해적선은 그동안 새로운 방법을 생각해냈다. 어용선을 사정거리 내에 다가서지 못하도록 빠르게 달려 수평선에 모습을 감출 만큼 멀어지더니 그들의 배는 갑자기 멈추어 섰다. 그리고 마치 움직일 수 없는 것처럼 어용선이 다가오는 동안 내내 가만히 있었다. 어째서일까? 왜 더 이상 도망치지 않는 것일까?

"알 수 없군."

루카스가 모자를 뒤로 젖히고 투덜대며 말했다.

"왠지 모르지만 영 기분이 좋지 않군. 녀석들이 우리를 함정에 빠뜨리려는 게 아닐까?"

루카스의 예감은 적중했다.

믿어지지 않을 만큼 빠른 속도로 도망치던 해적선의 추적이 이미 1시간이나 계속되었다. 그때 하늘이 순식간에 먹구름으로 뒤덮였다. 시시각각으로 바다의 모습이 홱홱 바뀌고, 매서운 돌풍이 일어 돛에 쌩쌩 부딪쳤다. 파도가 점점 높이 치솟기 시작하고, 주위는 어둠으로 짙어졌다.

"녀석들이 우리를 태풍 속으로 유인하고 있어!"

루카스가 선장을 향해 소리치며 단단히 모자를 눌러 썼다.

"흐음. 이번에는 포기하고 서둘러 돌아가는 게 현명하겠군."

선장이 대답했다.

"어쩔 수 없이 그렇게 해야겠소!"

루카스도 말했다.

"속도를 늦춰라!"

선장이 큰 소리로 명령했다.

"방향 전환!"

하지만 '난폭자 13'이 쉽사리 돌려보내 주리라고 생각한 것은 큰 잘못이었다. 지금이야말로 해적들이 기다리던 순간이었다. 그들은 두려울 만큼 빠른 속도로 쫓아와 어용선을 앞질러 길을 가로막았다.

"건방진 녀석들! 어디 두고 봐라!"

선장이 몹시 화가 나서 소리쳤다.

"우현 대포, 일제 사격, 발사!"

다시 10문의 대포에서 바다를 뒤흔드는 굉음이 울렸다. 이번에는 보기 좋게 명중했다. 그런데 이것이 웬일일까. 해적선에 명중한 포탄은 그대로 튕겨 되돌아 나왔다. 그리고 쾅! 하고 이쪽 배의 갑판 위로 떨어졌다.

"제기랄!"

루카스가 신음소리를 냈다.

"저 녀석들 배는 철통처럼 갑옷을 입었어!"

윙윙 바람결에 실려 해적들이 터뜨리는 비웃음소리와 노랫소리가 들려 왔다.

　　……폭풍우를 좋아했다.
　　호, 호, 호, 그리고 럼주가 한 통이다.
　　악마가 영접하는 날까지
　　호, 호, 호, 그리고 럼주가 한 통이다.

"그래, 조금만 기다려라! 악마가 당장 영접하러 갈 거다!"
선장이 이를 갈며 소리쳤다.
"발사!"
다시 모든 것이 대포 연기 속에 휩싸였다. 이번에도 역시 튕겨 나온 포탄이 이쪽 갑판으로 떨어졌다.
"멈춰요!"
루카스가 소리쳤다.
"사격해도 소용없소, 선장. 보이지 않소?"
"그럼 어떻게 해야 되죠, 네?"
선장이 굉음에 지지 않으려고 크게 소리쳤다.
"어떻게 해서라도 우선 재빨리 이 자리를 모면하고 보는 거요!"
루카스가 대답했다.
말은 쉽지만 그건 보통 일이 아니었다. 드디어 해적들의 포문이 불을 토하기 시작했다. 쉴 새 없는 일제 사격이었다. 포탄이 폭풍우처럼 어용선으로 떨어져 내렸다. '난폭자 13'은 오른쪽에 나타나 계속 포탄을 퍼부어댔다.

　　호, 호, 호, 그리고 럼주가 한 통이다.

해적들이 더욱더 흥을 돋우어 시끄럽게 노래하는 소리가 들려 왔다.

울부짖듯 소리치며 돛에 부딪치는 바람의 방향이 시시각각 바뀌었다. 북쪽에서 부는가 하면 어느새 남쪽에서, 그리고 동쪽에서 부는가 하면 북쪽에서 불어왔다. 푸른색 돛천은 이미 누더기처럼 찢어져 가로대에 매달려 있었다.

"태풍이다!"

루카스가 선장에게 소리쳤다.

"태풍이 닥쳐왔소!"

태풍이었다. 빠지직! 하는 소리가 들리더니 파랗고 하얀 번개가 어용선의 돛대에 떨어졌다. 순간 돛대에 불이 붙었다. 고막을 뚫을 듯한 천둥소리. 집채만 한 파도가 아우성치며 배 위로 부딪쳐와 당장에 배를 삼켜버릴 듯했다. 지옥으로 온통 휩쓸어가듯 폭풍이 미쳐 날뛰었다. 날카로운 번갯불이 칠흑 같은 하늘 위에서 끊임없이 번쩍이고, 천둥소리가 쉴 새 없이 으르렁거렸다. 그러더니 갑자기 하늘에서 채찍처럼 굵은 빗줄기가 쏟아지며 미쳐 날뛰던 바다를 끓어오르는 우유처럼 온통 거품으로 휘저었다.

하지만 그것은 오히려 행운이었다. 억수 같은 비가 포화를 가라앉혀 주었던 것이다.

캄캄한 하늘과 하얀 바다 사이에 파란 배와 핏빛의 빨간 돛을 단 배가 던져 오르고 내동댕이쳐졌다. 흩어지는 파도거품 위에서 돌고래처럼 위아래로 마구 뒤흔들리며 떠돌고 있었다. 바다의 미친 듯한 아우성에 섞여 간간이 '난폭자 13'의 노랫소리가 들려 왔다.

관 위에 앉아 있는 열세 사나이,
호, 호, 호, 그리고 럼주가 한 통

사흘 내내 취할 독한 술.

한참 뒤 해적들은 다시 어용선을 향해 일제 사격을 퍼부었다. 이미 가련한 난파선이 되어버린 어용선은 점점 크게 부서졌고 배의 파편은 파도가 삼켜버렸다.

선원들 가운데 가장 먼저 배에서 내동댕이쳐진 것은 키잡이였다. 탑처럼 높은 파도가 크게 울부짖으며 배에 덤벼들어 키잡이를 삼켜버린 것이다. 키잡이는 배에서 떨어져 나간 한 장의 판자를 붙들어 바닷속으로 가라앉는 것만은 간신히 피할 수 있었다.

키잡이도 잃고 미쳐 날뛰는 폭풍우에 휩싸인 어용선, 그 배의 모든 이음새 부분이 삐걱대기 시작했다. 루카스는 짐의 몸을 돌려 안고는 돛대의 타다 남은 기둥에 필사적으로 매달렸다.

"막다른 골목에 이르렀어, 짐."

루카스가 가쁘게 숨을 몰아쉬며 말했다.

"녀석들이 옮겨 타기를 기다릴 수밖에 없어……."

갑자기 비가 퍼붓기 시작하더니 동시에 대포 소리도 멎었다. 그러나 해적들이 사격을 멈추었나 하고 생각했을 때는 벌써 옆에까지 다가와 있었다. 이미 스스로의 힘으로 움직일 수 없게 된 난파선과 해적선이 찰싹 따라붙어 솟아오르는 파도에 실려 춤을 추고 있었다. 해적들은 끝에 갈고리가 붙은 긴 막대로 두 배를 가까이 붙였다. 그러고는 마구 칼을 휘두르며 크게 함성을 지르더니 어용선으로 옮겨 탔다. 이렇게 뻔뻔스럽고 기분 나쁜 사나이들이 세상에 또 있을까! 그런데 그 해적들은 죄다 너무나 닮아 있어 누가 누군지 분간할 수가 없었다.

"자아, 짐."

루카스가 소리쳤다.

"몰리를 되찾아야 해!"

두 사람은 싸움의 소용돌이 속을 파고들었다. 루카스가 손에 든 무거운 쇠뭉치로 길을 텄다. 짐은 그 뒤에 찰싹 붙어 따라갔다. 이윽고 두 사람은 작은 기관차 옆에 이르렀다. 루카스는 해적 한 사람에게서 칼을 빼앗고는 계단에서 해적선의 아래쪽 갑판으로 던져버렸다. 번갯불처럼 빠른 솜씨였다.

그리고 두세 번 칼을 휘둘러 몰리를 묶어 놓았던 밧줄을 잘랐다. 그리고 짐과 힘을 합해, 부서져 버린 난간을 지나 옆면을 해적선과 맞대고 있는 어용선으로 꼬마 기관차를 끌고 갔다.

그 광경을 본 해적 하나가 불이 붙은 역청 횃불을 어용선의 갑판 쪽으로 던졌다. 대개는 갑판이 물에 젖어 곧 꺼졌지만 몇 개가 식료품 창고에 떨어졌다. 바로 얼마 전까지 리시 공주가 있던 곳이었다. 곧 연기가 뭉게뭉게 피어올라 갑판에 가득 찼다.

선원들은 해적들보다 수적으로는 우세했지만 파도에 쓸려나가거나 해적의 칼에 찔리고 쓰러져 얼마 남지 않게 되었다. 설혹 10배나 되는 선원이 있었다 해도 소용없었을 것이다. 이렇게 두려움을 모르는 강한 해적들과는 도무지 상대가 되지 않았다. 마지막까지 죽을힘을 다해 싸우던 한 무리의 선원들도 밧줄에 묶여 한 사람씩 해적선으로 끌려가게 되었다.

태풍이 미친 듯이 사나워지기 시작했을 때 핑 퐁도 드디어 잠에서 깨어났다. 물론 핑 퐁의 힘으로는 싸움에 별 도움이 되지 않았다. 패배해 가는 끔찍한 싸움을 그저 가만히 지켜볼 수밖에 없었다. 핑 퐁이 본 마지막 전사는 루카스였다. 루카스는 사자처럼 싸웠지만 결국 7명이나 되는 거대한 사나이들에게 옴짝달싹 못하고 붙들렸다. 꽁꽁 묶여 해적선으로 끌려가 갑판의 승강구에서 캄캄한 곳으로 던져지는 신세가 되었다.

짐은 어디에 있었을까?

짐은 해적들을 피해 마지막 남은 돛대로 기어 올라갔다. 그러나 바로 그때 밑에서부터 불길이 널름거리며 올라와 너덜너덜한 돛자락에 옮겨 붙는 게 아닌가. 그 연기가 짐의 모습을 감춰 주긴 했지만 거의 질식할 지경에 처해 있었다. 불꽃은 계속 올라왔다. 하지만 달리 방법이 없었다. 그 높은 망루의 핏빛 빨간 돛 사이에 매달려 착 달라붙어 있는 것 말고는. 짐은 해적들이 어용선을 꼭대기에서 밑바닥까지 샅샅이 뒤지고, 리시 공주를 자기네 배로 끌어다 다른 포로들과 함께 아래로 집어 던지는 모습, 또 무기와 화약 등 값나가는 물건을 모조리 뒤져 옮겨 싣는 광경을 지켜보았다.

그 일을 마치자 그들은 장전된 화약을 난파선 안에 장치해 놓고 긴 도화선에 불을 붙이더니 날쌔게 자기들 배로 건너 뛰어와 곧 배를 출발시켰다. 100미터쯤 떨어졌을 때 어용선에서 굉장한 폭발음이 일었다. 배는 두 동강이 나 바닷속으로 가라앉았다. 한순간 작은 기관차가 반짝 빛났고 금세 파도에 삼켜져 버리고 말았다.

짐은 소리 죽여 흐느꼈다. 까만 짐의 뺨 위로 눈물방울이 흘러내렸다.

"아아, 나의 몰리!"

바다에는 이제 각목과 판자 몇 개가 떠 있을 뿐이었다. 그리고 조금 떨어진 곳에 작은 나무통 하나가 파도에 실려 떠다니고 있었다. 그 작은 나무통 속에는 꽃무늬 양산에 가려져 핑 퐁이 숨어 있었다는 사실을 짐이 알 리 없었다.

있어서는 안 될 나라

기절해 있던 루카스가 깨어났다. 주변은 온통 캄캄했지만 옆에서 사람의 숨소리가 들렸다.

"이 봐, 거기 누구지?"

루카스는 속삭이는 듯 물었다.

"아아, 기관사님이시군요?"

선장의 목소리가 들렸다. 역시 속삭이는 듯한 목소리였다.

"다행이오, 당신이 살아 있으니. 당신이 죽은 줄 알고 모두 걱정했어요."

"아아 선장이시군요."

루카스가 작게 소리쳤다.

"또 누가 있소?"

"나 이외에 선원 11명이 묶여 있소. 그리고 내 옆에 공주님이 누워 계십니다. 그런대로 무사한 편이에요."

"저 쾅 하는 소리가 무슨 소리죠?"

리시 공주가 공포에 떨며 물었다.

"해적들이 우리 배를 폭파시킨 모양입니다."

선장이 대답했다.

"그런데 짐 크노프는?"

루카스가 물었다.

"짐은 어디에 있지?"

대답이 없었다.

"짐!"

루카스는 외쳐 부르며 묶여 있던 밧줄을 끊어 보려고 미친 듯이 몸 부림쳤다.

"짐은 없나? 아무도 본 사람 없소? 짐은 어디 있지? 어떻게 된 거야? 어디 있어, 우리 짐은?"

묶인 밧줄은 몸부림칠수록 살갗에 더욱 깊이 파고들었다. 루카스는 밧줄을 끊어 보려는 시도를 단념했다. 무거운 침묵이 캄캄한 방에 가득 흘렀다.

조금 뒤, 리시 공주가 흐느껴 울며 말했다.

"짐! 아아, 짐! 어째서 그때 너의 말을 듣지 않았을까! 아아, 짐, 어째서 내가 그렇게 고집을 부렸을까……."

"이미 늦었어, 리시."

루카스가 목이 멘 소리로 말했다.

"이미 늦었어!"

한편, 짐은 높은 돛대의 가로대에 앉아 핏빛의 빨간 돛 사이에서 오돌오돌 떨고 있었다. 흠뻑 젖은 옷이 몸뚱이에 찰싹 달라붙었고 이빨이 딱딱 맞부딪쳤다. 빳빳하게 굳은 팔다리로 짐은 필사적으로 밧줄에 매달렸다. 폭풍우는 조금도 꺾이지 않고 으르렁거리는 파도 위를 쌩쌩 거렸다. 그러나 참을 수 없는 일은 그뿐만이 아니었다. 더욱 견디기 힘든 것은 하늘 높이 매달려 무섭게 뒤흔들리는 것이었다.

짐은 하늘에 떠 있는지 땅에 붙어 있는지 정신이 깜박깜박 했다. 세상에 태어나서 이토록 속이 뒤집히고 괴로운 적은 한 번도 없었다. 그것은 시간이 갈수록 더욱 심해졌다.

그러나 짐은 절망 가운데서도 마음을 굳게 다지며 기를 쓰고 매달렸다. 자기가 여기 있다는 걸, 무슨 일이 있어도 해적들이 알아채서는 안 된다! 그렇게 되면 그야말로 모든 일이 물거품이 될 게 아닌가! 그나마 잡힌 사람들을 구출해 낼 사람은 자신밖에 없지 않은가!

짐은 이를 악물었다. 그리고 폭풍우가 가라앉기만을 기다렸다. '난폭자 13'의 목적지는 무쇠 바위라고 용이 말했었다. 틀림없이 네포무크나 우샤우리숩이 구해 줄 것이다……. 그러나 배가 실제로 어디를 향해 나아가고 있는지 짐이 알았다면 끝까지 그렇게 버틸 힘을 잃었으리라. 해적들은 어금니 부인과 만날 계획을 훨씬 전에 취소해 버렸던 것이다. 위장한 배의 습격으로 의심이 생겼기 때문이다. 해적들은 그 일이 어금니 부인과 어떤 관련이 있을 것이라고 짐작했다.

핏빛의 돛을 올린 배는 심한 바람에 실려 맹렬한 속도로 남쪽으로…… 저 두려운 '있어서는 안 될 나라'를 향해 가고 달려가고 있었다!

길고 긴 하루였다. '난폭자 13'의 본거지인 섬은 거의 남극에 가까운 곳에 있었다. 다른 배였다면 틀림없이 몇 주일은 걸렸을 테지만 해적들은 이렇게 먼 거리를 하루해가 채 저물기도 전에 달려왔던 것이다.

처음에 짐의 눈에 어렴풋이 보인 것은, 수평선 저 멀리 폭풍우로 들끓는 바다 한가운데에 검은 구름 위로 우뚝 솟은 까맣고 거대한 기둥 같은 것이었다. 이렇게 크고 굵은 기둥은 처음 보는 듯했다. 이윽고 그 무시무시하게 큰 기둥에 번개가 연거푸 번득이는 것이 보였다. 그것뿐만이 아니었다. 기둥은 눈에 띄지 않을 만큼 재빠르게 빙빙 돌고 있었다. 이윽고 윙윙거리는 소리가 들려 왔다. 그것은 기둥에서 나오는 소리였는데, 수없이 많은 파이프 오르간이 세상을 뒤흔드는 음울한 합주를 하는 듯했다.

순간 짐은 그것이 무엇인지, 배가 무엇을 향해 나아가고 있는지 알아챘다. 루카스가 언젠가 이야기해 준 적이 있는 그 회오리바람이었다. 바다의 물을 하늘에 닿을 만큼 높이 솟구쳐 올리는 무서운 힘을 가진 회오리바람, 바로 허리케인이었다.

'설마 저 속으로 말려 들어가는 건 아니겠지!'

그렇게 생각한 순간 배는 그곳에 벌써 닿아 있었다. 그리고 '난폭자 13'은 세계에 둘도 없는 믿어지지 않을 만큼의 능숙한 항해술을 부리며 소용돌이치고 있는 회오리바람 주변을 속력을 높여 빙빙 돌았다. 그리고 회오리바람과 똑같은 속도가 되었을 때 마침내 그 소용돌이 속을 향해 키를 돌려 돌진해 들어갔다.

소용돌이 속으로 들어간 배는 조금씩 높이 오르면서 회오리의 중심으로 빨려 들어갔다. 회오리바람의 중심은 거대한 관처럼 텅 비어 있었다. 갑자기 배는 뭔가 딱딱한 것 위에 얽혀지는가 싶더니 이내 날듯이 빠른 속도로 위를 향해 미끄러져 올라갔다. 그것은 뾰족한 바위산 언저리를 달팽이처럼 빙빙 돌며 올라가야 하는 나선형 길이었다. 커다란 배는 그렇게 한동안 빠르게 미끄러지듯 올라가더니 멈추었다.

짐은 돛의 가로대 밧줄에 매달려 오래 전에 정신을 잃고 있었다. 겨우 주변을 살펴볼 만한 기운이 생긴 건 한참 뒤였다. 배가 올라온 이 바위산은 천 미터쯤 높이 솟아 있었으며 으스스하니 톱니 같은 뾰족한 봉우리로 이루어져 있었다. 새까만 바위덩이들은 수백만 번 벼락에 으스러진 듯, 이루 설명할 수 없이 들쭉날쭉한 틈이 벌어져 있었다. 또 헤아릴 수 없이 많은 크고 작은 동굴이며 구멍들이 산 전체를 거대한 해면처럼 보이게 했다. 그뿐만 아니라 마치 혈관처럼 바위 속 어디에나 붉은 맥이 뻗어 있어서 보기에도 오싹하니 소름 끼쳤다.

여기가 곧 이른바 '있어서는 안 될 나라'였다.

온 세계의 섬이나 산은 모두 태곳적부터 있어 온 장소에 존재하기 마련인데 이 나라는 예외였다. 사실 이곳은 온화한 바다가 있어야 할 곳이었다. 바람이 아무런 방해를 받지 않고 스쳐 지나갈 수 있는 곳이어야 했다. 그러한 자연법칙을 문란하게 해놓은 이 섬의 존재에 분노하여 바람은 있는 힘을 다해 사납게 대들었다. 이렇듯 격분한 폭풍들이 여기저기에서 동시에 몰려들어 어마어마한 소용돌이가 형성되었고, 결과적으로 그 한가운데 있는 바위산은 이렇게 안전하고 편안히 놓이게 되었던 것이다.

해적들은 어용선에서 약탈해 온 물건들을 배에서 내려 커다란 동굴로 옮겨 갔다. 그 일이 끝나자 포로들도 모두 그 동굴로 끌고 갔다. 맨 앞이 선장, 그 다음이 11명의 선원, 그리고 리시, 맨 뒤가 루카스였다.

기관사 루카스가 주변을 둘러보다가 돛을 올려다본 것은 우연이었을까, 아니면 어떤 잠재의식 탓이었을까? 아무튼 루카스는 그쪽을 쳐다보았다. 순간, 가슴이 크게 고동치기 시작했다. 눈을 깜빡일 만큼의 아주 짧은 순간이었지만 루카스는 짐의 까만 얼굴이 빨간 돛천 뒤에 힐끗 나타나 자기에게 고개를 끄덕여 보이고 재빨리 숨어 버리는 것을 보았던 것이다. 루카스는 해적들이 조금도 눈치 채지 못하도록 눈썹 하

나 까딱하지 않았다. 만약 날카로운 관찰자가 있었다면 순간적이나마 반짝 빛나던 루카스의 눈을 놓치지 않았을 것이다.

드디어 배에는 짐 혼자만이 남게 되었다. 짐은 해적들이 돛을 말러 오지나 않을까 걱정하고 있었다. '난폭자 13'은 언제라도 출항할 수 있도록 돛을 거두어 두지 않는다는 것을 짐은 모르고 있었던 것이다.

하지만 시간이 꽤 지났는데도 험상궂은 해적들은 한 사람도 동굴에서 나오지 않았다. 짐은 천천히 '있어서는 안 될 나라'를 관찰했다. 먼저 바위산 전체를 둘러싸고 맹렬한 속도로 돌고 있는 무시무시한 물의 벽을 쳐다보았다. 물속에는 번갯불이 줄기차게 번쩍이고 있었다. 파이프 오르간 같은 우렁찬 소리는 어느덧 귀에 익어 그다지 거슬리지 않았다. 벼락 치는 소리마저도 들리지 않는 듯했다. 마치 귀가 먼 것만 같았다. 짐이 천천히 머리를 뒤로 젖히고 위를 올려다보았을 때 저 멀리 높은 곳에 동그란 하늘이 보였다. 그것은 흡사 물끄러미 아래를 내려다보는 눈과 같았다.

'폭풍의 눈 속에서 당신은 하나의 별을 보게 될 겁니다……'

짐의 머릿속에 이 말이 퍼뜩 떠올랐다.

바로 '예지의 황금용'이 한 말이었다! 그렇지만 저렇게 높이 반짝이고 있는 별을 어떻게 붙들 수 있을까……. 별이 빛을 발하며 나왔다 해도 걱정이었다. 이미 해질녘이었지만 별은 전혀 나타나지 않았다.

짐은 그대로 잠시 기다렸다. 어두워지자 살며시 돛을 따라 내려와 갑판에 서서 주변을 두루 살펴보았다. 그런 다음 발소리를 죽여 배에서 내려왔다. 이제 짐은 해적들이 포로를 끌고 사라진 동굴로 들어섰다.

안에는 길이 어지럽게 뚫려 있었다. 갖가지 크기의 길이었다. 지름이 기차의 터널만 한 구멍을 비롯하여 하수관 굵기만 한 구멍까지, 아니 그보다 좁은 구멍으로 뚫린 길도 있었다.

그야말로 커다란 해면 같았다. 그렇지만 동굴을 이룬 바위는 새까만 유리처럼 매끄럽고 날카로웠다.

해적들은 자기들이 지나다니는 길 양쪽 우묵한 암벽에 타오르는 역청 횃불을 꽂아 두었는데, 그게 아니었다면 짐은 이 미로에서 길을 잃었을지도 모른다. 해적들의 길은 몇 번씩이나 왼쪽 오른쪽으로 구불구불 들어가며 바위산 밑으로 계속 내려갔다. 어떤 때는 가늘고 좁아졌다가 다시 넓고 높게 뚫려 있기도 했다. 제대로 갖춰진 방이나 홀을 지나갈 때도 있었다. 그곳에는 무기나 말아 놓은 돛천, 밧줄 등 갖가지 물건이 들어 있었다. 깊이 내려갈수록 파이프 오르간 같은 회오리바람 소리는 희미해지더니 이윽고 조용해졌다. 짐의 귀에 들리는 것은 자기 자신의 희미한 발짝 소리와 심장의 고동소리뿐이었다. 조금 뒤, 다른 소리가 들렸다.

호, 호, 호, 그리고 럼주가 한 통······

깊은 밑바닥에서 어렴풋이 노랫소리가 들려 왔다. 이어 스산하고 커다란 웃음소리도 들렸다. 짐은 보다 더 주의 깊게 발소리를 죽이며 내려갔다. 해적들이 있는 곳까지 거의 다온 것 같았다. 짐은 그 모퉁이에서 살며시 안을 들여다보았다. 그곳은 넓은 방처럼 되어 있었는데 그 한가운데에는 모닥불이 이글이글 타오르고 있었다. 해적들은 그 불을 둘러싸고 저마다 곰의 하얀 털가죽 위에 앉거나 누워 있었다.

저녁식사가 한창인지 불 위에는 커다란 돼지 한 마리가 통구이가 되어 꽂혀 있었다. 저마다 칼을 하나씩 들고 마음껏 잘라내어 먹고 있었다. 입맛 다시는 소리가 짐에게까지 들렸다. 고기를 발라내 먹은 뒤 뼈는 휙! 던져버렸다. 그리고 들고 있던 술을 벌컥벌컥 마시고는 다시 술통에서 럼주를 따라왔다.

먹음직스럽게 구워진 통돼지구이 냄새를 맡자 짐은 정신이 어지러웠다. 오랫동안 뱃속이 비어 있었던 것이다. 하지만 지금은 그런 것에 눈길을 돌릴 때가 아니었다.

짐은 살며시 몸을 굽혀 모퉁이를 돌았다. 그리고 해적들의 눈에 띄지 않도록 조심스레 넓은 방으로 숨어들어 갔다. 지금 해적들 눈에 보이는 것이라곤 돼지구이와 술통뿐이었다.

덕분에 짐은 말아 놓은 밧줄더미 속으로 아무도 모르게 숨어들 수 있었다. 그곳에서는 해적들의 말소리가 또렷하게 들려왔다. 게다가 밧줄 속에 손가락을 끼워 넣으면 넓은 방을 두루 살펴볼 수도 있어 숨어 있기에는 더없이 좋은 장소였다. 포로가 어디 있는지는 곧 알아낼 수 있으리라.

폭풍의 눈

해적들의 생김새는 똑같이 닮아있었다. 참으로 놀라운 일이었다. 그리고 머리에는 하나같이 해골과 뼈다귀 두 개가 엇갈려 그려진, 똑같은 색깔의 기묘한 모자를 쓰고 있었다. 똑같은 색의 모자, 똑같은 무늬의 셔츠, 똑같은 접이가 달린 장화를 신고 벨트에는 칼과 권총까지 차고 있었다. 게다가 몸집과 얼굴, 그리고 표정까지 똑같이 닮아 있었다. 커다란 매부리코 밑에 기른 콧수염과 검고 굵직한 턱수염은 벨트에까지 닿을 정도였다.

작은 눈은 사팔뜨기처럼 안쪽으로 몰려 있었다. 치아는 말의 그것처럼 누렇고 컸으며, 귀에는 무거워 보이는 황금 귀걸이가 매달려 있었다. 또한 낮고 허스키한 목소리까지 한결같았다. 도저히 그들 하나하나를 구별할 수는 없을 것 같았다.

식사가 끝나자 해적들은 잔에 넘치도록 술을 부어 마시고 취할 때까지 즐겁게 떠들어대기 시작했다…… 그 무서운 사나이들의 모습을 즐겁다고 말할 수 있다면 말이다.

"야!"

한 사람이 술잔을 들어올렸다.

"술 중의 술! '용의 목구멍'표가 붙은 이 술통이 마지막이 될지도 모른다고 생각하니 벌써부터 기분이 우울해지는구나! …… 이제는 지옥이다. 번개건 폭풍이건 마음대로 불어라!"

"멍청한 소리 하지 마!"

다른 한 사람이 말했다.

"또 손에 넣을 수 있어. 이런 독한 술을 맘껏 마실 수 있을 거야! 마셔, 마셔, 형제들!"

그러자 모두 단숨에 술잔을 들이켰다. 그리고 굵고 커다란 목소리로 노래를 부르기 시작했다.

관 위에 앉아 있는 열세 사나이,
호, 호, 호, 그리고 럼주가 한 통
사흘 내내 취할 독한 술
호, 호, 호, 그리고 럼주가 한 통
악마가 영접하러 오는 날까지
호, 호, 호, 그리고 럼주가 한 통

소리를 맞추어 부르다가 제각기 부르기도 하며 그들은 기분 내키는 대로 소리를 질러댔다. 다투듯 서로 큰 소리를 뽐내며 온몸을 들썩이는 그런 큰 노랫소리였다. 지옥의 콘서트라고나 할 수 있는, 그런 것이었다.

"조용히 해!"

이윽고 한 사람이 소리쳤다.

"내가 이야기한다!"

"쉬잇!"

두세 명이 큰 소리로 말했다.

"두목이 연설하신대!"

한 사나이가 일어나 두 다리를 당당히 버티고 모두를 향해 뽐내고 섰다.

'저 녀석이 두목이군, 그런데 저 사나이가 두목이라는 것을 어떻게 알지?'

짐은 고개를 갸우뚱했다. 그의 모습은 다른 사나이들과 아주 똑같았다.

"형제들!"

두목은 이야기를 시작했다.

"오늘의 노획물은 대단했다. 그래, 정말로 굉장했다. 그래서 나는 이렇게 말하고 싶다. 세상에 쌍둥이는 많이 있다. 세쌍둥이도, 네쌍둥이도, 다섯쌍둥이도 있을 것이다. 그러나 우리처럼 굉장한 열세쌍둥이는 없을 것이다! 아무렴, 또 있을 리가 없지. '난폭자 13' 만세! 만세! 만세!"

다른 사나이들도 입을 모아 큰 소리를 내며 만세를 외쳤다. 비로소 저렇게 달걀들처럼 꼭 닮은 이유를 짐은 알 수 있었다. 그리고 만약 자신과 꼭 닮은 형제가 13명씩이나 된다면 어떤 기분이 들지 상상해 보았다. 짐은 자신이 한 사람인 것이 다행스러웠다. 이번에는 다른 사람이 일어나서 말했다.

"나도 말하고 싶어! 조용히 해! 다들 입 다물어!"

무슨 말을 하려는가 하고 모두 조용히 귀를 기울이자 사나이는 울부짖듯이 말했다.

동서남북, 폭풍은 여기저기에서 닥쳐온다.

'폭풍의 눈' 성에 사는 것은 최고다!

이런 시에 모두 우레와 같은 박수를 보냈다.

짐은 이 해적들이 그다지 영리하지는 못한 것 같다고 여겨졌다. 그건 그렇고 이 성의 이름이 '폭풍의 눈'임을 알게 되었다.

'폭풍의 눈 속에서 당신은 하나의 별을 보게 될 겁니다……'

짐의 머리에 다시 '예지의 황금용'의 말이 떠올랐다.

"포로들을 어떻게 하지?"

누군가 한 사람이 물었다.

"저 밑에서 굶겨죽일 것인가?"

그렇게 말하며 엄지손가락으로 넓은 방 한구석에 있는 마루문을 가리켰다. 짐은 너무나 기뻐 몸이 움찔했다. 루카스와 리시 공주, 그리고 선원들이 어디 있는지 드디어 알게 된 것이다. 하지만 물론 지금은 구출할 수 없다. 기회를 엿볼 수밖에 도리가 없었다.

"바보 같은 소리 하지 마!"

다른 사나이가 협박조로 소리쳤다.

"용에게로 가져가는 거야. 그럼 또 술을 마실 수 있게 되지 않겠느냐 말이야!"

"조용히 해!"

아까 모두가 두목이라고 한 사나이가 소리쳤다.

"결정권은 나에게 있다. 이 굼벵이 같은 멍청이 녀석들! 난 결정했다. 포로는 내일 아침 상어한테 던져 버릴 것이다."

해적들이 투덜거렸다.

"입 닥쳐!"

우두머리가 말을 이었다.

"용은 오지 않았어. 그 녀석이 우리 일을 죄다 불었는지 몰라. 우리의 진로를 아는 녀석은 온 세계에 오로지 그 녀석뿐이니까 말이야. 용녀석, 우리에게 뭔가 수작을 꾸미고 있는 게 분명해. 그러니까 이제부터 녀석은 우리의 적이다. 이제는 아무것도 보내 주지 않는다. 그 기름진 배때기에 대포알을 쏘아댈 일만 남았다."

"와아!"

해적들은 기뻐하며 환성을 질렀다.

"그 녀석을 잡아서 잼을 만들어 버리자!"

"그런데 저 계집애는 어떻게 하지?"

해적 한 사람이 물었다.

"그 계집애도 상어 밥을 만들어야지!"

"아니야, 그것은 던지지 않아."

두목이 대답했다.

"그 계집애는 우리 밑에 두고 가사 일을 맡게 하겠어."

"히, 히, 히, 힛!"

모두가 암말이 울부짖듯 웃어댔다.

"그거 참 좋은 생각이야, 두목. 정말로 재미있겠군!"

"그런데 어딘가 좀 낯익은 것 같지 않아?"

"너도 그렇게 생각해? 나도 어디선가 꼭 본 것만 같아."

"이봐 형제! 우리는 그런 아이들을 셀 수도 없이 잡았어. 착각일 거야."

"그래, 맞아!"

"그 용에게 던져 준 아이들이 어디 한둘이어야 말이지."

"잘못 보내진 한 번을 제외하고는 말이야."

누군가가 한숨 섞인 말투로 이야기했다.

"기억나지 않나, 형제들? 그 깜둥이 녀석 말이야. 타르를 바른 왕골 바구니에 넣어져 바다에 떠 있는 것을 우리가 건져냈었지. 큰 폭풍우가 몰아치던 그 다음날이었어."

짐의 몸이 다시 움찔했다.

'내 이야기를 하고 있군? 그래, 맞아. 틀림없어⋯⋯.'

짐은 신경을 곤두세우고 귀를 기울였다.

"왕관이 옆에 놓여 있었어. 그리고 뭔지 모르지만 편지도 말이야. 양피지에 적어 둘둘 말아 금으로 된 통에 들어 있었다고. 그 아기의 정체는 무엇이었을까? 영 마음에 걸린단 말이야."

순간 해적들은 멍하니 앞을 바라보고 있었다. 방금 그 사나이가 다시 말을 이었다.

"그 양피지에는 엄청난 글귀가 쓰여 있었어, 기억이 나나, 형제들? '이 아이에게 해를 끼치는 자는 이 아이에게 포박되어 벌을 받게 될 것이다. 왜냐하면 이 아이는 비뚤어진 것을 곧게 만드는 아이니라' 이렇게 적힌 것 말이야. 그게 무슨 뜻일까?"

"쓸데없는 소리 하지 마!"

우두머리가 꾸짖었다.

"우리는 제대로 읽을 수 없었어. 이 굼벵이 같은 녀석들아, 너희가 알고 있는 글자란 각기 하나뿐이잖아. 어쩌면 전혀 다르게 적혀 있었는지도 모른다고."

"자기도 별로 영리하지 못한 주제에."

누군가 끼어들었다.

"닥쳐!"

우두머리가 소리치며 술잔을 바닥에 내리쳤다.

"건방진 수작 말라고! 그리고 우리는 그 아이를 바다에서 건져냈어. 우리가 아니었다면 틀림없이 물에 빠져 죽었을 거야. 그러니까 우리는 좋은 일을 한 거라고!"

"하지만 우린 그 아이를 용에게 소포로 보내버렸잖아."

다른 한 사람이 말했다.

"데려가서 넘길 시간이 없어서 말이야."

"그럼 죽이라도 쑤어서 길렀으면 좋았을 걸 그랬단 말인가?"

세 번째 사나이가 끼어들었다.

"바보 같은 녀석. 그 깜둥이 아이가 용에게로 보내졌으니 우린 안심해도 된다고. 그곳에서는 절대로 도망칠 수 없어."

"이 봐, 그 녀석은 재수가 좋았어."

네 번째 사나이가 말했다.

"그 깜둥이 아이는 용에게 전해지지 않았어. 생각해 봐, 우리가 술통을 받으러 갔을 때 용이 펄쩍 뛰던 모습을!"

"그만 둬, 그런 재수 없는 이야기는!"

우두머리 사나이가 언짢은 듯이 소리쳤다.

"망할 용 같으니라고. 그때부터 우릴 속인 거야. 역청이나 먹고 사는 더러운 녀석 같으니! 하지만 그렇게 언제까지나 당하고만 있지는 않을 테다. 그래, 지금 당장 편지를 써 보내자. 우리는 이제 모든 걸 알게 됐다고 말이야. 복수를 할 테니까 각오하고 있으라고 말하자!"

다른 해적들은 투덜거리며 불평을 해댔다. 오늘은 이대로 끝내고 나중에 편지를 쓰도록 하자고 툴툴대며 너도 나도 외쳤다.

"메기에다 뱀장어같이 멍청한 호박 같은 녀석들!"

우두머리가 마구 욕을 해댔다.

"내 입에서 떨어진 명령은 이미 결정된 것이다, 알겠어?"

모두 마지못해 잉크와 펜, 그리고 종이를 가져와 함께 편지를 쓰기 시작했다.

짐이 숨어 있는 곳에서는 해적들이 무엇을 하는지 똑똑히 보였다.

한 사람씩 일어나 종이 위에 한 자씩 써나갔다. 그러니까 한 사람은 A라는 글자밖에 쓸 수 없었다. 다음 사나이는 S, 그리고 또 다른 사람은 M 이런 식이었다. 또한 모두 다른 사람이 쓴 글자는 읽지 못했다. 그중 K라고 써야 하는데도 언제나 X라고 쓰는 사람이 한 사람 있었다. 그런데 아무도 그것이 잘못인 줄 몰랐다. 그 사람은 바로 두목이라는 사나이였다. 1과 3이라는 수는 모두 잘 알고 있었다. 자기들의 돛에 커다랗게 쓰여 있는 수였으니 말이다.

이 대대적인 작업 때문에 해적들은 진땀을 뻘뻘 흘렸고 한가운데에 몰려 있는 눈이 빠져나올 것만 같았다. 그만큼 힘들어 했던 것이다.

해적들은 이러니저러니 법석을 떨었다. 쉴 새 없이 말다툼을 벌이며 한 자 한 자 써내려가 겨우 다음과 같은 편지가 완성되었다.

어금니 부인 앞

우리는 지금 화가 났다. 네가 배신자란 것을 분명히 알았다. 너는 이미 적이다. 어디 두고 봐라. 이번에 만나게 되면 네 목숨은 끝장날 것이다.

미움을 다해
난폭자 13

만약 짐이 글을 읽을 수 있었다면 틀림없이 이때 이상한 점을 발견했을 것이다. 해적들이 쓴 편지는 알파벳 26자 가운데 12자만으로만 이루어진 오자투성이였다. 하지만 짐은 글자를 읽을 수가 없었다.

이 해적들은 목숨을 아끼지 않았으며 억세고 대담하기 그지없었다. 짐은 그 순간 글을 배워야 한다는 사실을 비로소 깨달았다. 짐 자신은 어떤가? 단 한 자도 읽을 수가 없지 않은가.

해적들은 그들로서는 엄청난 일을 가까스로 해내고 완전히 지쳐있었다. 일을 마치고 불가에 앉아 다시 술을 퍼마시기 시작했다. 꽤나 오랫동안 술잔을 기울였다. 그러는 동안 몇 사람이 이마의 땀을 닦기 위해 모자를 벗었다. 우두머리라는 사나이도 훌쩍 모자를 벗어던졌다.

그 모자는 짐이 숨어 있는 밧줄더미 바로 옆에 떨어졌다. 짐은 해골을 그린 기묘한 모자를 찬찬히 바라보면서 어딘지 모르게 다른 사나이의 모자와 다른 데가 있음을 깨달았다. 그리고 문득 그 모자 앞에 뾰족 튀어나온, 끝이 다섯 개인 빨간 별의 기장이 꽂혀 있는 것을 발견했다. 다른 사나이들의 모자에는 붙어 있지 않은 것이었다. 그것을 본 순간 짐의 머릿속에는 '예지의 황금용'이 '그 별을 붙잡으세요. 그리고 당신이 주인이 되는 것입니다!'라고 한 말이 퍼뜩 떠올랐다.

짐은 거의 무의식적으로 밧줄더미를 조금 들어올렸고 그 틈새로 손을 내밀어 별을 떼어냈다. 1초만 늦었더라도 해적들의 눈에 발견될 뻔했다. 그 순간 우두머리라는 사나이가 일어나더니 비틀거리면서 다가와 모자를 들어올려 다시 머리 위에 얹었다. 짐은 숨죽이며 손에 넣은 별을 꼭 쥐었다. 별의 끝이 손바닥을 찔러 아픔이 느껴졌다. 다행히 해적은 아무것도 눈치 채지 못했다.

"자아, 이 굼벵이 같은 녀석들."

사나이는 동료들이 있는 곳으로 걸어가며 말했다.

"받는 사람 주소를 쓰지도 않고 벌써 널브러져 있다니!"

책상다리를 하고 있던 한 사나이가 고개를 들어 힐끔 쳐다보더니 소리쳤다.

"뭐야 너까지! 시끄럽게 떠들지 말고 가만히 앉아 있어!"

"뭐라고? 상어한테 먹혀 버릴 녀석!"

서 있던 사나이가 소리치며 상대의 손에 있던 술잔을 가로챘다.

"내가 말하면 그대로 하는 거야! 알겠나?"

"뭐라고! 너 돌았어?"

아까 그 사나이가 무서운 얼굴을 하면서 손에 칼을 쥐었다.

"내 술잔을 줘! 당장! 그렇지 않으면 지옥으로 보내줄 테다!"

"두목의 말을 뭐로 아는 거야!"

서 있던 사나이가 소리쳤다.

"너의 멍청한 머리통에는 눈도 없냐?"

"바보 같은 소리 마!"

먼젓번 사나이가 큰 소리로 꾸짖었다.

"별도 붙어 있지 않은 주제에. 이 녀석 되게 웃기는군. 취했어."

사나이의 눈이 험악하게 빛났다. 그러더니 칼을 빼들고 이를 갈며 말했다.

"그 배때기를 쿡 찔러 마신 술을 도로 꺼내 주마."

서 있던 사나이는 모자로 손을 가져갔다. 하지만 아무것도 만져지지 않았다. 놀라서 모자를 벗어들고 별이 붙어 있던 곳을 멍하니 쳐다보았다.

"으음, 이게 웬일이지?"

그렇게 중얼대며 멍청한 얼굴로 동료들을 쳐다보았다.

"내가 우두머리라고 생각했는데. 내가 우두머리가 아니라면 대체 누가 우두머리지?"

이렇게 된 것이었다. 해적들은 모두 꼭 닮아 있어 서로를 전혀 분간할 수가 없었다. 게다가 자기 자신을 다른 사나이와 구별할 수조차 없었던 것이다. 그래서 그들에겐 이름이 없었고 모두 한데 뭉뚱그려 '난폭자 13'이라 했다. 그렇지만 지시를 내려야 할 두목이 없으면 곤란하므로 모자에 빨간 별을 단 사람을 우두머리로 하고 그의 말에 따르기로 정했던 것이다. 그 두목이 언제나 같은 사람이든 아니면 매일 바뀌든 처음부터 아무런 구별도 할 수 없었던 그들에게는 상관없는 일이었다.

그런데 갑자기 별이 붙은 모자를 쓴 사람이 없어져 버렸다. 해적들은 순간 굉장한 혼란에 휩싸였다. 그리고 모두가 '내가 우두머리다, 내 말을 들어!' 저마다 소리치기 시작했다. 소리치는 동안 화를 내기 시작했으며 순식간에 처참한 주먹 싸움이 벌어져 아수라장이 되어 버렸다.

술잔을 들어올려 서로의 머리를 내리쳤으며 럼주가 뿌려지고 주먹이 왔다 갔다 했다. 여기저기서 바닥에 내동댕이쳐지고 우당탕 쿵쾅 야단법석이었다. 맞붙어 싸우는 소동은 한동안 계속되었다. 모두 똑같이 강하고 재빨랐으며 끈기가 있었기 때문이다. 드디어 나중에는 모두가 정신을 잃고 바닥에 쓰러지고 말았다.

모두 움직일 수 없게 된 것을 확인한 짐은 재빨리 뛰어나와 커다란 밧줄 다발을 잘라 해적들을 하나씩 묶었다. 한 사나이를 묶은 다음 해적에게서 빼앗은 칼로 밧줄을 자르고 다음 사나이에게로 옮겨갔다. 남김없이 포박을 끝내자 짐은 만족스럽게 한숨을 내쉬었다. 그리고 빨간 별을 자기 기관사 모자에 붙였다.

짐은 서둘러 한 손에 횃불을 들고 마루문 바깥 계단으로 내려갔다. 거기엔 자물쇠가 밖으로 잠긴 나지막한 문이 하나 있었다. 짐이 열쇠를 돌리자 문은 묵직한 소리를 내며 열렸다. 커다랗고 둥근 방에 포로들이 웅크리고 앉아 있었다. 그 주변 벽에는 투박하게 생긴 청동 문이 여러 개 있었다.

"짐!"

루카스가 작은 목소리로 말했다.

"나의 짐, 와 주리라고 생각했어."

"좀 더 빨리 오고 싶었는데 마음처럼 되지 않았어요."

짐은 의기양양하게 말했다. 그리고 친구인 루카스의 밧줄을 재빨리 풀어 주었다. 이어 리시 공주, 그리고 다른 모든 사람들의 밧줄을 풀어 주었다.

"해적들은 어디 있죠?"

선장이 속삭이듯 물었다.

"위에요."

짐은 자못 유쾌하게 대답했다.

"우리를 기다리고 있어요. 자아, 가요. 소개해줄 테니까."

모두 깜짝 놀라 서로 얼굴을 쳐다보았다. 이윽고 그들은 앞장서서 횃불을 들고 계단을 올라가는 짐의 뒤를 따라갔다.

그동안 정신이 든 해적들은 대체 뭐가 어떻게 된 일인지 어리둥절해 있었다. 그들은 이제껏 단 한 번도 패배한 적이 없었던 것이다.

짐은 해적들 앞에 서서 말했다.

"나는 짐 크노프, 너희가 그때 용에게 보냈지만 잘못 전달되었던 아이다. 너희를 포박한 것이 누군지 이제 알겠지?"

해적들은 너무 놀라 눈알이 튀어나올 지경이었다. 루카스는 완전히 감탄해서 짐의 어깨에 손을 얹으며 말했다.

"정말이지 완벽한 승리군, 짐. 너 혼자 해치웠니?"

"네."

선원들도 감탄해서 소리쳤다.

"굉장하군, 짐 크노프!"

"그야 조금 속임수를 쓰기는 했죠. 그렇지 않으면 '난폭자 13'을 패배시킬 수가 없었거든요."

그리고 어떻게 속임수를 썼는지 들려주었다. 말을 마치자 해적들은 하나같이 놀라 서로 멍하니 마주 볼 뿐이었다. 한 사나이가 중얼대듯 말했다.

"쳇! 저런 녀석을 두목으로 삼았더라면 좀 더 오랫동안 무사할 수 있었을 텐데."

루카스는 먼저 파이프에 불을 붙였다. 이윽고 연기가 뭉게뭉게 오르자 엄숙한 목소리로 말했다.

"짐 크노프, 너는 내가 이제까지 만난 사람 가운데 가장 멋진 녀석이야!"

그러자 이제까지 잠자코 있던 리시 공주가 얼굴을 붉히며 새처럼 지저귀는 목소리로 말했다.

"짐, 미안해! 내가 바보였어. 정말 바보였어. 너는 용감할 뿐만 아니라 내가 알고 있는 사람 가운데 가장 영리한 사람이야. 너같이 영리하다면 읽고 쓰기나 산수 같은 것은 배우지 않아도 괜찮을 것 같아."

짐은 싱긋 웃어 보이며 잠시 생각하고 나서는 말했다.

"나도 생각해 봤는데, 리시. 네 말이 옳았어. 나는 공부를 해야겠어."

선원들은 먼저 포박한 해적들을 지하 감옥으로 끌고 갔고 짐이 자물쇠를 채웠다.

그런 뒤 넓은 방으로 돌아온 그들은 부드러운 곰의 흰 털가죽 위에 앉아 남은 돼지고기를 맛있게 먹어 치웠다.

그 무렵 짐은 물에 빠진 솜뭉치처럼 지쳐 있어 반쯤 먹던 고기를 손에 든 채로 잠이 들었다. 이윽고 다른 사람들도 하나씩 잠에 빠져들었다. 루카스와 선장만이 교대로 불이 꺼지지 않게 지켰다. 이렇게 밤은 깊어갔다.

출생의 비밀

다음날 아침—이 '폭풍의 눈' 성 안에서는 밖을 살필 수가 없어 선장의 시계로 해가 뜰 시각이란 것을 알았지만—리시 공주는 해적들의 저장식품으로 맛있는 아침식사를 차려놓았다. 선원용 건빵, 버터, 기름에 절인 정어리, 뱀장어 훈제품, 새우 페이스트, 그리고 커다란 주전자에 가득 든 커피. 모두 함께 식사를 하며 짐은 다시 한 번 해적들이 떠들어댄 이야기를 한 마디 한 마디 빠짐없이 말해 주었다. 왕관과 양피지 이야기에 이르자 리시 공주가 물었다.

"그게 지금 어디 있는지는 말하지 않았어? 그걸 알면 좋을 텐데."

"응, 그 말은 하지 않았어."

"찾아보자. 이곳 어딘가에 틀림없이 있을 거야."

루카스가 말했다.

아침식사를 마친 뒤 사람은 둘셋 조를 이루어 한손에 횃불을 들고 무수히 나 있는 길과 방들을 찾아다녔다.

짐은 리시와 함께 찾아다녔는데, 금방 해적의 보물 창고를 발견할 수 있었다.

넓은 방안에는 바닥에서 천정까지 온통 번쩍이는 보물들로 가득 차 있었다. 손을 꼭 맞잡은 두 아이는 숨을 멈추고 그 안으로 들어갔다. 커다란 샹들리에와 욕조를 비롯하여 황금 술잔과 은수저, 그리고 은제 골무까지, 금은보화로 만들어진 갖가지 진귀한 물건들이 꽉 들어차 있었다! 장신구와 금화와 보석들이 넘치도록 가득 들어 있는 커다란 나무상자와 선반, 진주를 박아 놓은 비단 피륙들. 바닥은 두툼한 페르시아 융단으로 쫙 깔려 있었다. 물론 모든 것이 어수선하게 마구 널려 있었다. 정리정돈이란 아무래도 해적들과는 거리가 멀었던 것이다.

짐과 리시는 넓은 방안을 천천히 둘러보다가 작은 왕골 바구니를 발견했다. 대팻밥으로 틀어막은 바구니, 틈새란 틈새는 모두 타르로 칠해져 막혀 있었다.

"바로 이거야!"

리시 공주가 흥분해서 소리쳤다.

짐은 뚜껑을 떼고 안을 들여다보았다.

안에는 12개의 가지가 뻗은 멋진 왕관과 임금의 표적인 보배로운 구슬과 옥새가 들어 있었다.

"그래, 이거야!"

짐이 말했다.

두 사람은 루카스와 사람들 모두를 불러 모아 찾아낸 것을 보여 주었다. 루카스는 곧 옥새를 손에 들고 살펴보다가 아래쪽이 뚜껑으로 되어 있으며 비틀어 열게 돼 있다는 것을 알았다. 안에는 오래된 두루마리 양피지가 들어 있었다. 꺼내서 펼쳐 보니 거기에는 이런 내용의 편지가 적혀 있었다.

　이 어린아이를 발견한 분에게

　이 아이를 구해 사랑과 정성으로 맡아 기르는 사람은 언젠가 임금의 자애로 보답을 받을 것이다. 하지만 이 어린아이에게 악을 행하는 사람은 이 아이에 의해 힘과 강함을 모두 빼앗기고 포박당해 심판을 받을 것이다. 왜냐하면 이 아이에 의해 옳지 않은 것이 바르게 고쳐질 것이기 때문이다. 이 아이의 출생의 비밀은 다음과 같다. 현명한 임금 셋이 어린 예수에게 선물을 바치고 참배했다. 그 가운데 검은 얼굴에 '카스파'라는 사람이 있었다. 이 검은 얼굴을 한 임금은 광활하게 뻗은 아름다운 나라를 다스리고 있었는데 어느 날 갑자기 사라져 버렸다. 그 뒤로 고향을 잃어버린 카스파 임금의 자손들은 이 나라에서 저 나라로, 이 바다에서 저 바다로 오직 잃어버린 조국을 찾아 정처 없이 방랑했다. 그 나라의 이름은 '쟘바라'라고 한다. 이리하여 32대 일족은 허무하게 죽어 갔다. 그리고 마지막 남은 우리도 이 문서가 읽혀질 때는 이미 배와 더불어 바다 깊이 가라앉아 사라졌을 것이다. 거센 폭풍우가 지금도 우리를 삼키려고 으르렁거리고 있다. 하지만 이 어린아이는 살아남아야 한다. 현명한 세 임금의 한 사람인 카스파 왕의 33대째 자손으로서 이 아이에게 쟘바라의 재발견이 약속되어 있기 때문이다. 그러므로 우리는 이 어린아이가 하늘의 뜻으로 구원받기를 바라면서 왕골 바구니에 넣어 바다에 떠내려 보낸다. 우리는 이 어린아이를 신의 손에 맡긴다. 더불어 이 어린아이의 이름을 뮤렌 왕자라 정한다(어린 아기 예수께 참배한 임금 셋은 선물로 황금과 유황과 몰약을 가져갔다. 그 몰약을 독일어로 뮤레라고 한다……).

루카스가 문서를 모두 읽어 내렸다. 커다랗게 떠진 짐의 눈은 진지한 눈빛으로 바뀌어 있었다. 짐은 마구 고동치는 가슴을 억누르며 손에 든 빛나는 왕관을 바라보았다. 다른 사람들도 묵묵히 바라보고 있을 뿐이었다.

루카스가 작은 친구인 짐에게 고개를 끄덕여 보이며 말했다.

"쓰거라. 네 것이니까."

짐은 잠시 망설이다 찬란한 왕관을 까만 고수머리 위에 얹었다. 선장과 선원들이 모자를 벗고 깊숙이 몸을 굽혀 정중히 말했다.

"축하합니다, 왕자님!"

그리고 선장이 소리쳤다.

"우리의 뮤렌 왕자, 만세! 만세! 만세!"

선원들도 입을 모아 함성을 지르며 모자를 높이 던져 올렸다.

"굉장하구나, 짐, 나의 짐."

루카스가 들뜬 목소리로 말했다.

"마침내 왕자가 되었으니 말이야. 너에게 꼭 맞는 일이야. 너는 그만한 품격을 지녔으니까. 이건 진심이야. 하지만 우리 두 사람은 역시 친구야. 그렇지?"

"루카스, 물론이에요!"

짐은 넘치는 행복감에 어리둥절해하면서 대답했다.

"짐! 아아, 짐! 정말 기뻐!"

리시 공주는 크게 기뻐하며 손뼉을 쳤다.

"우리는 진짜 왕자님과 공주님이야!"

"으음, 그럼 나의 어린 친구는 온 세계에 단 하나뿐인 왕관을 쓴 기관사일 거야.”

루카스가 싱글벙글 웃으며 말했다.

모두 넓은 방으로 돌아가 모닥불을 에워싸고 앉았다. 이번에는 해적들과 그 보물들을 어떻게 처리할지 의논했다. 그리고 법과 정의에 의해 먼저 '난폭자 13'을 재판에 회부하기로 결정했다. 그래서 포박된 해적들은 넓은 방 한구석으로 끌려나와 세워졌다. 양쪽에는 선원들이 늘어서 감시했다.

“생각할 것도 없이 이 녀석들은 사형에 처해야 한다고 봐.”

선장이 맨 처음 입을 열었다.

“상어에게 던져 주자. 이 녀석들이 우리에게 하려고 했던 대로 똑같이 말이야.”

해적들은 새하얀 얼굴로 고집스럽게 가만히 서 있었다. 그 음침한 얼굴에는 뻔뻔스럽게도 엷은 미소마저 머금고 있었다.

“찬성이오!”

선원 한 사람이 외쳤다.

“우리 모두 선장과 같은 의견입니다.”

짐은 입을 다물고 있는 해적들을 사려 깊은 눈으로 쳐다보고 있었다. 그리고 머리를 가로저으며 말했다.

“나는 그건 좋지 않다고 생각해요!”

“아니, 아니오, 이 녀석들은 사형시키는 게 마땅해요.”

선장은 벌떡 일어서며 소리쳤다.

“두말할 여지없이 사형이오!”

“그렇지만 한 번은 나를 바다에서 구해 주었어요.”

“좋아, 네가 결정하는 거야, 짐.”

루카스가 천천히 말했다.

"굴복시킨 것도 너니까."

"내가 정해도 좋다면 목숨만은 살려 주겠어요."

해적들의 얼굴에서 뻔뻔스러운 비웃음이 사라졌다. 그리고 안심한 듯이 서로 얼굴을 마주 보았다. 그들조차 생각지 못했던 일인 것이다. 짐의 뜻밖의 결정에 리시 공주도 존경스러운 눈으로 짐을 쳐다보고 있었다. 정말 마음이 너그러워, 역시 왕자님이야 하는 표정으로.

해적들은 속삭이듯 두세 마디 말을 나눈 다음 서로 끄덕였다. 그리고 한 사람이 입을 열었다.

"짐 크노프, 너의 그 말에 너와 너의 동료도 모두 목숨을 구했어! 우리는 말이야, 용서받을 수 없는 녀석들이지만 관대한 마음에 보답할 줄은 알지. 지옥에 사는 죽음의 신, 악마의 저주를 걸고 약속한다! 우리는 너와 너의 동료에게 자유를 주겠다."

"들었나, 응?"

선장이 노여움 가득한 얼굴로 시뻘겋게 달아올라 소리쳤다.

"이 녀석들은 제정신이 아니야! 바다보다 더 끝없이 뻔뻔스러운 족속들이야! 이런 자들을 기품 있는 마음으로 다스린다는 건 쓸모없는 짓이야! 재판 따위도 필요 없어! 얼른 이 녀석들을 돛대에 매달아 버려!"

"침착해요, 침착."

루카스가 흥분에 들뜬 바다의 용사들을 가로막으며 말했다.

"녀석들이 우리를 단지 조롱하려고 그러는 건 아닌 것 같소. 무슨 말을 하고 있는지 우선 들어 보아야겠어."

해적은 선장이 노여움을 폭발시키는 동안에도 아무런 표정의 변화가 없었다. 그러더니 다시 협박하는 투로 말을 이었다.

"짐 크노프, 너는 낡은 양피지에 적혀 있는 글귀대로야. 그래 그대로야. 우리는 고집스레 입을 열지 않고 죽기로 작정했었어. 악마의 영접을 받기로 한 거지. 하지만 그렇게 되면 너희는 어떻게 되는지 아나? 이 '폭풍의 눈'에서 결코 빠져나갈 수 없게 돼. 혹시라도 거기 있는 선원들이나 선장이 이렇게 엄청난 허리케인을 뚫고 배를 조종해 나갈 수 있을 것이라고 생각하나? 지옥의 불을 걸고 말하지만 그것은 세계에서 '난폭자13'만이 할 수 있는 일이야."

"사실이야."

놀란 표정으로 짐이 중얼대듯이 말했다.

선장은 뭔가 반박하려고 입을 열었지만 아무 말도 않고 입을 다물 수밖에 없었다.

"짐 크노프, 우리는 너와 너의 동료들을 이곳에서 데리고 나가 너희 나라로 보내 주기로 했다. 하지만 한 가지 조건이 있다."

"무엇인가?"

짐이 물었다.

"우리를 자유롭게 해 주는 거야."

해적이 대답했다. 그들의 눈빛이 반짝이고 있었다.

"너희가 지껄일 만한 말이다."

선장이 이를 갈며 말했다.

짐은 생각했다. 한참 뒤에 머리를 가로저으며 말했다.

"안 돼. 그것은 안 돼! 그렇게 되면 너희는 다시 해적질을 하며 바다를 돌아다닐 거야. 배를 습격하여 약탈하든가, 아이들을 붙들어가는 나쁜 짓을 계속할 테지. 그것이 조건이라면 우리는 모두 이대로 여기 있을 수밖에 없어."

해적들은 잠시 잠자코 있었다. 그러다가 드디어 한 사람이 가슴을 젖히고 짐을 뚫어지게 쳐다보며 위압적인 목소리로 말했다.

"짐 크노프, 우리가 어떻게 할지 말해 주지. 우리는 맹세를 했어. 한 번이라도 패배하면 '난폭자 13'은 집어치우기로 말이야. 그렇게 서약을 했지. 우리는 절대로 남에게 벌을 받지 않아. 정당한 벌이건 부당한 벌이건 말이야. 누구도 우릴 심판하지 못해. 우리 자신이 심판할 뿐. 우린 그러기로 서약했으니까. 지금껏 우리는 자유롭게 난폭한 해적 생활을 해 왔어. 그리고 오늘 패배했어. 그래서 우리는 자유로운 난폭자 해적의 죽음을 찾아 떠날 생각이야. 북으로 북으로 거슬러 올라가 영원한 얼음, 영원한 밤 속에서 우리 스스로 배와 더불어 얼어붙어 버릴 거야. 그래, '난폭자 13'의 명예를 걸고 그렇게 할 거야."

짐은 눈이 둥그레져서 해적들을 쳐다보았다. 그 얼마나 대담무쌍한 일인가! 짐은 '난폭자 13'이 저지른 이제까지의 악행을 누구보다 증오했지만 이와 같은 명예심에는 놀랄 수밖에 없었다.

"자유의 몸이 되어도 이제부터는 그 누구에게도 나쁜 짓을 하지 않겠다고 내게 맹세하겠나?"

짐이 다짐하듯 물었다.

해적들은 골똘히 생각에 잠겨 있었다. 한참 뒤 한 사람이 말했다.

"또 하나 우리가 마지막을 맞기 전에 확인하고 싶은 게 있어. 어떻게 하면 우리와 만날 수 있는지 너희에게 가르쳐 준 게 누구지? 우리 짐작대로 그 용이 맞지? 어제 네가 동료에게 말했듯이."

"맞아."

짐은 대답했다.

"용이 없었다면 나는 절대로 이기지 못했어."

해적은 고개를 끄덕이며 서로 눈짓을 나누었다.

"우리는 녀석을 찾아내야 해. 그 녀석과 처리해야 할 일이 아직 남아 있어. 그 녀석은 우리를 팔아먹었어."

해적은 내뱉듯이 말했다.

짐은 뭔가 묻는 듯한 눈길로 루카스를 쳐다보았다. 루카스는 생각에 잠긴 채 파이프를 빨고 있었다.

"해적들은 그 용이 '예지의 황금용'으로 변신한 것을 아직 모르는 모양이에요."

짐이 루카스에게 속삭였다.

"그 용을 해적들이 어떻게 할 수 있겠어요?"

"이제는 그럴 수 없을 거야."

루카스는 진지해져서 대답했다.

"하지만 용과 '난폭자 13'은 아무래도 한 번은 대적해야 할 거야."

짐은 다시 해적들을 향해 말했다.

"지금 그 용은 내가 안내하지 않으면 절대 찾아낼 수 없는 곳에 있어. 하지만 아무 짓도 하지 않겠다고 먼저 맹세해줘."

"좋아, 맹세하겠어!"

해적들이 괴롭고 무거운 목소리로 입을 모아 말했다. 그러자 짐은 재빨리 한 사람씩 포박을 풀어 주기 시작했다. 모두 숨을 죽이고 지켜보고 있었다. 해적들은 물끄러미 선 채 뭐라고 형용할 수 없는 눈길로 짐을 쳐다보았다.

마지막 남은 한 사람까지 자유롭게 풀어 주고 난 뒤에 짐이 말했다.

"그럼 저 보물들을 모두 배에 신고 출발한다!"

순간 해적들은 주저하는 것 같았다. 하지만 곧 명령에 따랐다. 물론 선원들도 함께 짐을 꾸렸다. 이렇게 하여 잠시 기묘한 광경이 벌어졌다. 성실한 선원들과 목숨을 아끼지 않을 정도로 난폭한 해적들이 힘을 모아 보물이 가득 들어 있는 궤짝과 값비싼 비단 피륙들을 배로 날랐던 것이다.

"이것 참 놀라운 일이군."

루카스가 중얼대며 파이프의 연기를 몽실몽실 피워 올렸다.

"짐 녀석, 결단력 있게 일을 처리하는군."

"정말 그렇군요."

선장도 말했다.

"벌어진 입이 다물어지지 않아요. 돌고래가 새끼 일곱 마리를 데리고 입 안에 뛰어든 것만 같아요! 머리칼이 곤추설 정도야. 이 해적의 동굴에 빗이 있다면 빗어 볼 텐데. 아니야. 아니, 모두 쓸데없는 말이야. 어쨌든 저 뮤렌 왕자가 한 일은 정말로 훌륭했어. 나는 노련한 바다사나이이고 나의 선원들도 풋내기가 아니라오. 하지만 저 회오리를 꿰뚫고 배를 조종한다는 것은 물구나무를 서도 불가능해. 저 악마의 자식들이 할 수 있는 일을 우리 바다사나이들은 꿈에서도 해본 적이 없소. 그래요, 결단력 있는 도박이었어. 하지만 짐의 승리였어."

"그렇게 말하기는 일러요. 아직 끝난 게 아니니까."

루카스가 말했다.

드디어 모든 준비가 끝이 났다. 해적 한 사람이 짐에게 다가와 말했다.

"자 됐어. 어디로 가면 되지?"

"만다라."

짐이 말했다. 모두 밖으로 나가 핏빛의 돛을 올린 해적선에 올라탔다. 이리하여 만다라로 향하는 위험스러운 귀로 여행이 시작되었다.

퐁 깅 임금 노여움을 산 예지의 황금용

임금님의 어용선이 침몰했을 때 구명보트와 같은 나무통에 들어가 탈출하게 된 핑 퐁은 어떻게 되었을까?

핑 퐁도 생전 처음—여러분도 잘 알고 있듯이 아직 긴 일생은 아니었지만—대단한 모험을 해야 했다.

작은 나무통을 타고 혼자 외톨이가 되어, 도움을 청할 수도 없는 넓디넓은 바다 위에 띄어졌을 때 핑 퐁은 거칠게 미쳐 날뛰는 파도에 실려 어떻게 해야 하나 골똘히 생각했다. 그런데 자꾸만 파도가 밀려와 떠받치기도 하고 떨어뜨리기도 하며 생각을 방해했다. 만약 누군가 불평할 사람이 옆에 있었다면 틀림없이 좀 더 소중하게 다루어 달라고 부탁했겠지만 심한 바람과 파도뿐이어서 그럴 수도 없었다.

핑 퐁은 열심히, 그리고 침착하게 생각해 보려고 애썼지만 도저히 불가능했다. 그러는 동안 갑자기 사나운 바람이 불어 닥쳐 작은 양산을 빼앗아 갈 뻔했다. 핑 퐁은 절박한 상황에서 양산 자루를 붙들고 온 힘을 다해 잡아당겼다. 그렇지만 바람은 짓궂게 계속 불어왔다. 작은 몸으로 열심히 버티었지만 바람은 핑 퐁도 함께 나무통에서 낚아채가려고 했다. 작은 대본즈 핑 퐁은 양산 자루와 나무통, 어느 것도 놓치지 않으려고 안간힘을 다해 버티고 있었다. 그러다 불현듯 좋은 생각이 떠올랐다. 핑 퐁은 황금 가운의 끈을 풀어 양산 자루를 나무통 손잡이에 붙들어 맸다. 이리하여 타고 있던 나무통은 곧 돛단배가 되었다(물론 조금 이상한 모습의 돛단배이지만). 대성공이었다. 격렬한 바람은 작은 배를 빠른 속도로 몰아갔다.

만약 행운의 손길이 뻗치지 않았더라면 이 용감한 뱃사람은 끝없는 바다 한가운데로 한없이 떠밀려갔을 것이다. 그렇지만 바람은 다행히 육지를 향해 불고 있었다. 그리하여 짐이 '있어서는 안 될 나라'에 도착한 바로 그날 밤 핑 퐁은 양산에 가득 바람을 안고 핀 항에 도착했다.

사람들은 핑 퐁을 발견하기가 무섭게 재빨리 건져 올렸다. 그 조그만 아이는 구조되자마자 놀랄 만큼 침착하게 다른 사람들을 구조해 내야 한다는 생각을 해냈다.

핑 퐁은 곧 범선이건 노를 젓는 배이건 만다라에 있는, 바다를 달릴 수 있는 모든 것에 출항 명령을 내렸다. 바다에 내던져진 선원을 구출하기 위해서였다. 물론 '난폭자 13'의 포로가 된 사람들을 가능한 한 빨리 찾아내기 위해서이기도 했다. 모든 배가 출항 준비를 하고 있을 때 작은 대본즈는 재빨리 임금님께 달려가 그동안에 일어난 일을 자세히 보고했다. 그 무섭고도 엄청난 소식을 듣고 난 뒤 풍 킹 임금님은 놀라움과 슬픔으로 어찌할 바를 몰랐다. 특히 리시 공주의 이야기를 들고는 깊은 슬픔에 빠졌다.

"마침내 나는 딸을 잃고 말았어."

창백한 얼굴로 그렇게 말하고는 옥좌가 있는 방에 남아 눈물을 흘렸다.

핑 퐁은 마차를 달리게 하여 다시 항구로 돌아왔다. 선단은 출항 준비를 끝내고 기다리고 있었다. 핑 퐁은 곧 가장 큰 배에 올라타 서둘러 모든 배에 출항 명령을 내렸다. 패전의 전장으로 바뀐 그 끔찍했던 지점으로 만다라의 모든 배들을 이끌고 간 것이다. 그 뒤에 따르는 크고 작은 갖가지 배들은 돛대의 숲을 이루고 있었다.

그 뒤, 선단은 부근 바다에 무리지어 횃불을 밝히고 며칠 밤을 새우며 선원들을 찾아냈다. 미리 이야기하면 이렇게 해서 조난당한 선원들을 모두 구할 수 있었던 것이다. 만다라에는 뒷날 용감한 대본즈의 동상이 세워졌다. 핑 퐁과 똑같은 크기의 동상으로 사람들이 그것에 걸려 넘어지지 않도록 동상은 푸른 비취로 된 높은 기둥 위에 놓였다. 그 동상은 지금도 핀 시에 가면 볼 수 있다.

선원들의 구조가 모두 끝난 다음에도 선단은 곧 귀국하지 않고 수색을 계속했다. 핑 퐁은 '난폭자 13'에게 붙들린 포로들을 포기할 수 없었던 것이다.

그런 까닭으로 다음날 저녁 해적선이 부두에 들어섰을 때 핀 항구에는 배가 한 척도 없었다. 핀 시의 주민들이 해적선을 보고 얼마나 놀랐는지는 짐작할 수 있을 것이다.

'무시무시한 '난폭자 13'이 쳐들어 왔다.'

'수도를 습격해 약탈하고 태워 버릴 것이다!'

이런 생각으로 만다라 사람들은 하나같이 겁에 질려 있었다. '걸음아 날 살려라'하고 거리에서 도망친 사람도 있었다. 더러 용기 있는 사람들은 장애물을 치고 집에서 싸울 준비를 하기도 했다.

루카스와 짐을 선두로 하여 리시 공주, 선장, 선원들이 육지에 올랐다. 하지만 깜짝 놀랄 만큼 주위는 고요하기만 했다. 항구도 길도 마치 죽어 있는 것만 같았다.

"간신히 돌아왔는데 이상한 일이군."

루카스가 말했다.

해적들은 육지에 오르는 것을 조금 주저하는 듯했다. 한 사람씩 배에서 내려왔지만 어딘지 어설픈 모습으로 우두커니 서 있었다.

어디를 봐도 작은 마차의 그림자조차도 보이지 않았다. 돌아온 사람들은 할 수 없이 궁전까지 걸어가야만 했다. 해가 지고 땅거미가 질 무렵이었다. 거리도 광장도 여전히 쥐죽은 듯한 침묵만이 흘렀다. 사람이라곤 그림자조차 보이질 않았다. 집집마다 출입문도 창문도 꼭꼭 닫혀 있어 도시는 칠흑처럼 캄캄했다. 궁전도 마찬가지였다. 궁전 경비대들은 '난폭자 13'과 맞서 싸우기 위해 항구를 향해 행진해 나갔던 것이다. 하지만 지름길을 따라갔기 때문에 루카스 일행과는 길이 엇갈리고 말았다.

커다란 흑단문은 굳게 닫혀 있었고, 하는 수 없이 리시 공주는 친구들과 해적들을 부엌 출입문을 통해 궁전 안으로 안내했다. 조용한 복도에 그들의 발소리가 쿵쿵 울려 퍼졌다.

이윽고 넓은 옥좌가 있는 방에 이르렀다. 임금님은 옥색 비단으로 된 지붕 덮개 아래 다이아몬드가 잔뜩 박힌 은제 옥좌에 혼자 우두커니 앉아 있었다. 이마에 손을 댄 채 꼼짝도 하지 않았다. 단 하나의 촛불이 어두컴컴한 방 안에 빛의 동그란 무지개를 만들고 있었다.

임금님은 천천히 얼굴을 돌려 들어온 사람들을 쳐다보았다. 그렇지만 모두 어두운 곳에 있어서 그들을 곧 알아차릴 수가 없었다. 해적들의 커다란 모습만이 어둠 속에 떠올랐다. 임금님은 곧게 등을 펴고 허리를 세웠다. 죽은 사람처럼 창백한 얼굴에 눈동자만이 번뜩였다.

"정의도 양심도 없는 잔학한 것들! 무슨 짓을 또 하려는 게냐?"

나지막한, 그러면서도 넓은 방안 구석구석까지 울려 퍼지는 목소리였다.

"무엇을 약탈하려고 이곳까지 왔느냐? 너희는 나의 가장 소중한 딸을 빼앗았어. 그런데 이 옥좌까지 쳐들어오다니. 나의 나라를 송두리째 집어삼키려는 것이냐! 내게 숨이 붙어 있는 한 그렇게는 못한다!"

"아버지!"

리시 공주가 소리쳤다.

"우리예요! 못 알아보시겠어요?"

공주는 뛰어들어 임금님의 가슴에 안겼다. 풍 깅 임금님은 기쁘고 놀란 나머지 몸이 뻣뻣해졌다. 그리고 조금 뒤, 겨우 마음을 가라앉히고 딸을 꼭 껴안았다. 두 뺨에 흘러내린 눈물이 눈처럼 하얀 수염에 맺혀 반짝반짝 빛을 발했다.

"이게 꿈이냐 생시냐, 나의 작은 새, 나의 리시로구나!"

임금님은 너무나 감격스러워 울먹이는 목소리로 말했다.

"너를 다시 볼 수 있게 되다니! 오오, 이제는 단념해야 한다고 생각했는데……."

해적들은 서로 얼굴을 마주 보며 고개를 숙였다. 지금 본 광경에 마음이 조금 움직였던 것이다. 그것은 그들이 지금껏 느껴 보지 못한 감정이었다. 갑자기 가슴이 따뜻해지는 것 같았다. 그러나 한편으로는 불안하기도 했다. 낯선 광경에 허둥대는 해적들의 모습은 다른 사람들이 모두 알아차릴 수 있을 만큼 역력히 드러났다.

이윽고 임금님은 짐과 루카스를 끌어안고 선장과 선원들에게도 말을 걸었다. 그리고 해적들을 바라보며 물었다.

"그럼 이 보기 흉한 사람들은 포로로군?"

"포로가 아닙니다."

짐이 대답했다. 임금님은 미심쩍은지 눈썹을 추켜올렸다.

"네! 그렇습니다, 임금님."

루카스가 말했다.

"그렇지만 '난폭자 13'은 패배했습니다. 그들을 영원히 패배시킨 것은 저희가 아니고 뮤렌 왕자입니다."

"뮤렌 왕자? 그게 누구요?"

임금님은 깜짝 놀라 물었다. 그래서 모든 일을 자세히 설명해 주었다.

이야기를 듣고 난 임금님은 오랫동안 말없이 잠자코 있었다. 사랑이 담긴 놀라운 눈길로 거룩한 세 임금 중의 한 사람, 그 마지막 자손인 까만 소년을 바라보았다. 드디어 임금님이 입을 열었다.

"뮤렌 왕자, 당신의 선조의 나라, 당신에게 정당한 권리가 있는 그 나라를 찾는 데 내 힘껏 돕겠소."

그리고 촛불을 들고 해적들 앞으로 나아가 한 사람씩 얼굴을 비추었다. 그들의 표정에서 무언가를 찾아내려고 하는 모습이었다. 큰 사나이들은 반항적인 뻔뻔스러운 얼굴로 풍 깅 임금님의 눈을 마주 쳐다보려고 했지만 그럴 수가 없었다.

"너희는 패배하고도 머리를 숙이려 하지 않는구나."

"그렇소."

해적의 한 사람이 거칠게 대답했다.

"'난폭자 13'은 무엇에도, 누구에게도 머리를 숙일 수가 없소. 자아, 빨리 배신자인 용이 있는 곳으로 안내하시오. 우리는 그것 때문에 이곳까지 왔소."

임금님은 깜짝 놀란 모습으로 말했다.

"오오, 이 일을 어찌해야 좋단 말인가! 나는 그 용에게 참으로 무례한 짓을 해 버렸어!"

"무슨 일입니까?"

짐이 물었다.

"핑 퐁이 불행한 소식을 가지고 돌아왔을 때 나는 너무도 슬픈 나머지 그만 제정신을 잃고 말았소."

임금님은 그동안의 일을 설명했다.

"나는 이유를 캐물으려고 용에게로 갔지. 그 용이란 녀석이 이상한 말을 지껄여 여러 사람을 파멸로 이끌었다는 생각이 들었기 때문일세. 그러나 명령을 해도 머리 숙여 부탁을 해도 용은 입을 열려고 하지 않더군. 그 용은 자네들 이외에는 말을 하지 않아. 머리끝까지 화가 치민 나는 저 커다란 탑의 불빛을 모두 끄게 해 버렸소. 영원히 어둠 속에 가두어 두려고 했던 거지. 그리고 출입문에 커다란 쇠사슬을 걸어 영원히 열 수 없는 자물쇠로 걸어 잠그게 했소."

"잠시만요, 임금님."

루카스가 놀라 말을 가로막았다.

"핑 퐁이 돌아왔다고 말씀하셨습니까?"

임금님은 핑 퐁이 그 뒤 어떻게 했는지를 이야기한 다음 지금 선단을 이끌고 조난당한 사람들을 구하러 갔다는 것을 전했다.

"아아, 어쩐지…… 그래서 항구에 배가 한 척도 보이지 않았군요."

짐이 말했다.

"정말 굉장하군!"

루카스가 크게 기뻐하며 소리쳤다.

"꼬마 대본즈는 정말 굉장한 녀석이군. 놀라운 일이야!"

"정말이에요."

짐도 그렇게 말했다.

"그런데 용은 어떻게 되었을까?"

임금님이 작은 목소리로 말했다.

"어서 사과하러 가야겠어. 그러나 그 자물쇠는 다시 열 수가 없소."

"아무튼 그곳으로 가 보도록 하지요."

루카스가 침착하게 말했다.

모두, 해적들까지 촛대에서 양초를 빼어들고 임금님이 가지고 있던 촛불로 불을 붙인 다음 텅 빈 궁전을 나가 밤의 정원으로 내려갔다.

난폭자 13은 열두 명

커다란 탑 앞에 이르자 루카스는 짐에게 촛불을 건네주고 쇠사슬에 붙은 자물쇠를 열려고 시도해 보았다. 처음에는 살며시 열쇠를 돌리며 열어 보려고 했지만 열리지 않았다. 다음은 세게 당겨 보았다. 하지만 아무리 애를 써도 소용없었다. 자물쇠는 꼼짝도 하지 않았다.

루카스는 몸을 일으켜 이마의 땀을 훔치며 내뱉듯 말했다.

"이 빌어먹을 자물쇠는 정말 열리지 않는군."

"그렇소."

임금님은 진지한 목소리로 말했다.

"그것은 '열리지 않는 자물쇠'로 만다라의 태곳적 명작이오. 이 자물쇠는 이제껏 단 한 번도 열린 적이 없었다오."

해적 한 사람이 앞으로 걸어나와 말했다.

"형제들, 우리가 한 번 해 보세!"

해적들은 주위 사람에게 양초를 건네주고 문 양쪽으로 갈라서서 쇠사슬을 잡아당겼다. 쇠사슬은 3중으로 걸려 있었는데 그것은 만다라산 강철로 만든 것이었다. 쇠사슬은 팽팽하게 당겨졌다. 주변은 덩치 큰 사나이들의 격렬한 숨소리밖에 들리지 않았다. 이윽고 딱딱한 금속성의 파열음이 나는가 싶더니 쇠사슬 한 운데 있는 고리 하나가 툭 끊어지고 파편이 흩어져 내렸다.

"오, 정말 놀라운걸!"

루카스가 중얼거렸다.

"아무나 흉내 내지 못할 일이군."

해적들은 문을 밀어 열고 곧 탑 안으로 들어갔다. 탑 안은 캄캄했다. 할 수 없이 짐과 루카스와 나머지 사람들이 촛불을 들고 따라오기를 기다려야만 했다. 장엄한 어스름빛 속에서 벽과 천정의 장식이 신비롭게 빛났다. 짐과 루카스가 '예지의 황금용' 앞에 닿았다. 부당하게 받은 수모에 대해 화를 내는 기색은 전혀 없었다. 오히려 입가에는 명랑한 미소가 흐르고 있었다. 짐과 루카스는 촛불을 들고 묵묵히 기다렸다. 침묵 속에 불꽃이 흔들리는 그림자만이 어른거렸다.

해적들은 어리둥절해져서 용을 물끄러미 쳐다보고 있었다.

"아니야!"

드디어 한 사람이 말했다.

"이것은 우리가 찾고 있는 용이 아니야. 어금니 부인이 아니라고! 제기랄, 너희가 우리를 속였구나!"

몇 사람이 살벌하게 칼을 뽑아들었다. 그때 문득 용이 몸을 움직이기 시작하더니 에메랄드빛 눈으로 해적들을 쳐다보았다. 그 시선에 다시 이상한 푸른빛이 타올랐다. 무리지어 있던 험악한 사나이들은 그 웅장

함에 몸이 굳어져 우뚝 멈춰 섰다.

"내가 바로 너희가 찾고 있는 용이다."

신비스러운 청동의 울림소리가 '예지의 황금용'에게서 들려 왔다.

"어두운 세계에서 나의 동료였던 너희는 나를 알아보지 못할 것이다. 왜냐하면 나는 변신했으니까."

해적들은 얼떨떨해서 어찌할 바를 몰랐다. 간신히 한 사람이 용기를 내어 거칠게 소리쳤다.

"왜 우리를 배신했지?"

"배신한 것이 아니야. 나는 다만 너희의 잘못을 일깨워 줄 때가 왔음을 깨달았을 뿐이야. 이제는 너희 스스로 잘못을 깨닫고 참된 사람이 되어야 해. 그리고 임금에게 봉사해야 한다. 이 분은 우리의 주인이시며 너희의 주인이 되실 분이다."

"우리는 누구를 섬기는 짓 따위는 하지 않는다!"

해적들은 험상궂은 얼굴로 말했다.

"우리는 '난폭자 13'! 절대 그렇게는 하지 않을 것이다!"

"너희는 한 순간도 '난폭자 13'이 아니었다."

용의 몸 안에서 소리가 울렸다. 해적들은 멍하니 입을 벌리고 용을 쳐다보았다.

"그러면 우리는 뭐지?"

드디어 한 사람이 물었다.

그러자 용은 아버지 손에 꼭 매달려 있는 작은 공주 쪽으로 시선을 돌렸다.

"리시 공주, 공주는 불바다의 학교에서 산수 공부를 했지요. 자, 이번에는 당신의 도움이 필요합니다. 카스파 임금의 옥새 속에 들어 있던 오래된 문서에 적혀 있듯이 비뚤어진 것을 바로잡아 주시겠습니까?"

"네, 하겠어요."

리시 공주가 작디작은 목소리로 말했다.

"그러면 스스로 '난폭자 13'이라고 부르고 있는 저들을 세어 보세요!"

리시 공주는 찬찬히 세어 보았다. 공주의 눈이 놀라움으로 휘둥그레졌다. 그리고 고개를 갸웃거리며 처음부터 다시 세어 보았다.

"12명밖에 안 됩니다."

그 말을 들은 해적들의 불안해하는 모습은 정말이지 우스꽝스러웠다. 얼굴은 창백해지고 순간 나약해진 모습이 되었다. 다른 사람들, 특히 짐과 루카스는 너무나 놀라 숨 쉬는 것마저 잊은 듯했다. 이제까지 아무도 그들을 세어 보려 하지 않았던 것이다.

드디어 해적 한 사람이 어쩔 줄 몰라 하며 말했다.

"그럴 리가 없어. 거짓말이야! 우리는 언제나 12명, 그리고 두목이 하나, 합해서 13명이야."

"그렇지 않아요."

리시가 말했다.

"두목은 언제나 당신들 가운데 한 사람이었어요."

해적들은 땀을 흘리며 열심히 생각했다.

"그 말이 맞을지도 몰라."

드디어 다른 사람이 말했다.

"하지만 그래도 결국 13명이지 않아?"

"아니에요."

리시 공주가 또렷이 말했다.

"역시 12명이에요."

"우리에게는 너무 어려워."

세 번째 사나이가 말했다.

"아무리 생각해도 모르겠어. 12명과 두목을 합해도 역시 12명이란 말인가?"

"숫자 계산 같은 것은 악마나 하는 짓이야."

네 번째 사나이가 말했다.

"그런 걸 잘 한다면 우린 '난폭자 13'이 아니지."

다섯 번째 사나이도 한 마디 했다.

"그럼 처음부터 '난폭자 13'이 아니었단 말인가?"

"그렇다."

용이 말했다.

"너희는 잘못 생각했던 거야. 나는 훨씬 전부터 그걸 알고 있었어."

잠시 조용해졌다. 아무도 입을 열지 않았다. 해적들은 보기에도 처량맞게 우두커니 서 있었다. 그 고요를 깨뜨리며 '예지의 황금용'이 말했다.

"나의 주인님들이여, 가까이 와 주세요!"

짐과 루카스가 곁으로 다가갔다.

"당신들은 이미 많은 것을 경험했습니다."

용이 밝은 목소리로 말했다.

"하지만 아직 다는 아닙니다."

"그래요. 나는 당신이 가르쳐 준 대로 하여 나의 출생의 비밀을 알았습니다."

"알고 있습니다. 뮤렌 왕자."

용의 몸 안에서 신비로운 목소리가 울려 나왔다.

"하지만 당신은 당신의 나라를 찾아내야만 비로소 임금이 될 수 있습니다."

"그 나라가 어디에 있는지 말해 주지 않겠어요? 당신은 알고 있을 거라고 생각하는데."

짐이 두근거리는 마음으로 용에게 물었다.

"물론 알고 있습니다."

그리고 다시 신비에 가득 찬 미소를 떠올리며 말했다.

"알고 있지만 역시 말할 수는 없습니다. 당신을 위해서지요. 아직 때가 오지 않았기 때문입니다. 훌륭한 나라 잠바라는 숨겨져 있습니다. 아무도 발견할 수 없습니다."

"내가 스스로 발견해야 하나요?"

짐이 조금 실망해서 물었다.

"이번엔 당신 힘으로는 불가능합니다. 나의 어린 주인님, 당신의 힘이 되어 그것을 이루어 줄 수 있는 사람은 조금 전까지 13명이라고 생각하고 있던 저기 있는 12명뿐입니다. 그 밖에는 아무도 할 수 없습니다."

해적들이 놀라 고개를 들고 용을 빤히 쳐다보았다.

"나의 어린 주인님, 아무쪼록 잘 들어 주세요."

용이 이어 말했다.

"저 까만 얼굴의 현명한 임금 카스파에게는 지독한 적이 있었습니다. 그 적이 바로 접니다. 용은 태곳적부터 살아왔기 때문에 나이가 많다는 것은 알고 있겠죠. 하지만 카스파 임금에게는 나를 패배시켜 '예지의 황금용'으로 변신시킬 힘이 없었습니다. 그것이 당신에 의해서 비로소 이루어진 겁니다. 뮤렌 왕자님."

해적들 사이에서 술렁이는 소리가 들렸다. 짐이 그쪽을 돌아다보았을 때 큰 사나이 하나가 앞으로 나와 짐을 머리끝에서 발끝까지 찬찬히 뜯어보았다.

"용이 한 말이 사실인가?"

사나이는 거칠게 물었다.

"네가 용을 굴복시켰다고?"

"루카스와 함께."

"그리고 저렇게 변신시킨 것도 너란 말인가?"

해적은 자세히 알아보려는 듯이 눈을 굴리며 캐물었다.

"아니야. 그건 그렇지 않아. 우리는 용을 죽이지 않고 단지 끌고 왔을 뿐이야. 용은 스스로 변신했어."

"그렇다."

루카스가 나지막한 목소리로 말했다.

"짐 크노프, 너와 너의 친구는 용을 굴복시키고도 목숨을 살려 줬어. 그리고 너는 우리를 굴복시키고도 역시 목숨을 구해 줬지. 우리는 오래전에 맹세했어. 만약 단 한 번이라도 패배하게 되면 '난폭자 13'은 마지막이라고 말이야. 하지만 우린 처음부터 '난폭자 13'이 아니었어. 이미 끝장난 거지. 그래서 나는 너에게 묻고 싶어. 우리 두목이 되어 주지 않겠니? 이미 빨간 별도 네 모자 위에서 빛나고 있으니까 말이야."

짐은 얼떨떨해져 루카스와 서로 얼굴을 마주 보았다. 루카스는 모자를 뒤로 젖히고 뒤통수를 긁적였다.

"그건 안 돼! 나는 해적 두목은 되고 싶지 않아."

"그러면 우리도 저 용처럼 변신할 수는 없을까?"

"아니야, 그럴 필요까진 없어."

'예지의 황금용' 몸 안에서 또다시 소리가 들려왔다. 그리고 다시 그 신비의 미소가 입가에 떠올랐다.

"너희에게는 그저 주인이 필요할 뿐이야. 그렇지만 이 아이를 주인으로 받들고 싶으면 먼저 복종을 맹세해야 해."

"맹세하겠어!"

해적 한 사람이 말했다.

"우리는 새로운 두목에게 목숨을 걸고 복종할 것을 맹세합니다!"

"맹세합니다!"

일제히 다른 사나이들도 따라서 맹세를 했다. 그러자 용은 주위를 위압하는 커다란 목소리로 말했다.

"너희가 해야 할 일을, 어느 누구도 명령할 수는 없다. 너희 스스로 나서서 해야 한다. 그것은 너희 말고는 아무도 할 수 없을 만큼 힘든 일이다. 이 일은 너희가 용서받을 수 있는 유일한 일이 될 것이다. 너희 12명의 쌍둥이들이 스스로의 의지로 속죄하기 전에는 뮤렌 왕자는 자신의 나라에 발을 들여놓을 수가 없다."

"그럼, 우리가 할 일은 무엇이지?"

해적 한 사람이 물었다.

"카스파 임금의 거대한 나라는 바닷속에 가라앉았어."

용이 말했다.

"이미 천 년이나 되는 먼 옛날부터 바닷속에 잠들어 있지."

"어째서 가라앉게 된 거죠?"

짐이 눈을 크게 뜨고 물었다.

"내가 가라앉혔지요. 그때 나의 적이었던 검은 얼굴의 임금을 없애기 위해 나는 우리 용들의 지배를 받는 화산의 분화력을 이용해서 '있어서는 안 될 나라'를 바다 깊은 곳에서부터 떠오르게 했습니다. 그래서 잠바라 나라는 커다란 저울의 한쪽 끝처럼 가라앉아 사라져 버렸던 겁니다. 그리고 오늘날까지 발견되지 않은 거죠."

"그럼 '있어서는 안 될 나라'를 가라앉히면 나의 나라가 다시 떠오르겠군요."

"그렇습니다. 하지만 그것은 누구도 할 수 없는 일입니다. 나 역시 할 수 없습니다. 이미 변신해 버렸으니까요. 여기 있는 12명, 이제껏 13명이라고 알고 있던 저 12명만이 할 수 있습니다."

"우리에게 '폭풍의 눈'을 가라앉히란 말인가?"

해적들이 소리쳤다.

"너희는 죽음도 두려워하지 않는다는 것을 알고 있어."

'예지의 황금용'이 말했다.

"이것은 그보다도 쉬운 일이다."

해적들은 대꾸할 말이 없었다. 깊이 주름진 얼굴에 놀라움과 두려운 빛을 띠고 있을 뿐이었다.

"잘 듣도록 해."

신비의 목소리가 '예지의 황금용' 속에서 힘차게 울려 나왔다.

"저 '있어서는 안 될 나라'의 한가운데 있는 성 '폭풍의 눈'에는 오래된 청동문이 12개 달려 있는 방이 하나 있다."

"우리가 갇혀 있던 지하 감옥이야."

루카스가 짐에게 속삭였다.

"너희가 그 문을 열면 바닷물이 한꺼번에 흘러 들어오게 될 것이다. 물은 수많은 동굴을 통해서 미친 듯이 날뛰며 위로 위로 차올라 '있어서는 안 될 나라'는 그 무게로 가라앉고 말지."

해적들은 서로 얼굴을 마주 보며 머리를 가로저었다.

한 사람이 말했다.

"우린 그 문 안에 무엇이 들어 있는지 보려고 한 번씩 그 문을 열어 보려고 했어. 하지만 아무도 열 수가 없었어."

"너희는 그 문의 비밀을 모르고 있기 때문이야."

용이 말했다.

"12개의 문은 모두 한꺼번에 열어야만 열리게 되어 있어. 그렇지 않으면 절대로 열리지 않아. 따라서 똑같은 힘을 가진 12명의 사나이가, 같은 순간에, 같은 호흡으로 그 청동문을 잡아당겨야만 해. 그리고 문이 열리자마자 서둘러 배가 있는 곳으로 돌아와야 해. 조금만 늦어도 사납게 용솟음치는 바닷물에 삼켜져버리고 말 테니까."

"그럼 나의 나라는 어디에 떠오르게 되지요?"

짐이 긴장한 목소리로 물었다.

"당신의 섬으로 돌아가세요, 뮤렌 왕자."

'예지의 황금용'이 대답했다. 두 눈에 녹색 불이 찬란하게 타오르며 똑바로 쳐다볼 수 없을 정도로 밝게 빛났다.

"고향으로 돌아가세요. 모든 것을 알게 될 겁니다."

그렇게 말함과 동시에 용의 시선은 다시 아득해졌다. 그곳에 있는 사람들 너머 저 멀리 그 어딘가를 응시하는 듯했다. 에메랄드빛도 사라졌다. 짐은 다시 몰리의 일을 묻고 싶어 견딜 수가 없었지만 지금은 대답해 주지 않으리라는 것을 알고 있었다. 그리고 용이 지난번에 말한 것을 아직도 똑똑히 기억하고 있었다.

'당신 것은 당신에게 돌아와 영원히 잃어버리지 않을 겁니다. 그때는 그것을 꿰뚫어볼 수 있게 될 겁니다.'

그 말은 풀 수 없는 수수께끼와 같았다. 하지만 짐은 언젠가 그 의미를 알게 되는 날이 반드시 오리라고 믿어 의심치 않았다.

　모두 다시 밖으로 나와 탑 앞의 커다란 광장에 묵묵히 서 있었다. 밤바람이 손에 든 촛불을 흔들고 지나갔다. 어느 누구도 침묵을 깨트리지 않았다. 모든 사람의 시선은 12명의 쌍둥이에게 쏠려 있었다. 목숨을 걸고 자신들의 나라를 희생시킬 것인가, 아니면 뮈렌 왕자를 영원히 조국이 없는 임금으로 만들 것인가. 어느 쪽을 택할 것인지 모두는 침을 삼키며 지켜보고 있었다. 그렇지만 해적들은 머리를 숙인 채 조금도 움직이지 않았다.

　짐이 조심스레 그들 앞으로 한 발짝 다가섰다. 하지만 짐도 역시 말문이 막혀 버렸다. 해적들은 얼굴을 들어 오랫동안 소년을 쳐다보았다. 이윽고 한 사람이 떠듬떠듬 말했다.

　"생각할 시간을 줘! 어떻게 할지 내일 새벽에 말하겠어."

짐은 조용히 고개를 끄덕였다. 그러고 나서 천천히 발길을 돌려 루카스와 함께 궁전으로 돌아갔다. 임금님과 리시, 그리고 선원들이 뒤를 이었다.

해적들은 자기들만이 남게 되자 광장 한가운데에 커다란 모닥불을 피워 놓고 둘러앉았다. 그리고 굳은 얼굴로 물끄러미 불꽃을 쳐다보았다. 물론 노래를 부를 기분 따위는 아니었다. '난폭자 13'의 노래는 이미 의미가 없었던 것이다. 이날 밤 해적들이 나눈 말은 그다지 많지 않았다. 그렇지만 새벽빛이 가까워 오고 별들이 빛을 잃게 되었을 때 그들의 결심은 굳어졌다. 그리고 모닥불을 끈 바로 그때 짐과 루카스가 광장을 가로질러 오는 것이 보였다.

한 사람이 앞으로 나서며 말했다.

"결정했어. 우리는 '폭풍의 눈'을 가라앉히기로 했어."

짐은 자신도 모르게 루카스의 손을 꼭 잡고 나직하게 말했다.

"그럼 우리도 함께 가겠어."

12명은 깜짝 놀라 짐을 쳐다보았다.

"자기 나라로 돌아가지 않고?"

한 사나이가 물었다.

"아니. 너희는 나를 위해 너희 나라를 침몰시킬 생각을 했어. 우리도 그 위험을 함께 나누고 싶어."

해적들은 놀라 서로를 마주 보았다. 그리고 짐에게 고개를 끄덕여 보였다.

모두의 눈빛이 반짝였다.

아침 해가 핀의 거리에 떠올랐을 때 핏빛의 붉은 돛을 올린 배는 이미 넓은 바다 저쪽에 있는 '있어서는 안 될 나라'를 향해 나아가고 있었다.

같은 시각, 리시 공주는 짐과 루카스를 깨워 함께 아침식사를 하려고 두 사람의 방으로 찾아갔다. 하지만 공주가 본 것은 서툰 글씨로 채운 루카스의 큰 메모지뿐이었다.

잠바라에서 만납시다!

공주는 몹시 놀라 그 메모지를 뚫어지게 쳐다보았다. 그러고는 곧바로 정원으로 달려갔다. 앞으로 어떻게 될 것인지를 용에게 물어 보려고 했던 것이다. 하지만 탑 앞에 이르러서야 비로소 용은 짐과 루카스가 함께 있지 않으면 어떤 말을 하지 않는다는 것이 떠올랐다. 그렇지만 너무나도 걱정이 되어 견딜 수가 없었다. 공주는 안으로 들어갔다.

리시 공주는 두려워하며 거대한 '예지의 황금용'에게 다가가 용 앞에 쪽지를 내려놓았다. 그리고 뒤로 물러나 무릎 꿇고 인사했다. 말을 하는 것조차 금지되어 있었던 것이다. 얼굴이 바닥에 닿을 만큼 깊숙이 몸을 숙인 채 두근대는 가슴으로 오랫동안 조용히 기다렸다. 용은 꿈쩍도 하지 않았다.

리시 공주는 마음속으로 말했다.

'제발 부탁입니다. 이야기 좀 해주세요, 부탁입니다. 그분들은 괜찮을까요?'

공주의 입술에서는 단 한마디만이 흘러나왔다.

"짐……."

"안심하세요, 잠바라의 어린 왕비님!"

문득 부드러운 울림이 주위에 울려 퍼졌다. 리시 공주는 얼굴을 들었다. 지금 이 소리는 용이 한 말일까? 용은 앞발로 윗몸을 버티고 앉아 가만히 먼 곳을 바라보고 있었다. 그렇지만 이곳에는 용과 공주뿐이었다. 지금 말한 것은 용이 틀림없었다.

"고맙습니다!"

리시 공주는 속삭이듯이 말하고 다시 한 번 깊숙이 인사했다.

"고마워요, 예지의 황금용."

그렇게 말하고 리시 공주는 궁전 테라스에 있는 아버지에게 달려가 모든 것을 이야기했다.

"하늘은 이제까지 우리의 친구를 지켜 주셨어."

임금님은 마음으로부터 감동하여 말했다.

"틀림없이 모른 체하지 않을 게다."

한낮이 되었을 때 핑 퐁이 만다라의 선단을 이끌고 핀 항구로 돌아왔다. 어용선의 선장과 선원들은 구조된 동료들을 기쁘게 맞아들이고 그 뒤에 일어난 일들을 서로 주고받았다.

핏빛의 붉은 돛을 단 배가 놀랄 만큼 빠른 속도로 엄청난 폭풍우가 이는 바다를 질주해 커다란 회오리바람이 몰아치는 곳에 이르렀을 때 해는 서쪽으로 기울고 있었다. 해적들은 번개가 치고 있는 거대한 바다의 물기둥이 소용돌이치는 속도와 똑같은 속도가 될 때까지 빙빙 돌다가 재빨리 배를 그 속으로 돌입시켜 높이 솟아올랐다. 드디어 무풍지대인 '폭풍의 눈'에 들어섰다.

짐과 루카스는 해적들과 함께 배에서 내려 넓은 방이 있는 곳까지 갔다. 그곳 마루문으로 내려가면 12개의 청동 문이 있는 지하 감옥이 있었다.

사나이 가운데 한 사람이 짐과 루카스 쪽을 향해 말했다.

"이 아래에서 당신들이 도울 일은 없소. 배로 돌아가 출항 준비를 해 두는 것이 좋겠소. 우리가 올라가면 곧 배를 출발시켜야 하니까."

"우리가 올라갈 수 있다면 말이야."

다른 사나이가 말했다.

순간 침묵이 흘렀다. 이윽고 처음 입을 연 사나이가 다시 말했다.

"우리가 올라가지 못하더라도 당신들은 어떻게든지 스스로 탈출하시오."

"알겠어요!"

짐이 말했다.

"절대로 우리를 기다리느라 우물쭈물하고 있으면 안 돼."

세 번째 사나이가 말했다.

"헛수고가 될 테니까. 그것보다 차라리 당신들 두 사람이 살아 나갈 길을 찾도록."

"그리고 짐 크노프, 또 한 가지 말하고 싶은 것이 있는데 우리는 다시 만나지 못할지도 몰라. 그래서 만약을 위해 이야기하겠는데, 우리는 너의 친구야."

12명 모두가 짐을 향해 고개를 끄덕였다. 그리고 마루문을 열고 차례차례 지하 감옥으로 내려갔다.

"서둘러, 짐. 배로 돌아가자!"

루카스는 미끄럼틀 같은 언덕길에서 배 허리에 꽂아 놓은 미끄럼 방지용 침목에 긴 밧줄을 동여매고 그 끝을 뒷갑판에 서 있는 짐에게로 던졌다. 짐은 밧줄을 받아들고 여차하면 곧 잡아당길 수 있도록 단단히 감아쥐었다.

이윽고 루카스도 올라탔다. 회오리바람이 만들어내는 파이프 오르간 같은 소리는 말을 주고받을 수도 없을 만큼 거대했다. 두 사람은 나란히 서서 조용히 때를 기다렸다.

갑자기 회오리바람의 윙윙대는 소리를 꿰뚫고 저 멀리 깊은 곳에서 소름이 끼칠 듯한 엄청난 폭음이 들려 왔다. 그 순간 '있어서는 안 될 나라'가 온통 흔들리기 시작했다. 엄청난 폭음은 시시각각 다가와 여기 저기에 있는 동굴과 작은 구멍에서 분수가 솟구치기 시작했다. 물은 점 점 높이 올라와 거품을 일으키고 소용돌이치며 바위 위로 솟아올랐다. 짐은 미끄럼 방지용 침목을 제거해야 할지 어떨지 몰라 망설이고 있었 다.

그때, 갑자기 '폭풍의 눈' 성으로 내려가는 입구에서 엄청나게 세찬 물살이 굉음을 내며 솟아올라 배에 부딪쳤다. 배는 금방이라도 뒤집힐 것만 같았다. 그러자 그 하얀 거품 속에 한 덩어리로 얽힌 12명의 사 나이들 모습이 드러났다. 루카스는 온 힘을 다해 소용돌이치는 물에 발 이 빨려들지 않도록 버티며 그 얽힌 덩어리에 손을 내밀었다. 겨우 해 적의 한 팔만을 붙들 수 있었지만 다행히 12명의 형제는 서로 엉켜있 어서 모두 갑판 위로 올라올 수 있었다.

그렇지만 배를 출항시키기에는 이미 때가 늦었다. '있어서는 안 될 나라' 전체가 마치 가라앉지 않으려고 몸부림이라도 치듯 격렬하게 요 동하고 있었기 때문이다. 그곳에 자연의 힘이 인정사정없이 강한 힘으 로 덮쳐들었다. 짐과 루카스, 그리고 12명의 해적은 가까스로 돛대에 힘껏 매달려 있었다.

배는 공중에 높이 던져져 팽이처럼 뱅그르르 돌았다. 그러자 이윽고 바위산 꼭대기에서 내뿜고 있던 물줄기가 끊어지면서 배를 내동댕이치 듯 떨어뜨렸다. 그 사이에 물은 거대한 바위산 전체에 흘러넘쳤고 모든 구멍에서 도도하게 솟아나왔다. 들끓는 물줄기에 거품이 일고 물보라 가 일었다. 그 속을 번개가 우르릉 쾅쾅 연거푸 내리쳤다.

갑자기 '있어서는 안 될 나라' 주변 바다가 열리고 엄청나게 큰 소용 돌이가 몰아쳤다. 그리고 깊은 땅속에서 울부짖듯 쿵쿵거리는 소리와 소름 끼치도록 으르렁대는 소리가 들려오더니 거대한 바위산을 삼켜

550 기관차 대모험

버렸다. '있어서는 안 될 나라'는 바닷속으로 깊이깊이 가라앉기 시작했다.

그 순간, 회오리바람도 함께 허물어지듯 사라져 버렸다. 그러자 소용돌이가 커다란 검은 깔때기 모양으로 입을 벌렸다. 그 입이 배를 소용돌이로 끌어들여 빙빙 돌리면서 빨아들이기 시작했다.

그때 12명의 형제들은 기운을 되찾고 있었다. 빨간 돛은 날아가 버렸지만 키는 아직 쓸 만했다. 배는 이미 이삼백 미터쯤 깊이 빨려 들어가 깎아지른 듯한 물벽을 빙글빙글 돌고 있었다.

내리치는 물보라의 두툼한 장막을 뚫고 짐과 루카스의 눈에, 해적들이 배를 1미터 1미터씩 놀라운 흡인력을 물리치며 힘을 다해 물 위로 끌어올리는 것이 보였다. 이윽고 눈앞이 희미해지고 소리도 멀어져 갔다. 두 사람은 죽을 힘을 다해 돛대에 매달렸다.

두 사람이 다시 정신을 차리고 주위를 살펴보았을 때는 이미 깜짝 놀란 만한 변화가 일어나 있었다. 소용돌이는 입을 다물고 온화한 바람이 바다 위를 살랑이며 스치고 있던 것이다. 바다는 이제 잔잔하고 해맑은 모습이 되었다. 타오르듯 붉은 저녁놀은 하늘을 빨갛게 물들이고 있었다.

12명의 해적은 누더기가 된 난간 곁에 길게 서서 조용해진 바다, 바로 얼마 전까지 자기들의 안식처가 있던 바다를 물끄러미 바라보았다.

짐과 루카스는 그들에게로 걸어갔다.

이윽고 해적 가운데 한 사람이 거친 목소리로 말했다.

"우리는 '예지의 황금용'이 말한 것을 해 냈어. 속죄를 한 거야. 하지만 이제 우린 어디로 가야 하지, 짐 크노프? 우리에게는 더 이상 나라가 없어. 네가 우두머리가 되어 너의 나라에 우리를 받아들여 주지 않는다면 이대로 언제까지나 정처 없이 방랑하며 바다 위를 떠돌아다닐 수밖에 없어.”

“햇빛섬은 우리 모두에게는 너무 작아.”

짐은 조용히 말했다.

“하지만 쟘바라 나라를 되찾으면 모두 그곳으로 가도록 해. 그리고
너희는 나의 친위대가 되어 나라를 지키는 거야.”

“그럼 우리 이름은 뭐라고 하지?”

한 해적이 몸을 내밀며 물었다.

“‘뮤렌 왕자와 무적 12’라고 하면 어떨까?”

짐이 말했다. 해적들은 순간 입을 커다랗게 벌리고 짐을 쳐다보았다.
그리고 곧 뛰어오를 듯이 기뻐했다.

“허허, 그거 정말 대단한걸, 마음에 딱 들어! 뮤렌 왕자와 무적 12
만세!”

그리고 짐을 에워싸고 헹가래치며 몇 번이나 높이 던져올렸다. 루카
스는 옆에 서서 싱글벙글 웃으며 말했다.

“이봐, 좀 살살하라고! 우리의 왕자님이 다치지 않게 말이야!”

해적들은 왁자지껄 떠들어대며 노래를 부르기 시작했다. 오래된 해
적들의 노래 가락에 저절로 떠오른 새로운 가사가 붙여졌다.

우리는 무적의 열두 명
호, 호, 호, 그리고 검은 왕자님
지키자 세 임금 중 한 임금의 자손의 나라
호, 호, 호, 그리고 검은 왕자님
이제는 괜찮아, 아름다운 나라
호, 호, 호, 그리고 검은 왕자님
목숨을 걸고 충성을 다해

호, 호, 호, 맹세하네 우리의 왕자님

흥분된 분위기가 조금 가라앉고 겨우 바닥에 내려지자 짐은 한숨을
돌리며 말했다.

"이제 우린 친구가 되었는데 나는 너희를 구별할 수가 없어. 도대체
엉망이야. 서로를 구별할 수 있는 무슨 근거를 어떻게든 만들어야겠
어."

"정말 그래. 우리도 종종 그것에 대해 생각했었지. 안 그래, 형제
들?"

"그렇고말고."

"그렇지만 아무 생각도 떠오르지 않았어."

"나에게 좋은 생각이 있어!"

짐이 소리쳤다.

"너희, 각기 한 글자씩 쓸 수 있다고 했지?"

"맞아, 두목."

한 형제가 대답했다.

"그럼 간단해. 저마다 그 글자로 시작되는 이름을 지으면 되잖아."

"와, 놀라워!"

"우리가 일생을 걸려도 생각해 낼 수 없었던 것을 뮤렌 왕자는 곧바
로 척척 생각해 내는군. 과연 우리의 왕자는 다르군!"

형제들은 한 사람씩 앞으로 나와 쓸 줄 아는 글자를 써 보였다. 루카
스가 그것을 읽고 짐과 둘이서 각자에게 맞는 이름을 생각해 냈다. 한
사람만 조금 애를 먹었다. 그 사나이는 자기가 쓸 수 있는 글자가 K라
고 생각하고 있었다. 하지만 사실은 그것이 K가 아니고 X라는 것을 설
명하는 데는 꽤 시간이 걸렸다. 결국 사나이는 X도 무척 좋다는 것을

알게 되었다.

마지막으로 루카스가 한 사람 한 사람 금방 지어 준 이름을 쭉 읽어 주었다.

1. 안토니오(A)
2. 에밀리오(I)
3. 페르난도(F)
4. 이그나치오(T)
5. 루드비코(L)
6. 맥시밀리아노(M)
7. 니콜로(N)
8. 루돌프(R)
9. 세바스티아노(S)
10. 티오도로(T)
11. 월리코(U)
12. 크사베리오(X)

덩치 큰 사나이들은 크리스마스를 맞은 아이들처럼 싱글벙글 웃으며 즐거워했다. 이름으로 서로를 구별할 수 있다는 것이 꿈만 같았기 때문이다.

"자, 그럼 이제 어디로 가지?"

월리코가 물었다.

"햇빛섬 나라. 고향으로 돌아가라고 용이 말했잖아. 그러면 모든 것을 알게 될 거라고."

"좋아, 그럼 됐어!"

맥시밀리아노가 말했다.

"하지만 어떻게 가지? 우리의 빨간 돛은 이제 한 조각밖에 달려 있지 않아."

도리가 없었다. 짐과 루카스 그리고 친구들은 함께 선창에 넣어 두었던 값비싼 진주가 촘촘히 박힌 비단과 융단, 그리고 레이스 천을 꺼내 돛을 만들었다. 무늬를 넣은 손수건이나 새틴 냅킨까지 한 장도 남김없이 모두 돛을 만드는 데 쓰였다. 배는 더할 나위 없이 훌륭한 모습이 되었다. 이윽고 배는 타오르는 저녁놀 속을 뚫고 짐과 루카스의 작은 나라를 향해 달려갔다.

물 위로 떠오른 잠바라

　햇빛섬 나라까지는 꽤 먼 길이었다. 어용선을 타고 만다라에서 햇빛섬까지 가는데도 며칠이 걸리는데 '있어서는 안 될 나라'가 있던 곳에서의 거리는 그 두 배 이상이었다. 그렇지만 해적이었던 '무적 12'의 놀라울 정도의 항해술과 해적선의 빠른 속력으로 햇빛섬 나라까지 겨우 하룻밤 만에 닿을 수 있었다.

　다음날 아침, 짐과 루카스는 해가 뜨기 전까지 푹 자고 힘을 되찾아서 갑판으로 나왔다. 12명의 형제는 모두 앞쪽 갑판에 모여 저마다 망원경을 들여다보며 뭔가에 놀라고 있었다. 두 사람의 발소리를 듣고 형제 한 사람이 돌아다보았다. 티오도로였다. 티오도로는 싱글벙글 웃으며 말했다.

　"이것 참 멋지게 속였군. 우두머리 왕자, 저기 저쪽에 있는 것이 당신이 말한 작은 섬인가? 우리 모두 함께는 못 들어갈 정도라고 했잖아?"

짐과 루카스는 깜짝 놀라 형제들을 쳐다보았다. 육안으로는 아직 저 멀리 수평선이 보이지 않았다.

"무슨 말이지?"

짐이 물었다.

"섬이라니 무슨 소리야?"

"자, 들여다봐요!"

안토니오가 큰 소리로 말했다.

"저것이 작은 섬이라면 우리는 겨우 벼룩만 하다고! 아니, 올챙이 눈알이라고 해야 하겠지!"

이그나치오와 니콜로가 짐과 루카스에게 망원경을 건네주었다. 망원경을 눈에 대고 먼 곳을 바라보던 두 사람은 한동안 아무 말도 하지 못했다.

새벽녘 장밋빛으로 물든 부드러운 안개 베일 너머로 섬의 윤곽이 드러나 보였다. 아니, 섬이라기보다 그건 하나의 대륙이었다. 파란 파도가 몰려와 부서지는 깎아지른 듯한 벼랑도 있었으며 넓은 모래밭도 펼쳐져 있었다.

이윽고 아침 해가 떠오르자 이곳저곳의 바위가 무지개 색깔로 빛났다. 커다란 섬 전체가 보석처럼 눈부셨다. 가장 빛나는 곳은 동해안에 가까운 지점이었다. 그것이 무엇인지 짐에게는 아직 자세히 보이지 않았다.

짐이 망원경을 눈에서 떼고 말했다.

"아니야, 저건 햇빛섬이 아니야. 항로를 잘못 잡았어."

"그래, 틀림없어."

루카스도 말했다.

"저곳은 처음 보는 육지야."

12명의 형제는 머리를 가로저었다.

"우리는 항로를 잘못 잡은 적이 한 번도 없어."

크사베리오가 말했다.

짐은 다시 한 번 망원경을 눈에 대고 바라보았다. 배는 점점 더 육지로 다가갔으며 이윽고 유별나게 반짝이는 곳을 또렷이 볼 수 있었다. 갖가지 색깔의 투명한 보석으로 된 탑이 몇 개나 솟아 있었다. 이어서 오래된 사원과 궁전이 보였다. 그것은 옛날이야기에서나 나올 법한 멋진 도시였다. 그 광경은 어떤 말로도 표현할 수 없을 만큼 황홀했다.

"앗!"

짐이 소리쳤다.

"루카스, 저기 있는 것 생각나요? 저건 우리가 바다 밑을 달릴 때 본 도시예요."

두 사람의 머리에 떠오르는 것이 있었다. 그렇지만 아직 입 밖에 내어 말하지는 않았다.

대륙은 한가운데가 밋밋하게 높아졌다. 그 꼭대기에 작은 산이 차츰 또렷하게 보였다. 높은 것과 조금 낮은 봉우리가 있는 작은 산이. 그리고 그 사이에 있는 바늘귀만 한 작은 성. 그 조금 아래 보이는 작디작은 색깔이 있는 점…… 그것은 뭐요 할머니의 가게였다. 바로 옆에 작은 역이 있고, 그곳에 무엇인가 금속 물체가 아침 햇살을 받아 빛나고 있었다! 기관차같이 생긴 엠마와 같은 것! 이미 의심할 여지가 없었다. 햇빛섬 나라는 이제 막 바다 밑에서 떠오른 커다랗고 멋진 나라의 맨 꼭대기였던 것이다. 오랫동안 바닷속에 숨겨져 있다가 어젯저녁 물 위로 떠올라 지금 첫날의 아침 햇살을 받으며 빛나고 있는 넓고 멋진 나라, 그 잠바라의 한가운데에 햇빛섬이 자리잡고 있었던 것이다!

두 사람은 망원경을 들고 있던 손을 내리고 서로의 얼굴을 쳐다보았다.

"짐!"

루카스가 말했다.

그리고 두 사람은 서로 끌어안은 채 오랫동안 아무 말도 하지 못했다.

12명의 형제가 두 사람을 에워쌌다. 거친 주름투성이 얼굴에 비로소 상냥한 기쁨의 미소가 떠올랐다.

진주와 레이스 장식의 돛을 올린 배는 반짝반짝 빛나는 해안으로 점점 다가가, 이제 육안으로도 대륙의 모습을 자세히 볼 수 있게 되었다. 햇빛섬 나라 옆에는 작은 산호 나무숲이 있었으며 그 산호 가지가 작은 땅덩어리를 떠받들고 있었다. 표류하던 섬인 새 햇빛섬 나라였다. 그곳에 녹색 창틀의 작은 집이 세워져 있었다.

"이봐, 형제들!"

문득 니콜로가 소리쳤다.

"이 나라에는 엄청난 사람이 살고 있는 것 같아!"

마침 그때 투르 투르 씨가 집에서 나와 이상하다는 듯 주변을 살피고 있었다. 아직 상당히 멀리 떨어져 있어 그 모습은 문자 그대로 구름에 닿는 큰 사나이로 보였다. 해적들은 아직 겉보기 거인을 모르고 있었지만 두려워하는 기색은 전혀 없었다. 얼마나 대담한 사나이들인지는 이것만으로도 다시 증명된 셈이었다.

루카스와 짐은 형제들에게 투르 투르 씨가 어떤 특성을 가지고 있는지 설명하고, 등대를 맡기기 위해 두 사람이 햇빛섬 나라로 데려왔다는 것을 알려주었다. 12명의 형제들은 까만 왕자와 루카스에게 너무나 감탄한 나머지 묵묵히 쳐다보기만 할 뿐이었다.

그러는 동안 배는 해안에 닿아 아늑한 만에 닻을 내렸다. 보석 바위가 자연스럽게 항구를 형성하여 배의 갑판에서 한 번 건너뛰면 상륙할 수 있도록 부두가 만들어졌다.

드디어 위대한 순간이 왔다. 이제는 성스러운 세 임금 가운데 한 사람, 검은 얼굴의 카스파 임금의 마지막 자손인 뮤렌 왕자임을 알게 된 짐 크노프가 그의 옛 나라, 그리고 새로이 얻은 나라 쟘바라에 첫발을 내디딘 것이다.

"나는 이렇게 생각해."

루카스가 말했다. 그 목소리는 엄숙할 정도로 진지하게 들렸다.

"오늘의 이 위대한 날을 영원히 기념해 이 나라를 쟘바라가 아닌 짐바라라고 부르도록 하겠어!"

모두 대단히 좋은 생각이라고 입을 모았다. 짐은 곧 다음과 같이 선언했다.

"오늘부터 이 나라는 짐바라다!"

짐은 이제 정당한 권리를 가지고 이 나라에 돌아온 것이다.

그리고 모두 이 나라 한가운데에 있는 햇빛섬 나라로 향했다. 짐바라는 대단히 넓어 햇빛섬까지는 참으로 먼 길이었다. 가는 길마다 신기한 풍경이 계속 나타나 서두를 수도 없었다. 어느 것이나 바다 밑에 있던 그대로였다. 산호 숲이 있는가 하면 땅이 진주조개로 덮여 있기도 했다. 천 년 이상이나 되는 오랜 세월을 깊은 바다에서 잠들어 있던 탓에 땅은 아주 비옥했다. 풀과 푸른 나무들은 곧 무성하게 자라날 것이다.

그 사이 사이에 파랑과 빨강, 녹색 보석으로 이루어진 산과 바위가 번갈아 가며 솟아 있었다. 배에 실려 있던 해적의 보물도 이 나라에 비교해 보면 별것도 아니었다.

짐과 루카스가 앞장서 드디어 햇빛섬 나라의 국경까지 왔다. 이제는 크고 작은 파도에 씻기지 않는 국경에.

그동안 투르 투르 씨는 12시 15분 전 알퐁스 임금님과 두 신하를 깨 웠다. 그들은 너무나 놀라 아무 말도 못하고 두 산봉우리 사이에 있는 성 앞에 멍하니 서 있었다. 하룻밤 사이에 세상은 완전히 달라져 있었 다. 짐바라는 누구의 잠도 방해하지 않을 정도로 소리 없이 떠올랐던 것이다.

짐과 루카스가 다가가 아침 인사를 하자 그들은 겨우 제 정신을 차 렸다. 와락 용솟음친 기쁨, 그 기쁨이 어떤 것인지 어찌 말로써 다 표 현할 수 있을까.

루카스는 엠마에게로 다가가 가슴 죄며 기다리던 투박한 기관차를 상냥하게 쓰다듬어 주었다. 그때 마음씨 좋고 나이 많은 엠마가 기뻐하 는 모습이란……. 루카스는 이렇게 오랫동안 엠마를 외톨이로 내버려 둔 적이 없었다. 서로 헤어져 있는 게 얼마나 쓸쓸한 일인지 둘은 처음 으로 분명하게 깨달았다. 그 기분을 가장 잘 알 수 있었던 것은 짐이었 다. 짐은 몰리를 잃은 뒤 여전히 쓸쓸해하고 있었기 때문이다.

그날 짐과 루카스는 떼를 쓰며 졸라대는 것을 거절할 수 없어 많은 모험담을 모두에게 이야기해 주었다. 이번에는 용의 거리에서 돌아왔 을 때와 같이 뭐요 할머니의 작은 부엌에서 모일 수는 없었다. 그러기 엔 사람들의 수가 넘쳐났기 때문이다.

그래서 전에 해적이었던 12명은 햇빛섬 나라의 국경에 앉아 기다리 도록 했다. 짐과 루카스는 나이 많은 엠마 위에 올라타고, 다른 사람들 은 의자를 들고 모여들어 편한 곳에 의자를 놓고 앉았다. 12시 15분 전 알퐁스 임금님은 옥좌를 성문 앞까지 끌어내 창살 무늬 슬리퍼를 신은 발을 즐거운 듯이 흔들어대며 두 기관사의 이야기에 귀 기울였다.

이제 두 기관사 가운데 한 사람은 왕관을 계승받아 같은 지위에 있는 동료였다.

"우리 임금 자리에 있는 사람은 많은 어려운 일을 겪게 된다."

임금님은 이야기가 아슬아슬한 대목에 이르면 이렇게 중얼중얼 말했다.

"내가 잘 알고 있다시피. 에헴."

사람 좋은 뭐요 할머니는 너무너무 기뻐서 가게에 있던 아이스크림과 과자, 그리고 다른 맛있는 것들을 모조리 가져와 사람들에게 대접했다.

짐과 루카스가 이야기를 마친 뒤에도 사람들은 놀라움과 존경으로 아무 말도 못하고 조용히 앉아 있었다. 그러다가 마침내 옷소매 씨가 일어서서 예의 바르게 인사를 한 다음 말했다.

"그런데 존경하는 두 사람에게 묻고 싶습니다. 모든 일이 나무랄 데 없이 잘 되어가고 모든 것이 제자리에 잘 수습된 지금, 저는 그리 대단한 사람은 아닙니다만 무언가 적당한 일을 하고 싶은데 그런 일이 있을까요? 그것에 대해서는 이미 이야기한 바가 있습니다만, 기억하고 계십니까?"

"물론 기억하고 있습니다, 옷소매 씨."

루카스가 그렇게 대답하고 도넛모양의 연기를 파란 하늘에 피워 올렸다.

"그런데 마침 좋은 일자리가 생겼어요."

짐은 깜짝 놀라 루카스를 쳐다보았다. 아직 무슨 일인지 모르고 있던 것이다. 루카스가 짐에게 장난스럽게 눈짓을 하며 말을 계속했다.

"이 왕자님은 읽고 쓰기와 산수를 배우고 싶으시다고 합니다. 그리고 다른 공부도. 어쨌든 그렇게 말했습니다."

"정말입니까?"

옷소매 씨가 크게 기뻐하며 물었다.

"네, 정말이에요. 옷소매 씨, 내게 그걸 가르쳐 주시겠어요?"

그렇게 해서 짐바라의 어린 임금 짐 크노프는 그 뒤로 매일 옷소매 씨의 학교에 다니며 읽고 쓰기, 산수, 기타 여러 가지 공부를 하게 되었다. 옷소매 씨는 더없이 좋은 선생임을 증명해 보였으며 짐은 나날이 지식을 쌓아갔다. 짐은 옷소매 씨가 무엇이나 알고 있어서 깜짝 놀랄 때가 한두 번이 아니었다. 마치 만다라의 '학식의 꽃' 같았다.

짐은 해적들이었던 12명에게도 함께 학교에 가지 않겠느냐고 권유해 보았다. 하지만 공부하는 것을 그리 달갑게 생각하는 것 같지 않아 짐도 더 이상은 권하지 않았다.

짐이 혼자서 처음으로 쓴 편지는, 리시 공주와 함께 불바다에 붙들려 있던 아이들에게 보내는 것이었다. 짐은 그들을 모두 짐바라에 초대하기로 했던 것이다. 그리고 그 편지를 12명의 형제에게 건네주고 배를 출항시켜 아이들에게 일일이 보냈다. 그때 붙들려갔던 아이들을 이번에는 손님으로 초대하기 위해서였다.

촘촘히 진주가 매달린 색동옷 같은 돛을 올린 배가 항구를 떠나자 곧 대단히 훌륭한 다른 배가 부두에 들어왔다. 만다라 임금님의 새 어용선이었다. 배에는 풍 깅 임금님과 리시 공주, 그리고 핑 퐁이 함께 타고 있었다. 세 사람은 어떤 멋진 일이 일어났는지 이미 소식을 들어서 알고 있었다.

"12시 15분 전 알퐁스 임금님이 전화했나요?"

짐은 놀라서 물었다.

"아니, 그렇지 않네."

풍 깅 임금님은 상냥하게 웃으며 말했다.

"다른 누군가가 알려주었지. 누군지 알겠나?"

"혹시 '예지의 황금용'이 아닌가요?"

짐이 큰 소리로 말했다.

"그래 맞았어."

리시 공주가 대답했다.

"짐, '있어서는 안 될 나라'가 가라앉은 뒤로 용은 우리 모두에게 이야기를 해주고 있어. 지금은 21명의 '학식의 꽃'이 매일 용에게로 가서 세계의 비밀을 배우고 있는데, 꼭 학교와 같아."

"그렇습니다."

핑 퐁이 속삭이듯 작은 소리로 말했다.

"그리고 용은 주인님이신 당신에게 이렇게 전해 달라고 부탁했어요. 뮤렌 왕자가 만다라의 공주와 결혼식을 올리는 날 잃어버린 것이 당신에게 돌아올 거라고."

"몰리야!"

짐이 눈빛을 반짝이며 소리쳤다.

짐은 어떤 일이 벌어질지 기대를 갖고 기다렸다. 그리고 결혼식 날이 빨리 왔으면 좋겠다고 생각했다. 다른 사람들도 모두 같은 마음이었다.

핑 퐁은 만다라의 투명한 나무와 '놀라운 숲'의 갖가지 식물 묘목을 배에 가득 싣고 왔다. 그것들을 곧 짐바라의 기름진 땅에 옮겨 심었다.

투르 투르 씨는 아직 자신의 작은 집에만 틀어박혀 있었다. 내성적인 겉보기 거인은 자신의 별난 특성으로 손님들을 놀라게 하고 싶지 않았던 것이다. 처음 만나는 것이 아닌 리시 공주에게도 멀리서 보인 적은 아직 한 번도 없었다. 더욱이 새로 온 손님에게는 자기의 모습에 조금씩 익숙해지도록 하는 편이 좋으리라고 생각한 것이다. 그렇지만 임금님도, 작은 대본즈도, 그리고 선장이나 선원까지 작은 집으로 찾아와

인사를 했다. 투르 투르 씨는 너무나 감동한 나머지 매번 눈물을 훔쳐
야 했다.

기쁜 일이 가득

이삼 주가 지난 어느 날, 본디 해적선이었던 배가 근사한 돛을 매달고 돌아왔다. 배에는 여러 나라의 어린이들이 가족과 함께 즐겁게 떠들어대며 오가고 있었다.

해적이었던 '무적 12'는 자기들이 이미 '난폭자 13'이 아니란 것을 아이들이 한눈에 알 수 있도록 모자에 붙어 있던 해골과 X자 모양 뼈다귀 마크를 떼어내 그 대신 무지개를 그린 동그란 휘장을 달고 있었다. 일곱 가지 무지개 색깔은 짐바라 나라의 상징이 되었다.

짐과 루카스가 배에서 내린 아이들을 맞이해 주자 너무나 기뻐서 크게 환성을 지르며 안겨들었다. 환성이 겨우 가라앉자 루카스가 말했다.

"자, 손님들이 모두 도착했으니 이제 결혼식을 더 미룰 이유가 없겠어. 오늘 식을 올리는 것이 좋지 않을까?"

"나도 그렇게 생각해요."

짐도 그 말에 찬성했다.

결혼식은 그날 밤 짐바라의 동해안 가까이에 있는 옛 수도 '보석의 거리'에서 거행하기로 결정했다. '무적 12'가 준비를 해두기 위해 한 발 앞서 파견되었다.

아이들과 가족들은 짐과 루카스에게 이끌려 먼저 햇빛섬 나라로 갔다. 너무나 많은 이야기를 들어 한 번 간절히 와 보고 싶어 했던 햇빛섬 나라였다. 12시 15분 전 알퐁스 임금님은 그들을 작은 궁전으로 모두 맞이하여 한 사람 한 사람과 악수를 나누었다. 옷소매 씨도 임금님을 따라 악수를 했다. 뭐요 할머니는 마음이 들떠 볼이 빨갛게 물들어 있었다. 할머니는 그날 오후 내내 코코아를 끓이거나, 몇 층으로 쌓아 올린 케이크를 알맞은 갈색으로 또는 짙은 갈색으로 구워 내며 몹시 바쁜 하루를 보냈다. 모두가 맛있는 음식을 실컷 먹었다. 그런 것을 처음 먹어 보는 인디언 아이와 에스키모 아이들도 뭐요 할머니의 음식맛에 반해 집에서 먹던 물소고기나 뜨거운 간유보다 더 좋다고 말할 정도였다.

그날 오후 내내 아이들은 여러 가지 놀이를 하며 놀았다. 세계 여러 나라에서 모였기 때문에 아이들은 서로 모르는 놀이도 배울 수 있었다. 모두 신나게 떠들고 흥겹게 몰려다니느라 조금씩 피로감을 느꼈다. 슬슬 보석의 거리를 향해 출발해야 할 시간이 되었다. 짐바라는 넓어서 그곳까지 가려면 꽤 시간이 걸렸다.

루카스는 마음씨 좋고 나이 많은 엠마를 달리게 할 준비를 했다. 짐과 리시의 경사스러운 결혼식에 엠마도 당연히 참석해야 했다. 그리고 도중에 피로한 아이들을 잠시 태워 쉬게 할 수도 있었다. 많은 가족들 가운데는 할머니와 할아버지도 몇 사람 있었다. 그 분들이 먼 거리를 내내 걷게 해서는 안 되었다.

루카스가 엠마의 기적을 울리자 긴 행렬이 이어지고 천천히 움직이기 시작했다. 기관차는 맨 앞에 서서 서서히 앞으로 나아갔다. 그리고 때때로 멈춰 서기도 했다. 이 새로운 나라의 훌륭하고 멋진 광경에 계속 환성을 지르는 손님들에게 마음껏 경치를 구경할 수 있는 시간을 주기 위해서였다. 저녁놀이 물들고 보석의 거리가 있는 평야에 닿았을 때는 어느덧 밤이 되었다.

그들을 기다리고 있는 그곳의 멋진 광경, 이 놀랄 만한 모습을 제대로 전달할 수 있는 사람이 과연 있을까?

'무적 12'는 낡아 반쯤 허물어진 사원이나 길과 안뜰, 보석이 잔뜩 박힌 궁전 벽 등에 몇 백 개나 되는 경축의 횃불을 올려 대낮같이 환히 밝혀 놓았다. 그래서 거리 전체는 커다랗고 멋진 등불과 램프에 의해 갖가지 색으로 빛나고 있었다. 그 위에 별이 총총한 하늘이 둥근 천정을 이루고, 가까운 바닷가에서는 파도가 찰랑거리고 있었다. 바다는 깊고 부드러운 푸른빛이 드리워지고 크고 작은 파도는 무수한 빛의 점을 이루어 밝고 아름답게 빛나고 있었다.

"저것 봐!"

기관차 뒤에서 더없이 행복한 미소를 지으며 리시 공주와 걷고 있던 짐이 말했다.

"바다의 불빛이야!"

"정말."

리시 공주는 경건한 마음으로 말했다.

"루카스와 네가 없었더라면 켜지지 않았을 불빛이야."

아이들과 엠마는 밝게 비치는 거리로 들어섰다. 거리와 광장에 있는 갖가지 화려한 빛깔의 불빛 속을 지나갈 때 사람들은 하나같이 그저 숨을 삼키며 아름다운 광경에 입을 멍하니 벌리고 있었다. 드디어 행렬은 커다란 둥근 광장에 이르렀다. 한가운데 계단식 단상 위에는 흰 눈 같이 하얀 돌로 된 옥좌가 놓여 있고, 옥좌에는 수수께끼 같은 글이 새겨져 있었다.

드디어 오래도록 사랑하리.

'무적 12'들이 커다란 시계의 숫자처럼 손에 손에 타오르는 횃불을 들고 광장에 둥글게 서 있었다. 12명은 짐과 리시 공주가 오는 것을 보자 우렁찬 목소리로 소리쳤다.

"우리의 신랑 신부 만세! 만세! 만세!"

그리고 그들의 새 노래를 합창했다. 그 노래가 울려 퍼지자 아이들도 수많은 가족들과 함께 옥좌 언저리에 커다란 동그라미를 만들고 서서 만세를 부르며 왕자와 공주를 맞이했다.

짐과 리시 공주는 옥좌에 오르는 층계 앞에서 멈춰 섰다.

드디어 뭐요 할머니와 루카스가 나와 두 사람에게 결혼식 옷을 입힐 차례가 되었다. 뭐요 할머니가 리시 공주에게 은실과 진주를 여러 개 박아 만든 왕비의 가운을 어깨에 걸어 주었다. 기다란 옷자락이 땅에 길게 늘어졌다. 그리고 하얗고 긴 베일이 달린 신부 화관을 머리에 채워 주었다. 그 다음 루카스가 작은 친구 짐에게 진홍 금실을 수놓은 임금의 가운을 입혔다. 루카스의 눈이 번쩍 빛난 것 같았다. 그때 파이프를 입에 물고 있었다면, 틀림없이 몽실몽실 연기를 뿜어 올렸을 것이다.

짐과 리시 공주가 결혼식 옷을 입었을 때, 만다라의 임금님이 넓은 식장으로 조용히 걸어 나왔다. 두 손으로 커다란 푸른색 벨벳 쿠션을 높이 쳐들고 있었다. 그 위에 임금의 표시인, 성스러운 세 임금 중의 한 사람 카스파 임금의 빛나는 왕관과 옥새와 보배로운 구슬, 그리고 리시 공주의 귀여운 만다라 왕관, 또 '난폭자 13'의 뾰족 별이 놓여 있었다.

만다라 임금님은 두 사람 사이에 섰다. 루카스가 짐의 손을 잡고 뭐요 할머니가 리시 공주의 손을 이끌고 다섯 사람은 함께 계단을 올라가 옥좌 앞에 나란히 섰다. 풍 킹 임금님이 나지막하게, 그러나 큰 광장 구석구석까지 울리는 목소리로 말했다.

"그대들이여, 이 왕관을 받으라. 이로써 옛 나라이며 새로이 찾은 나라 짐바라는 다시 임금과 왕비를 맞이하게 되었노라."

임금님은 말을 마치고 나서 기관사 루카스에게 쿠션을 건네주었다. 그리고 두 손으로 뾰족한 열두 가닥의 가지가 있는 왕관을 들어 짐의 머리에 얹어 주었다. 그 다음 작은 만다라의 왕관을 딸 리시 공주에게 채워 주었다. 다음에 임금님의 상징으로 짐은 루카스가 받들고 있는 쿠션 위에서 옥새를 집어들었다. 보배로운 구슬은 어린 왕비에게 건네주었다. 마지막으로 루카스가 빨간 별을 친구인 짐의 가운에 달아 주었다. 그런 뒤 짐과 리시 공주는 수수께끼 같은 글자가 새겨진 하얀 옥좌에 나란히 앉았다.

12시 15분 전 알퐁스 임금님은 말하자면, 이웃 나라에 외교 의례로써 출석하고 있을 뿐이어서 식이 거행되는 동안 눈에 띄지 않는 곳에서 있었다. 그렇지만 기쁜 마음을 도저히 참을 수가 없어 재빨리 왕관을 벗어 공중으로 높이 흔들며 소리쳤다.

"뮤렌 임금 만세! 리시 왕비 만세! 신랑 신부의 장수와 이웃한 우리 두 나라의 친밀한 우호 관계를 축원하며……."

알퐁스 임금님은 너무나 기쁜 나머지 말문이 막혀 뒷말을 어떻게 이을지 몰랐다. 하지만 처음에 외친 만세 소리에 이어 모두 입을 모아 소리쳤기 때문에 눈치 챈 사람은 아무도 없었다. 알퐁스 임금님 옆에 있던 핑 퐁은 깡충깡충 뛰며 지저귀듯 외쳤다.

"오오, 오오, 오오, 나는 이미 너무나 기뻐 정신이 나갈 지경이야. 오오, 오오, 이 얼마나 멋진 일인가!"

핑 퐁 옆에 서 있던 옷소매 씨도 말했다.

"나는 임금님의 스승이라오, 대본즈! 임금님의 교육을 맡고 있지! 이 얼마나 자랑스럽고 황송한 일이오!"

조심하느라고 엠마의 탄수차에 숨어 있던 투르 투르 씨까지 드디어 가느다란 목소리로 소리쳤다.

"축하해요, 정말! 어린 임금님과 왕비님 만세!"

그리고 엠마는 뿌웅! 하고 기쁨의 기적을 계속 울려댔다. 만다라 임금님이 손을 번쩍 들었다. 모든 사람의 환성이 가라앉는 것을 기다렸다가 이윽고 임금님은 입을 열었다.

"여러분, 지금 이 순간에, 참으로 신비스러운 방법으로 시작과 끝이 맞물리게 되었습니다. 쇠사슬의 마지막 고리가 다시 처음의 고리에 맞물려 고리가 연결되었습니다."

모두 조용히 풍 킹 임금님의 말의 의미를 생각하고 있을 때, 문득 바다 저편에서 알 수 없는 피리 소리가 들려 왔다.

"누굴까?"

짐은 루카스에게 나직이 물었다.

"아마 우리 친구겠지. 바다 생물들이야!"

루카스가 말했다.

"틀림없이 축하하러 왔을 거야."

"마중 나가 봐요."

리시 공주가 말했다.

모두 찬성했다. 그래서 엠마도 '무적 12'도 모두 한데 모여 거리를 지나 가까운 바닷가로 향했다. 그곳에는 꿈과 같은 멋진 광경이 펼쳐지고 있었다. 빛나는 바다의 활처럼 반달이 그려진 수평선 저쪽에서 또 하나의 축하단이 다가오고 있었던 것이다. 몇 백 명이나 되는 바다 생물들이 소라 고동을 불며 유쾌하고 떠들썩하게 무리 지어 있었고, 한가운데에 여섯 마리의 하얀 듀공이 거룻배 크기만 한 커다란 진주조개를 끌며 다가오고 있었다.

그 안에는 엷은 비단 해초로 된 신부 옷을 하늘하늘 나부끼며 인어 공주와 우샤우리슘이 나란히 앉아 있었다. 그 뒤에는 조가비 배 하나가 흔들리고 있었다. 무언가 실려 있는 것 같았지만 커다란 잎사귀가 덮여 있어 알아볼 수가 없었다.

"저들이 몰리를 찾아온 게 아닐까?"

짐이 가슴을 두근거리며 말했다.

"만약 그렇지 않으면 정말 실망스러울 텐데."

루카스도 긴장되어 말했다. 바다 생물들이 바닷가에 도착하자 짐은 이 나라의 임금으로서 상냥하게 맞이하며 곧 어린 왕비를 소개했다. 인어 공주와 우샤우리슘은 생끗 웃으며 서로 마주 보았다. 그리고 인어 공주가 말했다.

"우리도 오늘 결혼식을 올렸어요."

"와! 굉장한데!"

루카스가 소리쳤다.

"그럼 우샤우리슘은 바다의 임금 로루모랄이 낸 문제를 해결했군요?"

"그렇습니다."

등딱지 네크가 노래하는 듯한 목소리로 대답했다.

"나의 친구 네포무크와 함께 해냈습니다. 네포무크가 당신들에게 안부를 전해 달라고 하더군요. 그는 대단히 건강하고 유쾌하게 지내고 있습니다. 하지만 자철 바위의 파수꾼으로 맡은 바 임무 때문에 함께 올 수가 없었습니다. 오늘밤은 보시는 바와 같이 바다의 불이 환하게 켜져 있지요. 자철 바위를 떠나 있는 동안 배들에게 무슨 일이라도 일어나면 큰일이라고 하더군요."

"대단해!"

루카스가 감탄하여 말했다.

"이제는 완전히 안심할 수 있겠어요. 그리고 우리 두 사람이 안부를 전한다고 말해 주세요."

"그런데 당신들 혹시 몰리를 찾지 못했나요?"

짐이 더 이상 참을 수가 없어 물었다. 인어 공주가 다시 우샤우리슘을 곁눈질하며 생긋 웃었다. 그러자 우샤우리슘이 노래를 부르듯 말했다.

"우리는 당신들 덕분에 '영원한 수정'을 만들 수 있게 되었습니다. 그러므로 기념해야 할 첫 작품으로 당신의 작은 기관차에 옷을 갈아입혔습니다. 기관차는 바다 멀리 남쪽으로 내려간 곳에서 발견했지요. 반룡과 내가 그 철갑을 영원히 부서지지 않는 수정으로 바꾸어 놓았습니다. 우리의 우정과 감사의 뜻으로."

우샤우리슘이 말을 마치자 바다 생물들은 두 번째 조가비 배에서 잎사귀들을 걷어냈다. 몰리는 그곳에 놓여있었다……. 해맑은 물처럼 비치는 투명하고 멋진 모습으로 바뀐 몰리가!

작은 기관차는 바닷가에 올려져 짐 앞에 놓였다. 짐은 조심스레 한 손을 내밀어 살며시 만져 보았다. 마치 사라져 없어지지나 않을까 두려

위하듯 소중히 다루었다. 물론 없어지지는 않았다. 그곳에 있는 것은 틀림없는 진짜 기관차였다. 게다가 그동안 조금 커지기까지 했다. .

"고맙습니다!"

짐의 커다란 눈에 눈물이 맺혀 반짝였어. 한참 뒤 루카스가 말했다.

"하지만 몰리가 부서지지 않을까?"

"아니, 그렇지 않습니다."

우샤우리슘이 대답했다.

"'영원한 수정'은 부서지지 않습니다."

"그럼, 몰리는 절대로 부서지지 않는 건가요?"

짐이 다시 물었다.

"절대로!"

우샤우리슘이 대답했다.

어느새 루카스는 나이 많은 엠마를 데려왔다. 아들과 다시 만난 엠마가 얼마나 기뻐했는지는 두말할 필요도 없을 것이다. 그 기쁨이 아직 가라앉기도 전에 갑자기 바다 저 멀리서 물이 철렁거리더니 푸르르! 하는 무서운 콧김소리가 들려 왔다. 이어 물이 산더미처럼 솟아오르고 그곳에서 바다의 임금 로루모랄의 커다란 머리가 불쑥 나타났다. 로루모랄 임금님은 두 쌍의 결혼식에 참석한 사람들을 둘러보더니 이윽고 인자한 표정을 지으며 마치 고래가 트림을 하듯이 소리쳤다.

"축하해요! 축하해요!"

그러더니 꾸르륵꾸르륵! 무서운 소리를 내며 물속 깊이 사라져 버렸다.

"저의 아버지예요."

인어 공주가 미안한 듯이 모두에게 말했다.

"하지만 여러분, 어서 앉으세요. 이제 곧 물의 무도회가 벌어질 거예요.”

모두 바닷가에 둘러앉았다. 이윽고 인어 시녀들의 멋진 춤이 펼쳐졌다.

축하 행사는 밤늦게까지 계속되었다. 이것보다 더 멋진 축제는 이 세상이 시작된 이래 아직 한 번도 없었다.

이삼 일 뒤 풍 깅 임금님은 핑 퐁과 함께 만다라로 돌아갔다. 그렇지만 리시 공주는 남아 있었다. 이제는 짐바라의 왕비이기 때문에 이곳에 머물러 살게 된 것이다. 루카스와 짐은 햇빛섬 나라와의 국경 가까이에 반은 만다라풍의 궁전, 반은 역으로 된 멋진 집을 세웠다. 그곳에서 젊은 부부가 살게 되었다. 리시 공주는 뭐요 할머니에게서 요리법과 가사일을 배웠다. 짐과 함께 날마다 햇빛섬 나라 옷소매 씨의 학교에도 갔다. 그 밖의 시간엔 둘이서 함께 나라를 다스렸다. 또한 도시와 보석의 거리에는 어떤 특별한 축제가 있거나, 대단히 중요한 일을 의논해야 할 때에만 함께 가도록 했다.

대부분의 아이들은 가족들과 함께 이 나라에 머물러 살기로 마음을 정했다. 그리고 고국에서 가져온 여러 가지 씨앗을 비옥한 짐바라의 땅에 뿌렸다. 이윽고 인디언들이 사는 초원이나 숲이 있는 지방이 생겨났다. 네덜란드 사람이 사는 커다란 튤립 농장과 윤이 나고 생기가 넘치는 목장이 생겨났으며, 다갈색 살갗에 터번을 두른 아이들이 사는 정글도 이루어지게 되었다. 짐바라의 북쪽 끝에는 에스키모 아이들에게 꼭 알맞을 만큼 몹시 춥고 눈이 많이 내리는 곳이 있었다.

따라서 저마다 살기 좋은 곳에서 편히 살 수 있었다. 표류하는 섬이었던 새 햇빛섬 나라를 떠받들던 산호들도 무성하게 자라나 작은 숲을 이루었다. 그곳은 매달리거나 기어오르며 숨바꼭질하기 알맞은 곳으로 아이들 모두가 가장 좋아하는 놀이터가 되었다.

겉보기 거인은 짐바라의 새로운 주민들 사이에 차츰 알려지게 되어 이제는 두려워하는 사람이 아무도 없었다. 밝은 대낮에도 거리낌 없이 돌아다닐 수 있게 되었다. 아이들은 구름 꼭대기까지 닿을 만한 투르투르 씨가 멀리서 오는 것을 보면 손을 흔들었다. 겉보기 거인도 행복한 미소를 지으며 손을 흔들어 응답했다. 물론 등대지기로서의 일은 이제까지와 마찬가지로 잘해 나갔다. 대단히 큰 나라에도, 그리고 대단히 작은 나라에도 배는 늘 충돌할 위험이 있는 것이다.

'무적 12'는 진주와 레이스의 돛을 매단 배로 짐바라를 빙빙 돌며 우두머리이자 주인이기도 한 뮤렌 임금의 나라를 잘 지켰다. 그러므로 이 나라에는 나쁜 일은 일어나지 않았으며 무엇을 두려워하거나 걱정할 필요도 없었다. 누구도 두려움이나 걱정할 일이 조금도 없었다.

이윽고 여기저기서 여러 종류의 새들이 날아들었다. 아름다운 빛깔의 새, 눈에 띄지 않을 정도로 작은 새, 명랑한 목소리로 지저귀는 새, 깍깍! 시끄럽게 울어대는 새 등 모두가 사람들을 잘 따르게 되어, 부르면 거리낌 없이 다가올 정도였다. 물론 나중에는 다른 동물도 찾아왔지만 짐바라는 그때부터 '아이들과 새의 나라'로 불렸다.

'예지의 황금용'은 어떻게 되었을까? 짐과 루카스는 만다라의 임금님에게 그 용을 바쳤다. 풍 킹 임금님은 거기에 대한 답례로 정성을 다해 모든 깃발과 모든 고관들의 옷에 용의 모습을 수놓도록 했다.

루카스는 늙은 뚱보 엠마와 함께 햇빛섬 나라에서 살며, 날마다 구불구불한 선로를 다섯 개의 터널을 지나 이 나라의 끝에서 끝까지 몇 차례씩이나 오갔다.

짐은 친구인 루카스의 도움을 받아 조금씩 자기 나라의 구석구석까지 솜씨 좋게 지선을 연장시켜 선로를 부설해 나갔다. 아이들을 햇빛섬 나라로 데려오거나 다시 저마다의 집에 데려다 주기 위한 선로였다. 다른 지방의 사람이 서로 방문할 때에도 사용되었다. 아이들은 서로를 찾아다니며 방문하는 것을 무척이나 좋아했기 때문이다.

가장 좋아했던 것은 저녁놀을 받으며 짐이 불과 물, 그리고 증기가 훤히 내비치는 몰리를 타고 달리는 모습이었다. 기관실에서 활활 타오르는 불빛을 받고 서 있는 짐, 그 머리 위에는 왕관이 빛났으며 가슴에는 별이 반짝이고 있었다.

두 대의 기관차가 서로 스치듯 지나치게 되면 기관사들은 손을 흔들었으며 엠마와 몰리는 기적을 울려 인사를 나누었다.

햇빛섬 나라와 짐바라의 꼭대기에서는 투르 투르 씨가 마치 살아 있는 크리스마스트리처럼 별빛이 아름다운 하늘 아래 등불을 밝히며 서 있었다.

짐 크노프와 기관사 루카스의 이야기는 이렇게 우리 마음속에 새겨져 오래도록 남아 있을 것이다.

이 책 《짐 크노프》에서
《모모》와 《끝없는 이야기》가 탄생했습니다

"이 책은 제가 처음으로 낸 책이자, 저에게 처음으로 성공을 가져다
준 책입니다. 그즈음 저는 매우 순수하게 제가 하고 싶은 이야기들을
써내려 갔습니다. 저는 어떠한 것도 꾸미지 않았습니다. 이 책은 그저
제 자신일 뿐입니다."

미하엘 엔데가 죽기 전 해, 1994년 11월 〈타임〉과의 인터뷰에서
《짐 크노프》에 대하여 이야기한 것이다.

동화를 읽는다는 건 무엇일까. 그것은 태초의 '나'와 조우하는 경험
일지 모른다. 인간에 의해 더럽혀지지 않은 온전한 꿈의 세계에 발을
내딛는 순간, 독자 역시 태초의 나, 즉 자신 내면의 깊은 바다 위를 걷
게 되는 것이다. 이처럼 동화를 읽는다는 건 우리들 마음속에 여과기
하나를 꽂아두는 것과도 같다. 미세한 먼지조차 걷어내어 맑은 물방울
을 똑똑 떨어트리기 위해서 말이다.

'저는 아무것도 꾸미지 않았습니다'라고 말하는 작가의 고백처럼, 우
리의 마음과 몸에 덕지덕지 발라놓은 온갖 치장을 잠시 걷어내고, 동화
의 첫 장을 열기로 하자.

짐 크노프(Jim Knopf und Lukas der Lokomotiveführer, 1960)

햇빛섬은 아주 작은 섬나라였다. 옷소매 씨의 평범한 집이 한 채, 뭐요 할머니의 가게가 하나, 12시 15분 전에 태어나 '12시 15분 전 알퐁스'라고 불리는 임금님의 조그만 성, 그리고 루카스와 기관차 엠마의 기찻길만으로도 꽉 차버리는 작지만 평화로운 섬……. 이 손바닥만 한 햇빛섬에 흑인 아이가 소포로 잘못 배달돼 오며 이야기는 시작된다.

흑인 아이의 이름은 짐, 그는 햇빛섬 모든 사람들의 사랑을 받으며 뭐요 할머니의 깊은 사랑으로 무럭 무럭 자라난다. 그런데 짐이 어엿한 소년으로 자라날수록 임금님의 근심은 더해만 갔다. 나라에 더 이상 집을 지을 자리가 없었던 것이다. 그리하여 루카스와 짐은 기관차 엠마를 바다에 띄워 새로운 섬을 찾아 모험을 떠난다. 만다라 왕국에 도착한 짐과 루카스는 공주를 납치당한 풍 깅 왕의 슬픈 사연을 알게 되고, 그 때부터 그들의 모험이 시작되는데…….

그 후로 생각지도 못 했던 꿈같은 이야기, 어이없도록 놀랍고 귀여운 그 환상의 세계는 능청스레 술술 이어진다.

엄청나게 높은 산들로 둘러싸인 '황혼의 골짜기'를 지나, '세계의 끝' 사막에서 만난 거인 투르 투르 씨와 '천화산의 나라'에서 만난 반룡의 도움으로 우여곡절 끝에 진짜 용들만의 도시 '용의 거리'에 도착한다.

그곳에서 '난폭자 13'에게 납치된 리시 공주와 많은 어린아이들을 구하게 되고, 아이들을 사들인 어금니 부인을 포로로 잡아 아이들과 함께 용의 도시를 탈출한다.

어금니 부인은 짐과 루카스의 도움으로 '예지의 황금용'으로 변신하게 된다. 황금용은 루카스와 짐에게 햇빛섬 나라에서 모두 모여 살 수 있는 방법을 일러주고, 햇빛섬으로 돌아온 짐은 리시 공주와 약혼식을 올린다.

이 책 《짐 크노프》에서 《모모》와 《끝없는 이야기》가 탄생했습니다 579

미하엘 엔데의 작품은 단편적인 동화가 아니라 인간세계 전반에 걸친 사상과 철학을 담고 있다. 그의 따스한 시선은 작품 속 하나하나의 인물과 사건들에 세상을 향한 다양한 메시지를 담아내고 있는 것이다.

주인공 짐을 흑인으로 설정하여 유색인종에 대한 인종차별을 꼬집었고, 세계의 끝 사막에서 만난 겉보기 거인을 통해서는 겉모습만으로 상대를 쉽게 판단해서는 안 된다는 것을 말해주고 있다. 그리고 대본즈 꼬마 핑 퐁을 통해서 아이들도 어른보다 뛰어날 수 있음을 보여주며, 친자식이 아님에도 사랑과 정성으로 키우는 뭐요 할머니를 통해서는 진실한 모성애를 표현하고 있다.

여러 험난한 모험 여행은 일상으로부터 탈출하고픈 아이들의 욕망을 해소하며 두려움을 물리치는 용기를 심어준다. 한편으로는 평화로운 안식에 감사하는 마음을 갖게 한다.

기관차 대모험 (Jim Knopf und die Wilde 13, 1962)

《짐 크노프》의 후속작인 《기관차 대모험》의 이야기는 '꽝' 소리와 함께 시작된다. 나라가 너무 작다 보니 우체부 아저씨의 배가 햇빛섬과 부딪친 것이다. 크면서 동시에 작아야 하는 등대가 필요하다고 느낀 짐과 루카스는 겉보기 거인 '트루 트루' 씨를 떠올린다.

또한 짐 크노프의 출생의 비밀을 풀어야 하는 숙제도 남아있었다. 모험이 또다시 시작되는 것이다.

이번에는 하늘을 나는 기관차 엠마와 몰리를 타고 모험이 진행된다.

우연히 물의 요정을 만난 두 모험가는 바다의 수수께끼를 풀고, '영구기관차'를 발명하여 하늘을 날 수 있게 된 것이다. 드디어 사막에서 트루 트루 씨와 네포무크를 만나게 된다. 짐과 루카스는 네포무크에게에게 자철 바위의 보초가 되게 하고 외돌토리였던 트루 트루 씨는 햇빛섬의 주민의 되어 등대지기가 된다.

사라진 몰리를 찾아 바다 속 모험을 하면서 이상한 도시를 발견하는데, 짐 크노프의 나라 잠바라 왕국이다. 그러는 사이 '예지의 황금용'은 1년 동안의 잠에서 깨어나고, '난폭자 13'을 물리칠 방법을 알려준다.

그 후 짐 크노프가 잠바라 왕국의 '뮈렌 왕자'가 된다는 비밀이 밝혀진다. '난폭자 13'의 도움으로 '있어서는 안 될 나라'를 바다 속에 가라앉히고 '카스파 왕의 거대한 왕국'을 다시 바다 속에서 솟아나게 할 수있게 된다.

결국 짐 크노프는 자신의 왕국을 되찾아 뮈렌 왕자가 되어 모든 만다라 사람들과 햇빛국민들, 바다의 왕국의 바다주민들, 용의 도시인 불의 나라에 잡혀갔던 아이들의 축복을 받으며 리씨 공주와 결혼을 한다.

이처럼 《기관차 대모험》에서도 수많은 인물들이 등장한다. 다양한 피부색을 가진 사람들, 인어공주와 거북이 그리고 기관차들까지.

그들은 한결같이 사람들처럼 말을 하고, 움직이고, 마음을 표현한다. 그들 모두에게는 함께 나누는 느낌이 있고 사랑이 있으며, 서로를 아끼는 마음이 있다. 산꼭대기만큼 커 보이는 거인도, 아주 아주 작은 꼬마도, 반쪽짜리 용 반룡이 조차 모두가 어우러져 친구가 되는 것이다.

루카스와 짐은 모든 사람들이 겁내며 가까이 하지 않는 투르 투르 씨를 자신들과 똑같은 사람으로 대하며, 등대가 되어 새롭게 살아갈 수있도록 마음을 써 준다. 또한 용의 무리로부터 쫓겨 다니며 외롭게 지내는 반룡 네포무크에게도 가장 적합한 일을 만들어 주어 기쁘게 살아가도록 해준다. 그뿐 아니라 못된 짓을 일삼던 난폭자 13이 지난날을 반성하며 새 삶을 살고자 했을 때 기꺼이 받아들여 주는 넓은 마음도 보인다.

《기관차 대모험》은 피부색을 넘어선 사랑과 고집스럽게 혼자의 욕심을 채우며 살아가는 삶이 아닌 참다운 삶을 신나는 모험을 통해 가르쳐 준다. 사람에 대하여, 동물에 대하여, 그리고 사물에 대하여까지 깊은 애정의 눈길을 보냄으로써 진정으로 사랑하고 도와가는 삶이 무엇인지 우리들에게 보여주는 것이다.

지은이의 기발한 착상과 허를 찌르는 문장, 어떤 긴박한 순간에서도 과장되지 않는 그의 재치와 민첩함이 어우러져, 우리는 미하엘 엔데의 그 천재적인 상상의 세계를 향해 열광적으로 달려가게 된다.

미하엘 엔데에 대하여

미하엘 엔데는 1929년 뮌헨에서 에드가 엔데라는 화가의 아들로 태어났다. 20살 때 연극학교에 들어가, 2년 뒤에는 배우로 무대에 서기도 했다. 그러나 그의 꿈은 연극의 각본을 쓰는 것이었다. 그는 재미없고 딱딱한 연극이론을 배우는 것보다 무대에서 실제로 관객들과 부딪치는 편이 훨씬 나으리라는 생각에서 무대 위에 섰던 것이다. 얼마 뒤, 무대에서 물러난 그는 소설과 평론들을 쓰거나, 노래 가사, 라디오·텔레비전용 각본을 썼다. 하지만 그는 그러한 작업에 만족하지 않고, 더 나은 연극 각본을 쓰기 위하여 공구하고 싶어했다.

《짐 크노프》는 1960년에 미하엘 엔데가 처음으로 쓴 작품으로 독일 아동도서상과 안데르센상 우량상을 받았다. 이 작품은 영국과 미국을 비롯하여 8개 나라 말로 번역되어 수많은 어린이들에게 읽혀졌다. 또한 라디오와 텔레비전에서도 방송되어 짐 크노프와 기관사 루카스는 동시에 최고의 인기를 독차지하게 되었다.

《짐 크노프》가 어린이들의 선풍적인 인기를 얻게 되자 지은이는 《기관차 대모험(원제목 '짐 크노프와 망나니 13명')》을 그 속편으로 발표하였다. 《짐 크노프》에 이은 속편 또한 독일 아동도서상 추천 작품으로 좋은 평가를 받아, 미하엘 엔데의 이름은 더욱 널리 알려지게 되었다.

미하엘 엔데의 3대 걸작 《짐 크노프》《모모》《끝없는 이야기》

이 작품을 쓴 미하엘 엔데 역시 어린 시절에 펼쳐 보았던 꿈의 세계를 기억하며, 다시금 그 즐거운 꿈속에 젖어 보고자 《짐 크노프》를 썼다고 한다. 이 작품을 쓰게 된 동기에 대하여 그는 이렇게 말한다.

'어느 날 나는 문득 내 자신의 즐거움을 위해서 아이들 이야기를 써보고 싶은 마음이 생겼다. 그래서 분명한 의도나 계획도 없이 글을 쓰기 시작한 것이다. 그러나 글을 써나가던 중에, 이 이야기는 자기 멋대로 진행되어, 다 썼을 때는 이런 이야기가 되어 있었다.'

이러한 지은이의 소망은 자신의 무한한 상상력과 잘 버무려져 어린이들의 마음과 꼭 맞는 생생한 이야기로 탄생되었다.

이 이야기에는 제각기 독특한 성격의 인물이 등장하지만, 그중에서도 기관사 루카스는 아이들의 영웅이자 좋은 이해자로서 묘사되고 있다. 루카스의 모델이 된 실제 인물은 지은이의 소녀 시대를 풍부하고 재미나게 이끌어 준 어느 색다른 늙은 화가라고 한다. 그는 그 화가에 대해 늘 감사한 마음을 갖고 있었는데, 그 마음이 글로써 나타난 것이라 여겨진다.

미하엘 엔데는 《짐 크노프》와 《기관차 모험》을 발표한 뒤, 오래도록 침묵을 지키다가, 1971년부터 로마 근교에 집을 짓고 살면서 새로운 작품준비에 들어갔다.

마침내 1973년 작품 《모모》를 발표하여, 또다시 독일 아동문학상을 받았다. 그는 1979년에 환상과 모험을 다룬 《끝없는 이야기》를 발표함으로써, 10년에 한번씩 나오는 뛰어난 작가로 평가받고 있다.

즉, 미하엘 엔데의 처녀작은 《모모》와 《끝없는 이야기》가 탄생할 수 있도록 그의 상상력에 커다란 양분이 되어준 것이다.

그는 많은 작품을 발표하고 있지는 않다. 그러나 발표하는 작품들마다 어린이들에게 꿈과 모험과 사랑을 심어 주고 가꾸어 주는 뛰어난 작품으로 인정받고 있다.

김현욱(金顯煜)

한국외국어대학 독어과 졸업. 오스트리아 빈대학 대학원 수학, 국제정치학 박사학위 취득. 미국 남오레곤주립대학 교수, 한국외국어대학, 단국대학교 대학원 교수, IPU 한국대표 지냄. 지은책으로 《이상과 현실을 바라보며》《용기있는 사람들》《한국과 한국인》이 있다.

신동집(申瞳集)

서울대학교 문리대 정치학과 졸업. 미국 인디애나대학 대학원 수학. 청구대학·계명대학교 교수를 지냈다. 1949년 대구에서 간행한 《죽순》 11집에 시 〈길〉 등을 발표하여 시작활동을 시작했다. 아세아자유문학상, 대한민국예술원상 등을 수상. 시집 《서정으로 유형》《모순의 물》《새벽녘의 사랑》《암호》《송별》《여로》 등 20여권의 시집을 간행하였다.

그린이 이혜리

홍익대학교 동대학원 시각디자인 전공. 신문, 잡지, 단행본, 어린이책 등 다양한 매체에 일러스트를 발표하였다. 〈아무도 모를 거야, 내가 누군지〉〈이게 뭔지 아니?〉〈주먹이〉〈짐 크노프/기관차 대모험〉 등에 그림을 그렸으며, 지은책으로 그림책 보바 보바 등이 있다.

1956

Jim Knopf und Lukas der Lokomotiveführer
Jim Knopf und die Wilde 13

짐 크노프/기관차 대모험

미하엘 엔데/김현욱·신동집 옮김/이혜리 그림
1판 1쇄 발행/1988년 6월 5일
2판 1쇄 발행/2008년 1월 25일
2판 3쇄 발행/2020년 8월 1일
발행인 고정일
발행처 동서문화사
창업 1956. 12. 12. 등록 16-3799
서울 중구 마른내로 144(쌍림동)
☎ 546-0331~6 (FAX) 545-0331
www.dongsuhbook.com

*

*

사업자등록번호 211-87-75330
ISBN 978-89-497-0454-8 03850